ELIZABETH LOWELL
Jadeherzen

Buch

Der abenteuerlustige Kyle Donovan liebt seine Unabhängigkeit über alles. Doch als sein Bruder Archer, Präsident des Donovan-Imperiums, ihn bittet, dem legendären verschwundenen Schatz der Tang-Gruft nachzuspüren, kann er nicht ablehnen. Eines dieser kostbaren Stücke ist angeblich bei dem Milliardär Dick Farmer aufgetaucht. Die erste heiße Spur führt zu der bildschönen Lianne Blakely, uneheliche Tochter des Hongkong-Milliardärs Tang. Die hochbegabte Expertin für alte Jadekunstwerke hat sich ihr Leben lang durch harte Arbeit bemüht, von der Tang-Familie offiziell anerkannt zu werden. Doch statt dessen wird sie zur Hauptverdächtigen in diesem gefährlichen Spiel.

Als ihr Kyle Donovan als berühmter Mineralienhändler vorgestellt wird, erkennt sie ihre Chance. Sie muß Kyle nicht lange davon überzeugen, ihr zu helfen, dem Diebstahl des Schatzes auf den Grund zu gehen. Kyle verfolgt zwar nach wie vor seine eigenen Pläne, kann sich der unwiderstehlichen Anziehungskraft der exotischen Lianne jedoch nicht entziehen. Damit geraten beide unversehens in einen mörderischen Strudel von Lüge, Macht und Leidenschaft, der sie zu verschlingen droht...

Autorin

Elizabeth Lowell ist das Pseudonym der amerikanischen Erfolgsautorin Ann Maxwell, einem wahren Multitalent. Sie hat in den USA bisher weit über vierzig Romane veröffentlicht und wurde vielfach mit Preisen ausgezeichnet.

Von Elizabeth Lowell im Taschenbuch lieferbar

Abenteuer meiner Träume (43484) – Brandung des Herzens (42489) – Fesseln aus Seide (42867) – Feuergipfel (43784) – Im Strudel der Gefühle (42492) – Lockende Nachtigall (43408) – Roulette der Liebe (42497) – Himmlische Leidenschaft (43979) – Bernsteinfeuer (1. Band der Donovan-Trilogie, 35129)

ELIZABETH LOWELL

Jadeherzen

Roman

Deutsch von
Elke Iheukumere

BLANVALET

Die Originalausgabe erschien unter dem Titel
»Jade Island«
bei Avon Books, Inc., New York.

Umwelthinweis:
Alle bedruckten Materialien dieses Taschenbuches
sind chlorfrei und umweltschonend.
Das Papier enthält Recycling-Anteile.

Blanvalet Taschenbücher erscheinen im Goldmann Verlag,
einem Unternehmen der Verlagsgruppe Bertelsmann.

Deutsche Erstveröffentlichung Dezember 1999
© der Originalausgabe 1998 by Two of a Kind, Inc.
Published by Arrangement with Avon Books, Inc.,
The Hearst Corporation
© der deutschsprachigen Ausgabe 1999 by
Wilhelm Goldmann Verlag, München,
in der Verlagsgruppe Bertelsmann GmbH
Umschlaggestaltung: Design Team München
Umschlagillustration: Accornera/Schlück, Garbsen
Satz: Uhl + Massopust, Aalen
Druck: Elsnerdruck, Berlin
Verlagsnummer: 35210
Lektorat: SK
Redaktion: Anne Bartels
Herstellung: Heidrun Nawrot
ISBN 3-442-35210-X
Made in Germany

1 3 5 7 9 10 8 6 4 2

PROLOG

Er hatte Angst.

Seine Hände zitterten, als er die kostbaren Stücke aus Jade vorsichtig aufhob und sie in Kisten verpackte. Kostbare Jade, antike Jade, der Stein des Himmels ... die Träume der Menschheit, in Stein geschnitzt mit unsäglicher Geduld und atemberaubender Kunstfertigkeit.

Träume, die Neid, Gier und Habsucht weckten.

Träume, die zu Diebstahl, Betrug und Tod führten.

Seine Hände fühlten sich noch kälter an als die Jade, die er Stück für Stück, Traum für Traum stahl, die Seele einer ganzen Kultur, die nun durch seine klammen Finger ging. Hier ein Drache, verschlungen in einem eleganten Entwurf, der dreitausend Jahre alt war. Dort ein Gelehrter, eingehüllt in die wolkenweichen Rundungen eines cremefarbenen Steins. In der Ecke ragte ein Berg auf, Leben, geschaffen von Künstlern, deren eigenes Leben kam und auch wieder ging, lange bevor die Schöpfung vollendet war.

Träume von Schönheit, eingefangen in den tausend Schattierungen der Jade, von weiß bis hin zu Ebenholz, von Grün, das bis ins Blaue schimmerte, einem Rot, das bis ins Goldene leuchtete. All jene Farben verwandelte das grelle Licht in einen ätherischen Schein, eine Seele, von innen erhellt.

Einzigartig.

Von unschätzbarem Wert.

Unersetzlich.

Siebentausend Jahre einer Kultur, aufgereiht in diesem leuchtenden Aufgebot. Antikes *Bi*, Scheiben, die den Himmel darstellten; uraltes *Cong*, hohle Zylinder, die die Erde darstellten. Zeremonielle Klingen und Armreifen, kunstvoll geschmückt mit Symbolen, deren Bedeutung älter war als die Erinnerung der Menschheit. Ringe, Armbänder, Ohrringe, Anhänger, Spangen, Siegel, Schalen, Becher, Plaketten, Wolken, Berge, Messer, Äxte, Männer, Frauen, Drachen, Pferde, Fische, Schweine, Vögel, der unsterbliche Lotus; alles, was eine Kultur je erträumt hatte, war geduldig, so geduldig geschnitzt, aus dem einzigen Edelstein, der zur Seele dieser Kultur sprach.

Jade.

»Beeil dich, du Dummkopf.«

Der Mann schnappte nach Luft und hätte beinahe eine zierliche, zeitlose Schale fallen lassen, wäre nicht aus dem Dämmerlicht eine Hand erschienen und hätte die kühle, ausgehöhlte Halbkugel gepackt.

»W-was tust du hier?« fragte der erste, und sein Herz schlug rasend.

»Ich überzeuge mich davon, daß du auch alles richtig machst.«

»Was?«

»Das Grab des Jadekaisers plündern, was sonst?« antwortete der zweite Mann sarkastisch.

»Ich... nicht alles... ich... nein! Es wird entdeckt werden!«

»Nicht, wenn du tust, was ich dir sage.«

»Aber...«

»Hör mir zu.«

Zitternd lauschte der erste Mann, während Hoffnung und Furcht in ihm immer größer wurden. Er konnte sich nicht entscheiden, was schlimmer war. Er wußte nur, daß er sein eigenes Grab geschaufelt hatte, mit seinen eigenen Händen.

Und er würde alles dafür tun, um nicht auch noch darin begraben zu werden.

Während er lauschte, wußte er nicht, ob er lachen oder weinen sollte oder sich vor dem Teufel verstecken sollte, der ihm kühle, sanfte Worte des absoluten Betruges zuflüsterte. Es war alles so einfach. Es war gar nicht nötig, daß er in den sauren Apfel der Schuld biß. Der Teufel hatte jemand anderen gefunden, der das an seiner Stelle tun würde.

Als er das begriff, lachte der Dieb.

Und als er fortfuhr, die unschätzbar wertvolle Jade einzupacken, waren seine Hände auch schon wieder warm.

1

Bei dem lauten Klopfen an der Tür fuhr Lianne Blakely in ihrem Bett hoch, ihr Herz raste wie wild. Einen Augenblick lang fragte sie sich, ob sie den ganzen Lärm nur geträumt hatte. Müde genug, um zu träumen, war sie mit Sicherheit. Am gestrigen Abend hatte sie bis in die Nacht hinein gearbeitet, hatte die wunderschönen Stücke aus Jade in ihrem Apartment immer wieder neu geordnet und umgestellt, bis sie sicher war, die richtige Anordnung für die Ausstellung der Jadehändler auf der gemeinnützigen Veranstaltung heute abend gefunden zu haben.

Das Hämmern an ihrer Tür wurde lauter.

Lianne schüttelte den Kopf, sie schob die schweren Locken ihres schwarzen Haares aus dem Gesicht und starrte auf die Uhr neben ihrem Bett. Es war erst sechs Uhr morgens. Sie blickte aus dem kleinen Fenster. Überall in Seattle war die Dämmerung angebrochen, doch nicht in ihrem alten, nach Westen hinaus liegenden Apartment über dem Pioneer Square. Selbst wenn der Himmel klar gewesen wäre – aber das war er nicht –, würde das Sonnenlicht ihr Fenster erst am späten Morgen erreichen.

»Lianne, wach auf! Hier ist Johnny Tang. Mach die Tür auf!«

Nun fragte sie sich wirklich, ob sie träumte. Johnny war noch nie in ihrer Wohnung gewesen und auch nicht in ihrem

Büro, das auf der gleichen Etage lag. Eigentlich sah sie ihn nur sehr selten, es sei denn, sie besuchte ihre Mutter in Kirkland.

»Lianne!«

»Augenblick – ich komme!« rief sie.

In diesem Augenblick war sie dankbar, daß sie keine Nachbarn hatte, die sich über den Lärm an einem Samstagmorgen beschweren würden. Sie schob die Steppdecke beiseite, griff nach dem Morgenrock aus roter Seide, den ihre Mutter ihr zum letzten Weihnachtsfest geschenkt hatte, und lief zur Wohnungstür. Zwei Schlösser und einen Riegel später riß sie die Tür auf.

»Was ist passiert?« verlangte sie zu wissen. »Ist etwas mit Mutter?«

»Anna geht es gut. Sie möchte dich aber noch vor der Auktion sehen.«

In Gedanken stellte Lianne ihren übervollen Zeitplan um. Wenn sie ihre Nägel selbst machte, könnte sie den Besuch bei ihrer Mutter noch schaffen. Knapp. »Ich werde vorbeikommen, nachdem ich die Ausstellung der Jadehändler aufgebaut habe.«

Johnny nickte, doch er sah nicht aus, als ob er damit sein Ziel schon erreicht hätte. Er sah ruhelos, irritiert und besorgt aus. Sein Mund drückte Zorn aus, und die Haut auf seinen breiten Wangenknochen war gespannt. Trotz allem war er jedoch ein gutaussehender Mann. Er war fast einen Meter achtzig groß, schlank, schnell in seinen Bewegungen und seinem Geist, und wenn er in der Stimmung dazu war, besaß er sogar ein großzügiges Lächeln.

»Hast du Kaffee?« fragte er sie. »Oder hängst du noch immer an diesem chinesischen Koffein?«

»Ich habe sowohl Kaffee als auch Tee.«

»Ich trinke meinen schwarz. Kaffee, keinen Tee.«

Lianne trat zur Seite und ließ Johnny hinein. Sie wußte

nicht einmal, wie alt dieser Mann, der die Vaterschaft zu ihr nie anerkannt hatte, eigentlich war – sicherlich mußte er schon beinahe sechzig sein –, doch er sah aus wie knapp vierzig. In all den Jahren von Liannes Kindheit war der Liebhaber ihrer Mutter kaum gealtert. Einige silberne Strähnen zeigten sich in seinem schwarzen Haar, Lachfältchen und noch ein paar feine Linien waren mit der Zeit hinzugekommen, das kantige Kinn schien nicht mehr ganz so kantig. Es waren nur sehr kleine Dinge, die Lianne an ihm bemerkte, verglichen mit all den Veränderungen, die sie seit ihrer Geburt bis zu ihrem fast dreißigsten Lebensjahr erlebt hatte.

Und nicht ein einziges Mal in all den Jahren hatte Johnny Tang anerkannt, daß Anna Blakelys Kind das seine war.

Lianne schob diesen Gedanken von sich, sie schloß die Tür und schob den Riegel wieder vor. Was Johnny zugab oder nicht, war für sie nicht länger wichtig. Das wichtigste für sie war nun Jade. Tang-Jade. Die Sammlung des Vaters ihres Vaters. Hunderte von Stücken. Tausende. Alle waren sie sehr kostbar, einige sogar unbezahlbar, und aus jedem einzelnen Stück Jade leuchteten einem die Zeit und die Geheimnisse und die strahlende Seele der Kunst entgegen.

»Du konntest wohl nicht widerstehen, mit ihnen zu spielen, wie?« fragte Johnny und machte eine ausladende Geste mit der Hand.

Auf dem kleinen Küchentisch standen viele Jadeskulpturen, und noch mehr lagen auf dem Fußboden, und einige der kleineren Stücke waren auf der schmalen Anrichte aufgereiht.

»Gespielt? Wenn du es so nennen willst«, meinte Lianne. »Puppen sind es nicht gerade.«

Er lachte kurz auf. »Vater würde ohnmächtig werden, wenn er hört, daß du Puppen und Jade in einem Atemzug nennst.«

»Wen weiß, daß ich die Jade respektiere.«

»Wen nutzt dein Wissen bloß aus und zahlt dir bei weitem nicht genug.«

Lianne warf ihrem Vater einen erstaunten Blick zu. »Er hat mich alles gelehrt, was ich weiß.«

»Falsch«, unterbrach Johnny sie ungeduldig. »Bis vor sieben Jahren wußte er nicht einmal, daß du überhaupt lebst. Dann hast du auf einem Flohmarkt ein paar Jadeperlen gekauft, und er hat entschieden, daß du im Umgang mit der Jade ein Genie bist.«

»Diese Perlen gehörten zu der westlichen Zhou-Dynastie, sie waren dreitausend Jahre alt und mit Drachen verziert – einem Symbol der Könige. Sie waren auf einem verblaßten roten Seidenfaden aufgefädelt, der älter war als die Verfassung der Vereinigten Staaten von Amerika.«

»Wenn du sie verkauft hättest und das Geld auf dem Aktienmarkt angelegt hättest, dann müßtest du heute nicht in diesem heruntergekommenen Loch leben. Aber nein, du hast sie meinem Vater zum Geburtstag geschenkt.«

Im ersten Augenblick war Lianne viel zu überrascht, um zu antworten. Es sah Johnny gar nicht ähnlich, über die Familie zu reden. Ganz sicher nicht mit ihr. Sie warf ihm einen Blick aus den Augenwinkeln zu und erkannte an einigen kleinen Anzeichen, daß er gerade ausgesprochen verärgert war.

»Ich wußte gar nicht, daß du mit meinen Entscheidungen nicht einverstanden warst«, entgegnete sie ruhig.

»Hätte es denn etwas geändert?«

»Natürlich hätte es das. Ich möchte dich und deine Familie schließlich nicht verärgern.«

Das hatte Lianne nie gewollt. Sie hatte ihr Innerstes nach außen gekehrt, hatte Mandarin und Kantonesisch gelernt, sie hatte sieben Tage in der Woche gearbeitet, zweiundfünfzig Wochen im Jahr, um der Familie Tang zu beweisen, daß sie ihrer wert war. Sie arbeitete noch immer daran, ganz gleich, wie sehr sie sich selbst auch einzureden versuchte, daß sie dies alles nur für ihr Geschäft tat. Daß sie lediglich in der Nähe ihrer besten Kunden bleiben wollte – der weitläufigen, internationalen Familie Tang.

»Du hättest dich nach dem Wunsch deiner Mutter richten sollen und Lehrerin werden«, meinte Johnny.

»Aber du weckst mich doch nicht um sechs Uhr morgens, um mir das zu sagen?« fragte Lianne schließlich.

»Nein.«

Als Johnny daraufhin nichts mehr entgegnete, drehte Lianne das Gas unter dem Kaffeetopf an und wartete darauf, daß er zu brodeln begann. In Seattle war Filterkaffee zwar praktisch ein Sakrileg, doch im Augenblick fühlte sie sich den komplizierten Anforderungen einer Espressomaschine, die sie erst vor einer Woche im Sonderangebot gekauft hatte und noch nicht vollkommen beherrschte, einfach nicht gewachsen.

Während in der Küche der Kaffee kochte, lief Johnny mehrmals durch Liannes kleines Apartment. Es war offensichtlich, daß sie hier nicht allzuviel Zeit verbrachte. Abgesehen von den gerahmten Drucken der San-Juan-Inseln und einem Bild von Schmuckjade von Warring States gab es in dem Raum nichts Persönliches. Dieser unterschwellige, aber unmißverständliche Beweis, daß Lianne sich ausschließlich ihrer Arbeit widmete und kaum Privatleben hatte, gefiel Johnny nicht.

»Warum lebst du in diesem Loch?« fragte er.

»Die Miete ist billig.«

»Ich gebe ...« Johnny hielt abrupt inne. »Anna hat genug Geld, um dafür zu sorgen, daß du in einer besseren Wohnung leben kannst.«

»Was sie hat, gehört auch ihr.« Auch wenn es von Johnny Tang kam. Aber das war etwas, das Lianne niemals laut aussprechen würde. »Ich bin alt genug, um mich selbst durchzubringen.« In der Tat würde sie bald dreißig werden. Sie würde diesen Meilenstein allein feiern; Anna und Johnny wollten nach Hongkong reisen oder Tahiti oder irgendwohin auf die andere Seite des Pazifiks, um den einunddreißigsten Jahrestag ihrer Beziehung zu feiern.

»Anna sagt, deine Geschäfte gehen gut«, meinte Johnny. »Warum gönnst du dir dann nicht etwas Besseres?«

»Das Gebäude gehört deiner Familie. Wenn du der Ansicht bist, daß es ein Loch sei, solltest du dich darüber bei deinem ältesten Bruder beschweren, bei Joe Tang. Er ist schließlich der Vermieter hier.«

Eine Zeitlang schwieg Johnny. Es war ein unangenehmes Schweigen, doch Lianne machte keine Anstalten, es zu brechen. Sie traute sich nicht. Ihr könnte etwas herausrutschen, das sie besser nicht aussprach, wie zum Beispiel: *Warum sorgst du dich plötzlich so sehr um mich?* Die Frage wäre nicht sehr fair. Johnny hatte seine uneheliche Tochter besser behandelt, als manche Männer ihre ehelichen Kinder behandelten. Es war nicht sein Fehler, daß Lianne sich nach der Liebe einer Familie sehnte, die sie nicht wollte, außer als Expertin für Jade.

Alte Geschichten, rief sich Lianne ins Gedächtnis. Alles. Sie konnte an der Vergangenheit nichts ändern, doch die Zukunft konnte sie selbst gestalten. Und das tat sie auch. Denn obwohl die Tang-Familie bei der Förderung ihres Jadehandels eine große Rolle spielte, war sie nicht der einzige Grund dafür, daß Lianne sich schließlich gegen alle Widerstände durchgesetzt und ihr eigenes Geschäft gegründet hatte. Viele der Gründe für ihren Erfolg lagen in ihrem Fachwissen und in ihrer Bereitschaft, neunzig Stunden in der Woche zu arbeiten.

»Hast du schon mit Kyle Donovan gesprochen?« fragte Johnny.

»Bist du deshalb hierhergekommen, um herauszufinden,

ob es mir gelungen ist, Mr. Donovan ›rein zufällig‹ kennenzulernen?«

»Warum hätte ich wohl sonst kommen sollen?«

Weil ich deine Tochter bin. Doch sie biß sich auf die Zunge und hielt diese bitteren Worte zurück, während sie nach zwei Kaffeetassen griff. Der Kaffee war noch nicht ganz fertig, doch sie brauchte in diesem Moment dringend etwas, mit dem sie sich beschäftigen konnte.

»Kaffee«, sagte Lianne und reichte Johnny einen der beiden Becher.

Er nahm den Kaffeebecher entgegen und beobachtete sie schweigend. »Nun?«

»Nein«, entgegnete sie.

»Warum nicht?«

Lianne goß sich Kaffee ein und nippte an dem schwachen braunen Gebräu.

»Bist du mit jemand anderem zusammen?« drängte Johnny.

»Nein. Und warum sollte das etwas ausmachen? Du hast mir gesagt, ich solle Donovan kennenlernen, und nicht, daß ich ihn verführen soll.«

»Dann lerne ihn kennen!«

»Wie denn?« wollte sie von ihm wissen. »Soll ich meinen Fuß ausstrecken, damit er darüber stolpert?«

»Ach, komm schon«, schnitt er ihr ungeduldig das Wort ab. »Tu doch nicht so bescheiden und so gespielt chinesisch. Du bist genauso amerikanisch wie deine Mutter. Tu einfach das, was die anderen Mädchen auch tun. Geh zu ihm und stell dich ihm vor. So habe ich Anna ja schließlich auch kennengelernt.«

Und sieh nur, wohin sie das gebracht hat. Lianne verkniff sich diese harten Worte. In ihrem Inneren wußte sie, daß immer zwei dazu gehörten, um das Duo Geliebte–Geliebter zu bilden. Ihre Mutter hatte an ihrem zweitklassigen Rang bereitwillig mitgewirkt. Lianne verstand das zwar nicht, aber sie begann langsam, es zu akzeptieren. Endlich. Der Preis, dagegen anzukämpfen, war zu hoch.

»Er wird heute abend bei der Auktion sein«, sagte Johnny. »Tu es heute abend.«

»Aber...«

»Versprich es mir.«

Lianne erkannte die Emotionen im Blick ihres Vaters, eine Mischung aus Zorn und Ungeduld und etwas, dem sie keinen Namen zu geben vermochte. Dennoch wußte sie, daß sie sich nichts einbildete und diese Gefühle wirklich da waren, so wirklich wie ihre Furcht, sich so zu benehmen, wie sie ihr ganzes Leben beschimpft worden war – wie die Tochter einer Hure.

»Warum?« fragte Lianne, etwas, das sie noch nie zuvor getan hatte.

»Anna und ich fahren nach der Veranstaltung nach Tahiti. Wenn du es heute abend nicht tust, wird es dafür zu spät sein.«

»Zu spät für was? Warum bist du denn so erpicht darauf, daß ich Kyle Donovan kennenlerne?«

»Es ist wichtig. Sehr wichtig.«

»Aber warum?«

Johnny zögerte. »Familiengeschäfte. Das ist alles, was ich dir sagen kann.«

Wieder einmal die Familie. Immer wieder.

Aber eben nicht ihre Familie.

»Also gut«, gab Lianne leise nach. »Ich werde es heute abend tun.«

»Ich fasse das jetzt einmal zusammen«, sagte Kyle Donovan und starrte seinen ältesten Bruder ungläubig an. »Du willst, daß ich die uneheliche Tochter einer Hongkonger Handelsfamilie verführe, um herauszufinden, ob sie in den Verkauf kultureller Schätze verwickelt ist, die in China als gestohlen gemeldet sind?«

Archer neigte den Kopf ein wenig zur Seite, als würde er nachdenken, dann betrachtete er das kalte Wasser hinter der Hütte seines Bruders auf den San-Juan-Inseln, bis er schließlich nickte. »Ja, so ungefähr meine ich das. Bis auf die Verführung. Das liegt an dir.«

»Das glaube ich nicht.«

»Schön. Dann verführe sie also.«

»Das ist ein Scherz.«

»Ich wünschte, es wäre so.«

Kyle wartete, doch sein Bruder schien nicht zum Reden aufgelegt zu sein. Kyle fürchtete, daß er den Grund dafür schon kannte. Archer haßte es, die Familie in irgendwelche Schwierigkeiten aus den grauen Zeiten seiner Vergangenheit zu verwickeln. Onkel Sam gehörte ganz sicher auch dazu. Aber wie schon in der Vergangenheit, so verschwand die US-Regierung niemals so ganz aus seinem Leben.

»Was ist denn los?« fragte Kyle schließlich und rutschte auf seinem Stuhl ungeduldig hin und her. »Und erzähle mir jetzt nichts von überseeischen Verbindungen und internationaler Zusammenarbeit.«

Archer blickte seinen Bruder an. Das Sonnenlicht schien auf Kyles blondes Haar und gab seinen hellbraunen Augen einen eher goldenen als grünen Schimmer, doch sogar das Sonnenlicht konnte den dunklen Rand um seine Iris herum nicht erhellen. Es konnte auch nicht jene Linien und die Schatten verwischen, die einige bittere Erfahrungen in sein Gesicht gezeichnet hatten, die Archer seinem jüngsten Bruder gern erspart hätte.

»Würdest du mir glauben, wenn ich sagte, daß es mit ein paar Geschäften zusammenhängt?« fragte Archer mit tonloser Stimme.

»Mit faulen Geschäften, ja.«

Ein Lächeln huschte über Archers Gesicht, doch es erreichte nicht seine graugrünen Augen, sie verschmälerten sich statt dessen verärgert.

Kyle wartete aber. Diesmal würde er nicht derjenige sein, der das Schweigen brach.

Archer stand von seinem Stuhl auf. Er war groß, langgliedrig, schnell, ein dunkleres Ebenbild seines jüngeren Bruders. Schweigend schritt Archer durch den geräumigen Hauptraum der Hütte und berührte leicht einige der Dinge: einen Computer, auf dem es von Kyles Rube-Goldberg-Neuerwerbungen nur so wimmelte, Bücher zu allen möglichen Themen, von internationalen Bankgeschäften bis zu fünftausend Jahren chinesischer Jade, eine barocke Flöte, eine kleine Vase mit einem Rosmarinzweig darin, ein Brieföffner, der so scharf war, daß man sich damit bis auf den Knochen schneiden konnte, und ein Fischköder, der aussah wie ein einziger Hularock. Unter dem glatten, glänzenden Rock befand sich ein Haken, der spitz genug war, um sogar in einem Stein hängenzubleiben.

»Du hast dich verändert«, sagte Archer und lächelte, während er vorsichtig den Köder zurückstellte. »Vor diesem Bernsteinfiasko im letzten Jahr hättest du nicht gewartet, bis ich weiterreden würde, selbst wenn dein Leben davon abgehangen hätte.«

»Tut es das denn?«

Archers Lächeln verschwand. »Soweit ich weiß, nicht.«

»Und das führt uns zu einer interessanten Frage«, sagte Kyle. »Was weißt du überhaupt?«

»Genug, um mir Sorgen zu machen. Nicht genug, um irgend etwas Nützliches dagegen zu unternehmen.«

»Willkommen unter den Menschen.«

Einen Augenblick noch blieb Archer am Fenster stehen. Er betrachtete den Fichtenwald, durch den der Wind strich, und die Rosario-Meerenge, unter deren friedlicher Oberfläche sich Strömungen bildeten, die stärker waren als mancher Fluß.

»Wenn du keine unseriösen Spekulationen hören willst, kann ich dir nicht mehr sagen, als was ich dir bereits erzählt habe«, meinte Archer schließlich. »Es hat Gerüchte gegeben über einen spektakulären Fund, das Grabmal eines Ming-Kaisers. Der Kaiser war ein Jadekenner. Er soll chinesische Jade aus siebentausend Jahren abgesahnt und mit ins Grab genommen haben.«

»Wo war der Fund? Wer hat ihn gefunden? Wann? Weiß China…?«

»Ich habe dir doch schon fast alles erzählt«, unterbrach Archer ihn.

»Dann erzähle mir auch noch den Rest.«

»Mein Kontaktmann glaubt, daß Dick Farmer alle wichtigen Jadeartefakte aus diesem Grab gekauft hat.«

Kyle pfiff leise durch die Zähne. »Das muß eine Menge Geld gekostet haben.«

»Beinahe vierzig Millionen, auf die eine oder andere Art.«

»Sogar für einen Kerl, der drei Milliarden wert ist…«

»Fünf Milliarden, nach der letzten Schätzung.«

»…ist das noch immer eine Menge Geld«, beendete Kyle den Satz.

»Geld kann man ersetzen. Man braucht dazu lediglich eine Druckerpresse, und Gott allein weiß, ob Onkel Sam nicht eine hat«, erklärte Archer ohne Umschweife. »Aber die Stücke aus dem Grab des Jadekaisers können nicht ersetzt werden. Diese Nachricht hat bei den Chinesen weltweit für Empörung gesorgt.«

»Das überrascht mich nicht. Und wie haben sie nun vor, mit Onkel Sam in Kontakt zu kommen?«

»Gar nicht.« Archers Stimme war genauso sarkastisch wie sein Lächeln. »Sie haben einfach damit gedroht, alle Beziehungen zu den Vereinigten Staaten abzubrechen, wenn die Schätze des Jadekaisers auf unserem Boden auftauchen sollten.«

Kyle zog seine blonden Augenbrauen hoch. »Sie scheinen *wirklich* die Schnauze voll zu haben. Werden die Sachen auftauchen?«

»Wenn wir Pech haben, ja.«
»Gibt es denn auch noch eine andere Möglichkeit?«
»Sie sind schon hier.«
»Wo?«

»Mein Kontaktmann wußte es nicht, oder er hat es zumindest nicht verraten«, erklärte Archer. »Soweit es die Donovans betrifft, macht das auch keinen Unterschied.«

»Farmer ist nicht blöd«, sagte Kyle langsam. »Aber er ist auch kein Mann, der sein Licht unter den Scheffel stellt. Er will in kulturellen Kreisen als großer Mann angesehen werden, als ein wahrer Kenner und nicht nur als ein reicher Mann. Wenn er einen Coup in der Größe des Grabes des Jadekaisers gelandet hat, dann wird er auch damit angeben.«

»Gerade das fürchtet Onkel Sam ja. In diesem Augenblick finden gerade ein paar geheime und äußerst heikle Verhandlungen mit China statt.«

»Handel, Drogen, Einwanderung oder illegale Waffen?« fragte Kyle.

»Tut das denn etwas zur Sache?«
»Jawohl.«

Archer lächelte leicht. Er und sein Bruder ähnelten sich mehr, als sie bis vor kurzem auch nur geahnt hätten. »Illegale Waffen. Die Chinesen schnüren ein Paket, in dem sie Munition exportieren, die nach unseren Maßstäben überholt ist, die nach dem Standard der zweiten oder dritten Welt aber noch hoch technologisch ist.«

»Ah, die Zivilisation. Ist sie nicht großartig.«

»Alles, was sich nicht auf den ersten Rängen behaupten kann, wird gnadenlos ausgemerzt. Deshalb verhandelt Onkel Sam ja auch und schießt nicht. Und da wir mit China verhandeln, haben wir über hundert verschiedene Spielarten von Ja gehört und noch kein Nein. Es ist aber noch immer kein verdammter Vertrag unterschrieben, besiegelt oder ausgeführt worden, in dem endlich versprochen wird, den Export von Hochtechnologiemunition zu beenden.«

»Was will China denn?«

»Das hat mir mein Kontaktmann nicht verraten. Offensichtlich wollen sie mehr, als wir ihnen momentan geben können. Und wenn dann dieser ganze Mist mit dem Jadekaiser auch noch bekannt wird, dann werden wir genauso schlecht aussehen, wie wir riechen. Onkel Sam wird China dann eine ganze Menge mehr geben müssen, als auf lange Sicht hin gut ist, um unser Ziel zu erreichen – weniger Waffen in den Händen ehrgeiziger Tyrannen.«

»Reich mir die Milch«, bat Kyle. Er konnte jetzt nicht wieder zurück ins Bett gehen, und er brauchte dringend irgend etwas, um seinen Körper endlich wach zu bekommen. Ganz zu schweigen von seinem Geist.

Er nahm Archer die Milch ab und goß so viel davon in seinen Kaffee, bis dieser die Farbe des Mississippis bei Hochwasser hatte. Er trank schnell und viel, dann wartete er darauf, daß das Koffein seine Gehirnzellen mobilisierte.

»Onkel Sam glaubt also, daß die Tangs die Sachen aus dem Grab geholt und sie an Farmer verkauft haben?« sagte Kyle.

»Das ist eine Möglichkeit.«

»Und was sind die anderen?«

»SunCo ist der zweite Favorit.«

»Sie sitzen auf dem Festland von China. Wenn sie es gewesen wären, dann wäre ihre Regierung schon längst über sie hergefallen.«

»Wahrscheinlich. Aber das hängt auch davon ab, mit wem SunCo in der Regierung auf dem Festland verbündet ist. Dort gibt es mehr Gruppierungen, als wir Namen dafür haben. Auf jeden Fall steht bis auf weiteres erst einmal das Tang-Konsortium als Bösewicht da.«

Kyle trank den Rest seines Kaffees, dann fuhr er mit den Händen über seine stoppeligen Wangen und sah Archer mit klaren, braungrünen Augen an.

»Seit der Übergabe«, grübelte er laut, »ist das Tang-Konsortium fast gänzlich aus Hongkong und vom Festland isoliert worden. Die Tangs brauchen also einen starken amerikanischen Verbündeten. Und einen stärkeren als Dick Farmer können sie gar nicht bekommen.«

»Ja. Und ginge es dabei nicht auch noch um die Verhandlungen wegen der Waffen, müßten China, Farmer und die Tangs die Sache unter sich ausmachen und ohne Onkel Sams Hilfe. Und wir müßten nicht den Amerikaner unterstützen. Aber Farmer hat nun einmal nicht sonderlich einflußreiche Freunde.«

»Du sprichst doch nicht etwa von dem Mann, der wahrscheinlich eine eigene Partei gründen und dann zum Präsidenten gewählt werden wird?«

»Doch, aber gerade das würde für Farmer einen Schritt zurück in seiner Macht bedeuten. Einen großen Schritt sogar. Wenn der Präsident ein internationales Treffen abhalten will, dann braucht das Protokoll doch Monate für die Planung. Wenn Farmer das gleiche Treffen abhalten will, kommen alle auf die Farmer-Insel, und niemand streitet darüber, wer den Vorrang hat.«

»Ja. Ich liebe diesen Trick, den er mit den Ansteckern für das Revers macht und dem Computer in seinem Haus. Nachdem du nach der letzten Konferenz, an der Donovan International teilgenommen hat, deinen Anstecker von der Farmer-

Insel geschmuggelt hast, habe ich Monate gebraucht, um den Chip zu entschlüsseln und einen neuen Chip zu bauen, der den Computer glauben läßt, wer auch immer den Anstecker am Revers trägt, sei Gott persönlich.«

»Das behauptest du zumindest. Aber bis jetzt ist der Anstecker noch nicht getestet worden.«

Kyle zuckte mit den Schultern. Er wußte, daß es funktionierte, und das war alles, was für ihn zählte. »Kannst du mir eine Auflistung des Inhaltes des Grabes besorgen? Denn sonst wissen wir ja gar nicht, wonach wir suchen sollen.«

»Zunächst einmal gab es da einen Bestattungsanzug aus Jade. Vollkommen intakt.«

Kyle war viel zu überrascht, um etwas sagen zu können. Als er sich von seiner Überraschung schließlich ein wenig erholt hatte, wußte er jedoch noch immer nicht, was er darauf antworten sollte. Abwesend griff er nach der Barockflöte und spielte einige Töne darauf, die eindringlich, aber doch süß, zufällig und doch melodisch waren. Dann legte er die Flöte beiseite und wandte sich wieder seinem Bruder zu.

»Bestattungsanzüge aus Jade sind extrem selten«, sagte Kyle. »Beinahe alle, die man gefunden hat, befinden sich noch in China. Es gibt einige wenige, die nach Übersee gelangt sind und sich in Händen nationaler Institutionen befinden, aber kein einziger Privatmann hat einen in seinem Besitz.«

Archer wartete.

»Was war sonst noch in dem Grab?« fragte Kyle.

»Das übliche Zeug – Juwelen, Zepter, Skulpturen, Teller, Wandschirme.«

»Das übliche Zeug«, murmelte Kyle und schüttelte den Kopf. »Ich brauche eine genauere Beschreibung. Größe, Farbe, Alter, so etwas.«

»Ich werde es versuchen, aber mein Kontakt war nur inoffiziell.«

»Inoffiziell. Aha. Das ist doch nicht dein Ernst, oder?«

»Der Großteil der Arbeit wird so erledigt. Außerhalb der Geschäftszeiten, sozusagen.«

Vorsichtig bewegte Kyle seine linke Schulter und versuchte, den Schmerz ein wenig zu lindern. Die Wunde war schon lange verheilt, doch die Verletzung von einer Kugel, die auch außerhalb der Arbeitszeit abgefeuert wurde, hatte an dem danebenliegenden Knorpel einigen Schaden angerichtet. Wenn es darum ging, Regen vorauszusagen, dann hatte er eine bessere Trefferquote als die teuren Wettervorhersagen im Fernsehen.

»Also hat dich dieser inoffizielle Kontakt angerufen«, meinte Kyle, »und er hat dir gesagt, daß Gerüchte über eine Art von kulturellem Diebstahl kursieren, der die Diplomaten nach Beruhigungsmitteln greifen läßt, während die Regierungen die Trommel des Nationalismus schlagen und jeder, der auch nur einen Funken Verstand besitzt, schleunigst in Deckung geht.«

»Jawohl.«

»Warum sind sie damit ausgerechnet zu dir gekommen?«

»Das hat man mir nicht gesagt, wenigstens nicht den wirklichen Grund.«

»Und der wäre?«

»Donovan International befindet sich für sie gerade in der richtigen Position, und ich weiß außerdem, wie man dieses Spiel spielt.«

»Mit echten Kugeln«, murmelte Kyle.

»Nein. Mit echten Genehmigungen, Pässen und anderen Arten von offiziellen Papieren. Und wenn wir Onkel Sam jetzt erklären, er soll Leine ziehen, dann wird das Leben für Donovan International ein ganzes Stück schwieriger. Es ist sehr schwer, ein Import-Export-Geschäft ohne die Unterstützung der amerikanischen Bürokratie zu führen. Farmer schafft das. Wir aber nicht.«

»Und wir sind Onkel Sam noch etwas schuldig, nicht wahr?« fragte Kyle leise. »Weil er das Durcheinander, das ich auf der Jade-Insel angerichtet habe, wieder geordnet hat.«

Archer zuckte mit den Schultern, doch die Art, wie er die Lippen zusammenpreßte, sagte eine ganze Menge aus.

»Mutter«, wehrte Kyle verächtlich ab. Davor hatte er sich gefürchtet. »Ich hatte versucht, die Familie da rauszuhalten.«

»Ich auch.«

Kyle beugte und streckte beide Hände, er versuchte, die Anspannung zu lindern, die ihn immer dann befiel, wenn er darüber nachdachte, wie nahe er damals dem Tode gewesen war – und vor allem, daß er auch seine Schwester Honor mit hineingezogen hatte. »Laß uns alles noch einmal durchgehen, nur um sicherzugehen, daß ich nicht schon wieder alles verderbe.«

Archer wandte sich plötzlich um und blickte den großen blonden Mann an, der einmal sein kleiner Bruder gewesen war – und es auch immer bleiben würde. »Was auf der Jade-Insel passiert ist, war nicht dein Fehler.«

»Ja, klar«, entgegnete Kyle voller Verachtung. »Ich bin überrascht, daß du mir in dieser Sache überhaupt traust.«

»Das ist doch Unsinn. Der einzige, dem es hier an Vertrauen mangelt, bist du, und zwar an Vertrauen zu dir selbst.«

»Hat dein Kontaktmann denn ausdrücklich nach mir gefragt?« wollte Kyle wissen und wechselte somit schnell das Thema.

»Nein. Aber du bist derjenige, den Lianne Blakely die letzten beiden Wochen ununterbrochen beobachtet hat.«

Kyles eigenartig braungrüne Augen weiteten sich erstaunt. »Wovon redest du überhaupt?«

»Über die uneheliche Tochter von ...«

»Das meine ich nicht«, unterbrach Kyle ihn. »Ich meine den Rest davon.«

»Das ist doch ganz einfach. Sie hat dich angesehen, aber du warst ja viel zu beschäftigt, die kalte Jade zu untersuchen, daß du gar nicht bemerkt hast, wie diese Frau aus Fleisch und Blut versucht hat, deine Blicke auf sich zu ziehen.«

»Jade ist nicht kalt, und ich habe noch nie eine Frau kennengelernt, die nicht über meinen verdammten Körper gekrochen wäre, nur um an dich ranzukommen.«

Archer verkniff sich seinen Kommentar, der sonst zu einem Streit unter Brüdern führen würde. Er hatte nie begriffen, warum alle glaubten, daß er ein solcher Ladykiller sei. Aus seiner Sicht sah von den Donovan-Brüdern Kyle am besten aus, gleich dahinter kamen Justin und Lawe.

»Diese Dame nicht«, meinte Archer. »Lianne hat dich angesehen. Das ist einer der Gründe dafür, weshalb ich einverstanden war, dich um Hilfe zu bitten, als es darum ging, daß jemand in das Tang-Konsortium eindringen sollte.«

»Eindringen, wie? Zuerst in die Frau und dann in den ganzen verdammten Clan? Da stellst du aber zu hohe Erwartungen an meine Libido, ganz zu schweigen von meinem Durchhaltevermögen.«

Archer stieß ein Brummen aus, eine Mischung aus Verzweiflung und Amüsiertheit.

»Auf jeden Fall«, sprach Kyle weiter, »wenn die Lady mich angesehen hat und nicht dich, dann können wir uns über eines ganz sicher sein.«

»Und was ist das?«

»Es handelt sich hier um ein abgekartetes Spiel.«

Archer blinzelte. »Es fällt mir schwer, deinem Gedankengang zu folgen.«

»Dann gehe einfach Wort für Wort vor. In den letzten beiden Wochen sind wir beide zusammen zu drei Jadevorausstellungen gegangen.«

»Zu fünf.«

»Zwei waren so lausig, daß sie nicht zählen. Wenn Lianne also an dir vorbei mich angesehen hat, dann nur deshalb, weil das Tang-Konsortorium glaubt, daß ich leichter zu knacken bin als du.«

»Du glaubst also nicht, daß Lianne vielleicht einfach blonde Männer bevorzugt?«

Kyle zuckte mit den Schultern. »Möglich ist alles, aber das letzte Mal, als eine Frau einen großen, dunklen und gutaussehenden Kerl für mich hat stehenlassen, bin ich beinahe umgebracht worden, ehe ich herausfinden konnte, was für ein verdrehtes Spiel da überhaupt gespielt wurde. Eine solche Lektion vergißt ein Mann nicht so schnell.«

Einen Augenblick lang wußte Archer nicht, was er sagen sollte. Kyle war einfach überzeugt davon, daß Frauen ihn sowieso nur als Mittel zum Zweck betrachteten und ihn wieder fallenließen, sobald sie ihr Ziel erreicht hatten. Vor dem letzten Jahr hätte Kyle noch nicht so reagiert.

Es gab Zeiten, da vermißte Archer den alten Kyle, den Kyle, der so gern lachte, den Goldjungen, der immer im hellen Sonnenlicht zu stehen schien. Aber von diesem Jungen hätte Archer wiederum nie etwas Verantwortungsvolleres verlangt, als vielleicht den richtigen Wein zum Essen zu wählen.

»Vielleicht ist es ein abgekartetes Spiel«, stimmte Archer ihm zu. »Aber vielleicht ist es auch ein ganz anderes Spiel. Es liegt an dir, das herauszufinden. Wenn du es möchtest.«

»Und wenn nicht?«

Archer zuckte mit den Schultern. »Dann werde ich meine Reise in die Südsee verschieben und es selbst mit den Tangs aufnehmen.«

»Und wie steht es mit Justin? Er ist doch auch blond. Wenigstens fast.«

»Justin und Lawe stecken bis zum Hals in ihren eigenen Geschäften. Sie versuchen gerade, einen Zugang zu einem neuen Samaragdfund in Brasilien zu bekommen. Außerdem sind sie beide zu jung.«

»Sie sind doch älter als ich«, rief ihm Kyle ins Gedächtnis.

»Nicht mehr seit Kaliningrad.«

Kyle lächelte. Es war kein offenes, freundliches Lächeln. Es war wie Archers Lächeln, bei dem er zwar seine Zähne zeigte, doch das Strahlen nicht seine Augen erreichte.

»Ich bin dabei«, sagte Kyle. »Wann und wo soll das Spiel beginnen?«

»Heute abend. Seattle. Zieh einen Smoking an.«

»Ich habe aber gar keinen.«

»Du wirst einen haben.«

2

Lianne saß in der eleganten Eigentumswohnung ihrer Mutter in Kirkland und beobachtete, wie das graue Wasser des Washington Sees von den Katzenpfoten des Windes aufgepeitscht wurde. Die Oberfläche des Sees war nie ganz glatt, nie vorhersehbar in ihren Bewegungen. Das Wasser leckte an den gepflegten Rasenflächen und den Bürgersteigen, durch die seine Ufer in der Stadt begrenzt wurden. In den Blumentöpfen auf den Balkonen und an den Straßenrändern begannen die Äste der Bäume in genau jenem frischen Grün zu glänzen, das eher wie eine Hoffnung auf den nahenden Frühling wirkte, aber nicht wie seine tatsächliche Rückkehr. Die tapfersten Osterglocken blühten bereits und hoben ihre fröhlichen Gesichter der Sonne entgegen, die sich noch hinter den Wolken versteckte.

»Möchtest du grünen Tee, Jasmin oder Oolong?« rief Anna Blakely aus der Küche.

»Oolong, bitte, Mom. Es wird eine Marathonnacht werden. Ich brauche also sämtliche Unterstützung, die ich bekommen kann.«

Und allen Mut, dachte Lianne insgeheim. Wenn Kyle Donovan heute abend auf der Auktion für einen wohltätigen Zweck und dem anschließenden Ball auftauchte, mußte sie sich an ihn ranmachen. Oder wenigstens mußte sie es versuchen. Es wäre ja auch alles wesentlich einfacher, wenn sie sich nicht ausgerechnet von ihm angezogen fühlen würde. Aber das tat sie. Sehr sogar. Er rührte an all ihre weiblichen Gefühle und brachte sie in Aufruhr.

Da sie sich noch nie zuvor in ihrem Leben so sehr zu einem Mann hingezogen gefühlt hatte, besonders nicht zu einem großen blonden Mann, fürchtete sie sich nun davor, in seiner Gegenwart unbeholfen zu wirken und ständig zu erröten. Deshalb hatte sie es hinausgeschoben, sich ihm zu nähern, immer wieder. Sie hatte eine unglaubliche Angst davor, sich lächerlich zu machen.

Und jetzt hatte sie keine Zeit mehr.

Wenn es ihr nicht gelang, ihn auf sich aufmerksam zu machen, dann hatte sie versagt, sagte Lianne sich. Ihr Vater würde dann die lange Liste der Enttäuschungen von seiner unehelichen Tochter um einen weiteren Punkt ergänzen müssen. Sie besaß nicht den Wagemut oder das angeborene weibliche Selbstvertrauen, um auf einen gutaussehenden fremden Mann einfach zuzugehen und sich ihm vorzustellen, wenn es um geschäftliche Interessen ging und gar nicht einmal aus sexuellen Gründen.

Doch Lianne war auch eine Frau, die ihre Versprechen auf jeden Fall einhielt und eine Gefälligkeit immer vergalt. Ein Treffen mit Kyle Donovan einzufädeln würde beides bedeuten.

Ihr Magen schien sich bei dem Gedanken förmlich zu verknoten. Sie versuchte sich einzureden, daß Kyle heute abend nicht auf dem Ball sein würde, ganz gleich, was ihr Vater auch behaupten mochte. Er hatte sicher keine Geduld für diese Art von Veranstaltungen, bei denen es um Kunst und Kultur ging, und er hatte es auch nicht nötig, bei der Oberschicht der Gesellschaft um Geld zu bitten.

Der Glückliche.

Lianne wünschte, daß sie genügend Zeit gehabt hätte, vorher noch ins Sportstudio zu gehen, um ihre Nervosität mit einem Partner auf der Matte abzureagieren. Nichts beruhigte ihren Geist und ihren Körper so sehr wie die verwickelten Anforderungen des Karate – zum Teil war es Ballett, zum Teil Meditation, doch immer bezwingend.

»Nervös?« fragte ihre Mutter aus er Küche.

Lianne hielt sich zurück, denn sonst wäre sie aufgesprungen und unruhig im Zimmer auf und ab gelaufen. »Natürlich bin ich nervös. Ich habe jedes einzelne Stück der Ausstellung der Jadehändler selbst ausgesucht. Wen Zhi Tang hat mir noch niemals zuvor soviel Verantwortung übertragen.«

»Wens Augenlicht schwindet. Außerdem wollte der schlaue alte Kerl Ware, die sowohl den Amerikanern als auch den Überseechinesen gefällt.«

»Und seine uneheliche Enkelin ist dem amerikanischen Geschmack so nahe wie nur irgend möglich, nicht wahr?«

Beim Geräusch des Teelöffels, der auf die polierte Granitoberfläche der Anrichte fiel, zuckte Lianne zusammen, doch sie entschuldigte sich nicht für ihre grobe Bemerkung. Sie hatte viel zu viele Jahre vorgegeben, die Tochter einer Witwe zu sein, obwohl sie immer sehr wohl gewußt hatte, daß Johnny Tang ihr Vater war. Wen war ihr Großvater, und da Anna niemals geheiratet hatte, konnte sie auch keine Witwe sein.

Lianne war es leid, diese Scharade der Unehelichkeit noch

länger mitzuspielen, genauso wie sie es leid war, daß ihre Mutter von der Familie Tang wie eine unliebsame Fremde behandelt wurde. Aus Liannes Sicht wurde ein Bastard nicht geboren, sondern erst von den Menschen zu einem gemacht.

Und die Familie Tang hatte einen großen Anteil zu diesem Werk beigetragen.

Anna Blakely kam ins Zimmer und balancierte ein lackiertes Teetablett mit einer Teekanne aus feinem Porzellan und zwei anmutigen, henkellosen Tassen. Sie trug eine pfirsichfarbene Jacke aus Brokatseide, eine schmale schwarze Seidenhose und Sandalen mit flachen Absätzen. Perlen glänzten an ihrem Hals und ihren Handgelenken, zusammen mit einer Rolex, die mit so vielen Diamanten eingefaßt war, daß sie im Dunkeln leuchtete. An ihrer rechten Hand trug sie einen Ring aus Diamanten und Rubinen, der mehr als eine halbe Million Dollar wert war. Bis auf ihre Größe und ihr strahlend blondes Haar war sie das perfekte Abbild einer wohlhabenden, traditionellen Hongkonger Ehefrau.

Doch Liannes Mutter war weder wohlhabend, noch war sie Chinesin, noch Ehefrau. Sie hatte sich ihr Leben als Geliebte eines verheirateten Mannes eingerichtet, für den die Familie, die *legitime* Familie, das Wichtigste im Leben war; eines Mannes, dessen chinesische Familie von Anna nur als Johnnys rundäugiger Konkubine sprach, eine unbedeutende Figur, die nicht einmal den Namen ihrer Eltern kannte, geschweige denn den ihrer weiteren Vorfahren.

Doch ganz gleich, wie oft Anna auch erst ganz ans Ende der Liste der Familienverpflichtungen ihres Geliebten gesetzt wurde, sie beklagte sich nicht. Lianne liebte Anna. Sie sah zu, wie ihre Mutter mit ruhiger Eleganz den Tee eingoß, doch sie verstand die Wahl, die Anna getroffen hatte, dennoch nicht. Und an der sie beharrlich festhielt.

Bitterkeit stieg in ihr auf, eine Bitterkeit, so alt wie Liannes

Wissen darum, daß man es ihr nie verzeihen würde, daß sie nicht zu hundert Prozent chinesisch war. Sie war viel zu amerikanisch, um zu begreifen, warum die Umstände von Geburt, Blut oder Geschlecht sie zu etwas Minderwertigem machten. Sie hatte Jahre gebraucht, bis sie begriff, daß die Familie ihres Vaters sie niemals akzeptieren, geschweige denn lieben würde.

Doch Lianne hatte sich geschworen, daß sie von ihnen respektiert werden würde. Eines Tages, wenn Wen Zhi Tang über ihre großen Augen von der Farbe alten Whiskeys und über ihre dünne Nase hinwegsehen würde und endlich seine Enkelin erkannte und nicht das unglückliche Ergebnis der andauernden Lust seines Sohnes für eine angelsächsische Konkubine.

»Kommt Johnny später noch vorbei?« fragte Lianne.

Sie nannte den Liebhaber ihrer Mutter nie anders als bei seinem Vornamen. Ganz sicher nannte sie ihn nicht »Vater« oder »Dad« oder »Daddy« oder »Pop«. Sie nannte ihn nicht einmal bei dem amerikanischen Lieblingsnamen für die Freunde der Mütter: »Onkel«.

»Wahrscheinlich nicht«, antwortete Anna und setzte sich. »Offensichtlich gibt es nach dem Wohltätigkeitsball noch eine Familienzusammenkunft.«

Lianne erstarrte. *Eine Familienzusammenkunft.* Und sie, die die letzten drei Monate damit verbracht hatte, die Ausstellung des Tang-Konsortiums zu organisieren, war nicht einmal eingeladen worden.

Eigentlich hätte sie das gar nicht so schmerzen sollen. Mittlerweile hätte sie sich daran gewöhnt haben müssen.

Doch es tat ihr weh, und sie würde sich niemals daran gewöhnen können. Sie sehnte sich danach, Teil einer Familie zu sein, Brüder und Schwestern zu haben, Tanten und Onkel und Cousins und Großeltern, Familienerinnerungen und Familienfeiern.

Die Tangs waren ihre Familie. Bis auf Anna waren sie ihre einzige Familie.

Doch Lianne gehörte nicht zu ihnen.

Ohne zu bemerken, was sie tat, fuhr Lianne mit den Fingern über den Jadearmreif, den sie um ihr linkes Handgelenk trug. Smaragdgrün, durchscheinend, aus feinster burmesischer Jade, war der Armreif dreihunderttausend Dollar wert. Die lange, einreihige Halskette aus kostbaren Jadeperlen um ihren Hals hatte sogar den doppelten Wert.

Keines der beiden Schmuckstücke gehörte ihr. Heute abend diente sie lediglich als lebendiges Ausstellungsstück für die Jadehandelsgüter der Familie Tang. Als Verkaufstaktik war es nützlich. Auf der weißen Seide ihres schlichten Kleides und ihrer blaßgoldenen Haut erstrahlten die Juwelen mit einem geheimnisvollen inneren Licht, von dem Jadeliebhaber, Jadekenner und -sammler wie magisch angezogen würden.

Die Schmuckstücke, die Lianne besaß, waren bei weitem nicht so teuer, wenn auch genauso fein in den Augen von jemandem, der sich mit Jade auskannte. Sie wählte ihre persönlichen Schmuckstücke nach ihrem eigenen Geschmack und nicht nach ihrem Wert auf einer Auktion. Die drei Haarnadeln, mit denen sie ihr dunkles Haar in einer Spirale auf ihrem Kopf befestigt hatte, waren schlanke Pfeile kaiserlicher Jade, geschnitzt in einem Stil, der viertausend Jahre alt war. Wann immer sie sie trug, fühlte sie sich mit dem chinesischen Teil ihres Erbes verbunden, dem Teil, nach dessen Anerkennung sie sich ihr ganzes Leben lang gesehnt hatte.

Abwesend überlegte Lianne, ob sie wohl zu der Party eingeladen worden wäre, wenn Kyle Donovan ihr Begleiter gewesen wäre. Johnny, Sohn Nummer drei in der Tang-Dynastie, schien versessen darauf, einen Zugang zu Donovan International zu bekommen. Er mußte es mittlerweile satt haben, darauf zu warten, daß Lianne endlich die Nerven besaß, ihre Aufgabe zu erfüllen. *Komm schon. Sei nicht so bescheiden, und versuch nicht, mir die Chinesin vorzuspielen. Du bist genauso amerikanisch wie deine Mutter. Tu einfach das, was die anderen Mädchen auch tun. Geh hin und stell dich ihm vor. So habe ich Anna ja schließlich auch kennengelernt.*

Die Erinnerung an die Worte ihres Vaters rann eiskalt über Liannes Rücken. Sie fragte sich immer wieder, ob Johnny ernsthaft glaubte, daß das, was für ihre Mutter gut genug war, auch ihr genügen würde – ein Leben als ewige Zweite, wenn es um die Verteilung der Zuneigung eines Mannes ging.

Eine Geliebte.

Während Lianne den Tee aus antikem, unvorstellbar feinem chinesischen Porzellan trank, sagte sie sich, daß Johnny ja bloß wollte, daß sie Kyle kennenlernte, nicht etwa daß sie ihn verführen oder sich selbst verführen lassen sollte. Sie redete sich auch ein, daß es lediglich Ungeduld und nicht Angst gewesen war, was sie heute morgen in den Augen ihres Vaters gesehen hatte.

»Lianne?«

Sie schluckte den anregenden Tee hinunter und begriff, daß ihre Mutter ihr gerade eine Frage gestellt hatte. Schnell ließ Lianne in Gedanken noch einmal die letzten Minuten an sich vorüberziehen.

»Nein«, antwortete sie dann. »Ich werde nicht bis zum Ball bleiben. Warum sollte ich das tun?«

»Es könnte doch sein, daß du einen netten jungen Mann kennenlernst und...«

»Auf mich wartet noch viel Arbeit«, unterbrach Lianne sie. »Ich habe sowieso schon viel zuviel Zeit mit der Tang-Angelegenheit verbracht.«

»Ich wünschte, ich würde nicht gleich morgen früh in der Morgendämmerung in die Südsee fahren. Dann wäre ich auch zu der Ausstellung gekommen.«

»Das ist nicht nötig.« Lianne lächelte und tat so, als wisse sie nicht, daß ihre Mutter niemals irgendwohin ging, wo sie möglicherweise auf die Familie ihres Liebhabers treffen könnte. Genauso wie Lianne so tat, als sei sie jetzt erwachsen und brauchte nicht länger die Anwesenheit ihrer Mutter bei den wichtigen Ereignissen in ihrem Leben. »Das Hotel wird der reinste Zoo sein.«

»Johnny weiß all die harte Arbeit zu schätzen, die du für die Ausstellung auf dich genommen hast. Er ist so stolz auf dich.«

Lianne trank ihren Tee und schwieg. Die angenehme Phantasie ihrer Mutter zu zerstören würde nur wieder zu einem Streit führen, in dem jeder ein Verlierer war.

»Danke für den Tee, Mom. Ich gehe jetzt besser. Einen Parkplatz werde ich wohl sowieso nicht mehr bekommen.«

»Hat Johnny dir denn nicht einen der Parkausweise für die Jadehändler gegeben?«

»Nein.«

»Dann hat er das sicher vergessen«, murmelte Anna und runzelte die Stirn. »Er macht sich schon die ganze letzte Zeit um irgend etwas Sorgen, doch er sagt mir nicht den Grund.«

Lianne gab ein Geräusch von sich, das man als Ausdruck des Mitgefühls hätte deuten können, dann ging sie zur Tür. »Wenn wir uns nicht mehr sehen, ehe du nach Tahiti fährst oder wohin auch immer, dann wünsche ich dir viel Vergnügen.«

»Danke. Vielleich könntest du dich zu deinem Geburtstag dort mit uns treffen.«

Warum? dachte Liane bissig. *Brauchten sie etwa Zuschauer, während sie ihren Weg durch ein Südseeparadies vögelten?*

»Du brauchst nach all der harten Arbeit eine Erholungspause«, meinte Anna. »Ich werde dafür sorgen, daß Johnny für dich ein Ticket...«

»Nein«, wehrte Lianne ab. Dann bemühte sie sich, ihre

Stimme etwas sanfter klingen zu lassen. »Danke, Mom, doch diesmal nicht. Ich habe schrecklich viel Arbeit, die liegengeblieben ist und die ich noch aufholen muß.«

Vorsichtig, um die Tür nicht zu heftig hinter sich zuzuschlagen, trat sie hinaus in die windige Nacht. Während sie zu ihrem Wagen ging, blickte sie sich noch einmal unsicher um. Am frühen Abend, als sie ihre Wohnung verlassen hatte, hatte sie gefühlt, wie ihr ein Schauder über den Rücken gelaufen war, denn sie hatte das untrügliche Gefühl gehabt, beobachtet zu werden. Das gleiche Gefühl verspürte sie auch jetzt.

Sie sagte sich, daß lediglich der ungeheure Wert des Schmuckes, den sie gerade trug, schuld war an ihrer Nervosität. Schnell lief sie um das Gebäude herum, dankbar für die Lampen, die alle mit einem Bewegungssensor ausgerüstet waren und die jetzt eine nach der anderen angingen. Ihr kleiner roter Toyota stand genau dort, wo sie ihn stehengelassen hatte. Sie stieg ein und verschloß sofort sämtliche Türen.

Der Wohltätigkeitsball für die Pacific-Rim-Asian-Wohltätigkeitsgesellschaft war eines der großen gesellschaftlichen Ereignisse der Saison in Seattle. Einladungen dazu waren für die Reichen, die Mächtigen, die Berühmten und die einfach Großartigen reserviert. Normalerweise hätten Kyle und Archer sich nicht die Mühe gemacht, an einer solchen Veranstaltungen des Sehens und Gesehenwerdens im Namen der Wohltätigkeit und des gesellschaftlichen Aufstiegs teilzunehmen. Doch seit Archer den Anruf von der Regierung bekommen hatte, war nicht mehr viel so geblieben wie zuvor. Das war auch der Grund dafür, weshalb sie sich jetzt durch die Menge vor der Eingangshalle des Hotels drängten.

»Wenigstens paßt der Smoking«, murmelte Kyle. Bis auf die weite Stelle unter dem linken Arm, die so geschneidert worden war, daß sie sich nahtlos über ein Pistolenhalfter legte.

»Ich habe dir doch gesagt, daß wir beide die gleiche Größe haben, du Wicht.«

Kyle antwortete nicht. Er war noch immer überrascht, daß ihm Archers Kleidung mit den langen Hosenbeinen und den breiten Schultern tatsächlich paßte. Ganz gleich, wie alt Kyle auch wurde, ein Teil von ihm blieb immer der jüngste der vier Donovan-Brüder, die Schießscheibe zu vieler brüderlicher Späße, der Zwerg des Wurfes, der ständig darum kämpfte zu beweisen, daß er genausogut war wie seine größeren Brüder. Angefangen beim Fischen über Prügeleien bis hin zu dem Erforschen der Erdoberfläche nach Edelsteinen.

»Siehst du sie?« fragte Kyle und blickte an den vielen Limousinen vorbei zu der glitzernden Menschenmenge hinüber, die sich in das Empire Towers drängten, Seattles neuestes Hotel. Dick Farmers Hotel, um genau zu sein.

»Noch nicht«, antwortete Archer.

»Überhaupt nicht. Ich habe gar nicht gewußt, daß so viele Menschen einen Smoking besitzen. Ganz zu schweigen von den Steinen.« Er pfiff leise durch die Zähne, als eine Matrone mit einer Halskette aus Diamanten an ihnen vorüberging, deren Mittelpunkt ein Anhänger war, der die Größe und Farbe eines Kanarienvogels besaß. »Hast du diesen Felsbrocken gesehen? Der gehört eigentlich ins Museum.«

Archer warf der Frau einen Blick zu und sah dann schnell wieder weg. »Wenn du von Stücken redest, die ins Museum gehören, dann solltest du dir die Begleiterinnen der taiwanesischen Industriellen ansehen, die gerade hereingekommen sind. Besonders die Frau im roten Kleid.«

Kyle blickte an seinem Bruder vorbei. Das rote, enganliegende Seidenkleid – und auch der Körper darunter – war eine Augenweide, doch es war der Haarschmuck der Frau, der ein anerkennendes Murmeln und gierige Blicke der Anwesenden weckte. Eine Kappe, aus Perlen gearbeitet, lag über ihrem glänzenden schwarzen Haar. Tropfenförmige Perlen, so groß wie der Daumen eines Mannes, schimmerten und schwangen um ihr Gesicht. Eine dreireihige Schnur zueinander passender tropfenförmiger Perlen in der Größe von Weintrauben fiel vom hinteren Teil der Kappe bis hinunter in die Spalte zwischen den rhythmisch schwingenden Pobacken der Frau.

»Begleiterin, wie? Du meinst wohl eher Geliebte?« fragte Kyle.

»Das ist doch so üblich. Wenn die wohlbetuchten asiatischen Männer in die Staaten kommen, lassen sie ihre Frauen natürlich bei den Kinderchen und der Verwandtschaft zu Hause.«

»Sie befürchten wohl, daß ihre kleinen Frauchen sich grüneren Weiden zuwenden, wenn sie erst einmal die Möglichkeit dazu bekommen?« fragte Kyle trocken.

»Würdest du das denn nicht auch tun?«

»Ich würde mich gar nicht erst so einsperren lassen.« Kyle schob sich durch die Türen des Hotels in die Eingangshalle. »Komm, wir versuchen es im Innenhof. Dort haben die Jadehändler ihre Ausstellung. Auch SunCos Sachen werden dort ausgestellt sein. Seit China Hongkong übernommen hat, hat der Sun-Clan die Flügel der Tangs nämlich nach und nach gestutzt.«

Archer lächelte müde. »Du hast wohl ein paar Nachforschungen angestellt?«

»Wenn ich erst Nachforschungen anstellen müßte, um die Konkurrenz kennenzulernen, dann wäre ich wohl kaum der richtige Mann für Donovan International, nicht wahr?«

»Dir scheint es wirklich ernst damit zu sein, Donovan Inc. in den Jadehandel einzuführen, wie?«

»Mir ist es ernst damit, seit ich zum erstenmal ein fünftausend Jahre altes Jade *Bi* in der Hand gehalten habe«, versicherte ihm Kyle. »Ich werde wohl nie wissen, warum dieses

Stück geschnitzt wurde, aber ich weiß, daß es damals jemanden gegeben hat, der genauso war wie ich. Er liebte das glatte, seidige Gewicht der Jade. Denn sonst hätte er sich niemals an einem so harten Stein mit mehr als ungegerbtem Leder, Stöcken und Sand versucht.«

Als Kyle sich umwenden und in den Innenhof gehen wollte, legte Archer ihm die Hand auf den Arm und hielt ihn zurück. »Für Jadekunst aus der Jungsteinzeit gibt es nur einen sehr begrenzten Markt«, bemerkte er so ganz nebenbei.

»Aber der Markt expandiert mit jedem Tag mehr. Sogar New York ist schon aufmerksam geworden. Außerdem ist Jade viel mehr als nur Kunst aus der Jungsteinzeit.«

»Fühlst du dich Experte genug, um uns über das volle Spektrum der Jade zu beraten und um dich mit den Besten des Pacific Rim auf eine Ebene zu stellen?«

»Noch nicht. Aber Lianne Blakely ist eine Expertin. Oder hat dein Kontaktmann das nicht erwähnt?«

»Er hat es nicht ausdrücklich betont. Er hat nur gemeint, daß sie so eine Art Hintertür in die abgeschlossene Welt des Tang-Konsortiums bedeutet.«

»Hintertür, wie? Okay, dann wollen wir mal sehen, ob ich von der süßen Lianne mehr lernen kann als sie von mir, ehe sie damit fertig ist, mich für das zu benutzen, was immer der alte Mann Wen Zhi Tang vorhat.«

Archer blinzelte. »Das klingt ja beängstigend.«

»Was?«

»Ich habe schon verstanden.«

Kyle bahnte sich einen Weg durch die Menschenmenge, Archer dicht hinter ihm. Sobald die Menschen den Innenhof erreicht hatten, schlossen sie sich zu einzelnen Gruppen zusammen, die sich um die verschiedenen Ausstellungsstücke jener Gesellschaften versammelten, die Stücke für die Auktion gespendet hatten.

»Vergiß es«, sagte Kyle und zog Archer von einer Auslage mit schwarzen Südseeperlen weg. »Lianne Blakely interessiert sich nur für Jade, das weißt du doch.«

»Man wird sich ja wohl trotzdem noch ein paar Ausstellungsstücke ansehen dürfen, oder?«

»Nicht, wenn es sich dabei um meinen Bruder handelt, der sich Perlen ansieht.«

»Ist es denn so schlimm wie mit dir und deiner Leidenschaft für Jade?«

»Schlimmer«, erklärte Kyle und sah sich um.

Vor dem Hintergrund aus Glas und Grünpflanzen im Innenhof hatten sich Menschen von drei Kontinenten und mehreren Inselstaaten um den zentralen Brunnen versammelt, ein Kaleidoskop aus Sprachen und Moderichtungen. Der Brunnen selbst war beeindruckend – eine klare, ausladende Glasskulptur aus Rechtecken und Rhomben, durch die Licht und Wasser in einer solchen Anmut tanzten, daß die Leute regelrecht hingerissen waren. Die süße Musik des Wassers mischte sich mit den Sprachen von Hongkong, Japan und verschiedenen Regionen Chinas, aber auch mit Englisch, dessen Akzente sowohl Australien und England als auch Kanada umfaßten.

»Die Jade muß auf der anderen Seite des Innenhofes sein«, meinte Kyle.

»Wieso?«

»Die meisten der englischsprechenden Menschen hier sind doch von der gleichen lauten Sorte. Sie versammeln sich um die Rubine und Saphire aus Burma oder um die kolumbianischen Smaragde oder die russischen Diamanten. Die Jade aber drückt einen etwas gedämpfteren, zivilisierteren Geschmack aus.«

»Unsinn«, widersprach Archer lächelnd. »Zivilisation hat mit all dem gar nichts zu tun. Jade war schon im antiken China zu bekommen, Diamanten nicht. Das gleiche gilt für die Europäer. Klare Juwelen waren einfach leichter zu bekommen als Jade. Die Tradition basiert lediglich darauf, welche Materialien zur Verfügung standen.«

Kyle und Archer diskutierten noch weiter über Kultur, Zivilisation und Edelsteine, während sie um den glitzernden Brunnen herumschlenderten. Auf dem Weg zu der asiatischen Jade kamen sie an Kunstwerken aus präkolumbianischer Jade vorüber, an Jade aus Mexiko und Zentral- und Südamerika, in einer Qualität, die einem Museum zur Ehre gereicht hätte. Beängstigende Masken aus Gold und Türkisen grinsten oder starrten sie mit verzerrten Gesichtern an, sie vertrieben Dämonen, deren Namen nur jene Menschen kannten, die schon seit Tausenden von Jahren tot waren. Zwischen diese Kunstwerke mischten sich moderne Beispiele von Kunst aus Gold und Jade.

Vor allen Stücken, ob sie nun antik oder modern waren, standen Karten, auf denen der Name der Gesellschaft vermerkt war, der dieses Stück gehörte. Die gemeinsame Demonstration der Unterstützung für die Kunst war genausosehr der Zweck dieses Abends wie die Wohltätigkeitsveranstaltung, die dem Ball vorangehen würde.

Als die beiden Donovan-Brüder zu dem Teil der Ausstellung kamen, der für die Ausstellungsstücke der Küsten Chinas vorgesehen war, wünschte sich Kyle, daß er sich statt dessen an Bord der *Tomorrow* befinden würde und Angelhaken schärfen und die Leinen für den Fischfang in der Morgendämmerung vorbereiten könnte. Er nahm sich ein Glas Rotwein vom Tablett eines der vorübergehenden Kellner, nippte daran und verzog das Gesicht. Bei einer Veranstaltung wie dieser hatte er eine bessere Qualität erwartet.

»Bingo«, sagte Archer leise.

Kyle vergaß den mittelmäßigen Wein. »Wo?«

»Links neben der Jadevitrine von SunCo, in der Nähe des Sikh mit dem mit Juwelen besetzten Turban.«

Obwohl sie nicht einmal drei Meter davon entfernt waren, konnte Kyle im ersten Augenblick keine Frau erkennen. Doch dann trat der Sikh zur Seite.

Kyle starrte schweigend auf die Frau. »Bist du sicher?«

»Ganz sicher.«

»Teufel.«

Kyle wußte nicht, was genau er erwartet hatte, aber Lianne Blakely war mit Sicherheit nicht das, womit er gerechnet hatte. Mit einer Mischung aus Skepsis, Empörung und widerwilligem männlichen Interesse betrachtete er die schlanke, zierliche junge Frau, die angeblich so vernarrt in ihn war, daß sie ihn seit zwei Wochen aus der Ferne beobachtet hatte.

Jawohl. Richtig. Er war ihr nahe genug, um den Sitz ihrer Strumpfhose bewundern zu können, und ihre patrizische kleine Nase drängte sich an eine Ausstellungsvitrine von Warring-States-Jadeornamenten, als befände sie sich ganz allein in einem Museum.

Dann wandte Lianne sich um und blickte Kyle an. Ihre großen, ein wenig schrägstehenden Augen hatten die Farbe von Cognac. Sie zögerte, beinahe so, als hätte sie ihn erkannt. Dann rückte sie den Riemen ihrer weißen Seidentasche auf ihrer Schulter zurecht und wandte sich wieder der Jade zu. Ganz so, als würde sich niemand im Raum befinden, vor allem aber nicht der Mann, den sie so gern kennenlernen wollte.

»Bist du dir auch sicher, daß sie es ist?« fragte Kyle leise und betete, daß es nicht so war.

»Das habe ich doch gerade gesagt, nicht wahr?«

»Sie sieht aber nicht gerade wie ein internationaler Kunstdieb aus.«

»Wirklich nicht?« fragte Archer leise. »Wie viele internationale Kunstdiebe hast du denn schon gekannt?«

»Nicht so viele wie du, da bin ich mir sicher. Also, sag schon, ist sie es?«

»Du meinst, ob sie ein Dieb ist?«

»Ja.«

»Diebe tragen doch keine Erkennungsmarken mit sich herum.«

Kyle sagte nichts mehr. Er beobachtete Lianne Blakely nur.

Archer blickte von seinem Bruder zu Lianne und fragte sich, warum Kyle sich benahm wie ein Jagdhund, der einen Fasan gewittert hatte. Lianne war attraktiv, vielleicht sogar auf eine exotische Art schön, doch sie gehörte ganz sicher nicht in die Kategorie der überwältigenden Begleiterinnen. Das schlichte weiße Kleid, das sie trug, paßte ihr recht gut, aber es hatte keinen Schlitz an der Seite vom Saum bis zum Unterleib oder vom Hals bis zum Schambein, um das Auge eines Mannes auf sich zu ziehen und gefangenzuhalten. Das Jadearmband, das sie trug, war offensichtlich burmesischen Ursprungs und von höchster Qualität, genau wie ihre Halskette, doch Kyle schien diese Schmuckstücke überhaupt nicht bemerkt zu haben. Er starrte nur die Frau an und ignorierte die Jade.

Nicht gut.

»Vielleicht sollten wir die ganze Sache vergessen«, meinte Archer abrupt. »Ich werde meine Reise nach Japan und Australien verschieben und dir mehr Zeit lassen, dich zu erholen.«

»Ich habe dir doch gesagt, daß meine Schulter so gut wie neu ist«, erklärte Kyle, ohne dabei seinen Blick von Lianne abzuwenden.

»Nach einer Schußverletzung ist nichts mehr so gut wie neu.«

Kyle hob die Schultern, dann zuckte er zusammen. Seine Schulter schmerzte noch immer, wenn das Wetter umschlug und es Regen gab. Im Nordwesten des Pazifiks passierte das sehr häufig. »Ich habe aber immerhin wesentlich mehr Ahnung von Jade als du.«

»Wenn man bedenkt, wie wenig ich darüber weiß, ist das kein sehr überzeugendes Argument für deine Teilnahme an diesem kleinen Walzer.«

Kyle verzog seinen Mund zu einem schiefen Lächeln. Seine unlogische Schlußfolgerung hatte Archer nicht eine Sekunde zögern lassen, ehe er geantwortet hatte. Das war das Gute an einer Familie: Sie kannte dich gut genug, um deinem Gedankengang in jedem Fall folgen zu können.

Aber es war auch gleichzeitig ein Nachteil. Diese Art von Wissen konnte einengend sein, wenn es sechs Kinder in einer Familie gab. Doch Kyle hatte auf die harte Art gelernt, daß es nichts weiter bewies als das, was er sowieso schon wußte, wenn man an das andere Ende der Welt zu fliehen versuchte.

Er war zwar nur vier Jahre jünger als sein ältester Bruder, doch diese vier Jahre wogen so schwer wie ein ganzes Jahrhundert.

»Was stört dich wirklich?« wollte Kyle wissen, als er Archer ansah. »Hast du Angst, daß mich wieder einmal eine Frau an meinem Schwanz packt und mich dadurch in Schwierigkeiten bringt?«

»Wenn ich daran schuldig bin, daß dir etwas zustößt, dann wird Susa dafür sorgen, daß man mich auf einer Bahre wegträgt.«

»Unsere eigene Mutter? Ha! Du bist doch ihr Lieblingssohn.«

Archer warf Kyle einen Blick zu, bei dem jeder andere freiwillig ein paar Schritte zurückgetreten wäre.

Kyle jedoch hatte nicht die Absicht, auch nur einen einzigen Schritt zurückzuweichen. Er hatte das Gefühl, als hätte man ihm gerade einen Schlag in den Magen versetzt. Lianne Blakely besaß alles, was ihn an einer Frau anzog, und bis er sie gesehen hatte, hatte er das noch nicht einmal gewußt. Er hatte immer geglaubt, daß er große Frauen bevorzuge; sie war aber klein. Er hatte geglaubt, er liebe Blondinen; sie war dunkelhaarig. Er hatte geglaubt, er würde kontaktfreudige, lachende Frauen vorziehen; sie war still, gelassen und strahlte eine innere Ruhe aus.

Eines wußte Kyle dennoch ganz sicher, er wollte nie wieder der Gnade seiner Hormone ausgeliefert sein. Doch sehnte er sich nach Lianne auf eine Art, die nichts mit altem Wissen, alter Gelehrsamkeit, alten Versprechen zu tun hatte. Die plötzliche, primitive Erregung seines Körpers machte ihn wütend. Er gehörte wohl zu denjenigen Menschen, die nur sehr langsam lernten, wenn es darum ging, sich von einer Frau benutzen zu lassen.

Vielleicht sollte er zur Abwechslung einmal schnell lernen, wie es war, selbst jemanden zu benutzen.

»Warte nicht auf mich«, wandte sich Kyle an seinen Bruder und ging auf Lianne zu. »Es gibt da ein paar faule Geschäfte, um die ich mich kümmern muß.«

3

Obwohl Lianne so tat, als sei sie ganz versunken in die herrlichen Stücke aus Jade in der Ausstellungsvitrine, so spürte sie doch genau, in welchem Augenblick Kyle Donovan auf sie zutrat. Sogar noch bevor ihr Vater seine überraschende Bitte ausgesprochen hatte, hatte sie Kyle schon bei den verschiedensten Gelegenheiten aus den Augenwinkeln heraus beobachtet. Das war einfach. Kyle Donovan besaß die Art von athletischem Körper und strahlend blondem Haar, die man mit den Wikingern in Verbindung brachte.

»Wir müssen damit aufhören, einander auf diese Art zu begegnen«, sagte er.

Erschrocken blickte Lianne von einer Warring-States-Spange auf und blickte in Kyles Augen. Es waren die ungewöhnlichsten Augen, die sie je gesehen hatte: goldene Flecken tanzten wie Sterne um eine schwarze Pupille herum, und dann waren die Augen grün, bis hin zu einem äußeren, glänzend schwarzen Ring.

»Wie bitte?« brachte sie hervor und versuchte, nicht weiter in seine Augen zu sehen. »Ich habe Sie doch sicher gerade nicht richtig verstanden.«

»Sie haben recht. Das muß mein böser Zwillingsbruder gewesen sein. Haben Sie ein Streichholz?«

»Ich rauche nicht.«

»Ich auch nicht, aber es schien mir eine gute Idee, um eine Unterhaltung einzufädeln. Ich hätte es auch auf eine andere, etwas zeitgemäßere Art versuchen können, doch habe ich festgestellt, daß Sie keine Uhr tragen.«

Lianne stöhnte leise auf bei diesem Wortspiel und wurde dafür mit einem etwas schiefen Lächeln belohnt. Sie blinzelte und fragte sich, ob er überhaupt eine Ahnung davon hatte, wie anziehend sein Lächeln war.

»Ich bin Kyle Donovan«, sagte er und streckte ihr die Hand entgegen. »Und Sie sind Lianne Blakely. Jetzt, wo wir einander vorgestellt worden sind, können Sie mir auch sagen, warum Sie in den letzten beiden Wochen um mich herumgeschlichen sind.«

Ihre Belustigung verschwand. Zum erstenmal stellte sie fest, daß seine ungewöhnlichen Augen sie mit jener Art unnahbarem, abschätzenden Blick betrachteten, mit dem man normalerweise ungeliebte Verwandte bedachte, die gerade rechtzeitig zum Essen vor der Tür standen.

»Wovon reden Sie überhaupt?« fragte sie.

»Von Ihnen. Davon, daß Sie mir folgen. Heute abend. Vor zwei Tagen. Letzte Woche.«

»Spielen Sie etwa darauf an, daß wir beide die gleichen Jadeausstellungen besucht haben?«

»Jawohl.«

»Und das bedeutet, daß ich Sie verfolge?«

»Ein Mann kann sich doch Hoffnungen machen.«

»Ein Mann kann verschwinden.«

Kyle zuckte mit den Schultern. »Okay.«

Er wandte sich um und wollte davongehen.

»Warten Sie«, sagte Lianne, noch ehe sie sich zurückhalten konnte.

Sie hatte ein Versprechen gegeben, das sie nun auch einhalten mußte. Und dann war da noch die unleugbare Tatsache, daß Kyle Donovan sie interessierte. Vielleicht gelang es ihr ja endlich, über den Mann hinwegzukommen, der sie verführt, schließlich aber ein ordentliches chinesisches Mädchen geheiratet hatte und dann auch noch überrascht gewesen war, als Lianne die Beziehung nicht hatte fortsetzen wollen.

Wie die Mutter, so die Tochter.

Kyle wandte sich zu Lianne um. Und wartete.

Lianne atmete vorsichtig tief ein und blickte dann unter gesenkten Augenlidern zu dem Mann auf, dessen Schultern sowieso viel zu breit waren, um Wohlbehagen in ihr auszulösen. Das Weinglas sah in seiner großen Hand winzig aus, aber er hielt das Kristallglas zwar fest, doch vorsichtig. Seine angeborene Zurückhaltung und seine Art, sich zu bewegen, beruhigten sie auch gleichzeitig. Sie wiederholte, was sie sich schon seit zwei Wochen immer wieder einzureden versuchte: *Du kannst es schaffen. Frauen haben schon viel Schwierigeres geschafft.*

Doch Lianne hatte sich noch nie zuvor an einen gutaussehenden Fremden herangewagt. Bis vor kurzem. Und jetzt war sie auch noch dabei erwischt worden. Sie fragte sich, was sie wohl als nächstes tun sollte. Sicher sollte sie unaufdringlich sein, vielleicht ein wenig vorwitzig, aber auf jeden Fall ruhig, besser noch geduldig. Das waren wenigstens die Eigenschaften, die die Familie Tang bevorzugte.

»Ich möchte Sie jetzt um einen Gefallen bitten«, erklärte Lianne kühn. Zur Hölle mit Zurückhaltung und Geduld.

»Um einen anständigen Wein?« fragte Kyle.

Sie blickte auf ihr halbleeres Glas und hätte beinahe gelächelt. Sie war heute abend so nervös, daß alles ohnehin wie Essig und Asche schmeckte. Sie stellte ihr Glas ab, holte tief Luft und lächelte.

»Versuchen Sie einmal das Bier«, schlug sie vor und hob die Stimme, um einen Wortschwall in Kantonesisch zu übertönen, mit dem drei Kenner sich über die Vorzüge einer Ming-Statue unterhielten. »Die Chinesen sind nicht gerade bekannt für ihre Weinkenntnisse.«

»Das erklärt alles.«

»Was?«

»Letzte Woche. Blasen im Burgunder.«

Trotz Kyles humorvoller Worte und seinem schiefen Lächeln beobachteten seine goldgrünen Augen sie mit unbeirrbarer Geduld. Er wartete auf ihre Antwort, wie ein Puma darauf wartet, daß die Beute einen Fehler begeht.

Ein Kellner ging an ihnen mit einem Tablett voller Weingläser vorüber, vollen als auch leeren. Er nahm Lianne das Glas ab und auch das von Kyle und bedachte ihre Ablehnung von mehr Wein mit einem verständnisvollen Lächeln.

»Blasen im Burgunder«, wiederholte Lianne, biß sich auf die Unterlippe und lächelte beinahe traurig, als der Kellner in der Menge verschwand.

Das Schweigen zwischen ihnen dehnte sich aus. Kyle machte keine Anstalten, es zu brechen.

»Wissen Sie«, meinte Lianne, »es wäre einfacher, wenn Sie wenigstens noch einmal lächeln würden.«

Das tat er.

Doch es wurde trotzdem nicht einfacher.

»Also, ich habe nicht vor, meine Nagelfeile in Ihren überbreiten Oberkörper zu stechen«, meinte Lianne, »falls es das ist, worüber Sie sich Sorgen machen.«

Trotz seiner Vorsicht vor der faszinierenden Miss Blakely wurde Kyles Lächeln sogleich um ein paar Grad wärmer. Der Gedanke, daß diese zierliche Frau ihn angreifen könnte, belustigte ihn.

Und er erregte ihn. Die Regungen seines Körpers überraschten ihn. Er hatte in letzter Zeit nicht sonderliches Interesse für Frauen verspürt. Die Tatsache, daß eine frühere Geliebte ihn dazu auserkoren hatte zu sterben, hatte seinem Interesse am anderen Geschlecht einen ziemlichen Dämpfer versetzt.

»Was wollen Sie von mir?« fragte Kyle geradeheraus.

Verwirrung trat an die Stelle von Liannes Unsicherheit. Er hatte keinen Grund, so zu tun, als sei sie eine Kriminelle oder eine Bettlerin, die ihn um ein Almosen anbettelte.

»Muß ich hier etwa eine Tagesordnung vorweisen können? Hat denn noch nie ein Mädchen versucht, sich an einen großen, ausgestopften Kerl wie Sie ranzumachen?« fragte sie mit kühlem Sarkasmus.

»Doch. Und deshalb weiß ich auch, daß das bei Ihnen nicht so ist. Was wollen Sie von mir, Lianne Blakely, und was läßt Sie glauben, daß ich Ihnen helfen kann?«

»Sie sind groß.«

»Das ist ein ausgestopfter Elefant auch. Möchten Sie, daß ich einen Präparator rufe?«

Bei dem Gedanken, einen ausgestopften Elefanten zu den Jadeverkäufen oder den Tangs mitzunehmen, mußte Lianne lachen, doch Kyles unerschütterlicher Blick nahm der Situation allen Humor. Der Wunsch, gleich zwei Probleme auf einmal lösen zu können – ihr Versprechen an Johnny und ihren eigenen Schutz – schwand.

»Bitte, tun Sie das«, entgegnete Lianne. »Ich denke, Sie würden ausgestopft bezaubernd aussehen. Genaugenommen ist das sogar die einzige Möglichkeit, wie man überhaupt noch etwas aus Ihnen machen könnte.«

Ohne es zu wollen, lachte Kyle. »Oh, ich habe auch meine guten Augenblicke.«

»Ich bin sprachlos.«

Er nahm ihre Hand, hob sie ganz langsam an seine Lippen und drückte einen Kuß auf ihre Finger.

»Wir wollen noch einmal ganz von vorn anfangen«, sprach er und nahm ihre Hand in seine beiden Hände. »Ich bin Kyle, Sie sind Lianne, wir sind beide menschlich, und wir interessieren uns beide für chinesische Jade. Was haben wir sonst noch gemeinsam?«

»Meine Hand.«

»Eine sehr hübsche Hand«, stimmte Kyle zu, ohne sie freizugeben. »Klein, sauber, warm, elegante Form, Nägel poliert und nicht lackiert. Das ist noch etwas, das wir gemeinsam haben.«

»Polierte Fingernägel?«

»Wärme«, entgegnete er und fuhr mit der Fingerspitze ganz leicht über ihre Handfläche.

Lianne fühlte, wie ihr der Atem stockte. »Also gut. Sie haben auch Ihre charmanten Augenblicke. Darf ich jetzt meine Hand wiederhaben?«

»Sind Sie sicher, daß Sie das wollen?«

»Sie ist mir sehr ans Herz gewachsen.«

Kyle grinste. »Und bei meinen Wortspielen zucken Sie zusammen.«

Er gab ihre Hand frei, indem er sie ganz langsam aus seinen Händen gleiten ließ. Lianne hoffte, daß er ihr leises Zittern auf diese Berührung, die beinahe wie eine Zärtlichkeit gewesen war, nicht bemerkt hatte. Schnell verschränkte sie die Finger miteinander, nachdem er ihre Hand losgelassen hatte.

»Noch alles da?« fragte er belustigt.

»Was?«

»Ihre Finger.«

»Oh. Äh, ja. Alle zehn. Danke.«

»Gern geschehen. Ich esse selten schon bei der ersten Begegnung die Finger auf.«

Lianne atmete langsam wieder aus. Sie hatte das ungute Gefühl, daß die Unterhaltung langsam ihrer Kontrolle entglitt.

Diese Mischung von Vorsicht und Humor, die sich auf ihrem Gesicht widerspiegelte, berührte Kyle viel stärker als ihr angespannter kleiner Körper oder die riesigen cognacfarbenen Augen. In gewisser Weise erinnerte sie ihn an Honor und Faith, seine jüngeren Zwillingsschwestern, die sich auch gerne mit ihren älteren Brüdern anlegten, selbst wenn sie am Ende doch verloren.

Hinter Kyle ertönte plötzlich ein Wortschwall in Mandarin. Das einzige, was er jedoch davon verstand, war Liannes Name. Obwohl sie sich nicht gerührt hatte, schien es ihm, als habe sie sich hinter eine dicke Wand aus Glas zurückgezogen. Wer auch immer es war, der jetzt gerade auf sie zukam, sie wollte ihn nicht sehen.

Kyle wandte sich um und entdeckte, daß ein untersetzter Mann in mittleren Jahren an sie herantrat. Die beiden jüngeren Männer, die hinter ihm gingen, hätten seine Neffen oder Cousins sein können oder vielleicht auch Geschäftspartner, doch das bezweifelte Kyle. Sie hatten so eine Art an sich, die ihm verriet, daß sie nur die Leibwächter sein konnten.

Dann erkannte Kyle den älteren Mann als Han Wu Seng,

und somit war es ganz sicher, daß seine Begleiter Leibwächter waren. Seng war einer der höchsten politischen Berater der Volksrepublik China. Jeder, der ein paar Millionen für einen guten politischen Zweck brauchte, konnte zu Seng kommen, konnte mit ihm Gefälligkeiten austauschen und als reicher Mann wieder davongehen. Es gab keinen telegraphischen Transfer, keine schriftlichen Spuren. Nur Bargeld. Daher auch die Leibwächter. Er wußte nie, wann er einem hungrigen Politiker begegnete, und deshalb war er immer darauf vorbereitet, Geschäfte zu machen.

Seng kam näher, dann stand er neben Lianne, viel zu nahe, gemessen am kulturellen Standpunkt eines jeden. Nach den Werten eines Kontinentalchinesen war es bereits ein körperlicher Angriff.

Sie trat zurück und tat dabei so, als wolle sie sich umwenden und Kyle etwas sagen, doch es war einfach eine höfliche Ausrede, um mehr Abstand zwischen sich und Seng zu bringen. Er war einer der Hauptgründe dafür, daß Lianne Kyle in den nächsten Wochen an ihrer Seite haben wollte, bis Seng wieder auf das Festland von China zurückgerufen wurde.

Seng wollte sie haben. Er war dafür bekannt, daß er immer das bekam, was er wollte, sei es nun Jade, politische Macht oder eine Frau. Was Lianne Sorgen machte war, daß Wen Zhi Tang darauf versessen war, eine Verbindung mit Seng zu knüpfen, in der Hoffnung, daß die Tangs dadurch von den Festlandchinesen mit etwas mehr Gunst bedacht wurden. Während Lianne der Ehrgeiz der Tangs zwar völlig gleichgültig war, sowohl aus persönlichen als auch beruflichen Gründen, so wollte sie doch ihren Großvater nicht verärgern.

»Da sind Sie ja«, erklärte Seng voller Ungeduld. »Sie sollten bei den Ausstellungsstücken des Tang-Konsortiums sein, aber nein, sie fliegen herum wie ein Herbstblatt. Haben Sie noch mehr Neuigkeiten über den Inhalt des Grabes des Jadekaisers gehört? Man hat mir gesagt, daß es ein besonders sensationelles Stück eines Fellatio geben soll, einen möglichen Cunnilingus, einen Phallus für die Ausbildung junger Konkubinen, einen...«

Lianne setzte ihr Geschäftslächeln auf und unterbrach ruhig den mächtigsten Kapitalisten der Volksrepublik China. »Verzeihen Sie«, sagte sie in fließendem Mandarin. »Aber ich muß Ihnen meinen Begleiter vorstellen, der nur Englisch spricht. Ich werde für ihn übersetzen müssen.«

Während Lianne die beiden einander in zwei Sprachen vorstellte, beobachtete Seng Kyle mit wachsamen schwarzen Augen. Und auch wenn er Kyle auf angemessene Weise die Hand schüttelte, so machte er sich aber doch nicht die Mühe, sein Desinteresse an Kyle zu verbergen.

Doch dann sickerte langsam der Name Donovan in sein Bewußtsein.

»Donovan International?« fragte Seng in einem Englisch mit deutlichem Akzent.

Kyle nickte.

Sengs Lächeln wurde freundlicher. Er begann in schnellem Mandarin zu sprechen. Lianne übersetzte, wobei sie nur wenige Worte hinter ihm blieb. Kyle konzentrierte sich auf das, was Lianne sagte, und sah dabei Seng an. Seng konzentrierte sich auf das Mandarin und sah Kyle an. Beide Männer waren daran gewöhnt, geschäftliche Besprechungen abzuhalten, die in verschiedenen Sprachen gleichzeitig geführt wurden. Der Trick dabei war, einen guten Übersetzer zu bekommen, einen, der nicht nur akkurat war, sondern auch simultan übersetzte.

Lianne war sehr gut.

Kyle lauschte den üblichen Komplimenten, gab sie, so gut er konnte, zurück und fragte sich, was Seng von Donovan International wollte.

»Es ist schwierig, Ihrem Vater zu begegnen«, sagte Seng schließlich.

»Der Donovan allgemein ist bekannt dafür, schwierig zu sein«, stimmte Kyle ihm zu.

»Das macht es sehr schwierig, mit ihm Geschäfte abzuschließen.«

»Das wiederum eigentlich nicht«, entgegnete Kyle und lächelte. »Seine Assistenten sind recht leicht zu erreichen.«

»Es ist aber besser, mit Mr. Donovan selbst zu verhandeln.«

»Das gleiche habe ich dem Donovan viele Male selbst gesagt. Aber er hört nicht auf mich. Doch ich bin immerhin nur der Sohn Nummer vier. Sohn Nummer eins ist Archer. Haben Sie ihn bereits kennengelernt?«

»Die Gelegenheit hat sich noch nicht ergeben.«

Kyle sah sich um. Archer war nirgendwo zu entdecken. Kyle zuckte mit den Schultern. »Vielleicht beim nächstenmal.« Er sah Lianne an. »Wenn Sie wollen, werde ich verschwinden und...«

Liannes Hand schloß sich um Kyles Handgelenk. Ihre Schnelligkeit überraschte ihn genauso wie die Intensität ihrer Berührung.

»Es wäre ein unverzeihlicher Bruch der Etikette, wenn wir uns nicht all die Ausstellungsstücke ansehen würden«, versicherte ihm Lianne schnell. »Das haben wir versprochen, Sie erinnern sich doch sicher daran.«

Die Bitte in ihren Augen war genauso deutlich wie der Druck ihrer Finger auf seinem Arm.

»Sie haben recht, natürlich«, murmelte Kyle und legte seine Hand auf ihre. Dann fragte er leise: »Ist er der Grund dafür, daß Sie gerne einen ausgestopften Elefanten bei sich hätten?«

Lianne lachte auf eine eigenartige Art. »Ja.«

Der andere Grund war jedoch dieser Mann, von dem sie sich verfolgt fühlte, seit sie die Wohnung ihrer Mutter verlassen hatte. Der Mann, den sie in der Menge entdeckt zu haben glaubte, als sie unerwartet von einem der Ausstellungsstücke aufgeblickt hatte. Mittelgroß. Schwarzer Smoking. Ein normal aussehender Weißer. Er war so unauffällig, daß sie nicht einmal sicher sein konnte, ihn überhaupt gesehen zu haben.

Doch ganz gleich, wie sehr sie auch versuchte, es zu ignorieren, sie konnte dieses unangenehme Gefühl, bespitzelt zu werden, einfach nicht abschütteln. Trotz ihrer jahrelangen Karateausbildung hatte sie nicht das geringste Interesse daran, von Angesicht zu Angesicht einem Straßenräuber oder noch Schlimmerem gegenüberzustehen. Karateübungen in der Turnhalle waren eine Sache. In einer dunklen Seitenstraße war das schon etwas ganz anderes.

»So gern ich mich auch mit Ihnen unterhalten würde«, wandte sich Kyle an Seng, »so sind Lianne und ich doch zeitlich sehr angespannt. Es gibt noch vieles, was wir uns ansehen müssen, ehe die Auktion beginnt. Ich bin sicher, Sie werden das verstehen. Wenn ich das nächstemal mit dem Donovan spreche, werde ich nicht vergessen, Ihren Namen zu erwähnen.«

Liannes Finger lockerten sich ein wenig, doch noch immer hielt sie Kyles Handgelenk fest. Sie brauchte ungewöhnlich viel Zeit für ihre Übersetzung. Kyle lächelte, denn er nahm an, daß sie gleichzeitig versuchte, Han Sengs angeknackstes Ego zu glätten. Doch nichts in ihrem Blick oder ihrer Haltung deutete darauf hin, daß sie es bedauerte, Han Wu Seng eine Abfuhr erteilt zu haben oder daß sie sonderlich daran interessiert war, noch mehr als lediglich ein paar höfliche Worte mit ihm zu wechseln.

Noch vor einem Jahr hätte Kyle schlichte männliche Freude bei dem Gedanken empfunden, daß man ihm den Vorzug gab gegenüber einem Mann, der ganze Länder kaufen und verkaufen konnte, ganz zu schweigen von Menschen. Doch alle Anzeichen der Freude, die Kyle vielleicht hatte, wurden verdrängt von einer viel größeren Frage: warum hatte Lianne ausgerechnet ihn als ihren weißen Ritter auserwählt?

Er blickte auf ihre schlanken, stahlharten Finger um sein Handgelenk herum und entschied, daß die Antwort hierauf wahrscheinlich so einfach war wie die Entscheidung des Tang-Konsortiums, daß Sohn Nummer vier wahrscheinlich der einfachste Zugang zu Donovan International sein würde.

Die einzig wichtige Frage war jetzt nur noch, welches Interesse die Tangs an ihm hatten.

»Danke«, sagte Lianne leise und ließ Kyles Handgelenk los, nachdem Han Seng und seine zwei Schatten sich wieder entfernten.

»Die meisten Frauen wären begeistert, wenn Seng sie so ansehen würde, wie er Sie gerade angesehen hat.«

»Wie ein Stück Ware?«

»Wie eine wunderschöne Ware.«

»Noch ein Wortspiel?« fragte Lianne, doch diesmal lag kein Lachen mehr in ihrer Stimme.

Kyles bronzefarbene Augenbrauen hoben sich fragend.

»Wunderschöne Ware«, erklärte sie mit ausdrucksloser Stimme, »ist einer der vielen chinesischen Ausdrücke für Hure.«

»Tut mir leid. Sollen wir noch einmal von vorn beginnen. Sie wissen schon, aller guten Dinge sind drei.«

Ein schnelles Lächeln huschte über Liannes Gesicht. »Das drittemal behalten wir lieber noch in Reserve.«

»Sehen Sie etwa noch schlimmere Mißverständnisse vor uns liegen?«

»Das Leben hat mich gelehrt, daß es immer gut ist, noch etwas in Reserve zu haben.«

»Sie müssen aber ein interessantes Leben haben.«

»Nicht so interessant wie diese Warring-States-Spange.«

Lianne wandte sich wieder den Ausstellungsstücken zu, die sie sich angesehen hatte, ehe Kyle zu ihr getreten war.

Er zögerte bei diesem allzu offensichtlichen Themenwechsel, doch dann zuckte er mit den Schultern und entschied, für den Augenblick Lianne einfach nachzugeben. Er trat etwas näher und blickte über ihre Schulter in die Ausstellungsvitrine. Eigentlich sah er sogar über ihren Kopf. Sie reichte ihm nicht einmal bis ans Kinn. Als er einatmete, hüllte ihn der Duft von Regen und Lilien ein. Und als er dann wieder ausatmete, bewegten sich kleine Löckchen, die sich aus ihrer mit den Jadehaarnadeln befestigten Frisur gelöst hatten, an ihrem Ohr. Beim nächsten Atemzug waren es dann wieder der Regen und die Lilien, doch wärmer jetzt, denn er stand so nahe bei ihr, daß er sogar die zarte Wärme ihres Körpers fühlen konnte. Und die regelrechte Hitze seines eigenen Körpers.

Mit einem stillen, aber bitteren Fluch auf seine Hormone, trat Kyle wieder einen Schritt von ihr zurück und konzentrierte sich auf ein sehr altes Schmuckstück aus Jade und nicht länger auf Liannes weiche Haut. Der S-förmige Drache schien noch immer lebhaft und frisch, obwohl er bereits seit mehr als zweitausend Jahren existierte.

»Wunderschön«, stimmte Kyle ihr zu, doch noch während er sprach, wandte er seinen Blick ab. »Doch er reicht nicht an die unglaublich klare Kraft der zeremoniellen Klinge in der nächsten Vitrine heran.«

Als Lianne auf die meißelförmige Jade blickte, die Kyles Aufmerksamkeit erregt hatte, mußte sie beinahe lächeln. Die lange, schmale, beinahe rechteckige Form der Klinge war ihr bekannt aus den vielen Stunden, in denen sie Wens Erzählungen über die ästhetischen und rituellen Zwecke verschiedenster zeremonieller Objekte aus der Jungsteinzeit gelauscht hatte.

»Sie klingen ja fast wie Wen Tang«, sagte sie. »Er hängt auch leidenschaftlich an seinen antiken Stücken aus Jade.«

»Sprechen Sie von Wen Zhi Tang?« fragte Kyle, obwohl er genau wußte, daß nur er gemeint sein konnte.

Lianne nickte, doch ließ sie den Blick nicht von der Vitrine mit der antiken Klinge. Mit einem kleinen Ausruf beugte sie sich näher, so nahe, daß das Glas der Vitrine von ihrem Atem beschlug. Ungeduldig zog sie sich ein wenig zurück und wartete darauf, daß die Scheibe wieder klar wurde.

»Was ist los?« fragte Kyle.

Lianne antwortete ihm nicht. Sie hielt den Atem an und untersuchte das fünftausend Jahre alte Stück aus Jade hinter der Barriere aus Glas so genau, wie sie nur konnte.

»Unglaublich«, murmelte sie und zog die Augen zusammen. »Die Größe könnte ich ja noch verstehen. Auch die Farbe könnte ich akzeptieren. Sogar das Design ist kein Problem. Aber daß sie die gleichen Flecken an den gleichen Stellen aufweist?«

Mit gerunzelter Stirn starrte sie eindringlich auf die zeremonielle Klinge.

»Sie werden noch Runzeln bekommen, wenn Sie nicht damit aufhören«, meinte Kyle nach einer Weile.

»Nur die Amerikaner sind besessen von der Jugend«, antwortete sie und wandte ihren Blick nicht von der Jade ab.

»Und die Chinesen sind besessen vom Alter.«

»Besessenheit gibt es in allen Kulturen. Das ist menschlich. Die Kulturen unterscheiden sich in den Objekten, von denen sie besessen sind.« Während Lianne sprach, ging sie um die Vitrine herum und betrachtete das Stück von allen Seiten.

»Denken Sie daran, das Stück zu ersteigern?« fragte Kyle.

»Ja.«

»Dann hoffe ich, daß Sie oder Ihr Kunde sehr reich sind. Das ist nämlich ein sehr schönes Stück aus der Jungsteinzeit.

Es ist von jener Sorte, wie man sie im Grab eines Kaisers findet.«

Kyles Worte drangen kaum zu Lianne durch. In Gedanken ging sie bereits die Höhe ihres Kontos und ihres Kreditrahmens durch. Sie würde den Preis wahrscheinlich aufbringen können. Knapp. Wenn das Klappern in ihrem Wagen jedoch auch noch zu einem Problem werden sollte, würde sie ihre Kreditkarten bis zum Limit ausschöpfen müssen. Auf jeden Fall würde sie den herrlichen Zhou-Anhänger, auf den sie schon ein Auge geworfen hatte, zunächst einmal aufgeben müssen. Wenn sie das Geheimnis der Klinge aus der Jungsteinzeit erst gelöst hätte, dann könnte sie sie ja verkaufen und ihr Konto somit wieder ausgleichen. Doch wäre der Anhänger bis dahin leider verkauft.

Mit einem Seufzer verabschiedete sich Lianne von dem zweitausendfünfhundert Jahre alten Stück Jade, das sie sich zu ihrem dreißigsten Geburtstag hatte leisten wollen.

»Sie sehen aber gar nicht glücklich aus«, bemerkte Kyle.

»Wie bitte?«

»Die meisten Sammler, die einer Neuerwerbung auf der Spur sind, sehen angespannt aus, haben einen glasigen Blick und können es kaum erwarten, das Stück, von dem sie besessen sind, in die Hände zu bekommen. Beinahe so, wie Seng Sie angesehen hat.«

Lianne warf Kyle einen Blick von der Seite zu, aus Augen in der Farbe uralten Whiskeys. Sie brauchte nicht lange, um sich zu entscheiden, daß sie lieber über Seng reden würde als über die Klinge aus der Jungsteinzeit, von der sie beinahe sicher war, daß sie ihrem Großvater gehörte.

Oder gehört hatte. Die Karte an der Vitrine verriet, daß die Klinge sich im Besitz der SunCo befand und daß sie für die Auktion gestiftet worden war.

»Mr. Han ...«

»Seng für seine Freunde«, unterbrach Kyle sie. »Und er möchte Ihr Freund sein. Ein enger Freund. Sehr eng.«

»Mr. Han«, wiederholte Lianne, »begeistert sich für viele Dinge. Im Augenblick scheine ich eines davon zu sein. Aber das wird nicht lange andauern. Doch so lange es noch so ist, hätte ich nichts dagegen, wenn ein gewisser Mann mich bei meinen Besuchen auf den Jadeveranstaltungen eskortieren würde.«

»Ein gewisser Mann?«

»Ein großer. So wie Sie.«

»Ah, wir sind also wieder bei dem ausgestopften Elefanten.«

»Das haben Sie gesagt, nicht ich.«

Kyle betrachtete Lianne mit der gleichen Aufmerksamkeit, mit der er auch ein zum Verkauf angebotenes Stück Jade taxieren würde. »Meinen Sie das ernst?«

»Daß ich Sie brauche? Ja.«

»Und was habe ich davon?«

»Die Befriedigung, den edlen Ritter spielen zu können«, gab sie zurück und stellte verlegen fest, daß ihr eine heiße Röte in die Wangen stieg.

»Tut mir leid, aber ich habe meine Unterwäsche aus Metall gegen gute alte Baumwolle eingetauscht.«

Lianne hoffte, daß ihr geschäftsmäßiges Lächeln ihre Unsicherheit verbarg. Und ihre Enttäuschung. »Verständlich. Ich bin sicher, ein Kettenhemd scheuert schrecklich. Entschuldigen Sie bitte, ich muß mir noch eine Menge ansehen. Nett, Sie kennengelernt zu haben, Mr. Donovan.«

Einen Augenblick lang war Kyle viel zu überrascht von Liannes kühlem, schnellem Rückzug, um noch zu etwas anderem fähig zu sein, als sie lediglich verwundert anzustarren. Noch ehe er Zeit hatte, darüber nachzudenken, schnitt er ihr den Rückweg ab.

Lianne blieb abrupt stehen. Entweder das oder sie wäre mit Kyle Donovan zusammengestoßen. Automatisch machte sie einen Schritt nach rechts. Auch er trat zur Seite und versperrte ihr somit wieder den Weg. Sie ging zur anderen Seite. Also auch Kyle.

»Der Tanz findet erst nach der Auktion statt«, erklärte sie knapp.

Kyle lächelte. Ihm gefiel dieser Funken und der Anflug von Ärger in ihren Augen wesentlich mehr als ihre ausdruckslose, unzugängliche Höflichkeit, mit der sie ihn abgewiesen hatte, als würde sie ein paar Schuppen von ihrer Schulter klopfen.

»Ich habe einen Vorschlag«, begann er.

»Wunderbar. Gehen Sie mir aus dem Weg und suchen Sie sich jemanden, der daran interessiert ist.«

»Es handelt sich aber eher darum, daß gerade wir beide uns gegenseitig einen Gefallen erweisen könnten.«

Lianne senkte die Augenlider und versteckte so das Blitzen in ihren Augen. »Und was wäre das für ein Gefallen?«

»Für jede Stunde, in der ich für Sie den ausgestopften Elefanten spiele, werden Sie mir eine Stunde schenken, in der sie mir all das beibringen, was Sie erkennen, wenn Sie die verschiedenen Jadesorten anschauen.«

Ihre Augen weiteten sich überrascht, die dunkle Iris wurde größer. »Wie bitte?«

»Ich habe eine recht gute Ahnung von antiker und vorsintflutlicher Jade, doch ich könnte noch eine Menge dazulernen, wenn ich dem Gedankengang einer Expertin, wie Sie eine sind, folgen könnte.«

»Eine solch große Expertin bin ich auch nicht.«

Kyle gelang es, ein lautes Lachen zu unterdrücken. Wenn Wen Zhi Tang einen Lehrling hatte, dann war dieser Lianne Blakely. Und wenn es um Jade ging, dann war Wen ein genauso großer Experte wie Gott.

»Dann ist es ja ein fairer Handel«, meinte Kyle lässig. »Ich bin nämlich auch kein erfahrener Begleiter.«

Als Lianne zögerte, lächelte Kyle sie lässig an. Man hatte ihm gesagt, er hätte ein entwaffnendes Lächeln, also wandte er es auch an, wenn es für ihn von Vorteil war, dadurch unterschätzt zu werden. In diesem Innenhof, in dem es von asiatischen und weißen Haien nur so wimmelte, brauchte er jede nur erdenkliche Hilfe. Sechs Monate, in denen er sich in das Studium der chinesischen Jade vergraben hatte, konnten kaum mit einem ganzen Leben konkurrieren, in dem man über die Erdoberfläche geklettert war, immer auf der Suche nach Mineralien.

Lianne entspannte sich bei seinem Lächeln allerdings nicht so sehr, wie Kyle es gehofft hatte. Wenn möglich, so zog sie sich sogar noch mehr vor ihm zurück.

»Das wäre dann so ähnlich wie ›Kratzt du mir den Rücken, kratz ich dir den Rücken‹?« schlug sie vor.

Sein Lächeln wurde noch breiter. »So ähnlich. Sind Sie einverstanden?«

»So lange das einzige, was Sie juckt, die Jade ist«, erklärte sie geradeheraus. »Wieviel wollen Sie denn überhaupt wissen?«

»Wenn ich mich langweile, werde ich es Ihnen schon sagen.«

Lianne neigte den Kopf ein wenig zur Seite und blickte zu Kyle auf. »Sie meinen das wirklich ernst, nicht wahr?« fragte sie und spielte so auf seine Bemerkung an.

»Ja. Ich mag es eben nicht, mich zu langweilen.«

Sie holte tief Luft und dachte an all die Gründe, warum es besser wäre, sich umzudrehen und wegzugehen von diesem Mann mit dem Lächeln, das ihm so leichtzufallen schien, und den wundervollen Augen, die sie so prüfend ansahen.

»Also gut«, gab sie dann leise nach. Mit ein wenig festerer

Stimme antwortete sie schließlich: »Ich bin mit unserem Handel einverstanden.«

Zum erstenmal, seit Kyle Lianne entdeckt hatte, entspannte er sich ein wenig. Er wußte nicht genau, warum es für ihn so wichtig war, in ihrer Nähe zu bleiben. Er wußte nur, daß er es ganz einfach tun mußte. Das, was er fühlte, hätte man bei einer Frau weiblichen Instinkt genannt. Bei einem Mann nannte man es eher logisches Denken, Erfahrung, Schlußfolgerung oder, schlimmstenfalls, eine Ahnung.

Kyles Ahnung sagte ihm, daß hinter dieser Sache noch viel mehr steckte als bloß eine hübsche Frau, die einen großen Mann darum bat, ihr den Wolf Han Seng vom Leib zu halten.

»Wo wollen Sie anfangen?« fragte Lianne.

»Am Anfang, natürlich. Bei der Klinge aus der Jungsteinzeit.«

Kyle war ungeheuer neugierig auf dieses Kunstwerk aus Jade, das der Grund dafür gewesen war, daß sie gestarrt und gestarrt hatte, bis er schließlich geglaubt hatte, so etwas wie Furcht in ihrem Gesicht gesehen zu haben, weil alle Farbe daraus gewichen war. Doch er sprach nicht davon. An diesem Punkt war ihre Beziehung noch zu zerbrechlich, um eine solche Belastung aushalten zu können.

Einen Augenblick lang fragte sich Kyle, worauf er sich da eigentlich eingelassen hatte. Doch dann trat Lianne an ihm vorbei zu der Ausstellungsvitrine, und er atmete wieder den berauschenden, köstlichen Duft von Lilien und Regen ein. Es fuhr durch ihn hindurch wie eine Mischung aus Ruhe und Adrenalin, es beruhigte seinen Geist und erregte zugleich seinen Körper.

»Diese Klinge«, sagte Lianne, »die viele Chinesen eine Schaufel nennen würden...«

»Warum?« unterbrach er sie.

»Wen sagt, daß die Menschen in uralten Zeiten Grabstöcke

benutzten, die eine scharfe Kante hatten. Einige Akademiker behaupten, daß es eher eine Dechsel sei als eine Schaufel. Auf jeden Fall stimmen wir alle miteinander überein, wenn wir behaupten, daß Objekte wie dieses nach einer Klinge gefertigt wurden, einem Artefakt, der für die Kultur wichtig genug war, um in Rituale eingeschlossen zu werden.«

Kyle nickte.

»Diese Klinge«, sprach Lianne weiter und deutete auf die Vitrine, »ist *Pih,* eine der acht traditionellen Kategorien der Jadefarben.«

»Grün?«

»Moosgrün. Einige nennen es vielleicht auch Spinat. Auf jeden Fall ist diese Klinge ein ausgezeichnetes Muster für vergrabene Jade.«

»Grabbeigaben?«

»Genau. Sie sind von den Europäern schon immer geschätzt worden. Unter den Überseechinesen ist die alte Zurückhaltung der Kontinentalchinesen vor dem Sammeln von Grabbeigaben beinahe verschwunden. Die Flecken auf dieser Klinge sind das Resultat von Tausenden von Jahren, die sie in einem Grab verbracht hat. Die Chinesen haben eine lange und sehr ästhetische Tradition in bezug auf verwitterte Jade.«

Als Kyle die Ehrfurcht in ihrer Stimme hörte, als sie »Flecken« sagte, zog er die Augenbrauen hoch. »Flecken, wie? Werden sie nicht ganz einfach nur als ein Anzeichen des Alters gewürdigt?«

»In einigen Fällen schon. Für einen chinesischen Sammler sind diese Flecken aber gerade darum von besonderer Bedeutung, weil sie den Eindruck der totemähnlichen Muster, die in die Klinge geschnitzt sind, noch erhöhen anstatt sie zu mindern.«

»Das hat man mir auch gesagt. Aber ich muß schon sagen,

das ist einer der Aspekte in der Bewertung von Jade, der sich mir entzieht.«

»Warum?« fragte Lianne und sah zu ihm auf.

»Die Jade ist von Menschen ausgewählt, geschnitzt, poliert und vergraben worden. Die Flecken kamen durch Zufall darauf, sie sind ein Ergebnis dessen, daß die Jade in feuchter Erde neben einer Leiche vergraben wurde.«

Liannes Augen blitzten unter ihren dichten Wimpern, als sie lächelte. »Das ist eine sehr westliche Einstellung.«

»So bin ich nun mal geboren und aufgewachsen.«

»Ich auch. Wen hat mir sehr oft Vorträge über meinen Mangel an Raffinesse gehalten, wenn es um die Bewertung von Jade geht. Die Stellen von zufälligen Flecken gehörten zu jenen Dingen, bei denen ich eben meine Schwierigkeiten hatte.«

»Hatte?«

»Jetzt sehe ich diese Flecken genauso wie derjenige, der die Jade bearbeitet hat, den Stein gesehen hat, ehe er sich an die Arbeit machte.«

Kyle blickte von der Klinge zu Lianne. »Das verstehe ich nicht.«

»Jedes Stück Jade ist anders. Es ist die Pflicht des Schnitzers und auch seine Freude, das Objekt, das sich im Stein verbirgt, zu befreien.«

Er nickte. »Diesen Teil verstehe ich. Angewandte menschliche Geschicklichkeit und Intelligenz.«

»Und die Flecken«, sprach Lianne leise weiter, »sind die Kondensation der Zeit, sie sind ebenso Teil der heutigen Jade wie der Originalstein oder die Kunst des Schnitzers. Wenn die Zeit das Muster des Steins verwischt oder den Stein zerbricht, dann wird der Wert des Ganzen vermindert. Wenn die Zeit das Stück verbessert, ist das Resultat ein herrliches, vielschichtiges Kunstwerk, wie dasjenige, von dem Sie nicht länger als zehn Sekunden den Blick nehmen können.«

Beinahe schuldbewußt blickte Kyle Lianne an. Ihr Lächeln veränderte die Farbe ihrer Augen zu einem dunklen Honigton.

»Ich habe mich nicht beklagt«, sagte sie. »Ich liebe es, wenn ich jemanden sehe, der wirklich fasziniert ist von der Jade und sie nicht nur sammelt, um andere Menschen zu beeindrucken oder weil es die letzte Modeerscheinung ist.«

»Auch wenn ich nun Jade ohne Flecken bevorzuge?«

Sie lachte. »Vergessen Sie nicht, daß die Anordnung der Flecken für einen chinesischen Sammler sehr wichtig ist.«

»Und wie steht es mit den Amerikanern? Zählen deren Vorlieben denn gar nicht?«

»Sie können die Flecken auf Jade lieben oder hassen, doch es ändert nichts an der Tatsache, daß Flecken, die zu dem ästhetischen Eindruck eines Stückes beitragen, den Preis hochtreiben. Und das ganz besonders in Auktionen, in denen Asiaten und Weiße zusammentreffen, wie in dieser hier.«

»Ich sehe eine großartige Zukunft für die Pacific-Rim-Asian-Wohltätigkeitsorganisationen voraus«, meinte Kyle spöttisch. »Aber ich kann mir nicht vorstellen, daß ein Sammler diese Klinge aus der Jungsteinzeit aus irgendeinem Grund wieder hergibt, es sei denn, es ist eine Katastrophe oder gar der Tod. Eines von beiden muß es sein. Oder ist das nur meine Unerfahrenheit, die sich hier gerade zum Ausdruck bringt?«

Nachdenklich betrachtete Lianne die außergewöhnliche Klinge in der Vitrine. Sie war zwar aus einem Stein geschaffen, doch war sie so erfüllt von Zeit und Ehrerbietung, daß die Jade förmlich leuchtete.

»Nein, ich kann mir nicht vorstellen, daß Wen sie einfach so hergeben würde«, sagte sie leise und war sich gar nicht bewußt, daß sie die Worte laut ausgesprochen hatte.

Ein eisiger Schauer rieselte über ihren Rücken. Sie fragte

sich, welches Unglück die Familie Tang wohl befallen haben mag, welche Katastrophe so groß war, daß sie Wen Zhi Tang zwingen konnte, ein Stück aus seiner Jadesammlung zu verkaufen, das seit den Zeiten der Ming-Dynastie zum Familienbesitz gehörte.

Kein Wunder, daß ihr Vater so zerstreut gewesen war, daß er sogar vergessen hatte, ihr einen Parkausweis zu geben. Kein Wunder, daß er sie drängte, der Familie Tang einen Zugang zu Donovan International zu schaffen. Wenn er ihr doch nur gesagt hätte, was los war, dann hätte sie doch alles getan, um sich an Kyle heranzumachen. Die Tangs würden es ihr gegenüber wahrscheinlich niemals eingestehen, aber sie waren ganz einfach eine Familie.

Ihre Familie.

»Lianne?«

Ihr wurde bewußt, daß Kyle mit ihr gesprochen hatte, doch auch wenn sie es versuchte, sie konnte sich nicht daran erinnern, was er gesagt hatte. Ihre Gedanken waren ein Durcheinander von Vermutungen und Unbehagen.

»Entschuldigung«, sagte Lianne. »Ich dachte gerade an... Jade.«

Und an Angst.

Dann war es keine Ungeduld gewesen, die sie in den Augen ihres Vaters gesehen hatte, als er ihr davon erzählte, daß er eine Verbindung zu Kyle Donovan benötigte. Es war Angst gewesen.

4

Die Jadeschale aus der Sung-Dynastie zog die Bewunderer an wie ein Magnet. Asiaten und Weiße, Sammler und Versammelte drängten sich um die einzelne hochstehende Ausstellungsvitrine und flüsterten voller Ehrfurcht und Habgier.

Aus einem einzigen Stück höchst durchsichtiger weißer Jade geschaffen, mit einem Anflug von blassem Grün in den Krümmungen, war die Schale so schlicht wie sensationell. Sie leuchtete wie der Mond in der Morgendämmerung auf dem dunklen Samt der Vitrine. Die diskrete Karte informierte über zwei Dinge: Die Jade gehörte Richard Farmer, und sie war nicht zu verkaufen.

»Normalerweise interessiere ich mich nicht für Stücke aus der Sung-Zeit«, meinte Kyle und blickte über die Köpfe mehrerer Menschen hinweg, die vor der Vitrine standen. »Doch dies hier könnte meine Vorurteile ändern. Nur gut, daß sie nicht zu verkaufen ist. Um sie zu kaufen, braucht man ein Portemonnaie wie das eines Dick Farmer. Ist er einer Ihrer Kunden?«

»Ich habe noch nie direkt mit ihm verhandelt«, erklärte Lianne.

Kyle fragte sich, ob sie ihm absichtlich auswich. Farmer könnte nämlich dennoch ein Kunde von ihr sein, auch wenn sie ihn noch nie von Angesicht zu Angesicht gesehen hatte. Als Selfmade-Multimilliardär in der grauen Welt des internationalen Technologieweiterverkaufs schwitzten Legionen von Menschen eifrig für Farmer, um sich um seine Geschäfte zu kümmern. Und um seine Milliarden.

»Wissen Sie denn, wer diese Schale für Farmer erworben hat?« fragte Kyle.

»Chang Wo Sun, würde ich sagen.«

»Nie von ihm gehört. Ist er einer der Mitspieler im Jaderoulette?«

»Nein. Er ist der Koordinator bei SunCo.«

»Ich wußte gar nicht, daß SunCo mit Farmer Geschäfte macht.«

»Das tun sie auch nicht. Noch nicht. Ich nehme an, die Schüssel ist Teil eines sehr komplexen und sehr chinesischen Rituals des Werbens.«

Während Lianne sprach, stand sie auf Zehenspitzen und versuchte, über zwei Männer hinweg die Sung-Schale zu sehen. Als ihr der Blick von zwei breiten Schultern wieder genommen wurde, stieß sie ein unwilliges Geräusch aus.

Doch dann schnappte sie erschrocken nach Luft, als sie plötzlich den Boden unter den Füßen verlor und sie sich mit Kopf und Schultern über der Menge befand, gehalten von Kyles großen Händen.

»Können Sie jetzt besser sehen?« fragte er.

»Viel besser. Äh, danke.«

»Das gehört alles nur zu den Diensten des ausgestopften Elefanten.«

Lianne lachte, obwohl sie sich gleichzeitig fragte, ob auch er fühlte, daß ihr Herz plötzlich schneller schlug, weil sie die Wärme seiner Hände auf ihren Rippen fühlte. Sie hoffte, daß er dann zumindest annehmen würde, der Grund dafür wäre lediglich ihre Überraschung und nicht ihre typisch weibliche Reaktion auf die Wärme und die Kraft des Mannes, der sie gerade in die Luft stemmte.

Nach den ersten Atemzügen entschied Lianne, daß ihr der Ausblick aber ausgesprochen gut gefiel. Genau unter ihr bewegte sich die kunstvolle Frisur einer Frau hin und her wie eine Ballerina, als die Frau den Kopf von einer Seite zur anderen legte und die herrliche Schale bewunderte. Über ihre Schulter blickte ein Mann mit einer kahlen Stelle auf dem

Kopf, einer natürlichen Tonsur, die er zu verbergen versuchte, indem er das Haar darüber gekämmt hatte. Eine Delegation von Chinas Festland stand auf der einen Seite der Vitrine. In Mißachtung der Gesetze von Seattle lag über ihren Köpfen ein undurchdringlicher Nebel aus Zigarettenrauch.

Und als Lianne über die Schulter zurückblickte, entdeckte sie, daß der gleiche Mann, der ihr von ihrem Wagen aus gefolgt war, noch immer hinter ihr war. Er versuchte, rasch aus ihrem neu gewonnenen Gesichtsfeld zu verschwinden.

Erwischt.

Lianne lächelte grimmig, obwohl ihr ein Schauer der Angst heiß und kalt zugleich über die Haut lief. Zweifellos hatte der Mann geglaubt, daß es kein großes Problem sei, ihr diskret zu folgen – solange er sich nur an den großen Angelsachsen hielt, konnte Lianne auch nicht mehr weit weg sein.

»Keine Sorge, ich werde Sie nicht fallen lassen«, sagte Kyle, dem die plötzliche Anspannung in Liannes Körper nicht entgangen war. »Ich habe schon Rucksäcke über hohe Bergpässe getragen, die schwerer waren als Sie.«

»Ihretwegen mache ich mir keine Sorgen.«

Der Mann jedoch, dem es gelungen war, die Menge um sich herum wie einen bunten Nebel zu nutzen, war etwas ganz anderes. Er bereitete Lianne Sorgen. Sie starrte noch eine Minute lang auf die Menschenmenge hinter sich, doch sie konnte ihn nicht mehr entdecken. Er war verschwunden, als wäre er nicht mehr als ein Produkt ihrer Einbildung.

Und vielleicht war er das ja auch. Vielleicht war sie nur nervös, weil sie gerade Jadeschmuck im Wert von beinahe einer Million Dollar trug, der noch nicht einmal ihr gehörte.

»Danke, ich habe genug gesehen«, sagte Lianne.

Kyle stellte sie wieder auf den Boden, beugte sich zu ihr hinunter und fragte an ihrem Ohr: »Haben Sie ihn erkannt?«

Der überraschte Ausdruck in ihrem Gesicht, den sie in diesem Augenblick einfach nicht verbergen konnte, sagte Kyle, daß er richtig vermutet hatte: ihre Aufmerksamkeit hatte nicht der Jade gegolten.

»Ich weiß nicht, was Sie meinen«, antwortete sie.

Enttäuschung und Ungeduld stiegen in Kyle auf. Offensichtlich glaubte die kleine Lady, er sei auch genauso dumm wie ein ausgestopfter Elefant.

»Richtig«, meinte er und bahnte ihr einen Weg von der Sung-Schale weg. »Was steht als nächstes auf Ihrer Jade-Tagesordnung?«

»Die Auktion beginnt erst in zwei Stunden. Welche Ausstellungsstücke haben Sie denn noch nicht gesehen?«

»Das Buffet«, erklärte Kyle geradeheraus. »Oder haben Sie gegessen, ehe Sie hierhergekommen sind?«

»Nein, dazu war ich viel zu nervös«, gestand sie ihm.

»Weshalb?« fragte er und führte sie aus dem Innenhof hinaus zu dem Buffet, das im Ballsaal aufgebaut worden war.

»Wegen der Ausstellung der Jadehändler«, sagte sie, verriet ihm damit aber nur die halbe Wahrheit. Sie wollte jedoch auf keinen Fall vor Kyle eingestehen, daß der Gedanke, sich ihm nähern zu müssen, ihr auf den Magen geschlagen war. »Ich trage die Verantwortung für die Auswahl der Jadestücke.«

»Ich dachte, der Patriarch hätte diese Aufgabe selbst übernommen.«

»Wen?«

»Als ich mich das letztemal erkundigt habe, war er der große alte Mann des Tang-Clans.«

»Das ist er auch. Es ist nur so, daß er ... schrecklich viel zu tun hat«, beendete Lianne den Satz mit einer schwachen Ausrede.

Kyle warf ihr einen Blick von der Seite zu, der ihr sagte, daß er ihr kein Wort glaubte.

Sie versuchte, sich einzureden, daß Wens Gesundheit ein offenes Geheimnis war, ein Geheimnis, das Kyle sowieso entdecken würde, sobald sie ihn der Tang-Familie vorstellte.

»Augenblick«, sagte sie und griff nach Kyles Arm. Sie stellte sich auf Zehenspitzen und beugte sich so nahe zu ihm hinüber, daß niemand hörte, was sie ihm zu sagen hatte. »Wens Augenlicht ist sehr schlecht. Sogar auf seinen Tastsinn kann er sich nicht mehr verlassen. Arthritis, denke ich, doch niemand spricht darüber. Er hat aber dennoch seinen Teil zu der Ausstellung beigesteuert. Joe hat Wens Vorschläge an Harry oder Johnny weitergegeben, und die haben sie an mich weitergeleitet.«

Kyle bemühte sich, sich nicht von dem ungewöhnlichen Duft Liannes von der Hauptsache ablenken zu lassen: eine der reichsten Handelsfamilien der Welt vollzog einen leisen Wechsel in der Führung. Nach dem Schock der Übergabe Hongkongs an China mußte Wens wachsende Schwäche unter den vielen Zweigen der Tang-Familie ein großes Gerangel und Gehacke ausgelöst haben, in dem darum gekämpft wurde, wer den Clan durch die ertragreichen Minenfelder des einundzwanzigsten Jahrhunderts führen würde.

»Joe? Harry? Johnny?« fragte Kyle.

»Joe Ju Tang ist der älteste Sohn Wens. Harry Ju Tang ist der zweitälteste. Johnny ist der jüngste.«

»Sie kennen sie gut?«

»Ja«, antwortete Lianne mit ausdruckslosem Gesicht. »Die Familie Tang interessiert sich sehr für Jade. Sie gehören zu meinen wichtigsten Kunden.«

Kyle machte ein genauso ausdrucksloses Gesicht wie Lianne, als er sie zu den Tischen mit den Hors d'œuvres führte. Er reichte ihr einen Teller und fragte so ganz nebenher: »Was hat denn die Familie Tang zu dem Grab des Jadekaisers gesagt?«

Sie zuckte mit den Schultern. »Das gleiche, was auch alle anderen sagen.«

»Und das wäre?«

Lianne warf ihm einen Blick zu, doch seine ganze Aufmerksamkeit richtete sich auf die Vielfalt der Hors d'œuvres, als wäre seine Frage einfach nur höflich gemeint und zielte nicht auf etwas ganz Bestimmtes ab.

»Eine Mischung aus Neugier und nackter Gier«, antwortete sie und griff nach einigen kleinen Pastetchen. Das Aroma, das von den winzigen Stückchen Wurst in dem dünnen Teig aufstieg, ließ ihr das Wasser im Mund zusammenlaufen. »Die Sammler treten auf der Stelle, denn sie wissen noch nicht, ob ihre Sammlungen durch die Grabbeigaben nun an Wert gewinnen oder verlieren.«

»Glauben Sie, daß diese feine Klinge aus dem Grab des Jadekaisers kommt?« fragte Kyle.

»Ich... das weiß ich nicht. Alles ist möglich, denke ich.«

Er genoß eine winzige, köstliche Frühlingsrolle und nutzte die Gelegenheit, Lianne beobachten zu können, ohne daß sie es bemerkte. Das war nicht unbedingt eine schwere Aufgabe. Ihre Wangenknochen würden jedes Model vor Neid erblassen lassen. Das Licht schimmerte wie der Hauch eines Geliebten auf ihrem schwarzen Haar. Ihre Lippen waren voll, weiblich, einladend.

Und sie log schamlos, auch über die Klinge aus der Jungsteinzeit. Sie wußte sehr genau, woher sie kam. Kyle war sich dessen genauso sicher wie der Tatsache, daß ihr Herz unter seinen Händen schneller geschlagen hatte, als er sie über die Menge der Zuschauer gehoben hatte. Er fragte sich, ob diese Reaktion wohl von Angst oder Verlangen ausgelöst worden war. Oder von beidem. Dann fragte er sich, ob er die Wahrheit über Lianne entdecken würde, bevor er die Wahrheit über das Grab des Jadekaisers herausfand.

73

Lianne steckte eines der Pastetchen in den Mund und murmelte anerkennend. Das Geräusch weckte in Kyle eine Art von Hunger, den keine Hors d'œuvres je würden stillen können.

»Himmel«, sagte sie und zitterte fast vor Genuß. »Solches Essen ist ganz bestimmt gegen das Gesetz. Sind die Frühlingsrollen genausogut?«

»Das müssen Sie mir sagen.« Er steckte ihr eines der knusprigen Stücke in den Mund und sah zu, wie sie genüßlich kaute und schließlich schluckte.

»Unglaublich«, sagte sie, dann fügte sie enttäuscht hinzu: »Aber ich werde niemals alles probieren können, ehe ich satt bin.«

Der Ausdruck der Enttäuschung auf Liannes Gesicht, als ihr Blick über das Buffet glitt, hätte Kyle normalerweise laut auflachen lassen, doch in diesem Augenblick sehnte er sich zu sehr danach, diesen winzigen Krümel Frühlingsrolle, der noch in ihrem Mundwinkel hing, wegzulecken. Das Verlangen hatte ihn mit voller Macht getroffen. Selbst als er sich einredete, daß er schon die ganze Zeit über bestens ohne Frau ausgekommen war, spürte er noch die beunruhigende Sicherheit, daß er Lianne Blakely auch dann noch haben wollte, wenn er gerade erst aus dem Bett einer anderen Frau käme.

»Sie könnten mir die Taschen damit vollstopfen«, bot er ihr an.

»Führen Sie mich nicht in Versuchung.« Sie lachte, dann blickte sie noch einmal auf die Speisen und seufzte auf. »Wenn wir doch nur einen anständigen Wein hätten... Was wäre das für ein Fest.«

»Ich kenne die Küchenchefin. Sie kennt sich mit Weinen ganz gut aus. Von den Weinen heute abend war mit Sicherheit keiner ihre Wahl.«

Liannes Hand hielt mitten in der Bewegung inne. Sie hielt

eine kleine, mit Ingwer gewürzte Garnele, auf einen Zahnstocher aufgespießt, an ihren Lippen. »Sie kennen die Küchenchefin?«

»Jawohl. Und jetzt essen Sie die Garnele, ehe ich das tue.«

Die unterschwellige Drohung in Kyles Stimme überraschte sie mehr als die ausgezeichneten Speisen. Schnell bot sie ihm die Garnele an und noch einige andere kleine Leckerbissen.

»Sie hätten mir sagen sollen, daß Sie kurz vor dem Verhungern waren«, sagte Lianne, als Kyle jeden Bissen, den sie ihm anbot, verschlang. »Wir hätten zuerst hierher gehen sollen. Wer ist die Küchenchefin?«

»Mei O'Toole. Ihr Mann arbeitet für Donovan International. Sie und ihre Schwestern waren es leid, immer wieder von den angeblichen Kochkünsten zu hören, die aber die asiatische Küche ausschlossen, und haben sich deshalb vorgenommen, Seattle zu zeigen, wie man Pacific-Rim-Gerichte kocht. Sie haben vor zwei Monaten das Rain Lotus eröffnet.«

»Das hätte ich mir eigentlich denken können«, meinte Lianne und sah erst jetzt die diskrete Karte, auf der stand, welches Restaurant die Speisen gestiftet hatte. »Seit ich von diesem Lokal gehört habe, versuche ich zu bestellen. Aber sie sind für die nächsten sechs Monate ausgebucht.«

»Wie wäre es mit heute abend, nach der Auktion?« fragte Kyle. »Oder wollten Sie zu dem Ball hierbleiben?«

»Nein, das hatte ich nicht vor. Und was ist mit heute abend?«

»Ein spätes Abendessen für zwei im Rain Lotus.«

Lianne starrte ihn nur an. »Sie machen Spaß.«

»Nein. Das gehört alles mit zu den Diensten des ausgestopften Elefanten.«

»Ich würde jede Art von Essen im Rain Lotus lieben – spät, früh oder mittags.«

Er lächelte über ihren Eifer. Wer auch immer gesagt hatte,

daß der Weg zum Herzen einer Frau über ein Diamantarmband führte, hatte Lianne noch nicht kennengelernt. Vielleicht könnte er sie so lange füttern, bis sie um Gnade bat, und dann könnte er sie über die Tang-Familie und die gestohlenen Kunstwerke aus dem Grab des Jadekaisers ausfragen.

»Abgemacht«, erklärte Kyle. »Ich führe Sie zum Essen aus, und Sie erzählen mir, was Sie über den Jadekaiser gehört haben.«

Sie schüttelte den Kopf. »Sie nicht auch noch.«

»Nicht auch noch was?«

»Sie sind doch nicht etwa auch Teil dieses Wahnsinns um den Jadekaiser.«

»Warum sollte ich denn immun sein gegen das heißeste Gerücht, seit Tschiang Kai-schek die Schätze des chinesischen Festlandes auf seinem Weg nach Taiwan abgesahnt hat?«

»Im Gegensatz zu Tschiang Kai-schek gibt es keinen Beweis dafür, daß der Jadekaiser je existiert hat, geschweige denn, daß er ein ganzes Grab voller Jade aus allen frühgeschichtlichen Zeiten chinesischer Geschichte hatte«, entgegnete Lianne.

Während sie sprach, füllte sie ihren Teller mit einer Erwartung und einem Appetit, den sie gar nicht erst zu verbergen trachtete. Kyle fragte sich, ob sie sich dem Sex wohl in der gleichen Weise näherte – direkt und offen. Seine Neugier wurde noch drängender, als sie sich ein Stückchen Krebsfleisch zwischen ihre Lippen steckte und sich dann die Fingerspitzen ableckte.

»Angenommen aber, der Jadekaiser hat wirklich existiert«, begann Kyle, dann wandte er sich ab und begann planlos seinen Teller zu füllen. Er liebte alles, was aus Mei O'Tooles Küche kam. »Und angenommen, man hat sein Grab gefunden.«

»Wann«, unterbrach Lianne ihn, sie kaute und schluckte ausgesprochen schnell. »Vor oder nach Mao?«

»Macht das denn einen Unterschied?«

»Wenn die Kunstschätze das chinesische Festland vor Mao verlassen haben, ist das Problem des rechtmäßigen Eigentums ein wenig schwierig, doch nicht unüberbrückbar.«

»Wie Ihre Finger?«

Lianne hatte gerade die Zunge herausgestreckt, um an ihren Fingern zu lecken, und es gelang ihr, gleichzeitig schuldig und herausfordernd zu blicken. »Es gibt hier keine Eßstäbchen, und die Zahnstocher sind zu glatt.«

Kyle lachte und wünschte, er würde Lianne gut genug kennen, um diese eleganten, mit Sauce bekleckerten Fingerspitzen einfach selbst abzulecken. »Aber nach Mao ist der Ursprung unüberbrückbar?« fragte er und beobachtete sie ganz genau.

Sie nickte, zögerte und leckte dann die Sauce von ihrem Finger, ehe sie ein weiteres Hors d'œuvre in den Mund steckte. Langsam schloß sie die Augen und genoß den Geschmack, der auf ihrer Zunge zerging.

»Unglaublich«, sagte Lianne und griff nach einem weiteren Stückchen Ente in dem winzigen Netz von kleingehacktem, rohem Gemüse. Der zweite Bissen schmeckte noch besser als der erste. Sie genoß ihn und griff nach dem dritten Stück. »Man könnte süchtig danach werden.«

Kyle zwang sich, den Blick von diesem faszinierenden, sinnlichen Vergnügen abzuwenden. »Warum sind die Dinge nach Mao schwieriger?« fragte er nach einem Augenblick.

»Weil es danach gegen die Gesetze verstößt, etwas aus China zu exportieren, was älter als fünfzig oder hundert Jahre alt ist. Außer natürlich den Menschen«, fügte Lianne ein wenig sarkastisch hinzu. »Die sieht man schließlich nicht als kulturellen Schatz an.«

»Seit wann ist denn der Ursprung ein solches Problem für die Sammler geworden? Ein passionierter Sammler ist doch der letzte, der einem geschenkten Gaul ins Maul schaut.«

»Natürlich. Aber als die Vereinigten Staaten und China ihren Handelstanz begonnen haben, wurde der Ursprung eines der heißesten Themen. Man kann noch immer alles kaufen, verkaufen und besitzen, solange die Moral es nicht verbietet, aber man kann Schwarzmarktgüter nicht mehr öffentlich ausstellen.«

Kyle fragte sich, wo Lianne wohl die Grenze zwischen Sammlern und Ethik zog, doch er stellte ihr diese Frage nicht. Das wäre genauso unbesonnen gewesen, wie die Sauce von ihren Fingern zu lecken.

Eine große Gruppe japanischer Männer traten an die Tische, auf denen das Buffet aufgebaut war, heran. Trotz der wahren Menschenmassen, die sich um die Tische drängten, gingen die Männer vor, als befände sich außer ihnen niemand im Raum. Sie waren nicht absichtlich grob, sie waren nur ganz einfach daran gewöhnt, in der Hackordnung ganz oben zu stehen.

»Gut, daß wir unsere Teller schon gefüllt haben«, bemerkte Kyle und führte Lianne aus der Menge hinaus. »Also, wann wurde das Grab des Jadekaisers gefunden?«

»Wer sagt denn, daß es überhaupt gefunden wurde?«

»Viele Leute behaupten das.«

Lianne machte sich nicht die Mühe, ihm zu widersprechen. Sie war viel zu sehr damit beschäftigt, einen Mundvoll Hummer zu genießen, in einer Sauce, die schmeckte wie der Regenbogen mit einem winzigen kleinen Blitz am Ende.

»Ich habe gehört, daß das Grab während des Bürgerkrieges gefunden worden sein soll, noch ehe Mao an der Macht war«, sagte sie und schluckte den Bissen hinunter. »Ich habe außerdem gehört, daß das Grab zwanzig Jahre später gefunden wurde. Und ich habe gehört, daß man es erst im letzten Jahr ausgegraben hat.« Sie zuckte mit den Schultern. »Und was haben Sie gehört?«

»Ich bin noch neu in diesem Spiel um die Jade. Mir sind nur ein paar Gerüchte zu Ohren gekommen. Aber wenn dieses Grab existiert, dann enthält es das Ergebnis einer lebenslangen Sammlung des Mannes, dessen Bankkonto so groß wie ganz China war und dessen Laune Gesetz war. Können Sie sich das vorstellen?«

»Das versuche ich lieber gar nicht erst. Und ich will vor allem nicht darüber nachdenken, was er aus der Warring-States-Periode gesammelt haben könnte, denn das ist meine ganz besondere Leidenschaft.«

»Leidenschaft oder Besessenheit?«

»Ich verfügte nicht über das Geld, um mir eine Besessenheit leisten zu können.«

Er lächelte. »Und ich versuche, lieber nicht daran zu denken, was der Jadekaiser aus der Jungsteinzeit gesammelt haben könnte. Das ist nämlich meine Leidenschaft. Aber ich kann einfach nicht anders, als mir immer wieder vorzustellen, wie es sein würde, die größte Sammlung chinesischer Jade zu finden, die jemals zusammengetragen wurde.«

»Träumen Sie weiter.«

»Hey, das kostet doch nichts. Aber falls eine solche Sammlung gefunden werden würde und sie dann auch noch aus China herausgeschmuggelt wurde, wie würde sie dann verkauft werden?«

»Genau aus diesem Grund glaube ich ja, daß sie überhaupt nicht gefunden wurde«, sagte Lianne. »Es hat keinen Verkauf in dieser Größe gegeben.«

»Vielleicht hat man Sie nur nicht dazu eingeladen.«

»Das tut nichts zur Sache. Es wäre unmöglich, eine solche Ansammlung von bisher unbekannten Artefakten auch noch aus Jade von dieser Qualität zu verheimlichen. Niemand klatscht so sehr wie die Sammler.«

Kyle aß seinen Teller mit Hors d'œuvres leer und begann, von Liannes Teller zu stehlen. Sie drohte ihm mit einem roten Zahnstocher. Da sie ihm aber genügend Zeit ließ, ihr auszuweichen, nahm er ihre Drohung nicht allzu ernst.

»Wie wäre es, wenn man immer nur ein paar Stücke auf einmal stehlen würde?« fragte er.

»Reden wir von meinem Essen oder von der Jade dieses geheimnisvollen Kaisers?«

Er lächelte, doch hörte er nicht auf, kleine Bissen von ihrem Teller zu stehlen. »Jade.«

»Die Sammlung aufzuteilen würde ihren Wert vermindern, aber...« Lianne schnappte Kyle die letzte Frühlingsrolle weg und kaute dann nachdenklich, während sie diese Möglichkeit überdachte. »Es würde zumindest erklären, warum niemand in der Lage ist, den Gerüchten auf den Grund zu gehen.«

»Möchten Sie noch mehr?« Kyle deutete auf die Tische mit dem Buffet.

»Atme ich?«

Sie stimmte in sein Lachen ein, doch was ihr am besten gefiel, war, wie seine Belustigung den berechnenden Blick aus seinen Augen vertrieb und reine Schönheit hinterließ, die sie genausosehr anrührte wie die Jade selbst. Einige Augenblicke lang fühlte sie sich wie eine Frau, die mit einem sehr interessanten Mann ausging. Mit einer Freude, die nichts mit der Vorfreude auf weiteres Essen zu tun hatte, sah sie ihm zu, wie er ihre Teller noch einmal füllte.

Dann entdeckte Lianne Johnny Tang, der gerade auf sie zusteuerte. Ihre Freude schwand und wurde ersetzt durch eine kühle, aber doch sehnsüchtige Reserviertheit.

»Hallo, Johnny«, begrüßte sie ihn. »Wolltest du dir auch die Ausstellung der Jadehändler ansehen?«

»Natürlich.«

Sie wartete, doch er sagte nichts mehr. »Wie fandest du sie?« fragte sie.

»Ausgezeichnet, natürlich. Mit der Jade der Familie Tang und deinem Gefühl für den amerikanischen Geschmack, wie könnte es da anders sein?«

»Ich habe aber auch die chinesische Ästhetik in der Ausstellung bedacht«, erklärte Lianne ein wenig steif.

Johnny machte eine Handbewegung und wehrte so ihren Versuch ab, ihr Wissen und ihren Geschmack zu verteidigen.

»Die Tangs sind den Chinesen bekannt«, erklärte Johnny ihr ruhig. »Es sind die Amerikaner, die man kultivieren muß, und zwar ganz besonders jetzt, wo Hongkong seine Unabhängigkeit verloren hat. Da wir gerade von Kultivierung sprechen...«

»Kyle«, unterbrach Lianne ihn schnell, als sie sah, daß er hinter ihren Vater getreten war. »Das ist Johnny Tang. Johnny, Kyle Donovan.«

Erleichterung spiegelte sich für einen Augenblick auf dem Gesicht von Johnny wider, doch als er sich dann zu Kyle umwandte, zeigte sich nur noch höfliches Interesse in seinem Gesichtsausdruck.

»Mr. Donovan«, sagte er und reichte Kyle die Hand.

Lianne nahm Kyle den Teller ab, damit die beiden Männer das kleine, notwendige gesellschaftliche Ritual des Händeschüttelns hinter sich bringen konnten.

»Ist Wen mit dir gekommen?« fragte sie Johnny.

»Nein. Er spart sich seine Energie für heute abend auf.«

»Ah, ja. Die Familienzusammenkunft.«

Kyle entging nicht die ein wenig beißende Betonung, die Lianne auf das Wort *Familie* legte.

Wenn Johnny es bemerkt hatte, so zeigte er es nicht. »Mein Vater würde sich natürlich glücklich schätzen, wenn du uns

bei unserer kleinen Party nach der Auktion mit deiner Anwesenheit beehren würdest. Bitte bring doch Mr. Donovan mit.«
Er wandte sich an Kyle. »Wir Tangs bewundern die Familie Donovan. Ich bin sicher, wir werden viele interessante Gesprächsthemen finden.«

Lianne hoffte, daß ihr Gesicht ebenso ausdruckslos war wie das von Johnny. Sie hatte sich immer gefragt, was wohl nötig wäre, damit sie eine Einladung zu einer Zusammenkunft der Familie Tang bekommen würde. Jetzt wußte sie es.

Und es gefiel ihr gar nicht.

»Danke«, antwortete Kyle. »Aber ich werde es Lianne überlassen, wohin wir nach der Auktion gehen.«

»Dann werden wir Sie sehen«, meinte Johnny zufrieden. »Lianne würde Wen niemals enttäuschen.«

Nach einer oder zwei Minuten entschuldigte Johnny sich und verschwand in der Menschenmenge, die sich langsam in den Auktionsraum drängte, als würde man durch Ungeduld den Verlauf des Abends beschleunigen können.

»Fertig?« fragte Kyle.

Lianne blickte auf ihren Teller. Er war so sauber wie ihre Fingernägel, doch sie konnte sich nicht daran erinnern, mehr als nur die Hälfte der Hors d'œuvres gegessen zu haben. »Noch wichtiger, sind Sie fertig?«

»Gibt es bei der Party der Tangs auch etwas zu essen?«

»O ja. Berge von Essen. Es ist ein wichtiger Teil, wenn man Gäste hat.«

»Ist das Essen gut?«

»Das kommt ganz darauf an. Mögen Sie die traditionelle asiatische Küche genausosehr wie die gemischte?«

»Bei hundertjährigen Hühnerembryos verzichte ich lieber«, meinte Kyle. »Aber bei gedünsteten Hähnchenteilen kann ich es mit den besten aufnehmen.«

»Großartig. Dann sollen Sie meine auch noch bekommen.«

»Wie steht es mit hundert Jahre alten Eiern?«
»In einem Wort? Igitt. Aber das restliche Essen ist sehr gut.«
»Dann werde ich bis nach der Auktion durchhalten.«
Kyle stellte die leeren Teller auf das Tablett eines der Kellner, zog ihre Hand unter seinen Arm und führte sie zurück in den Innenhof.
»Sie brauchen nicht zu gehen«, erklärte ihm Lianne.
»Um mir noch mehr Jade anzusehen?«
»Nein. Ich meine die Tang-Party.«
»Das Essen ist gut, und Sie möchten doch nicht Ihre besten Kunden enttäuschen, oder?«
Kunden.
Lianne versuchte, eine einfache, kurze Erklärung zu finden, um ihre lange, komplexe Beziehung zu der Familie Tang zu beschreiben. Doch ihr fiel nichts ein. Es war nur wieder einer dieser vielen unangenehmen Augenblicke, die sie erdulden mußte, weil sie die nicht anerkannte Tochter von Johnny Tang war.
»Nein, ich möchte sie nicht enttäuschen«, sagte sie schließlich.
Dann lächelte Lianne traurig. Was für ein Spaß. Sie hatte sie seit dem Augenblick ihrer Geburt enttäuscht, sie war der lebende Beweis für Johnny Tangs Verbindung mit einer fremdländischen Frau.
»Haben Sie etwas dagegen, wenn ich Ihnen eine Frage stelle?« sagte Kyle. Er fühlte die plötzliche Anspannung in Liannes Hand, die auf seinem Arm lag, und blickte auf sie hinunter. »Geschäftlich, nicht persönlich.«
»Eine Frage nach den Tangs?«
»Nein. Über diese winzige Handtasche, die Sie bei sich haben.«
Lianne blickte auf das kleine seidene Täschchen, das am

Ende des langen dünnen Riemens hing. Die Tasche wog so wenig, daß sie ganz vergessen hatte, daß sie sie bei sich trug.

»Was ist damit?« fragte sie.

»Die meisten ernsthaften Händler, die heute abend hier sind, machen sich Notizen bei jeder Ausstellung.«

Lianne nickte.

»Ihre Tasche ist viel zu winzig für einen Notizblock«, meinte er. »Aber sie wäre vielleicht gerade groß genug für einen dieser hochtechnologischen Recorder. Wörtliche Notizen, meine ich.«

»Meine Tasche ist leer, bis auf meine Autoschlüssel und ein paar Visitenkarten.« Sie hielt es nicht für nötig, ihm zu verraten, daß sie auch noch ein kleines Fläschchen Pfefferspray bei sich hatte.

»Soll das heißen, Sie sind gar keine ernsthafte Händlerin?« fragte Kyle.

»Nein, das soll heißen, daß ich ein fotografisches Gedächtnis habe.«

»Gut. Dann sollten Sie auch kein Problem damit haben, den Kerl zu beschreiben, der Ihnen folgt.«

5

Lianne dachte daran zu leugnen, daß ihr jemand folgte. Dann dachte sie jedoch auch an die Möglichkeit, die Nacht allein in Angriff nehmen zu müssen, wenn Kyle es nämlich darauf ankommen lassen sollte.

»Ein Weißer, ungefähr einen Meter fünfundsiebzig«, sagte sie und bemühte sich, ihre Stimme möglichst ausdruckslos klingen zu lassen. »Mittelschwer, glattrasiert, bräunliches Haar, weißes Hemd, schwarzer Smoking, der um den Bauch herum nicht so richtig sitzt, Straßenschuhe und ein unheimliches Talent, einfach in der Menge verschwinden zu können.«

Kyle pfiff leise durch die Zähne. »Das scheint so, als hätten Sie ihn schon sehr oft gesehen.«

»Ich habe ihn nur einmal gesehen, heute abend, ungefähr drei Sekunden lang, als Sie mich über die Menge gehoben haben.«

»Fotografisches Gedächtnis«, murmelte er.

»Jawohl.«

»Wie lange verfolgt er Sie schon?«

»Er selbst? Das weiß ich nicht. In den letzten Wochen war ich mir ein paarmal ziemlich sicher, daß mir jemand folgte.«

»Warum?«

»Das weiß ich nicht.«

Kyle betrachtete Lianne, wie sie neben ihm herging. Sie hatte ihr Kinn ein wenig störrisch angehoben, und ihr Rücken hielt sich sehr gerade über dem unwiderstehlichen Schwung ihrer Hüften. Jadeschmuck leuchtete auf der weißen Seide wie der Frühling auf dem Eis.

»Versuchen Sie es noch einmal«, schlug er leise vor.

Lianne hob das Kinn noch ein Stückchen mehr, doch konnte sie nicht den Anflug von Beklommenheit verbergen, der gerade durch ihren Körper rann. »Das ist die Wahrheit. Ich weiß wirklich nicht, warum mir jemand folgen sollte.«

»Dann raten Sie.«

»Der Schmuck vielleicht.«

»Haben Sie den in den letzten Wochen getragen.«

»Nein.«

»Dann raten Sie noch einmal.«

Sie versuchte, ihm ihren Arm zu entziehen, doch stellte sie fest, daß er ihn nicht freigab.

»Ich habe keine Lust, ein Frage- und Antwortspiel zu spielen«, erklärte Lianne grob. »Wenn Sie sich wegen dieses Mannes so große Sorgen machen, dann brauchen Sie einfach nur zu gehen und mich in Ruhe zu lassen.«

»Haben Sie in letzter Zeit einem Geliebten den Laufpaß gegeben?«

Ihre Augenlider flatterten, als sie an Lee Chin dachte, der jetzt auch Tang hieß. Doch sie hatte ihn in den letzten zwei Jahren nicht gesehen, höchstens im Vorübergehen. Auf jeden Fall hatte sie ihm nicht den Laufpaß gegeben. Sie hatte es nur abgelehnt, ihre Affäre weiterzuführen, nachdem er eine ihrer Tang-Cousinen geheiratet und den Namen Tang angenommen hatte.

»Nein«, wehrte Lianne ab. »Keine Liebhaber, weder welche, denen ich den Laufpaß gegeben habe, noch sonst irgendwie.«

»Gibt es auch keine wütenden Bewunderer?«

»Nicht einen einzigen.«

»Wie steht es mit Ihrer Familie? Steht die vielleicht bei jemandem auf der Abschußliste?«

»In letzter Zeit?« Sie zuckte mit den Schultern. »Nicht mehr als sonst auch.«

»Was ist denn üblich?«

»Meine Mutter ist die Geliebte von Johnny Tang«, erklärte Lianne mit ausdrucksloser Stimme. »Das ist sie schon seit über dreißig Jahren. Das verschafft ihr eine Stelle ganz oben auf der Abschußliste der Tangs, aber das ist nichts Neues.«

Kyle lockerte den Griff um Liannes Arm ein wenig. Obwohl seine Hand noch immer auf ihrer lag, strichen seine Fingerspitzen leicht über ihren Handrücken. Er führte sie in eine stille Ecke des Innenhofes, wo feine Kalligraphien ausgestellt wurden. Eine Kalligraphie war die asiatische Version der abstrakten Kunst, ohne große Ausbildung und Training wußten die meisten Menschen diese Kunst gar nicht zu schätzen. Das bedeutete, daß die Ecke mit den Kalligraphien in dem überfüllten Raum ein ruhiges Plätzchen war.

»Haben Sie in letzter Zeit besonders begehrte Jadestücke gekauft oder verkauft?« fragte Kyle leise. »Vielleicht haben Sie einen zwielichtigen Sammler verärgert?«

Lianne schüttelte den Kopf und tat so, als konzentriere sie sich auf die Kalligraphien. »Ich habe Ihnen doch gesagt, ich weiß nicht, warum mir jemand folgt.«

Er trat ein Stück zur Seite, bis er sehen konnte, was hinter Lianne vor sich ging. Es gab einen wahren Wirbel von Menschen um die meisten Ausstellungsstücke, Männer in schwarzem Smoking mischten sich mit Seidenkleidern in allen Farben des Regenbogens und leuchtenden Juwelen. Es befanden sich mehr Weiße im Raum als Asiaten. Der Mann, den Lianne beschrieben hatte, könnte im Augenblick also ganz in ihrer Nähe sein.

Und mit Sicherheit war er das auch.

»Was ist mit Seng?« fragte Kyle.

»Wenn er weiße Angestellte hat, dann habe ich die noch nicht kennengelernt.«

»Er könnte doch extra dafür jemanden anheuern.«

»Das ist nicht Sengs Stil.«

»Was ist nicht Sengs Stil?«

»Herumzuschleichen. Er ist von der Art, die von vorn angreift«, meinte Lianne und preßte die Lippen zusammen.

»Hat er Sie schon einmal angegriffen?« fragte Kyle scharf.

»Nicht so ganz. Aber er hat mir ziemlich deutlich zu verstehen gegeben, daß ich mich darüber freuen sollte, wenn ich für eine Nacht oder zwei das Bett für ihn anwärmen dürfte.«

»Und was ist passiert, als Sie sich geweigert haben?«

»Das hat er kaum zur Kenntnis genommen. Alles in allem läßt Seng einen Sumo-Ringer wie die Unaufdringlichkeit in Person erscheinen.«

Als Kyle ein Lachen nur schlecht unterdrücken konnte, blickte Lianne von der Kalligraphie auf und lächelte ihn an.

»Keine Telefonanrufe, keine Nachrichten, keine Geschenke, keine Drohungen?« drängte er weiter.

»Nichts. Nur ein Kribbeln in meinem Nacken und ein Schatten, der sich immer am Rande meines Gesichtsfeldes bewegt.«

»Sie hätten sich als Begleiter besser einen dieser großen weißen Jäger ausgesucht und keinen ausgestopften Elefanten.«

»Sie brauchen nicht...«, begann Lianne.

»Kommen Sie, wir sehen uns noch einige Stücke an«, unterbrach Kyle sie. »Vielleicht wird Ihr heimlicher Bewunderer ja unvorsichtig und stolpert über meine großen Füße und bricht sich dabei den Hals.«

Lianne blickte Kyle erstaunt an. Er lächelte, doch das Lächeln erreichte seine Augen nicht. Sie waren schmal, und er musterte die Menschenmenge in ihrer Nähe. Hätte sie Kyle nicht aufgrund des Drängens ihres Vaters kennengelernt, so hätte sie sich wahrscheinlich sehr vor ihm in acht genommen und hätte sich gefragt, ob sie bei ihm nicht vom Regen in die Traufe geraten würde.

»Wie wäre es mit einem zweiten Blick auf die Klinge aus der Jungsteinzeit?« schlug Kyle vor.

Lianne beeilte sich, mit ihm Schritt zu halten. Sie wollte sich das Stück auch noch einmal ansehen. Sie versuchte sich immer wieder einzureden, daß dieses Stück nicht aus dem Tresor der Tangs stammen konnte. Sie mußte sich einfach geirrt haben.

Doch gleichzeitig war ein Irrtum ausgeschlossen.

Zweifel und Gewißheit kämpften miteinander. Ihr visuelles Erinnerungsvermögen hatte ihr noch nie einen solchen Streich gespielt. Seine absolute Präzision war einer der Hauptgründe dafür, daß Lianne sich einen Ruf als wertvolle Expertin in allen Arten und allen Zeitaltern von Jade erworben hatte.

Die Menschen, die sich um die Ausstellungsstücke von SunCo drängten, konzentrierten sich auf die äußerst feinen und dekorativen Stücke aus der Han-Dynastie und den Sechs Dynastien. Die Stücke aus der Jungsteinzeit fanden weniger Beachtung. Dennoch hoffte Lianne, als sie sich jetzt die Klinge noch einmal ansah, daß sie sich bei ihrem ersten Blick doch geirrt hatte.

Sie brauchte weniger als eine Minute, um sicherzugehen, daß sie sich eben nicht geirrt hatte. Bei dem Bild der Klinge, das sie in ihrer Erinnerung hatte, und dem Stück in der Vitrine handelte es sich um haargenau das gleiche Kunstwerk.

Unruhig und verwirrt beobachtete Lianne, wie Kyle mehrere Male um die Vitrine herumging. Der Blick seiner Augen sagte ihr, daß die Jade ihn vollkommen gefangengenommen hatte.

»Sie denken doch nicht etwa daran, das Stück zu ersteigern, oder?« fragte sie schließlich.

»Wäre das ein Problem?«

»Ich hoffe nicht.«

»Werden Sie denn bieten?«

»Ich... ja«, sagte Lianne und seufzte. »Ich habe einfach keine andere Wahl.«

»Warum nicht?«

Lianne antwortete nicht. Sie wandte sich ganz einfach ab und sah sich die anderen Ausstellungsstücke von SunCo an. Auch in der nächsten Vitrine lagen Stücke aus der Jungsteinzeit, doch waren diese Tausende von Jahren »jünger« als die Klinge, die sie verfolgte.

Kyle beobachtete Lianne und fragte sich, was diese feine Klinge bloß an sich hatte, um sie so unglücklich zu machen, ja, er glaubte sogar Furcht in ihren dunklen, cognacfarbenen Augen gesehen zu haben.

»Ich dachte, Warring-States-Jade sei Ihre Leidenschaft«, sagte er.

»In der Regel schon.«

»Und diese Klinge aus der Jungsteinzeit ist die Ausnahme, die die Regel bestätigt?«

Sie gab einen Laut von sich, der wirklich alles hätte bedeuten können, dann sah sie zu Kyle auf. »Haben Sie sich diese Vitrine schon angesehen? Es gibt dort einige außergewöhnliche Beispiele von Shang-Arbeiten«, versuchte sie ihn abzulenken. »Genauso außergewöhnlich wie die Klinge.«

Zögernd wandte Kyle seine Aufmerksamkeit von der Klinge ab und ging zu der Vitrine hinüber, vor der Lianne bereits stand. Im Inneren des Glaskäfigs lagen zwei Jadearmbänder auf burgunderfarbenem Samt.

»Sie sollten sich ganz besonders das Armband rechts ansehen«, erklärte sie ihm. »Irgendwann in der Vergangenheit wurde die Jade verbrannt, vielleicht in einem Feuer im Grabmal, vielleicht auch später im Hause eines Sammlers, das vom Krieg zerstört wurde.«

»Woher wissen Sie das?«

»Nephrit – chinesische Jade – nimmt diese kalkige, blasse beige ›Hühnerbein‹-Farbe nur dann an, wenn sie in einem Feuer verbrannt wurde, das mindestens tausend Grad heiß war. Die Hitze verändert die chemische Zusammensetzung der Jade. Sie wird opak, die ursprüngliche Farbe verblaßt zu einer fast weißen Farbe, doch die Schnitzereien bleiben genauso klar und deutlich, wie die Hand des Künstlers sie erschaffen hat. Zeit und Feuer haben die ursprüngliche Farbe verändert, doch haben sie die dunklere, geäderte Musterung des Steines erhalten. Das Resultat ist verblüffend.«

»Verbessert durch die Zeit.«

Sie lächelte kurz. »Sie sind ein aufmerksamer Schüler. Oder erzähle ich Ihnen nur Dinge, die Sie bereits wissen?«

»Wie ich schon sagte, ich werde es Sie wissen lassen, wenn ich mich zu langweilen beginne. Was sehen Sie sonst noch, wenn Sie sich das Hühnerbeinarmband ansehen?«

»Im Profil würde es ein wenig konkav sein und nicht gerade.«

Kyle sah genauer hin, dann nickte er.

»Ein geschwungenes Profil ist schwieriger herzustellen als ein gerades«, erklärte sie, »doch der Künstler war geschickt und geduldig genug, um die Dicke des Armbandes genau gleich zu halten, ganz unabhängig von dem Grad der Biegung.«

Kyle bückte sich, dann hockte er sich hin, um das Armband aus einem anderen Winkel zu betrachten.

»Im Maschinenzeitalter«, sprach Lianne weiter, »nehmen wir diese Art Präzision als gegeben hin. Doch dieses Armband stammt aus der Liangzhu-Kultur, es ist wahrscheinlich fünftausend Jahre alt.«

Kyle hörte, was sie sagte, doch er hörte auch das, was sie verschwieg. Sie wußte dieses Jadearmband zu schätzen, sie respektierte die Tradition, aus der es entstanden war, bewunderte das Ergebnis und hatte doch nicht den Wunsch, dafür zu bieten.

»Was macht die Klinge aus der Jungsteinzeit mehr wert als dieses Armband?« fragte Kyle.

»Nichts.«

»Und dennoch werden Sie dieses Armband nicht zu ersteigern versuchen.«

»Nein.«

»Warum nicht?«

»Das sind persönliche Gründe, keine beruflichen«, wehrte Lianne ab.

»Mit anderen Worten, es geht mich nichts an.«

»Wie ich schon sagte, Sie sind ein gelehriger Schüler.«

Kyle stand mit einer schneller Bewegung auf, und Lianne trat erschrocken einen Schritt zurück.

»Sie sind ganz einfach schnell, das ist alles«, sagte Lianne.

»Jüngere Brüder müssen schnell sein, denn sonst gehen sie unter.«

Sie starrte ihn einen Augenblick an, versuchte sich den großen, langgliedrigen Mann vor ihr als Jungen vorzustellen. »Wie viele Brüder haben Sie denn?«

»Drei. Und alle drei sind älter als ich. Ich habe aber auch noch zwei jüngere Schwestern.«

Lianne lächelte wehmütig. »Fünf Geschwister. Wieviel Spaß muß das gemacht haben.«

»Ja, wie in einem richtigen Zirkus.«

Doch trotz seiner ein wenig spöttischen Worte lächelte Kyle. Er stritt sich regelmäßig mit seinen Brüdern, seine unabhängigen und störrischen Schwestern machten ihn verrückt, doch hätte er keines seiner Geschwister eingetauscht gegen Ruhe und Frieden. Wenigstens nicht für immer.

Doch ab und zu war ihm ein wenig Abstand von ihnen ganz lieb. Nach dem Fiasko mit dem gestohlenen Bernstein in Kaliningrad hatte er eine große räumliche Trennung gebraucht, um seine Wunden zu lecken und über all die dummen Dinge nachzudenken, die er lieber nicht hätte tun sollen und die er auch nie wieder tun würde, solange er die Wahl hatte. Doch wenn das Nachdenken zu schmerzlich wurde, ging er an Bord der *Tomorrow*, machte die Leinen los und fuhr zum Fischen und ließ Stunden und Tage einfach vorübergleiten.

»Lebt Ihre Familie hier?« fragte Lianne.

»Einige von ihnen, manchmal. Meistens sind wir aber über den ganzen Erdball verstreut. Das kommt davon, wenn man ein internationales Import-Export-Geschäft hat.«

»Donovan International.«

»In meinem Fall ist es Donovan Edelsteine und Mineralien«, erklärte Kyle. »Wir vier Brüder haben uns zusammengetan und unsere eigene Firma gegründet. Wir sind eine unabhängige Schwestergesellschaft der Firma unseres Vaters.«

»Aber Sie stehen ihm trotzdem noch sehr nahe«, meinte Lianne.

»Das ist nicht zu vermeiden. Der Donovan ist genauso schwierig loszuwerden wie Katzenhaare.«

»Der Donovan?«

»So nennen wir unseren Dad. Unter anderem.«

Lianne runzelte die Stirn. »Verstehen Sie sich nicht mit ihm?«

»Doch, natürlich. Normalerweise schreien wir einander an. Doch dann streicht Susa – das ist unsere Mutter – Salbe auf die Wunden und schlägt unsere Köpfe gegeneinander, bis der Friede wiederhergestellt ist.«

Lianne versuchte, sich vorzustellen, wie es wäre, Teil einer lärmenden, liebevollen Familie zu sein. Doch das war unmöglich. Die Erinnerungen an ihre Kindheit waren ruhig, beinahe erwachsen in ihrer Friedlichkeit. Ihre Mutter hatte hart daran gearbeitet, ihr Zuhause in eine Oase des Friedens für ihren Geliebten zu verwandeln. Doch das bedeutete wiederum auch nicht, daß Lianne vernachlässigt worden war. Sie und ihre Mutter standen einander schon immer sehr nahe, doch waren sie mehr lebenslange Freunde als Mutter und Kind.

Langsam folgte Lianne Kyle zu einer anderen Ausstellungsvitrine. In dieser waren einige Stücke aus der westlichen Zhou-Periode ausgestellt. Der Stein war von sehr feiner Beschaffenheit, beinahe glasig im Schliff. Bis auf ein Stück zeigten alle anderen die Abbildungen von Vögeln oder Drachen auf der durchsichtigen grünen Oberfläche. Alle Stücke leuchteten mit einem schwachen inneren Licht, das nur besonders feine Jade besaß.

»Es muß wundervoll sein, eine so große Familie zu haben«, meinte Lianne.

»Es hat seine guten Augenblicke.« Kyles Lächeln sagte mehr als seine Worte. »Ich denke, wir beten aber alle irgendwann einmal darum, ein Einzelkind zu sein. Was halten Sie von diesen Stücken hier?«

Zögernd löste Lianne ihren Blick von Kyles blondem Haar und seinem ansteckenden Lächeln und blickte auf die Jade. »Wenn diese Stücke hier repräsentativ für die ganze Sammlung sind, dann denke ich, daß SunCo eine wunderschöne Kollektion von westlicher Zhou-Jade besitzt. Die Entwürfe sind sehr sauber ausgeführt. Wissen Sie eigentlich, warum zu dieser Zeit Vögel und Drachen als Motive bevorzugt wurden?«

Kyle schüttelte den Kopf. »Ich habe schon genug Mühe damit gehabt, die Grundzüge der ›kulturellen‹ Jade aus der Jungsteinzeit zu lernen. Ich habe bis jetzt noch überhaupt keine Zeit gehabt, etwas über die restlichen Jahrhunderte zu lernen.«

»Vögel galten als Symbol für Sanftheit und Drachen für Mäßigung.«

Seine dunkelblonden Augenbrauen zogen sich hoch. »Mäßigung? *Drachen?*«

»Die Chinesen sahen die Drachen ganz anders als die Kelten. Die Kelten sahen in ihnen Gewalttätigkeit und Gefahr, Tod und Möglichkeit für den Menschen, sich an der reinen, wilden Kraft zu messen. Die Chinesen sahen die Drachen als unsterblich, geduldig, weise und äußerst unaufdringlich.«

»Für mich klingt das aber trotzdem gefährlich. Ganz besonders die Unaufdringlichkeit. Der christliche Teufel ist unsterblich, einigermaßen geduldig und so friedlich wie der Sündenfall persönlich.«

»Aber nicht bescheiden?« fragte Lianne und lächelte ein wenig.

»Nein. Werden Sie für diese Stücke hier bieten?«

»Im Augenblick hat keiner meiner Sammler einen Bedarf nach westlicher Zhou-Jade.«

»Und wer will die Klinge aus der Jungsteinzeit haben?«

»Es wäre unethisch, wenn ich mit Ihnen über meine Kunden sprechen würde.«

»Warum denn?« fragte Kyle leichthin. »Ich bin doch ein ausgestopfter Elefant und kein Kunde oder Konkurrent.«

»Sie sind ein ausgestopfter Elefant mit einer Leidenschaft für Jade aus der Jungsteinzeit«, gab sie zurück.

»Im Augenblick bin ich ein sehr erleichterter ausgestopfter Elefant.«

»Erleichtert? Warum?«

»Als Sie sagten, Ihr Interesse für die Klinge sei persönlicher Art, da habe ich schon befürchtet, Sie würden wütend werden, wenn ich gegen Sie biete und gewinne. Aber jetzt, wo ich weiß, daß Sie dabei einen Kunden im Auge haben...« Er lächelte und breitete seine großen Hände aus. »Geschäft ist Geschäft, und möge der beste Bieter gewinnen.«

Lianne war gefangen in einer Falle, die sie sich selbst gestellt hatte. Sie umklammerte den Riemen ihrer Tasche fester. Wenn sie zugab, daß sie gar keinen Kunden hatte, würde Kyle wissen wollen, warum sie denn dann eine Klinge aus der Jungsteinzeit ersteigern wollte – ihre Leidenschaft gehörte doch offensichtlich der Warring-States-Jade. Lianne konnte ihm einfach nicht von ihrer Vermutung erzählen, daß die Klinge Wen Zhi Tang gehörte. Das würde eine Flut von Fragen nach sich ziehen, von denen ihr keine angenehm, geschweige denn leicht zu beantworten wäre.

Je länger sie über die Klinge nachdachte, desto stärker ärgerte sie sich über ihre eigenen Grübeleien. Die wahrscheinlichste Erklärung, weshalb die Klinge zur Ausstellung von SunCo gehörte, war doch, daß sie eben verkauft werden sollte.

Dennoch konnte Lianne nicht so recht glauben, daß ein Schlüsselstück der Sammlung ihres Großvaters ohne ihr Wissen einfach den Besitzer gewechselt hatte. Auch wenn es nie direkt ausgesprochen worden war, so war doch die Sorge um den umfangreichen Jadebesitz der Familie Tang auf sie übergegangen, seit Wens Augen und Hände ihm den Dienst versagten. Gestern, als sie jene Jadestücke aus dem Tresor geholt hatte, die sie für die heutige Ausstellung brauchte, schienen die verschiedenen Sammlungen doch noch alle vollständig zu sein.

Das sollte nicht heißen, daß sie jedes Stück überprüft hätte. Dazu bestand normalerweise einfach nicht der Anlaß, bis auf einige seltene Gelegenheiten, wenn Jadestücke für Ausstellungen ausgeliehen wurden. Die Tang-Jadesammlung wurde hinter dicken Stahltüren und schweren Kombinationsschlössern verwahrt. Jade war ein wichtiger Teil von Wens persönlichem Reichtum. Doch was noch wichtiger war, die Sammlungen waren der Stolz und das Herz der Familie Tang.

Die einfachste Erklärung für die Klinge aus der Jungsteinzeit, die Lianne heute abend hier gesehen hatte, war, daß sie einen Fehler gemacht hatte, als sie glaubte, sie gehöre ihrem Großvater. Mit anderen Worten, ihr Erinnerungsvermögen, ihr Talent, ihre Ausbildung und Erfahrung hatten ihr einen Streich gespielt. Vollkommen.

Das war jedoch eine höchst beunruhigende Erklärung.

Und es war auch keine Erklärung, die sie so einfach akzeptieren konnte. Die einzige Möglichkeit, um sicherzugehen, war die, die Klinge in die Hand zu bekommen, sie in den Tresor der Tangs mitzunehmen und nachzusehen, ob es eine gleiche Klinge in Wens Sammlung gab. Wenn dem nicht so sein sollte... nun ja, das würde dann zu wiederum weiteren Fragen führen, Fragen deren Antworten ihr mindestens genauso unbehaglich wären wie dieser Ausdruck von Furcht, den sie in Johnny Tangs Augen gesehen hatte.

Kyle war Liannes wachsende Anspannung nicht entgangen. Ihre schlanken Finger umklammerten den Riemen ihrer Tasche so fest, daß ihre Fingerknöchel weiß hervortraten. Er wußte nicht, warum diese Klinge aus der Jungsteinzeit ihr soviel bedeutete, geschweige denn, warum es sie so unglücklich machte, nur daran zu denken, doch Kyle war sich sicher, daß er sich nicht irrte.

Zweifellos wußte Lianne mehr über diese Klinge, als sie ihm verraten hatte. Zumindest bis jetzt noch nicht. Er mußte einfach ihr Vertrauen gewinnen. Nach allem, was sie ihm über die Familie Tang erzählt hatte, stand sie dort auf recht verlorenem Posten. Verletzlich.

Eine leichte Beute.

Diese Erkenntnis hätte eigentlich dazu beitragen müssen, daß Kyle sich besser fühlte, denn das erleichterte ihm seine Arbeit wesentlich. *Du willst, daß ich die uneheliche Tochter einer Hongkonger Handelsfamilie verführe, um herauszufinden, ob sie in den Verkauf von Kulturschätzen verwickelt ist, die aus China gestohlen wurden?*

Jawohl. Bis auf den Teil mit der Verführung. Das ist deine Entscheidung.

Leider wurde der Gedanke an eine Verführung immer verlockender, mit jedem Augenblick, in dem Kyle den Duft nach Lilien und Regen einatmete, der von Lianne ausging. Um seine Lust zu befriedigen, mußte er seinem Gewissen nur einen kleinen Urlaub gönnen. Vielleicht würde er sich auch nicht wie ein solcher Schuft fühlen, wenn er sich nur immer wieder einredete, daß sie ja schließlich diejenige war, die das Spiel begonnen hatte.

»Entspannen Sie sich«, meinte Kyle. »Ich bin sicher, daß Ihr Kunde Ihnen ein Limit gesetzt hat. Wenn der Preis der Klinge über dieses Limit hinausgeht, kann er Ihnen dann ja auch keinen Vorwurf daraus machen, daß Sie sie nicht ersteigert haben.«

»Ich muß mich für die Auktion registrieren lassen. Wie steht es mit Ihnen?«

»Ich auch. Auch wenn ich, bis ich diese Klinge gesehen habe, eigentlich nicht vorhatte, mitzubieten.«

Lianne preßte die Lippen zusammen, und ihre Mundwinkel zogen sich nach unten, als ob sie die kalte Furcht widerspiegelten, die sich gerade in ihrem Magen ausbreitete. Der Preis, den sie für die Klinge zahlen konnte, war bei weitem nicht so hoch wie der, den Kyle Donovan zu zahlen fähig war.

6

In der Pause zwischen dem zweiten und dritten Teil der Auktion leerte sich der Auktionsraum nur unwesentlich, es wurde geflüstert, der Duft von Parfüm und das Rascheln der Seidenkleider erfüllten den Raum. Die Zuschauer saßen getrennt von den Bietern und genossen das Drama. Unerfahrene Bieter hatten Eselsohren in ihre Kataloge geknickt, sie mit Notizen versehen und auf der Seite aufgeschlagen, auf der sich das Stück befand, das sie ersteigern wollten. Die Karten, die sie hochhalten mußten, wenn sie bieten wollten, waren aus cremefarbenem Karton mit großen Nummern auf beiden Seiten.

Die erfahrenen Bieter waren wesentlich entspannter, oder wenigstens schien es so. Sie ließen ihre Kataloge geschlossen, ihre Karten hielten sie lässig in der Hand. Sie wußten bereits, wieviel sie auf die verschiedenen Stücke setzen wollten, und kannten auch die Trennlinie zwischen Gewinn und reinem Besitzwunsch, die sie nicht überschreiten würden. Auktionsfieber war nur etwas für Unerfahrene.

Ob nun die Wohltätigkeitsveranstaltung dafür verantwortlich war oder das wachsende internationale Interesse an asiatischer Kunst, die Gebote waren recht aggressiv gewesen. Niemand verließ das Hotel heute abend mit einem Schnäppchen. Eine Warring-States-Bronzefigur mit einer Einlegearbeit aus Gold, Silber und Kupfer hatte einhundertfünfzehntausend Dollar gebracht. Eine große, sehr hübsche Ming-Vase war gerade für mehr als siebenhunderttausend Dollar verkauft worden.

Ein Seufzer ging durch die Menge, als der handgroße Gong geschlagen wurde, der den Beginn des dritten Teils der Versteigerung ankündigte. Katalogseiten raschelten und schimmerten im hellen Licht, als zur ersten Gruppe der Auktion umgeblättert wurde. Genau wie schon bei den Bronzestatuen und dem Porzellan waren die Gebote auch jetzt gewagt.

Lianne, die mit den anderen Bietern ganz vorn saß, wurde immer nervöser, als Stück um Stück der Jade angeboten und verkauft wurde. Für das Stück, von dem Wen sich für diese Wohltätigkeitsveranstaltung getrennt hatte – ein recht gewöhnliches *shoulao* der Ch'ing-Dynastie, die Skulptur eines Mannes mit einem Spazierstock – waren überraschenderweise bis zum Ertönen des Gongs, der den Zuschlag bedeutete, ganze siebentausend Dollar geboten worden. Die Armbänder aus der Shang-Dynastie waren für sechstausend Dollar verkauft worden. Pro Stück. Die Warring-States-Spange, die Lianne so bewundert hatte, wechselte für ein Präventivgebot von fünftausend Dollar den Besitzer.

Als nächstes würde die Klinge aus der Jungsteinzeit versteigert werden.

Lianne betete insgeheim, daß die Gebote nicht über viertausend Dollar gehen würden – dann lehnte sie sich in ihrem Stuhl zurück und versuchte, ein Gefühl für jene Leute zu entwickeln, die ein Gebot abgaben.

Das Mindestgebot war im Katalog mit eintausend Dollar

angegeben worden. Als die Auktion begann, gingen drei Karten gleichzeitig hoch. Ein schneller Blick sagte Lianne, daß diejenigen, deren Karten am eifrigsten in die Höhe gingen, keine ernsthaften Bieter waren. Die wirklichen Bieter waren wie sie. Sie warteten nur darauf, wer es ernst meinte oder wer die Karte nur dazu benutzte, sich frische Luft zuzufächeln.

»Fünfzehnhundert«, sagte der Auktionator, der die Menge überblickte.

Zwei Karten gingen hoch, dann eine dritte. Die letzte gehörte Charles Singer, dem Eigentümer eines ausgezeichneten Jadegeschäftes in der Innenstadt von Seattle.

»Zweitausend.«

Singers Karte ging hoch, zusammen mit zwei anderen.

»Zweitausendfünfhundert.«

Wieder hob Singer seine Karte. Jetzt bot nur noch einer gegen ihn.

»Dreitausend.«

Niemand hob die Karte.

»Kommen Sie, meine Damen und Herren«, drängte der Auktionator. »Das ist ein sehr schönes Beispiel von Kunst aus der Jungsteinzeit. Der Stein glüht förmlich vor Geheimnissen, Unsterblichkeit und sechstausend Jahre alten Rätseln. Das ist einem echten Sammler doch sicher etwas mehr als fünfzig Cents pro Jahr wert?«

Das Publikum lachte. Singer hob seine Karte wie jemand, der weiß, daß er zuviel bezahlt hat, aber der dennoch bereit ist, es für einen wohltätigen Zweck zu tun.

»Wir haben dreitausend Dollar. Möchte jemand dreitausenddreihundert Dollar bieten?«

Singer ließ die Karte auf seinem Schoß liegen.

Kyle und Lianne hoben ihre Karten beinahe gleichzeitig. Genau wie der Mann, der im hinteren Teil der Bieter saß.

»Ausgezeichnet«, schnurrte der Auktionator. »Ich wußte

doch, daß in diesem Raum der staatsbürgerliche Geist schwebt.«

Die Menge lachte, während die Gebote schnell auf dreitausendneunhundert Dollar stiegen. Singer und jener Mann hinter Lianne und Kyle lagen bei den nächsten fünfhundert Dollar Kopf an Kopf. Dann gab Singer auf, nur noch der anonyme Mann blieb übrig, den Lianne nicht sehen konnte.

»Viertausendfünfhundert. Wir haben viertausendfünfhundert. Höre ich viertausendsechshundert?«

Lianne hob ihre Karte. Sie konnte sich diese viertausendsechshundert Dollar eigentlich nicht leisten... höchstens, wenn sie von nun an einen ganzen Monat von Haferbrei lebte und ihr Wagen kein Benzin mehr verbrauchte und wenn ihre Strumpfhose keine Laufmaschen mehr bekam.

»Viertausendsechshundert. Wir haben viertausendsechshundert. Höre ich – danke, Nummer eins-null-sechs. Sie sind ein Mann mit Gemeinschaftssinn. Wir haben viertausendsechshundert. Viertausendsechshundert. Zum ersten. Sehe ich noch viertausendsiebenhundert?«

Zum erstenmal, seit das Gebot für die Klinge eröffnet worden war, sah Kyle Lianne an. Hinter ihrer äußeren Gelassenheit fühlte er eine tiefe Verzweiflung.

»Viertausendsechshundert zum zweiten. Das nächste Gebot ist viertausendsiebenhundert, meine Damen und Herren.«

In einer schweigenden Frage legte Kyle die Hand auf Liannes Handgelenk. Sie ließ ihre Karte in ihrem Schoß sinken. Weiter konnte sie nicht bieten, genaugenommen hätte sie schon bei viertausend aufhören müssen.

»Zum...«

Kyle hob seine Karte hoch.

»Danke, Nummer eins-zehn. Wir haben viertausendsiebenhundert. Viertausendsiebenhundert und warten auf viertausendachthundert. Haben wir viertausendachthundert?« fragte der Auktionator und blickte in den hinteren Teil des Raumes. »Viertausendachthundert, danke. Ich warte auf viertausendneunhundert.«

»Fünftausendneunhundert«, sagte Kyle.

»Fünftausendneunhundert. Habe ich richtig gehört? Fünftausendneunhundert für die Klinge aus der Jungsteinzeit?«

Kyle hob zur Bestätigung seine Karte hoch.

Es wurde ganz still im Raum, dann begann der Applaus. Obwohl der gebotene Betrag geringer war als bei vielen anderen Stücken an diesem Abend, so war doch das Gebot für die Klinge wesentlich kämpferischer gewesen und deswegen auch unterhaltsamer.

Als der Gong erklang, der das Ende der Gebote für die Klinge bedeutete, schloß Lianne die Augen und fragte sich, was sie tun sollte, wenn sie in Wens Tresor nachsah und feststellte, daß dort eine sehr, sehr feine Klinge aus der Jungsteinzeit fehlte.

Wen hätte diese Klinge niemals verkauft. Je mehr sie darüber nachdachte, desto sicherer war sie. Auch wenn die Klinge mit Sicherheit nicht zu seinen kostbarsten Stücken zählte, so ging ihre Bedeutung doch weit darüber hinaus. In ihrer Art war sie schlicht und ergreifend vollendet. Selbst wenn er verzweifelt Bargeld gebraucht hätte, so gab es doch andere Stücke, die verkauft werden konnten, andere Möglichkeiten, an Geld zu gelangen.

Ein kalter Schauer rieselte über ihren Rücken, und die eisige Kälte, die er hinterließ, wuchs gemeinsam mit der Gewißheit, daß diese außergewöhnliche Klinge, die Kyle jetzt besaß, Wen Zhi Tang gestohlen worden war.

»Danke«, sagte der Auktionator. »Ehe wir nun zu dem letzten Posten des Abends kommen, kostbare und wichtige Edelsteine des Pacific Rim, haben wir noch eine ganz besondere Überraschung für Sie. Mr. Richard Farmer, dessen weiße Sung-Jadeschale viele von Ihnen schon im Innenhof bewundert haben, hat freundlicherweise zugestimmt, einige der herrlichen – im wahrsten Sinne des Wortes *kaiserlichen* – Artefakte zu zeigen, die er in seinem demnächst eröffneten Museum für Asiatische Jade ausstellen wird. In der Tat, nachdem ich nur einige wenige Stücke seiner außergewöhnlichen Sammlung gesehen habe, bin ich versucht, Mr. Farmer als den nächsten Jadekaiser zu krönen. Bitte begrüßen Sie Richard Farmer, internationaler Geschäftsmann, Humanist, Philanthrop und vor allem ein exzellenter Jadekenner!«

Kyles Augen verschmälerten sich bei der Erwähnung des Wortes *Jadekaiser*. Er warf einen schnellen Seitenblick auf Lianne, um zu sehen, wie sie diese Ankündigung aufnahm. Lianne war blaß und hatte die Augen geschlossen. Er beugte sich zu ihr hinüber.

»Lianne? Ist alles in Ordnung mit Ihnen?«

Sie zuckte zusammen, nickte und öffnete die Augen und versuchte möglichst interessiert an dem ganzen Geschehen um sie herum zu wirken.

Das Publikum klatschte mit wirklicher Begeisterung. Wäre die Firma Richard Farmer Enterprises Inc. nicht gewesen, dann hätte diese Auktion heute abend nicht stattgefunden und die Wohltätigkeitsorganisation hätte nicht davon profitiert.

Auch wenn allgemein bekannt war, daß Farmers sogenannte Philanthropie auch ihm selbst und seinen geschäftlichen Interessen diente, beklagte sich niemand. Es gab viel zu viele Firmen, die sich mit diesem Thema von vornherein gar nicht erst beschäftigten. Die Tatsache, daß Farmer gerade dabei war, einen beträchtlichen Happen der freien Welt in seinen Besitz zu bringen und noch mehr davon durch seine ausländischen Lizenzabsprachen zu kontrollieren, ließ die Leute für diese kleine Spur von Wohltätigkeit nur um so dankbarer sein.

In gedämpftem Licht verließ der Auktionator die Bühne, doch mit Dick Farmers Erscheinen auf dem Podium kehrte auch das gleißende Scheinwerferlicht wieder zurück. Die Vorhänge vor der kleinen Bühne waren geschlossen worden. Farmers schwarzer Smoking hob sich lebhaft von dem schweren roten Samt hinter ihm ab. Er war ein mittelgroßer Mann, von unscheinbarem Äußeren, aber großer Selbstsicherheit.

»Danke, danke, danke«, sagte Farmer und griff nach dem schnurlosen Mikrophon auf dem Podium. Damit ging er in die Mitte der Bühne zurück, wie ein Rocksänger oder ein Prediger. »Ich bin erfreut und überwältigt, mich unter so großzügigen Gönnern der Künste aufzuhalten, ganz besonders der asiatischen Künste.«

Kyle rutschte unbehaglich auf seinem Sitz hin und her und wünschte, er hätte vorher gewußt, was nun kam. Er wäre gegangen, ehe all die Selbstbeweihräucherung begann. Normalerweise hob man sich so etwas für das Ende einer Wohltätigkeitsveranstaltung auf oder zumindest für deren Beginn. Ein Sermon in der Mitte einer Veranstaltung jedoch gehörte ins öffentliche Fernsehen.

Wäre Kyle nicht an Farmers Jade interessiert gewesen, wäre er einfach aufgestanden und gegangen. Und wenn Farmer mehr als drei Minuten redete, würde er sogar trotzdem noch gehen. Das Museum für Asiatische Jade würde in nicht einmal einer Woche eröffnen, er könnte sich also auch Farmers Schätze ansehen, ohne dafür die Berieselung eines Vortrags über sich ergehen lassen zu müssen.

»Ehe ich Ihnen meine Jade präsentiere, möchte ich denjenigen von Ihnen, die sich mehr für Gemälde und Keramik interessieren, aber noch einen kurzen Überblick über die Bedeutung der Jade in China geben.«

Kyle gelang es gerade noch, nicht laut aufzustöhnen. Aber nur schwer.

»Wie bei allen Edelsteinen und Halbedelsteinen in der Geschichte, so glaubte man, daß auch Jade ganz besondere, sogar spirituelle Eigenschaften besäße«, erklärte Farmer. »Vom frühesten Beginn der chinesischen Zivilisation an war Jade die Verkörperung der unterschiedlichsten Tugenden, die wir gern auch als christlich bezeichnen: Loyalität, Bescheidenheit, Weisheit, Gerechtigkeit, Integrität und, natürlich, Wohltätigkeit.«

Das Publikum murmelte zustimmend.

Der Ton, den jedoch Kyle von sich gab, klang eher wie Entrüstung. Farmer kam all diesen Tugenden doch nicht näher, als daß er sie gelegentlich in seinem Mund nahm. Farmer war durch und durch ein Geschäftsmann.

Er hatte einen unerschütterlichen, unheimlichen Instinkt, sich in genau dem Augenblick in internationale Märkte einzufügen, wenn sie sich gerade erst bildeten. Er stieg ein, wenn er Land und Arbeitskraft für eine Handvoll Pennys kaufen konnte. Wenn er aber wieder ausstieg, verkaufte er sie für Tonnen von Diamanten. Regierungen waren wütend wegen dieses Ausverkaufs, doch sie standen trotzdem Schlange, um Farmer in geschäftliche Abmachungen zu locken. Er schuf Werte, wo zuvor das Nichts existiert hatte.

Kyle bewunderte das geschäftliche Genie dieses Mannes und seinen Instinkt, anderen an die Kehle zu gehen. Allerdings konnte er keine Bewunderung aufbringen für Farmers Bemühungen, sich als eine internationale Ikone der Wohltätigkeit und einen sanften, edlen Prinzen unter Menschen hervorzutun.

»Wenn es dann an das Begräbnis ging, war Jade natürlich eine der wichtigsten Grabbeigaben«, sprach Farmer weiter. »Von Jade, diesem unzerstörbaren Stein, glaubte man, daß er die Zerstörung auch vom menschlichen Körper fernhielt. In gewisser Weise war da so etwas wie Unsterblichkeit. Also wurden vor Tausenden von Jahren wichtige Männer erst begraben, nachdem man ihnen zuvor alle neun Körperöffnungen mit Jadestückchen verschlossen hatte. Mit der Zeit, da der Mensch nun einmal ein Mensch ist, glaubte man, wenn neun Stück Jade gut seien, so wären Hunderte noch besser. Und Tausende wären noch viel besser: ein vollständiger Bestattungsanzug aus Jadeplatten, mit Fäden aus reinem Gold zusammengenäht, wie eine mittelalterliche Rüstung, vollkommen aus kostbarer Jade hergestellt, vom Helm bis hin zu den Stiefeln.«

Nun rutschte Kyle nicht mehr auf seinem Sitz hin und her, sondern begann zuzuhören. Wirklich zuzuhören. Und er war nicht der einzige. Im Saal herrschte vollkommene Stille, während Farmer auf der Bühne auf und ab lief, die Menschen mit seinen Worten förmlich anzog, um ihnen eine Vorstellung von den uralten Zeiten zu geben.

»In solchen Anzügen wurden die Han-Kaiser begraben«, sagte Farmer. »In Anzügen aus reiner Jade, dem Stein des Himmels, der für die Menschen hinunter zur Erde kam. Und all dies zu einer Zeit, in der ein Künstler Monate dafür brauchte, um eine einzige Platte aus Jade zu formen und zu durchbohren. Der Bestattungsanzug bestand aus Tausenden solcher Platten.

Der üppige und äußerst ästhetische Lebensstil der Kaiser und Kaiserinnen Chinas ist wohlbekannt. Was weniger bekannt ist, ist, daß viele Prinzen und Funktionäre bei Hofe genauso lebten – und starben –, daß selbst die ägyptischen Pharaonen sie darum beneidet hätten.

Die Han-Prinzen sind ein solches Beispiel. Ihre Gräber waren angefüllt mit dem Besten, das ganze Generationen von zeitgenössischen und historischen Künstlern schaffen konnten. Stellen Sie sich vor: die Schöpfung eines ganzen Königreichs, nur darauf ausgerichtet, ein Grab vorzubereiten, das seine kaiserlichen Bewohner bis in alle Ewigkeit erfreuen sollte. Die auserwähltesten Artefakte einer ganzen Zivilisation abgeschöpft und für immer vergraben.«

Farmer genoß einen Augenblick die Stille, dann lächelte er wie ein kleiner Junge. »Nun ja, vielleicht nicht für immer. Viele Gräber wurden ausgeraubt, noch ehe die Leichen darin erkaltet waren. Die phantastischen Grabbeigaben wurden wieder ans Licht gebracht und an reiche Kenner verkauft. Aber einige Gräber, einige ganz besonders wenige, blieben Hunderte, sogar Tausende von Jahren unberührt. Zu ihnen gehört das Grab jenes Herrschers, den wir den Jadekaiser nennen. Oder zumindest gehörte es dazu.«

Die Menge regte sich, als würden sich plötzlich alle aufsetzen und vorbeugen. Bei Kyle und Lianne war das nicht anders. Sie lehnten sich vor, damit ihnen auch kein Wort entging.

»Der Jadekaiser war ein Prinz der Ming-Dynastie, der sein Leben dem Sammeln einer ganz bestimmten Sache widmete. Mit unbegrenzter Zeit, unbegrenzter Macht und dem kritischen Auge des wahren Kenners sammelte er das Beste, was China zu bieten hatte. Als er starb, nahm er alles mit in sein Grab. Natürlich war es mir heute abend nicht möglich, mehr als nur einige wenige Stücke aus diesem Grab mitzubringen. Mehr, viel mehr, wird gezeigt werden, wenn ich mein Museum eröffne. Bis dahin, meine Damen und Herren, *präsentiere ich Ihnen den Jadekaiser.*«

Plötzlich teilten sich die roten Samtvorhänge. Allein auf der Bühne, im Strahl eines Scheinwerfers, schimmerte ein Bestattungsanzug aus Jade in zeitlosen Schattierungen von Grün.

Wie von weither wurde Lianne bewußt, daß sich ihre Fingernägel in Kyles Hand gruben und daß er ihre Finger so fest umklammert hielt, daß auch ihre Hand Spuren davontragen würde. Doch das kümmerte sie nicht. Sie brauchte etwas, woran sie sich festhalten konnte, etwas Warmes, etwas Starkes, etwas, das das Gefühl der Übelkeit und Angst in ihrem Magen vertreiben könnte.

Auf der ganzen Welt kannte sie nur einen Bestattungsanzug aus Jade, der sich in privaten Händen befand. Und das war der Anzug in Wen Zhi Tangs Tresor.

Oder er war es gewesen. Genau wie die Klinge aus der Jungsteinzeit.

Selbst noch während Lianne sich einzureden versuchte, daß sie verrückt war, daß der Bestattungsanzug, den sie jetzt vor sich sah, nicht der von Wen sein konnte, so wußte sie doch, daß sie Farmers leuchtendgrünes Paradestück selbst untersuchen mußte. Ehe sie das nicht getan hatte, würde die überwältigende Angst in ihrem Inneren noch zu einer alptraumhaften Sicherheit werden.

So wie jetzt in diesem Augenblick.

Selbst aus einer Entfernung von sechs Metern sah der Anzug schon genauso aus wie der von Wen. Er sah aus, als wäre er aus Platten kaiserlicher Jade gefertigt und nicht aus dem weicheren Serpentine. Am Kopf war er dunkler, über dem Leib hinweg wurde er zu einem blasseren, cremefarbenen Grün und dann zu einem tiefen Moosgrün an den Füßen. Goldener Faden glänzte überall, besonders an den Teilen, die das Gesicht und die Brust bedeckten. Dort war die dünne Kordel so dick, daß sie aussah wie Stickerei, lauter X-förmig gekreuzte Fäden, die jede einzelne Platte der Jade überzogen und einrahmten.

»Es kann nicht der gleiche Anzug sein.«

Ohne es zu bemerken, erhob sich Lianne und beugte sich näher zu der Bühne. Sie war nicht die einzige. Die Menschen im Publikum waren aufgesprungen, wie die Korken aus Champagnerflaschen. Es gab eine allgemeine Unruhe, dann drängten sich alle zur Bühne vor.

Lianne bemerkte nichts von alledem. Sie starrte auf die Muster der Jade und der Goldfäden auf Farmers Paradestück. Von dort, wo sie stand, waren sie identisch mit ihrer Erinnerung an den Anzug von Wen.

Ein dicker Kloß saß ihr im Hals, sie konnte kaum atmen. Sie wußte nicht, was schlimmer war: wenn sie sich in ihrer Erinnerung an die Klinge geirrt hatte oder wenn sie recht behalten sollte. Sie versuchte, sich an Kyle vorbeizuschieben, doch es war kein Platz.

»Lassen Sie mich vorbei«, drängte sie ihn. »Ich muß ihn aus der Nähe sehen.«

»Sie und all die anderen Jadeliebhaber. Ich hätte auch nichts dagegen, ihn mir einmal genauer anzugucken. Aber wir kommen zu spät. Sechs Reihen von Menschen drängen sich bereits darum.«

»Nein, das verstehen Sie nicht. Ich muß diesen Anzug untersuchen. Gehen Sie mir aus dem Weg!«

Er warf ihr einen Blick von der Seite zu. Ihr Gesicht war blaß, angespannt, und ihr Körper strahlte dieselbe Eindringlichkeit aus, mit der sie auch schon ihre Fingernägel in seine Handfläche gegraben hatte. Sie zog und schob, versuchte, an ihm vorbeizukommen, in einer Menschenmenge, die undurchdringlich war.

»Warum?« fragte er.

Lianne schüttelte den Kopf. »Lassen Sie mich vorbei!«

»Bleiben Sie dicht hinter mir. Ich werde Ihnen einen Weg bahnen.«

»Meine Damen und Herren«, sagte Farmer laut. »Bitte, setzen Sie sich wieder hin. Der Anzug wird in meinem Museum für Asiatische Jade ausgestellt werden. Dort wird er auch bleiben. Jeder, der es möchte, wird dort also genügend Zeit haben, sich diesen Bestattungsanzug dort anzusehen.«

Etwa die Hälfte der Menschen, die unterwegs zur Bühne

waren, zögerte. Der Rest ging jedoch einfach weiter. Wachen im Smoking, mit harten Gesichtern, erschienen plötzlich neben Farmer.

Kyle zog Lianne hinter sich her an die Seite des Raumes. Er ignorierte die erschrockenen Flüche und wütenden Blicke der Menschen, die ihm dabei im Weg standen. Dann sah er, wie die Wachen einen Ring um Farmer bildeten, der sie anschrie, den Anzug zu schützen und nicht ihn. Schon bald würden die Männer den Zugang zur Bühne blockieren.

Kyle wandte sich zu Lianne um. »Werden Sie ohnmächtig«, sagte er leise.

»Was?«

»Wenn Sie in die Nähe des Bestattungsanzugs kommen wollen, dann werden Sie *ohnmächtig*.«

Lianne sank zusammen.

Kyle packte sie, hob sie auf seine Arme und begann, sich einen Weg durch die Menschenmenge zu bahnen.

»Gehen Sie mir aus dem Weg«, rief er. »Sie braucht Luft. Machen Sie den Weg frei!«

Schnell erzwang er sich einen Weg auf die Bühne, dem einzigen Platz im ganzen Auktionsraum, der nicht überfüllt war mit Menschen. Einige Wachen kamen auf ihn zu, doch als sie die ohnmächtige Frau in seinen Armen sahen, wandten sie sich wieder ab, um die Menschen abzuwehren, die noch immer auf die Bühne drängten. Der Vorhang schloß sich hinter Kyle und hüllte die eifrigsten aus der Menschenmenge in Falten aus Samt und die harten Hände der Wachen.

»Bleiben Sie von der Jade weg«, fuhr einer der Wachen Kyle an.

»Zur Hölle mit der Jade. Sie braucht Luft.«

Noch ehe der Mann sich entscheiden konnte, ob er hinter Kyle hergehen sollte oder nicht, stolperte ein Mitglied der Gruppe von Chinas Festland unter dem Vorhang hervor.

Während der Wachmann sich in ein wenig interkulturellem Austausch erging, schlüpfte Kyle an ihm vorbei, hinter den sargförmigen Sockel, auf dem der Jadeanzug stand.

»Aufwachen, Dornröschen«, sage Kyle in Liannes Ohr. »Sie haben etwa dreißig Sekunden Zeit, ehe uns hier jemand entdeckt. Zehn Sekunden später wird man uns dann auch schon rauswerfen.«

Lianne brauchte keine zweite Aufforderung. Sie stemmte sich in Kyles Armen in die Höhe, bis sie den Anzug sehen konnte.

Er war nur etwa einen halben Meter von ihr entfernt, beleuchtet von einem Schweinwerfer, der ihn in helles weißes Licht tauchte. Die goldenen Fäden glänzten, als wären sie lebendig, doch nur Lianne war lebendig, sie drängte sich zu der unsterblichen Jade mit einer Dringlichkeit, die ein Beben durch ihren Körper laufen ließ.

»Hey! Was zum Teufel tun Sie da!« rief einer der Wachmänner.

»Ganz ruhig«, versuchte Kyle ihn zu beruhigen. »Hier ist die einzige Stelle im Raum, an der es ein wenig Luft gibt.«

»Bringen Sie sie nach draußen«, erklärte der Mann knapp und kam über die Bühne auf sie zugelaufen. »Bewegen Sie sich!«

»Wir werden rausgeschmissen«, murmelte Kyle und ging zum Ausgang.

Lianne beklagte sich nicht. Sie hatte genug gesehen. Zu viel. Dick Farmers wunderschönes Paradestück aus Jade hatte einmal Wen Zhi Tang gehört.

Diese Gewißheit machte sie ganz benommen.

Erst jetzt bemerkte sie, daß Kyle sie noch immer auf seinem Arm trug. »Lassen Sie mich runter.«

»Gleich.«

»Aber... wohin gehen wir?«

»Nach draußen.«

»Warum? Ist der Mann noch immer hinter uns her?«

»Nein, aber ich möchte sehen, ob uns vielleicht sonst noch jemand folgt. Haben Sie etwas dagegen?«

Wenn ja, so hatte Lianne dennoch keine Gelegenheit, es auszusprechen. Kyle stellte sie auf die Füße und zog sie dann durch eine Seitentür, so schnell, daß ihre Zehen kaum den Boden berührten. Er lief immer weiter, bis sie sich hinter dem hell erleuchteten Gebäude befanden und in einen Seitenweg einbogen. Schon bald waren sie verborgen von den Schatten auf einem Weg, der zu einer Garage unter dem Hotel führte.

Kyle blieb stehen und hielt Lianne bewegungslos an seine Brust gedrückt. Über ihren Kopf hinweg beobachtete er den Weg, den sie gerade gekommen waren.

»Was tun Sie…«, begann sie.

»Seien Sie still«, flüsterte er.

Lianne zitterte in der Kühle, und doch wartete sie geduldig.

Sie blickte ihm in die Augen, ob sie darin irgendein Anzeichen dafür entdecken konnte, daß sie verfolgt wurden. Doch sie sah nur den schwachen Schein des Mondlichtes auf einem Gesicht, das unnachgiebig war, wie aus Schatten und Eis gemeißelt. Er sah barbarisch aus, grausam, wie ein vorgeschichtlicher Wolf der Wikinger, doch gekleidet wie ein zivilisiertes, modernes Lamm.

Ein Teil von Lianne, den der Anblick des Jadeanzugs nicht unter Schock gesetzt hatte, sagte ihr, daß sie den Verstand verloren haben mußte, wenn sie Kyle Donovan vertraute.

Sie mußte einfach den Verstand verloren haben, das war alles. Sie mußte verrückt sein zu glauben, daß Wen sich von dem Herz seiner Schätze getrennt hatte – einem Bestattungsanzug aus Jade, dem einzigen Artefakt seiner Art, das sich nicht in öffentlicher Hand befand.

»Machen Sie doch nicht so ein besorgtes Gesicht«, sagte

Kyle, und seine Stimme war so leise, daß sie sie kaum hören konnte. »Ich werde nicht zulassen, daß Ihnen jemand etwas antut.«

Lianne hätte beinahe laut aufgelacht. *Machen Sie sich keine Sorgen.*

Die einzige Möglichkeit, wie sie das vermeiden konnte war, alle Gedanken an Wen und die gestohlene Jade in die hinterste Ecke ihres Verstandes zu bannen. Sie würde später darüber nachdenken, wenn sie ruhiger war. Erst wenn sie mehr wußte, würde das alles einen Sinn ergeben.

Es würde alles gut werden.

Ganz langsam wich die Anspannung aus Liannes Körper, und sie ging die Sache so an wie immer, wenn es Schwierigkeiten gab. Die Fähigkeit, ihren Verstand aufzuteilen und zunächst einmal das zu tun, was für den Augenblick am nötigsten war, hatte sie schon als Mädchen entwickelt, als der Schmerz, von ihrem Vater nicht anerkannt zu werden, sie zu zerreißen gedroht hatte. Sie hatte diese Fähigkeit und ihren Selbstrespekt mit einer Mischung aus Karate und geistiger sowie körperlicher Kontrolle geschaffen und gestärkt.

Doch selbst die Jahre des Trainings konnten den Schauer, der Augenblicke später durch ihren Körper lief, nicht vertreiben. Sie sagte sich, daß der kühle Nachtwind Schuld daran trug oder einfach ihre überreizten Nerven, doch tief in sich drin wußte sie genau, daß es die langsame, langsame Bewegung von Kyles Fingern auf ihrer Wirbelsäule war. Jedesmal, wenn er einen weiteren Wirbel berührte, hielt seine Hand einen Augenblick lang inne, als wolle er sich das Gefühl einprägen.

»Ist Ihnen kalt?« fragte er leise.

»Versuchen Sie einmal, hier draußen mitten im März in seidener Unterwäsche zu stehen«, hauchte sie. »Natürlich ist mir kalt.«

»Unterwäsche? Ich hatte aber gar keine…« Kyle hielt abrupt inne. Er bezweifelte, ob es Lianne gefallen würde, wenn er ihr sagte, daß er unter seinen Fingern nichts weiter gefühlt hatte als eine Lage Seide und viel warme Frau. »Tut mir leid. Ich habe gar nicht an die Temperatur gedacht. Wir werden gleich wieder reingehen. Es sieht nicht so aus, als hätte er angebissen.«

»Vielleicht war ja niemand da, der hätte anbeißen können. Vielleicht habe ich mir das alles ja nur eingebildet, genauso wie Sie jetzt.«

»Vielleicht«, stimmte ihr Kyle zu. Doch sein wachsamer Blick sagte etwas ganz anderes.

»Was macht Sie so sicher, daß das alles nicht nur ein Produkt unserer Phantasie ist?« murmelte Lianne, und ihre Stimme war so leise und geheimnisvoll wie die seine.

»Mein Bauch.«

»Ihr Bauch?«

»Ja. Er ist unruhig.«

»Haben Sie es schon einmal mit Magentabletten versucht?«

Er lachte leise und schüttelte ein wenig den Kopf. Doch dann erstarrte er in seiner Bewegung.

»Was...« Sie konnte ihre Frage nicht beenden. Ihr Mund wurde gegen den Stoff seines schwarzen Smokings gedrückt.

»Ruhig«, hauchte Kyle.

Er hielt sie beide bewegungslos im Schatten und beobachtete die Gestalt, die gerade aus der Seitentür trat und sich dann nach links wandte. Es war ein Mann. Mittelgroß. Schwarzer Smoking. Er konnte nicht erkennen, ob ihm der Smoking auch paßte.

Licht flammte auf und erlosch wieder. Der Mann hatte das Streichholz so abgeschirmt, daß Kyle nur schwach das Kinn des Mannes hatte sehen können. Kein Bart. Kein Schnurrbart. Die brennende Spitze einer Zigarette veränderte ihre Farbe von Rot zu Gold und dann wieder zu Rot, als der Mann daran zog. Er nahm noch einige schnelle Züge, dann schnippte er die Zigarette ins Gebüsch und ging in das Gebäude zurück.

Kyle wartete noch, bis er sicher war, daß der Mann auch nicht zurückkommen würde.

»Okay«, sagte er dann leise und gab Lianne frei. »Lassen Sie uns reingehen, ehe Sie noch erfrieren.«

»Ersticken.«

»Wie bitte?«

»Ich wäre erstickt, ehe ich erfroren wäre. Haben Sie überhaupt eine Ahnung, wie ein Smoking schmeckt?«

»Nein.« Kyle lächelte, dann hielt er sich gerade noch zurück, ehe er mit der Hand über Liannes Rücken fuhr, bis hinunter zu ihrem glatten, verlockenden Po. »Ich verspeise meine Smokings nur gut durchgebraten«, erklärte er und führte sie auf den beleuchteten Weg zurück.

»Hat er versucht, uns zu verfolgen?« fragte sie leise und schenkte dem neckenden Unterton von Kyles Stimme keinerlei Beachtung.

»Schwer zu sagen. Er könnte hinter uns hergelaufen sein, um zu sehen, wohin wir gegangen sind. Aber er könnte auch einfach nur das Bedürfnis nach einer Zigarette gehabt haben.«

»Also sind wir wieder da, wo wir angefangen haben.«

»Nicht so ganz. Sie haben mir noch nicht gesagt, warum ich zuviel für die Klinge geboten habe.«

»Auktionsfieber.«

»Versuchen Sie es noch einmal.«

»Unwissenheit.«

Kyles Hand schloß sich fester um ihren Arm. »Noch einmal.«

»Ich kann keine Gedanken lesen.«

»Nicht einmal Ihre eigenen? Sie wollten die Klinge haben, Lianne, und zwar sehr dringend. Warum?«

Liannes einzige Antwort war ihr trotzig erhobenes Kinn. Sie würde kein Wort sagen.

Mit einer Geschwindigkeit, die Lianne zwang, ausgesprochen große Schritte zu machen, ging Kyle zur Eingangstür des Hotels zurück, nicht zur Seitentür, durch die sie gerade gekommen waren. »Ich kann verstehen, warum Sie alles darum gegeben hätten, einen Blick auf den Bestattungsanzug zu werfen«, sagte Kyle. »Aber warum war Ihnen diese Klinge aus der Jungsteinzeit so wichtig?«

»Nein«, antwortete sie knapp.

»Wollen Sie damit sagen, sie ist Ihnen nicht so wichtig?«

»Ich sage Ihnen, daß Sie das überhaupt nichts angeht.«

Er blieb stehen und hielt sie fest, genau vor der Tür des Hotels. »Hat die Klinge etwas mit dem Mann zu tun, der Sie verfolgt?«

»Wie kommen Sie denn auf den Gedanken?« fragte Lianne überrascht.

»Drei Dinge haben Ihnen heute abend angst gemacht. Eines davon war der Mann, der Ihnen gefolgt ist. Das andere war die Klinge.«

Sie brauchte ihn gar nicht erst zu fragen, was das dritte sein sollte. »Es gibt überhaupt keinen Zusammenhang«, versicherte sie ihm schnell und wollte auf keinen Fall über das Totenhemd aus Jade sprechen.

»Wie können Sie sich da so sicher sein?«

»Bei der Klinge aus der Jungsteinzeit handelt es sich um eine Familienangelegenheit. Der Mann ist aber ein Weißer. Also gibt es dort überhaupt keinen Zusammenhang.«

»Der Zusammenhang sind Sie.«

Liannes Antwort bestand lediglich aus Schweigen.

Kyles Magen arbeitete auf Hochtouren. Er wußte zwar nicht genau, was eigentlich los war, doch zweifelte er nicht daran, daß irgend etwas im argen lag. Sein nächster Gedanke war, daß er trotz seines Smokings nicht richtig gekleidet war. Die Stelle unter seiner linken Achsel war nackt.

Ohne ein Wort packte er Lianne und zog sie zu seinem Wagen.

7

Kyle fuhr geschickt, sein Blick wechselte ständig zwischen den verschiedenen Spiegeln des Wagens und dem Verkehr Seattles. Das Verkehrsaufkommen konnte sich zwar nicht mit dem in Städten wie Manhattan, L. A. oder selbst Vancouver, British Columbia, vergleichen, doch eine einfache Baustelle auf einer der Spuren der First Avenue genügte schon, damit der Verkehr sich sechs Blocks weit staute. Wieder blickte Kyle in den Rückspiegel, riß das Lenkrad herum und wendete den Wagen. Er schoß über einen halbvollen Parkplatz, fuhr in entgegengesetzter Fahrtrichtung durch eine Einbahnstraße und kam dann auf einer Seitenstraße wieder heraus.

Niemand versuchte irgendwelche gefährlichen Verfolgungsmanöver.

Er hätte sich besser gefühlt, wenn ihm seine Ahnung nicht gesagt hätte, daß dies nur die Ruhe vor dem Sturm war. Und wenn das, was Archer ihm berichtet hatte, stimmte, so würde es ein fürchterlicher Sturm werden.

Sie haben einfach damit gedroht, alle Beziehungen zu den USA abzubrechen, falls die Schätze des Jadekaisers in unserem Land auftauchen sollten.

Er hatte keine Ahnung, wie Lianne in das Durcheinander um den Jadekaiser hineingeraten war, doch daß sie in der Sache drinsteckte, wußte er. Es war eine Menge mehr gewesen als nur berufliche Neugier, die sie dazu getrieben hatte, sich den Bestattungsanzug genauer anzusehen. Sie war verzweifelt gewesen.

»Und ich dachte schon immer, Johnny sei ein schlechter Fahrer«, murmelte Lianne, als Kyle noch einmal einfach abbog, obwohl die Durchfahrt dort nicht erlaubt war, und durch eine weitere Seitenstraße raste.

»Was meinen Sie damit, daß ich ein schlechter Fahrer bin? Ich habe keine Beule in das Auto gefahren, keinen Strafzettel bekommen, und die Straße vor uns ist frei.«

»Und was ist mit den Lichtern hinter uns? Ich meine die Lichter, die zu einer Sirene gehören?«

»Es gibt keine.«

Sie stieß den Atem aus, den sie zuvor ganz unbewußt angehalten hatte und lehnte sich in dem Sitz zurück. »Sie glücklicher Mensch. Haben wir ein festes Ziel, oder fahren Sie mich einfach nur so durch die Gegend, um meinen Adrenalinspiegel ein wenig zu erhöhen.«

Statt einer Antwort stellte Kyle ihr eine Frage. »Wo ist diese Tang-Party?«

»In dem Hotel, das wir gerade verlassen haben. Die Tangs haben dort eine Penthouse-Suite gemietet.«

»Im gleichen Hotel, wie?« fragte er, und sein Verstand arbeitete auf Hochtouren. »Und man erwartet von mir, daß ich in diesem Affenanzug dort erscheine?«

»Das liegt an Ihnen.«

Kyle war es gleichgültig, ob er zu dieser Party einen Smoking trug oder eine Latzhose, doch der Wunsch, sich umzuziehen, war die beste Entschuldigung, die ihm einfiel, um noch einmal zurück zu seiner Wohnung zu fahren. Sein älterer Bruder hatte ganz sicher eine Neunmillimeterpistole mit einem oder zwei Ersatzmagazinen in seinem Safe.

Kyle gefiel diese Vorahnung, die ihn gerade überkam, ganz und gar nicht, doch er nahm sie dennoch ernst. Das letztemal, als er versucht hatte, sich einzureden, daß er wie ein Kleinkind an Halloween Angst vor den Schatten hatte, hätte ein Litauer ihn beinahe umgebracht. Der entscheidende Schlag war jedoch von Kyle gekommen. Sein Angreifer war Hals über Kopf aus der Fahrerkabine des Lastwagens in dem Schlamm am Straßenrand gelandet.

»Ich werde nachsehen, was ich noch im Schrank hängen habe«, sage Kyle.

»Bedienen Sie sich.«

Er sah sie an. Sie war nicht mehr so blaß und angespannt wie im Hotel. Genaugenommen wirkte sie jetzt so ruhig, daß er sich schon fragte, ob er sich ihre Verzweiflung vielleicht nur eingebildet hatte. Doch noch ehe er sich diese Version des Abends einreden konnte, sagte ihm sein Gefühl schon, daß er ein Dummkopf war. Wieder einmal.

Was auch immer sich dort gerade zusammenbraute, Lianne steckte bis an ihre sexy Lippen in dieser ganzen Sache drin.

Kyle bog mit dem Wagen in die Einfahrt eines der vornehmeren und weniger pompösen Häuser mit Eigentumswohnungen ein. Die drei Gebäude waren keine zwanzig Stockwerke hoch, sie waren mit der Aussicht auf das Wasser gebaut und gehörten der Immobilienabteilung von Donovan International.

»Ist das Ihre Wohnung?« fragte Lianne.

»Sie gehört der Familie. Wer immer in der Stadt ist, benutzt sie.«

»Sehr hübsch.«

»Ich ziehe meine Hütte vor«, erklärte Kyle. »Aber ich bin hier, meine Hütte nicht.«

»Wo liegt denn Ihre Hütte?«

»Auf den San-Juan-Inseln.«

Er zog ein elektronisches Gerät aus einem Fach in der Fahrertür.

»Ist das die Fernbedienung für das Garagentor?« fragte Lianne.

»So etwas in der Art.«

»Es sieht eher aus wie eine Fernbedienung für einen Fernsehapparat.«

»Das ist es auch.«

Das handliche Gerät, das Kyle benutzte, um in die Tiefgarage zu fahren, hatte sein Leben als Fernbedienung für eine Garagentür begonnen. Dann hatte er überlegt, wie nützlich es sein würde, wenn er damit nicht nur Türen öffnen könnte, sondern wenn es ihm auch noch verriete, ob jemand in der Wohnung gewesen war, während er nicht zu Hause war. Das Resultat war eine zusammengelötete Mischung aus einem Funkempfänger, einem Türöffner, einer Fernbedienung für den Fernsehapparat und einem schmucken kleinen Computerchip, der ein Speichervermögen von der Größe eines Handbuches für organische Chemie hatte und noch Raum genug ließ für ein ungekürztes Oxford-Wörterbuch.

Archer hatte diesen elektronischen Bastard »Plaudertasche« genannt und hatte sofort auch eine für sich selbst bestellt. Wenn sie daran dachten, regelmäßig die Batterien zu wechseln, war das Ding wirklich zuverlässig.

Die Garagentür öffnete sich automatisch und blieb lange genug offen, damit Kyle mit dem jadegrünen BMW hineinfahren konnte. Er warf einen Blick auf das Display des Kästchens und sah eine beruhigende Reihe von Nullen darauf. Seit er gegangen war, war also niemand in der Wohnung gewesen. Es hatte keine Stromunterbrechung gegeben. Alle Türen der Eigentumswohnung waren noch genauso, wie er sie verlassen hatte. Abgeschlossen.

»Ist das so eine Art Sicherheitssystem?« fragte Lianne, als er das Gerät wieder wegsteckte.

»Nein, ich habe das Gerät nur erfunden, weil ich faul bin.«

Sie warf ihm einen zweifelnden Blick zu. Nichts, was sie am heutigen Abend – oder in den vergangenen beiden Wochen – gesehen hatte, ließ darauf schließen, daß Kyle faul war.

»Es stimmt«, versicherte er ihr und lächelte, als er den Motor abstellte. »Falls es sich nicht gerade um Angeln handelt, mache ich keine unnötige Bewegung.« Ehe sie noch mehr Fragen stellen konnte, wechselte er schnell das Thema. »Waren Sie schon einmal Angeln?«

»Ich bin einmal während der Lachssaison mit einem Cattle-Boot mitgefahren.«

»Eine verteufelte Art zu fischen.«

»Ich habe sogar einen Lachs gefangen«, erzählte Lianne und ihre Augen leuchteten. »Sie haben eine Menge Kraft, sogar die kleineren.«

»Wie klein war der Ihre denn?«

»Sechs Pfund.«

»Das ist ziemlich klein«, stimmte Kyle ihr zu.

»Den Geschmack hat das aber nicht beeinträchtigt«, gab sie zurück. Sie leckte sich über die Lippen, als sie sich daran erinnerte. »So saftig wie Hummer. Die Farbe war so kräftig.«

Kyle stieg aus dem Wagen. Entweder das oder er hätte Liannes Einladung angenommen, die sie unbewußt mit ihrer Zunge angedeutet hatte. Wenigstens glaubte er, daß sie es nur unbewußt getan hatte.

Er lehnte sich gegen den Wagen und blickte sie eindringlich an. Sie saß nicht dort wie eine Sirene, den Rock fast bis zu ihrem Unterleib hochgeschoben. Und auch wenn ihr Mantel offenstand, so spielte sie auch nicht mit den Jadeperlen, die gegen die dünne Seide ihres Kleides und ihre aufgerichteten Brustspitzen baumelten. Wenn sie wirklich sexuelle Signale aussandte, so waren sie verteufelt weniger aufdringlich als bei den meisten Frauen, die Kyle kannte.

Und sie duftete himmlisch, verglichen mit dem Geruch der Garage, in der es nach Beton und Schmieröl stank.

»Sie können gern mit mir nach oben kommen«, bot Kyle ihr an. »Aber falls es Sie nervös machen sollte, mit in die Wohnung zu kommen, können Sie auch hier unten auf mich warten. Auf jeden Fall wird es nicht lange dauern.«

Lianne blickte ihn schüchtern an. »Wenn Sie ein Schuft wären, dann hätten Sie schon etwas versucht, als ich ›ohnmächtig‹ war oder als wir vor dem Hotel Verstecken gespielt haben.«

Er lächelte. »Ich habe daran gedacht.«

»War das bevor oder nachdem Sie jeden einzelnen Wirbel meines Rückgrats gezählt haben?«

Kyles Lachen hallte in der Garage laut wider. Er dachte daran, wie sehr Lianne seinen schlagfertigen Schwestern gefallen würde. Auch seinen älteren Brüdern würde sie gefallen, doch irgendwie gefiel ihm dieser Gedanke wiederum nicht so sehr. Seine Brüder waren alle noch unverheiratet, und sie sahen verflixt gut aus.

Er ging um den Wagen herum, doch nicht, um für Lianne die Tür zu öffnen, sondern um sie zu schließen. Sie war eine Frau, die für sich selbst sorgen konnte.

»Hier entlang«, sagte er und legte ihr eine Hand auf den Rücken. Auch wenn ihr Mantel aus ganz weichem Stoff war, so vermißte er doch die glatte Seide, durch die man die Wärme einer Frau so wundervoll fühlte. Unbewußt drängten sich seine Finger näher an sie heran und suchten nach dieser Wärme.

»Zählen Sie wieder meine Wirbel?« fragte Lianne.

»Ich wollte nur sichergehen, daß mir auch keiner entgangen ist.«

»Rührt Ihre Schlagfertigkeit daher, daß Sie in einer so großen Familie aufgewachsen sind?«

»Das bezweifle ich. Sie sind ein Einzelkind, und Ihre Zunge

ist auch nicht gerade langsam. Dazu hat sie auch noch eine so saftige Farbe.«

Lianne sah sein neckendes Lächeln und fragte sich, ob es nicht vielleicht besser gewesen wäre, im Wagen auf ihn zu warten oder sich in der Zeit mit all den Sorgen zu beschäftigen, die sie in Gedanken auf »später« verschoben hatte, wann immer das auch sein mochte.

Ohne es überhaupt so recht zu bemerken, schüttelte sie den Kopf; sie wollte nicht, daß dieses »später« schon jetzt war. Sie mußte erst noch die Tang-Party überstehen. Und das würde sie nicht schaffen, wenn sie ständig an die Klinge aus der Jungsteinzeit und an den Jadeanzug dachte, die eigentlich im Tresor der Tangs liegen sollten.

»Machen Sie sich keine Sorgen«, beschwichtigte Kyle, denn er hatte gesehen, daß Lianne wieder ein wenig die Stirn runzelte. Er steckte den Schlüssel in die Wand neben den Aufzug. Die Tür öffnete sich sofort. »Ich werde nicht das Jekyll-and-Hyde-Spiel mit Ihnen spielen.«

Sie blinzelte, schloß die Tür zu ihren Sorgen und konzentrierte sich auf Kyle. Was ihr nicht schwerfiel. Je öfter sie ihn ansah, desto besser gefiel ihr sein Anblick. Und was sie fühlte. Es war ein eigenartiges, angenehmes Gefühl, sich wieder ihrer selbst als Frau bewußt zu sein, als einer Frau, die sich eines gewissen Mannes sehr bewußt war.

»Sind Sie sich da auch sicher?« fragte Lianne.

»Ziemlich sicher«, beharrte er und hielt ihr die Tür auf.

»Schade«, entgegnete sie und trat an ihm vorbei in den luxuriösen Aufzug. »Ich hatte schon gehofft, daß sich für mich endlich einmal eine Gelegenheit ergeben würde, mein Pfefferspray auszuprobieren.«

»Nicht im Aufzug, meine Süße. Keiner von uns beiden würde es dann nämlich noch schaffen, lebend hier herauszukommen.«

Während Kyle einen Code aus sechs Zahlen auf der erleuchteten Tastatur drückte, bewunderte Lianne den Aufzug. Gedämpftes Licht. Ein tibetanischer Teppich in Juwelenfarben. Holzvertäfelung aus Kirschbaum und Ahorn. Ein Telefon, das aussah wie aus einem Raumschiff, in mattem Glanz und mit abgerundeten Kanten. Ein kleiner Bildschirm.

»Was, keine Bar?« fragte sie.

Er zog die Augenbrauen hoch. »In einem Aufzug?«

»Nun, dieser Aufzug besitzt alles, was auch eine gute Limousine hat, einschließlich eines Fahrers im Smoking.«

»Wissen Sie«, entgegnete Kyle, »alles, was jetzt noch zwischen Ihnen und einem guten Kuß steht, ist das Pfefferspray.«

Lianne legte die Hand auf ihr Herz und klimperte mit den Wimpern wie eine viktorianische Jungfer. Dann lachte sie, überrascht über sich selbst. Es war berauschend, einfach die Gesellschaft eines Mannes zu genießen, ohne auf jedes Wort oder jede Bewegung achten zu müssen. Sie hatte immer sehr vorsichtig sein müssen, wenn sie mit Lee Chin Tang zusammengewesen war. Ihr Sinn für Humor und der seine hatte nicht sonderlich gut miteinander harmoniert. Um die Wahrheit zu sagen, außer seinem Interesse für chinesische Kultur, internationalen Handel und die Familie Tang hatte zwischen Lee und ihr generell nicht viel miteinander harmoniert.

Nun, eines immerhin. Sie beide hatten den dringenden Wunsch, von der Familie Tang akzeptiert zu werden. Lee hatte seinen Ehrgeiz schließlich auch befriedigen können, aber nicht durch Lianne. Er hatte die Enkelin eines der Cousins von Wen geheiratet, hatte seinen Nachnamen geändert und leitete jetzt in Seattle das Büro des Tang-Konsortiums. Manchmal lief sie Lee noch über den Weg. Und jedesmal schmerzte es weniger. In letzter Zeit war es mehr ihr Stolz, der schmerzte, und nicht ihr Herz. Lee war die Verbindung zu der Familie Tang noch viel dringender gewesen als ihr selbst.

Der Aufzug blieb stehen. Zu Liannes Überraschung gab Kyle noch mehr Zahlen über die Tastatur ein. Erst dann öffnete sich die Tür.

»Hier entlang«, sagte er.

Der Teppich im Flur war eine etwas dickere Ausgabe von dem im Aufzug. Die Wände waren blaß cremefarben und schienen von innen heraus zu leuchten. Chinesische Seidenmalereien hingen überall im Flur. Auch wenn asiatische Malerei nicht ihr Spezialgebiet war, so wußte Lianne doch, daß diese hier ausgezeichnet waren und schon sehr alt.

»Ein Code, um aus dem Aufzug herauszukommen«, meinte sie. »Jetzt verstehe ich auch, warum.«

Kyle blickte auf die Bilder und lächelte. »Archer hat sie in einem Pokerspiel gewonnen.«

»Er muß in seinem Herzen Chinese sein.«

»Wegen der Bilder.«

»Nein, wegen des Spiels. Es zieht sich wie ein Blitz durch die chinesische Kultur. Jeder Mann über zehn Jahren wettet, ob es sich nun um Mah-Jongg handelt, Hunde, Pferde oder welches Fahrrad als erstes die nächste Kreuzung erreicht.«

»Ein gutes Rezept gegen leere Taschen.«

»Der Schlag für den Stolz ist viel schlimmer. Wer auch immer diese Bilder verwettet hat, hat in seiner Familie einen Großteil seines Gesichts verloren. Diese Bilder hier waren einmal ein hochgeschätzter Teil des Familienerbes.«

»Das sind sie noch immer. Nur hat sich der Name der Familie geändert.«

»Das ist eine sehr westliche Einstellung.«

»Weil ich ein Mann des Westens bin«, sagte Kyle und öffnete die Tür. »Kommen Sie, setzen Sie sich.«

In ihrer Arbeit als Gutachterin für Jade war Lianne schon in vielen teuer eingerichteten Wohnungen gewesen. Doch keine hatte ihr so gefallen wie diese hier, mit den hohen

Decken, den bunten Teppichen auf dem Fußboden aus Eichenholz und der Fensterwand, von der aus man eine glänzende regenfeuchte Stadt überblicken konnte.

»Wie eigenartig«, murmelte sie und sah sich um.

»Was meinen Sie damit?«

»Es gefällt mir.«

»Überrascht Sie das?«

»Ich habe mich bisher immer mehr von dem orientalischen Aspekt der Einrichtung angezogen gefühlt.«

»Mahagoniwände, niedrige Tische, Bodenkissen, nach innen gerichtet und nicht nach außen, meinen Sie so etwas?« fragte Kyle und machte das Licht an.

»Oh, ich gebe zu, ich liebe Stühle. Es ist nur so, daß ein Raum von diesen Ausmaßen, dieser Höhe, mit all dem Glas und dem Platz...« Lianne hielt inne. »Normalerweise sieht ein solcher Raum unpersönlich aus. Wie ein Palast oder die große Eingangshalle eines Hotels. Aber dies hier ist sehr hübsch, sehr einladend.«

»Das ist das Zuhause meiner Eltern, wenn sie nicht zu Hause sind. Eines davon zumindest. Der Donovan und Susa verbringen die meiste Zeit des Jahres in der Nähe von Cortez, in Colorado. Wenn sie nicht gerade auf Reisen sind. Bei diesem Thema halten wir uns alle zurück. Meine Mutter ist entschlossen, die Seidenstraße zu malen.«

»Sie zu malen?«

Als Antwort auf Liannes Frage berührte Kyle einen weiteren Schalter. Impressionistische Landschaften hingen wie gedämpfter Donner an den Wänden.

Lianne stockte der Atem. Sie hatte das Gefühl, in diese Bilder hineingezogen zu werden, durch sie hindurch, es war ein Gefühl wie ein Schwindel, als würde der oberste Teil ihres Kopfes sich heben und die Sorgen hinausfliegen, um Raum zu schaffen für die unglaubliche Energie von Bergen und Entfernung, Wüste und Schweigen, Regen und Erneuerung, Ausdauer und Sturm.

»Wer hat diese Bilder gemalt?« wollte sie wissen.

Kyle blickte über ihren Kopf auf die Wand mit den Bildern. »Susa.«

»Ihre Mutter?«

»Ja. Sie sind gut, nicht wahr?«

»Gut? Sie sollten in einem Museum hängen.«

»Einige hängen auch in einem Museum. Dies hier sind die Lieblingsbilder von Dad. Gehen Sie nur näher ran. Die Bilder verwandeln sich dann in rein abstrakte Werke, doch verlieren sie ihre Kraft nicht.«

Lianne schwebte davon, angezogen von der schweigenden Explosion der Farben.

»Ich werde einmal in meinem Schrank nachsehen«, sagte Kyle schließlich. »Es sei denn, Sie möchten zuerst was trinken.«

Sie schüttelte den Kopf, ohne ihn anzusehen. »Nein, danke. Dies hier genügt mir. Es ist sogar mehr als genug.«

Kyle ging an ihr vorbei, um das freistehende Bücherregal herum in einen mit Schiefer ausgelegten Flur, den man vom Eingang aus nicht sehen konnte. Sechs große Türen öffneten sich auf diesen Flur. Jede Tür führte zu einer Suite. Es gab keine sichtbaren Schlösser an diesen Türen, und man konnte sie nur von innen verschließen. Hier wohnte die Familie. Wenn jemand den Wunsch nach Privatsphäre hatte, konnte er oder sie sich zurückziehen und soviel Frieden genießen, soweit das in einer großen Familie eben möglich war.

Die Tür zu Archers Suite war nicht verschlossen, das bedeutete, daß er wahrscheinlich bis zum Ende der Versteigerung geblieben war. Er ließ sich nur selten eine Gelegenheit entgehen, sich auf dem Edelsteinmarkt des Pacific Rim umzusehen.

Kyle schloß die Tür hinter sich ab und ging sofort zum Safe. Er besaß noch das altmodische Zahlendrehschloß, das Archer auch dann öffnen konnte, wenn der Donovan wieder einmal die Kombination geändert hatte, ohne jemandem etwas davon zu sagen. Das war schon mehr als einmal vorgekommen. Kyle war jedoch auf die konventionellen Methoden angewiesen, um den Safe zu öffnen.

»Ich hoffe nur, der alte Mann hat nicht wieder mit den Zahlen gespielt«, murmelte er und drehte an dem Rad.

Nach ein paar Umdrehungen öffnete sich die Tür. Im Inneren lagen ein Bündel Geld, ein Schulterhalfter und eine Neunmillimeterpistole mit vier zusätzlichen Magazinen. Archer kam auf den Donovan – Bargeld, Eroberung und den Mund halten. Nach Kaliningrad verstand Kyle die Weisheit, die darin lag, das Leben auf diese Art anzupacken.

Er zog die Jacke seines Smokings aus, schnallte das Halfter um, schob die Pistole hinein und steckte dann eines der kalten, schweren Magazine in die Hosentasche. Die Jacke schloß sich über dem Halfter, ohne irgendeine Falte oder Beule zu hinterlassen.

Wie immer, so hatte Archer auch jetzt wieder recht. Der Smoking saß so besser.

Kyle ging zum Schrank hinüber und sah sich die verschiedenen Schuhe an, die ordentlich aufgereiht auf dem Boden standen. Das allerdings war nicht Archers Werk, sondern das der Haushälterin. Ein Paar der Schuhe war schwarz und etwas ausgetretener als jene, die im Augenblick Kyles Füße quälten. Ohne zu zögern, streifte er seine Schuhe ab und zog das andere Paar an. Sie paßten zwar nicht so gut wie der Smoking, doch drückten sie wenigstens an anderen Stellen als die Schuhe, die er gerade ausgezogen hatte.

Leise entriegelte Kyle das Schloß der Zimmertür, öffnete sie und zog sie dann wieder hinter sich zu.

Lianne stand noch immer mitten im Zimmer, vollkommen versunken in die Kunst von Kyles Mutter. Er hatte schon viele Reaktionen auf Susas Bilder erlebt, angefangen vom höflichen »Interessant« bis hin zum aufgeregten Wedeln mit dem Arm und Ausrufen über Pinselstriche und Energie, Farbe und Genie; doch noch nie zuvor hatte er jemanden erlebt, der sich diesen Bildern so hingab, wie Lianne es tat.

Kyle verspürte den plötzlichen, wilden Wunsch, sie auf den Teppich zu ziehen und herauszufinden, ob sie die gleiche rücksichtslose Ekstase in ihrer Seele besaß, wie die Bilder sie hatten. Während er sich noch einzureden versuchte, daß dies wirklich ausgesprochen dumm wäre, läutete das Telefon. Oder richtig gesagt, die Telefone. Es gab einige in dem großen Raum.

Lianne zuckte erschrocken zusammen.

Das nächste Telefon stand auf einem niedrigen Tisch in der Nähe der Fensterwand. Kyle hob den Hörer ab, noch ehe das zweite Läuten erklang.

»Hallo.«

»Ist alles in Ordnung?« fragte Archer.

»Ja.«

»Du bist so schnell von der Auktion verschwunden, als hättest du Durchfall.«

»Lianne fühlte sich ein wenig, äh, ohnmächtig«, sagte Kyle.

»Der Jadeanzug?«

»Er genügte doch, um jemanden ohnmächtig werden zu lassen.«

»Was hat sie darüber gesagt?«

»Das war ein toller Vortrag, den Farmer da gehalten hat, nicht wahr?«

Es dauerte nicht einmal zwei Sekunden, ehe Archer begriffen hatte. »Mist. Du bist nicht allein.«

»Du hast es erfaßt.«

»Blakely?«

»Jawohl.«

»Gute Arbeit.«

Kyle gab ein unterdrücktes Geräusch von sich. Lianne hatte sich wieder den Bildern zugewandt, doch stand sie nur etwa drei Meter von ihm entfernt. Sie konnte jedes Wort hören, das er sprach.

»Wird sie die Nacht über bleiben?« fragte Archer.

»Du hast nur zur Hälfte recht«, antwortete Kyle.

»Ihr werdet allein schlafen?«

»Jawohl.«

»Zu schade.«

»Wir sind ja nicht alle so umwerfend gutaussehend.«

»Jajaja«, stimmte Archer ihm ohne große Überzeugung zu. »Und warum bist du zu Hause?«

»Ich habe entschieden, daß du recht hattest mit dem Smoking. Jetzt paßt er mir besser.«

Es dauerte nur einen Herzschlag lang, ehe Archer fragte: »Hast du diese Entscheidung getroffen, bevor oder nachdem Farmer seine Jadebombe losgelassen hat?«

»Vorher.«

Schweigen, dann pfiff Archer leise durch die Zähne, als er begriff: noch bevor Farmer aufgetreten war, hatte Kyle die Notwendigkeit einer Waffe gespürt. Kyle, der Waffen doch nicht besonders mochte. »Brauchst du noch mehr Hilfe, als ich im Safe gelassen habe?«

»Ich bin nicht einmal sicher, ob ich überhaupt so viel brauche«, antwortete Kyle. »Aber ich wäre ungern der einzige, der für diesen Auftritt nicht richtig gekleidet ist.«

»Und was hat dich zu dieser Vermutung gebracht?«

»Drei sind einer zuviel.«

»Verfolgt euch jemand?«

»Du liegst wieder nur halb richtig.«

»Lianne wird verfolgt?« fragte Archer.
»Ja.«
»Weiß sie es?«
»Ja.«
»Hat sie ihn erkannt? Oder war es eine Sie?«
»Du weißt doch, wie das bei Männern so ist«, antwortete Kyle, ohne zu zögern. »Im Dunkeln sehen sie sich doch alle ziemlich ähnlich.«
»Hast du ihn dir angesehen?«
»Ich nehme an, daß er den Zulassungsstempel der Regierung trug.«
»Sehr interessant.«
»Jawohl. Und wenn du die Zeit dazu hast, dann solltest du dich vielleicht einmal umhören. Ich würde nämlich nicht gern das Mittagessen vom Onkel verspeisen.«
»Viel eher würdest du verspeist werden«, meinte Archer.
»Du solltest Vertrauen haben in deine Schüler.«
»Vertrauen ist keine Lebensart. Bleib wo du bist. Ich werde kommen und ...«
»Danke«, unterbrach Kyle ihn. »Aber wir sind bereits auf dem Weg zurück zum Towers. Im Penthouse gibt es nämlich eine Party.«
»Das Tang-Konsortium hat das Penthouse gemietet.«
»Das hat man mir gesagt.«
»Komm durch die südliche Tür des Hotels. Ich werde dich dann auf Läuse untersuchen.«
»Klingt gut. Ruf mich morgen an, okay? Dann können wir zusammen essen.«
»Laß dich ausstopfen.«
»Also, das ist ja wirklich einmal ein Einfall.«
»Wußte Lianne schon vorher von dem Jadeanzug?«
»Nein.«
»Bist du sicher?«

»Zu fünfundneunzig Prozent.«

»Gibt es etwas Nützliches, was ich Onkel Sam erzählen könnte?«

»Nein.«

»Mist. Wirst du im Hotel mit mir reden können?« fragte Archer ungeduldig.

»Danke, aber das ist nicht nötig. Morgen ist es besser.«

»Ich mag es nicht, wenn ich warten muß. Nicht, wenn du meine Pistole trägst.«

»Hol dir eine andere. Eine Größe paßt allen.«

»Ich denke, ich werde dich höchstpersönlich ausstopfen.«

Mit einem ziemlich grimmigen Lächeln hängte Kyle den Hörer wieder ein, ehe Archer ihm zuvorkommen konnte.

8

Kyle trat auf Lianne zu, doch sie ließ die Bilder nicht aus den Augen. Sie trat sogar noch ein Stück näher an die lebhaften Werke heran, die vor Farbe und Energie nur so sprühten. Die Bilder hätten sie zu allen Zeiten angezogen, doch heute abend waren sie ganz besonders bezwingend, weil sie ein Gefühl der Kraft brauchte, um ihre Furcht zu bekämpfen, die sie immer dann überfiel, wenn sie an den Jadekaiser, Totenhemden und ihren Großvater Wen Zhi Tang dachte.

»Wir können die Party auch auslassen«, meinte Kyle, der Lianne aufmerksam betrachtete. »Wir werden einen Drink nehmen, werden Susas Genie genießen und uns dann unterhalten.«

Lianne zuckte zusammen, als hätte ihr etwas einen Stich versetzt. »Ich brauche nur noch eine Minute«, meinte sie, ohne Kyle anzusehen. Dann fügte sie noch schnell hinzu: »Ich habe bisher immer geglaubt, ich wäre ein Skulpturenmensch.

Sie wissen schon, die seidige Jade auf der Haut zu spüren und eine über tausend Jahre alte Geschichte, die einem im Kopf widerhallt. Aber diese Gemälde...« Ihre Stimme erstarb.

Nach einer Minute ging Kyle hinüber zu der Sicherheitsanzeige neben der Tür und sah sich das Display an. Eine wundervolle Reihe von Nullen zeigte sich, und keines der Lichter blinkte. Das hatte er zwar erwartet, doch es war trotzdem ein beruhigendes Gefühl, es auch zu sehen. In Kaliningrad hatte er gelernt, daß die Konfrontation mit dem Unerwarteten kein Spaß war. Man war besser ein sturer, verläßlicher Kerl als ein toter Abenteurer.

»Möchten Sie lieber über den Jadekaiser sprechen?« fragte Kyle und ging zurück zu Lianne.

Sie sah noch ein paar Sekunden länger auf das explosive, kaum beherrschte Sturmgemälde, ehe sie sich zu ihm umwandte. »Sie haben eine bemerkenswerte Mutter.«

Soviel zum Jadekaiser. Mit einem innerlichen Schulterzucken akzeptierte Kyle den Themenwechsel. Er hatte immerhin noch die ganze Nacht Zeit, Lianne auszufragen. »Bemerkenswert ist schon richtig. Susa ist der einzige Mensch auf der Welt, der den Donovan dazu bringen kann, etwas zu tun, was er nicht tun wollte.«

»Wenn sie auch nur die Hälfte der Energie besitzt, die sie in diesen Bildern ausdrückt, dann wäre sie eine unwiderstehliche Kraft.«

»Doppelt.«

»Wie bitte?«

»Sie besitzt sogar die doppelte Energie«, meinte Kyle. »Sie macht uns alle fertig.«

»Alle sechs?« fragte Lianne. »Das bezweifle ich.«

»Alle sieben, einschließlich Dad.«

Liannes Blick wanderte wieder zu den Bildern.

»Nein«, erklärte er und führte sie zur Eingangstür. »Wenn

Sie jetzt noch einmal damit anfangen, werden Sie Wen Zhi Tang enttäuschen. Und das erinnert mich daran – warum benutzen die Tangs ihre Namen in der westlichen Reihenfolge?«

»Sie meinen den Vornamen zuerst und dann den Familiennamen?«

»Ja.« Kyle trat nach Lianne auf den Flur hinaus und machte das Sicherheitssystem wieder scharf.

»Wens Vater hatte angeordnet, daß seine Linie der Familie für ihre Zukunft nach Osten schauen sollte – nach Amerika, dem Goldenen Berg. Sie sollten Englisch lernen und bei ihren Namen die westliche Anordnung benutzen. Sie sollten sogar ihren Töchtern individuelle Namen geben und sie nicht nach der üblichen Art der Geburtenfolge als Erste, Zweite, Dritte oder Vierte bezeichnen.«

»Ein wirklich Radikaler.«

»Ein wirklicher Pragmatiker«, korrigierte Lianne ihn und folgte Kyle zum Aufzug. »Nach der Revolution wurden die Tangs aus der Machtstruktur Festlandchinas ausgeschlossen.«

»Falsche Politik?« Kyle gab die Nummern auf dem Gerät neben der Aufzugtür ein. Sie öffnete sich sofort.

»Zum Teil«, antwortete Lianne und trat in den Aufzug. »Und der andere Teil war der, daß die Tangs schon immer ziemlich außerhalb oder neben der gerade herrschenden Regierung gelebt haben, es sei denn, sie bildeten gerade selbst die Regierung.«

»Kriegsherren und feudale Häuptlinge?«

»Das ist eine höfliche Umschreibung. Verschiedene Kaiser hätten die Tangs wahrscheinlich Banditen, Rüpel oder Ausgestoßene genannt. Die Namen wurden während der Ming-Dynastie noch großartiger, nachdem die Tangs reich genug geworden waren, ein Leben wie einen Sack Reis zu kaufen oder zu verkaufen. Die Chinesen besitzen eine sehr, sehr große

Wertschätzung für die Macht, im Gegensatz zu reinem Reichtum.«

Die Türen des Aufzuges öffneten sich. Sie traten hinaus in den Geruch nach Beton und Motoren. Obwohl das Parkdeck ungewöhnlich gut beleuchtet war, gab es noch immer einige Schatten. Es war die Natur eines Parkdecks, uneinsehbare Ecken und dunkle Schatten zu haben.

Mit einem schnellen, aufmerksamen Blick sah Kyle sich um. Er konnte niemanden entdecken.

»Also hat der Handel mit den fremden Teufeln die Tangs sehr reich gemacht«, forschte Kyle weiter, als er Lianne die Wagentür öffnete.

»Der Handel, Steuereinnahmen mit oder ohne Zustimmung des Kaisers, ein Monopol für Grabräuberei und Glücksspiele aller Art, aber hauptsächlich das, was die Chinesen *guanxi* nennen.«

»Beziehungen«, sagte Kyle.

»Das englische Wort reicht kaum an die chinesische Wirklichkeit heran«, erklärte Lianne. »*Guanxi* ist ein Netz untereinander verbundener Unternehmen, Cousins und Brüder, Onkel und Väter; Zweige einer Familie vom reichsten Gerichtsherren bis hin zum ärmsten Bauern, der menschlichen Dünger auf einem Reisfeld verbreitet.«

Kyle schloß die Wagentür und ging um den Wagen herum. »Jede Familie hat arme Verwandte«, meinte er, als er den Motor anstellte und zum Ausgang fuhr. »Also kommt der Familienreichtum der Tangs aus illegalen Unternehmungen?«

»Definieren Sie das Wort illegal«, widersprach Lianne. »Die Tangs verdienen schon seit vielen Jahren Geld. Ich bezweifle allerdings, ob das alles legal war, gemessen an den dominierenden Kulturen, egal welcher Epoche. Außerdem ist das, was gesetzlich ist oder nicht, in China oft nur eine Frage der Einstellung.«

»Und mit Geld kann man die entsprechenden Einstellungen kaufen«, schloß Kyle.

Lianne zucke mit den Schultern. »Natürlich. Das ist hier auch nicht anders. Deshalb leisten Gesellschaften und Verbände doch politische Spenden. Jemand wird neu gewählt, ausgewählte Gesetze werden zurechtgebogen oder geändert, ein paar neue Quellen des Reichtums öffnen sich.«

»Oder alte – sehr alte – Quellen werden wieder herangezogen. Spielen, Prostitution, Drogen oder welche Wünsche der Menschen die jeweilige Gesellschaft auch immer geächtet haben mag.«

Lianne warf ihm einen schnellen Blick zu. In dem glänzenden Strom von Regen und den Lichtern von Seattle in der Nacht war sein Gesichtsausdruck nicht zu deuten.

»Die Tangs sind nicht so etwas wie die chinesische Mafia«, widersprach sie knapp.

Er blickte sie an. »Habe ich ein empfindliches Thema berührt?«

Sie schnaubte ungeduldig. »Nur, wenn Sie die Zeitungen Hongkongs lesen.«

»Das tue ich nicht.«

»Nun, aber ich tue es. Die neue Regierung von Hongkong tut so, als sei der Name Tang gleichzusetzen mit dem Wort *Gangster*. Die Suns dagegen wandeln natürlich über das Wasser, sie haben niemals unreine Gedanken und...«

»Ihre Fürze duften wie Rosenblätter«, beendete Kyle den Satz für sie.

Lianne gab ein eigenartiges Geräusch von sich, dann lachte sie laut auf. »Sie haben es begriffen.«

»Ich nehme an, wir sprechen von den Suns von SunCo?«

»Ja.«

»Nach dem, was Dad und Archer sagen, ist SunCo ein wahrer Aufsteiger im internationalen Handel.«

»Aber nur, weil sie die Tangs in Übersee systematisch ausgeschaltet haben«, erklärte Lianne bitter. »Mit dem vollen Segen der neuen Hongkonger Regierung und der von Festlandchina.«

»Nichts Persönliches, meine Süße. Nur Geschäfte.«

»Für mich ist das sehr persönlich, wenn ich ein sehr schönes, sehr bekanntes Jadeobjekt entdecke, auf dem der Name SunCo steht statt…« Sie hielt abrupt inne, denn sie wollte nicht von der Klinge aus der Jungsteinzeit sprechen. Das könnte zu Fragen nach Farmers Bestattungsanzug führen. Dazu war sie noch nicht bereit. Sie mußte völlig gelassen sein, wenn sie heute abend ihrer inoffiziellen Familie gegenübertrat. Allein schon bei dem Gedanken an den Bestattungsanzug zog sich ihr Magen zusammen. »Wenn man verliert, fühlt sich das sehr persönlich an.«

»Verlieren ist immer persönlich«, sagte Kyle leichthin.

»Einige Dinge sind aber persönlicher als andere.«

»Wie zum Beispiel die Klinge aus der Jungsteinzeit, die SunCo gestiftet hat? Oder der erstaunliche Coup, den Farmer heute abend gelandet hat, als er seinen eigenen, persönlichen Bestattungsanzug einem Raum voller eifersüchtiger Jadekenner präsentierte?«

Lianne zuckte nur mit den Schultern und schwieg.

»Glauben Sir wirklich, daß Farmer es geschafft hat, das Grab des Jadekaisers in seine Finger zu bekommen?« drängte Kyle.

»Sie meinen, wegen des Bestattungsanzuges?«

»Ja.«

Lianne wollte gerade etwas erwidern, doch dann wurde ihr klar, daß ihre Antwort nur noch mehr Fragen aufwerfen würde. »Ich weiß es nicht.«

»Was glauben Sie denn?«

Sie schloß die Augen. »Ich denke, derjenige, der Farmer

diesen Anzug verkauft hat, wird eine Menge Fragen zu beantworten haben.«

»Wegen der Gesetze gegen den Kulturdiebstahl?«

»Unter anderem.«

»Und weswegen noch?«

»Die Frage der Herkunft ist noch immer nicht geklärt, nicht wahr?«

»Ja, das ist richtig. Woher glauben Sie denn, ist dieser Anzug gekommen?« fragte Kyle.

»Das weiß ich nicht.«

»Sie haben ihn sich doch aus der Nähe ansehen können. Ist er denn echt, oder ist er nur eine Fälschung?«

»Ein kurzer Blick genügt wohl kaum, um ein solches Urteil treffen zu können.«

»Ich bitte Sie ja nicht um ein beeidigtes Dokument. Ich möchte nur Ihre persönliche Meinung hören.«

»Warum setzen Sie mir so zu?« fragte Lianne angespannt. »Mir gehört der Anzug doch schließlich nicht. Das ist Farmer. Ihn sollten sie schmoren.«

»Ich besitze keinen Grill, der groß genug für ihn ist.«

Kyle warf einen Blick in den Rückspiegel. Es befanden sich einige Wagen hinter ihm. Die Ampel vor ihm sprang gerade von Gelb auf Rot um. Kyle gab Gas und schoß mit dem BMW über die Kreuzung.

Niemand folgte ihm.

Eine Weile waren keine anderen Geräusche zu hören als ab und an das Quietschen des Scheibenwischers und das Zischen der Reifen über den feuchten Asphalt. Kyle wollte gern wissen, woran Lianne dachte, doch er fragte sie nicht. Ihre zusammengepreßten Lippen und die Augenbrauen verrieten ihm, daß es sich dabei nicht gerade um besonders glückliche Gedanken handelte. Ihr Schweigen sagte ihm außerdem, daß sie auch nicht darüber sprechen wollte.

Mit einem leisen Fluch bog er in den bewachten Parkplatz des Towers ein und stellte den Motor ab.

»Aufwachen«, sagte er. »Wir sind da.«

Lianne blinzelte, als hätte sie wirklich geschlafen, dann sah sie sich um, überrascht, daß sie schon am Hotel angekommen waren. »Tut mir leid. Ich halte meinen Teil des Handels wohl nicht ein, wie?«

»Und das wäre?«

»Ich sollte Ihnen doch alles Wissenswerte über Jade beibringen, aber...« Sie winkte ab und zuckte dann mit den Schultern.

»Ich werde einfach noch ein paar Extrastunden auf Ihre Rechnung schreiben«, meinte Kyle und warf einen weiteren Blick in den Rückspiegel.

Noch immer folgte ihnen niemand. Oder wenn es so war, dann war derjenige zumindest so schlau, daß er nicht auffiel. Es wäre interessant, festzustellen, ob er und Lianne jemanden entdecken könnten zwischen dem Parkplatz und dem südlichen Eingang des Hotels.

»Lassen Sie uns hier entlanggehen«, bat Kyle sie und führte sie am Haupteingang vorbei.

»Gibt es dafür einen besonderen Grund?«

»Weil ich es darf.«

Sie blinzelte, sah ihn an und lächelte dann plötzlich. »Diese Antwort beantwortet ja eine ganze Reihe von Fragen.«

»Deshalb gefällt sie mir ja auch so gut.«

Kyle blickte wie zufällig über seine Schulter zurück. Niemand war hinter ihnen auf den Parkplatz eingebogen. Er öffnete Lianne die Hoteltür, betrat hinter ihr das Haus und warf dann einen schnellen Blick zu den luxuriösen Geschäften hinüber. Sie waren alle geschlossen. Alle waren leer. Einige Leute standen vor dem Haupteingang des Hotels und rauchten, doch niemand hielt sich in der Nähe der südlichen Tür auf.

Weder im Inneren noch vor dem Hotel konnte Kyle Archer entdecken, doch er bezweifelte nicht, daß sein Bruder irgendwo hier stand, von wo aus er Kyle sehen konnte. Wenn Archer sagte, daß er etwas tun würde, dann tat er das auch. Es gab nur noch einen Menschen, den Kyle bisher kennengelernt hatte, der die gleiche Mischung aus Intelligenz, Integrität und tödlichem Training besaß wie Archer. Der Mann seiner Schwester Honor, Jake Mallory.

»Der Aufzug zum Penthouse ist dort drüben, gleich um die Ecke«, erklärte ihm Lianne.

Als sie um jene Ecke bogen, brach ein dunkler, schlanker, sehr gutaussehender asiatischer Mann, der in der Nähe des Aufzugs gestanden hatte, in einen Schwall begeisterter chinesischer Worte aus. Er ergriff eine von Liannes Händen und streichelte sie immer wieder. Für einen chinesischen Mann war das eine ungewöhnliche öffentliche Zurschaustellung von Zuneigung, es sei denn, er war in einer der sehr reichen, recht westlich orientierten chinesischen Familien in Übersee groß geworden.

Lianne beantwortete die familiäre Begrüßung mit einem geschäftsmäßigen Lächeln, bei dem Kyle plötzlich zu schätzen wußte, wieviel Wärme in dem Lächeln lag, mit dem sie ihn bedacht hatte.

Vielleicht würde er heute nacht ja doch nicht allein schlafen.

Doch zuerst einmal mußte er den unglaublich gutaussehenden Blutsauger von Liannes Hand entfernen. Auch wenn dieser Mann eine katzenartige, beinahe feminine Schönheit besaß, so waren doch die Signale, die er ausstrahlte, rein heterosexueller Natur und so deutlich wie ein Ständer.

»Kyle«, sagte Lianne sanft, »das ist Lee Chin Tang. Mr. Tang ist ein leitender Angestellter des Tang-Konsortiums. Er spricht kein Englisch.«

»Bin ich froh, ihn kennenzulernen«, antwortete Kyle mit ausdrucksloser Stimme.

»Bescheiden, aber nicht übertrieben. Er macht die offiziellen Honneurs für die Party.«

Als Lianne in Lees dunkle Augen blickte und sein schwarzes Haar betrachtete, wartete sie auf diese Mischung aus Bedauern und Zorn, die sie immer fühlte, wenn sie ihn sah. Doch sie empfand nichts als nur eine bittersüße Gewißheit, daß jegliche Liebe, die sie einmal für ihn empfunden hatte, verschwunden war. Mit einem weiteren höflichen Lächeln löste sie ihre Hand aus seinem Griff.

»Jawohl, der Mann, der mich begleitet, ist Kyle Donovan«, stimmte sie dem Mann auf kantonesisch zu. »Bitte, bringe uns nach oben in die Suite. Onkel Wen«, fügte sie hinzu und benutzte das übliche chinesische ehrende Wort *Onkel*, wie sie das Wort *Mister* oder *Sir* im Englischen benutzt hätte, »wird darauf warten, vom Ergebnis der Auktion zu hören.«

»Du bist schon früh gegangen«, entgegnete Lee. »Stimmt es, daß man das Grab des Jadekaisers gefunden und es an die fremden Teufel verkauft hat?«

»Da mußt du schon Wen Zhi Tang fragen«, gab Lianne zurück, ehe sie sich auf die Zunge beißen konnte. »Er weiß mehr über Jade als ich.«

»Warum hast du die Auktion schon so früh verlassen? Wohin bist du gegangen? War dieser Mann bei dir?«

»Es war nicht nötig, noch länger zu bleiben«, beantwortete Lianne die einzige seiner Fragen, die sie zu beantworten gewillt war. »Genau wie ich, so ist auch Onkel Wen nicht an den Edelsteinen des Pacific Rim interessiert.«

Kräftige, schlanke Finger streichelten ihre Hand, ihr Handgelenk, die sanfte Haut ihres Armes. »Ich habe dich vermißt.«

»Wie freundlich von dir, das zu sagen.«

Hinter ihrer höflichen Antwort stieg für einen Augenblick

wieder der Zorn in Lianne auf. Noch vor sechs Monaten hätte sie alles darum gegeben, diese Worte von Lees vollen Lippen zu hören. Jetzt konnte sie nur noch geschäftsmäßig darüber hinwegsehen.

Nun, nicht vollkommen geschäftsmäßig. Es gab noch immer diesen ganz persönlichen, ganz femininen Teil in ihr, der sich natürlich darüber freute, Lee begegnet zu sein, während sie am Arm Kyle Donovans ging, einem Mann, der den Blick jeder Frau anzog, ob sie nun Chinesin war oder Weiße. Sie blickte unter halbgesenkten Augenlidern zu Kyle auf und bedachte ihn mit einem offenen, weiblich bewundernden Lächeln.

Beiden Männern war der Unterschied in ihrem Lächeln nicht entgangen. Ganz plötzlich machte Lee ein ausdrucksloses Gesicht und ließ Liannes Hand los, dann steckte er den Schlüssel in den Aufzug und bedeutete ihnen beiden, einzusteigen.

»Gut, daß ich keine Brille trage«, sagte Kyle leise, als sich die Türen hinter ihnen schlossen. »Das Lächeln, mit dem Sie mich gerade beschenkt haben, hätte sie nämlich von innen und außen gleichzeitig beschlagen lassen.«

Liannes Lächeln wurde zu einem lauten Lachen. Sie fühlte sich plötzlich um Jahre jünger, beinahe schwindlig. Es war eine große Erleichterung, Lee Chin Tang unter »Erledigte Geschäfte« ablegen zu können und sich sicher zu sein, daß sie diese Akte nie wieder öffnen würde, auch nicht mitten in der Nacht, wenn die Erinnerungen immer ganz besonders grausam waren.

»Sollte ich dieses Lächeln persönlich nehmen?« fragte Kyle. »Oder haben Sie nur versucht, Lee wütend zu machen?«

»Ich wollte überhaupt niemanden wütend machen. Ich war nur froh, jetzt hier zu sein und nicht dort.«

»Würde es helfen, wenn ich Sie frage, wovon Sie überhaupt reden?«

»Nein.«

»Ich wollte es ja auch nur einmal versuchen.«

»Kein Problem.« Lianne schob ihren Arm unter den von Kyle und grinste ihn an. »Hat Ihnen eigentlich schon einmal jemand gesagt, was für einen feinen, gutaussehenden, wirklich erstklassigen ausgestopften Elefanten Sie abgeben?«

»Glauben Sie mir, Sie sind die erste, die mir so etwas sagt.«

»Ich wette, das sagen Sie allen Mädchen.«

Er grinste. »Nur denjenigen, die mir vielleicht glauben.«

Der Aufzug hielt an, so schnell, daß sich ihnen der Magen hob. Lee drückte auf den Knopf, der die Tür öffnete, und hielt ihn gedrückt.

»Nach rechts«, sagte er in Chinesisch. Als Lianne an ihm vorbeiging, schoß seine rechte Hand hervor, schloß sich um ihren freien Arm und hielt sie fest. »Es wäre besser, du wärst meine geachtete Konkubine als die Hure eines fremden Teufels.«

»Ich bin weder eine Konkubine noch eine Hure. Laß mich los. Johnny wird nicht sehr erfreut sein, wenn sein Ehrengast, Kyle Donovan, zu spät kommt.«

»Johnny ist nur Sohn Nummer drei.«

»Das ist aber noch besser als null«, antwortete sie kühl. »Das ist deine Nummer, Lee. Null. Du hast eine entfernte, unwichtige Cousine Onkel Wens geheiratet und hast lediglich deinen Namen in Tang geändert. Du bist der Sohn von gar keinem Mann.«

»Sprich nicht so zu mir, du weiblicher Abkömmling einer ausländischen Hure!«

»Es wäre mir eine Freude, überhaupt nicht mehr mit dir zu reden.«

Lees Lächeln war genauso kalt wie seine Augen. »Möge dein sehnlichster Wunsch wahr werden.«

Das war ein alter chinesischer Fluch. Liannes Augen verschmälerten sich, und sie hob das Kinn. Sie blickte auf Lees Hand um ihren Arm und dachte an das Pfefferspray in ihrer Tasche.

Der Aufzug piepste, ein Anzeichen dafür, daß die Tür zu lange aufgehalten worden war.

»Beeil dich, meine Süße«, forderte Kyle sie höflich auf. »Der Snack, den wir auf der Auktion gegessen haben, hat nicht sehr lange angehalten.«

»Es tut mir leid, ich...« Lianne stockte der Atem, als sie in Kyles Gesicht sah. Seine Stimme war so ausdruckslos gewesen, daß die kalte Wut, die sie nun in seinem Blick erkannte, sie völlig unerwartet traf.

»Warum sagst du diesem Aufzugjockey nicht, daß er seinen Daumen von dem Knopf nehmen soll?« fragte Kyle mit der gleichen ruhigen Stimme. »Oder soll ich ihn einfach hochheben und mitnehmen, wie ein Schoßhündchen?«

Das Piepsen wurde zum Summton.

Kyle blickte zu Lee hinüber. Ganz langsam gab Lee Liannes Arm frei.

Als Lianne und Kyle bereits zur Penthouse-Suite gingen, summte der Aufzug noch immer. Kyle fühlte den abschätzenden Blick aus Lees schwarzen Augen, mit dem er ihn maß, als wolle er ein Leichentuch für ihn bestellen. Aber das wäre kein Leichentuch aus Jade, sondern eher ein altmodisches, aus Leinen.

Lachen, die Stimme einer Frau, der näselnde Gesang eines chinesischen Liedes und der Rauch von Zigaretten drangen aus der Suite in den Flur. Liannes Schritte wurden langsamer. Der Lärm überraschte sie. Bisher, wann immer sie mit einem Mitglied der Familie Tang zusammengetroffen war, war die Atmosphäre ruhig, beinahe still gewesen, wenig mehr als ein Flüstern von Wens weichen Schuhen auf dem Holzboden oder ein trockenes Rascheln seiner Worte, wenn er die Jadestücke beschrieb, die fünftausend Jahre vor Christi Geburt erschaffen worden waren.

»Haben Sie es sich anders überlegt?« fragte Kyle.

Lianne zuckte zusammen, als eine Männerstimme völlig unharmonisch in den Gesang der Frau einstimmte. »Ich frage mich nur gerade, ob Wens Gehör genauso versagt wie seine Augen.«

»Keine Sorge. Familientreffen sind immer recht laut.«

»Woher soll ich das wissen. Ich bin noch auf keinem gewesen.«

Überrascht blickte Kyle auf sie hinunter. Er spürte, wie sie sich zusammenriß, wie sie das, was man bei den Amerikanern ihr »Pokerface« nannte, aufsetzte, wie sie ihre Gefühle hinter einer kühlen, höflichen Fassade verbarg. Für sie war ein Familientreffen offensichtlich eher ein Schlachtfeld als ein Ort, an dem man sicher sein und sich entspannen konnte.

Lianne trat in den verräucherten Raum hinein und sah sich schnell nach bekannten Gesichtern um. Zwei Dinge stellte sie gleich auf den ersten Blick fest. Das erste war, daß nur Männer zu der Party eingeladen worden waren. Das zweite war die Art der Frauen, die man engagiert hatte, um die Männer zu bedienen. Sie alle waren jung, atemberaubend schön und käuflich.

In diesem Augenblick war Lianne äußerst dankbar dafür, daß ihre Mutter sich nicht unter den Damen befand. Die Erniedrigung wäre ungeheuer gewesen. Und beabsichtigt.

»Das sieht mir doch nach einer sehr lebhaften Familie aus«, bemerkte Kyle und sah sich die ungefähr fünfzehn Männer aller Altersstufen und die Handvoll junger Frauen an, die sich in dem riesigen Raum des Penthouses verteilten. »Wo fangen wir an? Oder ist es einfach eine ganz zwanglose Angelegenheit?«

Lianne wollte damit beginnen, daß sie sich einfach umwandte und zurück zum Aufzug ging, doch dazu war es schon zu spät. Johnny kam auf sie zu. In der linken Hand hielt er einen beinahe leeren Teller, die andere hatte er ausgestreckt, auf die amerikanische Art, um Kyle zu begrüßen.

»Ich wußte doch, daß ich mich auf Liannes Pflichtgefühl verlassen konnte«, begrüßte Johnny Kyle mit einem breiten Lächeln und schüttelte ihm die Hand. Er nickte Lianne zu, dann richtete er seine Aufmerksamkeit wieder ganz auf Kyle. »Kommen Sie rein, und lernen Sie die anderen kennen. Ich werde für Sie übersetzen.«

Kyle warf Lianne einen Blick zu. Seine Ahnung und seine Intelligenz sagten ihm, daß sie wütend war und wahrscheinlich auch verletzt, doch ließ sie sich nichts anmerken. Wenn sie etwas dagegen hatte, von ihrem Vater wie eine Angestellte einfach ignoriert zu werden, so konnte sie es perfekt verbergen. Aber vielleicht fühlte sie ja auch gar nichts. Vielleicht war sie ganz einfach nur ein Botenmädchen, dessen Aufgabe erfüllt war. Sie hatte Kyle Donovan für die Tangs herbeigeschafft, und jetzt war ihre Anwesenheit nicht weiter nötig.

Doch dann entdeckte Kyle die kleine Ader an Liannes Hals, die heftig pulsierte, und er wußte, daß Johnnys Behandlung sie längst nicht so kalt ließ, wie es den Anschein hatte.

»Es ist aber nicht nötig, daß ich Sie von Ihrer Familie weghole«, wehrte Kyle ab. »Lianne ist eine ausgezeichnete Übersetzerin.«

»Aber natürlich. Ich vergesse immer, daß sie ja ein paar Jahre in Hongkong gelebt hat.« Er wandte sich an Lianne und sprach in schnellem Kantonesisch zu ihr. »Das hast du gut gemacht, aber du solltest unseren Gast nicht nur für dich beanspruchen. Ich möchte, daß er Harry kennenlernt.«

»Nachdem ich ihm Onkel Wen vorgestellt habe, werde ich

Mr. Donovan selbstverständlich auch den Sohn Nummer zwei vorstellen«, erwiderte Lianne.

Johnny preßte ungeduldig die vollen Lippen zusammen, doch nur für einen kurzen Augenblick. »So durch und durch anständig und chinesisch.«

»So anmutig.«

»Nachdem wir die nötigen Vorstellungen ja nun hinter uns haben«, sagte Johnny, »kannst du den anderen helfen, die Getränke zu servieren. Ich werde für Kyle Donovan übersetzen.«

Liannes Augenlider zuckten, das einzige erkennbare Anzeichen für ihre Wut. »Das glaube ich kaum, Mr. Tang. Ich bin keine ausgebildete Begleiterin. Und auch keine unausgebildete.«

»So durch und durch anständig.«

»Es ist nett von dir, das zu bemerken.«

»Du würdest besser daran tun, dich daran zu erinnern, daß du hier nur bist, weil die Familie Tang es duldet. Sei vorsichtig, damit deine Mutter nicht ihr Gesicht verliert, nur weil du nicht die Manieren zeigst, die sie von dir erwarten kann.«

Die chinesische Kultur verlangte, daß Lianne diese Ermahnung mit gesenktem Kopf und vielen Entschuldigungen annahm. Ein Teil von ihr wollte das sogar tun, doch dann sah sie eine schlanke junge Frau, die vor Harry Tang kniete und ihm mit einem Paar Eßstäbchen aus Elfenbein kleine Happen anbot. Er blickte nicht einmal weg von dem Mann, mit dem er sich gerade unterhielt. Es war die typische Behandlung von Frauen in Asien.

Und Lianne wollte verflucht sein, wenn sie jetzt den Kopf senkte und alles so hinnahm wie ein asiatisches Mädchen. Nicht hier. Nicht in Amerika.

»Ich habe ein ausgezeichnetes Gedächtnis«, sagte sie und wich dem Blick ihres Vaters nicht aus. »Das ist mein einziger Wert für die Familie Tang. Was meine Manieren betrifft, so sind sie genau das, was man von der Tochter eines Ehebrechers und seiner Geliebten erwarten kann.«

9

Kyle verstand die Worte nicht, die Vater und Tochter miteinander wechselten, doch die Körpersprache brauchte ihm niemand zu übersetzen. Lianne blickte eisig. Johnny sah aus wie ein Mann, dem man gerade ins Gesicht geschlagen hatte und der bemüht war, den Schlag zurückzugeben.

»Mein Schatz«, sagte Kyle und lächelte Lianne freundlich an. »Ich unterbreche euch ja nicht gern, aber ich bin hungrig genug, um zurückzugehen und diesen verflixten Aufzugjockey aufzuessen. Glauben Sie, es würde Ihnen möglich sein, all diese Sachen auf dem Buffet für mich zu übersetzen?«

Lianne wandte sich von ihrem Vater ab. Ihr Gesichtsausdruck wurde sanfter, als sie mit Kyle sprach. »Aber natürlich. Sie sind der Ehrengast der Tangs. Johnny wird Onkel Wen erklären, wie hungrig Sie sind. Nicht wahr, Johnny?« fragte sie so ganz nebenbei.

Ein eigenartiger Ausdruck aus Hoffnung und Zorn lag auf Johnnys gutaussehendem Gesicht. Dann nickte er kurz und schritt durch den Raum zu einer Stelle, wo ein alter Mann saß, mit einem wunderschönen Mädchen zu seinen Füßen. Sie spielte eine Melodie auf einer *yueqin*, einer chinesischen »Mondgitarre«. Weder die Tonleiter noch die Art des Gesangs hatte etwas mit westlichen Traditionen gemeinsam.

Als Johnny mit Wen sprach, kam eine weitere junge, gertenschlanke Frau herbei und nahm den beinahe leeren Teller aus Johnnys Hand. Ohne ein Wort von ihm ging sie zum Buffet.

»Ich nehme an, es war sehr grob von mir, darauf zu bestehen, zuerst etwas zu essen, ehe ich den Gastgebern vorgestellt werde«, meinte Kyle.

»Nicht weniger grob als Johnny, der in Ihrer Gegenwart mit mir Kantonesisch gesprochen hat.« Oder der sie behandelt hatte, als sei sie eine nur schlecht ausgebildete Angestellte.

Kyles einer Mundwinkel zog sich ein wenig nach oben. »Das habe ich auch so empfunden.«

Während sie zu dem Buffet hinübergingen, erkannte Lianne zwei der jungen Männer, die ihre Halbbrüder waren, Johnny jr. und Thomas. Sie winkte ihnen weder zu, noch begrüßte sie die beiden, und alles aus dem einfachen Grund, weil sie ihnen bis jetzt noch nie vorgestellt worden war. Johnnys Söhne und ihre Cousins der verschiedenen Grade unterhielten sich gerade über den Nutzen der Korruption auf dem Festland von China, über den relativen Wert der politischen Zuwendungen in Amerika gegenüber der offenen Bestechung in Hongkong und über die Verdienste der chinesischen gegenüber den amerikanischen und kanadischen Banken.

»Worum geht es hier eigentlich?« wollte Kyle wissen und deutete auf drei besonders hitzige Redner.

»Der junge Mann auf der linken Seite versucht gerade, seinen Onkel davon zu überzeugen, mehr Geld in chinesische Banken auf dem Festland zu investieren, um sich Vorteile zu verschaffen, wenn er sich um Gebote für Bauvorhaben oder Importlizenzen bemüht.«

Kyle kannte diese Argumente. Wenn es um internationale Finanzen ging, war auch der Donovan-Clan altersmäßig gespalten. »Was hat denn sein Onkel dazu zu sagen?«

»Er möchte bei der nächsten politischen Veränderung auf dem Festland sein Geld auf keinen Fall als Geisel eingesetzt wissen«, übersetzte Lianne für ihn. »Er würde lieber offen ein paar Bürokraten kaufen und auf diese Weise eine bevorzugte Behandlung bekommen.«

»Der Neffe ist aber wesentlich lauter.«

»Weil er verliert und das auch weiß. Je älter der Mann ist, desto größer ist auch seine Erfahrung, die er mit Chinas immer unvorhersagbarer und manchmal sogar selbstzerstörerischer Politik hat.«

»Gebranntes Kind scheut das Feuer?«

»Wenn man nur ein einmal gebranntes Kind ist, hat man noch nicht allzulange Geschäfte mit China gemacht.«

Das Buffet war groß genug, um einem hungrigen Mann das Wasser im Munde zusammenlaufen zu lassen, doch außer Kyle war sonst kein anderer dort. Die anderen Männer wurden alle mit Essen bedient, wo immer sie auch saßen oder standen.

»Ich wette, ich verliere mein Gesicht, wenn ich mich selbst bediene«, bemerkte Kyle gleichgültig und griff nach einem Teller.

Schnell nahm Lianne ihm den Teller wieder ab. »Daran hätte ich denken sollen. Ich werde Ihnen das Essen natürlich servieren.«

Kyle sah sich in dem Raum um, ihm entging keine winzige Einzelheit jener Dinge, die zwischen den Männern und den jungen Frauen vorgingen. Dann wandte er sich wieder zum Buffet um und nahm sich einen anderen Teller. »Danke, aber ich werde mich selbst bedienen. Ich habe Sie schließlich nicht gemietet, nicht für heute abend und auch für sonst keinen Abend.«

Auch wenn Lianne über und über rot wurde, so war ihrer Stimme doch nichts anzuhören. »Die Sitten in Asien und Amerika sind sehr unterschiedlich.«

»Aber einige sind durchaus die gleichen.«

»Bitte, es macht mir nichts aus, Sie zu bedienen.«

»Wenn wir wirklich in Amerika wären anstatt im Osten von Hongkong«, meinte Kyle und nahm einen Mundvoll von dem Knoblauchhühnchen, »dann wäre es eine Sache der Annehmlichkeit, wer wen bedient, und nicht eine Angelegenheit von sexueller Politik oder des sogenannten Gesichts. Aber wir sind offenbar an einem anderen Ort.«

»Und deshalb sollte ich...«

»Wenn ich mich heute abend selbst bediene«, sprach er weiter und ignorierte Liannes Einwand, »dann werde ich mir dabei keinen Zacken aus der Krone brechen. Wenn Sie mich jedoch bedienen, dann sagt das etwas über Sie aus, für das ich einen Mann verprügeln würde, wenn er es laut aussprechen würde.«

»Sie sind...«

»Sehr amerikanisch«, unterbrach Kyle sie. »Das haben wir zuvor schon entschieden. Möchten Sie etwas von dem Knoblauchhühnchen, wenn auch nur zur Selbstverteidigung?«

»Ja«, antwortete sie leise. Ein eigenartiges Gefühl breitete sich in ihr aus. Es war Dankbarkeit, aber auch noch viel mehr. Etwas Hungriges. Sie berührte Kyles Handgelenk und erfreute sich an seiner Wärme und seiner beherrschten Kraft. »Danke, daß Sie verstanden haben, was außer Ihnen sonst nur noch sehr wenige Menschen verstehen würden.«

»Sie brauchen sich nicht bei mir zu bedanken«, wehrte er ab und lud eine Portion Hühnchen auf ihren Teller. »Das gehört alles zum Service eines ausgestopften Elefanten.«

»Ich denke, es hat viel mehr damit zu tun, Amerikaner und männlich zu sein. Und... gut.«

Das ein wenig rauhe Zögern in Liannes Stimme weckte in Kyle den Wunsch, die Teller einfach wegzustellen und statt dessen einen liebevollen Bissen von ihr selbst zu nehmen. Doch er lächelte sie nur ganz entspannt an, ein Lächeln, das nichts damit zu tun hat, gut zu sein.

Lianne stockte der Atem, und ihr Kopf war ganz leer. Sie begriff, daß es sehr, sehr gut sein würde, sich mit Kyle Donovan in Leidenschaft zu verlieren. Keine Angst mehr, keine Sorgen, kein Jadekaiser mehr, der wie der Tod an ihrem Horizont aufragte.

»Kyle...?«

»Jederzeit«, antwortete er und beobachtete sie. »Und wenn Sie mich weiterhin so ansehen, wird das gleich hier sein.«

Erschrocken blickte Lianne von Kyles Mund zu seinen Augen hinauf. Doch das war ein Fehler. Sie konnte sich nur zu deutlich selbst darin erkennen. Und sie sah noch mehr. Sie sah sie beide, nackt, ihre Hände auf seinen Oberarmen, als er sie hochhob und in sie eindrang, sie ausfüllte, bis ihr heißes Glücksgefühl sie überwältigte.

Grobe Worte rissen Sie aus ihrer Phantasie. Johnny jr. stritt sich auf kantonesisch mit seinem jüngeren Bruder. Er erklärte ihm, daß er noch ein paar Jahre warten müßte, bis ihr Vater mit einer Eheschließung einverstanden wäre, geschweige denn mit einer mit einem fremden Geist. Es wäre besser, wenn auch sie das täten, was ihr Vater getan hatte – eine Chinesin zu heiraten und dann in der Kultur oder Rasse herumzuhuren, die ihre Schwänze gerade lockte.

»Hey«, meinte Kyle und lächelte, trotz des sexuellen Verlangens, das durch seinen Körper strömte. »Sie brauchen nicht gleich so blaß zu werden. Ich werde Sie schon nicht hier zwischen den Eibrötchen vernaschen.«

»Was?« Doch dann begriff Lianne, wovon er eigentlich sprach, und lachte und schob den Streit ihrer Brüder und alles, was sonst damit noch zusammenhing, weit von sich. »Wie enttäuschend. Ich hatte diese wirklich leckeren Phantasien von Ihnen, mir und der Hummersauce.«

»Ich würde Sie ja bitten, mir mehr darüber zu erzählen, aber ich fürchte, ich würde mich dann sehr blamieren.«

Sie blickte an ihm herunter und lächelte. »Blamieren? Warum denn? Es gibt im ganzen Raum keinen Mann, der nicht stolz darauf wäre, wenn seine Hose so gut sitzen würde wie die Ihre.«

Kyle lachte leise, dann legte er den Kopf in den Nacken und lachte laut auf, wie der Mann aus dem Westen, der er war. Sie stimmte in sein Lachen ein und versuchte, nicht an die Zukunft zu denken, wenn er fragen und sie antworten würde und seine kräftigen warmen Hände über die Innenseite ihrer Schenkel gleiten würden.

»Ich wußte, wir hätten besser in der Wohnung bleiben sollen«, flüsterte Kyle.

Liannes Augen wurden ganz groß, ihr Lachen schwand beim Anblick des Verlangens in seinen Augen. »Ich kann nicht... wir kennen einander doch gar nicht.«

»Das würden Sie morgen früh nicht mehr sagen.«

»Nein«, wehrte sie schnell ab. »Das ist... zu viel. Zu schnell.«

»Dann eben am nächsten Morgen. Ich bin ein sehr geduldiger Mann.«

Mit diesen Worten spazierte Kyle an dem Buffet vorbei und bediente sich und Lianne mit den meist traditionellen kantonesischen Speisen. Die einzig westlichen Gerichte dort waren der Nachtisch. Sie waren auch eher aufgrund ihrer Süße ausgewählt worden, nicht wegen ihrer Eleganz. Kekse, mit Zucker bestreut, waren offensichtlich die bevorzugte Speise.

»Die Chinesen sind Naschkatzen«, erklärte Lianne, als sie Kyles Blick folgte.

»Das habe ich bereits gemerkt.«

Sie lächelte ein wenig. Er hatte heute abend eine ganze Menge Dinge bemerkt. Dennoch schien er die Blicke der Tangs nicht wahrzunehmen, als er Lianne bediente. Und er reagierte auch nicht auf das offene, einladende Lächeln einer jungen Frau, die ein Stück entfernt mit einem leeren blauweißen Teller in der Hand wartete.

Das Mädchen besaß eine Schönheit, die gleichzeitig lebhaft aber auch ätherisch war. Schwarzes Haar, goldene Haut, volle rote Lippen, katzengleiche Augen, und ein Wasserfall glatten schwarzen Haares hing über ihren Rücken bis zu ihren Hüften. Der Rock ihres engen schwarzen Kleides hatte die gleiche Länge wie ihr Haar, was von hinten einen erstaunlichen Anblick bot.

Die Tatsache, daß sie Johnnys Teller in der Hand hielt, trug nicht unbedingt dazu bei, daß Lianne ihr freundlicher gesonnen war.

»Hi«, sagte das Mädchen und trat neben Kyle. Sehr nahe. »Ich glaube, wir kennen uns noch nicht.«

»Ich bin Kyle Donovan. Lianne Blakely.«

Das Lächeln, mit dem die junge Frau Lianne bedachte, war wesentlich kühler als das, was sie zuvor Kyle geschenkt hatte. Nach einem Augenblick richtete sie den Blick wieder auf ihn und griff nach dem Teller in seiner Hand.

»Es wäre mir eine Freude, Sie zu bedienen«, sagte sie, und ihre Stimme klang sehr erotisch. »In jeder Hinsicht.«

»Danke«, lehnte Kyle beiläufig ab. »Aber ich bin in der Stimmung, mich selbst zu bedienen.«

Das Mädchen fuhr mit dem Finger den Rand seines Tellers nach und lächelte ihn an. »Wenn Sie Ihre Meinung ändern sollten, dann brauchen Sie nur zu pfeifen.«

»Bist du ein Hund, den man einfach herbeipfeifen kann?« fragte Lianne sie auf kantonesisch.

»Wenn das Pfeifen den schlafenden Kopf der Schildkröte weckt«, gab das Mädchen in der gleichen Sprache zurück, »dann werde ich mich geehrt fühlen, ihm eine warme, angenehme Zuflucht vor der kalten Welt zu geben.«

Lianne verzog das Gesicht. »Der Kopf der Schildkröte«

war einer der weniger achtbaren chinesischen Namen für den Penis. »Kümmere dich um die Männer, die dich gemietet haben«, sagte sie.

»Du weigerst dich, den gutaussehenden fremden Gast selbst zu bedienen, und schickst mich dennoch fort. Warum das, Schwester?«

Lianne dachte an Kyles universelle Antwort und lächelte leicht. »Weil ich es darf.«

Die Hosteß zuckte auf sehr amerikanische Art mit den Schultern und schenkte Kyle ein Lächeln, das nicht übersetzt werden mußte. »Es war mir eine Freude, Sie kennenzulernen, Kyle Donovan. Vielleicht treffen wir uns ja einmal wieder. Bis bald.«

Als sie davonging, schwang der schwarze Wasserfall ihres Haares hin und her und schimmerte mit den unsichtbaren Bewegungen ihrer Hüften. Doch ihre Beine waren ganz und gar nicht unsichtbar, und es lohnte sich, sie zu betrachten.

»Donnerwetter«, murmelte Kyle. »Das ist vielleicht eine Lady.« Er wandte sich wieder dem Buffet zu. »Möchten Sie Wein trinken, Bier oder dieses Orangenzeug?«

Lianne warf der freundlichen, zweisprachigen Hosteß noch einen düsteren Blick nach. »Sie erinnern sich doch sicher noch an unsere frühere Unterhaltung über Wein und China?«

»Gutes Argument.« Er nahm zwei Flaschen Bier aus dem zerstoßenen Eis und öffnete sie. »Das sollte mich für ein paar Minuten beschäftigen. Wie steht es mit Ihnen?«

Lianne sah auf ihren Teller. Während sie noch an dieses wunderschöne, doch leicht zu habende Mädchen gedacht hatte, hatte Kyle ihren Teller bereits mit Essen gefüllt. »Das sollte mich für eine Woche beschäftigen.«

»Machen Sie sich keine Sorgen. Ich werde Ihnen helfen.«

»Mit anderen Worten, wenn ich nicht schnell genug esse, wird nichts mehr für mich übrigbleiben.«

»Sie haben es begriffen. Halten Sie das bitte einmal einen Augenblick«, bat er und reichte ihr die beiden Flaschen Bier. Dabei stahl er ihr eine Frühlingsrolle von ihrem Teller und aß sie, noch ehe Lianne protestieren konnte. »Sie hören besser auf zu reden und beginnen zu essen, denn sonst wird Ihnen nichts weiter bleiben als ein schmutziger Teller«, meinte er, leckte sich über die Lippen und griff nach einer zweiten Frühlingsrolle.

Als Lianne begriff, daß sie nicht essen konnte, weil sie die Hände voll hatte, und daß Kyle sich auch noch über ihr Essen hermachte, lachte sie laut auf und gab ihm schnell die beiden Flaschen Bier zurück. Bei ihrem offenen, durch und durch amerikanischen Lachen wandten einige der Männer die Köpfe zu ihnen um. Doch Lianne bemerkte das überhaupt nicht. Sie hatte viel zu viel Spaß mit ihrem überraschend sexy, ausgestopften Elefanten.

Kyle blinzelte ihr zu, dann führte er sie sanft vom Buffet weg. Er wählte einen Platz, an dem er mit dem Rücken zur Wand stehen konnte und sich nahe genug am Ausgang befand, um notfalls schnell verschwinden zu können. Das war Archers oberstes Gebot auf Partys. *Such dir den Platz aus, an dem du sein willst, wenn die Prügelei beginnt.* Kyle nahm zwar nicht an, daß es eine Prügelei geben würde, doch es brachte nichts, wenn man in einem fremden Land den naiven, vertrauensvollen Fremden abgab. Kurz gesagt, wenn man ein Amerikaner außerhalb von Amerika war.

Das Towers stand vielleicht in Seattle, und Seattle lag in den USA, aber im Augenblick lag das Penthouse in Hongkong zur Zeit kurz vor der Übergabe.

Er ließ die chinesischen Wortfetzen an sich vorüberziehen und beobachtete die Menschen, wobei er seinen erregten Körper zwang, sich wieder zu entspannen. Kyle aß schnell. Und auch wenn die Sprache, die Musik und das Essen sehr chinesisch waren, so waren doch alle – selbst der gebeugte, weißhaarige alte Mann am anderen Ende des Raumes – westlich gekleidet. Kyle brauchte die Worte nicht zu verstehen, um zu begreifen, daß es eine strenge Hackordnung unter den Männern gab. Doch keiner von ihnen benahm sich wie ein Leibwächter oder ein Angestellter.

Die Möblierung war westlich, mit Sofas, weich gepolsterten Sesseln und niedrigen Tischen. Die Stoffbezüge hatten jedoch ein Wolkenmuster, das von einer der uralten chinesischen Roben hätte stammen können. Unscheinbare Duftlampen trugen zu dem Qualm in dem Raum noch bei, ohne den kräftigen Geruch des Tabaks übertönen zu können. Junge Frauen flatterten herum wie strahlende, nach Blüten suchende Schmetterlinge. Auch wenn kein Unterschied im Reichtum des männlichen Gefieders festzustellen war, so wußte doch jedes der Mädchen genau, wer in der Hackordnung wo stand.

Wen war der erste. Zu seinen Füßen saß ein Mädchen und spielte Gitarre, ein anderes Mädchen, das neben ihm saß, fütterte ihn. Bei Wen war diese Art der Bedienung vielleicht sogar nötig: seine Hände, die auf einem mit Schnitzereien verzierten, mit einem Jadeknauf versehenen Stock ruhten, waren verkrümmt und von Arthritis gezeichnet. Es wäre ihm schwergefallen, Eßstäbchen in den Fingern zu halten. Nach der Art zu urteilen, wie er vor sich hinstarrte, wäre es ihm auch nicht möglich gewesen, einen Teller zu erkennen.

Der zweite sehr wichtige Mann in dem Raum hielt sich nie weit entfernt von Wen auf. Ob dieser Mann saß oder stand, immer war eine Hosteß neben ihm, bereit, ihm Essen oder Trinken zu bringen, ganz wie er es gerade wünschte. Sie sah älter aus als die anderen, sie war eher eine Frau als ein Mädchen. Und zwar eine atemberaubende Frau. Elegante Glieder und ein üppig gerundeter Körper. Sie trug ein außergewöhnliches Armband mit Diamanten und Rubinen, das ihrer eigenen, körperlichen Schönheit gleichkam.

»Der Mann in der Ecke«, sagte Kyle leise zu Lianne. »Derjenige, der Wen am nächsten steht. Wer ist er?«

Lianne blickte hinüber. »Das ist Harry Tang. Wens Sohn Nummer zwei.«

»Und so wie es aussieht, ist das Mädchen gleich neben ihm seine bevorzugte Begleiterin«, bemerkte Kyle und biß in einen Kloß, der mit Schweinefleisch und Ingwer gefüllt war.

»Ich kenne ihren Namen nicht. Vorausgesetzt, sie hat überhaupt einen Namen.«

Ihm entging nicht der Anflug von Zorn in Liannes Stimme. »Nach dem Armband zu urteilen, das sie trägt, kennt Harry ihren Namen aber schon sehr lange.«

Insgeheim riß Lianne sich zusammen. Sie mußte aufhören, auf diese sogenannte »Familienzusammenkunft« wie das Kind zu reagieren, das gerade herausgefunden hat, warum sein Vater nicht bei ihm lebte. Es gab keinen Grund, weshalb sie lediglich wegen der Umstände ihrer Geburt so empfindlich reagieren sollte. Ihre Mutter hatte schon vor langer Zeit ihre Wahl getroffen, eine Wahl, die ihre Tochter nicht zu verstehen brauchte, sondern mit der sie einfach leben mußte.

Lianne betrachtete Harry und seine elegante Verzierung mit den Augen einer gänzlich Unbeteiligten. Kyle hatte recht. Diese Frau war keine Hosteß nur für eine Nacht. Sie kannte Harry gut genug, um seine Bedürfnisse zu kennen, und war dennoch aufmerksam genug, um gleichzeitig die anderen Mädchen im Raum zu überwachen. Sie war zwar nicht die Ehefrau des Sohnes Nummer zwei, doch heute abend herrschte sie über die anderen.

Und das Armband, das sie trug, war wesentlich mehr wert als der Ring von Anna Blakely. Doch Johnny war ja auch nur der Sohn Nummer drei. Seine Geliebte würde natürlich weniger kostbaren Schmuck tragen als die Frau, die zu Harry gehörte.

»Es ist bei reichen Männern nicht unüblich, eine Geliebte zu haben«, erklärte Lianne ausdruckslos. »Vor der Revolution wurde es sogar von ihnen erwartet. Und vor dem Christentum hatte ein chinesischer Mann eine Frau und so viele Konkubinen, wie er sich leisten konnte. Und was die Frauen anging, so hatte man als Ehefrau zwar mehr Prestige als die Konkubine, doch oftmals besaß die Konkubine dafür mehr Macht als die Ehefrau.«

»Ja, wenn du einen Mann an seinem Dummschwengel packst, wird er dir überall hin folgen.«

Als Lianne begriff, was Kyle damit meinte, gelang es ihr gerade noch, einen Mundvoll Knoblauchhühnchen herunterzuschlucken, ohne daran zu ersticken. »Dummschwengel«, sagte sie und räusperte sich. »Ich habe noch nie gehört, daß man das auch so nennen kann.«

»Wie nennt man es denn auf chinesisch?«

»Oh, er hat viele Namen. Verehrungswürdige Namen. ›Jadestiel‹ ist der beliebteste, manchmal nennt man ihn auch ›Jadeflöte‹.«

»Jade, wie? Der Stein des Himmels.«

»Ja, vielleicht.« Sie bemühte sich, nicht zu lachen, doch das Blitzen in Kyles Augen machte es ihr sehr schwer. »Diese Verbindung hatte ich bisher noch nicht gezogen.«

»Was haben Sie denn geglaubt, wofür das Wort Jade in ›Jadestiel‹ steht?« fragte er.

»Struktur und, ah, Festigkeit.«

»Wollen Sie etwa behaupten, der beste Freund eines Mannes sei nicht himmlisch und unsterblich?«

Lianne gab ihre Bemühungen zu essen auf und lachte wieder einmal laut heraus. Dabei kümmerte es sie nicht, daß sie die Blicke einiger Männer auf sich zog. Lächelnd schob Kyle seinen leeren Teller unter ihren, nahm beide in die Hand und begann zu essen. Als Liannes Lachen erstarb und sie nur noch kicherte, war ihr Teller schon beinahe leer.

»Sie sind wirklich erstaunlich«, bemerkte Lianne und blickte auf die wenigen Krümel, die von ihrem Essen übriggeblieben waren.

»Ich esse nur für zwei.«

»Für Sie und für wen sonst noch? Für mich?«

»Nein, für meinen Freund. Sie wären erstaunt, wieviel Energie es braucht, damit er den Anforderungen auch gerecht wird.«

Lianne schüttelte den Kopf und versuchte, das schelmische Blinzeln in seinen Augen nicht zu beachten. Sie reichte ihre halbleere Flasche Bier einer Hosteß und sah sich dann noch einmal in dem Raum um.

Ein chinesischer Wortschwall kam aus einer Ecke, in der zwei ältere Männer saßen und gesalzene Nüsse aßen.

»Wieder eine Meinungsverschiedenheit?« frage Kyle.

»Nein, sie sind sich einig. SunCo muß davon abgehalten werden, noch mehr Boden in Amerika zu gewinnen.«

»Das könnte sich aber als schwierig erweisen.«

Lianne blickte Kyle an. Er beobachtete die Männer im Raum, und seine ungewöhnlichen goldgrünen Augen nahmen jedes Gesicht und jede Bewegung auf.

»Was meinen Sie damit?« frage Lianne.

»Es wird behauptet, SunCo und Dick Farmer wollen einen Handel abschließen, der sowohl China als auch Amerika nützen soll.«

»Ich wette aber, SunCo und Dick Farmer werden den größten Nutzen daraus ziehen.«

»Das ist genauso, als würde man darauf wetten, ob die Sonne im Osten aufgeht«, stimmte Kyle ihr zu. »Also, wer ist denn hier der Dritte in der Hackordnung?«

»Johnny Tang. Er ist der Sohn Nummer drei. Joe Tang, der Sohn Nummer eins, ist heute abend nicht hier. Ich glaube, Harry hat etwas davon erzählt, daß er in Familiengeschäften nach Shanghai geflogen ist.«

Unauffällig beobachtete Kyle Lianne, während sie sprach. Wenn er nicht bereits gewußt hätte, daß Johnny ihr Vater war, so hätte nichts in ihrem Verhalten – oder in dem von Johnny – ihre Beziehung zueinander verraten. Genauso war es auch, wenn Lianne über ihre Onkel sprach. Falls es überhaupt irgendwelche töchterlichen Gefühle gab, so waren sie an der Oberfläche nicht zu erkennen.

»Nach Johnny beginnt die Rangfolge der Abstammung sich zu verwischen«, sprach Lianne weiter. »Die älteren Männer sind Cousins oder Schwager, die vom Tang-Konsortium angestellt worden sind. Die jüngeren Männer sind Söhne und Neffen der Tang-Brüder.«

Kyle sah zu den gutgekleideten jungen Männern hinüber und versuchte herauszufinden, welche davon Liannes Cousins waren und welche ihre Halbbrüder. Er war in Versuchung, sie danach zu fragen, wenn auch nur, um ihre Maske zu durchbrechen, die sie so nahtlos über ihre Gefühle gelegt hatte, als er begonnen hatte, Fragen nach ihrer heimlichen Familie zu stellen. Doch der Gedanke, sie dann verteidigungslos in einem Raum mit den Tangs zu sehen, hielt ihn davon ab.

»Sind Sie fertig mit dem Essen?« fragte er.

»Ich habe doch noch gar nicht angefangen.«

»Möchten Sie das denn?«

Lianne schüttelte den Kopf. »Ich bin nicht hungrig. Das sind sicher die Nerven, denke ich.«

»Der Jadekaiser?«

Sie zuckte unmerklich zusammen. »Unter anderem.«

»War Ihnen die Auktion so wichtig?«

»Es war eine Ehre, ausgewählt zu werden, um die Ausstellung der Jadehändler zusammenzustellen«, sagte sie. Was sie ihm aber verschwieg war, daß sie ihr ganzes Leben lang darauf hingearbeitet hatte, von der Familie ihres Vaters akzeptiert zu werden. »Auf die eine oder die andere Art sind die meisten Ehrungen aber eher sehr nervenaufreibend.«

Während Lianne sprach, dachte sie an Kyles frisch erworbene Klinge aus der Jungsteinzeit und an Wens wundervolle Sammlung zeremonieller Klingen und an Wens geheimen Bestattungsanzug aus Jade und an den von Farmer, den er heute öffentlich gemacht hatte. Unter ihrem ruhigen Gesicht und der leichten Unterhaltung lagen Furcht und Eindringlichkeit, und ihr Magen zog sich schmerzhaft zusammen.

Sie mußte unbedingt mit Wen sprechen. Wenn möglich noch heute abend. Wenn nicht, dann wenigstens morgen, wenn sie die Jadestücke aus der Ausstellung zurück in den Tresor der Tangs in Vancouver brachte.

Im Augenblick aber mußte Lianne sich um Johnnys Geschäfte mit Kyle Donovan kümmern.

»Sind Sie bereit, Wen kennenzulernen?« fragte sie.

»Das weiß ich nicht. Bin ich das?«

»Ja«, entschied sie. »Sie sind bereit.«

Sie führte Kyle durch den Raum. Niemand begrüßte sie, auch wenn einer der jungen Männer sie mit einer Eindringlichkeit musterte, bei der sich Kyles Nackenhaare aufrichteten. Er fragte sich, ob der Kerl wohl wußte, daß er gerade seiner Cousine oder vielleicht sogar seiner Halbschwester lüsterne Blicke zuwarf.

Als Johnny bemerkte, daß Lianne auf Wen zuging, ließ er seine wunderschöne Begleiterin, ohne sie noch eines weiteren Blickes zu würdigen, einfach stehen. Er ging hinüber zu seinem Vater und winkte der Gitarrenspielerin, aufzuhören, dann sprach er in schnellem Kantonesisch mit seinem Vater.

Wen nickte und versuchte, den Fremden zu erkennen, der

jetzt vor ihm stand. Alles, was er sah, war ein großer Schatten mit einem goldenen Schein um den Kopf, wie ein Engel in einer alten christlichen Hymne. Wie ein sehr großer Engel. Der wohlbekannte Duft von Liannes Parfüm sagte Wen, daß sie der schwache, perlenfarbene Schatten war, der an der Seite des Fremden stand.

Johnny hatte sie gerade vorgestellt, als auch schon Harry erschien. Auch er wurde vorgestellt. Auf einen Wink von Johnny hin wurden drei Stühle gebracht, und die Mädchen verschwanden, um wieder die anderen Männer zu bedienen. Harrys Begleiterin kam herbei, auf ihren kleinen Füßen in den hochhackigen Schuhen. Sie stand an seiner Seite, ein wenig hinter ihm, und wartete für den Fall, daß er sie brauchte.

Wen sprach mit der raschelnden Stimme eines alten Mannes.

»Er bittet Sie, sich zu setzen«, übersetzte Lianne für Kyle. »Er ist nicht länger in der Lage, den Nacken zu beugen, um zu einem so großen Baum hinaufzusehen.«

Kyle sah sich nach einem Stuhl um. Johnny hatte sich bereits gesetzt, auch Harry hatte sich einen Stuhl herangezogen und den letzten Stuhl für Kyle gelassen. Für Lianne gab es keinen Stuhl.

»Bitte«, sagte sie leise und verstand, warum Kyle sich nicht sofort setzte. »Wie Sie schon vorhin sagten, sind wir hier nicht in Amerika. Wens Stimme ist so leise, und das Sprechen ermüdet ihn. Um ihn hören zu können, muß ich ganz nahe bei ihm stehen.«

Kyle zuckte mit den Schultern und setzte sich schließlich. Selbst jetzt noch überragte er Wen und war auch noch ein beträchtliches Stück größer als seine Söhne.

Lianne dankte Kyle mit einem Lächeln und lauschte, während die Familie Tang ihm auf die ruhige, anmutige, indirekte Art der chinesischen Kultur ihre Ehrerbietung erwies.

Alle, bis auf Harry. Das Verhalten des Sohns Nummer zwei machte deutlich, daß er nicht so ganz damit einverstanden war, daß Kyle als Gast behandelt wurde, geschweige denn wie ein Ehrengast.

Nach den anfänglichen Nettigkeiten lehnte Wen sich erschöpft in seinem Stuhl zurück. Als wäre das ein Signal gewesen, gingen Harry und Johnny zur englischen Sprache über. Lianne übersetzte weiter, doch diesmal nicht für Kyle, sondern für Wen.

Es dauerte eine halbe Stunde, ehe die Unterhaltung von politischen Trivialitäten zu etwas vielleicht – nur annähernd vielleicht – Bedeutenderem überging.

»Wen hat erfahren, daß Sie ein Kenner vorsintflutlicher Jade sind«, begann Harry.

»Ganz besonders von Jade aus der Jungsteinzeit«, antwortete Kyle und warf Liannes inoffiziellem Onkel einen Blick zu.

Harry sah mindestens zehn Jahre älter aus als Johnny, seine Wangen waren glatt und seine Schultern und Schenkel breiter. Er hatte beinahe genauso viele silberne Strähnen in seinem Haar wie schwarze. Sein Englisch war gestelzt, doch zweckmäßig. Er bewegte sich mit der abrupten Art eines Mannes, der daran gewöhnt ist, Macht auszuüben. Seine Begleiterin, die nicht vorgestellt worden war, zündete seine Zigaretten an, füllte sein Glas mit Bier und hielt stets einen Teller mit gesalzenen Nüssen bereit. Das gleiche tat sie auch für Wen, Johnny und Kyle, doch ihre Befehle nahm sie nur von Harry entgegen.

»Mein Vater interessiert sich auch für Jade«, sagte Harry.

»Das habe ich gehört«, antwortete Kyle. »Jeder, der schon davon gehört hat, beneidet Wen Zhi um seine Sammlung. Obwohl ich glaube, daß jetzt Dick Farmer der König der Jadekenner ist. Ein Jadekaiser der modernen Zeit. Ich nehme an,

Sie haben schon von Farmers aufsehenerregendem Bestattungsanzug aus Jade gehört?«

Eine kleine Bewegung von Harrys sorgfältig manikürter Hand tat Dick Farmer, den Jadekaiser und Kyles Frage ab. »Interessiert Ihr Vater sich auch für Jade?« fragte Harry.

»Nein.«

»Was sind seine Leidenschaften? Spiel? Politik? Frauen?

»Er ist ein Mann für nur eine Frau.«

Harry blinzelte. »Oh? Nun, bei einigen Männern ist das so, habe ich gehört. Also ist er ein Mann mit einer Leidenschaft und keinen, ah, Hobbys?«

»Donald Donovans Hobby ist das Auffinden, der Abbau und das Verarbeiten von metallischen Erzen. Seine vier Söhne bevorzugen Edelsteine und Halbedelsteine. In meinem Fall ist es die Jade.«

Harry nickte und hob die rechte Hand in Richtung seiner schweigenden Gefährtin. Augenblicke später hielt er eine Zigarette zwischen den Fingern. Er zog daran und blies den Rauch in einer langen Rauchfahne wieder aus, die sich mit dem Duft des Weihrauchs und der anderen Zigaretten mischte. Als er fortfuhr zu sprechen, schien er seine Worte sehr sorgfältig zu wählen.

»Ist das der Grund dafür, daß es der wichtigen Gesellschaft Ihres hochgeschätzten Vaters an Jade fehlt?« fragte Harry und stieß noch eine Rauchfahne aus.

»Da man es nicht abbauen und verhütten kann, interessierte sich der Donovan nicht dafür.« Kyles Stimme klang gut gelaunt, als würde er die dunklen Strömungen unter der glatten Oberfläche der Unterhaltung gar nicht wahrnehmen. »Aber ich arbeite daran. Bei jeder Gelegenheit, die ich bekomme, erzähle ich dem alten Mann ein wenig mehr vom Zauber der Jade.«

Harrys Begleiterin schob eine Zigarette zwischen Wens erhobene Finger. Er führte die Zigarette zu seinem Mund und sog den Rauch mit schnellen, kurzen Zügen ein, während Lianne Kyles Worte übersetzte. Auch Harry lauschte ihr aufmerksam. Obwohl er stolz war auf seine Kenntnis der englischen Sprache, so brauchte er, um Kyles schnelle, idiomatische Sprechweise zu verstehen, doch einen Übersetzer.

Johnny brauchte zwar keinen Übersetzer, um Kyle zu verstehen, doch es war Harry, der die Unterhaltung lenkte. Johnnys Aufgabe war es, die Unterhaltung in Gang zu halten, trotz Harrys Zögern, die Verhandlungen mit den Donovans wiederaufzunehmen. Aber wenn es nach Harrys Willen ging, würde das Tang-Konsortium sein ganzes Geld in die chinesischen Gemeinden in Übersee stecken, und zwar in Form von Casinos, Banken, Hotels und Schiffahrtsgesellschaften.

Doch es ging nicht nach Harrys Willen. Und es würde auch in Zukunft nicht danach gehen. Obwohl der Sohn Nummer eins Wens Besessenheit für Jade nicht teilte, so erkannte er doch an, daß die Donovans eine internationale Macht waren. Und wenn Kyles Interesse für Jade die Basis für eine Verbindung bilden könnte, so würde Joe dies in jedem Fall befürworten. Genau wie Wen. Die Tangs brauchten dringend internationale Verbündete.

»Ah, Jade, das ist gut«, wandte sich Harry an Kyle und blies den Rauch zur Decke. Ein Aschenbecher erschien gleich neben seiner Hand. Er warf die halbaufgerauchte Zigarette hinein und schob ihn beiseite. »Sie sprechen mit Ihrem hochverehrten Vater über Jade. Für diejenigen, die das verstehen, sind Tang und Jade so.« Er hakte zwei Finger zusammen und zog daran, um die Kraft dieser Verbindung zu beweisen. »Wenn man den einen kennt, kennt man auch den anderen.«

»Das habe ich auch gesagt, doch der Donovan sagte etwas über SunCo. Also, ich muß zugeben, daß Sie heute abend einige wunderschöne Jadestücke ausgestellt haben. Natürlich nicht in der gleichen Qualität wie die Tang-Jade und bei weitem nicht so atemberaubend wie die von Farmer, aber das ist ja auch nicht der einzige Aspekt des Jadehandels.« Kyle bedachte Harry mit einem ausdruckslosen Lächeln. »Ich hoffe, daß Lianne einige Ideen haben wird, die dazu beitragen, daß mein Vater Interesse für die Tang-Jade entwickelt. Sie ist wirklich einzigartig, wenn es um Jade geht. Sie hat mehr Ideen, als ein Hund Flöhe hat. Spreche ich zu schnell für Sie, Kumpel?«

Johnny rutschte unruhig auf seinem Stuhl hin und her.

Er sah aus wie ein sehr besorgter Mann, oder zumindest wie einer mit Verdauungsproblemen.

Kyle war das gleichgültig. Johnny war schließlich nur der Sohn Nummer drei, Wen war schon fast eingeschlafen, und Harry bestimmte das Spiel. Harry, dessen Verachtung für den Sohn Nummer vier eines Mannes keiner Übersetzung bedurfte.

Lianne warf Kyle einen warnenden Blick zu.

Er schenkte ihr ein scharfes Lächeln, gänzlich ohne Wärme. Wenn Harry glaubte, daß ihnen jetzt durch Lianne bereits Tür und Tor zum Donovan-Clan offenstanden, so wollte Kyle ihnen das Spiel, um was für ein Spiel auch immer es sich handeln mochte, nicht verderben. Und er zweifelte nicht länger daran, daß es hier um ein Spiel ging.

Genausowenig, wie er keinen Zweifel daran hatte, daß Lianne bis zu ihrem störrischen Kinn in diesem Spiel drinsteckte.

10

Archer trat ohne anzuklopfen in Kyles Suite, schüttelte ihn wach und wedelte mit einer Ausgabe der *USA Today* vor seiner Nase herum. Nachdem er ihn noch einmal geschüttelt hatte, öffnete Kyle ein Auge, warf einen Blick auf die Uhr und wandte Archer dann ohne ein Wort den Rücken zu. Wie seine Schwester Honor, so glaubte auch Kyle, daß man den frühen Morgen mit geschlossenen Augen begrüßen sollte.

»Diesmal nicht«, erklärte Archer und zog ihm mit einem schnellen Ruck die Decke weg. »Sprich mit mir. Ich bekomme jetzt schon seit drei Stunden recht unangenehme Anrufe.«

»Es ist doch erst sechs Uhr am Morgen.«

»In Washington, D. C., beginnen die aber schon sehr früh mit der Arbeit, und zwar erst recht, wenn China einen so ungeheuren Lärm über gestohlene Kulturgüter macht. Steh auf.«

»Ich bin erst um zwei Uhr ins Bett gegangen, du hast mich um drei Uhr aufgeweckt ...«

»Das hat mir gar nichts genützt«, murmelte Archer.

»... ich habe dir gesagt, du sollst verschwinden, und bin wieder eingeschlafen«, beendete Kyle den Satz und achtete gar nicht darauf, daß sein Bruder ihn unterbrochen hatte.

»Also, wieso jammerst du jetzt? Du hast vier Stunden geschlafen.«

»Das reicht nicht.«

»Es wird aber reichen müssen. Während du mit dem Tang-Konsortium eine Party gefeiert hast, ist die Nachricht von Farmers Bestattungsanzug bis in die Volksrepublik gedrungen. Das Volk findet das nicht sehr lustig.«

Kühle Luft vertrieb Kyles angenehme Ruhe. Er war splitternackt, konnte die Decke aber nicht erreichen, und außerdem würde Archer ihn jetzt nicht mehr in Ruhe lassen. Mit einem Fluch schoß Kyle aus dem Bett und verschwand im Bad. Die Tür schlug laut hinter ihm zu.

Mit einem kleinen Lächeln holte Archer die Belohnung für Kyle – eine Tasse Kaffee, die so stark war, daß sie Stahl hätte verätzen können.

Kyle hielt nichts von einer kalten Dusche. Wenn ein Mann schon vor Sonnenaufgang aufstehen mußte, dann verdiente er wenigstens genug heißes Wasser, um eine ganze Turnhalle beschlagen zu lassen. Er war auf dem Weg zu seinem dampfenden Glück, als Archer die Tür der Dusche aufriß und das heiße Wasser abstellte, so daß nur noch ein kalter Schwall auf ihn hinunterprasselte.

Zwei Sekunden später sprang Kyle laut fluchend aus der Dusche.

»Trockne dich ab«, riet Archer ihm und warf seinem Bruder ein großes Handtuch über den Kopf. »Der Kaffee ist fertig, er steht in der Küche.«

»Essen.«

»Was glaubst du wohl, wer ich bin? Der Zimmerservice?«

»Du möchtest gar nicht wissen, was ich glaube, wer du bist.«

»Lies die Zeitung, während ich dir ein paar Eier anbrennen lasse.«

»Wenn du sie anbrennen läßt, dann ißt du sie auch.«

»Lies«, sagte Archer ungeduldig.

Kyle zog sich einen alten Trainingsanzug über und ging in die fröhliche, zitronengelbe Küche der Suite. Vor dem Fenster kämpften niedrig hängende Wolken, Wind und Sonne über die Herrschaft am Himmel von Seattle. Archer stand am Herd und schlug Eier in eine Schüssel. Barfuß, in alten Jeans und einem blauen Arbeitshemd, sah er viel jünger aus als die fünfunddreißig Jahre, die er vor kurzem geworden war.

»Kaffee«, sagte Kyle und gähnte.

»Öffne die Augen, du Zwerg, er steht auf dem Tisch.«

»Selber Zwerg«, murmelte Kyle. »Ich habe immerhin deinen Smoking getragen, nicht wahr?«

»Und meine Abendschuhe.«

»Sie haben gedrückt.«

»Daher weiß man ja auch, daß es Abendschuhe sind. Hast du die restliche Kleidung eigentlich benutzt oder nur getragen?«

»Ich habe sie nur getragen.«

»Gut. Onkel Sam hätte auch keine Lust, noch mehr Leichen verschwinden lassen zu müssen.«

Kyle empfand genauso, doch es war noch viel zu früh am Morgen, um Archer zuzustimmen. »Dann sollte Onkel Sam uns eben nicht dazu drängen, Kontaktsport zu treiben.«

»Trink deinen Kaffee, ehe ich das tue.«

Kyle ging zu dem langen Tisch hinüber, der die gesamte Mitte der Küche einnahm. An der einen Seite standen zwei schmiedeeiserne Stühle für diejenigen Familienmitglieder, die nicht in der halbrunden Eßecke sitzen wollten, von der aus man einen wundervollen Ausblick über den Sund hatte. Auf dem Tisch, in der Nähe eines der Stühle, dampfte ein großer Becher mit Kaffee, auf dem stand, daß der schlimmste Tag beim Angeln noch immer besser war als der beste Tag bei der Arbeit. Kyle griff nach dem Becher mit dem schwarzen, bitteren Zeug, das Archer bevorzugte.

In dem Augenblick aber, als Kyle den Kaffee sah, wußte er, daß Archer etwas Ernsthaftes vorhatte, denn es war Sahne in dem Kaffee. Kyle machte sich wirklich Sorgen, als er feststellte, daß Archer auch noch Käse rieb und Pilze für ein Omelett schnitt.

»So schlimm, wie?« fragte Kyle und nahm einen Schluck von dem Kaffee.

»Was meinst du?«

»Sahne in meinem Kaffee und jetzt auch noch ein Omelett anstatt Rühreiern. Du willst doch etwas von mir.«
»Lies«, war alles, was Archer antwortete.
»Fliegst du denn nicht nach Japan? Oder war es Australien?«
Archer warf Kyle nur schweigend einen Blick zu.
Kyle setzte sich also an den Tisch und griff nach der Zeitung. Als Archers Augen sich von graugrün zu der Farbe von hartem Stahl wandelten, hielt der kluge jüngere Bruder lieber den Mund.
Die Überschrift der Nachricht lautete: »Grab des Kaisers von Milliardär gekauft.« Dahinter stand die Seitennummer. Kyle blätterte um und sah ein unscharfes Farbfoto des Han-Bestattungsanzuges. Die Bildunterschrift lautete: »Kostbares Totenhemd aus Jade für einen vorgeschichtlichen Kaiser.« Der kurze Artikel schätzte das ungefähre Alter des Grabes auf sechshundert Jahre, doch nannte er keine Person oder Institution als Entdecker des Grabes. Es wurde auch keine besondere Gegend von China erwähnt. »Aufsehenerregende« Grabbeigaben »von unschätzbarem Wert« wurden erwähnt, doch es gab keine nützlichen Hinweise zur Art der Kunstgegenstände, die man entdeckt hatte.
»Dafür hast du mich aus dem Bett geholt?« fragte Kyle.
»Wie ich dir schon in der Nacht gesagt habe, sind Han-Bestattungsanzüge selten, sehr selten sogar, aber trotzdem nicht einzigartig. Und was das Grab betrifft, aus dem dieser Anzug stammt, so ist es vielleicht tatsächlich das Grab des Jadekaisers, vielleicht aber auch nicht. Das herauszufinden, wird man den Gelehrten überlassen müssen. Und wenn sie sich entscheiden, dann sicherlich nicht aufgrund eines Zeitungsartikels.«
Die Eier zischten, als Archer sie in die heiße Pfanne goß. Kyles Magen begann hungrig zu knurren. Der Kaffee war herrlich stark, doch er wollte auch etwas essen.

»Was hast du denn auf der Auktion gehört?« fragte Archer.
»Gebote.«
»Möchtest du dieses Omelett tragen oder möchtest du es essen?«
»Sogar noch bevor Farmer mit seinem neuen Anzug angegeben hat, habe ich Lianne nach dem Grab des Jadekaisers gefragt. Sie sagte, sie glaube nicht, daß es gefunden worden sei, geschweige denn, ausgeraubt.«
»Wieso nicht?« fragte Archer, ohne von dem Omelett aufzusehen.
»Hauptsächlich deshalb, weil sie nicht gehört habe, daß jemand eine größere Anzahl hochwertiger Grabbeigaben zu verkaufen hat.«
»Vielleicht verkaufen die Diebe ja auch nur ein Stück nach dem anderen.«
»Das habe ich auch gesagt.«
Archer zog einen warmen Teller aus dem Ofen, ließ das Omelett auf die weiße Oberfläche gleiten und stellte dann den Teller vor Kyle auf den Tisch. »Und was hat Lianne darauf gesagt?«
»Vor oder nach dem Stunt von Farmer?«
»Vorher.«
»Sie sagte, ein langsamer Verkauf von immer nur einem Stück würde zwar den Wert der Stücke vermindern, doch dann würde aber auch nicht darüber geredet.«
»Und was glaubst du?«
Kyle lehnte sich zurück, bis der Stuhl nur noch auf zwei Beinen stand, dann holte er sich eine Gabel aus der Schublade und machte sich an das Omelett. Er redete und aß gleichzeitig und dachte trotzig, daß Archer ja die Augen schließen könne, wenn ihm der Anblick nicht gefiel.
»Ich denke, daß mehr in ihrem Kopf vorgeht, als aus ihrem Mund herauskommt.«

Archer goß sich auch eine Tasse Kaffee ein, lehnte sich an die Anrichte und schenke Kyle seine volle Aufmerksamkeit. »Meinst du damit etwas Bestimmtes oder ist das nur wieder eine deiner berühmten Ahnungen?«

»Han-Kunstwerke, selbst so atemberaubende wie das Totenhemd aus Jade, sind nicht Liannes Leidenschaft, und trotzdem war sie bereit, es mit der ganzen Menschenmenge und mit Farmers Wachen aufzunehmen, um bloß in die Nähe zu kommen.«

Archer zuckte unbeeindruckt mit den Schultern.

»Und dann war da auch noch dieses andere Stück«, sprach Kyle weiter. »Es war eines Kaisers würdig. Eine Klinge, ungefähr zwanzig Zentimeter lang, ganz ohne Kratzer und Ecken, moosgrün, mit gerade genug gelb darin, um das Muster des Steins erkennen zu können. Lianne hat mir erzählt, daß die Flecken sich genau an den richtigen Stellen befänden, um dem asiatischen Geschmack zu gefallen.«

»Hält sie es für möglich, daß es aus dem Grab des Jadekaisers stammen könnte?«

»Sie sagte, es sei alles möglich.«

Archer grunzte und setzte sich Kyle gegenüber an den Tisch. »Das ist uns auch keine große Hilfe.«

»Vielleicht nicht. Aber sie hat versucht, die Klinge zu ersteigern.«

»Ihr wart ja auch auf einer Auktion.«

»Ihre Leidenschaft sind aber doch die Warring-States-Kunstwerke«, erklärte Kyle mit einem Mund voller Omelett. »Die Klinge stammte aus der Jungsteinzeit.«

»Dann hatte sie einen Kunden dafür.«

»Vielleicht.«

»Du glaubst das nicht?« fragte Archer, trank einen Schluck Kaffee und beobachtete seinen Bruder über den Rand des Kaffeebechers hinweg.

»Ich würde wetten, daß es sie ganz persönlich getroffen hat und nicht bloß in ihrem beruflichen Ehrgeiz, als sie überboten wurde.«

»Wieder eines deiner sogenannten ›Gefühle‹?« fragte Archer.

»Jawohl. Wünschtest du nicht, du hättest auch solche Gefühle?«

»Ich verlasse mich da lieber auf etwas Handfestes.«

»Wie zum Beispiel ein Gewehr?« gab Kyle zurück.

»Wie zum Beispiel eine Familie. Wie viele der hohen Tiere des Tang-Konsortiums hast du denn kennengelernt?«

»Du meinst von der direkten Familie?«

»Ja.«

»Jedes männliche Mitglied, bis auf Joe, Sohn Nummer eins.«

»Und was hat dir dein Gefühl über Harry verraten?« wollte Archer wissen.

»Wenn ich Joe wäre, würde ich besser darauf achten, was sich hinter mir abspielt. Harry gefällt es, die Macht zu haben.«

»Und was ist mit Wen?«

»Er ist alt und wird immer älter. Sein Augenlicht ist sehr schlecht. Seine Hände hat er an die Arthritis verloren.«

»Hände und Augen kann man verbessern. Was ist mit seinem Verstand?«

»Ich spreche kein Chinesisch, deshalb kann ich das nicht wirklich beurteilen. Aber Harry war seinem Vater gegenüber sehr aufmerksam, und das läßt mich glauben, daß Wens Verstand noch ganz in Ordnung ist.«

Archer blickte in seinen Kaffee. Er war schwarz wie die Hölle und beinahe auch genauso bitter. »Wen ist zweiundneunzig.«

Kyle pfiff leise duch die Zähne. »Und wie alt ist Joe?«

»Dreiundsechzig.«

»Harry sah nicht viel älter aus als fünfzig. Er hat zwar schon einige graue Haare, aber nicht wesentlich mehr als du, alter Mann.«

»Du wirst auf deinem Kopf dafür keine grauen Haare mehr erleben, wenn du nicht aufhörst, mich zu ärgern«, sagte Archer, ohne allerdings wirklich verärgert zu sein. »Harry ist achtundfünfzig.«

»Johnny?«

»Siebenundfünfzig. Es gibt außerdem noch acht Frauen. Die jüngste ist vierzig, die älteste einundsiebzig. Ich könnte dir auch all ihre Namen nennen, doch das tut nichts zur Sache. In gewisser Weise ist die Familie Tang sehr altmodisch. Als die Schwestern heirateten, hörten sie auf, Tangs zu sein.«

»Lianne ist wie alt – zweiundzwanzig?«

»Sie ist beinahe dreißig.«

Kyle zog die Augenbrauen hoch. »Das muß wohl an dem Wasser in Hongkong liegen. Ein wahrer Jungbrunnen.«

»Lianne ist in Seattle großgeworden.«

Metall knirschte auf dem Schieferboden, als Kyle mit seinem Stuhl auf zwei Beinen kippelte. »Und wo ist der Rest der Familie aufgewachsen?«

»Anna Blakely hat in einer Reihe von Pflegefamilien gelebt, bis sie dreizehn war. Dann ist sie weggelaufen, in die große Stadt. Sie war kaum fünfzehn, als sie Lianne bekam. Johnny war siebenundzwanzig, verheiratet mit einer Chinesin aus Hongkong und der Vater von zwei Jungen und einem Mädchen.«

»Ein vielbeschäftigter Mann«, bemerkte Kyle.

»Das ist er auch geblieben. Lianne hat noch sieben Halbgeschwister.«

»Liannes Mutter ist bei Johnny geblieben, obwohl er sich nicht davon abhalten ließ, noch mehr Tangs zu zeugen?«

»So ähnlich.«

»War es wegen des Geldes?«

»Die Frage mußt du ihr schon selbst stellen«, sagte Archer. »Alles, was in der Akte über sie stand, war, daß Johnny sie von dem Tag an, an dem er sie zum erstenmal gesehen hat, in guten bis großartigen Verhältnissen gehalten hat. Wenn sie je einen anderen Freund gehabt haben sollte, so weiß niemand davon.«

»Bis daß der Tod euch scheidet, wie?«

»Bei manchen Menschen funktioniert das eben.«

Kyle ließ den Stuhl mit einem Ruck wieder auf alle vier Beine kippen und hielt Archer seinen Becher für mehr Kaffee hin. Ohne ein Wort goß Archer den Becher voll. Kyle nippte daran, erschauderte und nippte dann noch einmal. Sahne nahm er nur zu seiner ersten Tasse Kaffee am Tag. Danach, so meinte er, konnte er auch ohne die Laktosekrücke auskommen oder zurück ins Bett gehen, denn er brauchte dringend noch etwas Schlaf, um den Tag zu überstehen.

»Was weißt du über einen gutaussehenden Kerl mit Namen Lee Chin Tang?« fragte Kyle.

»Wieso?«

»Er würde mich gern umbringen. Und ich möchte wissen, warum.«

Archer blickte auf von dem Kaffee, den er sich gerade eingoß. »War das der Grund, weshalb du noch einmal zurückgekommen bist und meine Pistole geholt hast?«

»Nein, aber nachdem ich ihn kennengelernt hatte, war ich doch froh, daß ich sie bei mir hatte.«

»Wie sieht er denn aus?«

»Fünfunddreißig bis vierzig, Chinese, attraktiv genug, um ein Filmschauspieler zu sein, spricht kein Englisch, und mit seinen Augen könnte er Löcher in Stahl bohren.«

»Niemand hat ihn mir gegenüber erwähnt, und das bedeutet, daß er keiner der Hauptspieler im Tang-Konsortium ist.«

»Er würde aber gern der Hauptspieler in Liannes Bett sein.«

Archers linke Augenbraue zog sich in einer schnellen Bewegung nach oben. »Und wie hat sie darauf reagiert?«

»Sie hat ihn nur mit einem eisigen Blick bedacht.«

»Ich habe dir doch gesagt, sie zieht Blonde vor«, sagte Archer zufrieden.

»Und was ist mit dem Kerl, der uns verfolgt hat?« fragte Kyle und tat so, als habe er das Grinsen seines Bruders gar nicht bemerkt.

»War er blond?«

»Das mußt du mir schon sagen.«

»Vielleicht hat euch jemand nach der Auktion verfolgt. Es war aber schwer, da sicherzugehen. Es gab so viel Geschiebe und Gestoße, weil alle in die Nähe des Jadeanzugs kommen wollten.« Archer reckte sich und rieb über seinen schwarzen Stoppelbart, den er sich aus Zeitmangel noch nicht hatte abrasieren können. »Ich weiß aber dafür verdammt sicher, daß euch niemand zurück ins Hotel gefolgt ist.«

»Und warum ist Onkel Sam dann schon heute morgen hinter dir hergejagt?« fragte Kyle nach einer Weile. »Und erzähle mir nicht diesen ganzen Unsinn von dem Artikel in der Zeitung.«

Archer nahm einen großen Schluck von seinem Kaffee und starrte dann in seinen Becher. »Die gleiche Frage habe ich ihr auch gestellt. Mehrmals sogar. Ich habe aber keine Antwort bekommen, die es wert wäre, sie zu wiederholen.«

»Ihr? Haben sie etwa wieder diese Wie-heißt-sie-doch-Gleich eingesetzt?«

»Wen?«

»Die alte Gespielin von Jake.«

»Oh. Lazarus. Nein, dies hier ist eine Agentin, die ich noch nicht kennengelernt habe. Sie kennt dich aber. Wahrscheinlich war sie auf der Auktion. Sie war überrascht, daß du in der letzten Nacht hier geschlafen hast. Allein.«

»Gütige Mutter«, murmelte Kyle. »Ich bin es wirklich leid, daß Onkel Sam seine kalte Nase immer an meinem Hintern hat.«

Archer antwortete nicht. Das brauchte er auch nicht. Wenn ihm diese geheime Geschäftemacherei gefallen hätte, wäre er noch immer dabei.

Kyle warf einen Blick auf seine Uhr.

»Hast du heute schon etwas vor?« fragte Archer.

»Unterricht in Jade.«

»Wiederhole das noch einmal.«

»Lianne wird mir fünf Stunden und einundfünfzig Minuten lang ihr Wissen über Jade vermitteln.«

»Aber ihr zählt doch nicht die Minuten, oder?« fragte Archer.

»Doch«, gab Kyle zurück. »Ich zähle sie. Und sie übrigens auch.«

»Warum?«

»Wir haben einen Handel abgeschlossen. Für jede Stunde, die ich ihr meine Dienste als ausgestopfter Elefant zur Verfügung stelle, schenkt sie mir eine Stunde Unterricht über die Feinheiten im Kauf und Verkauf von Jade.«

»Ausgestopfter Elefant«, wiederholte Archer ausdruckslos. »Das hat sicher etwas zu bedeuten, nehme ich an.«

»Ich bin groß.«

»Du bist ein Zwerg.«

»Verglichen mit Han Wu Seng bin ich ein...«

»Seng! Was hat er mit der ganzen Sache zu tun?« wollte Archer wissen.

»Du kennst ihn?«

»Nein, aber Onkel Sam kennt ihn. Er ist einer der Hauptspender an die Parteien in den USA. Er ist auch der Vermittler zwischen der gehobenen chinesischen Gesellschaft und dem überseeischen Arm der Roten-Phönix-Triade, die den Heroinhandel von Vancouver bis nach Hongkong beherrscht.«

»Also ein richtig netter Kerl.«

»Verglichen mit einigen anderen, ist er das tatsächlich.«

Kyles Augen zogen sich zusammen. Sein Bruder meinte es ernst. Kyle schüttelte den Kopf. »Das will ich gar nicht wissen.«

»Das wollte ich auch nicht, aber manchmal hat man nicht soviel Glück. Wie hast du Seng kennengelernt?«

»Auf der Auktion. Nach Liannes Angaben soll er der Grund dafür sein, warum sie mich kennenlernen wollte. Ich bin schließlich groß.«

»Sie braucht also den berühmten Ritter in der glänzenden Rüstung, um den großen bösen Seng-Drachen zu vertreiben, habe ich das richtig verstanden?«

»Wenn es so ist, dann hat sie aber wenig Glück. Das Geschäft mit dem Ritter bringt wesentlich mehr Schwierigkeiten, als es wert ist.«

Archer hob seinen Kaffeebecher in einem schweigenden Toast der Zustimmung und trank die bittere Flüssigkeit. »Vergiß nicht das Abendessen heute abend.«

»Was ist damit?«

»Honor wußte, daß du es vergessen würdest. Es ist Moms und Dads sechsunddreißigster Hochzeitstag.«

Kyle schlug sich mit der flachen Hand vor die Stirn. »Verflixt! Ich muß noch ein Geschenk für sie kaufen.«

»Honor hat sich schon darum gekümmert. Sie wird dir später die Rechnung dafür geben.«

»Dem Himmel sei Dank für kleine Schwestern.«

»Zu irgendwas müssen sie ja gut sein.«

»Komisch«, sagte Kyle. »Genau das haben Faith und Honor immer über die großen Brüder gesagt.«

»Da wir gerade von Faith sprechen...« Archers Gesicht wurde ausdruckslos. »Sie wird ihren Zukünftigen zu der Party mitbringen. Anthony Kerrigan. Wie man hört, wird sie einen Diamanten tragen.«

Kyle zischte etwas Unverständliches vor sich hin, das sich genauso unglücklich anhörte, wie sich sein Mund verzogen hatte.

»Ich mag diesen Hundesohn ja auch nicht«, meinte Archer. »Aber das ist unser Problem. Seit Honor geheiratet hat, ist Faith schrecklich einsam. Wenn Tony dazu beiträgt, daß sie sich besser fühlt, dann soll es wohl so sein. Sei um sieben Uhr hier mit einem angemessenen Lächeln auf deinem hübschen Gesicht.«

»Ich habe aber eine Verabredung mit Lianne.«

»Bring sie mit.«

»Wundervoll«, meinte Kyle sarkastisch. »Bring die Familie Tang an den Busen der Donovan-Familie, um das mitfressende Insekt kennenzulernen, das Faith heiraten wird.«

Archer fuhr sich mit den Fingern durch sein dunkles Haar. »Wenn ich glauben würde, daß es etwas nützt, würde ich den guten alten Tony auf eine Reise nach Alaska schicken, um ihn einem Grizzly zum Fraß vorzuwerfen.«

»Und ich würde die Flugtickets dazu kaufen.«

»Ist dir je der Gedanke gekommen, daß wir vielleicht ein wenig zu fürsorglich sind, wenn es um unsere Schwester geht?«

»Nein. Tony ist ein Verlierer. Er glaubt, daß Faith seine Eintrittskarte für ein Leben auf der Überholspur ist. Wenn er erst einmal feststellt, daß sie von der Familie keinen Penny bekommen wird, den sie sich nicht auch selbst verdient hat, dann werden die Dinge schon sehr schnell ganz anders aussehen.«

Archer widersprach seinem Bruder nicht. »Wenn Aussicht

darauf bestünde, daß es die ganze Sache beschleunigt, dann hätte ich ihr schon die Ergebnisse gegeben, die wir von Tonys Überprüfung bekommen haben, aber sie würde nicht...«

»Gib sie mir«, unterbrach Kyle ihn. Er wußte, daß Faith störrisch war, ganz besonders dann, wenn sie glaubte, daß ihre älteren Brüder sich einmischten.

Und das taten sie.

»Tony hat wirklich Talent, wenn es darum geht, sie zu umwerben, aber für eine längere Bindung ist er nicht geschaffen. Er hat eine Ex-Frau in Boston, die ihn verklagt hat, weil er den Unterhalt für sein Kind nicht bezahlt. Außerdem hat er eine Freundin in Las Vegas, die schon zwei Abtreibungen hinter sich hat. Eine andere Freundin wartet in Miami auf ihn und glaubt, Tony würde sie heiraten, weil sie in zwei Monaten seinen Sohn und Erben zur Welt bringen wird.«

Es entstand ein langes, angespanntes Schweigen, ehe Kyle sprach. »Also möchte der gute alte Tony gern wissen, wie die andere Hälfte der Bevölkerung lebt? Das werde ich ihm zeigen. Ich werde ihn zum Angeln nach Kamtschatka mitnehmen. Großes Land. Wild. Leer. Wie man in Australien sagt, keine Sorgen, Kumpel.«

Archers Lächeln war so scharf wie eine Klinge. »Ich werde daran denken. Aber laß uns zuerst Faith die Möglichkeit geben, das alles selbst herauszufinden.«

»Zu spät. Du hast doch gesagt, sie wird mit einem Diamanten am Finger kommen.«

»Verlobungsring, kein Ehering. Noch nicht.«

»Niemals«, erklärte Kyle ausdruckslos. »Und es ist mir sehr ernst damit, Archer. Frauen wie Faith und Honor sind eine gefährdete Art – anständig, großzügig und ehrlich. Honor hat Jake, der sie beschützt. Faith hat nur uns.«

»Faith ist aber nicht dumm, sie ist nur störrisch. Aber Hormone und Wunschdenken verlieren schnell ihre Wirkung.

Früher oder später wird sie sehen, was für ein liebestolles, fruchtbares Wiesel Tony ist.«

Eine ganze Minute lang sagte Kyle gar nichts. Er beobachtete nur die Schatten der Wolken, die über die zitronengelben Wände der Küche glitten. »Es ist doch offensichtlich, daß Tony seine Frauen gern schwängert. Was ist, wenn Faith nun schwanger wird, ehe ihr Verstand wieder einsetzt?«

»Dann können wir eben endlich eine Nichte oder einen Neffen verwöhnen«, antwortete Archer ganz sanft. »Und dieses glückliche Baby wird so viele Väter haben, wie es Männer in der Donovan-Familie gibt.«

Kyles Atem entwich in einem Seufzer. Er trank seinen Kaffeebecher leer und stellte ihn dann hart auf dem Glastisch ab. »Ich werde um sieben Uhr hier sein. Mit Lianne.«

»Holst du sie ab?«

Kyle nickte.

»Laß mich wissen, wann du losfährst«, riet Archer ihm. »Ich werde dir dann folgen.«

»Das wird eine hübsche Abwechslung, wenn ich endlich einmal weiß, wer mich verfolgt. Und was ist, wenn auch Lianne jemand verfolgt?«

»Damit rechne ich.«

Die Vorfreude des Raubtiers, die Kyle in Archers Augen las, ließ ihn denjenigen, der Lianne verfolgte, beinahe bedauern. Aber was er wirklich bedauerte war, daß er nicht dabeisein würde, um Archer zu helfen, ein paar Fragen zu stellen.

»Das klingt ganz so, als würdest du heute abend zu spät zum Essen kommen«, meinte Kyle.

»Das kommt ganz darauf an.«

»Worauf?«

»Wenn das Nummernschild des Verfolgers zu Onkel Sam gehört, werde ich pünktlich zum Essen erscheinen.«

»Warum sollte die Regierung Lianne verfolgen?«

»Um zu wissen, wohin sie geht.«
»Du spinnst, Archer. Du weißt schon, was ich meine.«
Archer zuckte jedoch lediglich mit den Schultern. »Vielleicht wollen sie nur wissen, ob sie sauber ist. Mich würde das auch sehr interessieren.«
Kyle wollte ihm gerade erklären, daß Lianne mit Sicherheit sauber war. Doch dann hielt er lieber den Mund. Nur weil seine Ahnung ihm sagte, daß sie kein Dieb war, so mußte das den Rest der Welt noch lange nicht überzeugen.
Und auch er sollte eigentlich nicht darauf vertrauen.
»Und wenn nun das Nummernschild nichts mit Onkel Sam zu tun hat?« fragte Kyle.
»Dann wird das Leben erst interessant.«

11

An der Grenze der USA zu Kanada verringerte Lianne das Tempo, sie bog in die Schnellspur ein und überquerte dann die internationale Grenze mit nicht mehr als nur einem Nicken und einem Winken. Wagen, die nicht den Aufkleber auf der Windschutzscheibe besaßen, der besagte, daß sie häufig die Grenze überqueren, hielten in mehreren langen Schlangen an den Zollschranken. Die Fahrer mußten Fragen nach Pflanzen, Pfefferspray, Tabak, Alkohol, Waffen und anderen verbotenen Früchten beantworten.

Lianne warf einen Blick auf ihre Uhr, als ihr Wagen über den hohen »schlafenden Polizisten« holperte, der den Grenzverkehr verlangsamen sollte. Auf der rechten Seite des großen Platzes standen unglückliche kanadische Autofahrer mit geöffneten Wagen- und Kofferraumtüren, während der kanadische Zoll ihre Wagen durchsuchte. Das häufigste Vergehen waren undeklarierte amerikanische Waren, ob es sich nun um Socken oder Zigaretten handelte. Die hohen Steuern in Kanada machten den Schmuggel für den eigenen Verbrauch für sonst ehrbare Bürger nicht nur verlockend, sondern unvermeidlich.

Der Kofferraum voller Jadeartefakte in Liannes rotem Toyota war jedoch nicht zu verzollen. Sie mußte weder Steuern entrichten noch Erklärungen liefern. Und sie brauchte auch keine Wachen, kein gepanzertes Fahrzeug, Waffen oder sonst irgendwelches Zeug, das die Leute benötigten, deren Fracht schlicht und einfach Geld war. Die Jade, die sie mit sich führte, war unbezahlbar.

Dennoch beobachtete Lianne aufmerksam ihren Rückspiegel. Nach der Auktion von gestern abend war sie ziemlich nervös. Doch trotz ihrer Unruhe glaubte sie nicht ernsthaft, daß sie verfolgt würde. Es hatte sich kein Wagen hinter sie geklemmt und war an ihr drangeblieben, ganz gleich, was sie auch tat. Einige Wagen waren zusammen mit ihr auf der I-5 in Blaine abgefahren, um zu tanken, aber das hatte nichts zu bedeuten. Das Benzin in Kanada kostete doppelt soviel wie in den Staaten. Schlaue Autofahrer planten weit voraus.

Hinter den Gebäuden der kanadischen Grenze wurde der Verkehr sehr schnell auf die B. C. 1 gelenkt. Neue Wohngebiete – Schlafstädte für die aufblühende Stadt Vancouver – wetteiferten mit Milchkühen um den Besitz des flachen Landes, das zwischen der internationalen Grenze und den breiten Schleifen des Fraserflusses lag. Die Stadt selbst befand sich auf der anderen Seite des Flusses, ein dichtes Band weißer Gebäude, eingezwängt zwischen riesigen schwarzen Bergen und dem kalten blauen Meer.

Wie immer war Lianne auch diesmal wieder überwältigt von der Schönheit von Vancouver. San Francisco gab an mit seinen landschaftlichen Wundern, doch Vancouver besaß noch viel mehr davon, viel mehr sensationelle Ausblicke, bis hin zu einer atemberaubenden Brücke, die den Eingang zu einem tiefen, geschützten Hafen überspannte. Alles, was dieser Stadt fehlte und was San Francisco dafür hatte, war die San-Andreas-Spalte. Insgesamt konnten die Menschen in Vancouver ganz gut ohne das zusätzliche Adrenalin von Erdbeben leben.

Lianne selbst brauchte auch kein zusätzliches Adrenalin. Ihre Träume in der letzten Nacht waren ein Gewirr von zeitlosen Totenhemden aus Jade und der sexuellen Wirklichkeit von Kyle Donovan gewesen. Wenn sie nicht so fest entschlossen gewesen wäre, allein mit Wen zu sprechen, so hätte sie beinahe ihre Lebensregel, was erste Verabredungen und Sex anging, gebrochen und wäre mit Kyle nach Hause gegangen.

Ihr Mund verzog sich zu einem etwas schiefen, unglücklichen Lächeln. Was hatte es ihr schon genützt, allein zu bleiben, sie hätte die Einladung in Kyles wunderschönen Augen annehmen und die Nacht mit ihm verbringen sollen. Sie hätte dann auch nicht weniger geschlafen, als sie es ohnehin schon getan hatte, aber sie hätte wesentlich mehr Spaß gehabt. Dessen war Lianne sich ganz sicher.

Das war auch einer der Gründe dafür gewesen, weshalb sie keine ruhige Nacht gehabt hatte. Der andere Grund war gewesen, daß Harry es ihr verweigert hatte, Wen zurück nach Vancouver zu fahren, wenn sie die Jade in den Tresor der Tangs zurückbrachte. Statt dessen hatte Harry seinen Vater nach der Party selbst nach Hause gefahren.

Das Anwesen der Familie Tang lag an der stark befahrenen Grenville Street. Von außen war das Anwesen so einladend wie ein Gefängnis. Um einen ganzen Block herum waren hohe, feste, fensterlose Mauern in verschiedenen Farben und Zusammensetzungen aufgerichtet. Auch wenn es so aussah, als wären es mindestens vier verschiedene Häuser mit aneinandergrenzenden Mauern und verschiedenen Eingängen, so ließen sich doch nur wenige der Eingänge wirklich öffnen. Der Rest war genauso wie die falschen Fronten der Gebäude in den Westernstädten, nur Show und ohne jegliche Funktion.

Im Inneren, hinter dem wirklichen Eingang, lag eine völlig andere Welt. Eine wunderschöne, heitere Welt. In einem zentralen Garten blühten Frühlingsblumen unter Rhododendron und Azaleen, Pinien, Zwergahorn und Wacholder. Vögel tranken aus Teichen, in denen riesige Koi lebten, die wie langsame, bunte Fahnen umherschwammen. Der Duft von frühen Lilien und süßem Regen erfüllte die Stille.

Im Sommer summte der Garten von Bienen und dem Lachen der Kinder. Im Herbst leuchtete er in allen Farben des Ahorns und des Herbst-Sedums. Im Winter schlief der Garten voller Anmut, wie eine schwarzweiße Katze, die genügend Energie für den Sturm des nächsten Frühlings sammelt.

Lianne hatte diesen Garten in all seinen Stimmungen erlebt, doch noch nie hatte sie sich zu den Frauen der Familie Tang gesellt, die in diesem Garten saßen und lachten und redeten, während ihre Kinder Schmetterlingen nachliefen und miteinander spielten. Es war nicht die Sprachbarriere, die Lianne davon abhielt. Es war eine viel unterschwelligere, wesentlich schwerer zu überwindende gesellschaftliche Barriere. Sie war bloß eine Angestellte und kein anerkanntes Mitglied der Familie Tang.

Ein entfernter alter Cousin der Tangs, der als Page angestellt war, wartete an der Seitentür. Er sprach sie auf chinesisch an. »Onkel Wen schläft noch. Die Feier gestern abend hat ihn ermüdet. Daniel wird dir helfen, die Jade zurückzubringen.«

Liannes Herz setzte einen Schlag lang aus, schlug dann jedoch wieder normal weiter. Daniel war Johnnys Sohn Nummer drei. Ihr Halbbruder. Lianne hatte ihn schon oft von weitem gesehen, doch sie hatte noch nie mit ihm gesprochen. Abgesehen von der Party am gestrigen Abend, konnte Lianne sich nicht erinnern, daß es überhaupt einmal eine Zeit gegeben hatte, in der sie ihren Halbbrüdern nahe genug gewesen wäre, um sich mit ihnen zu unterhalten.

Ehe sie noch seine Hilfe ablehnen konnte, kam Daniel schon die Treppe heruntergelaufen, zum Dienstboteneingang, wo sie geparkt hatte. Obwohl Lianne ihm nie begegnet war, so wußte sie von ihm, wie von ihren anderen Halbgeschwistern. Daniel war in Hongkong aufgewachsen, bis er zehn Jahre alt war, dann hatte man ihn zu Verwandten in Los Angeles geschickt. Im Alter von sechsundzwanzig besaß er das Diplom der schönen Künste der Universität von Südkalifornien, das Juradiplom von Harvard, und er bewegte sich mit Leichtigkeit zwischen zwei Kulturen.

Doch was Lianne einen Schlag versetzte, war die Ähnlichkeit mit seinem Vater. Mit ihrem Vater. Ihrem gemeinsamen Vater. Er hatte Johnnys athletischen Körperbau geerbt, sein gutaussehendes Gesicht und seine kräftigen Hände. Er war etwa zwanzig Zentimeter größer und siebzig Pfund schwerer als sie selbst.

Doch ein einziger Blick in Daniels Gesicht genügte Lianne, um zu wissen, daß er sie verachtete.

»Machen Sie den Kofferraum auf«, forderte er sie auf. »Ich werde die Jade in den Tresor zurückbringen. Sie brauchen nicht mit reinzukommen.«

Lianne zwang sich, ihre Stimme ganz geschäftsmäßig klingen zu lassen. »Das ist sehr freundlich von Ihnen«, erwiderte sie und ging um den Wagen herum, um den Kofferraum zu öffnen. »Aber es unterliegt meiner Verantwortung, sicherzugehen, daß alles wieder genauso eingeräumt wird, wie Wen es verlangt.«

»Hören Sie, Miss Blakely, es ist nicht nötig, daß Sie hier

herumhängen und auf Wens Zustimmung warten. Schicken Sie Ihre Rechnung an den Jadehändler. Mein Großvater braucht sie nicht.«

Ein Anflug von Zorn, gemischt mit Scham, ließ Liannes Kehle scheinbar innerlich anschwellen; ihr Halbbruder behandelte sie wie jemanden, der versuchte, Versicherungen an der Haustür zu verkaufen. Einen Augenblick lang hatte es ihr die Sprache verschlagen, doch dann hob sie das Kinn und begegnete Daniels kaltem Blick.

»Wen Zhi Tang hat mir die Ehre und die Verantwortung übertragen, die Ausstellung der Jadehändler in Seattle zu organisieren«, erklärte sie ihm knapp. »Das beinhaltet auch, daß ich jedes einzelne Stück persönlich zurück in den Tresor bringe. Wenn Sie das stört, dann brauchen Sie mir nicht dabei zuzusehen.«

»Das würde Ihnen gefallen, nicht wahr? Ganz allein zu sein, mit all der Jade.«

»Das wäre wohl kaum das erstemal.«

»Ich weiß. Und genau das ist es, was mir Sorgen macht.«

Lianne wurde es eiskalt. »Wollen Sie damit etwa behaupten, daß man mir nicht vertrauen kann?«

»Hey, Sie sind wirklich sehr klug, nicht wahr. Aber das habe ich bereits geahnt. Und seit ein paar Monaten weiß ich es sogar ganz sicher.«

»Wovon reden Sie überhaupt?«

»Sparen Sie sich Ihr unschuldiges Getue für jemanden auf, der nicht weiß, woher Sie kommen«, erklärte Daniel unverblümt. »Von jetzt an werde ich Sie jedesmal, wenn Sie den Tang-Tresor betreten, begleiten. Und wenn ich nicht da bin, dann haben Sie eben Pech gehabt. Und ich werde sehr oft außer Haus sein.«

»Lassen Sie uns sofort zu Wen gehen und...«

»Wen ist fertig mit Ihnen«, unterbrach Daniel sie grob. »Er

ist müde und alt. Er hat seine Ruhe verdient. Von jetzt an werden Sie mit mir verhandeln. Ich bin der Jadeexperte der Familie Tang.«

»Und was hat Joe Ju Tang dazu zu sagen?«

»Was geht das Sie an. *Es ist nicht Ihre Familie.*«

Ehe Daniel fortfahren konnte, ertönte eine flüsternde und doch starke Stimme aus Richtung der Tür.

»Lianne, bist du das?« fragte Wen auf chinesisch.

»Jawohl, Onkel Wen«, sagte sie und blickte erleichtert von Daniel weg.

Der alte Mann stand an der Tür. Der Wind zerrte an seiner Kleidung und wehte durch sein nackenlanges, dünnes weißes Haar. Er war kaum größer als Lianne und wog auch nur wenige Pfund mehr als sie, dennoch war er achtunggebietend. Der dunkelgraue Anzug, den er trug, war aus einem feinen Wolle-Seide-Gemisch; er war maßgeschneidert auf seine schlanke Gestalt. Sein Hemd war aus Seide, genau wie die gedeckte burgunderfarbene Krawatte. Seine Schuhe waren handgefertigt, aus einem Leder, das so weich war, daß man es auch für Handschuhe hätte verwenden können.

»Warum stehst du draußen, wenn es doch drinnen warm ist?« fragte Wen voller Ungeduld. »Komm, komm! Der Frühlingswind ist nicht gut für alte Knochen. Qin? Qin, bist du da?«

»Ich bin hier«, sagte der Page geduldig.

»Bring Tee in den Tresor. Auch Kekse. Ich bin hungrig.«

»Großvater«, sprach Daniel ihn auf chinesisch an. »Du brauchst dir doch wegen dieser Angelegenheit keine Mühe zu machen. Ich werde schon dafür sorgen, daß jedes einzelne Stück der Jade an seinen Platz zurückkehrt.«

»Mühe?« Wen lachte rauh auf. »In meinem Alter ist Jade die einzige Mühe, für die es sich noch zu leben lohnt. Hilf Lianne, meine Kinder in den Tresor zurückzubringen. Wenn du gut zuhörst und aufpaßt, dann könntest du vielleicht sogar noch etwas Nützliches über den Stein des Himmels lernen.«

Daniels Gesicht wurde dunkel vor Zorn, doch seine Stimme veränderte sich nicht. »Danke, Großvater. Ich kann von dir noch so viel lernen.«

»Dann solltest du dich damit beeilen«, murmelte Wen. »Die Hülle meines Körpers trocknet jeden Tag mehr aus. Schon bald wird der Wind mich mit sich nehmen.«

»Das würde er nicht wagen«, widersprach Lianne und lächelte. »Obwohl du einen wunderschönen Drachen abgeben würdest.«

Wens Gesicht verzog sich zu einem breiten Grinsen. Er lachte leise und ging ins Haus zurück. Dann blieb er stehen und sah über seine Schulter zurück, er suchte den kleinen, bunten Schatten, der alles war, was er von Lianne sehen konnte.

»Laß den Jungen die Jade holen«, erklärte Wen knapp. »Komm, Mädchen. Komm und erzähle mir noch einmal, wie meine Kinder aussehen in ihren Nestern aus Seide, Satin und Samt.«

Lianne fühlte mehr, als daß sie es sah, wie heftig Daniels Zorn war, den er aber hervorragend unter Kontrolle hielt. Als sie ihn beobachtete, wie er sich in den Kofferraum beugte, die Kartons mit der Jade daraus hervorholte und sie vorsichtig neben den Wagen stellte, erkannte sie, daß es für ihn nichts wichtigeres im Leben gab, als Wens Wünsche zu erfüllen.

»Ich komme, Onkel Wen«, sagte Lianne und lief die Treppenstufen hinauf. »Es ist mir immer wieder eine Ehre, dir deine Augen sein zu dürfen.«

Der Deckel des Kofferraums wurde so heftig zugeschlagen, daß sich das Metall dabei verbiegen konnte. Lianne zuckte zusammen, doch sie sagte nichts. Sie war es gewöhnt, in der Tang-Familie auf Gleichgültigkeit zu stoßen, offene Feindseligkeit jedoch war ihr neu. Sie wünschte, daß ihr eigener, ausgestopfter Elefant an ihrer Seite wäre. Bei dem Gedanken mußte sie lächeln, und das kalte Gefühl der offenen Ablehnung ihres Halbbruders und seiner Zweifel an ihrer Ehrlichkeit verschwand.

Die Tür führte in die Küche. Wie der Rest des Hauses, so war auch die Küche eine Mischung aus Orient und Okzident. Die Farben, die Ausnutzung des Raumes, der Fußboden und die Kunst waren hauptsächlich asiatisch. Die Möbel, das Licht, die Geräte und die Installation waren westlich. Der Duft war einzigartig, eine Mischung aus Weihrauch und den Torten, die Wen so liebte.

Während sie langsam durch die Küche und dann einen Flur entlang zu dem Flügel des Hauses gingen, in dem die Tresorräume lagen, begann Wen sie nach dem Jadeanzug von Dick Farmer auszufragen.

»Meine Enkel konnten mir nichts darüber erzählen«, erklärte Wen irritiert. »Sie denken nur an Aktien und Banken und Immobilien. Hast du ihn denn gesehen?«

»Jawohl.«

»Ah!« Wen wartete, doch Lianne sprach nicht weiter. »Ist jemand in der Nähe?« wollte er wissen.

Lianne sah über ihre Schulter zurück. Sie waren allein. »Nein.«

»Ist der Anzug genauso schön wie meiner?« fragte Wen ungeduldig.

Sie war zu erschrocken, um ihm gleich antworten zu können. Vor ein paar Jahren hatte sie durch Zufall diesen Anzug gefunden, als sie die jährliche Inventur und Inspektion der Tresorräume durchgeführt hatte. Sie war in einem der tiefen Schränke gewesen und hatte die Daumenringe aus Jade untersucht und die Manschetten der Bogenschützen, als sich die Tür des Tresors plötzlich geöffnet hatte. Joe und Wen waren hereingekommen und hatten sich über Joes Liebe zu den Pferden und die vorgeschichtliche Kalligraphie gestritten.

Lianne hatte sich entschieden, die Inventur fortzusetzen, und hoffte, daß die Männer ihren Streit beenden würden, ehe sie ihre Anwesenheit bemerkten. Ein paar Minuten später hörte sie einen Knall. Sie lief aus dem Schrank heraus und entdeckte Joe, der sich gegen das Gewicht einer Stahltür stemmte.

Als sie dann sah, was sich in dem kleinen, versteckten Raum hinter der Tür befand, stand sie mit vor Staunen offenem Mund da. Während Wen mit Joe wegen seiner Tollpatschigkeit schimpfte, starrte Lianne, von den beiden unbemerkt, auf die Art von Jadeschätzen, die sie nur in ihren Träumen zu sehen gehofft hatte, wenn sie jemals das Glück haben sollte, die staatliche Sammlung Festlandchinas zu sehen.

Doch von all den Dingen, die Lianne in diesem ersten, unbeobachteten Augenblick sah, war es der Bestattungsanzug aus Jade, der sich tief in ihr Gedächtnis eingrub. Bis zu diesem Augenblick hatte Lianne gar nicht geahnt, daß es einen solchen Schatz überhaupt in privater Hand gab.

Dann hatte Joe sie bemerkt. Er hatte sie angeschrien, zu verschwinden, doch Wen war ihr zu Hilfe gekommen. Er ging zu ihr, sah ihr Erschrecken, aber auch ihre Bewunderung, mit der sie auf den Anzug starrte... und er lächelte, als er seine Liebe zu der Jade und der Geschichte in ihren Augen wiederentdeckte. Er schickte Joe weg, ließ sie schwören, sein Geheimnis zu bewahren, und verbrachte einige der schönsten Stunden seines langen Lebens damit, ihr die Seele der Schätze der Familie Tang zu erklären.

Lianne hatte ihren Schwur über den unbezahlbaren Anzug aus Jade gehalten. Seit dieser Zeit hatte sie ihn nur noch einmal gesehen, als Wen krank war und voller Zorn verlangt hatte, mit ihr allein in den Tresorraum zu gehen. Er hatte ihr gezeigt, wie die verborgene Tür geöffnet werden konnte, und hatte dann schweigend seine Hände auf den Anzug gelegt, als könne er aus den unsterblichen Eigenschaften der Jade Kraft gewinnen. Eine Stunde später hatten sie den Tresorraum wieder verlassen.

Keiner von ihnen hatte damals über den Jadeanzug gesprochen. Und auch seither nicht mehr. Bis heute.

»Hast du mich gehört, Mädchen?« verlangte Wen zu wissen. »Ist die heilige Jade wertvoller als meine?«

Liannes Herz schlug ihr bis in den Hals. Sie wollte ihren Großvater nicht anlügen, aber die Wahrheit war unaussprechlich. »Ich konnte ihn nicht genau untersuchen«, erklärte sie schließlich.

»Warum haben mich die Götter nur mit einem nutzlosen Weib verflucht?« brummte Wen. »Wenn ich bei der Auktion gewesen wäre...«

Seine Stimme erstarb. Wenn er bei der Auktion gewesen wäre, hätte er gar nichts gesehen. Es war schon Monate her, seit er auch nur noch eine Hand vor seinem Gesicht hatte erkennen können.

»Aber«, zwang Lianne sich zu sagen, »wenn du mir jetzt erlauben würdest, deinen Anzug zu untersuchen, dann könnte ich dir sagen, welcher der wertvollere ist.«

»Nicht heute. Daniel ist hier.«

Sie hielt ihren Protest zurück. Sich mit Wen zu streiten führte nur dazu, daß er noch viel entschlossener wurde, seine Meinung durchzusetzen. »Jawohl, Onkel. Aber bald?«

Wen brummte unwillig. »Beeile dich mit den Schlössern. Meine Füße sind müde.«

Lianne ging um einen kostbaren Wandschirm herum, der aus durchbrochenen Jadeplatten gefertigt war, die in kleine, wundervoll geschnitzte Mahagonirahmen eingefaßt waren. Der Schirm teilte den Flügel mit dem Tresorraum vom Rest des Hauses ab. Brummend wartete Wen, während Lianne die Zahlenkombination einstellte, mit der die große, feuerfeste Stahltür geöffnet wurde.

Einige der Jadeobjekte waren ausgestellt, um berührt, bewundert und geliebt zu werden. Doch noch wesentlich mehr Jade wurde in Stahlschubladen und -schränken verwahrt. Und in einer ganz besonderen, sehr kleinen Stahlkammer gab es ein kleines, sarggroßes Podest, auf dem der kostbare Schatz der Tangs stand – ein vollständiger Bestattungsanzug aus Jade aus der Han-Dynastie. Der winzige Raum wurde nur sehr selten geöffnet, noch seltener wurde darüber gesprochen. Nur jeweils der erste Sohn des ersten Sohnes wußte von der Existenz des Anzuges, und so war das Geheimnis von Generation zu Generation weitergegeben worden.

Einmal war es Wens ganzer Stolz und Freude gewesen, als einziger Zugang zu der Schatzkammer der Tangs zu haben. An Joes dreißigstem Geburtstag hatte Wen ihm dann in einer großen Zeremonie die Kombination zu der Tür gegeben. Joe hatte sich in dem Jadetresor umgesehen, allerdings ohne sonderlich großes Interesse zu zeigen. Geduldig hatte er Wens eifrigem Vortrag über die gesellschaftliche, politische, philosophische, religiöse und finanzielle Wichtigkeit des Steines des Himmels gelauscht. Dann war er jedoch zurückgegangen zu seinen Rassepferden und seinen Studien über die Geschichte und die Anwendung altertümlicher Kalligraphie.

Lianne hatte sich als ein wesentlich zufriedenstellenderer Diener vor dem Altar des Steines des Himmels herausgestellt. Vor sechzehn Jahren, als Wen befohlen hatte, daß das Hauptquartier des Tang-Konsortiums von Hongkong nach Vancouver verlegt werden sollte, hatte das Oberhaupt der Tangs entdeckt, daß Johnnys uneheliche Tochter ein instinktives, seltenes und tiefes Verständnis für Jade besaß. Seit den Tagen seiner Großmutter, die die treibende Kraft dahinter gewesen war, daß sein Großvater und auch sein Vater als Jadekenner weltweite Berühmtheit erlangten, hatte Wen ein solch angeborenes Geschick nicht mehr erlebt.

Als Wen schließlich alle Hoffnung aufgegeben hatte, einen seiner Söhne noch in der Liebe und den Überlieferungen der Jade zu unterrichten, und es auch bereits zu spät war, eine seiner Töchter dazu auszubilden, hatte er mit Liannes Ausbildung begonnen. Sie würde zwar niemals eine Tang sein, doch das bedeutete nicht, daß ihre Gabe für die Jade verschwendet werden mußte.

Dann war Daniel herangewachsen. Und auch wenn ihm Liannes erfahrenes Auge und ihr unheimlicher Instinkt für die Jade fehlten, besaß er doch einige andere wichtige Eigenschaften: er war ein Tang, er war ein Mann, und die Jade faszinierte auch ihn. In der Hoffnung, in seinem Enkel das zu finden, was er in einem seiner Söhne nie hatte finden können, hatte Wen im letzten Jahr sehr viel Zeit damit verbracht, sein Wissen an Daniel weiterzugeben.

Zu diesem Wissen gehörten auch die Kombinationen zu dem Tresorraum, alle, bis auf eine. Obwohl Daniel glaubte, daß es längst an der Zeit sei, die alten Zahlenschlösser zu ersetzen, so war er sich doch der Ehre, die sein Großvater ihm hatte zukommen lassen, voll bewußt. Falls Daniel sich wunderte, was hinter der verschlossenen Stahltür in der westlichen Seite des Tresorraumes lag, so hatte er diese Frage doch nie gestellt. Ganz gleich zu welcher Tages- oder Nachtzeit Wen den Wunsch verspürte, seine Schätze zu besuchen, Daniel ging ohne sich zu beklagen mit ihm in den Tresor, öffnete die vielen Kombinationsschlösser zu den verschiedenen Abteilungen und saß dann neben seinem Großvater, lauschte und lernte.

Wen wünschte sich, daß sein Sohn Nummer eins auch nur die Hälfte von Daniels Eifer zeigen würde. Es ärgerte ihn maßlos, die Kontrolle über das Schicksal der Tangs einem Sohn zu übergeben, der so wenig Ahnung von Jade hatte und noch weniger Liebe für sie verspürte. Doch langsam und unaufhaltsam hatte Wens zunehmende Zerbrechlichkeit ihn dazu gezwungen, einen Großteil seiner Verantwortung auf Joe zu übertragen.

Es fiel Wen nicht leicht, die Macht aus seinen alternden Händen zu geben. Er haßte es, jemand anderem die Kontrolle zu überlassen, besonders wenn es sich dabei um seinen ältesten Sohn handelte, in dessen Kopf es nur die Kalligraphie gab, und dessen Herz mehr für Rennpferde als für Jade schlug. Und Joe zeigte auch nicht den Wunsch, länger als ein paar Tage hintereinander auf ihrem Anwesen in Vancouver zu verbringen.

Seine gefühlsmäßige Vorliebe für Daniel brachte Wen allerdings nicht von seiner Pflicht gegenüber Joe ab, genausowenig, wie er sich damals nicht durch seine Gefühle davon hatte abbringen lassen, die plattfüßige Tochter eines reichen Händlers zu heiraten. Schönheit konnte man kaufen. Macht mußte man heiraten.

Auf jeden Fall verlangte es nicht nur die Sitte, daß Wens ältester Sohn das Kommando übernehmen mußte, er war auch von all seinen Söhnen derjenige, der am besten dazu geeignet war. Harry war zu rücksichtslos ehrgeizig, als daß es gut für die Familie gewesen wäre, und Johnny war vom Gefühl her viel zu sehr Amerikaner. Trotz seiner mangelnden Würdigung der Jade war Joe Wens größte Hoffnung, das Tang-Konsortium im einundzwanzigsten Jahrhundert zu neuen Höhen der Macht und des Prestiges zu führen.

Wen mußte nur noch durchhalten, bis die Segel von SunCo getrimmt worden waren und man die Tangs in Hongkong wieder willkommen hieß. Danach konnte er sich darauf verlassen, daß Joe den Rest gewissenhaft erledigte.

»Dieses letzte Schloß klemmt«, sagte Lianne, runzelte die Stirn und begann, die Kombination noch einmal von vorn einzustellen. »Hast du es einmal nachsehen lassen?«

»Daniel wird sich darum kümmern«, antwortete Wen und wandte sich zu dem Wandschirm aus Jade um. »Morgen, ja?«

»Jawohl, Großvater«, sagte Daniel, der auf der anderen Seite des Wandschirms stand.

Wen brummte zufrieden. Seine Augen gehorchten ihm vielleicht nicht mehr, aber er besaß noch immer die Fähigkeit, es zu fühlen, wenn jemand hinter ihm stand.

Schließlich gehorchte auch das letzte Schloß Liannes Fingern. Die Tür öffnete sich. Kühle, nach Weihrauch duftende Luft hüllte sie ein. Der Bereich gleich hinter der Tür des Tresores war einmal das Heim einer ganzen Familie gewesen. Jetzt war es ein zweistöckiger Tresor mit feuersicheren Stahlwänden, der angefüllt war mit speziell angefertigten Schubladen, Wandschränken, Vitrinen und Kisten. Dies war das Lager für den Stolz der Tangs, das Zentrum von Wengs persönlichem Reichtum und seiner Leidenschaft. Jade.

»Paß auf den Arbeitstisch auf«, warnte Lianne ihn und hielt Wen ein wenig zurück. »Er ist verstellt worden, seit ich das letzte Mal hier war.«

Wen brummte und ließ sich um den Tisch herumführen, den er selbst nicht mehr sehen konnte.

Mit einer Mischung aus Hoffnung und Furcht blickte Lianne zu der westlichen Ecke des Raumes hinüber, wo hinter einer weiteren, verschlossenen Tür der unbezahlbare Bestattungsanzug aus der Han-Dynastie verwahrt wurde. Solange Daniel in der Nähe war, konnte sie nichts über den Schatz der Tangs sagen, es sei denn, Wen würde sie darauf ansprechen. Und Wen hatte ihr deutlich gemacht, daß er das nicht wollte.

»Setz dich, Onkel«, sagte Lianne und führte den alten

Mann zu dem einzigen Stuhl in dem Tresorraum. Neben dem bequemen Stuhl stand ein kleiner Tisch. Auf ihm befand sich eine weiße Jadeschale, die kein besonderes Licht brauchte, um ihre Schönheit zu zeigen. Es war das Gegenstück, wenn nicht sogar ein noch besseres Exemplar jener Schale, die Dick Farmer so stolz auf der Auktion am vorherigen Abend gezeigt hatte. »Deine Lieblingsschale wartet schon auf dich.«

Wen lachte leise. »Wünschst du dir noch immer, daß sie ein Teil der Ausstellung der Jadehändler gewesen wäre?«

»Natürlich.«

»Nur ein Dummkopf stellt seinen Reichtum vor den neidischen Menschen aus.«

»Jawohl, Onkel.«

Dennoch wünschte sich Lianne, daß Wen erlaubt hätte, daß die Schale den Tresor verließ. Sie besaß eine makellose Form und eine einzigartige Schlichtheit. Es war die perfekte Verschmelzung von Kunst und Funktion, und sie hätte allen anderen Stücken die Show gestohlen.

Bis auf die Klinge aus der Jungsteinzeit. Auch in ihr zeigte sich die Verschmelzung von Kunst und Zweck, Zeremonie und Funktion in einem einzigen, glänzenden Ganzen. Und so war sie schon seit beinahe siebentausend Jahren gewesen, noch vor der Erschaffung der Schale aus der Ch'ing-Dynastie, die zu den Lieblingsstücken Wens gehörte.

Lianne warf einen schnellen Blick zu der Nordseite des Tresores hinüber, wo Wen seine Sammlung der Klingen aus der Jungsteinzeit aufbewahrte. So gerne sie sich auch davon überzeugt hätte, daß sie sich geirrt hatte, daß die kostbare Klinge sich also noch immer im Tresor der Tangs befand, so hatte sie doch keine Entschuldigung, zu dem vierten Schrank von rechts zu gehen, dort die fünfte Schublade von oben zu öffnen und hineinzusehen.

Während sie Wen half, auf dem Stuhl niederzusitzen, trug

Daniel einen Karton in den Tresorraum und stellte ihn auf den Tisch. Schnell nacheinander erschienen auch noch fünf andere Kartons, getragen von Dienern, die so leise wieder verschwanden, wie sie gekommen waren.

Doch Daniel ging nicht.

Ein einziger Blick in sein gutaussehendes, hartes Gesicht sagte Lianne, daß er auch nicht vorhatte, den Tresorraum wieder zu verlassen, solange sie sich noch dort aufhielt. Sie würde noch damit warten müssen, die Wahrheit über die Klinge aus der Jungsteinzeit – und über den Anzug aus Jade – herauszufinden. Mit einem innerlichen Fluch griff sie nach der ersten Kiste und öffnete sie vorsichtig. Sie enthielt den Schmuck aus burmesischer Jade, den sie am gestrigen Abend getragen hatte. Die Stücke gehörten in einen der Schränke, dessen Schubladen flach, schmal und mit Samt ausgeschlagen waren.

»Laß Daniel die Jade zurücklegen«, befahl Wen und winkte Lianne zu sich heran. »Bring mir… das Tang-Kamel. Es ist schon viel zu lange her, seit ich meinen alten Freund zuletzt in meiner Hand gehalten habe.«

Lianne warf Daniel rasch einen Blick zu. Er ignorierte sie jedoch, während er eine zweite Kiste auspackte, als wäre er ganz allein in dem Tresor.

Und dann sah er sie an. Die Gefühle, die in seinem Blick zum Ausdruck kamen, waren so feindselig, daß Lianne schnell einen Schritt zurücktrat, ehe sie sich fangen konnte.

»Mädchen«, sagte Wen mit seiner rauhen Stimme. »Hast du mich nicht gehört?«

»Jawohl, Onkel. Ich werde dir das Kamel bringen.«

Sie fühlte Daniels Verachtung bei jedem Schritt und fragte sich, was sie wohl getan haben mochte, um sie zu verdienen. Lianne ging zur östlichen Seite des Tresorraumes hinüber. Dort reichten die Schubladen vom Boden bis zur Decke. Sie ignorierte die Stufenleiter, stellte sich auf Zehenspitzen und griff nach oben, um jene Schublade zu öffnen, in der Wens kostbarste Stücke aus der Tang-Dynastie aufbewahrt wurden. Die Tiefe und Breite der Kamelsammlung war einzigartig, sogar in China.

Die Schublade öffnete sich leise. Daniel hätte ihr vermutlich liebend gern einen Jadedolch in den Rücken gerammt, doch Lianne mußte zugeben, daß er sich hervorragend um alles hier kümmerte. Wegen der Höhe war es ihr nicht möglich, in die Schublade hineinzusehen, deshalb tastete sie auf dem Boden der mit Seide ausgeschlagenen Schublade danach, wo sie das Jadekamel finden würde. Sie fand einige, doch keines von ihnen fühlte sich an wie das, nach dem sie suchte.

»Hast du das Kamel herausholen lassen, seit ich es dir zum letzten Mal gebracht habe?« fragte sie.

»Hast du mir denn nicht zugehört?« wollte Wen wissen. »Ich habe es nicht mehr in meinen Händen gehalten, seit du es dort vor vielen Wochen wieder hineingelegt hast.«

Daniel unterbrach seine Arbeit und starrte Lianne an. Obwohl er groß genug war, um die Schublade mühelos erreichen zu können, bot er ihr nicht seine Hilfe an. Er sah ihr nur zu, wie sie die Stufenleiter heranholte, drei Stufen hinaufkletterte und dann in die Schublade blickte.

Eine kostbare Sammlung handtellergroßer Skulpturen lag in der mit Seide ausgeschlagenen Schublade. Jedes Kamel war in Ruhestellung, um sich selbst herumgerollt, der lange, geschmeidige Hals zurückgebeugt, und der Kopf ruhte auf dem Körper. Die Jade reichte in der Farbe von cremefarben über ein blasses Gelbgrün, Spinatgrün bis hin zu Nerzbraun, manchmal sogar alles in einer Skulptur. Die Künstler hatten die Variation in den Farben benutzt, um Bewegung und Lebhaftigkeit auszudrücken. Die Tiere waren so kunstvoll gearbeitet, daß es aussah, als wären sie ganz entspannt und würden atmen, wenn das Licht darüberfiel.

»Da ist es«, sagte Lianne. »Jemand muß die Schublade zu schnell geschlossen haben, und es ist weggerutscht.«

»Bringe es, bringe es«, sagte Wen.

»Nur das eine?«

»Kannst du mich denn nicht hören?« murmelte Wen.

»Es ist schwer, unter so wundervollen Stücken zu wählen«, erklärte sie schwermütig und fuhr mit den Fingern über eines der anderen Kamele.

Es war aus einem Stück cremefarbener Jade geschnitzt, das kleine braune Adern durchzogen. Die Jade selbst besaß die einzigartige Fähigkeit leuchtender Durchsichtigkeit, dennoch war es irgendwie gelungen, die staubige Eintönigkeit der Wüsten Chinas einzufangen, wo Kamele die Träume der Menschheit auf ihrem Rücken trugen.

Lianne fuhr mit dem Finger über eines der cremefarbenen, gewundenen Beine des Kamels. Skulpturen aus der Tang-Dynastie waren rund geschnitzt, denn sie waren eher dazu geschaffen, in den Händen gehalten zu werden, als sie anzusehen. Wenn ihre Erinnerung sie nicht trog – und sie trog sie niemals –, so waren bei dieser Skulptur sogar die Zehen des Kamels ausgearbeitet worden. Das Resultat waren feine Noppen unter den Füßen, als wären sie von den vielen erschöpfenden Meilen mit dem Gepäck der Handelsgüter auf dem Rücken auf der sagenhaften Seidenstraße beinahe glatt geschliffen.

Lianne lächelte in der Erwartung, diese fast verborgenen Noppen der Zehen noch einmal zu fühlen, als sie mit den Fingerspitzen über die Füße des Kamels strich.

Doch sie fühlte nichts, nur eine glatte, ein wenig konkave Oberfläche.

Sie runzelte die Stirn und drehte das Kamel um. Alle vier Füße waren glatt, ganz ohne die kleinen Noppen, wo sich eigentlich die Zehen befinden sollten. Sie warf einen Blick in das ein wenig dunkle Innere der Schublade und suchte nach einer anderen blassen Skulptur eines Kamels mit braunen Adern.

Daniels Hand umfaßte die Seite des Kartons so fest, daß sie Spuren hinterließen. Mit zusammengezogenen Augen, von denen nur noch glänzende schwarze Schlitze zu sehen waren, beobachtete er sie, wie sie sich bückte, um noch tiefer in die Schublade hineinsehen zu können.

»Mädchen«, ermahnte Wen sie. »Du magst ja noch genug Zeit haben, aber ich habe den Großteil davon schon hinter mir gelassen. Bring mir bitte endlich das Kamel. Ich werde es in der Hand halten, während du mir von all der Herrlichkeit erzählst, die ich selbst ja nicht mehr sehen kann.«

Oder fühlen. Doch Wen war zu stolz, um das laut auszusprechen.

Mit einem Zögern, das nur Daniel sah, kletterte Lianne die Leiter hinunter, in der Hand die Skulptur, nach der Wen verlangt hatte. Doch es war nicht jene Skulptur. Nicht vollständig. Der Unterschied war so fein wie die Füße des Kamels. Sie bezweifelte, ob Wen dieser Unterschied überhaupt noch auffallen würde.

Sobald Lianne die Hand aus der Schublade nahm, fuhr Daniel fort, die Jade auszupacken. Dabei untersuchte er jedes Stück sehr sorgfältig. Sie zweifelte nicht daran, daß er nach Anzeichen dafür suchte, daß die Stücke sorglos behandelt worden waren. Doch sie war sich sicher, daß er nichts finden würde.

»Hier, Onkel Wen«, sagte Lianne.

Sie legte ihm die schimmernde braun und blaßgrüne Skulptur in die Hand und schloß dann seine knotigen Finger um die unveränderlichen, zeitlos anmutigen Rundungen des Kamels. Sie führte seine Hände, während sie laut die Jade beschrieb, doch erwähnte sie nicht ihr auffälligstes Merkmal, die Zehen, eine Kleinigkeit zwar nur, die es jedoch von der Mehrheit der Kamelskulpturen hervorhob.

»Der Stein ist von höchster Qualität. Sein Glanz ist sanft und ungetrübt, so glatt wie ein Lotusblatt. Die Höcker sind gelb, und die restliche Farbe ist die von üppiger, feuchter Erde. Die Schnitzerei ist vollkommen intakt. Auf dem linken Hinterfuß ist ein kleiner trüber Fleck. Die Arbeit besitzt eine Eleganz, die man in einer Jadeskulptur oft sucht und doch nur so selten findet.«

Während Liannes leise Stimme fortfuhr, die Jade zu beschreiben, und dabei die traditionelle chinesische Bewertungsmethode anwandte, die Sechs Beobachtungen genannt, saß Wen bewegungslos da und nickte nur ab und zu, wenn ihm eine Bemerkung, die sie gemacht hatte, besonders gefiel.

Auch Daniel lauschte. Seine Hände bewegten sich immer langsamer, während er die Jadeschätze auspackte und sie auf dem Arbeitstisch aufstellte. Von Zeit zu Zeit warf er einen schnellen Blick auf das kleine Kamel, das Wen in seinen knochigen Händen hielt, als wolle er Liannes Worte mit dem tatsächlichen Aussehen der Skulptur vergleichen. Während er im Tresor hin und her ging und die Exponate an ihren Platz zurücklegte, wünschte er bitterlich, daß er Wens Weisheit hätte erfahren dürfen, noch ehe seine Augen und seine Feinfühligkeit vom Alter getrübt worden waren. Statt dessen war sein kostbares Wissen an eine uneheliche Enkelin verschwendet worden.

»Ah, genauso ist es«, sagte Wen mit seiner dünnen Stimme zu Lianne und nickte. »Du bringst meine alten Augen wieder zum Leben.«

»Es ist nur eine Kleinigkeit für das, was du mir gegeben hast.«

Wen grinste und zeigte dabei seine gelben Zähne, die aber noch immer recht kräftig waren. »Lege das Kamel zurück und bringe mir etwas wirklich Altes, etwas, das so alt ist wie die Geschichte der Chinesen, älter noch, etwas...«

»Vergrabene Jade?« schlug Lianne vor.

»Ja. Größer als die Handfläche, aber nicht zu groß für meine alten Hände.«

»Eine Klinge«, schlug sie schnell vor. »Ich weiß auch schon genau, welche. Sie ist wundervoll.«

»Ah, die Klinge des Kaisers.« Wen nickte. »Bringe sie mir, damit ich ihre Herrlichkeit noch einmal fühlen kann.«

Schnell legte Lianne das Kamel mit den verdächtig glatten Füßen zurück und ging zur nördlichen Wand der Regale, die für die Klingen aus der Jungsteinzeit reserviert waren. Noch ehe sie die fünfte Schublade von oben öffnete, stand Daniel neben ihr und beobachtete sie argwöhnisch.

»Gehen Sie mir aus dem Weg«, bat sie ihn auf englisch und schob sich an ihm vorbei.

»Das Recht, sich hier aufzuhalten, liegt aber doch eher bei mir als bei Ihnen.«

»Machen Sie das mit Ihrem Großvater aus. Er ist derjenige, der hier die Befehle gibt, nicht Sie.«

Daniel verzog die vollen Lippen zu einem beleidigenden Lächeln, dann streckte er ihr den einen Mittelfinger entgegen. »Sie glauben, daß man Ihnen nichts anhaben kann. Aber ich weiß, wie verletzlich Sie sind, und ich weiß auch, warum.« Er deutete mit dem Handrücken zu der Schublade. »Nur zu, Sie dumme Schlange. Spielen Sie ruhig Ihre Scharade.«

Liannes Herz raste, und ihre Finger prickelten. Sie hätte ihrem Halbbruder das Lächeln am liebsten aus dem Gesicht gekratzt, aber sie hielt sich zurück. In der Vergangenheit hatte man sie schon mit wesentlich schlimmeren Namen bedacht, als ihre Schulfreundinnen nämlich von ihren Eltern erfahren hatten, daß Liannes Mutter die Hure eines verheirateten Mannes war.

»Solange Sie sich hinter der Festung Ihres Großvaters verstecken können, sind Sie sehr mutig«, erklärte Lianne mit ausdrucksloser Stimme. »Werden Sie endlich erwachsen, kleiner Junge. Gehen Sie hinaus in die wirkliche Welt, in eine Welt, die zwar keiner von uns geschaffen hat, in der wir aber trotzdem leben müssen.«

»Sie...«

»Gehen Sie mir aus den Augen«, unterbrach Lianne ihn mit nur mühsam beherrschter Stimme.

»Ich warte«, beklagte sich Wen.

Daniel warf seinem Großvater einen raschen Blick zu, dann gab er ihr den Weg frei.

Lianne beugte sich weit über die Schublade, um ihre zitternden Hände zu verbergen. Eine Sammlung außergewöhnlicher Klingen aus der Jungsteinzeit leuchtete ihr unter dem Deckenlicht entgegen. Ihr erster Gedanke war, wie begeistert Kyle wäre, wenn er diese Sammlung sehen könnte.

Dann schloß sich eine eisige Hand um ihr Herz. Die moosgrüne Klinge mit den feinen Flecken war nicht mehr da.

Lianne wirbelte herum und starrte direkt in Daniels mörderisch schwarze Augen, die denen ihres Vaters so entsetzlich ähnelten.

»Mädchen, warum bist du heute so langsam?« fragte Wen mit seiner rauhen Stimme. »Habe ich denn nicht ganz einfache Wünsche? Du kennst meine Lieblingsklinge. Bringe sie mir.«

»Ja«, flüsterte Daniel auf englisch. »Bringen Sie sie ihm, kleiner Bastard. Falls Sie das können.«

Ein eisiger Schauer kroch durch Liannes Körper. *Daniel wußte, daß die Klinge verschwunden war.*

Seine Hand schoß so schnell vor, daß sie zusammenzuckte und zur Seite auswich, weil sie befürchtete, daß er sie schlagen würde. Er griff in die Schublade und hielt dann plötzlich die Klinge in der Hand, als sei es eine wirkliche Waffe.

»Die dritte Klinge von links, zweite Reihe, das ist doch richtig, Großvater?« fragte er auf kantonesisch.

»Ja, ja. Hast du das vergessen, Lianne?«

Sie schüttelte den Kopf, doch dann erinnerte sie sich daran, daß Wen sie ja nicht mehr sehen konnte. »Nein, Onkel. Ich habe es nicht vergessen.«

Ihr Blick wanderte von der Schublade zu Daniels Hand. Er hatte die dritte Klinge von links aus der zweiten Reihe genommen, doch es war *nicht* die Klinge, die Lianne dort hingelegt hatte. Benommen trat sie vom Schrank zurück, während Daniel die falsche Klinge in Wens verkrüppelte Hände legte.

Lianne kannte diese Jadeklinge nicht, doch sie hatte die gleiche Größe und wahrscheinlich auch das gleiche Gewicht wie jene, die Kyle am gestrigen Abend gekauft hatte. Die Farbe der Klinge unterschied sich um eine oder zwei Schattierungen von dem feinen Grün der Klinge auf der Auktion. Sie war durchscheinend, doch besaß keinen besonderen Glanz. Die Flecken von der Vergrabung waren zwar da, doch ihre Anordnung schmeichelte nicht dem Auge des Betrachters. Die Arbeit war sauber und gewissenhaft ausgeführt. Was sie von der Oberfläche der Jade erkennen konnte, schien makellos, ganz ohne Risse, Rillen oder Absplitterungen, die die glatte Oberfläche des Steins unterbrachen.

»Ah«, sagte der alte Mann. »Glatt, weder warm noch kalt, seidig. Ein sauberes Gewicht. Ein weiterer, alter, alter Freund. Beschreibe sie für mich, Lianne.«

Lianne öffnete den Mund, doch sie konnte nicht sprechen. Die Klinge, die Wen in der Hand hielt, war ein gutes Stück, doch kein ausgezeichnetes, geschweige denn eine großartige Klinge.

Doch Wen konnte diesen Unterschied nicht mehr feststellen.

»Ich werde sie für dich beschreiben, Großvater«, sagte Daniel.

Mit einem triumphierenden Unterton in der Stimme begann er, von der Klinge zu erzählen, in uralten, beinahe schon poetischen Redewendungen. Wen nickte und murmelte zustimmend, als würde er sich mit einem alten Freund unterhalten.

Wenn Lianne die Augen schloß, konnte auch sie die Klinge sehen, die Daniel beschrieb. Es war die Klinge, die jetzt Kyle Donovan gehörte.

12

Kyle lief unruhig in dem kleinen Wartezimmer von Jade Statements, Liannes Firma, auf und ab. Sie hatte ihr Geschäft im Speicher eines dreistöckigen Hauses am Pioneer Square eingerichtet. Außer dem diskreten Schild in Chinesisch und Englisch an der Tür ganz oben am Ende der ausgetretenen Treppe gab es nichts, das auf eine Firma schließen ließ. Offensichtlich kamen die Kunden nur durch Mundpropaganda hierher.

Falls potentielle Kunden noch nicht von ihrem Talent wußten, so trug die Einrichtung des Warteraumes auch nicht dazu bei, die Unentschlossenen zu beeindrucken. An den Wänden hingen keine gerahmten Urkunden von Expertisen oder Plaketten, die von gewonnenen Preisen oder anderen Errungenschaften kündeten. Der Raum war sauber und in einem zurückhaltenden Pacific-Rim-Flair eingerichtet. Auf den kleinen Tischen lagen Kataloge von Sotheby's oder Auktionskataloge in Chinesisch und nicht jene Hochglanzbroschüren aus Hongkong, in denen über die Jadesammlungen berichtet wurde, die Lianne geschätzt oder gekauft oder verkauft hatte.

Doch wenn der gehetzte Herr am Empfang als Indiz gewertet werden durfte, so fehlte es der Firma Jade Statements nicht an Kunden. In den fünfzehn Minuten, in denen Kyle jetzt auf Lianne wartete, hatte das Telefon nicht aufgehört zu läuten. Die Gespräche wurden meistens in chinesischer Sprache geführt. Bei den wenigen Malen, in denen Englisch gesprochen wurde, ging es, soweit Kyle mithören konnte, um die Beschreibung von Jade und den wiederholten Versicherungen, daß die Eigentümerin der Firma nichts darüber wußte, daß das Grab des Jadekaisers gefunden worden sei.

Kyle warf einen Blick auf die Uhr. Schon sieben. Lianne hatte ihn gebeten, um halb sieben hier zu sein, um sie zu dem Abendessen im Penthouse der Donovans abzuholen. Er schob die Hände in die Taschen seiner dunklen Hose und drehte noch eine Runde in dem Warteraum. Nichts Neues. Er würde ihr noch drei Minuten geben, ehe er Archer eine Nachricht schickte.

Wieder läutete das Telefon. Der Herr am Empfang nahm den Hörer ab, schob die Brille auf der Nase zurecht und sprach auf englisch in den Hörer. Dann blickte er auf und winkte Kyle zu.

»Für Sie.«

Kyle durchmaß mit wenigen großen Schritten den Raum und nahm ihm den Hörer ab. »Ja?«

»Ist sie schon da?« fragte Archer.

»Nein. Es wäre besser, wenn du dich einmal mit Onkel Sam in Verbindung setzen würdest, um festzustellen, ob vielleicht etwas Unerwartetes passiert ist.«

»Das habe ich schon. Ihr Nummernschild erschien im Computer an der Schnelldurchfahrt der Grenze um drei Uhr achtundvierzig.«

Kyle dachte schnell nach, er kalkulierte die Entfernung und bezog auch die Tageszeit in seine Überlegungen mit ein.

»Wahrscheinlich steckt sie gerade mitten im dicksten Verkehr auf der I-5, nördlich der Ship-Canal-Brücke.«

»Das habe ich mir auch gedacht. Ich habe in der Wohnung angerufen und Bescheid gesagt, daß du etwas später kommst und ich dann wahrscheinlich noch ein wenig später.«

»Ich werde dir einen Knochen übriglassen, den kannst du dann abnagen.«

»Wenn das alles ist, was du mir übriglassen willst, dann bekommst du aber meine Faust zu schmecken.«

Lächelnd gab Kyle den Telefonhörer zurück, griff nach einem Auktionskatalog und blätterte ihn durch. Der Halsreif aus burmesischer Jade, der in dem Katalog gezeigt wurde, war wunderschön, er faszinierte einen mit seinem inneren Licht. Aber auch der Verkaufspreis war faszinierend: mehr als sieben Millionen Dollar. Burmesische Jade schien für jemanden, der in einer Kultur aufgewachsen war, die klare Juwelen bevorzugte, wie zum Beispiel Rubine, Smaragde, Saphire und Diamanten, überteuert. Doch für Asiaten gab es keinen Stein, der so kostbar war wie Jade.

Kyle blätterte die glänzenden Seiten des *Highly Important Jadeite Jewelry*-Kataloges um, ohne jedoch den Wunsch zu verspüren, auch nur eines der angebotenen Stücke zu besitzen. Für ihn kamen die Schönheit, der Wert und die Seltenheit aus der Geschichte. Der Rest war ganz einfach nur hübsch.

Die Tür hinter Kyle öffnete sich. Er brauchte sich gar nicht erst umzudrehen, um zu wissen, daß Lianne gerade den Raum betrat. Der reine Duft von Lilien, Regen und Frau hüllte ihn ein wie eine Liebkosung.

»Tut mir leid«, sagte sie angespannt. »Meine Verabredung hat etwas länger gedauert.«

»Kein Problem.« Kyles schneller Blick nahm die klaren Linien ihres Hosenanzuges in sich auf, die schlichte Klammer, mit der sie das Haar im Nacken zusammenhielt und die Anspannung, die um ihre Augen und ihren Mund herum lag. »Langer Tag?« fragte er.

»Sehr lang.«

»Wir können das Essen heute abend auch absagen.«

Einen Augenblick lang war Lianne in Versuchung. Sie fühlte noch immer den Schmerz von Daniels Verachtung. Doch noch viel schlimmer war die Furcht, die in ihr anwuchs, je länger sie über die Klinge aus der Jungsteinzeit, das blasse Kamel aus der Tang-Dynastie oder über den Bestattungsanzug aus Jade nachdachte. Sie war einige Stunden länger geblieben, als sie ursprünglich vorgehabt hatte, in der Hoffnung, noch einen schnellen Blick in den inneren Teil des Tresores und auf den Bestattungsanzug werfen zu können. Oder um zumindest die Schubladen öffnen zu können, um nachzusehen, ob sonst noch etwas fehlte oder durch mindere Qualität ersetzt worden war. Doch die Möglichkeit hatte sich ihr nicht geboten.

Immer wenn sie in die Nähe einer Schublade gekommen war, war Daniel wie ein Geier neben ihr aufgetaucht. Und so gern sie auch eine Inventur des Tresores gemacht hätte, so hatte sie jedoch kein Bedürfnis danach, einem Mann, der sie lediglich mit Haß und Verachtung in seinen schwarzen Augen anblickte, dafür Rechenschaft abzulegen. Und sie konnte auch den Raum mit dem Jadeanzug nicht öffnen, solange er dabei war.

Grimmig verbannte Lianne diese Gedanken, die sie ja doch nicht ändern konnte, aus ihrem Kopf und konzentrierte sich auf die Gegenwart. »Geben Sie mir nur eine Minute Zeit, um mein Haar zu kämmen und ein wenig Lippenstift aufzutragen, dann bin ich fertig.«

Zu Hause zu bleiben würde ihr auch nichts nützen. Während ihrer Fahrt von Vancouver nach Seattle hatte sie bereits über drei Stunden zum Nachdenken gehabt. Sehr viel Zeit.

Zuviel Zeit.

Je mehr sie darüber grübelte, desto sicherer war sie sich, daß etwas nicht stimmte. Und dann war da noch diese Furcht, die sie einfach nicht abstreiten oder ignorieren konnte, denn entweder machte Daniel sie tatsächlich für die fehlende Jade verantwortlich, oder er beabsichtigte zumindest, die Schuld dafür auf sie abzuwälzen.

Liannes Magen verkrampfte sich, während sie gegen die Anspannung und die Übelkeit ankämpfte, die sich aber nicht so leicht vertreiben ließen. Sie hatte ihr ganzes Leben daran gearbeitet, die Familie Tang von ihrem Wert zu überzeugen. Und jetzt behandelte man sie wie einen Dieb.

Kleiner Bastard.

Kyle sah, wie sich die angespannten Linien um Liannes Mund noch vertieften und wie sie die Lippen zusammenpreßte. Sie war blaß, ihre Haut schimmerte beinahe wächsern. Wenn sie nicht gerade ihren schwarzen Aktenkoffer umklammerte, zitterten ihre Finger.

»Lianne?« fragte er und legte ihr eine Hand auf die Schulter.

Sie zuckte zusammen.

»Warum gehen wir nicht einfach ins Rain Lotus und essen in aller Ruhe etwas?« fragte er. »Sie sehen ehrlich gesagt nicht so aus, als könnten Sie es heute abend mit der Donovan-Familie aufnehmen.«

Liannes Nasenflügel bebten, als sie schnell und tief Luft holte und das eiserne Band, das ihre Lungen einzuschnüren drohte, zu lockern versuchte. »Nein. Ich hatte genügend Ruhe auf dem Weg von Vancouver.« Und die hatte ihr nicht gutgetan. Sie wandte sich an ihren Angestellten. »Gibt es etwas, das nicht warten kann, Fred?«

»Mrs. Wong möchte wissen, wann Sie Zeit haben, die Sammlung ihres Vaters für die Versicherung zu schätzen.«

»Sie haben doch meinen Kalender. Geben Sie ihr einen Termin.«

»Das ist ja gerade das Problem. Mr. Han…«

»Nicht schon wieder«, murmelte Lianne.

»… hat seine Sammlung durchgesehen und die Stücke mitgebracht, die er verkaufen möchte. Mr. Harold Tang, äh, bittet darum…«

»Bittet? Harry?« unterbrach sie ihn. »Das wäre das erstemal.«

»Jawohl.« Fred seufzte. Sein dünnes weißes Haar stand in deutlichem Kontrast zu seinem glatten Gesicht. In seiner Akte stand, daß er fünfundfünfzig war, doch sein Gesicht wirkte um mindestens zehn Jahre jünger. Seine Augen wiederum schienen wesentlich älter. Er war ein Vermittler für die amerikanische Regierung in Taiwan gewesen, bis er seine zwanzig Jahre abgedient und sich entschieden hatte, daß es im Leben noch mehr gab als nur Bürokratie. »Allerdings sind die Tangs Ihre besten Kunden, und das wissen sie auch. Mr. Tang möchte, daß Sie so bald wie möglich die Han-Jade abholen. Der Jadehändler hat die Stücke vorbereitet, die er gerne gegen einen Teil von Mr. Hans Sammlung abstoßen möchte. Sie werden Ihnen gebracht werden.«

»Abstoßen?« fragte Kyle. »Nennt man das jetzt so?«

»So sprechen nur die Museumstypen, die etwas Schwierigkeiten mit der Wahrheit haben«, sagte Lianne.

»Und die wäre?«

»Einige Anschaffungen sind auf Zeit gesehen nicht so gut. Oder vielleicht findet man ein besseres Stück und möchte nicht beide behalten. Dann behält man das bessere Stück und…«

»Stößt das schlechtere Stück ab«, beendete Kyle den Satz.

»Ja.«

»Verkaufen wäre doch wohl ein besserer Ausdruck dafür«, schlug Kyle vor.

Lianne lächelte zum erstenmal wieder, seit sie das Anwesen der Tangs verlassen hatte. »Deshalb wird es unter diesen Gegebenheiten ja auch nicht benutzt. Je wichtiger ein Wort klingt, desto wichtiger ist auch das Objekt, um das es sich handelt, und um so höher ist natürlich der Preis.«

»Schrott klingt doch sehr unwichtig, nicht wahr?«

»In meinem Geschäft schon.« Liannes Lächeln wurde zu einem Lachen. Sie verspürte den Wunsch, Kyle einfach in den Arm zu nehmen, und das aus keinem anderen Grund, als daß sie sich freute, ihn zu sehen. Auch er sah sie voller Bewunderung an.

Fred räusperte sich und blickte von dem Kalender auf, den er gerade geöffnet hatte. »Mr. Tang ist, äh...«

»Er ist Ihnen auf den Wecker gegangen?« schlug Kyle vor.

Der Mann versuchte, sich das Lächeln zu verkneifen. »Das dürfen Sie sagen. Ich darf das nicht.« Er sah seine Chefin an. »Mr. Han erwartet Sie morgen um sechs Uhr.«

»Am Morgen?« fragte Lianne erschrocken.

»Am Abend.«

»Aber die Fähre fährt doch nicht mehr nach...«

»Es sind Vorkehrungen getroffen worden, damit Sie über Nacht bleiben können«, erklärte Fred ihr schnell. »Sie sollen die Fähre zur Orcas-Insel nehmen. Ein Boot vom Institut wird Sie dort abholen, Sie zum Institut bringen und am Morgen auch wieder zurückfahren.«

Liannes Belustigung verschwand. Sie fühlte die Erinnerung an Sengs gierige Blicke wie Insekten auf ihrer Haut kribbeln. »Nein.«

»Mr. Tang hat gesagt, es sei lebenswichtig, zu...«, begann Fred.

»Nein«, unterbrach sie ihn mit ausdrucksloser Stimme. »Treffen Sie eine andere Verabredung, eine, die mir erlaubt, zum Abendessen wieder zu Hause zu sein.«

»Das habe ich versucht, aber Mr. Hans Terminplan ist restlos ausgefüllt.« Fred öffnete einen Stenoblock und sah sich seine Notizen an, die aus einer Mischung zwischen chinesischen Ideographen und westlicher Schrift bestanden. »Er fährt übermorgen nach China und hat morgen Besprechungen von fünf Uhr bis acht Uhr. Er wird versuchen, Sie schon früher empfangen zu können, doch er vertraut auf Ihre Fähigkeit, die Tang-Jade auch ohne ihn abzuliefern, genauso wie er darauf vertraut, daß Mr. Wen Zhi Tang die dem Handel angemessenen Stücke auswählen wird.«

Lianne schloß die Augen und dachte darüber nach, was Fred ihr gerade gesagt hatte. Offensichtlich umgingen Harry und Seng das Problem von Steuern, Geldtransfer, Währungsverlust und ähnlichem, indem sie Jade gegen Jade tauschten. Das war kein ungewöhnliches Geschäft. Händler taten so etwas immer wieder. Es wurde hin- und hergehandelt, und nichts davon unterlag der Steuer.

Doch was noch viel wichtiger war, wenn Seng in Besprechungen steckte, würde er zumindest nicht hinter ihr her sein wie ein rolliger Kater.

Selbst noch während Lianne sich einzureden versuchte, daß Sengs überhebliches Benehmen nicht zwangsläufig bedeuten mußte, daß er mit dem Gedanken an ein wenig erzwungenen Sex spielte, so wußte sie doch, daß sie mit ihm einfach nicht allein sein wollte. Punkt.

»Auf welcher Insel ist Seng?« fragte Kyle.

»Sie wurde früher Barren-Insel genannt«, erklärte Lianne. »Jetzt heißt sie Farmer.«

Kyle kannte die Insel. Sie war in der Nähe der Jade-Insel, wo er manchmal kampiert hatte und wo er schon fast umgekommen wäre. »Sie werden also ein Gast des Farmer-Instituts für asiatische Kommunikation sein?«

»Ja. Woher wissen Sie das?«

»Das ist nicht schwer. Seng gehört zu den Kapitalisten in Festlandchina mit den besten Kontakten. Farmer ist ein Multimilliardär, der förmlich danach giert, auch auf jenem Markt Fuß zu fassen, der immerhin ein Viertel der Weltbevölkerung umfaßt.«

»Und wie steht es mit Donovan International?« fragte Lianne. »Giert man nicht auch dort danach, ein Stück vom chinesischen Markt zu erobern?«

»Wir sind interessiert daran, doch wir gieren nicht danach. Wir verkaufen nicht Elektronik im großen Stil, so wie Farmer das tut. Wie wäre es denn, wenn ich mit Ihnen käme?«

Sie blinzelte. »Sie möchten wohl sehen, welche Jade Seng abstoßen will?«

»Ich sterbe förmlich dafür«, antwortete er lakonisch. »Wir können am Dock des Instituts festmachen, Sie können dann Ihre Sache mit der Jade erledigen, während ich Ihnen zusehe, zuhöre und lerne, und danach fahren wir wieder zurück.«

»Ohne Fähre?«

»Ich habe ein Boot.«

»Oh.« Lianne dachte darüber nach und begann dann, mit einer Mischung aus Erleichterung und Bosheit zu lächeln. Die Erleichterung rührte daher, daß sie Harry zufriedenstellen konnte, und zwar in einer Zeit, in der sie fürchtete, allen guten Willen der Tangs brauchen zu können, den sie nur bekommen konnte. Die Bosheit kam bei dem Gedanken an Sengs Enttäuschung auf, wenn sie seine Jade geschätzt hatte und dann an Kyle Donovans Arm wieder in der Dunkelheit verschwand. »Das übersteigt aber sogar die Pflichten eines ausgestopften Elefanten.«

»Ich nehme eben jede Möglichkeit wahr, an Bord der *Tomorrow*« zu kommen.«

»Ist das der Name Ihres Bootes, *Tomorrow?*«

»Ich habe es so genannt, weil ich leider nie die Zeit zum Angeln finde, außer vielleicht...«

»*Tomorrow*, also morgen«, unterbrach Lianne ihn mit einem Lächeln.

»Ja. Und dann habe ich vor ein paar Monaten begriffen, daß dieses Morgen niemals kommen wird, wenn ich nicht schon heute die Pläne dafür mache.«

»Sind Sie sicher, daß es Ihnen nicht zuviel Mühe macht, wenn wir Ihr Boot nehmen?«

»Zur Farmer-Insel? Teufel, nein. Ich werde mir mal den Gezeitenplan ansehen müssen, aber wenn wir früh genug losfahren, könnten wir auf dem Weg vielleicht noch einen Fisch für das Abendessen fangen.«

Das plötzliche Leuchten in Kyles Augen ließ ihn wesentlich jünger als einunddreißig erscheinen.

»Sie fangen den Fisch, und ich koche ihn«, stimmte ihm Lianne zu.

»Und wer putzt ihn?«

»Wie wäre es, wenn wir doch lieber Essen gehen?«

Er lachte leise. »Gehen Sie und legen Sie Ihren Lippenstift auf. Wir können uns ja auf dem Weg darüber streiten.«

Sobald Lianne die Tür zu ihrem Büro hinter sich geschlossen hatte, wandte Kyle sich zu Fred.

»Bestätigen Sie, daß Lianne morgen um sechs auf der Farmer-Insel sein wird«, wies er ihn an. »Aber kein Wort von mir, meinem Boot oder darüber, daß sie nicht die Nacht über bleibt.«

Fred wollte fragen, warum, doch dann entschied er, daß ihn das nichts anging, und griff zum Telefonhörer.

»Warten Sie«, sagte Lianne, als Kyle die Hand nach der Türklinke der Wohnung der Donovans ausstreckte. »Ich sehe schrecklich aus.«

»Hören Sie auf, so ein Theater zu machen«, widersprach er, als sie über ihre Hose strich und an ihrer Jacke zog, in dem vergeblichen Versuch, die Falten zu glätten. »Sie sehen großartig aus.«

»Oh, wundervoll«, murmelte sie. »Man würde niemals vermuten, daß ich jetzt schon zwölf Stunden in dieser Kleidung herumgelaufen bin und sieben Stunden davon auch noch im Auto gesessen habe.«

Kyle ignorierte ihre Klagen und stieß die Tür auf. »Susa wird wahrscheinlich mit Farbe beschmierte Jeans tragen und eines von Archers alten Sweatshirts.«

»Susa ist noch gar nicht hier«, sagte Honor, machte die Tür weit auf und nahm Kyle in den Arm. »Wenn du nicht aufhörst, von Mal zu Mal besser auszusehen, dann muß ich dir noch einen Wachhund kaufen.«

»Du sprichst wohl von Archer«, entgegnete Kyle und drückte seine Schwester an sich. »Er ist derjenige, der einen Wachhund braucht, um ihn vor den Frauen zu beschützen.«

Lianne betrachtete die große schlanke Frau, die die gleichen ungewöhnlichen Augen hatte wie Kyle und ein Lächeln, das eine ganze Höhle erhellen könnte. Sie trug einen dicken, weichen, salbeigrünen Pullover, den gleichen, den auch Kyle trug, sogar in der gleichen Größe. Doch ihre schwarze Hose lag eng an, wie eine zweite Haut, und zeigte ihre langen, langen Beine unter dem weiten Pullover. Kyle war der Pullover nicht zu groß, doch seine Schultern waren auch anderthalb mal so breit wie die von Honor.

»Lianne Blakely, Honor Donov... hoppla, Mallory. Ich kann mich so schwer an den neuen Namen gewöhnen.«

»Hallo, Lianne«, begrüßte Honor sie. »Der Name ist gar nicht mehr neu, Kyle ist nur schrecklich langsam.«

»Nach dreißig Jahren sind sechs Monate sehr wohl noch

neu«, gab Kyle zurück. »Wann machst du mich denn endlich zum Onkel?«

»Wenn du unbedingt Kinder willst, die du verwöhnen kannst, dann gehe das Problem doch einmal auf die ganz altmodische Art an«, gab Honor zurück. »Kommen Sie rein, Lianne. Willkommen im Zoo der Donovans.« Sie wandte sich wieder an ihren Bruder, der die Tür hinter ihnen schloß. »Susa und der Donovan haben gerade angerufen, ehe Archer anrief. Er ist aufgehalten worden durch ein Problem mit dem Geldwechseln – Dad, nicht Archer –, und Susa hat sich gelangweilt und hat damit begonnen, den Sonnenuntergang im Nebel zu malen und...«

»Sie kommen später«, beendete Kyle den Satz für sie.

»Was habe ich ihnen denn zu ihrem Hochzeitstag gekauft?«

»Gute Frage« sagte Honor mit großen Augen. »Was hast du ihnen denn gekauft?«

Bei dem entsetzten Blick in Kyles Gesicht mußte Lianne laut auflachen, doch dann legte sie ihm schnell mitleidig eine Hand auf den Arm. »Ihre Schwester macht sich doch nur über Sie lustig.«

»Nein!« rief Kyle in gespieltem Entsetzen. »Wie haben Sie erraten, daß sie meine Schwester ist?«

»Sie tragen den gleichen Pullover, und auch Ihre Augen sind die gleichen. Nur daß die von Ihrer Schwester einfach wunderschön aussehen.«

Honor lachte leise. »Ich denke, sie hat es dir gesagt. Ich habe diesen Pullover aus Justins Schrank gestohlen. Kyle muß seinen wohl aus Lawes Schrank geklaut haben. Die beiden sind Zwillinge. Justin und Lawe. Kyle ist einzigartig, Gott sei Dank.«

»Geklaut? Ich habe ihn mir nur ausgeliehen«, verteidigte sich Kyle. »Ich habe eben nicht damit gerechnet, daß ich gleich mehrere Tage in Seattle bleiben muß. Außerdem sind

Justin und Lawe in Südamerika. Sie werden also gar nicht merken, daß wir ihre Pullover geborgt haben, es sei denn, du erzählst es ihnen.«

»Wenn du nichts sagst, sag ich auch nichts«, versprach Honor. Sie grinste Lianne an. »Kommen Sie rein und begrüßen Sie meinen Mann. Jake, wo bist du?«

»Ich mariniere gerade den Lachs«, rief eine tiefe Stimme aus dem hinteren Teil der Wohnung. »Ich könnte jemanden gebrauchen, der die Kräuter hackt.«

»Wir sind schon unterwegs«, beruhigte Honor ihn.

»Lachs.« Lianne seufzte und leckte sich unbewußt über die Lippen. Nach einem schnellen Blick auf die Landschaften, die sie heimlich riefen, folgte sie Honor höflich in die riesige Küche der Wohnung. Aus schlichter Höflichkeit wurde jedoch Begeisterung, als sie tief den Duft des Essens einatmete, das gerade frisch zubereitet wurde. »Ich bin im Himmel.«

»Das ist nicht sehr wahrscheinlich«, widersprach Jake und blickte von der Zitrone auf, die er gerade ausdrückte. »Zu viele Donovans.«

»Nur einer«, widersprach Kyle. »Ich.«

»Das Plädoyer der Anklage ist hiermit abgeschlossen«, beendete Jake die Diskussion. Er lächelte Lianne an. »Sie müssen Miss Blakely sein. Ich bin Jake Mallory.«

»Hi. Ich bin Lianne.« Sie lächelte den großen dunklen Mann an, in dessen Händen die Zitronen so klein aussahen. »Wo sind die Kräuter?«

»In der Vase.« Mit dem Kinn deutete er zur Anrichte hinüber.

»Messer?«

»Hinter mir, in der rechten Schublade der Kochinsel.«

»Gehackte Kräuter sind schon auf dem Weg.« Lianne öffnete die Schublade und holte ein scharfes Küchenmesser heraus.

Honor und Kyle beobachteten fasziniert, wie Lianne mit schnellen und geschickten Bewegungen des Messers die Kräuter zu duftenden grünen Flocken schnitt.

»Donnerwetter«, murmelte Kyle und wandte sich zu Honor. »Erinnere mich daran, daß ich mich ihr niemals in den Weg stelle.«

Mit einer schwungvollen Bewegung des Messers schob Lianne die gehackten Kräuter auf die Schneide des Messers und wandte sich zu Jake um. »Wo möchten Sie die Kräuter haben?«

»Sie sind ja besser als ein Kochkünstler.« Jake lächelte und nahm die Hände von dem Fisch, den er gerade in die Pfanne gelegt hatte. »Hier, geben Sie sie über den Fisch.«

Lianne beugte sich über die flache Pfanne, in der lange, rote Filets lagen, die mindestens fünf Zentimeter dick waren. Sie atmete erst vorsichtig und dann noch einmal tiefer den Duft ein. Sie roch nichts, nur ein vager Geruch nach Kälte und Salzwasser stieg ihr in die Nase. Genauso sollte frischer Fisch riechen, doch das war eher die Ausnahme.

»Phantastisch«, sagte sie voller Ehrfurcht. »Woher bekommen Sie so frischen Fisch? Selbst der Even-Pike-Place-Market ist nicht so gut.«

»Den habe ich heute morgen selbst gefangen«, erklärte Jake.

Sie blickte in seine blaugrauen Augen und erkannte, daß er keinen Spaß machte. »Sind Sie Berufsfischer?«

»Nein. Ich angle nur, wenn meinem Bauch danach ist. Und diesen hier hat Honor gefangen.«

»Wo?« wollte Kyle sofort wissen.

»Vor Fidalgo Head«, erklärte ihm Honor. »Die ganzen achtzehn Pfund.«

»Schwarzmaul?« fragte Kyle.

Honor nickte. »Eine wirkliche Schönheit. Wild und lebendig. Und seine Zähne haben meinen Finger erwischt, als ich den Haken gelöst habe.« Sie zeigte eine Schramme an ihrem rechten Zeigefinger. »Aber ich denke, er hatte ja auch ein wenig von meinem Blut verdient. Immerhin werden wir ihn gleich essen. Du hättest ihn sehen sollen«, sagte sie, und ihr Gesicht begann vor Aufregung zu strahlen. »Er traf den Köder wie ein Zug und dann...«

»Meine Frau haßt es zu angeln«, unterbrach Jake sie mit gespielt ausdruckslosem Gesicht. »Sie sollten sie danach fragen.«

»Das merke ich.« Lianne verbarg ihr Lächeln »Ich habe auch einmal einen Lachs gefangen. Einen kleinen. Aber er hat so gut geschmeckt, daß ich das nie wieder vergessen habe.«

»Dieser hier wird Ihnen noch besser schmecken«, versicherte ihr Honor zuversichtlich. »Niemand kann Lachs so zubereiten wie Jake. Und ehe ich ihn kennengelernt habe, habe ich es wirklich gehaßt zu angeln.«

»Das habe ich schon immer wissen wollen«, fragte Kyle und wandte sich zu seinem Schwager um. »Wie hast du sie nur davon überzeugt, daß Angeln gar nicht schleimig, angsteinflößend oder abstoßend ist?«

»Das war gar kein Problem. Sie durfte meine Rute benutzen.«

Für einen Augenblick herrschte Schweigen, dann begann Kyle zu kichern.

Eine heiße Röte war Honor ins Gesicht gestiegen. Sie versuchte, nicht zu lachen, doch schließlich konnte sie sich nicht mehr zurückhalten. Sie gab Jake einen Stoß gegen die Schulter, der aber zu einer Liebkosung wurde, als er seinen Arm erreichte. Jake wiederum drückte ihre Finger mit seiner von der Zitrone noch feuchten Hand, und ein Grinsen verzauberte sein markantes Gesicht.

Lianne lächelte ein wenig wehmütig, dann streute sie die

frischen Kräuter über die Filets. Als sie den Kontrast der lebhaft grünen Kräuter auf dem orangeroten Fisch betrachtete, dachte sie an ihre Jahre mit Lee. Mit ihm hatte es diese Art von sexy Neckereien und freundlicher Kameradschaft nie gegeben. Vielleicht lag es ja an den unterschiedlichen Kulturen, aus denen sie kamen. Vielleicht lag es auch an ihren Persönlichkeiten. Aber was auch immer der Grund dafür war, der Unterschied war nicht zu übersehen.

Die Eingangstür der Wohnung öffnete sich.

»Archer?« rief Kyle und ging zur Küchentür. Er wollte unbedingt wissen, ob jemand Lianne gefolgt war. Und wenn es so war, dann wollte er wissen, für wen derjenige arbeitete.

»Nein«, hörten sie eine Frauenstimme. »Es sind Faith und Tony.«

Lianne fragte sich, ob Honor und Jake wohl bemerkt hatten, daß Kyles Gesicht sich einen Augenblick lang verhärtet hatte. Lianne war es jedenfalls nicht entgangen.

»Faith ist meine Zwillingsschwester«, erklärte Honor Lianne, während sie in das Wohnzimmer ging. Ihr Lächeln war ein wenig zu breit, um echt zu sein.

Kyle und Jake warfen einander einen schnellen Blick zu, doch keiner von ihnen sagte ein Wort.

»Hey, es ist deine großartige Schwester«, hörten sie jetzt auch eine Männerstimme. »Gut, daß du schon vergeben bist, Baby. Ich liebe die Art, wie du diesen Pullover ausfüllst.«

Was auch immer Honor darauf antwortete, in der Küche konnte man es nicht hören.

»Träufeln Sie ein wenig Olivenöl darüber«, bat Jake Lianne. »Ich sorge besser dafür, daß Faith und Honor nicht auf dem Weg zwischen Haustür und Küche noch in Schwierigkeiten geraten.«

»Die beiden sind wie zwei Hundebabys«, erklärte Kyle.

»Der Unsinn, der der einen nicht einfällt, auf den kommt die andere.«

Lianne zog ihre seidigen schwarzen Augenbrauen hoch. »Ich nehme an, Sie und Ihre Brüder haben einander wohl nie in Schwierigkeiten gebracht?«

Er bedachte sie mit einem unschuldigen Blick aus seinen goldgrünen Augen. »Ich? Schwierigkeiten? Ich war der Ministrant des Jahres.«

»Ich wäre beeindruckt, wenn ich Ihnen glauben könnte.«

Honor kam Arm in Arm mit ihrer Schwester in die Küche. Honor hatte sonnengebleichtes kastanienbraunes Haar, das von Faith war goldblond. Honor war ein paar Zentimeter größer und etwas üppiger gebaut. Faith war schlank wie eine Weide. Honors Augen hatten die gleiche ungewöhnliche Farbe wie die von Kyle. Faith' Augen hatten die Farbe des Nebels, wenn er beginnt, sich aufzulösen in einen klaren Himmel – sie waren Silber mit einem Hauch von Blau. Beide Schwestern besaßen hochstehende Wangenknochen, ein störrisches Kinn, ein Lächeln, das jeden Raum erhellen konnte und einen lässigen, langbeinigen Gang.

Der Mann, der neben Jake das Zimmer betrat, war ein großer, braunäugiger Blonder, der aussah, als würde er nur so zum Spaß Häuser aus Ziegeln stemmen. Er war größer als Kyle und sogar noch größer als Jake. Tony war im College Angreifer beim Football gewesen und in der dritten Runde zu den Profis zugelassen worden. Dann hatte er seinen Fuß falsch aufgesetzt und jeden einzelnen Knochen in seinem rechten Knöchel gebrochen. Ein Orthopäde hatte zwar alles wieder mit Titanschrauben und Nägeln zusammengeflickt, doch Tonys Karriere als Footballer war vorüber gewesen. Doch hatte er sich den gleichen Knöchel noch einmal brechen müssen, noch einmal eine Operation über sich ergehen lassen müssen, war drei Monate auf Krücken gelaufen und hatte sechs Monate lang Schmerztabletten geschluckt, ehe er das endlich begriffen hatte, seine Träume vom Spielfeld schließlich begrub und einen Job in der PR-Firma seines Vaters angenommen hatte.

»So ist es recht. Kyle, schlag ein. Wie steht es mit den Sea Hawks?« fragte Tony triumphierend.

Kyle, Jake und alle anderen sahen ihn verständnislos an. Bis auf Faith. Die Footballsaison war doch längst vorüber.

»Was für ein Spiel!« sagte Tony. »Sie haben es in der vierten rausgeholt, mit dem gleichen Muster, nach dem ich auch immer gelaufen bin, als ich noch Profi war.«

»Was für ein Spiel?« fragte Kyle.

»Das von gestern abend, auf dem Sportkanal. Sie haben das ganze Spiel vom Trainer der Sea Hawks kommentieren lassen.«

»Ich habe die Wiederholung nicht gesehen«, sagte Kyle. »Lianne, das ist...«

»Du hast es verpaßt?« fragte Tony ungläubig. Doch dann lächelte er. »Ach, ja, ich vergesse immer wieder, daß du im College ja nicht gespielt hast, so ein großer Kerl wie du. Was hast du denn gemacht? Golf gespielt?«

»Synchronschwimmen.«

Honors Lächeln verschwand.

Faiths Lächeln wurde nur noch entschlossener.

Kyle riß sich zusammen. Faith trug einen Diamanten in der Größe von Wisconsin an ihrer linken Hand. Oder in diesem Augenblick wohl eher an ihrer linken Faust. Kyle scherte sich den Teufel darum, was Tony dachte, doch er liebte seine kleine Schwester.

»Lianne Blakely«, sagte Kyle schließlich und zeigte seine strahlend weißen Zähne, »das sind meine Schwester Faith und ihr Verlobter, Tony Kerrigan.«

Lianne lächelte, wechselte das Küchenmesser in die linke

Hand und reichte Faith die rechte. Tony pfiff anerkennend durch die Zähne, ergriff Liannes Hand, noch ehe Faith das tun konnte, und blickte dann zu Kyle.

»Du hast mir etwas vorenthalten, Kumpel«, sagte Tony. »Wo hast du denn diese exotische Nummer aufgegabelt?«

»Eigentlich«, entgegnete Lianne und zwang sich zu einem höflichen Lächeln, »habe ich ihn aufgegabelt.« Sie entzog ihm wieder ihre Hand und reichte sie Faith. »Hi, Faith. Nett, Sie kennenzulernen.«

»Ganz meinerseits.« Faith lächelte mit einer Mischung aus Erleichterung und natürlicher Freundlichkeit, als sie Lianne die Hand schüttelte. »Wie haben Sie Kyle denn aufgegabelt?«

»Mit einem Kran.«

Die Ängstlichkeit in Faith' Blick wich, und sie lachte laut auf. Auch ihre linke Hand entspannte sich. Die Bewegung ließ den Diamanten in allen Farben aufleuchten.

Selbst als Kyle sich einzureden versuchte, daß es das beste war, den Dingen einfach ihren Lauf zu lassen, und daß Faith ihre Wahl sowieso schon getroffen hatte, überlegte er dennoch, mit welchem Kredit dieser Felsbrocken wohl gekauft worden war – mit dem von Faith oder dem von Tony. Tony hätte diesen Stein sonst nur kaufen können, wenn er Glück beim Wetten gehabt hätte.

Honor brauchte keine Wetterkarte, um zu wissen, daß sich gerade Sturmwolken zusammenbrauten. Mit der Leichtigkeit einer Schwester, die es gewöhnt ist, mit den unvorhersagbaren Stimmungen ihrer älteren Brüder umzugehen, wies sie Jake an, den Grill aufzubauen, und hörte Tony zu, wie er von den herrlichen Tagen als Footballprofi schwärmte. Kyle wurde dazu verdammt, die Holzkohle aus der Garage zu holen.

Das Läuten des Telefons war kaum zu hören bei dem Gelächter, als Susa ihnen erzählte, wie sie ihren Mann dazu überredet hatte, ihr Modell zu sitzen und dann schließlich mehr Farbe auf sich selbst gehabt hatte als auf der Leinwand.

»An diesem Abend wurden Faith und Honor gezeugt«, erklärte Archer trocken und griff nach dem Hörer. »Das erklärt ihre künstlerischen Fähigkeiten.«

Der Donovan lächelte, zog Susas Hand an seine Lippen und kitzelte ihre Handfläche mit seinem Schnurrbart. Oder vielleicht auch mit seiner Zunge. Lianne war sich da nicht so sicher. Sie wußte nur, daß Susa lachte und ihren Mann mit einem liebevollen Blick aus ihren nußbraunen Augen anblickte.

»Sie kommt gleich runter«, sagte Archer und legte den Hörer wieder auf. Er blickte zu Lianne. »Ihr Taxi ist hier.«

»Das ging aber schnell.«

»Zwanzig Minuten finden Sie schnell?« fragte Archer.

»So lange war das? Mir kam es bloß vor wie zwei oder drei Minuten.« Sie sah zu Kyle hinüber, der neben ihr saß, die langen Beine ausgestreckt hatte, und dessen Körper angenehm warm ihre Hüfte und ihren Oberschenkel berührte. Mehr als warm. Es brannte. Sie war sich noch nie zuvor in ihrem Leben eines Mannes körperlich so bewußt gewesen. Als er sich bewegte, um aufzustehen, legte sie ihm die Hand auf den Oberschenkel. »Sie brauchen nicht aufzustehen. Genießen Sie das Zusammensein mit Ihrer Familie.«

»Die werden schon noch hier sein, wenn ich zurückkomme. Da Sie sich schon nicht von mir nach Hause fahren lassen wollen, ist das mindeste, was ich tun kann, Sie sicher zu Ihrem Taxi zu bringen.«

Seine Muskeln bewegten sich unter ihrer Handfläche, als er aufstand und sie mit sich hochzog. Mit dem Arm um ihre Taille wartete er, während sie sich von den anderen verabschiedete. Er war der einzige, der bemerkte, wie Archers Augen sich verschmälerten, als Honor und Faith sie in den

Arm nahmen und drückten, als wollten sie damit sagen, sie möge doch bald wiederkommen.

»Sie haben eine großartige Familie«, sagte Lianne, als sich die Türen des Aufzuges hinter ihnen schlossen. »Danke, daß Sie sie heute abend mit mir geteilt haben.«

»Sind Sie da auch ganz sicher? Die meisten Menschen wären überwältigt gewesen bei all diesen Donovans auf einmal.«

Liannes Lachen ließ ihre klaren whiskeyfarbenen Augen strahlen. »Ich wünschte, Ihre Eltern hätten zwanzig Kinder.«

Kyle lächelte und schüttelte den Kopf. »Das wäre ja schrecklich.«

Er verschränkte seine Finger mit ihren, und Lianne versuchte, nicht darauf zu achten, wie schnell ihr Herz zu schlagen begann. Genauso wie er versuchte, nicht darauf zu achten, wie ihre Brüste sich gegen den Stoff ihres Hosenanzuges drängten, wie schlank ihre Taille war, wie einladend ihre Hüften und wie elegant ihre Beine geformt waren.

Er hätte genausogut versuchen können, seinem Herzen zu befehlen, aufzuhören zu schlagen.

Der Aufzug hielt an, und die Türen öffneten sich wieder. Genau vor der kleinen, luxuriös eingerichteten Eingangshalle wartete ein Taxi am Straßenrand.

»Ich werde ihn wegschicken«, bot Kyle an, »und fahre Sie einfach selbst nach Hause.«

Die Versuchung war groß für Lianne, doch sie schüttelte den Kopf. Sie wußte, wenn Kyle sie nach Hause brachte, würde sie in dieser Nacht nicht allein schlafen. Ganz gleich, wie sexy dieser Mann auch war, für eine Affäre nur für eine Nacht war sie nicht zu haben. Vielleicht war der Grund dafür der, daß sie ein Bastard war, vielleicht ihr Stolz, vielleicht hatte sie aber auch bloß nicht ein derart sexuelles Bedürfnis.

Was auch immer es war, sie würde nicht mit einem Mann

ins Bett gehen, der nicht mehr von ihr wollte als das, was ihm auch jede Hure geben konnte.

»Noch einmal danke«, sagte Lianne, stellte sich auf die Zehenspitzen und berührte seine Lippen mit den ihren. »Ich kann mich gar nicht mehr daran erinnern, wann ich zuletzt einen so schönen Abend verbracht habe.«

Die Berührung ihrer Lippen war zu kurz. Er beugte sich über sie, um ihr noch einen Kuß zu geben, einen Kuß, der nur genauso flüchtig sein sollte wie der, den sie ihm gerade gegeben hatte. Doch dann geschah etwas. Es war seine Zungenspitze und nicht seine Lippen, mit der er ihr Lächeln berührte, mit der er den Umrissen ihres Mundes folgte, sie liebkoste, bis sie ein leises Geräusch von sich gab und ihm ihre Lippen öffnete. Er schlang die Arme um sie, hob sie hoch und hielt sie so fest an sich gepreßt, daß sie beide beinahe keine Luft mehr bekamen. Ihre Zungen umspielten einander in einem Tanz voller Verlangen und Eindringlichkeit.

Kyle wußte nicht, wie lange der Kuß gedauert hatte. Er wußte nur, daß er Lianne zwischen seinem drängenden Körper und der Wand des Aufzuges hielt und sie versuchte, noch näher an ihn heranzukommen, daß sie leise, wimmernde Geräusche von sich gab, die ihn anflehten, sie auszuziehen und sie zu nehmen, als schließlich das laute Hupen des Taxis in sein Bewußtsein drang.

»Himmel«, sagte er und ließ sie an seinem Körper hinuntergleiten, wobei er jeden einzelnen Zentimenter ihres Körpers spürte. »Gütiger Himmel.«

Als ihre Füße den Boden des Aufzuges berührten, gaben ihre Knie nach. Ihre Augen waren weit aufgerissen, dunkel, und sie blickte benommen. Sie gab ein rauhes Geräusch von sich, das ein Lachen oder auch ein Fluch sein konnte. Dann schüttelte sie den Kopf und versuchte, das laute Dröhnen ihres Herzschlages aus ihren Ohren zu vertreiben.

»Was ist passiert?« fragte sie mit zitternder Stimme.

Noch ehe Kyle ihr antworten konnte, hatte sie sich schon aus seinen Armen gelöst und lief zu ihrem Taxi.

»Morgen«, rief er ihr nach. »Ich werde Sie um zehn Uhr abholen, und dann fahren wir zusammen nach Anacortes.«

»Nein. Honor hat mir Ihre Adresse in Anacortes gegeben. Wir treffen uns dort. Um zwei Uhr.«

Die Tür des Taxis fiel hinter ihr zu. Rote Rücklichter leuchteten in der Nacht, vermischten sich mit den anderen Lichtern der Stadt und verschwanden schließlich.

Der Versorgungsaufzug klingelte leise. Die Tür öffnete sich und Archer trat hinaus. Er machte nicht gerade ein glückliches Gesicht.

»Was ist los?« fragte Kyle ihn.

»Das wollte ich dich auch gerade fragen. Hat der Aufzug festgesteckt?«

»Was glaubst du denn?«

Archers stahlgraue Augen gingen von Kyles zerzaustem Haar, durch das er sich mit beiden Händen gefahren war, zu seinen Lippen, die noch feucht und gerötet waren, und dann zu der deutlichen Beule in seiner Hose. »Ich denke, du brauchst eine kalte Dusche.«

»Warum machen wir nicht statt dessen ein kleines Kämpfchen einer gegen einen, unten in der Sporthalle?«

»Du solltest mich nicht in Versuchung führen.«

»Aber warum denn nicht. Du suchst doch, seit du die Wohnung betreten hast, nach etwas, auf das du einschlagen kannst. Und dich hat nicht nur der Felsbrocken an Faith' Hand aufgeregt, nicht wahr?«

»Der Schatten, der Lianne gefolgt ist, war von der Regierung«, erklärte Archer knapp.

»Das überrascht mich gar nicht. Wir wußten doch, daß Onkel Sam sich für sie interessiert.«

»Das tue ich auch. Ich hatte aber eine kleine Unterhaltung mit dem Mann. Er hat einen Anruf getätigt, hat mir eine Telefonnummer gegeben, und ich habe dann auch noch einmal telefoniert.«

Kyle zog die Augenbrauen hoch. »Warum habe ich bloß das Gefühl, daß du mir etwas verheimlichst? Zum Beispiel, wie sich der Kerl gefühlt hat, als er den Anruf machte.«

»Er wollte sein Gesicht wahren. Und ich wollte eine Telefonnummer. Wie wir beide uns dabei gefühlt haben, tut nichts zur Sache.«

»Wie lange hatte er sie schon verfolgt?«

»Das hat er nicht gesagt. Das ist aber auch nicht wichtig.« Kyle wollte etwas erwidern, doch Archer hob abwehrend die Hand. »Er hat beobachtet, wie sie einige Male nach Vancouver und zur Festung der Familie Tang gependelt ist, und zwar mit ganzen Kofferraumladungen voller Jade.«

»Na und? Sie hat immerhin gestern abend die Ausstellung der Jadehändler organisiert. Da ist es doch ganz normal, wenn sie mit einem Kofferraum voller Jade hin und her fährt.«

»Einiges von dem, was sie bei sich hatte, blieb aber in ihrem Kofferraum. Sie ist nur noch einen einzigen Schritt von einer Verhaftung entfernt.«

»Was hat das zu bedeuten?« wollte Kyle wissen.

»Genau das, was ich gesagt habe«, antwortete Archer mit ausdrucksloser Stimme. »Onkel Sam hat einen Draht zur Familie Tang. Aus dem Tresor in Vancouver sind einige Teile verschwunden.«

»Zu schade, wie traurig, aber so etwas passiert nun einmal. Hat jemand Lianne mit den vermißten Sachen gesehen? Hat sie jemand von ihr gekauft?«

»Die Antwort auf deine erste Frage lautet Ja. Die zweite Frage wird noch untersucht.«

»Sehr mager. Was läßt sie denn glauben, daß Lianne so dumm ist, daß sie Sachen stiehlt, die auf jeden Fall vermißt werden?«

»Nicht dumm. Sondern sehr, sehr schlau. Sie hat nämlich aus der Sammlung des alten Wen abgezockt, hat die Sachen verkauft und sie vorher aber gegen wertlose Stücke ausgetauscht, damit niemand den Verlust bemerkt.«

»Das kann ich mir nicht vorstellen. Wen hätte das doch bemerkt.«

»Vor ein paar Jahren noch, das stimmt. Aber die Zeiten ändern sich. Und Wens Hände und Augen gehören sicherlich auch dazu. Der Tausch war schlau. Die Sachen waren gut, doch waren sie nicht von wirklicher Qualität, sie waren eben nicht so selten, nicht so ästhetisch, nicht so alt, was auch immer. So etwas würde nur ein Experte bemerken, aber im Endeffekt hat es eine durchschlagende Wirkung.«

Kyle dachte an Wens verknöcherte Hände und seine getrübten Augen. Dann dachte er an Liannes klare Augen und an ihre empfindsamen Fingerspitzen. »Das gefällt mir nicht.«

»Hat das jemand von dir verlangt? Sie wäre auch niemals damit aufgefallen, wenn nicht einer ihrer Halbbrüder ebenfalls ein gutes Auge für Jade hätte.«

»Warum sollte Lianne Wen denn bestehlen?«

Archer warf seinem Bruder einen ungläubigen Blick zu. »Aus den üblichen Gründen. Gier.«

»Das ist nicht ihr Stil.« Kyles Stimme klang sicher. Sein Verstand und sein Gefühl waren sich in dieser Sache vollkommen einig.

»Gier braucht keinen Stil«, gab Archer zurück. »Aber wenn dir dieses Motiv nicht gefällt, dann gibt es auch noch die Rache.«

»Sie haben Lianne aber nichts getan. Sie haben ihr höchstens eine Menge Kunden verschafft und einen Zugang zu den geschlossenen Kreisen der Jadewelt.«

»Unsinn. Denk doch einmal mit deinem Verstand und nicht nur mit deinem Schwanz. Was glaubst du wohl, wie zum Beispiel Faith reagieren würde, wenn sie genauso eine Donovan wäre wie wir alle, doch wenn alle, angefangen bei Dad, sie behandeln würden wie einen schlechten Geruch? Aber, hey, das Mädchen ist immerhin nützlich. Sie besitzt wirkliches Talent. Also benutzen die Donovans Faith wie jeden anderen Angestellten, außer daß ...

»Lianne ...«, unterbrach ihn Kyle.

»Halt den Mund und höre zu. Außer, daß wir alle schon immer wußten, wie verzweifelt sie sich danach gesehnt hat, zur Familie zu gehören, und selbst das haben wir noch ausgenutzt und haben mit kleinen Belohnungen vor ihrer Nase hin und her gewedelt, wie mit Süßigkeiten vor einem verhungernden Kind. Jemand mit dem Mumm und dem Temperament und dem Verlangen von Faith würde nicht aufgeben und immer wieder versuchen, uns zu beweisen, daß sie es wert ist, geliebt zu werden ... bis sie langsam erwachsen würde und begreift, daß man sie genauso gründlich verarscht hat wie ihre unverheiratete Mama, nur daß die Bezahlung dafür bei weitem nicht so gut war.«

Kyles Schultern und seine Fäuste sanken unter der Anspannung zusammen. Er wollte sich mit Archer streiten. Sein Gefühl sagte ihm, daß Lianne unschuldig war.

Doch sein Verstand begriff das Bedürfnis nach Rache nur zu gut. Lianne war sowohl intelligent als auch stolz. Unter gewissen Umständen war das eine gefährliche Kombination.

»Ich will dir in diesem Punkt gar nicht widersprechen«, erklärte er mit ausdrucksloser Stimme. »Aber ich stimme dir auch nicht zu. Denn das kann ich nicht.«

Archer stieß zischend den angehaltenen Atem aus und

fluchte. »Was ist das Problem – dein Verstand oder dein Schwanz?«

»Mein Gefühl.«

»Teufel.« Archer verschränkte die Arme vor der Brust und lehnte sich gegen die Wand. »Hast du eine bessere Idee, wie du das Verschwinden der Jade erklären willst? Und es besteht kein Zweifel daran, daß sie fehlt.«

»Der große Unbekannte«, erklärte Kyle überdeutlich.

Ein sarkastisches Lächeln breitete sich auf Archers Gesicht aus. »Der große Unbekannte, wie?«

»Jawohl. Der große Unbekannte war es.«

»Solche Ausreden ziehen aber nur bei Verteidigern vor Gericht.«

»Bei mir klappt das auch, zumindest so lange, bis ich eine bessere Erklärung finde.«

»Manche Teile von Japan sind um diese Jahreszeit wirklich hübsch«, lenkte Archer vom Thema ab. »Die Mikomoto-Ausstellungen gehören zu den atemberaubendsten Edelsteinausstellungen der Welt. Ganze Hallen voller Perlen, in allen Größen und Formen, und sie glänzen, als sei der Himmel auf die Erde herabgestiegen. Diese schwarzen Perlen aus der Südsee muß man einfach gesehen haben, um es überhaupt zu glauben.«

»Genieße deine Reise.«

»Du wirst sie genießen. Ich bleibe nämlich zu Hause.«

»Dann solltest du Faith schicken. Damit trennst du sie wenigstens einmal von dem Spinner da oben.«

»Ich habe auch schon daran gedacht«, überlegte Archer. »Ihr beide würdet eine großartige...«

»Nein.«

Noch vor einem Jahr hätte Archer sich mit ihm ohne weiteres auf einen Streit eingelassen. Und noch vor einem Jahr hätte er diesen Streit auch gewonnen.

Doch jetzt war die Situation eine andere.

»Ich werde es so regeln, wie du es willst«, entschied Archer. »Wenigstens für den Augenblick.«

»Und dann?«

»Dann werde ich tun, was immer auch nötig ist.«

13

Am nächsten Tag, als er und Lianne an Bord seines Bootes zur Farmer-Insel aufbrachen, dachte Kyle noch immer an Archers Worte.

Was immer auch nötig ist.

Das war keine Drohung. Es war vielmehr ein Versprechen. Es war ganz einfach so, daß Archer eine Tatsache ausgesprochen hatte. Noch vor einem Jahr wäre Kyle nervös geworden bei diesem *was auch immer*. Heute fragte er sich nur, ob er der Wahrheit über den Jadekaiser vielleicht schon etwas näher gekommen wäre, wenn er Lianne in der letzten Nacht bis zur Bewußtlosigkeit gebumst hätte.

Das wäre nämlich beinahe passiert. Das Bumsen, nicht die Wahrheit. Was als ein flüchtiger, höflicher Gutenachtkuß begonnen hatte, war in Flammen aufgegangen wie eine Zündschnur bei einer nuklearen Kernschmelze. Er hatte sich kaum zurückhalten können, um ihr nicht die Kleider vom Leib zu reißen und sie gleich dort im Aufzug zu nehmen, wo keine sechs Meter entfernt das Taxi vor der Tür wartete. Als er sich schließlich dazu gezwungen hatte, Lianne wieder freizugeben, hatte sie gezittert. Doch nicht vor Angst. Sie war genauso voller Verlangen gewesen wie er.

Was ist passiert?

Kyle hatte auf Liannes Frage auch keine Antwort gehabt.

Die Erkenntnis, wie schnell und wie tief sie ihm unter die Haut gegangen war, hatte ihn getroffen wie ein Eimer mit Eiswasser, den ihm jemand ins Gesicht schüttete. Er sollte sich besser nicht derartig nach einer Frau verzehren. Und ganz sicher sollte es ihn nicht zu *dieser* Frau hinziehen, wo er doch genau wußte, daß Onkel Sam kurz davor war, einen Haftbefehl für sie zu unterschreiben.

Auf der anderen Seite würden ein paar verschwitzte Stunden zwischen den Laken vielleicht ihre sexy, gierige Zunge lösen. Bis jetzt hatte er noch nicht viel Glück gehabt, mit seinen Fragen etwas aus ihr herauszuholen, und das immerhin schon, seit er sich mit ihr an dem kleinen Dock getroffen hatte, das gleich unter seiner Hütte lag. Als er von dem Bestattungsanzug aus Jade gesprochen hatte, hatte sie nur geschwiegen. Und als er dann das Thema gewechselt hatte und wieder über Jade sprach, hatte sie ihm Fragen zum Angeln gestellt.

Also nahm er das hübsche kleine Ding jetzt mit zum Angeln.

Doch sie sah ganz und gar nicht wie ein Dieb aus. Ganz besonders jetzt nicht, wo sie mit einem Klippfisch kämpfte und so aufgeregt war, daß sie auf dem Deck der *Tomorrow* hin und her hüpfte. Sie trug eine seiner Fischerjacken über ihrem Jackenkleid, und die wasserdichte Jacke hing ihr bis in die Kniekehlen. Eigentlich hätte sie damit ziemlich lächerlich aussehen müssen, doch statt dessen war sie einfach nur köstlich. Sie sah ganz und gar nicht aus wie eine Frau, die kurz davor stand, als internationaler Dieb verhaftet zu werden.

Archer irrte sich. Oder die Regierung irrte sich. Oder…

Was ist dein Problem – dein Verstand oder dein Schwanz?

Archers sarkastische Frage lebte als Echo in Kyles Erinnerung. Er versuchte, sich einzureden, daß er viel zu alt und viel zu klug war, um sich wieder einmal an seinem Dummschwengel herumführen zu lassen. Und das hatte er gestern abend auch schon bewiesen. Er war schließlich derjenige gewesen, der den Kuß beendet hatte, nicht Lianne.

Außerdem gab es auch gute Gründe, die dafür sprachen, warum Lianne unschuldig sein konnte. Die Tatsache, daß es ebenfalls gute Argumente gab, die das Gegenteil belegten, machte das Spiel einfach nur interessanter. Und das war es und nicht mehr. Ein Spiel.

Wenn Kyle jedoch nicht mitspielen wollte, so gab es da diese unangenehme Tatsache, daß er der Regierung noch einen Gefallen schuldig war und daß Archer nicht derjenige sein sollte, der für diesen Gefallen zu bezahlen hatte. Sollte sein Bruder doch in Japan oder Australien oder Tahiti Perlen zählen. Kyle war entschlossen, herauszufinden, ob Lianne nun eine Diebin war und er der Idiot, dessen Verstand in seinem Schwanz saß, oder ob sie nicht doch unschuldig war und er dann auch nicht der besagte Dummkopf.

Lachen und das Blitzen von Augen in der Farbe dunklen Cognacs lenkten Kyle von seinen nervösen Gedanken ab. Er prüfte die Position der *Tomorrow*, sah, daß sich nichts verändert hatte und beobachtete dann wieder Lianne. Das siebenundzwanzig Fuß lange Rennboot brauchte im Augenblick nicht viel Aufmerksamkeit. Es lag in der Nähe der Jade-Insel am Fuß einer steilen Klippe vor Anker.

Er hatte die abgelegene, felsige Seite der Insel aus drei Gründen ausgewählt. Der erste war ihre Nähe zur Farmer-Insel. Der zweite war die große Wahrscheinlichkeit, mit der sich zwischen den Strudeln an der Nordseite der Insel, wo sie sich steil aus dem dunkelgrünen Meer erhob, ein Klippfisch fangen ließ. Und der dritte Grund war, daß er hier schon einmal beinahe ums Leben gekommen wäre. Die ruhige Schönheit von Fichten und Felsen, Wind und See würde ihn daran erinnern, daß es einige Fehler gab, die einen Mann das Leben kosten konnten.

Mit dem Schwanz zu denken, war einer dieser Fehler.

Lianne blies sich eine Haarsträhne aus den Augen, setzte die Füße noch fester auf das sanft schwankende Deck und hielt die Rute mit sicherem Griff.

»Ist es noch ein Hundshai?« frage Kyle.

»Woher soll ich das wissen? Ich kann ihn nicht sehen. Vielleicht ist es ja ein Lachs.«

»Das bezweifle ich.«

Sie hatten nicht genügend Zeit gehabt, um ernsthaft nach Lachsen zu angeln, und die Gezeiten lagen auch ungünstig. Glücklicherweise war ein Klippfisch aber ein sehr wohlschmeckender Fisch, der auch nicht so wählerisch war wie ein Lachs, was und wann er fraß.

»Das ist einfach großartig«, erklärte Lianne fröhlich und holte die Leine ein, so gut sie konnte. »Als ich damals mit dem Boot draußen war, hat es eine Ewigkeit gedauert, bis wir überhaupt einen Fisch gefunden hatten. Und hier habe ich jetzt schon zwei gefangen.«

»Das waren aber Hundshaie. Deshalb haben wir ja auch noch eine andere Stelle ausgesucht.«

»In China hätten wir sie gegessen.«

»In China ißt man ja auch alles, was einen vorher noch nicht selbst gefressen hat. Holen Sie weiter die Leine ein. Ich bin so hungrig, daß ich einen großen Klippfisch ganz allein verspeisen könnte und immer noch nicht satt wäre.«

»Wollen Sie denn gar nicht angeln?« fragte Lianne und runzelte die Stirn, während sie immer noch damit beschäftigt war, die Leine einzuholen.

»Ich denke, ich werde einfach weiterhin für Sie die Köder auf die Haken stecken.«

Und die Haken wieder vom Boden lösen, sie ersetzen, nachdem die Hundshaie sie verschlungen haben, Knoten in der Leine lösen und all die anderen kleinen Katastrophen beseitigen, die passierten, als ein gewisser Jemand lernte, wie man einen Fisch vom Boden holt.

Lianne lachte voller Erregung, als sich der Klippfisch dagegen wehrte, eingeholt zu werden. Kyle beobachtete sie und versuchte sich einzureden, daß sie eine schlaue Diebin war, die es auf Rache abgesehen hatte, ganz gleich, wieviel das die Familie und das Land kosten würde. Doch er kam nicht recht weit damit, denn er war gefangen in einem Streit mit sich selbst: sein Verstand hatte kein Problem damit, sie für die Schuldige zu halten, seinem Schwanz war es ohnehin völlig gleichgültig, wie die Sache ausging, aber sein Gefühl sagte ihm noch immer, daß sie unschuldig war.

»Dieser Fisch muß riesig sein!« rief Lianne und stemmte sich gegen das Deck der *Tomorrow*, die sich langsam unter ihren Füßen hob und senkte.

»Das bezweifle ich. Ein Klippfisch kämpft immer erst sehr hart, gibt dann aber schnell auf.«

»Und wann wird er damit beginnen aufzugeben?« fragte Lianne.

»Schon sehr bald.«

»Soll das ein Wortspiel sein?«

»Beißen Sie sich auf die Zunge.«

Das Gewicht des unglücklichen Fisches zog die Angel in einem Bogen nach unten. Die Rute war lang und biegsam und ließ den Fischer jede einzelne Bewegung des Fisches fühlen, außerdem gab sie dem Fisch die Möglichkeit, den Haken wieder abzustreifen. Die Rute war auf einen sportlichen Kampf ausgelegt, und das bedeutete, daß Lianne um ihren Fisch kämpfen mußte. Die meisten Ruten besaßen eine doppelte Führung – eine Drehung am Hebel bedeutete zwei Drehungen der Leine um die Rolle. Doch Kyle benutzte eine andere Rute. Eine Drehung am Hebel bedeutete auch bloß eine Drehung der Leine auf der Spule, das war alles.

Plötzlich ging die Leine aber ganz leicht einzuholen. Lianne machte ein enttäuschtes Gesicht. »Er ist weg.«
»Nein. Er hat nur aufgegeben. Drehen Sie weiter.«
Wie Kyle vorhergesagt hatte, kam der Fisch sanftmütig ans Boot und schwamm dann auf der Seite.
»Woher wissen Sie das alles?« fragte Lianne.
»Das ist das Vermächtnis einer vertanen Jugend. Sehen Sie diese roten Stacheln auf dem Rücken?«
»Ja.«
»Bleiben Sie weg davon. Und jetzt schlingen Sie die Hand um die Leine und holen den Fisch an Bord.«
»Was ist denn mit dem Netz?«
»Das Netz ist für Lachse.«
Er holte eine Zange und einen Totschläger und wartete, bis Lianne den Fisch in das Heck des Bootes ziehen würde. Nach ein paar vergeblichen Versuchen beugte sie sich über das Dollbord, schlang die Leine um die Hand und zog den Fisch an Bord.
Kyle wünschte, daß Lianne noch ein paar Fische mehr hätte, mit denen sie spielen konnte. Sie sah einfach wunderbar aus, wie sie sich so über das Dollbord beugte, ihr Rock und seine Jacke dabei so hochgezogen, daß er sehen konnte, daß ihre Strümpfe nur bis zur Mitte ihrer Oberschenkel gingen und daß sie durch einen elastischen Bund an Ort und Stelle gehalten wurden. Sie bildeten einen sexy, rauchgrauen Kontrast auf ihrer goldenen Haut. Er mußte immer wieder daran denken, wie verdammt gut es sich doch anfühlen mußte, wenn er mit den Händen über das Nylon der Strümpfe bis hinauf zu ihrer nackten Haut streichen könnte, sie streicheln und erregen würde, bis sie genauso erregt war wie er.
Was ist dein Problem – dein Verstand oder dein Schwanz?
Kyle packte den Unterkiefer des Klippfisches mit der Zange und schlug ihm dann auf das Gehirn. Obwohl er er-

wartet hatte, daß Lianne zurückzucken würde, tat sie es nicht. Sie sah ihm nur aufmerksam zu, genau wie zuvor, als er ihr die Rute erklärt hatte.

»Kein Geschrei, weil ich gerade etwas umbringe?« fragte Kyle und zog mit einer Drehung der Zange den Haken heraus.

Lianne blickte ihn mit großen, dunklen Augen an. Ein kleines Lächeln spielte auf ihren Lippen. »Sind Sie jetzt enttäuscht?«

Er lachte, öffnete die Fischkiste und warf den Fisch hinein. »Vielleicht ein wenig. Honor und Faith geben immer die unglaublichsten hohen Töne von sich. Das war am Anfang das halbe Vergnügen beim Angeln.«

Was er nicht sagte war, daß es am Anfang auch bei ihm Übelkeit ausgelöst hatte, einen Fisch putzen zu müssen oder aus Versehen den Haken durch das Auge eines Köderfisches zu bohren. Aber das war auch bei seinen Brüdern so gewesen, selbst wenn man sie jetzt über einem Feuer rösten müßte, bevor sie eine solche Schwäche vor ihren kleinen Schwestern zugäben.

Noch ehe Kyle einen weiteren Hering auf den Haken stecken konnte, nahm Lianne den kleinen Köderfisch einfach selbst in die Hand und spießte ihn ordentlich auf.

»Sind Sie sich sicher, daß Sie nicht vielleicht doch ein Fischermann sind?« fragte er.

»Fischergeschöpf«, korrigierte Lianne ihn sofort. »Das hat mir Honor gestern abend erklärt. Fischergeschöpf muß es richtig heißen, denn das ist weder männlich noch weiblich.«

»Honor steckt so voller Geschichten wie eine gefüllte Weihnachtsgans.«

»Ihre Schwester hat mir aber gefallen. Ihre beiden Schwestern. Sie stehen einander so nahe«, sagte Lianne mit unbewußter Wehmut. »Und Ihre Eltern waren einfach großartig.

Sie sind wie Wachs in den Händen des anderen und gleichzeitig der Fels in der Brandung. Und was das Beste ist«, fügte sie hinzu und warf den Haken mit dem Köder über die Seite des Bootes in das grüne Meer, »Susa ist kleiner als ich. Ich hätte mich sonst wie ein Zwerg gefühlt.«

»Aber nur, weil Tony sich ständig vor Ihnen aufgebaut hat.«

»Das mag ich gerade so sehr an Ihnen. Sie sind zwar groß, aber Sie nutzen diese Größe nicht aus.«

»Wie ist denn Ihre Mutter?« fragte Kyle. »Groß, klein, mittel?«

»Sie ist genauso groß wie ich. Klein.«

»Klein? Sie sind ganz einfach – halten Sie die Spitze der Rute nach oben. Das ist ein Lachs!«

»Woher können Sie...«

»Passen Sie auf Ihre Knöchel auf!« unterbrach er sie.

Kyles Warnung und der sich wild drehende Hebel an der Rolle trafen Lianne gleichzeitig. Sie schrie auf, schüttelte die Hand mit den schmerzenden Fingerknöcheln und hielt die Rute nur noch mit der linken Hand.

»Alles in Ordnung?« fragte er.

Lianne nickte und holte die Leine ein, oder sie versuchte es zumindest. Der Fisch zog immer weiter weg und holte dabei die Leine so schnell von der Rolle, daß sie sirrte und Lianne den Hebel nicht fassen konnte.

Kyle pfiff durch die Zähne. »Das ist ein netter Bursche.«

»Sind Sie sicher, daß es ein Lachs ist?« fragte sie und bemühte sich, die Rute festzuhalten. »Es fühlt sich eher wie ein Mörderwal an.«

»Es ist ein Lachs. Schwarzmaul. Ich wette, den haben Sie ganz von unten geholt.«

»Ich habe ihn gar nicht geholt. Er hat mich geholt. Und zwar ziemlich fest.«

Grinsend sah Kyle zu, wie Lianne dagegen ankämpfte, daß der Fisch noch mehr Leine mit sich nahm.

»Halten Sie die Spitze der Rute nach oben«, riet er ihr. »Lassen Sie den Fisch gegen die Rute kämpfen, nicht gegen Sie.«

»Das sagt sich so leicht. Dieser Kerl hat seinen eigenen Willen.«

Langsam holte sie die Leine ein und zog den Fisch näher und näher zum Boot heran. »Ich kann ihn sehen. Holen Sie das Netz!«

»Wenn Sie den Fisch sehen können, dann kann er auch das Boot sehen, und das bedeutet...«

Plötzlich spulte sich die Leine mit einem unangenehmen Geräusch ab. Lianne schrie auf und riß ihre Fingerknöchel weg von dem mörderischen Hebel. Der Fisch schwamm in Richtung der Farmer-Insel davon, die in einigen Meilen Entfernung als grüner Fleck erschien.

»Und das bedeutet, daß der Fisch fliehen wird«, beendete Kyle den Satz. »Sie haben ein Schwarzmaul, mein Schatz. Und er ist groß genug, um dieses Maul auch zu behalten.«

»Woher wissen Sie das?«

»Aus der Art, wie ein Fisch kämpft, kann man eine ganze Menge über ihn erfahren. Ich wette, dieser hier wird schon sehr bald damit aufhören, ihre Leine abzuspulen, und sich einfach hinsetzen und schmollen.«

Lianne blies sich das Haar aus dem Gesicht. »Das will ich hoffen. Ich habe nämlich ein Gefühl, als würde ich einen Landrover an Land ziehen.«

»Soll ich ihn übernehmen?«

»Auf keinen Fall«, wehrte sie ihn ab. »Der hier gehört mir.«

»Sieht ganz so aus. Dies hier ist nämlich eigentlich der falsche Ort, um Lachs zu angeln, es ist die falsche Zeit, die

Tide stimmt nicht, und auch die Methode ist die falsche. Aber Anfängerglück ist eben nicht zu schlagen.«

Lianne war viel zu sehr damit beschäftigt, ihre Leine einzuholen, um sich Kyles Klagen anzuhören.

Er urteilte nach der Spannung der Leine, der Tiefe der Rute und ihren zusammengepreßten Lippen, die ihre Anspannung zeigten, während sie die Leine einholte. Oder er versuchte es wenigstens. Der Lachs war tief unten, und er schmollte wegen des Herings, der sich wehrte.

Kyle blickte zum westlichen Himmel hinauf. Schon bald würde die Sonne nur noch als brennende, orangerote Scheibe zu sehen sein, die den Tag in die blauschwarze Nacht des Ozeans ziehen würde. Sie würden vielleicht zu spät zum Institut für asiatische Kommunikation und Han Seng kommen.

Doch dieser Gedanke störte Kyle überhaupt nicht.

»Erinnern Sie sich noch daran, was ich Ihnen über das Pumpen der Rute gesagt habe?« fragte er.

»Nein«, antwortete Lianne und atmete schwer.

»So.«

Kyle trat hinter Lianne, griff um ihre linke Seite herum und legte seine linke Hand über ihre an der Rute. Seine rechte Hand kam auf der anderen Seite um sie herum und lockerte das Ende der Rute, bis es gegen ihren Körper stieß.

»Wenn das weh tut«, riet er ihr, »dann sollten Sie es wie Honor gegen Ihre Hüfte stützen oder wie Faith gegen den Oberschenkel.«

»Und wie tun Sie es?«

»Ich habe Kraft im Oberkörper, aber das haben Sie nicht.«

»Ach was«, murmelte Lianne. »Muskelkraft ist nicht alles. Hebelkraft zählt mehr.«

Kyle grinste und hätte ihr beinahe seine Lippen auf den Nacken gedrückt. »Also benutzen Sie die Hebelkraft«, sagte er an ihrem Ohr. »So.«

Er schob das Ende der Rute zwischen ihren Körper und ihren linken Oberschenkel. »Wie ist es so?«

»Besser. Und was jetzt?«

»Ziehen Sie die Rute mit der linken Hand zu sich heran. Wenn Sie es nicht mit gebeugtem Ellbogen schaffen, dann strecken Sie ihn.«

»Hebelkraft«, sagte sie atemlos und zog.

»So soll es sein.«

Sie zog fester, stemmte sich gegen Kyle und zog dann noch einmal. Die Rute bewegte sich nicht viel.

Kyle wünschte, er hätte das auch von seiner eigenen Rute behaupten können. Lianne in seinem Arm zu halten, während ihr süßer kleiner Po gegen seinen Unterleib rieb, hatte eine sofortige und vorhersehbare Wirkung auf ihn.

»Heben Sie die Hand höher«, sagte er. »Dann haben Sie mehr Hebelkraft.«

Mehr als nur ihre Hand hob sich. Ihr ganzer Körper bewegte sich. Er biß die Zähne zusammen und dachte an alles, nur nicht an die unbeabsichtigte, wilde sexuelle Berührung, die er jedesmal fühlte, wenn sie ihre Stellung änderte.

Und sie änderte ihre Stellung sehr oft.

»Haben Sie die Rute fest gepackt?« fragte er.

»Ja.«

»Dann strecken Sie den Arm und lehnen Sie sich mit dem ganzen Körper zurück, dann beugen Sie sich schnell vor und holen gleichzeitig die Leine ein. Ich werde Sie halten, bis Sie den Rhythmus gefunden haben.«

Lianne beugte sich nach hinten, dann nach vorn und holte wie der Teufel die Leine ein. Sie schaffte ungefähr dreißig Zentimeter auf einmal.

»Noch einmal«, forderte Kyle sie auf.

Sie atmete schwer von der Anstrengung, doch wiederholte sie dieses Manöver wieder und wieder. Nach ein paar Minuten atmete auch er schwer, doch mit Erschöpfung hatte das nichts zu tun. Der Duft ihres erhitzten Körpers, ihre Wärme, das Gefühl, wie ihr Körper sich gegen seinen rieb, von der Brust bis zu den Schenkeln, all das trug bei zu der Art sexueller Qual, die er nicht mehr erlebt hatte seit seiner Zeit des Pettings in der High-School.

Hätte er sie gestern abend so berührt, hätte er es nicht geschafft, sie wieder gehen zu lassen. Das einzige, was ihm jetzt noch half, daß sie sich vollständig auf den Fisch konzentrierte und nicht auf den Mann, der die Arme um sie gelegt hatte.

»Ich glaube, ich habe ihn näher geholt«, sagte sie atemlos.

»Gut«, brachte er zwischen zusammengebissenen Zähnen hervor. »Machen Sie weiter so. Das ist richtig.«

»Wann holen Sie das Netz?«

»Bald«, versicherte ihr Kyle schwer atmend. »Hoffentlich.« Der Atem entwich zischend aus seiner Lunge, als ihr Po sich an ihm rieb wie eine rollige Katze. Er unterdrückte ein Stöhnen.

»Was ist?« fragte Lianne.

»Machen Sie weiter so.«

Sie bewegte sich vor und zurück, und jedesmal holte sie etwa dreißig Zentimeter der Leine ein. Sie wußte nicht, daß auch sie schwer atmete, lachte und wieder schwer atmete. Sie wußte nur, daß etwas Mächtiges und Lebendiges am anderen Ende der Leine war, etwas, an dem sie ihre Kraft und ihre Entschlossenheit messen konnte, ehe es aufgab und zu ihrem Abendessen wurde.

Ihr kam niemals auch nur der Gedanke, daß sie verlieren könnte.

Lianne zwang den Fisch hinauf zum Boot, doch nur, damit der Lachs sich umwenden und noch einmal fliehen konnte. Dreißig Meter Leine spulten sich sirrend wieder von der Rolle ab. Sie veränderte ihre Position, wie ein Boxer, der in die Endrunde ging, und begann noch einmal von vorn.

Kyle wußte nicht, ob er nun glücklich oder unglücklich darüber sein sollte. Es machte ihn höchstens verrückt. Das traf es eher. Er war so verrückt, daß er hoffte, dem Lachs würde es mindestens noch einmal gelingen zu fliehen.

Als es Lianne zum drittenmal gelang, den Lachs in die Nähe des Bootes zu ziehen, machte er nur noch einen halbherzigen Versuch zu fliehen. Mit einem wilden Grinsen holte sie die Leine ein.

»Ich werde Sie jetzt loslassen und das Netz holen«, sagte Kyle. »Okay?«

Erst jetzt bemerkte Lianne, daß er sie in seinen Armen hielt wie ein Geliebter, daß er ihr geholfen hatte, ihre Balance zu halten, während der Fisch sich von der einen Seite des Bootes zur anderen bewegt hatte. Heiß stieg es in ihr auf, es war das gleiche Feuer, daß sie die lange, ruhelose Nacht über wachgehalten hatte.

»Ich komme schon klar«, versicherte sie ihm. »Ich kann mich halten.«

Nur zögernd löste er sich von ihr. Er trat einen kleinen Schritt zurück, hielt sie dann noch einmal fest und mußte schließlich zögernd zugeben, daß es keinen Grund mehr gab, sie zu berühren. Sie schaffte es auch ganz gut allein.

»Passen Sie auf«, warnte Kyle sie plötzlich. »Holen Sie die Leine nicht weiter ein.«

Lianne hielt inne und blickte nach unten. Die Spitze befand sich nur noch wenige Zentimeter über dem Wasser. Und etwa ein Meter Leine war noch unter Wasser. An ihrem Ende befand sich der Haken mit einem sehr unglücklichen Lachs daran.

Aus den Augenwinkeln konnte Lianne erkennen, wie Kyle ein großes schwarzes Netz aus seiner Halterung nahm. Langsam schwenkte er das Netz im Wasser hin und her und sah, wie sich der müde Lachs gerade noch so weit drehte, daß er knapp außer Reichweite war. Der Fisch war riesig, und seine Schuppen schimmerten.

»Er ist eine Schönheit, mindestens zwanzig Pfund schwer«, meinte Kyle. »Wenn ich es Ihnen sage, dann müssen Sie zurücktreten und die....«

»Spitze der Rute nach oben halten«, beendete Lianne den Satz mit einem atemlosen Lachen. »Das habe ich nicht vergessen.«

»Stolpern Sie beim Zurücktreten nicht über die Maschine!«

»Wollen Sie jetzt meinen Fisch aus dem Wasser fischen, oder wollen Sie mir Befehle erteilen?«

»Ich bin ein älterer Bruder. Ich kann also beides gleichzeitig tun.«

»Kyle, beeilen Sie sich«, bat sie. »Ich möchte ihn nicht verlieren!«

»Sie werden ihn schon nicht verlieren. Gehen Sie noch einen Schritt weiter zurück. Noch ein wenig. Immer weiter. Gut!«

Eine schnelle Bewegung von Kyles Arm, ein Schwall Seewasser, der durch das Netz lief, und der Fisch war an Bord.

Lianne stieß ein rauhes Geräusch aus, dann sank sie in die Knie und griff nach dem Lachs. Sein Rücken war blauschwarz, und sein Bauch leuchtete silbern. Bis auf das Netz war der Fisch frei. Er hatte den Haken in dem Augenblick, als der Druck der Leine nachgelassen hatte, selbst abgeworfen.

Sie berührte vorsichtig den Fisch. Er war kalt und so elementar wie das Meer selbst.

»Sie werden doch jetzt hoffentlich nicht sentimental?« fragte Kyle vorsichtig.

Lianne antwortete nicht, sie hatte nur Augen für den Fisch.

»Oh, gut. Ich habe gestern abend schon Lachs gegessen. Ich werde ihn wieder ins Meer werfen.«

Ihr Kopf fuhr hoch. »Was?«

»Ich dachte, Sie hätten einen Anfall von Fischermanns, äh, Fischergeschöpfs Bedauern.«

Lianne leckte sich die Lippen. »Ich habe nur gerade daran gedacht, wie viele verschiedene Arten es wohl gibt, Lachs zuzubereiten.«

»Sicher? Es sah aber eher aus wie...«

»Ich bin sicher«, unterbrach sie ihn. »Wenn ich in Vancouver bin oder in Hongkong, dann gehe ich ja auch in Restaurants, in denen die Fische in einem Becken schwimmen. Man sucht sich da sein Essen aus, und es wird getötet und geputzt, während man zusieht. Deshalb weiß man ja auch, daß der Fisch frisch ist. Und was diesen Lachs hier betrifft, so bedaure ich nur, daß ich ihn nicht ganz aufessen kann; er ist so glänzend und frisch und wunderschön.«

Kyle warf einen Blick auf seine Uhr. »Wenn wir uns beeilen, können wir ihn noch essen, ehe wir zu Seng gehen.«

»Worauf warten wir dann noch? Geben Sie mir den Totschläger.«

»Das kann ich machen.«

»Und ich kann es lernen.«

»Auch, den Fisch zu putzen?«

Sie seufzte. »Ja, auch das.«

»Was haben Sie doch für ein Glück. Ein Lachs ist viel leichter zu putzen als ein Klippfisch.«

Kyle beobachtete, wie Lianne dem Leben des Lachses mit ein paar schnellen Schlägen ein Ende bereitete. Er wünschte, daß alle Probleme des Lebens sich so leicht lösen ließen. Doch dem war leider nicht so.

Trotzdem war der Gedanke, einfach einen Totschläger zu dem lüsternen Mr. Han Seng mitzunehmen, sehr verlockend.

14

Die Wache am Kai des Instituts für asiatische Kommunikation war unbewaffnet, höflich und doch unerbittlich, und bis die persönliche Erlaubnis von Han Seng kam, durfte die *Tomorrow* nicht am Kai festmachen. Dann eskortierte die Wache Lianne und Kyle zum Manager-Pavillon, läutete und wartete darauf, daß jemand kam und ihm die Besucher abnahm.

Der Pavillon leuchtete im abendlichen Zwielicht, er war eine überraschend gelungene Mischung aus Glaswänden, Zedernpfeilern und orientalisch anmutenden Dächern. Die Luft, die den Duft von immergrünen Pflanzen mit sich trug, war frisch und sauber, mit einem herrlichen Geruch nach Ozean. Den Ausblick nach Süden bildeten zweihundert Grad Salzwasser, einschließlich der üblichen Schiffsrouten, Navigationsbojen, Ausflugsschiffe und zerklüfteten, mit Fichten bewachsenen Inseln. Die nächsten Inseln, wie auch die Jade-Insel, waren unbewohnt. Außer den vorüberfahrenden Schiffen und einigen wenigen Häusern an den Ufern der entfernteren Inseln, gab es nur das Licht des Mondes, der durch die schiefergrauen Wolken schien.

»Nette Aussicht«, bemerkte Kyle und rückte den schweren Karton auf seinem Arm zurecht.

Die Wache erwiderte nichts.

Und auch Lianne sagte nichts. Sie fragte sich vielmehr, wo Seng wohl seine Party gab. In dem Pavillon brannten nur wenige Lichter. Und auch der andere Teil des Instituts war nicht besonders erhellt, und es gab auch nicht den üblichen Lärm, den sie erwartet hatte. Entweder war der Lärmschutz so außergewöhnlich wie die Aussicht, oder die Party war ein Blindgänger.

Ein Mann in mittleren Jahren, dessen Kleidung nicht ganz

dem sonst üblichen teuren Standard auf der Insel entsprach, öffnete die schwere Zederntür des Pavillons und blickte hinaus. Als die Tür schließlich ganz geöffnet wurde, drang eine Wolke von chinesischem Tabak hinaus und hüllte Kyle und Lianne ein. In ungefähr drei Metern Entfernung saß ein anderer Mann, ein jüngerer Mann, er war Chinese und lächelte nicht. Auch wenn seine Kleidung äußerst teuer gewesen sein mußte, so war es doch dem Schneider nicht gelungen, die Beule unter dem linken Arm des Mannes zu kaschieren, die von seiner Waffe herrührte.

»Eintritt hier ist Freude«, sagte der Mann in kaum verständlichem Englisch. »Ich zu Mr. Han sein Cousin.«

Lianne antwortete in Mandarin. »Danke. Es ist nicht nötig, Mr. Han zu stören. Ich weiß, daß er heute abend sehr beschäftigt ist, und wir sind auch ein wenig früh gekommen. Führen Sie uns bitte zu dem Raum, in dem er die Jade bereitgestellt hat, die ich mir ansehen soll.«

»Nicht möglich«, erwiderte der Mann auf englisch und wandte sich ab. »Bleiben hier.«

Lianne versuchte es noch einmal auf kantonesisch, doch er ging einfach davon.

Der andere Mann, der mit der schlecht verborgenen Waffe, saß noch immer ruhig auf seinem Stuhl. Er beobachtete sie beide mit schwarzen, unbeirrbaren Augen.

»Keine gemeinsame Sprache mit dem Cousin?« fragte Kyle Lianne leise.

»Doch, einige«, antwortete sie gepreßt. »Das ist Han Ju, der Hemdzipfel von Han Seng und sein persönlicher Assistent. Ju spricht Mandarin und versteht Kantonesisch. Er ist ganz einfach nur unhöflich.«

»Soll das heißen, daß Seng nicht gerade begeistert davon ist, daß Sie mit einem eigenen Boot und auch noch mit einem Kollegen gekommen sind?«

»Wahrscheinlich.«

»So ein Pech.«

Lianne warf Kyle einen raschen Blick zu. Die offene Freude, die er an ihr und an dem Lachs gezeigt hatte, war verschwunden. Jetzt war sein Gesichtsausdruck verschlossen, und er maß alles und jeden mit einem Blick eindringlicher Intelligenz, dem keine menschliche Schwäche entging. Er schien älter, härter, kälter. Wie Archer, der das einzige Mitglied der Familie Donovan gewesen war, der Lianne gestern abend nicht mit wirklicher Wärme begrüßt hatte.

»Sie sehen aus wie Ihr Bruder«, flüsterte sie.

»Wie Archer?«

»Ja.«

»Wohl kaum. Der sieht nämlich ausgesprochen gut aus.«

»Und Sie nicht?« gab Lianne zurück, ehe sie es sich noch überlegen konnte.

Kyle warf ihr einen belustigten Blick zu. »Nein, ich nicht. Sie können mir glauben, ich habe das Wort von Dutzenden von Frauen darauf.«

»Das kommt davon, wenn man ständig vor dem Braille Institute herumhängt«, murmelte Lianne und rückte die kleine Kiste, die sie auf dem Arm hielt, gerade. »Sie wollen mir also erzählen, Sie seien unattraktiv? Was für ein Unsinn. Mit Ihrem Lächeln könnten Sie einen Verkehrsstau verursachen. Archer könnte damit höchstens eine Uhr zum Stehen bringen.«

»Sie mögen ihn nicht.«

Sie zuckte mit den Schultern. »Es ist schwer, jemanden zu mögen, der Sie nicht mag.«

»Er braucht einfach Zeit, ehe er mit jemandem warm wird.«

»Und das gelingt dann wohl auch nur mit Hilfe von offenem Feuer.«

Ein Wortschwall auf chinesisch ersparte Kyle eine Antwort darauf. Seng kam durch die Tür des Pavillons getreten, in einer roten Smokingjacke aus Brokat, einer Rolex Oyster, einem Weltklasse-Ring aus Jade, Gucci-Schuhen und schwarzen Seidenhosen. Er war gekämmt, aufgemacht und parfümiert wie ein Spieler oder ein Bräutigam.

Lianne warf nur einen Blick auf ihn und war bereits zutiefst dankbar für Kyles Anwesenheit. Unbewußt trat sie näher zu ihm, so nahe, daß sie einander fast berührten.

»Das perfekte Partytier«, hauchte Kyle leise.

»Das stimmt nur zur Hälfte«, antwortete sie leise.

»Tier?«

»Ich fürchte schon.« Es war die schlichte Wahrheit. Ein Teil von Lianne fürchtete sich vor Han Seng. Sie wußte, daß er ein sehr wichtiger Kontaktmann für die Familie Tang war. Wenn sie ihn beleidigte, würde Harry schrecklich wütend werden.

Und wenn Seng versuchte, sich an sie ranzumachen, würde sie ihn zwangsläufig beleidigen, und das nicht zu knapp.

Ein schneller Befehl von Seng ließ seinen Assistenten Lianne die Kiste abnehmen. Der Wachmann blieb, wo er war, doch jetzt beobachtete er Kyle nicht länger wie ein Raubvogel.

Seng plauderte ein wenig auf chinesisch, packte schließlich Liannes Arm und ging mit ihr, ohne auch nur einen Blick in Kyles Richtung zu werfen, den Flur hinunter. Kyle störte weniger die Unhöflichkeit ihm gegenüber als die Tatsache, daß Seng Lianne so fest gepackt hatte, daß dabei leicht Spuren zurückbleiben konnten.

Gerade als Kyle den beiden folgen wollte, stolperte Lianne gegen Seng und fing sich, in einem Durcheinander von Händen und Ellbogen. Er gab ein pfeifendes Geräusch von sich, packte sich an seinen Bauch und beugte sich nach vorne. Mit einer geschickten Bewegung gelang es Lianne, ihre Balance zu halten und sich schnell von Seng wegzudrehen.

Noch ehe der Leibwächter von seinem Stuhl aufstehen

konnte und Seng sich wieder gefangen hatte, stand Kyle schon zwischen Seng und Lianne, und sie entschuldigte sich in schnellem Chinesisch für ihre Unbeholfenheit. Seng war viel zu sehr damit beschäftigt, wieder zu Atem zu kommen, um ihr überhaupt zuzuhören.

»Während der Boss keucht und um sich schlägt wie ein Fisch auf dem Trockenen, könnte sein Assistent uns vielleicht zeigen, wo die Jade ist«, sagte Kyle. »Der Karton wird langsam schwer.«

Sengs Cousin warf Kyle einen raschen Blick aus seinen glänzenden schwarzen Augen zu, der ihm sagte, daß der Mann Englisch wesentlich besser verstand als er es sprach. Seng bellte einen Befehl und deutete auf Kyle.

»Er will, daß Sie und sein Assistent die Jade in Sengs Suite bringen. Dann sollen Sie an Bord Ihres Bootes warten.«

»Und was ist mit Ihnen?«

»Seng möchte mir die Jade in dem Hauptkonferenzraum persönlich zeigen. Er hat dort alles aufgebaut.«

»Und wo ist seine Party?«

»Gute Frage. Ich weiß es aber nicht.«

»Möchten Sie denn, daß ich auf dem Boot auf Sie warte?«

»Nein«, antwortete Lianne deutlich. »Die letzten Tage waren wirklich sehr anstrengend. Und sehr lang. Ich möchte die Sache hier so schnell wie möglich hinter mich bringen und dann nach Hause fahren.«

»Das hört sich doch gut an. Hier entlang.«

Kyle ging so selbstbewußt den Flur entlang, als würden die Hans und ihre Leibwächter gar nicht existieren.

»Wohin gehen wir?« fragte Lianne.

»In den Konferenzraum.«

»Wissen Sie denn, wo er ist?«

»Den Flur entlang, dann links, drittes Zimmer auf der rechten Seite. Na los, mein Schatz. Der Gastgeber hat zwar seinen eigenen Stundenplan, aber ich denke trotzdem nicht, daß er vorhat, Ärger zu machen.«

Lianne mußte nicht erst fragen, was auf Sengs Stundenplan stand. Sie konnte sich das sehr gut vorstellen. Zu gut. Unaufdringlichkeit gehörte eben nicht zu Sengs Eigenschaften. Überhaupt nicht. Er hatte es recht deutlich gemacht, daß er von ihr erwartete, ihm die Füße und auch noch einige andere Körperteile zu küssen, die er großzügig für sie entblößen würde.

Seng gab seinem Assistenten einige knappe Befehle, dann erklärte er Lianne in ähnlichem Tonfall, daß er noch andere Dinge zu erledigen hätte, und wandte sich auf dem Absatz um. Lianne atmete dankbar auf, daß Seng ging, und beeilte sich dann, mit Kyle Schritt zu halten. Ju begleitete sie.

»Woher kennen Sie denn den Grundriß des Instituts?« fragte Lianne Kyle, als sie ihn eingeholt hatte.

»Farmer hat eine Menge wichtiger Verbindungen. Auf die eine oder andere Art sind die Donovans in den letzten vier Jahren zu einer ganzen Reihe von IAC-Konferenzen auf diese Insel eingeladen worden. Dad hat den Pavillon sogar einmal gemietet. Damals hatten wir mehr Schlagkraft in China als Farmer. SunCo hat uns damals sehr umworben.«

»Und was ist dann geschehen?«

»Archer hat den Donovan davon abhalten können, ein Vertragsbündnis mit SunCo einzugehen.«

»Aber warum? Stimmte die Mischung der Geschäftsbereiche nicht?«

Kyle war sich des Assistenten hinter sich wohl bewußt, wie auch der Tatsache, daß Han Jus Englisch wesentlich besser war, als er seine Gäste glauben lassen wollte. »Das hat er mir nicht gesagt.«

»Haben Sie ihn denn danach gefragt?«

»Sie haben doch Archer kennengelernt. Was glauben Sie?«

»Sie haben ihn gar nicht erst danach gefragt.«

»Dort ist gleich der Konferenzraum«, war alles, was Kyle antwortete. »Der mit dem soliden goldenen Lotus an der Tür.«

Lianne schaffe es noch vor dem Assistenten zur Tür, öffnete sie und betrat den Raum. Auf einem langen, massiven Konferenztisch leuchteten diverse Teile aus Jade unter dem gedämpften Licht einer Lampe. Eine Inventarliste mit den Nummern und den Beschreibungen eines jeden Stückes lag ebenfalls auf dem Tisch.

»Stellen Sie den Karton dort drüben hin«, forderte sie Kyle auf und deutete auf das andere Ende des Tisches. Dann wiederholte sie den Befehl auf mandarin.

Mit ausdruckslosem Gesicht stellte Sengs Assistent den zweiten Karton auf den Tisch.

»Möchten Sie, daß ich die Kartons öffne?« fragte Kyle. Die dicke Kordel und das weiße Packpapier, zusammen mit den vielen roten Wachssiegeln, hatten ihn schon vom ersten Augenblick an angezogen, als Lianne die Kartons auf seinem Dock ausgeladen hatte.

»Nein«, wehrte Liane ihn ab. »Die Verpackung ist für Wen eine Art Versicherung, daß das, was schließlich aus den Kartons herausgeholt wird, auch genau das ist, was er im Tresor der Tangs hineingepackt hat.«

»Eine vertrauenswürdige Seele.«

Sie zuckte mit den Schultern. »Er ist nicht schlimmer als alle anderen auch, für die ich bisher gearbeitet habe.«

»Ich meinte damit ja auch Sie. Woher wollen Sie denn wissen, was eigentlich in den Kartons drin ist?«

»Das brauche ich ja gar nicht zu wissen«, antwortete Lianne und strich sich eine Haarsträhne hinter das Ohr. »Aber in diesem Fall kenne ich tatsächlich schon einige der Stücke, die zum Tausch angeboten werden. Joe hat mich angewiesen, daß ich eine schriftliche Bewertung dieser Stücke geben soll, ehe sie eingepackt werden.«

»Und was ist mit dem Rest?«

»Den Rest sollte ich nicht bewerten.«

»Eigenartig.«

»Die chinesischen Methoden, Geschäfte abzuwickeln, sind für Amerikaner oft eigenartig.«

Kyle sah sich die Kartons an. Es gab keine Möglichkeit, an den Inhalt zu gelangen, ohne mindestens eines der roten Siegel zu zerstören. Das war eine uralte, nicht sonderlich technologische, aber immer noch sehr wirksame Methode, um zu verhindern, daß betrogen wurde.

»Wenn ich die Jade vernünftig untersuchen soll, brauche ich mehr Licht«, erklärte Lianne Kyle, als sie ihre Schultertasche auf dem Tisch abstellte.

»Das ist nicht nötig,«, wehrte Han Ju in sehr deutlichem Mandarin ab. »Alles ist bereits vereinbart. Der ehrenwerte Han Seng wollte Ihnen nur die Qualität der Stücke zeigen. Wenn Sie warten möchten, wird er sein Wissen über die feineren Aspekte der Bewertung großzügigerweise mit Ihnen teilen.«

»Ich fühle mich geehrt«, antwortete Lianne unbeeindruckt, »aber genau wie der ehrenwerte Han Seng unterliege auch ich zahlreichen Verpflichtungen.« Dann sprach sie auf englisch weiter. »Sehen Sie irgendwo einen Lichtschalter?«

Kyle ging zu einer Schalttafel an der Wand, die einem Raumschiff Ehre bereitet hätte, und drückte auf ein paar Knöpfe, um das Licht heller zu stellen. Das Ergebnis war so hell wie der Sonnenschein in den Tropen – und schmerzte in den Augen.

»Genug so?« fragte er Lianne.

»Ich hätte besser meinen Badeanzug mitbringen sollen«, antwortete sie und zog einen Stift und einen Block aus ihrer

Tasche. »Dann könnte ich während der Arbeit sogar noch braun werden.«

»Ich werde das ultraviolette Licht ein wenig schwächer stellen. Wie wäre es mit etwas Musik?« schlug er vor und wandte sich wieder der Schalttafel zu. »Klassisch, keltisch, chinesische Oper. Oder Naturgeräusche. Regen, Donner, Wellenrauschen, Fluß, Vogelgezwitscher, Dschungel in der Morgendämmerung.«

»Stille wäre mir jetzt am liebsten.«

»Tropische Düfte vielleicht? Orchideen und Wasserfälle?« bot Kyle an. »Hitze und Sand aus der unendlichen Wüste? Der Dschungel am Mittag? Nachmittag auf einem Feld voller Blumen? Dämmerlicht in einem immergrünen Wald mit Schnee? Gute alte Salzluft?«

Lianne gab ein Geräusch von sich, das alles hätte bedeuten können, und beugte sich dann über das erste Exponat. Je genauer sie es sich ansah, desto weniger beeindruckte sie das, was sie sah.

»Wenn die neutralen Wände Ihnen nicht gefallen«, schlug Kyle vor, »kann ich Ihnen alles mögliche bieten, von den Wandzeichnungen von Xi'an und der Verbotenen Stadt über Manhattan bei Nacht bis zu den Rocky Mountains zu jeder beliebigen Tageszeit. Und wenn Ihnen nach Bildung sein sollte, kann ich Ihnen Bilder aus jedem Museum der Erde heranholen. Wenn Sie den Wunsch haben, sich zu entspannen, dann kann ich Ihnen Filmposter oder Panoramatapeten bieten. Und wenn Sie sich austoben wollen, kann ich Ihnen eine Auswahl an Sportclips aus jedem Land der Welt bieten, einschließlich mongolischem Ziegenfangen.«

Lianne blickte von der Jade auf. »Was sind Sie? Ein Fremdenführer?«

»Ich habe ja noch nicht einmal begonnen.«

Unter dem Blick von Jus schwarzen Augen ging Kyle zu

Lianne hinüber und lehnte sich gegen den Konferenztisch aus australischen Jarrahholz, der beinahe die Ausmaße eines Flugzeugträgers hatte, und verschränkte schließlich die Arme vor der Brust.

»Wenn wir wirklich Gäste wären und nicht nur einfache Boten«, erklärte er breit, »dann hätten wir Anstecker bekommen, die dem Computer in jedem beliebigen Raum befehlen würden, Licht, Temperatur, Musik, Duft und Dekor entsprechend unseren vorprogrammierten Vorlieben zu verändern.«

»Und wenn nun unsere Vorlieben nicht miteinander übereinstimmen, während wir uns aber im gleichen Raum befinden?« fragte Lianne.

»Dann könnten wir sehr schnell feststellen, wer hier ein VIP ist und wer bloß der Fußabtreter. Der am höchsten eingestufte Anstecker beherrscht den Computer.« Kyle wandte sich an Sengs Assistenten. »Auf Wiedersehen, Han Ju. Wenn wir etwas brauchen, dann werden Sie das mindestens genauso schnell erfahren wie wir selbst.«

Der Mann blickte Kyle lange an, dann wandte er sich um und verließ den Raum. Leise schloß sich die Tür hinter ihm.

Kyle beugte sich vor, bis seine Lippen direkt an Liannes Ohr waren. »Verhalten Sie sich so, als wäre Han Seng persönlich anwesend. Der Raum wird überwacht und abgehört.«

Liannes Augen weiteten sich, doch sie sagte kein Wort. Sie nickte nicht einmal. Sie widmete sich ganz einfach wieder der Jade. Je früher sie wieder von Farmers hochtechnisiertem Spielplatz verschwinden konnte und damit außerhalb von Han Sengs Reichweite war, desto besser.

Als Lianne sich wieder über die Jade beugte, fragte sie sich, ob Pfefferspray die Wache wohl eher außer Gefecht setzen würde, als der Mann seine Pistole ziehen und abfeuern könnte. Aber sie zweifelte daran.

»Haben Sie mich gehört?« hauchte Kyle in Liannes Ohr.

Sie nickte, dann zuckte sie ein wenig zusammen, als sie fühlte, wie seine warmen Finger ihr eine Haarsträhne hinter das Ohr strichen, die sich aus ihrer Haarklammer gelöst hatte.
»Ich muß mir eine bessere Klammer kaufen«, sagte sie.
»Meinetwegen nicht.«
»Sie lenken mich ab.«
»Und wenn ich mich dafür entschuldige?«
»Nur, wenn Sie es ernst meinen«, blockte sie ab.
Er lachte.
Lianne riß sich zusammen und konzentrierte sich wieder auf die Stücke, die Seng mit den Tangs tauschen wollte. Obwohl das Licht gut war, hatte sie noch einen verläßlicheren Hinweis als ihre visuelle Erinnerung. Sie griff nach ihrer Tasche und holte einige Stücke daraus hervor, deren Farbe ihr bekannt war, und stellte sie auf den Tisch, um zu sehen, wie das Licht auf sie wirkte.
»Gut«, murmelte Lianne. »Volles Tageslicht. Die Farbe, die Sie jetzt sehen, ist die gleiche Farbe, die Sie auch morgen mittag an jedem anderen Ort sehen würden.«
»Sind Sie sich da sicher? Das ist ein recht mediterranes Licht. Ich kann die Mischung in die Lichtverhältnisse des nordwestlichen Pazifiks abändern.«
Lianne schüttelte den Kopf und nahm das Stück in die Hand, das auf einer Karte mit der Nummer eins bezeichnet war. Das Stück war ein Anhänger, halb so groß wie ihre Handfläche. Das Äußere des Anhängers war ein Gitter aus Pfirsichblättern und Zweigen aus mittelgrüner Jade. Im Inneren dieses Gitterwerkes hing ein Pfirsich, der weißgrün gesprenkelt war. Die natürliche Einbuchtung des Pfirsichs war übertrieben worden, so daß es jetzt ein genaues, wenn auch nicht gerade sehr anmutiges Abbild einer Vulva war.
»Man erwartet von Ihnen, daß Sie jetzt laut denken«, rief Kyle ihr ins Gedächtnis. »Haben Sie das vergessen?«

Lianne nickte. Sie erinnerte sich auch daran, daß alles, was sie sagte oder tat, aufgezeichnet werden würde.

»Also, was denken Sie?« fragte Kyle.

»Ich verstehe, warum Seng dieses Stück nicht mehr in seiner Sammlung haben will.«

»Was stimmt denn nicht damit?«

»Wenn ein Sammler eine Leidenschaft für ganz bestimmte Stücke entwickelt, so stellt er damit an diese Stücke auch ganz besondere Anforderungen.«

Kyle blickte auf den Anhänger. »Ich höre.«

»Han Seng hat sich entschieden, Erotika aus chinesischer Jade aus allen Dynastien zu sammeln. Das ist eine sehr schwierige Wahl. Obwohl die Erotik ein akzeptierter und sogar gesellschaftlich vorgeschriebener Teil des chinesischen Lebens war – wenigstens bis zum Christentum und der Volksrepublik –, so bestand doch der größte Teil der chinesischen Erotikkunst aus Gemälden.«

»Visuelle Hilfen, wie? Das ist nicht gerade neu.«

»Manche Gewohnheiten überwinden eben sämtliche kulturellen Grenzen«, antwortete Lianne trocken. »Falls nicht gerade ein Kaiser, ein Prinz oder ein reicher Bürokrat eine erotische Skulptur bestellte, wurde diese Art von Kunst einfach nicht geschaffen, oder sie wurde eben bloß von mittelmäßigen Künstlern aus mittelmäßigen Steinen gefertigt.«

»Wie der Anhänger, den Sie jetzt gerade in der Hand halten?«

»Jawohl.«

»Also ist das Problem hier nicht das Subjekt?«

»Jetzt spricht aus Ihnen Ihr puritanischer Hintergrund«, antwortete Lianne und lächelte ein wenig. »Der Puritanismus ist zu Chinas kultureller Mischung erst sehr spät dazugekommen. Die Tatsache, daß westliche Museen ausschließlich chinesische Haushaltsgegenstände und Landschaftsgemälde ausstellen, sagt mehr über jene Gesellschaft, die zögert, sich der Sexualität zu widmen, als über die Chinas. China besitzt eine lange und reichhaltige Geschichte der Erotika.«

»Das haben die meisten Kulturen.«

»Aber die von China wurde nicht verborgen gehalten. Die Häufigkeit und die Dauer der Besuche eines Kaisers bei seinen Frauen und Konkubinen waren genauso von öffentlichem Interesse wie seine kaiserlichen Erlasse. Und ein abnormer Geschlechtstrieb wurde bei einem Herrscher sogar sehr bewundert.«

Mit hochgezogenen Augenbrauen blickte Kyle auf jene Reihe von Artefakten, die die verschiedenen Variationen der menschlichen Sexualität zeigten.

»Schockiert?« fragte Lianne und beobachtete ihn aus den Augenwinkeln.

Er lächelte ein wenig. »Ich dachte nur gerade daran, was geschehen würde, wenn ein Museum diese Stücke in der Eingangshalle ausstellen würde. Ich wette, die Besucherzahlen würden neue Höhen erreichen.«

»Und die örtlichen Politiker würden an die Decke gehen.«

»Ja. Wie Sie schon sagten, unterschiedliche Kulturen.« Kyle blickte zurück auf den Anhänger. »Also ist das Problem bei diesem Stück nicht das Thema sondern die Ausführung und die Qualität des Steines.«

Lianne nickte. »Die Familie Tang besitzt viele ausgezeichnete Variationen dieses Themas aus Pfirsichblättern und Frucht. Die Stücke sind sehr sinnlich und zeugen von der Freude, die man im Körper einer Frau empfinden kann. Aber auch von ihrer Fruchtbarkeit und dem Versprechen der Unsterblichkeit eines Mannes durch seine Söhne.«

»Nun, der Künstler hat den geschlechtlichen Teil des Anhängers deutlich herausgearbeitet. Aber der Rest...« Kyle zuckte mit den Schultern. »Der sieht eher ausgesprochen langweilig aus als nach der Offenbarung, die er doch sein soll.«

»Genau. Ich wünschte, ich könnte Ihnen einen der Anhänger im Tresor der Tangs zeigen. Er ist etwa gleich groß, von der Farbe her noch ein wenig schöner, doch die Kunstfertigkeit des Künstlers ist unglaublich. Er benutzte jeden winzigen Farbunterschied, um das Motiv noch zu verbessern. Als ich den Anhänger zum erstenmal sah, habe ich mich gefragt, ob die Frucht im Paradies nicht vielleicht ein Pfirsich war und kein Apfel.«

»Und Sie sind sich ganz sicher, daß dies ein Pfirsich sein will?« fragte Kyle und betrachtete den Anhänger, den Seng loswerden wollte. »Mir scheint, es sieht eher wie ein Körperteil aus.«

Lianne warf ihm einen raschen Blick von der Seite zu. »In China ist der Pfirsich das Symbol für die Vulva.«

»Ein Jadepfirsich für einen Jadestiel, ist das richtig?«

»Eigentlich wird die weibliche Form viel öfter Jadepavillon genannt. ›Freudenpavillon‹ ist ein weiteres gern benutztes Wort. Ebenfalls gebräuchlich ist ›die gewissen Quadratzentimeter‹.«

Kyle suchte krampfhaft nach einem neutralen Thema, auf das er umlenken könnte. Doch ihm fiel einfach nichts ein. Er hatte sich vor seinem Treffen mit Lianne im Geiste auf alle möglichen Gesprächsthemen vorbereitet, doch an eine solche Unterhaltung hatte er dabei wahrlich nicht gedacht.

»Auf jeden Fall nimmt man an, daß dieser Anhänger als Schmuck für eine Konkubine aus der Sung-Dynastie diente.«

»Man nimmt das an? Sie glauben also etwas anderes?«

Lianne zögerte und erinnerte sich daran, daß alles, was sie tat oder sagte, aufgezeichnet wurde. Sie legte den Anhänger auf den Tisch zurück, kramte in ihrer Schultertasche und holte ein Vergrößerungsglas mit einem batteriebetriebenen Licht daraus hervor.

»Wonach suchen Sie?« fragte Kyle. »Nach Werkzeugspuren?«

»So könnte man es nennen. Vor dem Zeitalter der maschinenbetriebenen Werkzeuge ging die Arbeit nämlich recht langsam voran. Das Ergebnis davon war, daß die Entwürfe sehr sauber, sehr deutlich waren. Mit Maschinen geht die Arbeit zwar wesentlich schneller, doch nicht besser. Überlappende Kanten sind nur eine mögliche Folge. Die Biegungen sind nicht ganz so sauber und glatt.«

»Man konnte die Maschine also nicht rechtzeitig anhalten, ehe sie über die Markierung hinausglitt, wollen Sie das damit sagen?«

»Jawohl. Sehen Sie hier, genau innerhalb der Lippe des Pfirsichs. Es sollte eine einzige, sinnliche Biegung sein. Aber das ist es nicht. Es ist eher eine schartige Kurve und keine wirkliche Biegung.«

Kyle nahm das Vergrößerungsglas in die Hand und sah sich den Anhänger an. Deutlich war die schartige Kante zu erkennen.

»Und somit denke ich, dieses Stück wurde im Zeitalter der modernen Technologie geschaffen«, erklärte Lianne. »In der Sung-Dynastie haben die Künstler noch nicht mit Fußpedal und zerstoßenen Granatsplittern gearbeitet.«

»Was glauben Sie, wieviel dieses Stück wohl wert ist?«

»Hundert Dollar, wenn man zu beschäftigt ist, zu handeln. Zehn, wenn man einen hungrigen Ladenbesitzer findet. Es gibt Läden in Hongkong und Shanghai, die ganze Regale davon haben. Es ist alles modernes Zeug.«

»Neue Jade. So nennt man sie doch, nicht wahr? Alles, was nach dem neunzehnten Jahrhundert hergestellt wurde.«

»Neue Jade«, stimmte sie ihm zu und lächelte dann ein wenig ironisch. »Selbst wenn sie vielleicht schon ein Jahrhundert alt ist.«

»Das ist immerhin ein Viertel der amerikanischen Geschichte.«

»Und je nachdem, wie man zählt, ein Fünfzigstel der chinesischen Geschichte«, antwortete Lianne und nahm ihm den Anhänger wieder ab. »Und um die ganze Sache noch verwirrender zu machen, es gibt sogar ausgesprochen viele Chinesen, die sämtliche Jadearbeiten der Han-Periode als ›modern‹ bezeichnen.«

»Alles aus den letzten zweitausend Jahren soll *modern* sein?«

»Für die Chinesen schon.«

Lianne legte den Anhänger zur Seite, machte sich einige Notizen und ging dann zu dem nächsten Stück über. Sie arbeitete schnell und gründlich, sie sprach in Phrasen und einzelnen chinesischen Worten, die Bände sprachen über ihr Wissen. »*Pih*, moosgrün. Keine besondere Kunst. Gute Politur. Subjekt nicht unüblich.«

»Das sieht aus wie ein Mann, der seine Hand unter dem Kleid einer Frau hat«, bemerkte Kyle.

»Wie ich schon sagte, kein unübliches Thema.« Sie nahm ein weiteres Stück, doch diesmal mußte sie beide Hände benutzen, denn es war so groß wie eine Honigmelone. »Einige Schattierungen heller als *pih*. Gutes Kunstwerk. Gute bis ausgezeichnete Nutzung der natürlichen Variation des Steins. Gute Politur, obwohl modern. Zu schade. Wenn die Politur auf die altmodische Weise gemacht worden wäre, mit der Hand, dann würde das Stück mehr wert sein. Handpolitur gibt einen tieferen Schimmer.«

»Und wie steht es mit dem Motiv?«

»Nicht ungewöhnlich.« Lianne legte es wieder beiseite, machte sich Notizen und ging weiter am Tisch entlang.

Kyle starrte auf die Skulptur, die sie gerade zurückgelegt hatte. Beide Gestalten waren voll bekleidet. Die Frau lag auf dem Rücken, in einer lässigen Geste, mit den Hüften im Schoß ihres Geliebten und den Beinen über seiner Schulter. Etwas im Gesicht der Frau ließ erahnen, daß ihr diese Lage gefiel. Dem Mann schien sie auf jeden Fall zu gefallen. Sein Kopf war zurückgelegt, als würde er gerade einen Höhepunkt erleben.

Als Kyle Lianne endlich eingeholt hatte, war sie ihm schon um fünf Exponate voraus.

»*Pih,* indigo«, murmelte sie vor sich hin und übersetzte dann für Kyle. »Gute Farbe, sehr gute Arbeit. Doch leider ist der beherrschende Eindruck statisch und nicht dynamisch. Ich würde vorsichtig ein Datum aus der Tang-Dynastie akzeptieren.«

Während sie sich wieder Notizen machte, begutachtete Kyle das Stück. Es stellte eine Frau dar, deren Zehen zum Himmel deuteten. Dem Ausdruck ihres Gesichts nach könnte der Mann zwischen ihren Schenkeln gerade ihren Unterleib untersucht haben. Er sah auch nicht gerade begeistert aus.

Kyle nahm Lianne das Vergrößerungsglas ab und untersuchte die Skulptur genauer. Trotz des Mangels an künstlerischem oder emotionalem Innenleben war es ein wundervoll gearbeitetes Stück. Die Biegungen waren gerade. Und wenn eine Biegung um eine Ecke ging, war sie sauber und überlappte nicht.

»*Kau*«, sagte Lianne.

»Was war das noch einmal?« fragte Kyle und blickte auf.

»Gelb. Und auch nicht gerade in der schönsten Schattierung dieser Farbe. Die Arbeit ist im Stil der Drei Königreiche gefertigt, doch der Symbolismus und das Motiv waren eher in der Sung-Dynastie gebräuchlich.«

»Und was hat das zu bedeuten?«

»Während der Sung-Dynastie gab es ein Wiederaufleben des Stils der Drei Dynastien. Vielleicht stammt dieses Stück ja aus jener Zeit. Vielleicht ist es aber auch wesentlich jünger. Darf ich das zurückhaben?«

Kyle reichte ihr das Vergrößerungsglas.

»Ziemlich modern«, urteilte sie nach einem kurzen Augenblick. »Es ist kaum abgekühlt von der mechanischen Politur.«

Lianne machte wieder eine Notiz, nahm ein weiteres Stück und drehte es langsam in der Hand. »*Chiung*«, sagte sie. Und noch ehe Kyle fragen konnte, fügte sie hinzu: »Zinnoberrot. Ungewöhnliches Motiv. Ich nehme an, auch dieses Stück ist ziemlich modern.«

Kyle blickte auf die Skulptur, die Lianne langsam in ihren schlanken, kräftigen Händen drehte. Die Kleidung der beiden Menschen war in Unordnung. Der Kopf des Mannes war zwischen den Schenkeln der Frau.

»Ausgezeichnete Form«, sagte sie mit ausdrucksloser Stimme. »Wundervolle Politur. Ganz und gar nicht statisch. Hervorragende Technik. Das ist eine glückliche Konkubine.«

Kyle lachte laut auf. »Woher wissen Sie denn, daß es nicht seine Frau ist?«

»Auf diese Art kann sie nicht schwanger werden.«

»Aber sie wird auf jeden Fall glücklich sein«, gab er zurück.

»Wenn man die zehn Dinge auflistet, die den traditionellen chinesischen Männern am wichtigsten sind«, bemerkte Lianne und machte rasch einige Notizen, »dann steht die sexuelle Befriedigung ihrer Frauen auf Platz dreißig.«

Sie legte den Notizblock beiseite und konzentrierte sich auf das nächste Stück und dann auf das nächste und das nächste. Es waren ausschließlich moderne Stücke. Die Qualität variierte von gut bis annehmbar, doch hauptsächlich notierte Lianne letzteres.

Doch mindestens drei Jadearbeiten, die Lianne aus dem Tresor der Tangs mitgebracht hatte, nämlich jene drei, die sie selbst geschätzt hatte, waren ausgezeichnet bis außergewöhnlich. Was auch immer die Tangs für einen Handel abschließen würden, so wäre es doch ein recht einseitiges Geschäft.

Und es wäre dann ihr Name, der auf den Schätzpapieren von Han und von Tang erscheinen würde.

Ein Gefühl der Unsicherheit beschlich Lianne, und ihr Magen zog sich zusammen. Ihre Haut prickelte. Ihre Hände wurden feucht und kalt, und ein eisiger Schauer lief über ihren Rücken. Sie sagte sich, daß sie überreagierte; sie folgte ganz einfach nur den Anweisungen ihres Kunden. Es ging sie nichts an, was Han Seng und die Tangs für einen Handel ausgemacht hatten.

Aber ihr Name würde dennoch darunter stehen.

15

»Saugt er wirklich an ihrem Fuß?« fragte Kyle.

Lianne zuckte zusammen, sie atmete tief durch und konzentrierte sich dann wieder auf die Jade, auf die sie zuvor zwar schon gestarrt hatte, doch ohne sie wirklich zu sehen. Der Mann hatte tatsächlich den winzigen, sorgfältig verstümmelten Fuß der Frau zwischen seinen Lippen. Der andere Fuß war halb ausgewickelt und deutete zum Himmel.

»Das tut er wirklich«, sagte Lianne. »Während der Jahrhunderte, in denen die Chinesen das Binden der Füße praktizierten, wurden die ›goldenen Lilien‹ als der sexuell erregendste Teil eines Frauenkörpers angesehen.«

»Goldene Lilien? Ihre *Füße?*«

»Nicht einfach irgendwelche Füße. Goldene Lilien waren die Kulmination eines Lebens voller Schmerzen. Wenn ein Mädchen ungefähr vier oder fünf war, wurden ihre Zehen gebeugt und an die Fersen gebunden, der Spann des Fußes wurde gebrochen. Im Erwachsenenalter war das Ergebnis ein verstümmelter Fuß, der nicht größer war als eine Lilienknospe, bevor sie sich öffnet. Siebeneinhalb bis zehn Zentimeter höchstens.«

Kyle blinzelte. »Und das war sexuell erregend?«

»Für einen chinesischen Mann in jener Zeit schon. Die goldenen Lilien waren der einzige Teil des Körpers einer Frau, den sie in der Anwesenheit anderer nicht enthüllte. Noch nicht einmal vor den Dienern, die ihr beim Bad behilflich waren. Die einzige Ausnahme war der Ehemann oder, wenn sie eine Prostituierte war, ein ganz besonders ausgewählter Kunde.«

Kyle pfiff leise durch die Zähne. »Nun, mit dieser Art von sexueller Vorliebe trägt der Bursche aber sicher nicht zur Völkerverständigung bei.«

»Sie würden anders empfinden, wenn es um ihre Brüste ginge.«

»Das würde ich ganz sicher.«

»Das ist aber kulturell bedingt.«

»Gott segne Amerika.«

Lianne lächelte, trotz der Angst, die sich wie eine feuchtkalte Hand um ihren Magen legte. Als sie die nächste Skulptur in die Hand nahm, hoffte sie, daß der Rest der Stücke, die Seng mit den Tangs tauschen wollte, nicht genauso glanzlos war wie die, die sie bereits gesehen hatte.

»Soochow«, sagte sie sofort. Dann murmelte sie leise vor sich hin: »Verdammt.«

»Stimmt etwas nicht?«

»Je älter das Stück, desto unwahrscheinlicher ist es, daß es wirklich aus Jade ist«, erklärte Lianne. »Früher haben die Chinesen die Steine nach ihrer Farbe eingestuft und nicht nach seiner chemischen Zusammensetzung. Eine ganze Menge grüner Steine wurde damals Jade genannt, angefangen beim Speckstein bis hin zum Serpentin.«

»Die sind wesentlich einfacher zu bearbeiten als Jade«, erklärte Kyle. »Eine ganz gehörige Portion einfacher sogar, wenn man den Speckstein nimmt.«

»Und die Schnitzereien halten nicht so lange. Die Zeit rundet die Ecken ab, und es bleibt letztlich nicht viel übrig. Es ist wie Wachs, das in der Sonne liegt. Ganz besonders bei Speckstein. Und nichts läßt sich so polieren wie echte Jade.«

»Ist das denn Jade, was Sie da in der Hand halten?«

»In gewisser Weise schon. Man nennt sie Soochow-Jade. Kennen Sie den Unterschied?«

»Soochow-Jade ist Serpentin, nicht Nephrit«, erklärte Kyle. »Serpentin ist weicher als Nephrit, er hat ein geringeres spezifisches Gewicht und ist zerbrechlicher.«

»Sollte ich also annehmen, daß Sie auch den Unterschied zwischen Nephrit und Jadeit kennen?«

»Nephrit ist ein Silikat aus Kalzium, Magnesium und Eisen. Man nennt es auch Tremolit-Actinolit. Jadeit ist eine andere Art von Silikat. Aluminium, Sodium und Eisen. Auch bekannt als Pyroxene. Wenn es smaragdfarben und höchst durchscheinend ist, nennt man es burmesische Jade, kaiserliche Jade, Jadeit oder *fei-ts'yu*. Deckt das die wichtigsten Punkte ab?«

»Und auch noch einige der weniger wichtigen. Warum hängen Sie sich also noch an meine Fersen?«

»Ehe ich mich für Jade interessierte, war ich Geologe. Chemie ist bei einigen Fragen eine großartige Sache, aber ihr fehlt einfach die Geschichte. Chinesische Jade, ganz gleich wie ihre chemische Zusammensetzung auch sein mag, ist eine Kondensation chinesischer Geschichte. Mit anderen Worten, ich folge Ihnen, damit ich herausfinden kann, woher Sie wissen, daß die Frau in der Skulptur, die Sie gerade in der Hand halten, eine Braut ist und keine Prostituierte.«

»Sehen Sie sich die Zeichen auf dem Ständer an.«

Kyle trat näher, so nahe, daß er die Wärme von Liannes Körper fühlte. »Es sieht aus wie geschnitztes, poliertes Mahagoni, der übliche Sockel für chinesische Skulpturen aus Jade.«

»Das Holz ist so geformt, daß es aussieht wie eine Schlafmatte. An beiden Enden befinden sich stilisierte Fledermäuse – sowohl Symbole des Glücks als auch Symbole der Nacht –, und auf ihr Gewand sind Pfingstrosen eingraviert, das Symbol für die Erneuerung, den Frühling, die Liebe und das Glück.«

»Also alles Zeug, das mit einer Heirat zu tun hat.«

»Zeug? Das sind die Worte eines wahren westlichen Junggesellen«, sagte Lianne und lachte. »Für die Chinesen war eine Hochzeit die Verschmelzung von Familien, Dörfern, Dynastien und Schicksalen. Hochzeiten waren der Punkt, an dem die Vergangenheit durch den Mann in die Frau floß und die Zukunft erschuf.«

Kyle beugte sich vor, um sich die handgroße Skulptur, die Lianne in den Händen hielt, genauer anzusehen. Das Gesicht der Braut war ausdruckslos, es war kaum aus dem Stein herausgearbeitet. Unter ihren Händen teilte sich ihr Gewand genau unter dem Nabel und fiel in Falten zu den Außenseiten ihrer gespreizten Schenkel hinab. Sie trug kein Unterkleid, um noch zu verbergen, was den Bräutigam erwartete. Die fest zusammengedrückte Vulva war wesentlich deutlicher herausgearbeitet als alles andere an der Frau.

»Sie ist bereit für die Zukunft, soviel ist sicher«, bemerkte Kyle.

»Oder für was auch immer. Wieder entsprach die Kunstfertigkeit des Künstlers nicht den komplexen Symbolen und der Resonanz der Kultur. Dies ist nicht mehr als eine Frau mit gespreizten Schenkeln.« Lianne legte die Skulptur auf den Tisch zurück und ging weiter.

»Kennen Sie eine, äh, feinere Variation dieses Themas?« fragte Kyle.

»Die Tangs haben eine Skulptur, die in Größe und Thema identisch ist«, erklärte Lianne, während sie bereits das nächste Stück betrachtete. »Doch der Effekt ist ein vollkommen anderer. Das Mädchen hatte in der Heiratslotterie offensichtlich den Hauptpreis gezogen und einen Mann bekommen, der dafür sorgte, daß auch sie glücklich wurde. Ich nenne die Skulptur die träumende Braut, obwohl ich vom Ausdruck her sicher bin, daß die Ehe schon vollzogen ist.«

»Wie?«

»Was meinen Sie damit, wie?« Lianne sah mit ausdruckslosem Blick zu Kyle hinüber. »Auf die übliche Art, nehme ich an. Eindringen, gefolgt von Ejakulieren.«

Kyle krümmte sich und lachte dann laut auf, während ihr eine heiße Röte ins Gesicht stieg.

»Das habe ich bereits kurz nach meiner Zeit im Kindergarten herausgefunden«, lachte er und strich mit dem Handrücken über ihre hochrote Wange. »Was ich meinte war, wie können Sie sagen, daß es nachher war und nicht vorher?«

Lianne versuchte so zu tun, als wäre sie nicht wie eine Braut oder ein kleines Kind errötet. Sie beugte sich über den Tisch und starrte konzentriert auf ein anderes Stück Jade. »Es... nun ja, es sah ganz einfach so aus.«

»Das ist mir auch keine große Hilfe.« Kyle holte tief Luft und atmete Liannes Duft ein. Zwischen den Erotika aus Jade und dieser Frau war sein Körper zwangsläufig angespannt. »Gibt es eine Möglichkeit, wie man meine Ausbildung dadurch fördern könnte, daß ich in den Tang-Tresorraum komme und die Jade dort einmal mit dieser hier vergleiche?«

Sie schüttelte den Kopf. »Niemandem außer der direkten Familie – und mir natürlich – ist es jemals erlaubt worden, den Tresorraum zu betreten. Aber ich könnte Ihnen vielleicht eine Auswahl von Erotika bringen, wenn Sie das möchten.«

»Ich möchte die Unterschiede kennenlernen. Und wenn

die Erotika mir dabei helfen, dann bin ich ganz Auge und Zunge.«

Lianne verbarg ihr Lächeln vor ihm und hoffte, daß Kyle nicht fühlte, wie schnell ihr Herz zu schlagen begonnen hatte. Sie hatte schon mit mehreren Kunden über Erotika gesprochen und sie für sie gekauft, einschließlich Han Seng, ohne dabei aufgrund der Natur der Kunstwerke auch nur im mindesten in Verlegenheit zu geraten.

Doch bei Kyle war das anders. Warum, das konnte Lianne nicht sagen. Es war nicht einmal so, daß sie sich gehemmt fühlte oder verlegen war, höchstens bei der Erinnerung an ihre ungebärdigen Gedanken. Immer wieder mußte sie daran denken, wie es sein würde, befriedigt dazuliegen und Kyle zuzusehen, wie er jene gewissen Quadratzentimeter bewunderte, die sie gerade genossen hatten.

»Aber ich muß zugeben«, gestand er, »daß es mir schwerfällt, mir Wen Zhi Tang als Sammler von Erotika aus Jade vorzustellen.«

»Es ist ja nicht seine hauptsächliche Leidenschaft, aber er läßt sich dennoch niemals eine Möglichkeit entgehen, die Breite oder die Qualität der Sammlung seines Großvaters und Ururgroßvaters zu vervollständigen. Sie hatten übrigens einen ausgezeichneten Geschmack. Viele ihrer Erwerbungen sind schlicht und einfach Kunst.«

»Wie zum Beispiel die träumende Braut?«

Lianne schloß die Augen und sah in Gedanken wieder die pure Entspanntheit vor sich, die die Skulptur zum Ausdruck brachte. Das zufriedene Lächeln, die sanft geschwollenen Lippen, den seltenen Katzenaugenglanz der Jade zwischen den Schenkeln der Braut.

»Ja«, antwortete sie mit rauher Stimme. Sie räusperte sich. »Wie die träumende Braut.«

Schnell griff sie nach dem nächsten Stück, das in einem mit

Seide ausgeschlagenen Lackkästchen lag. Die Skulptur war ein wenig länger als ihre Hand und hatte die Form eines erigierten Penis. Sie drehte das Stück, notierte die Qualität des Steines und der Schnitzereien und legte es dann in das Kästchen zurück.

Kyle beugte sich über Liannes gesenkten Kopf und versuchte, den schwachen, sehr weiblichen Duft nicht zu beachten, der ihm dabei in die Nase stieg. »Sie haben gar nichts gesagt.«

Lianne erstarrte, dann entspannte sie sich wieder. Er war ihr so nahe, daß sein Atem ihr die feinen Härchen an ihrem Ohr gegen die Haut wehte und eine Gänsehaut ihren Körper überzog. »Da gibt es nicht viel zu sagen. Das ist entweder ein Gerät, um Prostituierte in der Kunst des Fellatio zu unterrichten oder eine sehr phantasielose Skulptur oder beides.«

»Ich nehme an, im Tang-Tresor gibt es bessere?«

»Aus dem Stegreif fallen mir mindestens fünf ein. Der Jadestiel war ein beliebtes Thema bei Erotika und in vorgeschichtlichen Zeiten wahrscheinlich auch ein rituelles Objekt.«

Schnell untersuchte Lianne auch noch die anderen Stücke, die Seng zum Tausch angeboten hatte. Doch nichts, was sie sah, beruhigte das negative Gefühl, das sie bei diesem Handel, den auch noch sie ausführen sollte, beschlich.

Kyle fühlte Liannes wachsende Anspannung und fragte sich, was sie wohl beunruhige. Sie untersuchte ein Stück nach dem anderen und machte sich eilig einige Notizen. Nach dem letzten Stück kritzelte sie eine rasche Nachricht, riß das Blatt ab und legte es auf den Konferenztisch.

»Sie haben seit einer Viertelstunde kein Wort mehr gesagt«, meinte Kyle.

»Addieren Sie es zu der Zeit, die ich Ihnen sowieso noch schulde.«

Mit schnellen, unharmonischen Bewegungen steckte sie den Block, das Vergrößerungsglas und den Stift wieder in ihre große Tasche. Sie hängte sich die Tasche über ihre Schulter und versuchte, nicht daran zu denken, wie wütend die Tangs auf sie sein würden.

Aber sie wollte verflucht sein, wenn sie ihren Namen unter einen so schlecht versteckten Betrugsversuch gesetzt hätte.

»Sollten Sie diese Jade nicht eigentlich mitnehmen?« fragte Kyle und deutete auf die Stücke, die Lianne gerade untersucht hatte.

»Ja.«

»Dann sehen wir uns doch besser einmal nach Verpackungsmaterial um.«

»Das wird nicht nötig sein.« Lianne nahm sich die kleinere der beiden Kisten, die sie mitgebracht hatte. »Nehmen Sie bitte die andere Kiste.«

Kyle zog die Augenbrauen hoch, doch tat, was sie von ihm verlangte. »Und was jetzt?«

»Jetzt gehen wir.«

»Kein Handel?«

»Nicht, solange ich darüber zu entscheiden habe.«

»Und was wird Seng dazu sagen?«

»Ihm wird es wie jemandem gehen, dem man erst einen Schinken vor die Nase hält und ihn dann mit einem Würstchen abspeist.«

Kyle brummte. Verdeckt von dem Karton, den er gerade hochgehoben hatte, zog er seine Pistole hervor und entsicherte sie. Erst dann verließ er den Konferenzraum.

Lianne blieb dicht hinter ihm, als sie den Flur entlanggingen. Keiner von beiden machte sich die Mühe, sich von dem Wachmann zu verabschieden, der noch immer bei der Tür wartete.

Gerade als sie die Tür öffneten, begann jemand in dem hinteren Teil des Pavillons wütend zu schreien. Der Wachmann griff unter seine Jacke, doch dann erstarrte er, als er sah, daß Kyles Pistole bereits auf ihn gerichtet war.

Han Ju kam um die Ecke gelaufen, auf die Tür zu, doch dann blieb er stehen. Er begann, den Wachmann auf chinesisch anzubrüllen.

»Ju«, sagte Kyle.

Der Mann wandte sich ihm zu.

»Nehmen Sie das Telefon und rufen Sie die Wache am Dock an. Sagen Sie ihm, daß Sie ihn hier brauchen, um Sengs Gäste zurück zu ihrem Boot zu bringen. Sprechen Sie Englisch mit ihm. Und stellen Sie sich nicht zwischen mich und ihren kleinen Kickboxer, es sei denn, Sie möchten ins Kreuzfeuer geraten.«

Ju versuchte gar nicht erst, so zu tun, als ob er kein Englisch verstünde. Vorsichtig hob er den Telefonhörer hoch und befahl dem Wachmann an der Anlegestelle, in den Pavillon zu kommen, dann legte er den Hörer wieder auf.

»Kyle...«, begann Lianne.

»Gleich«, unterbrach er sie, ohne den Blick von Ju zu wenden. »Versteht Smiley Englisch?« fragte Kyle und deutete auf den Wachmann.

»Nein«, antwortete Ju.

»Lianne, sagen Sie dem Mann, er soll ganz langsam seine Waffe auf den Boden legen und sie dann zu mir schieben. Wenn ich sehe, daß der Lauf seiner Waffe irgendwo anders hindeutet als auf seine Brust, werde ich auf ihn schießen.«

Lianne übersetzte hastig.

Ohne den Blick von Kyle abzuwenden, zog der Wachmann seine Waffe. Ganz langsam. Er legte sie auf den polierten Marmorfußboden, den Griff in Kyles Richtung. Mit einem leichten Fußtritt kickte er die Waffe zu Lianne hinüber. Das Metall glänzte wie Wasser in dem sanften Licht des Flurs.

»Können Sie mit einer Waffe umgehen?« fragte Kyle sie.
»Ein bißchen.«
»Das ist doch schon einmal ein guter Anfang. Heben Sie sie auf.«
Ein wenig unbeholfen, noch immer den Karton mit der Jade in der Hand, hob Lianne die Waffe auf und blickte fragend zu Kyle hinüber. Er warf einen kurzen Blick auf die Waffe in ihrer Hand.
»Okay«, sagte er. »Sie ist gesichert. Stecken Sie sie irgendwo hin, wo sie niemand sieht, und gehen Sie zum Boot zurück. Ich komme gleich nach.«
Lianne ging eiligen Schrittes davon.
»Ju«, sagte Kyle. »Sagen Sie dem Wachmann, er soll sich mit dem Gesicht nach unten hinlegen, die Füße zur Tür.«
Der Mann folgte seiner Anweisung, noch ehe Ju zu Ende gesprochen hatte.
»Und jetzt legen Sie sich auf ihn«, befahl Kyle.
Ju wollte schon protestieren, doch als er die Bewegung von Kyles Pistole sah, hielt er inne. Er murmelte etwas auf chinesisch, dann legte er sich auf den Wachmann.
»Wenn auch nur einer zur Tür sieht, ist es mit meiner Geduld endgültig vorbei«, erklärte Kyle ruhig. »Ich werde im Gebüsch bei der Eingangstür auf den Wachmann der Anlegestelle warten.«
Leise und mit lautlosen Schritten auf dem glänzenden Marmorboden ging Kyle rückwärts aus der Tür. Da Lianne den Weg erst kurz vor ihm entlanggegangen war, brannten die Lampen noch. Als Kyle sie bei der zweiten Biegung des Weges dann einholte, war von seiner Pistole nichts mehr zu sehen.
An der dritten Biegung stießen sie beinahe mit dem Wachmann zusammen.
»Danke, daß Sie gekommen sind«, begrüßte Kyle ihn.

»Aber ich habe Ju schon gesagt, daß wir den Weg bereits kennen. Beeile dich, Liebling, wir wollen die Flut noch erwischen.«

Lianne beschleunigte ihren Schritt, und Kyle folgte dicht hinter ihr. Der Wachmann sah sich verunsichert um, doch dann erinnerte er sich an seinen ersten Befehl: niemals einen Gast auf der Insel ohne Begleitung zu lassen. Er folgte Kyle und Lianne also zum Dock, sah ihnen zu, wie sie auf die *Tomorrow* gingen, das Gebläse anstellten und sich darauf vorbereiteten, abzulegen.

Gerade als Kyle den Motor anließ, begann der Piepser des Wachmanns zu schrillen.

»Es wird Zeit, abzuhauen«, sagte Kyle zu Lianne. »Gehen Sie in die Kabine, aber lassen Sie die Tür auf.«

Er machte die Leinen los und lenkte das Boot vom Achterdeck aus statt vom Steuer in der Kabine.

Als der Wachmann zu schreien begann, waren sie schon etwa fünfzig Meter vom Dock entfernt. Kyle schaffte es in zwei Sekunden an das vordere Steuer. Mit einem tiefen Dröhnen hob sich die *Tomorrow* aus dem Wasser und raste davon. Ihre neu installierten Buglichter durchbrachen die Dunkelheit und gaben den Blick frei auf mögliche im Wasser schwimmende Baumstämme, die ein gefährliches Hindernis zwischen den San-Juan-Inseln waren.

Lianne saß im Lotsensitz auf der anderen Seite des schmalen Durchgangs neben Kyle. Sie war in sich gekehrt und sah sehr angespannt aus. Doch sie sprach nicht darüber, was sie beschäftigte.

»Möchten Sie mir nicht verraten, was das alles zu bedeuten hat?« fragte Kyle.

»Noch nicht. Bitte. Ich muß erst nachdenken. Gott, was für ein Durcheinander. Wen wird schrecklich wütend sein. Die Tangs brauchen Sengs Wohlwollen.«

»Also haben sie ihnen einen Handel angeboten? Gute Jade gegen schlechte Jade?«

Sie preßte die Hände in ihrem Schoß noch fester zusammen. Sie war nicht so ganz glücklich mit ihrer Entscheidung, den Jadehandel nicht durchgeführt zu haben, doch sie wußte auch nicht, was sie sonst hätte tun sollen. Allerdings wußte sie, daß sie froh war, nicht allein zu Seng gefahren zu sein. Ohne Kyle hätte sie zweifellos die Jade der Tangs nicht mehr von der Farmer-Insel heruntergekommen.

Ganz zu schweigen von Seng und seinem Vorhaben, mit ihr zu schlafen.

»Sprechen Sie mit mir, Lianne. Ich muß wissen, was hier vorgeht.«

»Ich wollte meinen Namen nicht unter einen so einseitigen Handel setzen«, erklärte sie mit ausdrucksloser Stimme. »Sämtliche Jade von Seng zusammengenommen war nicht so viel wert wie auch nur eines der drei Stücke von Tang, die ich für diesen Handel begutachtet habe.«

Kyle runzelte die Stirn und drosselte die Geschwindigkeit soweit, daß sie in der Dunkelheit kein Risiko eingingen. »Wieviele dieser Geschäfte mit den versiegelten Kartons haben Sie für die Tangs bereits abgewickelt?«

»Mit Seng?«

»Überhaupt.«

Lianne zögerte. »Ich bin mir nicht sicher. Sechs, vielleicht auch sieben. Die letzten waren mit Seng, hier in Seattle. Vor einiger Zeit gab es da auch noch einen Händler aus Taiwan und einen Sammler aus Festlandchina.«

»Führen Sie solche Transaktionen auch für andere Kunden durch oder nur für die Familie Tang?«

»Eigentlich nur für Wen. Ich habe damit vor sechs Monaten begonnen, als sein Sehvermögen nachließ und er auch nicht mehr kräftig genug war, um zu reisen.«

»Ist dies der erste Handel, den Sie verweigert haben?«
»Ja.«
»Waren die anderen denn ausgeglichener?«

Lianne schloß die Augen und versuchte, ihre verkrampften Hände zu lösen. »Das weiß ich nicht«, sagte sie mit ausdrucksloser Stimme.

Aber sie fürchtete, daß sie es sehr wohl wußte. Sie hatte die Hände im Schoß verkrampft, ihre Lippen waren zusammengepreßt. Schweigen senkte sich über die Kabine, so dicht wie die Nacht.

Kyle wollte noch mehr Informationen aus ihr herausholen, doch dann entschied er sich anders. In der Dunkelheit durch die Gewässer der San-Juan-Inseln zu steuern war schon schwierig genug, ohne sich dabei dann auch darauf konzentrieren zu müssen, Informationen aus einem äußerst verschlossenen Menschen herauszukitzeln. Er würde warten, bis Lianne mit ihm in seiner Hütte war.

Dann würde er seine Antworten schon bekommen.

»Passen Sie auf, wohin Sie treten«, sagte Kyle, als er die Heckleine der *Tomorrow* festmachte. »Der Steg kann glitschig sein.«

Mit einer schnellen Bewegung hob er Lianne aus dem Boot auf das feuchte Dock. Sie schnappte erschrocken nach Luft und klammerte sich an seinen Arm, bis sie das feste Land unter ihren Füßen fühlte.

»Fortschritt«, bemerkte er. »Gut.«
»Wie bitte?«
»Sie haben ein Geräusch von sich gegeben. Zwei sogar. Eines davon könnte beinahe ein Wort gewesen sein.«

Lianne errötete. Sie wußte, daß sie auf der Fahrt zurück von der Farmer-Insel nicht gerade eine interessante Unterhaltung gewesen war. »Es tut mir leid. Ich möchte nicht, daß Sie denken, ich sei Ihnen nicht dankbar für all das, was Sie für mich getan haben. Denn das bin ich wirklich. Ohne Sie...« Sie erschauerte. Sie wagte gar nicht, daran zu denken, was hätte geschehen können. »Ich habe mir nur Gedanken gemacht über... über die Jade.«

»Über die Jade oder über einen schlechten Handel?«

Lianne wollte sich von ihm abwenden, doch das konnte sie nicht. Kyle war ihr viel zu nahe.

»Wie wäre es denn mit einem ausgeglichenen Handel?« fragte er. »Oder noch besser, mit einem *guten*.«

Plötzlich fühlte sie seinen warmen Atem an ihren Lippen und konnte die Wärme seines Mundes spüren. Heiß. Schmackhaft. Hungrig.

Und kein Taxi wartete auf sie.

Lianne sagte sich, daß sie das besser nicht tun sollte – selbst noch, als sie schon die Arme nach ihm ausstreckte. Ihr Verlangen nach ihm war viel zu groß, um sich jetzt das leichtsinnige Vergessen zu versagen, von dem ihr Gefühl ihr sagte, daß es in genau diesem Mann auf sie wartete.

Kyle wollte langsam vorgehen, er wollte Lianne mit dem Geschick verführen, das sie nach mehr verlangen ließ. Ein paar Küsse auf dem Dock, während der Wind geheimnisvoll und schwer vom Duft des Meeres um sie wehte, ein paar weitere Küsse auf dem Weg, wo die Fichten in der Nacht flüsterten, ein Glas Wein vor dem Feuer, ein langsames Entledigen von Kleidung und Verstand...

Dann schmeckte er sie, tief und lang und eindringlich. Er gab ein leises Geräusch von sich und konnte an nichts anderes mehr denken als daran, in ihr zu versinken, sie an seinen Körper zu ziehen, ihre Hitze in sich aufzunehmen, die brannte wie das heißeste Feuer. Er biß in ihre Lippen, schob tief seine Zunge in ihren Mund, kämpfte mit ihrer Kleidung, bis er ihre Brüste fand, sanft und heiß, ihre Brustspitzen, die sich hart aufgerichtet hatten und darum baten, von seinen Fingern und seinen Lippen berührt zu werden.

Zu spät wurde Kyle klar, daß Lianne bereits halb entkleidet war und daß seine Hände und seine Lippen überall auf ihrem Körper waren, sie verschlangen. Er versuchte, den Kopf zu heben, um aufzuhören, doch Lianne hatte die Finger in sein Haar gekrallt und hielt ihn fest an ihren Brüsten, während sie hungrig und rauh aufstöhnte. Mit dem letzten bißchen Selbstkontrolle, das noch in ihm war, gelang es ihm, den Kopf zur Seite zu drehen.

»Das Haus«, flüsterte er rauh.

Liannes Antwort bestand darin, ihm ihren Körper entgegenzuheben. Sie wollte mehr von ihm, wollte es sofort, ehe ihr wieder all die Gründe einfielen, weshalb sie ihn eigentlich gar nicht haben durfte. Doch das konnte sie ihm nicht sagen, denn sie konnte an nichts anderes mehr denken als an das Feuer, das in ihrem Körper brannte, das ihren Verstand verwirrte, sämtliche Logik verschwimmen ließ und bis zu ihrem tiefsten, elementarsten Bedürfnis vordrang.

»Jetzt«, flüsterte sie rauh. »*Jetzt.*«

Kyles letzter logischer Gedanke war, wie gut es doch war, daß seine Hütte so abgelegen war und das Dock so einsam. Denn nach dem nächsten Atemzug wäre ihnen alles andere völlig gleichgültig gewesen, selbst wenn sie mitten in einem Stau auf der Motorhaube eines Autos gelegen hätten. Mit der einen Hand öffnete er seine Hose. Seine andere legte sich um Liannes Po, und er hob sie hoch, bis ihre Hüften auf der gleichen Höhe mit seinen waren.

»Schling deine Beine um mich«, sagte er. Und dann preßten sich seine Lippen auf ihre.

Als Lianne Kyles Hand zwischen ihren Schenkeln fühlte, lief ein Schauer durch ihren ganzen Körper, und sie versuchte, ihm noch näher zu kommen. Die Berührung seiner Finger machte sie verrückt. Er streichelte sie, berührte sie, ergründete sie. Doch das war ihr noch nicht genug. Nichts konnte genug sein. Sie brauchte alles, und sie brauchte es sofort.

Sie drängte sich an ihn, versuchte ihm mit ihrem Körper zu sagen, was sie brauchte. Worte waren unmöglich. Ihre Lippen preßten sich aufeinander, ihre Zungen umspielten sich, und heißes Verlangen wollte befriedigt werden. Sie stöhnte leise auf, als seine Finger sich in sie hineinschoben. Der erste Ansturm der Lust ließ sie erbeben, doch es war noch immer nicht genug. Es war wie das Mondlicht, wenn sie doch das Höllenfeuer brauchte. Sie wollte ihn in sich fühlen, ganz tief, ganz hart, für immer.

Seine Haltung änderte sich ein wenig, er schob ihre Schenkel auseinander, bis er mit einer heftigen Bewegung seiner Hüften in sie eindringen konnte. Als er sie schon ganz ausgefüllt hatte, drängte er sich noch tiefer in sie, dehnte sie und verlangte, daß sie ihn ganz in sich aufnahm. Ihr Körper spannte sich um ihn, hielt ihn gefangen, als sie voller Ekstase aufschrie. Die wilde Umklammerung auf dem Höhepunkt ihrer Erfüllung verlangte von ihm, daß er sich ihr genauso vollkommen hingab, wie sie es tat. Mit einem unterdrückten Aufschrei drang er hart und tief in sie ein, verströmte sich in ihr, bis die Welt um ihn dunkler wurde als die Nacht.

Und dann gab es nichts mehr, außer zwei Menschen, die heftig atmeten, um ihre Lungen wieder mit Luft zu füllen.

Nach einer Weile sank Lianne in Kyles Armen zusammen, vollkommen entspannt, nur ihre Beine hatte sie noch immer um seine Hüften geschlungen. Ihr Atem entwich in einem zittrigen Seufzer.

»Was immer uns da eben auch getroffen hat – hast du dir das Nummernschild gemerkt?« fragte sie mit rauher Stimme.

Er lachte. Sie fühlte diese Bewegung in ihrem Inneren. Er spürte, wie ein Schauer durch ihren Körper lief, sie bebte, und er hörte, wie sie leise aufschrie, als sie noch einmal den Höhepunkt erreichte. Er umfaßte sie fester, zog sie ganz eng auf sich. Seine Hüften bewegten sich einmal, zweimal und dann noch einmal, weil das Gefühl so teuflisch gut war, zu spüren, wie ihr Feuer ihn verzehrte, wie ihr Körper ihm nachgab und sie ihn dennoch süß in sich gefangen hielt.

Bittersüßes Verlangen ergriff von Kyle Besitz, doch seine Zähne blitzten weiß im Mondlicht, als er lachte. Er fühlte sich wie ein Zauberer oder ein Gott oder ein sehr, sehr glücklicher Mann.

Schließlich stieß Lianne einen rauhen, unverständlichen Ton aus, seufzte und biß dann voller Sinnlichkeit in seine Brust. Wie ein Feuerstoß durchfuhr es Kyle, und er fühlte, wie er in ihr wieder hart wurde. Ihr Körper schloß sich fester um ihn.

»O nein, das wirst du nicht tun«, sagte er, gab sie frei und ließ sie an seinem Körper heruntergleiten. »Beim nächstenmal will ich dich im Bett haben.«

»Beim nächstenmal?« fragte sie. Dann sah sie seine Erregung, die sich deutlich aus seiner Kleidung erhob. »Oh. Beim nächstenmal.«

Und sie lächelte.

Abwesend und mit einem leisen Schock begriff Lianne, daß sie gerade auf einem Dock stand, in hochhackigen Schuhen und Nylonstrümpfen, ihr Rock bis zur Taille hochgerutscht, ihr Slip zur Seite geschoben, und kühle Nachtluft über ihre Schenkel strich. Wenn sie noch genügend Energie besessen hätte, so hätte sie sich geschämt. Doch in dem Moment fühlte sie sich viel zu herrlich, um sich Sorgen zu machen.

»Und wenn ich dich jetzt nicht verhülle«, sagte Kyle mit rauher Stimme, »wird auch das nächstemal gleich hier stattfinden.«

Noch ehe Lianne wußte, was er vorhatte, kniete er vor ihr

nieder und rückte ihren Bikinislip wieder sehr sorgfältig zurecht. Durch die dünne dunkle Spitze küßte er sie noch einmal, und sie erbebte unter seiner Berührung. Schnell schob er ihr den Rock über die Schenkel und stand wieder auf, ehe er vollständig den Kopf verlor. Dann leckte er sich über die Lippen, schmeckte sie und war verloren. Er sank zurück auf die Knie.

Es dauerte sehr lange, bis sie schließlich zu seiner Hütte gingen.

16

Unter einem bleiernen Himmel und einem starken Wind schlängelte sich die völlig überfüllte Schnellstraße auf Kanada zu. Normalerweise wäre Lianne nun ungeduldig geworden, doch heute war sie nur erleichtert. Das letzte, was sie am Morgen ihres dreißigsten Geburtstages tun wollte, war, nach Vancouver zu fahren und Wen gegenüberzutreten, um ihm zu erklären, daß sie sich geweigert hatte, das Geschäft durchzuführen.

Nein, das war erst das vorletzte, was sie wollte. Das letzte wäre, ausgezeichnete Jade gegen minderwertige Ware einzutauschen und auch noch ihren Namen darunter zu setzen.

Die Wagen schlichen langsam voran. Die Schnellspur war ein wenig schneller als der normale Verkehr. Um sich die Zeit zu vertreiben, betrachtete Liane die ersten Anzeichen des erwachenden Grüns entlang des Highways und bewunderte die frischen Anpflanzungen im Peace Park. Im Moment tat ihr alles gut, das ihre Gedanken irgendwie von der bevorstehenden Konfrontation mit der Familie Tang ablenken konnte.

Familie. Aber nicht ihre Familie. Nicht wirklich.

Kunden, rief sie sich ins Gedächtnis. *Sieh die Tangs einfach als Kunden, und alle werden glücklich. Eigentlich solltest du sie als frühere Kunden sehen.* Denn das war alles, was sie in ein paar Stunden noch für Lianne sein würden. Ehemalige Kunden.

Lianne befahl sich, nicht mehr an die Tangs zu denken und sich statt dessen auf das zu konzentrieren, was in der letzten Nacht geschehen war. Und am heutigen Morgen. Was für eine wundervolle Art, dreißig zu werden. Eine feurige Erregung strömte durch ihren Körper, von den Brüsten bis zu den Knien, als sie sich wieder daran erinnerte, wie sie im Bett gelegen und Kyles wundervolle Augen, ganz dunkel vor Verlangen, sie betrachtet hatten. Sein Blick hatte auf ihr geruht.

Sie fühlte sich wieder ganz sinnlich, lebendig, geliebt. Oder wenigstens hatte er sich an ihr erfreut. Gründlich. Einen Liebhaber wie Kyle hatte sie noch nie kennengelernt – hungrig, eindringlich, sinnlich bis in die Zehenspitzen, hatte er ihr genausoviel gegeben, wie er sich zuvor genommen hatte. Und sogar noch mehr hatte er ihr gegeben. Eine Nacht mit ihm hatte gereicht, damit jeder andere Mann, den sie je gekannt hatte, und sogar der, den sie einmal geliebt hatte, jetzt in die Kategorie »VK: vor Kyle« fielen.

Und nach Kyle...?

Der Gedanke an das Danach gefiel Lianne gar nicht. Sie war jetzt dreißig Jahre alt, alt genug, um zu begreifen, daß Männer wie Kyle Donovan noch seltener waren als kaiserliche Jade. Sie wußte, sie sollte sich auf die Leere vorbereiten, die unweigerlich folgen würde, doch an diesem Morgen hatte sie ganz einfach nicht die Energie dazu. Sie fühlte sich viel zu gut, ganz besonders der süße Schmerz, der sie ergriff, wenn sie daran dachte, wie sie ihn gehalten hatte, so hart und voller Verlangen, so tief in ihr, daß sie sich wie ein Teil von ihm gefühlt hatte, mit dem gleichen Atemzug, dem gleichen Herzschlag, der gleichen glatten, schweißfeuchten Haut.

Und Kyle machte sich auch außerhalb des Bettes etwas aus ihr. Er wollte ihr helfen.

Lianne, wir müssen miteinander reden. Hat dich diese Jade in irgendwelche Schwierigkeiten gebracht?

Da gibt es nichts, was wir tun können, Kyle. Ich werde die Jade zurück zu Wen bringen und ihm sagen, daß ich keinen weiteren blinden Handel mehr für die Tangs durchführen werde.

Und was dann?

Kyles Frage ging Lianne nicht aus dem Kopf. Sie hatte nicht an die Zukunft denken, geschweige denn davon reden wollen, und deshalb verhinderte sie noch weitere Fragen mit der ältesten Methode, die es gab. Ihre Hände glitten über seinen herrlichen nackten Körper. Dann folgten ihre Lippen.

Ein leises Klopfen an der Scheibe der Fahrerseite riß Lianne aus ihren sinnlichen Träumen. Als sie aufblickte, sah sie einen Mann in mittleren Jahren in einem dunkelgrauen Anzug. Er hielt eine Dienstmarke in der Hand und bedeutete ihr, das Fenster zu öffnen. Sie gehorchte, und der Wind wehte in den Wagen und zerzauste ihr schwarzes Haar.

»Was ist los?« frage sie. »Stimmt etwas nicht?«

»Könnte ich Ihre Papiere sehen, Ma'am?«

»Führerschein oder Paß?«

»Eines von beiden genügt, Ma'am.«

Sie griff nach ihrer Tasche, die auf dem Beifahrersitz lag, und holte ihre Brieftasche heraus. Ihr Führerschein war aber nicht dort, wo sie ihn normalerweise hatte. Schließlich fand sie ihn dann doch in ihrem Scheckbuch.

»Da bist du ja« , sage sie und reichte ihn dem Officer.

Er warf einen kurzen Blick darauf, dann betrachtete er sie. »Miss Blakely, würden Sie bitte aussteigen?«

»Warum? Stimmt etwas nicht mit dem Führerschein? Ich habe ihn erst vor zwei Wochen erneuern lassen.«

Der Mann öffnete die Wagentür und wartete. Mit gerunzelter Stirn stieg Lianne aus dem Wagen.

»Miss Blakely, ich muß sie festnehmen wegen Diebstahls, Schmuggels und Verkaufs gestohlener Waren.«

Im ersten Augenblick glaubte Lianne, daß er sich bloß einen Spaß erlaubte. Doch noch ehe sie mehr als nur ein erstauntes Geräusch von sich geben konnte, hatte er sie schon herumgedreht und die Hände hinter ihrem Rücken in Handschellen gelegt. Neben dem Beamten erschien plötzlich eine Frau in einem schicken Kostüm. Mit schnellen Handbewegungen durchsuchte sie Lianne nach Waffen, fand keine und führte sie dann zu einem Sedan, der in der Nähe parkte.

Als Lianne noch einen Blick über ihre Schulter zurückwarf, sah sie, wie der Mann, der sie gerade verhaftet hatte, ihren Kofferraum öffnete, hineingriff und den ersten Karton herausholte. Glänzend rote Wachssiegel leuchteten auf dem weißen Packpapier.

Zuerst ignorierte Kyle das Läuten des Telefons noch. Unter dem hellen Licht eines starken Vergrößerungsglases steckte er winzige Wafer auf eine Platine. Wenn alles klappte, würde das Ergebnis eine von einem Modem aktivierte Kontrolle für das Sicherheitssystem sein, die er im Penthouse der Donovans eingebaut hatte.

Als das Telefon zum fünftenmal läutete, fluchte er, legte sein Werkzeug beiseite und griff nach dem Hörer.

»Was ist?« bellte er hinein.

»...Kyle?«

Die Stimme klang so angespannt und zögerlich, daß er sie beinahe nicht erkannt hätte. »Bist du das, Lianne? Du klingst, wie wenn du aus einem anderen Land anrufst.«

»So fühle ich mich zumindest.« Sie holte tief Luft. »Es tut mir leid, daß ich dich störe, aber meine Mutter ist mit Johnny unterwegs nach Tahiti, und ich wußte nicht, wen ich sonst...« Ihre Stimme versagte.

Kyles Ungeduld verschwand, als er begriff, daß es nicht die schlechte Verbindung war, die Liannes Stimme wie die einer Fremden klingen ließ, sondern daß sie gerade in Schwierigkeiten sein mußte.

»Was ist los, mein Schatz?« fragte er.

»Man hat mich verhaftet, und ich weiß nicht, was...« Sie räusperte sich.

Kyle gefielen diese verwirrenden Gefühle nicht, die bei ihren Worten Besitz von ihm ergriffen. Wut, Bedauern und ein wildes Verlangen, das gestillt werden wollte. Doch er ignorierte seine Gefühle und bemühte sich, herauszufinden, was geschehen war.

»Wo bist du?«

»In Seattle.«

»Und was wirft man dir vor?«

»Diebstahl, Schmuggel, Verkauf gestohlener Ware und noch einige andere Dinge, die ich nicht verstehe«, erklärte sie matt.

»Was für Ware?« fragte er, obwohl ihn das eiskalte Gefühl beschlich, daß er genau wußte, worum es ging.

»Jade. Sie glauben, ich hätte Wen Zhi Tang bestohlen. Das habe ich aber nicht, Kyle! Ich würde niemals von...«

»Hast du einen Anwalt?« unterbrach er sie.

»Einen Anwalt? Woher soll ich denn jetzt einen Anwalt nehmen? Ich kenne doch nicht einmal einen!«

»Bleib ganz ruhig. Ich werde dir einen besorgen. Sprich mit niemandem, ehe du nicht zuerst mit Jill Mercer geredet hast, Jill Mercer. Hast du das verstanden? Mit niemandem. Ist ein Beamter in der Nähe?«

»Ja.«
»Gib ihm den Hörer.«
»Es ist eine Frau.«
»Wer auch immer. Und, Lianne?«
»Ja?«
Kyle wollte ihr sagen, daß sie sich keine Sorgen machen sollte, daß er alles wieder geradebiegen würde und daß sie bald wieder frei wäre. Doch die Wahrheit war, daß er nicht glaubte, daß es sich um einen Fehler handelte und daß sie bald wieder frei wäre, und er machte sich schreckliche Sorgen.
»Ich sehe dich, sobald ich kann«, sagte er schließlich.
»Sicher. Und danke, Kyle. Ich hatte einfach... sonst niemanden, den ich anrufen konnte.«
Die letzten Worte hatte sie mit so leiser Stimme gesprochen, daß er sie nur ganz schwach verstand. Und er wünschte, er hätte sie gar nicht verstanden. Der Gedanke, daß sie nun ganz allein war, traf ihn auf eine Art, die er im Augenblick lieber nicht weiter untersuchen wollte. Ganz besonders nicht nach der letzten Nacht, in der sie sich ihm so rückhaltlos hingegeben hatte, in der sie ihn bei jedemmal zu noch höheren Höhen geführt hatte, in der sie mit ihm gegangen war; und in der er den Schock in ihren Augen gesehen hatte, der ihm verriet, daß sie noch nie zuvor solche Gefühle erlebt hatte. Nicht auf diese Art.
Er fragte sich, ob sie den gleichen Schock auch in seinen Augen gelesen hatte.
»Ich bin froh, daß du mich angerufen hast«, sagte Kyle. »Und denke daran, sprich mit niemandem, ehe du nicht zuerst mit Jill geredest hast.«
»Ich... beeile dich, wenn du kannst. So eingesperrt zu werden, mit Handschellen...« Ihr Atem stockte, als sie versuchte, die Angst, die sie gepackt hielt, hinunterzuschlucken.
Kyle schloß die Augen vor dem Schmerz, den sie nicht

sehen konnte und den er nicht zugeben wollte. »Gib mir die Dame. Ich komme, sobald ich kann.«

»Was hat der Anwalt gesagt?« fragte Archer Kyle.

»Nichts Gutes.« Er blickte aus dem Fenster des Penthauses, ohne jedoch wirklich das glänzende Wasser der Elliott-Bucht wahrzunehmen. Trotz des auffrischenden Windes verlor die Sonne an diesem Nachmittag den Kampf gegen die Dämmerung und die Wolken. Das Dämmerlicht würde schon hereinbrechen, noch lange bevor die Nacht begann. »Die FBI-Agenten haben Lianne so ziemlich alles vorgeworfen, außer, daß sie auf den Bürgersteig gespuckt hätte.«

»Das ist die normale Vorgehensweise. Je mehr Anklagepunkte, desto höher ist die Kaution.«

»Eine halbe Million. Sie hat noch nicht einmal genügend Geld, um auch nur ein Zehntel davon zu bezahlen.«

Archer pfiff durch die Zähne. »Eine halbe Million? Nicht schlecht für jemanden ohne Vorstrafen und nicht einmal einem Strafzettel für falsches Parken. Der Richter muß einen schlechten Tag gehabt haben.«

»Oder es gab Leute, die ihm schmutzige Geschichten ins Ohr geflüstert haben.«

»So etwas kommt vor. Ganz besonders, wenn der Verdächtige mitgeholfen hat, den Bestattungsanzug des Jadekaisers aus China herauszuschmuggeln.«

»Das hat ihr aber wiederum niemand vorgeworfen.«

»Noch nicht. Aber wir wissen doch beide, wieso das FBI an der Sache dran ist. Die scheren sich doch einen Teufel um Wens Erotikasammlung.«

»Und das führt uns zu einer interessanten Frage«, sagte Kyle und wandte sich zu Archer um. »Die FBI-Agenten haben Lianne verfolgt, weil sie glaubten, sie würde sie zu dem Jadekaiser führen, stimmt's? Und wenn sie den Bestattungsanzug erst einmal gehabt hätten, hätten sie sich daran machen können, diesen internationalen Aufschrei langsam wieder zu besänftigen.«

»Das sehe ich genauso.«

»Aber das FBI weiß doch schon, wo sich der Bestattungsanzug befindet.«

»Und das wissen auch die Chinesen. Sie haben verlangt, daß die USA ihn zurückgeben.«

»Das klingt in meinen Ohren doch ganz gut«, überlegte Kyle laut.

»Farmer behauptet nun aber, daß er ihn aus Taiwan hat und nicht von Festlandchina.«

»Und was sagt Taiwan dazu?«

»Sie wollen sich mit uns in Verbindung setzen«, erklärte Archer.

»Heilige Mutter Gottes.«

»Und gewisse schlaue Finanzkreise behaupten auch noch, daß Taiwan mit der Behauptung auftreten wird, daß sie den Anzug verkauft hätten oder daß sie das Opfer eines Diebes geworden wären.«

»Aber warum?«

»Das ist doch deren Chance, China praktisch endlich einmal den Daumen ins Auge zu stoßen«, erklärte Archer. »China schreit, daß Onkel Sam den Bestattungsanzug beschlagnahmen soll, weil er aus China gestohlen wurde, entweder von Tschiang Kai-schek während der Revolution oder, erst kürzlich, von einem Unbekannten. Wenn Onkel Sam das gestohlene Gut nicht zurückgäbe, würden als Folge ernsthafte Spannungen zwischen China und den USA auftreten. Die Menschenrechte würden zuerst darunter leiden. Die chinesische Regierung übt ja jetzt schon Druck auf die Studenten und Zeitungen in Hongkong aus.«

Kyle machte ein unwilliges Geräusch. »Die einzige Möglichkeit, wie China jemals die Menschenrechte anerkennen würde, wäre, wenn es dort entweder ein größeres Bruttosozialprodukt gibt oder weniger Menschen. Mit dem Bestattungsanzug aus Jade hat das aber gar nichts zu tun.«

»Werde endlich erwachsen«, rief Archer ungeduldig. »In der Politik geht es nicht um die Realität, es geht darum, was man den Menschen als Realität einreden kann. Wenn du das in Kaliningrad noch nicht gelernt hast, wirst du es auch niemals mehr lernen.«

Kyle vermied es, in die kalten, intelligenten Augen seines Bruders zu sehen. Archer hatte recht. Kyle wollte das nur nicht hören. »Wie lautet denn Taiwans Version von der ganzen Sache?«

»Sie schreien, daß Taiwan eine legitime *separate* chinesische Regierung sei, und wenn Onkel Sam den Anzug an China zurückgäbe, dann würde das das demokratische Taiwan in seinem langen, benachteiligten Kampf gegen die überwältigende Übermacht der chinesischen Kommunisten untergraben.«

»Unsinn.«

»Zu achtzig Prozent hast du sogar recht«, sagte Archer, und seine Stimme war genauso kalt wie sein Blick. »Die anderen zwanzig Prozent sind der Grund dafür, warum Onkel Sam nur mit den Zehenspitzen auftritt und betet, daß die ganze Sache zum Teufel geht.«

»Und auf wen setzt du?«

»Ich behalte mein Geld lieber in meinen Hosentaschen. Und wenn es nicht bald einen Durchbruch gibt, wird sich die Sache zu einem internationalen Wettbewerb im Verarschen ausweiten, in dem niemand mehr gewinnt.«

»Das sind alles große Jungs. Ich will einfach nur Lianne aus dem gelben Regen herausholen.«

»Viel Glück«, sagte Archer ironisch. »Zwischen der Legitimität von Taiwan und China zu unterscheiden, ist ein Griff in die Nesseln, den Onkel Sam wirklich nicht wagen möchte. Wenn das FBI diese Verantwortung auf jemand anderen abwälzen kann – auf irgend jemand anderen –, dann werden sie das auch tun.«

»Lianne hat das aber nicht verdient.«

»Vielleicht nicht. Und vielleicht hat Onkel Sam den richtigen Dieb auch schon erwischt.«

»Nein«, wehrte Kyle knapp ab.

Archer schloß für einen Augenblick die Augen, dann öffnete er sie langsam wieder. Das Leben hatte ihn gelehrt, daß schlechte Neuigkeiten nicht einfach verschwanden, nur weil man sie nicht wahrhaben wollte. »Gibt es einen besonderen Grund dafür, daß du dir so sicher bist, daß sie unschuldig ist, oder möchtest du sie einfach nur weiterbumsen?«

»Rede nicht so von ihr«, fuhr Kyle ihn an.

»Verdammte Hölle«, schimpfte Archer wütend. »Verdammte, *verdammte* Hölle.« Er schlug mit der Faust so heftig auf den Couchtisch, daß die schwere Bronzelampe daraufhin zu beben begann. »Ich hätte dich in genau dem Augenblick, als du die sexy Miss Blakely angesehen hast wie noch nie eine Frau zuvor, wieder aus dem ganzen Spiel herausziehen sollen!«

»Ich bin doch nicht derjenige, der hier ein Risiko eingeht. Lianne ist das. Sie ist nicht hart genug für dieses Spiel, Archer. Als sie Farmers Jadeanzug gesehen hat, war sie genauso erschrocken wie alle anderen.«

»Glaubst du wirklich, daß es das erstemal war, daß sie ihn gesehen hat?«

Kyle wollte ja sagen. Doch dann erinnerte er sich wieder daran, wie sie verlangt hatte, den Bestattungsanzug aus der Nähe zu sehen, und an die Angst, die sie nicht vor ihm hatte verbergen können, als er ihr ihren Wunsch erfüllt hatte.

»Sie wußte zumindest nicht, daß Farmer diesen Anzug besitzt«, sagte Kyle. Wenigstens in dem Punkt war er sich sicher.

»Aber Lianne hat diesen Anzug auf der Auktion eben nicht zum erstenmal gesehen«, erklärte Archer mit ausdrucksloser Stimme. »So war es doch, nicht wahr?«

»Das weiß ich nicht.«

»Ich glaube schon, daß du es weißt. Ich denke, die Wahrheit gefällt dir nur ganz einfach nicht.«

»Verdammt, sie hat doch gar nicht die Möglichkeit, einen Diebstahl dieser Größe aus dem Grab des Jadekaisers durchzuführen!«

Zum erstenmal lächelte Archer. Es war ein Lächeln, so dünn und so kalt wie eine Scheibe Eis, doch immerhin war es ein Lächeln. »Es freut mich zu sehen, daß dir nicht alle Gehirnzellen in den Schwanz gerutscht sind. Deshalb will Onkel Sam ja auch jemanden in Liannes Nähe haben. Um herauszufinden, wer sonst noch in die Sache verwickelt ist.«

»Willst du damit sagen, daß das FBI sie gar nicht wirklich einsperren will?

»Nicht unbedingt.«

»Aber warum haben sie sie dann verhaftet, in Handschellen gelegt und sie weggebracht?«

»Sie hatten keine andere Wahl. Sie brauchten einfach einen Knochen, den sie China vorwerfen konnten. Und jemand hat ihnen Lianne und die Jade präsentiert.«

»Wer hat denn ein Interesse daran, daß sie von der Bildfläche verschwindet?«

»Wen Zhi Tang.«

»Aber warum?«

Archer verkniff sich eine bissige Bemerkung. Er wollte sich lieber der Mitarbeit Kyles versichern, als sich auf den Streit einzulassen, den sein jüngster Bruder offensichtlich vom Zaun brechen wollte. »Die Menschen haben eben irgendwann die Schnauze voll, wenn Jade im Wert von mehr als einer Million Dollar verschwindet.«

»Ich glaube aber immer noch nicht, daß Lianne etwas gestohlen hat. Ich denke, man hat ihr einfach etwas anhängen wollen.«

»Du denkst? Du *denkst*? Womit? Mit deinem überaktiven Schwanz?«

»Hör auf, Archer. Es ist mein Ernst.«

»Meiner auch!« Die Unterhaltung der beiden führte zu nichts. Archer warf einen Blick auf das Durcheinander aus elektronischen Bauteilen auf dem Küchentisch, an dem Kyle gearbeitet hatte, als Liannes Anruf gekommen war. »Es sieht so aus, als hättest du etwas fallen gelassen.«

Kyle weigerte sich, das Thema zu wechseln. »Hör mir zu, Archer. Ich weiß, was es für ein Gefühl ist, wenn einem etwas angehängt wird. Wenn man auf der Flucht ist, nicht weiß, wem man außer der Familie noch trauen kann. Und Lianne hat noch nicht einmal eine Familie.«

»Was ist denn mit ihrer Mutter?«

»Anna und ihr Geliebter sind gerade auf dem Weg nach Tahiti. Lianne ist ganz allein. Selbst wenn ich es wollte, ich kann sie jetzt nicht im Stich lassen. Sie ist allein. Und sie hat schreckliche Angst.«

»Mist«, zischte Archer. Er fuhr sich mit den langen Fingern durch sein dichtes, bereits zerzaustes Haar und widerstand dem Wunsch, Kyle den Streit zu bieten, auf den er es scheinbar anlegte. »Okay. Wer hat sie denn dann reingelegt?«

»Derjenige, der die Jade gestohlen hat.«

»Atemberaubend«, bemerkte Archer sarkastisch. »Hast du noch mehr von so großartigen Geistesblitzen?«

»Ich muß erst mit Lianne reden.«

»Dann tu das. Du weißt ja, wo sie ist.«

»Nicht in einer Zelle. Hier.«

»Ich dachte, du hättest gesagt, sie hat die fünfzig Riesen nicht, die sie als Kaution zahlen muß.«

»Hat sie auch nicht«, sagte Kyle und ging zur Eingangstür. »Aber ich habe sie.«

»Bring das Geld besser nach Las Vegas. Deine Gewinnchancen stehen dort wesentlich besser.«

Statt einer Antwort erhob Kyle lediglich den Mittelfinger über seine Schulter.

Archers Faust traf den Tisch im gleichen Augenblick, als Kyle die Eingangstür hinter sich zuschlug. Die Lampe schwankte, zitterte und stand schließlich wieder völlig ruhig.

»Also«, begann Wen mit seiner brüchigen und dennoch kräftigen Stimme. »Die undankbare Frau ist verhaftet worden.«

Harry und Joe warfen einander einen raschen Blick zu. Keiner von beiden hatte es eilig, etwas zu sagen. Liannes Verrat hatte Wen wesentlich härter getroffen, als die beiden es erwartet hatten.

Daniel war noch jung genug, um nicht zu begreifen, welches Risiko es bringt, der Überbringer schlechter Nachrichten zu sein. »Sie ist verhaftet worden. Es tut mir leid, Großvater. Nicht, daß sie verhaftet worden ist, sondern weil es für dich so schmerzlich ist, soviel deines uralten, verehrungswürdigen Wissens an eine so unehrenhafte Schlampe verschwendet zu haben.«

Wen schwieg und setzte sich auf seiner Gartenbank gerade auf, er hob sein Gesicht der Nachmittagssonne entgegen. Wen fühlte das Licht mehr, als daß er es sehen konnte. Die zunehmende Dunkelheit des Alters zu ertragen fiel ihm schon schwer genug, doch daß Lianne sein versagendes Augenlicht dazu genutzt hatte, ihn zu betrügen, bereitete ihm einen fast unerträglichen Schmerz.

Er hatte ihr den Stein des Himmels anvertraut. Und sie hatte ihn betrogen.

»Du hattest recht, als du darauf bestanden hast, daß Johnny und seine Konkubine weit weg sein sollten, wenn das hier passierte«, sagte er und wandte sich an seinen Sohn Nummer zwei. »Es gibt schon genug Schmerz. Ich würde nicht wollen, daß sich der Sohn durch den Betrug einer Tochter gegen seinen Vater wendet. Gegen seine Familie.«

»Danke«, antwortete Harry leise. »Wir hätten dir das gern erspart, Vater. Wir hätten gewartet, bis du zu deinen Vorfahren gegangen wärst. Doch das war uns leider nicht möglich.«

»Sie war so gierig«, sagte Daniel. »In ein paar Jahren hätte sie uns ausgeblutet. Unsere Jadeschätze wären ausgeplündert worden bis hin zu dem Samt, mit dem die Schubladen ausgeschlagen sind.«

Wen erwiderte nichts. Er saß nur ruhig da, das Gesicht zur Sonne gewandt, die er auch nur noch als ein schwaches Nachlassen der Dunkelheit erkennen konnte.

»Als Daniel zu mir kam und mir von der ausgetauschten Jade erzählte«, sprach Harry weiter, »da habe ich erst gewartet, bis Joe zurückkam. Dann haben wir gemeinsam entschieden, daß es nichts nützen würde, so zu tun, als sei nichts geschehen. Du bist das Haupt der Familie Tang. Es ist dein Recht, darüber informiert zu werden.«

Wens knotige Finger legten sich um den kühlen Jadegriff seines Spazierstocks. Er hatte sich noch nie so alt gefühlt, so schwach, so dumm.

»Sie wird eingesperrt werden«, sagte er. »Sie wird das Haus der Tangs nie mehr betreten. Nie wieder. Sorgt dafür.«

»Jawohl, Vater.« Joe erhob zum erstenmal die Stimme. Er war froh, daß die Augen seines Vaters vom Alter getrübt waren. Wen war sonst immer viel zu schlau, zu klug, zu schnell gewesen, um die Fehler seiner Söhne nicht zu entdecken. Fehler oder schlichte Menschlichkeit hatte er niemals geduldet. Er würde Johnnys Bastard nicht mehr vergeben. »Ich werde mich darum kümmern. Wenn sie auch nur den Blick nach Vancouver richtet, werde ich es wissen.«

Wen saß lange Zeit so bewegungslos da, daß die anderen schon glaubten, er sei eingeschlafen. Dann hob er eine Hand und entließ seine Söhne und seinen Enkel mit einer heftigen Handbewegung.

Die drei Männer gingen. Wen saß im Frühlingssonnenschein, den Kopf zurückgelegt. Niemand sah die Tränen, die langsam aus seinen blinden Augen quollen.

»Was willst du damit denn sagen?« fragte der Mann und drückte den Arm des anderen so fest, als wäre es die Kehle eines Feindes. Bis dorthin war doch alles ganz wunderbar gelaufen. Jade floß hinaus, Geld floß herein. Nichts bedrohte sein Glück. »Sie ist doch verhaftet worden!«

»Kyle Donovan hat aber die Kaution aufgetrieben«, antwortete der zweite Mann.

»Man hat mir versichert, daß eine Freilassung auf Kaution unmöglich sein würde.«

»Die Regierung der Vereinigten Staaten hat diese Entscheidung beeinflußt. Sie wollen, daß Lianne Blakely frei ist.«

»Warum?«

»Sie soll sie zum Grab des Jadekaisers führen. Zu *uns*.«

Der erste Mann legte den Kopf in die Hände und wünschte, er hätte nie auch nur daran gedacht, den einen zu berauben, um den anderen zu bezahlen. »Ich bin verloren.«

»Du hast noch weniger Mut als eine Frau«, sagte der zweite Mann und wandte sich voll Abscheu ab. »Ich werde mich schon darum kümmern, daß sie mit niemandem redet.«

»Wie?«

»Was kümmert dich das?«

Der erste Mann sagte nichts mehr. Alles, was ihn kümmerte, war, daß endlich die Bedrohung verschwand. Er sagte sich, was er sich immer einredete, wenn er ohne Geld war und die Schläger ihm im Nacken saßen und die Bezahlung seiner Schulden verlangten.

Nur noch ein einziges Mal. Nur diesmal noch. Dann werde ich aufhören, und niemand wird es je erfahren.

17

Lianne sah blaß aus und viel zu angespannt, als Kyle ihr in seinen Wagen half. Ihr eigener kleiner Toyota war beschlagnahmt worden. Und er würde so lange in Verwahrung bleiben, bis die Anklage wegen Schmuggels gegen sie wieder zurückgezogen war. Wenn sie verurteilt wurde, gehörte der Wagen dem FBI. Wagen, die zum Schmuggel benutzt wurden, wurden vom Gesetz eingezogen.

»Danke...«, begann sie.

»Wenn du mir noch ein einziges Mal dankst«, unterbrach Kyle sie heftig, »dann werde ich dich knebeln.«

Er hätte sich vielleicht auch nicht so schuldig gefühlt, wenn Lianne nicht wie ein Weihnachtsbaum zu strahlen begonnen hätte, als sie sah, wie er auf sie zukam. Da sie noch immer in Handschellen gewesen war, hatte sie ihm nicht um den Hals fallen können, doch sie hatte sich an ihn geschmiegt wie ein Tier, das eine Zuflucht suchte.

Selbst als er sie im Arm gehalten hatte, um sie zu trösten, hatte Kyle gewußt, daß er Lianne nicht nur ihre Freiheit wiedergab, sondern sie gleichzeitig auch für seine Zwecke einspannte. Dieses Wissen trug nicht gerade zu seiner guten Laune bei. Und auch, wenn er sich sagte, daß er, um ihr helfen zu können, erst herausfinden mußte, was sie wußte, so linderte das nicht seine Schuldgefühle. Und auch nicht seine Wut.

Wind fuhr ihm durchs Haar. Jener Wind, der die Wetterspezialisten damit überrascht hatte, daß er den Himmel freigeblasen und den trüben Frühling in einen strahlend goldenen Nachmittag verwandelt hatte.

Kyle schlug die Beifahrertür zu und ging um den Wagen herum. Dabei nahm er sich vor, langsam vorzugehen, Schritt für Schritt. Seinem Zorn freien Lauf zu lassen würde überhaupt nicht helfen. Er hatte bereits den übereifrigen Idioten angefahren, der darauf bestanden hatte, Lianne so lange in Handschellen zu lassen, bis auch das letzte Stück Papier unterschrieben war. Dazu hatte es der Bürokrat auch nicht besonders eilig gehabt, den Papierkram zu erledigen. Es hatte unzumutbar lange gedauert, ehe Lianne ihre Freiheit wiedererlangte.

Wenn Kyle ein mißtrauischer Zyniker gewesen wäre, der niemandem traute, hätte er geglaubt, das FBI würde alles in seiner Macht Stehende tun, um den Prozeß der Freilassung zu verzögern. Als ob sie erst noch jemanden organisieren müßten, der Lianne beschattete. Sogar Onkel Sam mußte noch einige Vorkehrungen treffen, um jemand bestimmten rund um die Uhr beobachten zu lassen.

Und selbst wenn Lianne am Ende Onkel Sams Agenten nicht wie eine Eisenkugel an ihrem Fuß hinterherzöge, so war sie doch immer noch nicht wirklich frei. Wenn sie auch nur einen Fuß außerhalb der Grenzen der Vereinigen Staaten aufsetzte, würde sie sofort wieder im Gefängnis landen.

Aber wenigstens trug sie jetzt keine Handschellen mehr.

Kyle konnte sich gerade noch zurückhalten, die Wagentür nicht zu fest zuzuschlagen, als er einstieg. Er befestigte den Sicherheitsgurt, schob den Schlüssel in die Zündung und blickte zu Lianne hinüber.

»Schnall dich an«, sagte er. Seine Stimme war viel zu rauh, doch Lianne schien es nicht zu bemerken. Und das störte ihn am meisten. Sie war ihm viel zu dankbar, um ihn für seine Grobheit in seine Schranken zu weisen.

Lianne griff nach dem Sicherheitsgurt, dann hielt sie inne und starrte auf die Hände, als würde sie sie nicht wiedererkennen. Trotz des vielen Waschens lag die Tinte, die man benutzt hatte, um ihre Fingerabdrücke zu nehmen, noch immer wie ein dünner schwarzer Mond unter ihren Fingernägeln. Sie krallte die Finger zusammen, um die beschämenden Flecken zu verbergen.

»Sicherheitsgurt, Lianne.«

Als sie immer weiter auf ihre Hände starrte, griff Kyle nach dem Gurt und befestigte ihn für sie. Sie roch nach Anstalt und nicht nach Frische, nach Desinfektion und Furcht und nicht nach Regen und Blumen. Der schwarze Hosenanzug, den sie heute morgen in seiner Hütte aus ihrer Reisetasche geholt hatte, war zerknittert und staubig, als hätte sie sich an einigen recht unsauberen Orten aufhalten müssen. Ihr Haar hing ihr zerzaust auf die Schultern hinab. Die Haarnadeln aus Jade waren konfisziert worden, bis sich herausstellte, wer der rechtmäßige Besitzer war.

Lianne blickte auf ihre Hände. Genauer gesagt auf ihre Fäuste. Sie schmerzten, weil sie sie so fest zusammengepreßt hatte. Genau wie ihr Kiefer. Wie ihr Hals, in dem Schreie der Wut, des Schmerzes und der Angst steckten.

Der Großvater, den sie liebte und für dessen Anerkennung sie so hart gearbeitet hatte, glaubte von ihr, daß sie eine Diebin war.

»Ich habe es nicht getan«, sagte sie mit rauher Stimme.

»Darüber werden wir uns erst noch unterhalten«, sagte Kyle und ließ den Motor an. »Mercer kann dir das FBI zwar für eine Weile vom Hals halten, aber um eine Verteidigung aufzubauen, die den Namen auch verdient, wird sie eine ganze Menge Informationen von dir brauchen.«

Lianne nickte benommen.

Kyle wollte ihr einige Frage stellen, doch nach einem Blick auf sie entschied er sich, damit noch eine Weile zu warten. Sie zitterte wie ein wildes Tier, das man in Ketten gelegt hatte. Wahrscheinlich fühlte sie sich auch so. Er hatte sich in Kaliningrad auf jeden Fall so gefühlt, als sich Fragen um seinen Paß aufgeworfen hatten und er ohne jede Vorwarnung gepackt und in das Gefängnis geworfen wurde, noch ehe Jake das ganze Durcheinander wieder klären konnte. Für jemanden, der in dem Glauben großgeworden war, daß die Freiheit eines guten Bürgers so selbstverständlich war wie der Sauerstoff in der Luft, war es schockierend wie eine Vergewaltigung, wenn man von der Straße weg verhaftet, in Handschellen gelegt, in einen verschlossenen Raum gesteckt und wie der letzte Dreck behandelt wurde.

Kyle zwang sich, seine Schultermuskeln, die wie für einen Faustkampf angespannt waren, langsam wieder zu entspannen. Bevor er den Parkplatz verließ, blickte er automatisch in den Rückspiegel.

Ein hellbrauner Ford Taurus bog hinter ihnen auf die Straße ein. Das Manöver des Agenten war genauso auffällig, als hätte er das Rotlicht und die Sirene eingeschaltet. Offensichtlich waren fünfzig Riesen und die unterschriebene Versicherung über den Rest der Kautionssumme nicht genug gewesen, um die guten Jungen zu beruhigen. Sie wollten ein Auge auf Miss Lianne Blakely werfen.

Und sie ließen es sie wissen.

»Das reicht«, brummte Kyle durch zusammengebissene Zähne. »Zeit, miteinander zu reden, mein Schatz. Was zum Teufel ist eigentlich los?«

Lianne wandte sich zu Kyle um und sah ihn verwirrt an.

»Ich habe dir doch gesagt, Wen Zhi Tang glaubt, daß ich ein Dieb bin.«

»Das ist doch noch nicht alles.« Kyle trat auf das Gaspedal und schoß über die Kreuzung, als die Ampel gerade von gelb auf rot umsprang. Genausogut konnte er seinen Verfolger für sein Gehalt, seine Zulagen und seine frühe Pensionierung arbeiten lassen. »Man hat dir vorgeworfen, was war es doch gleich, Jade für eine Million Dollar gestohlen zu haben?«

Lianne schloß die Augen, ihre Lungen versagten ihren Dienst, ihr Hals zog sich zusammen, ihre Hände verkrampften sich. Sie sehnte sich verzweifelt nach einem Bad, einer Tasse Kaffee und danach, daß die Uhr zurückgedreht wurde zu einer Zeit, in der Wen ihr noch vertraut hatte und als sie auch noch geglaubt hatte, daß die Tangs sie eines Tages als Familienmitglied akzeptieren würden.

»Ja«, brachte sie mühsam heraus. »Eine Million Dollar.«

»Selbst wenn du all die Jade zum handelsüblichen Preis verkauft hättest – und das ist ziemlich unwahrscheinlich, denn heiße Ware wird immer weit unter Wert verkauft –, so wäre deine Kaution doch noch immer unzumutbar hoch.«

»Wie meinst du das?«

»Die Kaution soll die Schwere des Verbrechens und die Wahrscheinlichkeit einer Flucht widerspiegeln. Der Diebstahl war zwar schwer, doch nicht gewalttätig. Du wirst sehr wahrscheinlich auch nicht fliehen, und zwar aus dem einfachen Grund, daß du nirgendwohin fliehen kannst, wo du nicht ausgeliefert würdest. Ganz entgegengesetzt zur allgemeinen Meinung, wird dir eine Million in bar auch in einem Land der dritten Welt keine Freiheit erkaufen können. Zehn Millionen vielleicht. Der Preis geht aber jeden Monat weiter nach oben.«

Lianne öffnete die Augen und blickte in den strahlenden Nachmittagshimmel. Es war ein gelbblauer Frühlingstag von der Sorte, wie die Menschen ihn sich so oft wünschten und den sie doch nur selten bekamen. »Sie haben mir meinen Paß abgenommen«, war alles, was Lianne sagte.

»Und sie haben dir einen Verfolger hinterhergeschickt.«

Im ersten Augenblick verstand sie ihn nicht, doch dann warf sie einen Blick in ihren Seitenspiegel. Ein amerikanischer Wagen, in dem ein Detektiv saß, hing so dicht an Kyles Stoßstange, als würde er von ihm abgeschleppt.

»Nicht gerade sehr unauffällig«, bemerkte sie.

»Ja. Das reicht, um in einem braven, steuerzahlenden Bürger die Frage aufzuwerfen, hinter was das FBI eigentlich wirklich her ist.«

Liannes Gesichtsausdruck verriet ihm, daß sie ihn nicht verstand.

»Sieh mal«, begann Kyle ungeduldig. »Ich weiß von Mördern, Kinderschändern, Vergewaltigern und Drogenkurieren, die man alle nicht für wichtig oder gefährlich genug gehalten hat, um sie rund um die Uhr überwachen zu lassen. Also frage ich dich noch einmal: Worum geht es in diesem Spiel wirklich?«

»Eine Million Dollar genügt nicht?« fragte sie ungläubig.

»Nein.«

»Aber was dann?«

»Himmel«, murmelte er. »Lianne, ich kann dir nicht helfen, wenn du mir nicht vertraust. Was zum Teufel ist hier los?«

»*Ich weiß es nicht!*« Sie holte zitternd Luft und schüttelte dann den Kopf, als wolle sie damit ihre Gedanken ordnen. »Ich bin heute morgen lächelnd aufgewacht, und du hast mich geliebt als wäre ich eine Göttin. Eine Stunde später bin ich in Handschellen, und man behandelt mich wie eine Kriminelle. Ein schöner dreißigster Geburtstag.«

»Heute ist dein Geburtstag?«

»Ja. Backe mir am besten einen Kuchen mit einer Feile

drin.« Lianne wollte lachen, doch sie befürchtete, dann nicht mehr aufhören zu können. Statt dessen lief ein heftiger Schauer durch ihren Körper. Sie wünschte, ihre Mutter befände sich nicht gerade mit ihrem Geliebten auf der anderen Seite der Welt. »Gott.« Wieder lief ein Schauer durch ihren Körper. »Was man doch alles lernt, wenn man verhaftet wird.«

»Zum Beispiel?«

»Wie allein man doch sein kann. Ich hätte nie geglaubt, daß ich dreißig Jahre alt werden würde, ohne daß sich einer etwas daraus macht, ob ich im Gefängnis sitze und der Schlüssel verloren gegangen ist. Kein Ehemann, keine Kinder, keine wirklichen Freunde, kein Geliebter, kein...«

»Aber ich bin doch da«, unterbrach Kyle sie, ehe er es sich noch anders überlegen konnte.

»Eine Nacht.« Ein zittriges Lächeln spielte um ihren Mund. »Und was für eine Nacht. Aber dann kommt der Tag, nicht wahr? Alle Tage. Ich dachte, es würde genügen, unabhängig zu sein und niemandem etwas zu schulden und meine eigene Firma aufzubauen, damit niemand mich mit einer Handbewegung auf die Straße werfen kann, wenn er mich leid geworden ist.«

Kyle brauchte keine Gedanken lesen zu können, um zu wissen, wovon Lianne sprach. »Johnny Tang und deine Mutter leben schon länger zusammen als die meisten verheirateten Paare.«

»Ich bin sicher, das tröstet sie, wenn Johnny das chinesische Neujahrsfest mit seiner Familie verbringt, zu ihren Geburtstagen und Taufen erscheint, aber unsere verpaßt, wenn er seine Frau schwängert, so oft er will...«

Ein weiterer heftiger Schauer lief durch Liannes Körper, das einzige äußere Zeichen dafür, wie verzweifelt sie bemüht war, ihre Selbstkontrolle aufrechtzuerhalten. »Wie sehr sie mich hassen«, flüsterte sie.

»Deine Mutter?« fragte Kyle schockiert.

»Nein. Die Familie meines Vaters. Sie würden mich mit einem Lächeln auf den Lippen in die Hölle schicken.«

»Und wie steht es mit deinem Vater?«

»Wie soll es mit ihm stehen?« fragte Lianne erschöpft. »Sein Geld hat mich großgezogen, mich gekleidet, mich ausgebildet. Das ist mehr, als einige Väter für ihre ehelichen Kinder tun. Und was den Rest angeht, so ist es alles meine Schuld.«

»Was ist deine Schuld?«

»Die Isolation. Meine Firma Jade Statements aufzubauen hat all meine Zeit und meine Energie verbraucht. Während ich damit beschäftigt war, habe ich es auch nicht bedauert. Ich war vielleicht allein, aber ich war nicht einsam. Außerdem hatte ich immer vor, mit meinem Geschäft irgendwann soweit zu kommen, daß ich mir mehr Zeit für mein Privatleben leisten konnte. Eines Tages. Aber jetzt...« Lianne räusperte sich. »Jetzt habe ich Zeit genug, alle Zeit der Welt. Mein Geschäft wird den Verlust meines Rufes nicht verkraften.«

»Vorausgesetzt, du bist schuldig.«

»Warum sollten die Leute das denn nicht annehmen? Wen tut es. Johnnys jüngster Sohn auch. Und sogar du.«

»Das habe ich doch gar nicht gesagt.«

»Das brauchtest du auch nicht.« Lianne wandte sich ab von dem hellen Sonnenschein, der durch die Windschutzscheibe fiel. »Du beobachtest mich ständig mit diesem kühlen, abschätzenden Blick und fragst mich, was wirklich vor sich geht.«

»Das ist...«

»Nein«, unterbrach Lianne ihn und hob abrupt die Hand, als wolle sie einen Angriff abwehren. »Ich beklage mich ja gar nicht. Du kennst mich kaum, und trotzdem hast du mich von den Handschellen erlöst. Das ist eine ganze Menge mehr, als ich von einem Flirt für eine Nacht erwarten könnte.«

»So siehst du das alles also?«

»Nein. So siehst *du* das alles.«

»Im Augenblick weiß ich nur, daß ich die Schnauze voll habe.«

Für eine Weile wurde die angespannte Stille nur dann und wann von den Verkehrsgeräuschen unterbrochen. Kyle fuhr den Wagen, ohne groß nachzudenken, und das gab ihm Zeit genug, um zu überlegen. Viel zuviel Zeit. Er erinnerte sich an Kaliningrad und daran, daß er dort beinahe gestorben wäre. Dann erinnerte er sich daran, wie die Familie Donovan ihre Ränge um ihn geschlossen hatte. Er hatte sie nicht um Hilfe gebeten. In der Tat war er entschlossen gewesen, die Sache allein durchzustehen. Doch er hatte immer gewußt, daß im Zweifelsfall Hilfe da war.

Und dann dachte er an Lianne. *Du kennst mich kaum, und trotzdem hast du mich von den Handschellen erlöst. Das ist eine ganze Menge mehr, als ich rechtmäßig von einem Flirt für eine Nacht erwarten könnte.*

Kyle stieß zischend den Atem aus. »Mein Gefühl sagt mir, daß du unschuldig bist. Mein Verstand aber hat viele Fragen.«

Und sein Schwanz kümmerte sich um keines von beiden.

Lianne rollte das Fenster herunter und ließ die kühle Luft über ihren Körper streichen. Das war zwar kein Bad, aber es war immerhin das beste, was sie im Augenblick bekommen konnte.

»Dann stell deine Fragen«, sagte sie schließlich und strich sich das Haar aus den Augen. »Vielleicht hast du ja Glück, und ich weiß etwas Nützliches. Aber das bezweifle ich. Die anderen Leute, die mich bisher befragt haben, schienen mit meinen Antworten auch nicht sonderlich zufrieden zu sein.«

Kyles Verstand sagte ihm, daß es dafür zwei Erklärungen gab. Die erste war, daß sie tatsächlich nichts wußte, und deshalb konnte sie wohl auch kaum helfen. Doch die wahrscheinlichere Erklärung war, daß sie sehr genau wußte, was alle hören wollten. Nur daß sie nicht die Absicht hatte, ihr Wissen mit ihnen zu teilen.

Vom FBI konnte man vieles behaupten, doch in der Regel gehörten die Leute dort nicht zu den dümmsten. Es sei denn, es ging um Politik. Dann fiel der IQ eines jeden ins Bodenlose.

Und das Grab des Jadekaisers gehörte zu den schlimmsten politischen Abgründen.

»Hast du eine Liste der Stücke, die aus Wens Sammlung verschwunden sind?« fragte Kyle.

»Miss Mercer hat diese Liste verlangt.«

»Und?«

»Die Tangs arbeiten an einer kompletten Inventur.« Lianne lächelte spröde. »Das wird sehr schwierig werden.«

»Warum denn?«

»Außer mir ist Wen der einzige andere Mensch, der jedes einzelne Stück der Sammlung auf Anhieb erkennen könnte. Oder besser: konnte. Jetzt kann er die Wirklichkeit nicht mehr von einer schlechten Kopie unterscheiden.«

»Kopie? Willst du damit behaupten, daß die Jade der Tangs nicht wirklich verschwunden ist, sondern daß das FBI die Anklage einfach aus der Luft gegriffen hat?«

»Ich weiß nicht, was sie tun. Ich weiß nur, daß die letzten beiden Stücke aus Wens Jadesammlung aus dem Tresor genommen wurden und daß an ihrer Stelle ähnliche, aber weniger wertvolle Stücke aufgetaucht sind.«

Drei, wenn sie den Jadeanzug mitzählte. Angenommen, daß es auch dafür einen Austausch gegeben hatte.

Doch das wußte sie nicht mit Sicherheit. Der einzige Weg, das herauszufinden, wäre, in den Tresorraum zu gelangen und sich dort umzusehen. Das würde allerdings sehr schwer, da die Tangs ihr nicht trauten und das FBI sie verhaften würde, sobald sie die Grenze nach Kanada überschritte.

»Bist du dir denn sicher, daß die Stücke ausgetauscht wurden?« drängte er.

»Es könnte auch noch andere geben. Aber das weiß ich nicht genau. Bis gestern wußte ich ja noch nicht einmal von diesen beiden. Deshalb kam ich ja auch zu spät zu unserer Verabredung zum Essen. Ich habe immer darauf gewartet, daß Daniel endlich ging, damit ich noch einmal in den anderen Schubladen im Tresor nachsehen konnte. Aber er ist nicht gegangen.«

»Daniel?«

»Johnnys jüngster Sohn. Wen bringt auch ihm alles über die Jade bei. Ich denke, Daniel muß derjenige gewesen sein, der Wen dazu gedrängt hat, Anzeige zu erstatten.«

Kyle nahm sich vor, diese Information nicht zu vergessen, als er einem Fahrradfahrer auswich und um einen haltenden Bus herumfuhr. Dann entschied er sich dafür, die Kreuzung nicht mehr zu überqueren. Die Ampel war bereits rot.

Der hellbraune Ford blieb bei all den Manövern immer noch dicht hinter ihm.

»Also glaubt Daniel, daß du Wen bestohlen hast?« fragte Kyle.

Lianne dachte an den Haß und die Verachtung, die sie in Daniels Augen gesehen hatte. »Ja.«

»Warum?«

»Er weiß über die Klinge aus der Jungsteinzeit Bescheid. Sie gehörte Wen.«

Kyle löste den Blick vom Rückspiegel, in dem der Ford wie ein Geschwür an der Stoßstange des BMW hing. »Die Klinge von der Auktion?«

Lianne nickte.

»Die ich gekauft habe?« fragte er weiter.

»Genau. Deshalb wollte ich sie ja auch kaufen. Ich war mir damals fast sicher, daß sie Wen gehörte. Jetzt bin ich da ganz sicher. Ich habe die Schublade im Tresor gesehen, in der die Klinge aufbewahrt wurde. An ihrer Stelle lag eine andere Klinge.«

»Eine, die weniger wert ist«, schloß Kyle.

Es war eine Feststellung, keine Frage. Jede Klinge, die er je gesehen hatte, war weniger wert als die, die ihm jetzt gehörte.

Aber sie würde ihm nicht mehr lange gehören. Dem Gesetz nach mußten gestohlene Güter dem Eigentümer zurückgegeben werden, wenn der Diebstahl erst einmal entdeckt war. Der Käufer, egal wie unschuldig er auch sein mochte, war immer der Verlierer.

»Es wird interessant sein zu sehen, ob diese Klinge in der Liste der gestohlenen Jade auftaucht«, murmelte er.

»Ich kann mir nicht vorstellen, daß sie nicht dort draufstehen sollte.«

Kyle gab Gas. Der Ford holte sie jedoch schon in der Mitte des nächsten Häuserblocks wieder ein.

»Was ist denn mit den anderen Stücken?« fragte er. »Du hast zwei erwähnt, bei denen du dir sicher bist.«

»Zum anderen ein ruhendes Kamel aus der Tang-Dynastie. Aber dem Kamel, das als Ersatz in die Sammlung hineingeschmuggelt wurde, fehlen die fast nicht zu fühlenden Zehenballen auf den Unterseiten der Füße. Wens Hände und seine Augen sind zu schlecht, um diesen feinen Unterschied noch feststellen zu können.«

»Wieviel waren die Ersatzstücke denn wert, die Klinge und das Kamel?«

»Das kommt ganz auf den Sammler an. Ich würde schätzen, vielleicht ein Drittel oder die Hälfte dessen, was Wens ursprüngliche Stücke wert waren.«

»Einen Tausender für jede Kopie oder noch mehr?«

»Wahrscheinlich sogar viel mehr. Ich bin mir da aber nicht sicher. Ich habe sie nicht auf ihren Wert hin untersucht.«

»Das FBI hat aber nichts von Kopien gesagt, nicht wahr?«

»Sie haben ein paar Andeutungen gemacht. Ich habe sie ignoriert.«

»Also fehlt Jade für eine Million, die durch Jade für ein Drittel oder vielleicht die Hälfte ersetzt worden ist?«

Auch wenn Kyle sorgfältig bemüht war, seine Stimme neutral klingen zu lassen, so fühlte Lianne doch seine Skepsis. Würde ein Dieb sich überhaupt die Mühe machen, Geld auszugeben, um einen einigermaßen vernünftigen Ersatz zu hinterlassen? »Ich weiß nichts von den restlichen fehlenden Stücken«, sagte sie. »Wie auch immer sie aussehen sollen. Ich weiß nur von zwei Stücken.«

»Von dem Kamel und der Klinge?«

»Jawohl.«

»Dann sollten wir verdammt schnell auch noch etwas über den Rest herausfinden, nicht wahr?«

Das Wort *wir* traf Lianne wie ein Schlag, es machte sie ganz schwindlig. Bis zu diesem Augenblick hatte sie nicht einmal vor sich selbst zugegeben, wie sehr sie sich davor fürchtete, in diesem Durcheinander von Familie, Lügen, Gefängnis und Jade allein dazustehen.

»Warum?« flüsterte sie.

»Weil wir nicht die leiseste Ahnung davon haben, was eigentlich mit der Tang-Jade los ist, bis wir es selbst herausgefunden haben.«

»Nein, das meine ich nicht. Warum hilfst du mir, wenn du mir doch nicht wirklich traust?«

»Gute Frage. Wenn ich darauf eine gute Antwort gefunden habe, werde ich es dich wissen lassen.«

Das war zwar weniger, als Lianne sich wünschte, aber mehr, als sie überhaupt erwarten konnte. Es war viel mehr, als sie von einem Mann erwarten konnte, der mit ihr keinerlei Gemeinsamkeiten hatte außer seiner Liebe zu Jade und großartigem Sex. Ein Mann, den sie mochte, respektierte und in den sie sich sehr leicht würde verlieben können.

Das wäre aber fürchterlich dumm von ihr und äußerst unfair ihm gegenüber. Wenn sie sich wirklich etwas aus Kyle machte, würde sie ihn so weit von diesem Durcheinander fernhalten wie nur irgend möglich. Er hatte nichts getan, um auch den Kummer zu verdienen, der gerade auf sie wartete.

Sie holte tief Luft und widerstand der Versuchung, sich an Kyle zu lehnen und ihn so mit sich in den Sumpf zu ziehen.

»Das ist die Ecke«, sagte sie leise.

Kyle wandte sich um und wartete, bis ein Bus ihm den Weg freigab. Er hatte die Stirn gerunzelt, denn er sah sich Liannes Nachbarschaft jetzt mit ganz neuen Augen an. Und was er sah, gefiel ihm gar nicht.

Trotz des hellen Sonnenscheins und der Tauben, die überall gurrten und scharrten, war dies kein Ort, an dem eine gutaussehende Frau – oder auch ein Mann – leben sollten. Pioneer Square war vielleicht eine Attraktion für Touristen, doch er lag auch mitten in einem Gebiet, das man günstigenfalls als sehr bunt bezeichnen konnte. Bettler, Obdachlose und nicht gerade freundliche Verrückte lagen auf der Lauer nach Menschen, die noch daran glaubten, daß eine Handvoll Wechselgeld das Leben eines anderen ändern könnte oder zumindest dem Gebenden das Gefühl vermittelte, daß er seine Sünde, nicht arm zu sein, auch büßte.

»Ich hoffe, du hast gute Schlösser an deiner Tür«, sagte Kyle.

»Die Miete ist billig, die Wohnung ist groß, und die öffentlichen Verkehrsmittel, um zur Arbeit zu kommen, sind unübertroffen. Aber ja, ich habe wirklich gute Schlösser.«

»Und Pfefferspray. Vergiß das nicht.«

»Das habe ich zu Hause gelassen. In Kanada ist es nicht erlaubt.«

»Ah ja. Das kanadische Motto: eine gute Regierung und davon eine ganze Menge.«

Lianne überraschte sie plötzlich beide mit ihrem Lächeln. »Bieg in die Straße da vorne ein«, sagte sie und deutete mit dem Finger in die Richtung. »Da gibt es einen überfüllten kleinen Parkplatz, gleich hinter dem ersten Gebäude.«

Kyle bog ab und parkte auf dem letzten kleinen freien Platz. Er ignorierte das Zeichen, daß geparkte Wagen abgeschleppt würden. Der Ford Taurus blieb natürlich hinter ihm. Für ihn gab es keinen Parkplatz mehr, deshalb fuhr er wieder von dem Platz hinunter und parkte auf der anderen Straßenseite, von der aus er Kyles Wagen beobachten konnte.

»Warum hast du deinen Paß mit nach Kanada genommen?« fragte Kyle, als Lianne die Wagentür öffnen wollte. Das war seine Art, sie zu fragen, ob sie vorgehabt hatte, von Vancouver aus nach Übersee zu fliegen und die Jade zu einem der besten Märkte der Erde mitzunehmen: Hongkong.

»Selbst mit den Aufklebern an der Windschutzscheibe«, erklärte Lianne, als sie die Wagentür öffnete, »werde ich von der US-Einwanderungsbehörde noch manchmal auf dem Weg zurück in die Staaten angehalten.«

Kyle stieg aus dem Wagen aus und holte sie schnell wieder ein. »Warum denn? Hast du schon einmal das Einwanderungsgesetz übertreten?«

Lianne schloß eine zerkratzte, schmutzige Tür auf, die in einen düsteren Flur führte. Kaputtes Linoleum kämpfte mit dem Schmutz um die Vorherrschaft auf dem Boden. Sie war an den nicht gerade einladenden Eingang so sehr gewöhnt, daß sie es schon gar nicht mehr merkte.

Doch Kyle entging er nicht.

»Eine Menge Asiaten kamen mit britischem Paß nach

Kanada, als Hongkong die Regierung wechselte«, sagte Lianne und wandte sich zu Kyle um. »Freier Reiseverkehr zwischen den Kolonialstaaten war eine Vergünstigung des ehemaligen britischen Reiches. Manchmal entscheiden sich die Asiaten, die nach Kanada kommen, aber dafür, in den Vereinigten Staaten zu bleiben, wollen allerdings nicht all die ermüdenden Formalitäten mit der Einwanderungsbehörde auf sich nehmen.«

»Also fahren sie einfach nach Süden und bleiben dort?«

»Jawohl.«

»Und die Kerle von der Einwanderungsbehörde, die den Unterschied zwischen Amerasiern, Chinesen, Vietnamesen oder Koreanern nicht kennen, belästigen dich.«

»Am Anfang schon. Doch jetzt kennen mich die meisten von ihnen. Aber immer wenn ein Neuer kommt, bekomme ich wieder die Möglichkeit zu einer Unterhaltung, während sie sich meinen Akzent anhören.«

»Und deine Augen ansehen«, ergänzte Kyle.

Lianne sah ihn verwundert an. »Meine Augen?«

»Ja. Agenten werden dazu ausgebildet, nach Anzeichen für Nervosität zu suchen. Ein deutliches Anzeichen dafür ist, wenn man sich weigert, dem Agenten in die Augen zu sehen.«

»Hat mich etwa deshalb einer von ihnen schon einmal darum gebeten, meine Sonnenbrille abzusetzen?«

»Wahrscheinlich.«

»Würdest du deine denn absetzen?«

»Jetzt?« fragte Kyle überrascht.

Lianne nickte.

Er nahm seine Sonnenbrille ab und sah sie neugierig an. »Warum?«

»Es macht dich weniger... abweisend.« Lianne lächelte ein eigenartiges Lächeln. Sie stellte sich auf die Zehenspitzen, drückte ihm einen schnellen Kuß auf sein Kinn und trat dann schnell wieder aus seiner Reichweite hinaus. »Danke, daß du mein Ritter bist, Kyle Donovan. Ich werde es Miss Mercer wissen lassen, wenn mir noch etwas einfällt, das ihr nützlich sein könnte.«

Kyle begriff, daß Lianne gerade die Absicht hatte, in dem dämmrigen Flur zu verschwinden und damit auch aus seinem Leben. »Warte«, sagte er und griff nach ihrem Arm. »Ich bin noch nicht fertig mit dir.«

Sie blickte ihn mit dunklen Augen an. »Ich bin mir nicht sicher, ob mir der Klang deiner Worte gefällt.«

Kyle murmelte etwas Unverständliches vor sich hin und zwang sich dann zu einem leichtfertigen Lächeln. »Was ich damit sagen wollte war, daß ich gern mit dir zum Essen gehen möchte. Wir könnten unsere Köpfe zusammenstecken und versuchen, ob wir nicht doch einen Ausweg aus diesem Durcheinander finden.«

»Das ist sehr freundlich von dir, aber der Ausweg ist ausgesprochen einfach. Fahr weg und bleib auch weg.«

»Ich soll dich allein lassen?«

»Daran bin ich gewöhnt.«

»Aber...«

»Nein. Du hast mir schon mehr als genug geholfen. Jetzt hilf dir selbst. Verschwinde von hier, ehe dein Ruf genauso kaputt ist wie meiner.«

»Verflixt...«

»Auf Wiedersehen, Kyle«, sagte Lianne und sprach lauter, weil der Ton einer Polizeisirene sich dem Pioneer Square näherte. »Und danke. Niemand sonst hat sich etwas daraus gemacht, was mit mir geschehen würde.«

Die verwitterte Tür fiel hart hinter Lianne ins Schloß. Sie schloß automatisch.

Kyle kämpfte gegen den Wunsch an, die Tür aus den Angeln zu treten.

Und dann hörte er Lianne schreien.

18

Die Ferse von Kyles Fuß krachte durch die Tür, ehe er überhaupt begriff, was er tat. Er brauchte vier heftige Tritte, ehe das Holz an dem altertümlichen Schloß splitterte. Er schob sich durch die Tür und ignorierte das Geschrei, das von irgendwo hinter ihm kam. Alles, was ihn jetzt noch interessierte, war das eisige Schweigen, das auf Liannes einzigen Schrei gefolgt war.

Der Wechsel vom Sonnenschein in die Dunkelheit zwang ihn dazu, einen Augenblick lang in der Tür stehenzubleiben. Lange genug, um die zwei Schatten im Flur erkennen zu können, die miteinander kämpften. Er hörte heftiges Atmen und Grunzen, das Geräusch von Schuhen, die über den Boden schleiften, und ein gezischtes Wort in Chinesisch, als ein Fuß gegen einen Körper stieß.

Ein Messer blitzte in dem schwachen Licht auf.

Kyle sprang vor, griff mit einer Hand in das Haar des Angreifers und mit der anderen Hand nach den Fingern, die das Messer umschlossen. Er wirbelte den drahtigen Asiaten von Lianne weg und schmetterte die Faust des Mannes gegen die mit Ziegeln verkleidete Wand. Einen Augenblick bevor die Nase des Mannes die Wand traf, trat der Mann jedoch zu und versuchte, Kyles Kniescheibe zu brechen.

In letzter Sekunde wandte Kyle sich ab, und der Karatetritt traf ihn statt am Knie an der Hüfte. Die Bewegung nahm ihm aber die Balance und verhinderte, daß das Handgelenk des Angreifers schon gleich beim erstenmal brach. Kyle riß die Hand mit dem Messer hoch bis zwischen die Schulterblätter des Asiaten und stieß ihn dann mit dem Kopf gegen die Wand. Diesmal brach das Handgelenk, und das Messer fiel zu Boden.

Trotz der Tatsache, daß der Angreifer jetzt entwaffnet war,

war er bei weitem noch nicht ungefährlich. Er wehrte sich auf jede nur erdenkliche Art, er drehte sich und trat in alle Richtungen, dabei schrie er auf chinesisch.

Für Kyle war es, als würde er mit einem ganzen Korb voller muskulöser Schlangen aus Stahl kämpfen. Er duckte sich, um Tritten und Ellbogen auszuweichen, er umklammerte den Mann und schmetterte ihn noch einmal gegen die Wand, so hart, daß er das Echo zu hören glaubte.

»Gib auf, du Arschloch«, keuchte Kyle und stieß noch einmal zu. Fest. »Ich will dich zwar eigentlich nicht umbringen, aber langsam habe ich die Schnauze voll.«

Der Asiate drehte sich schnell herum. Blut machte Kyles Hand schlüpfrig. Dem Angreifer gelang es, seine unverletzte Hand frei zu bekommen. Die Handkante bewegte sich blitzschnell auf Kyles Kehle zu.

Lianne handelte blitzschnell und landete einen Highkick gegen den Arm des Mannes, der ihn von seiner ursprünglichen Richtung wegbrachte. Im nächsten Augenblick schlug Kyles Hand gegen den Hals des Angreifers. Noch ehe er zu Boden fiel, war er schon ohnmächtig.

Kyle ließ ihn wie einen Sack Zement zu Boden gehen, er trat das Messer außer Reichweite und beobachtete den Mann wie eine tödliche Schlange, die er aber auch tatsächlich war. Der Asiate bewegte sich nicht mehr.

»Hübscher Tritt.« Kyle atmete schwer, doch wandte er seinen Blick noch immer nicht von dem Mann ab. »Ist mit dir alles in Ordnung?«

Auch Lianne rang nach Atem. »Ja, ich denke schon.«

»Zuerst die Küchenmesser und jetzt auch noch Karate. Eine teuflische Kombination. Gott sei Dank habe ich dich noch nicht in Rage gebracht.«

Sie lachte ein wenig zu schrill. »Das gleiche könnte ich von dir auch behaupten.«

»Ich bin vielleicht groß, meine Süße, aber dieser Hundesohn kann wesentlich besser kämpfen als ich.« Kyle stieß den Atem aus und rieb sich die Hüfte an der Stelle, wo der Mann ihn getroffen hatte. »Hoffentlich habe ich ihn nicht umgebracht. Ich habe versucht, mich zurückzuhalten, doch ich war es langsam leid.«

»Ich hoffe auch, daß Sie ihn nicht umgebracht haben«, ertönte plötzlich eine Stimme von der Tür her. »Der ganze Papierkram ist nämlich schrecklich anstrengend.«

Kyle und Lianne wirbelten herum, das Adrenalin stieg in ihnen auf, und sie waren bereit, noch einmal zu kämpfen. In der Tür stand ein Mann in einem dunklen Anzug. Und er hatte keine Waffe in den Händen.

»Fahren Sie vielleicht zufällig einen hellbraunen Ford?« fragte Kyle.

»Jawohl.«

»Dann haben Sie auch ein Funkgerät. Warum tun Sie zur Abwechslung nicht einmal etwas Nützliches und rufen die Polizei.«

»Ich bin von der Polizei.«

»Sie sind vom FBI. Wir brauchen jemanden in Uniform.«

»Dann rufe ich wohl besser auch gleich einen Krankenwagen.«

»Ja, ich denke, das der kleine Scheißkerl einen braucht«, brummte Kyle.

»Ich dachte da eher an Sie.«

Kyle blickte an seinem rechten Arm hinunter, wo das Messer ihn in dem kurzen, heftigen Kampf getroffen hatte. Sein Unterarm brannte teuflisch, und das Blut hatte seine Hand gerade im unpassendsten Augenblick glitschig werden lassen, doch er konnte noch alles bewegen. »Mir geht es ganz gut.«

»Wohl nur ein Kratzer?« fragte der Agent humorvoll.

»Es ist weit weg von meinem Herzen.«

Lachend wandte der Mann sich um und ging zu seinem Wagen zurück, um den Angriff durchzugeben.

Kyle wartete, bis er gegangen war, dann kniete er sich hin, packte den Asiaten am T-Shirt und begann, ihm ins Gesicht zu schlagen.

»Was tust du da?« fragte Lianne.

»Ich will ihn aufwecken. Hat er etwas gesagt, ehe er dich angegriffen hat?«

»Nein. In der einen Sekunde war ich noch allein im Flur, im nächsten Augenblick öffnete sich eine Tür, und er ging auf mich los.«

»War das sein Messer oder deines?«

»Seins.«

Kyles große Hand schlug zu, es hörte sich an wie ein Schuß. »Und was ist dann geschehen?«

Langsam wurde Lianne klar, daß es nur das Adrenalin war, das sie noch auf den Beinen hielt, und daß sie bald in einen tiefen Erschöpfungszustand fallen würde. Doch im Augenblick hatte sie noch das Gefühl, als könne sie über einen Wolkenkratzer springen und Pistolenkugeln mit den Zähnen auffangen.

Wenn sie doch nur aufhören könnte zu zittern.

»Lianne? Du wirst doch jetzt nicht zusammenklappen.«

Klatsch machte es, als Kyles Hand auf die mittlerweile geröteten Wangen des Mannes traf.

»Ich habe geschrien und ihn getreten«, sprach Lianne weiter. »Er hat sich so gedreht, daß ich seinen Unterleib verfehlt habe, aber ich habe ihn immerhin an den Rippen getroffen. Das hat ihn dann ein wenig langsamer werden lassen. Ehe er wieder auf mich losging, konnte ich ihm noch den Ellbogen in die Nieren stoßen. Und danach ging alles furchtbar schnell. Er ist wesentlich besser ausgebildet als ich. Er wollte gerade das Messer gegen mich benutzen, als du ihn gepackt hast und anfingst, ihn gegen die Wand zu schlagen.«

Klatsch.

Der Angreifer stöhnte auf.

Kyle schlug noch einmal zu. Fest. Der Gedanke, was geschehen wäre, wenn Lianne wirklich allein gewesen wäre, machte ihn ganz krank. Und auch sein Gefühl, daß noch mehr hinter dem Angriff steckte als nur ein gewöhnlicher Überfall am hellichten Tag.

Als der Asiate auch nach ein paar weiteren Schlägen noch nicht zu sich kam, zog Kyle dem Mann seine Lederjacke aus und suchte nach einem Ausweis oder etwas ähnlichem. Doch Kyle fand nichts, abgesehen von den Tätowierungen auf den muskulösen Armen.

Kyle fühlte sich dadurch nur noch unwohler als schon zuvor, und er ging wieder zu seiner ersten Methode zurück: den Mann so lange ins Gesicht zu schlagen, bis er endlich zu sich kam. Der Angreifer stöhnte, er versuchte, die Hand zu heben, um sich zu schützen, dann schrie er vor Schmerz über sein gebrochenes Handgelenk auf.

Kyle krallte die Faust in das schwarze T-Shirt des Asiaten und zog den Mann in eine sitzende Position hoch. Sein Kopf sank jedoch schlaff nach vorn. Dichtes schwarzes Haar fiel ihm in die Stirn und über seine Ohren. Er hatte eine Menge Blut im Gesicht, das verdankte er Kyle und der Ziegelwand.

»Hat er etwas darüber gesagt, warum er auf dich losgegangen ist?« fragte Kyle Lianne.

»Zählen chinesische Flüche auch?«

»Woher kommt er – Festland, Hongkong, Taiwan?«

»Festland. Er ist schon lange genug hier, um sich westlich zu kleiden, aber der Haarschnitt stammt noch vom Festland.«

»Woher weißt du das?«

Lianne ignorierte die Schauer von Adrenalin, die noch

immer durch ihr Blut flossen, und versuchte, sich zu konzentrieren. »Bist du schon einmal länger als nur für einen Urlaub in Übersee gewesen?«

»Ja.«

»Wo?«

»Unter anderem in Kaliningrad.«

»Wenn du jemanden von dort hier auf der Straße sehen würdest, würde dir der Unterschied auffallen?«

»Okay«, gab Kyle zu. »Er stammt also vom chinesischen Festland. Hübsche Tätowierungen.«

»Triaden oder Tong, würde ich behaupten.«

»Ja, das habe ich mir auch schon gedacht. Hat er versucht, dich auszurauben? Dich zu vergewaltigen?«

»Ich weiß nicht, was er von mir wollte. Er hat ja kein Wort darüber gesagt. Er ist einfach nur herausgesprungen und auf mich losgegangen.«

Kyles Hand landete noch einmal fest auf der Wange des Mannes. Die Augen des Angreifers öffneten sich langsam. Sie waren schwarz und blickten glasig.

»Frag ihn, wer ihn geschickt hat«, bat Kyle sie.

»Aber...«

»Schnell. Viel Zeit haben wir nicht.«

Lianne fragte etwas in schnellem Chinesisch. Der Mann starrte durch sie hindurch.

»Frag ihn noch einmal«, befahl Kyle ihr und schlug den Mann.

Lianne wiederholte ihre Frage. Der Mann schwieg weiter.

»Mach die Augen zu«, sagte Kyle.

»Was?«

»*Mach die Augen zu.*«

Lianne gehorchte.

Kyle griff nach dem gebrochenen Handgelenk des Angreifers.

Lianne hörte ein Stöhnen und dann einige abgehackte Worte in Chinesisch.

»Was hat er gesagt?« wollte Kyle wissen.

»Niemand hat ihn geschickt.«

»Ja. Richtig. Und all die bunten Bilder auf seinem Körper hat er auf dem Pike-Place-Market gekauft, zusammen mit etwas frischem Gemüse.« Kyle biß die Zähne zusammen, weil ihm übel war, dann griff er noch einmal nach dem Handgelenk des Mannes. In Kaliningrad hatte er gelernt, daß der Preis für Mitleid oftmals der Tod war. »Frag ihn nach dem Namen seiner Triade oder Tong oder wie immer er auch seine Tätowierungskumpel nennt.«

Als Kyles Finger sich erneut um sein Handgelenk schlossen, antwortete der Mann sofort.

»Roter Phoenix«, übersetzte Lianne. »Kann ich jetzt meine Augen wieder öffnen?«

»Lieber nicht. Vertrau mir.«

Einen Augenblick nachdem Lianne die Augen geöffnet hatte, entschied sie, daß Kyle doch recht hatte. Sie würde lieber nicht wissen wollen, was er dort gerade tat. Doch sie wußte es nur allzu gut. Sie holte tief Luft und rief sich ins Gedächtnis, daß der Überfall nicht ihre Idee gewesen war. Der Mann hatte förmlich nach Schwierigkeiten gesucht.

»Frag ihn, warum er dich umbringen wollte«, sagte Kyle, ohne den Blick von dem Mann abzuwenden.

Lianne übersetzte bereits, noch ehe Kyle seine Frage beendet hatte. Es dauerte lange, bis der Mann endlich antwortete.

»Was hat er gesagt?« wollte Kyle wissen.

»Die chinesische Version von ›Fick dich und deine Vorfahren‹.«

»Nicht gerade sehr nützlich.« Kyles Finger schlossen sich wieder um das schnell anschwellende Handgelenk. »Frag ihn, warum man ihm befohlen hat, dich umzubringen.«

»Das habe ich doch schon getan.«

»Es könnte aber sein, daß er jetzt ein wenig gesprächiger ist. Frag ihn.«

Der Angreifer zuckte zusammen.

Lianne atmete tief durch, und dann kam ein Wortschwall Chinesisch aus ihrem Mund.

Kalter Schweiß stand auf der Stirn des Angreifers.

Kalter Schweiß rann auch Kyle über den Rücken. Ihm wurde übel. Insgeheim verfluchte er seinen schwachen Magen und die Fähigkeit des Asiaten, Schmerzen zu erdulden.

Plötzlich sank der Mann in sich zusammen.

»Mist«, murmelte Kyle. Er schob eines der Augenlider des Mannes zurück. »Er spielt das nicht nur.«

In der Entfernung hörte man Polizeisirenen. Ein gutes Stück näher war noch eine weitere Sirene zu hören, dann verstummte sie. Die Polizei war angekommen.

»Sprich nicht von dem Mann in dem hellbraunen Ford, es sei denn, die Polizisten erwähnen ihn von selbst«, ermahnte Kyle Lianne und stand auf. »Und sag nicht, daß du nur auf Kaution freigesetzt bist. Das würde alles nur noch schwieriger machen.«

Der Polizist, der durch die Tür trat, war in mittlerem Alter, schwergewichtig, und der Kragen seiner Uniform verbarg sich unter einer dicken Falte in seinem Nacken. Doch seine Augen blickten aufmerksam. Nach einem schnellen, umfassenden Blick auf den bewußtlosen Täter hatte er alles erfaßt. Von dem Blut auf Kyles Arm bis hin zu Liannes blassem Gesicht und dem Messer, das ein ganzes Stück den Flur hinunter getreten worden war.

»Wir wollen mit den Namen anfangen«, sagte der Cop und zog ein Notizbuch hervor. »Die Dame zuerst.«

Lianne nannte ihm ihren Namen, reichte ihm ihren Führerschein, obwohl er den gar nicht verlangt hatte und versuchte generell, als eine gute Staatsbürgerin zu erscheinen, ohne dabei aber zu erwähnen, daß sie gegen eine halbe Million Dollar Kaution aus dem Gefängnis entlassen worden war und einen ständigen, unerwünschten Verfolger vom FBI hatte.

Zwei Sanitäter kamen herein, ein Mann und eine Frau. Mit kühler Geschäftigkeit und Latexhandschuhen untersuchten sie den bewußtlosen Mann und entschieden, daß er trotz allem in recht guter Verfassung war. Sie schnallten ihn zur Vorsicht auf ein Brett und transportierten ihn dann auf einer Bahre ab, zu der besten medizinischen Versorgung, die die freie Welt und die Steuerzahler von Seattle ihm bieten konnten.

Während der männliche Sanitäter ihn an den Tropf und die Sensoren im Krankenwagen anschloß, kam die Frau noch einmal zurück. Sie sprach wenig, als sie sich um Kyle zu kümmern begann.

Als Kyle die Fragen des Polizisten beantworten sollte, verhielt er sich genauso wie Lianne. Er antwortete auf alle Fragen, aber sagte sonst nichts. In Kyles Fall war die Befragung ein wenig unangenehmer, weil die Sanitäterin ihn bis zur Taille ausgezogen hatte, seinen Blutdruck und seinen Puls maß, sein Herz abhörte und seinen verletzten Arm mit einer Flüssigkeit abtupfte, die gelblichbraune Flecken hinterließ.

Der Cop kritzelte etwas in sein Notizbuch, stellte Fragen, kritzelte wieder Antworten in sein Buch und stellte noch mehr Fragen.

»Also haben Sie die Tür eingetreten und nicht der Täter«, wandte sich der Cop an Kyle.

»Ja«, gestand Kyle. »Ich habe die Tür eingetreten. Sie hat geschrien, und ich hatte keinen Schlüssel.«

Die Sanitäterin blickte auf. »Wie fühlt sich Ihr Fuß an?«

»Als hätte ich eine Tür eingetreten.«

»Dann lassen Sie ihn besser röntgen.«

»Ich kann darauf stehen, also ist er auch nicht gebrochen.«

Der Cop warf einen Blick auf seine Uhr und entschied, daß er auf dem Weg zurück zur Wache besser seine Ex-Frau anrief, um ihr zu sagen, daß er die Kinder zum Wochenende etwas später abholen würde. Den Papierkram für diese Angelegenheit auszufüllen würde Stunden dauern. Ganz besonders, weil ein Staatsbürger verwundet worden war und der Täter, dessen einzige Identifikation auf seinen mageren, muskulösen Körper tätowiert war, kein Englisch sprach.

Kyle blickte zur Tür und fragte sich, wo wohl ihr Beschatter vom FBI gerade steckte. Er konnte vom Flur aus nicht viel von der schmalen Straße erkennen. Der Partner des Cops hatte die Tür wieder aufrecht hingestellt, um die Leute von der Straße abzuhalten. Kyle fragte sich, ob die Betrunkenen wohl glauben würden, die Tür stünde aufrecht, oder ob sie für sie noch schiefer aussah als für die nüchternen Bürger.

»Ihr Puls ist ziemlich hoch, Ma'am«, wandte sich der junge Sanitäter an Lianne.

»Mein Herzschlag auch«, gab sie zurück. »Ich bin es nämlich nicht gewöhnt, im Flur überfallen zu werden.«

Der Sanitäter nickte leicht. »Ein Grund mehr, mit mir zu kommen, damit Sie gründlich untersucht werden können.«

»Nein, danke.«

»Wie steht es mit Ihnen, Sir?« fragte der Sanitäter und wandte sich zu Kyle um.

»Genauso.«

Der Sanitäter trug pflichtgemäß in ein Formular ein, daß beide Bürger sich entgegen dem Rat der Sanitäter geweigert hätten, mit ins Krankenhaus zu kommen.

»Hier unterschreiben«, sagte er und hielt Lianne das Formular und den Stift hin. »Es besagt, daß Sie sich geweigert haben, weitere medizinische Hilfe anzunehmen. Das dient nur dazu, die Gesetzeshüter zufrieden zu stellen.«

Lianne und Kyle unterschrieben.

Als der Cop endlich all seine Fragen gestellt und auch all die nötigen bürokratischen Formulare ausgefüllt hatte, war Kyle verbunden, wieder angezogen und ausgesprochen ungeduldig, die Dinge endlich zu einem Ende zu bringen. Je länger sie in dem zugigen Flur standen, desto größer war die Chance für denjenigen, der den Mann der Triaden geschickt hatte, herauszufinden, daß die ganze Aktion nicht so gelaufen war, wie er sie geplant hatte.

Was auch immer der Plan gewesen sein mochte.

Kyle hatte jedoch das Gefühl, daß er das ganz genau wußte. Und das war nicht gerade ein angenehmes Gefühl. Die unterschiedlichsten Vermutungen rasten durch seinen Kopf.

Schließlich steckte der Cop sein Notizbuch weg, sah sich noch einmal in dem Flur um und ging, um seine Ex-Frau anzurufen.

»Wie lange wird es dauern, bis du gepackt hast?« fragte Kyle Lianne.

»Was soll ich denn packen?«

»Was immer du brauchst, bis wir dieses ganze Durcheinander geklärt haben.«

»Aber...«

»Argumentieren kannst du auch, während du packst«, sagte Kyle, nahm ihren Arm und führte sie den Flur entlang.

»Warum sollte ich denn überhaupt irgendwohin fahren?«

»Möchtest du lieber hierbleiben und warten, bis die Jungs vom Roten Phoenix es endlich schaffen, dich umzubringen?«

Die Sicherheit, mit der Kyle davon ausging, daß der Mann sie umbringen wollte, traf Lianne wie ein Schlag. Sie stolperte, hielt sich aber gerade noch an seinem Arm fest. »Entschuldige.«

»Es ist der andere Arm, der verletzt ist.« Er blieb vor dem Aufzug stehen und betrachtete die Schmierereien darin, deren einzige Originalität es war, daß das *c* von *fuck* vergessen wurde. »Welche Etage?«

Automatisch drückte Lianne auf den Knopf, der den Aufzug herbeiholen würde. Sie dachte jedoch nicht an den Aufzug oder ihre Wohnung, sondern nur an Kyles Worte.

Möchtest du lieber hierbleiben und warten, bis die Jungs vom Roten Phoenix es endlich schaffen, dich umzubringen?

Der Aufzug hielt zehn Zentimeter über dem Boden des Flurs. Die Türen öffneten sich trotzdem.

»Willst du damit sagen, daß der Angriff nicht nur ein Zufall war?« fragte sie angespannt.

»Was glaubst du denn?«

»Mir wäre lieber, es wäre ein Zufall gewesen.«

»Und ehe ich erwachsen werde, wollte ich Schneewittchen heiraten. Welche Etage?«

»Ganz oben.«

Mit noch immer zitternder Hand strich Lianne sich das Haar aus der Stirn. Als die Tür des Aufzuges sich öffnete, wollte sie in den Flur treten, doch Kyle zog sie in den Aufzug zurück.

»Welche Richtung?« fragte er.

»Links den Flur hinunter, dann rechts.«

»Gegenüber von deinem Büro?«

»Ja.«

»Gib mir den Schlüssel.«

Sie erstarrte. »Glaubst du, daß jemand heimlich in meiner Wohnung auf mich wartet?«

»Ich denke, daß die Möglichkeit immerhin besteht. Man nennt diese Leute ja nicht Gangs, weil jeder allein arbeitet.«

»Aber...«

»Der Kerl, der dich eben angegriffen hat, brauchte die Tür jedenfalls nicht einzutreten. Er hatte einen Schlüssel, oder er hat das Schloß geknackt. Und vielleicht hatte er auch noch einen Kumpel dabei.« Kyle hielt ihr die geöffnete Hand hin. »Den Schlüssel.«

Sie schob sich an ihm vorbei in den Flur. »Du bist verletzt. Ich werde gehen.«

»Himmel.«

Kyle packte Lianne, doch sie entwand sich ihm mit einer schnellen Bewegung. Er fluchte laut und lief dann hinter ihr her den Flur hinunter. Als er sie endlich erreichte, hatte sie den Schlüssel bereits in das Türschloß gesteckt. Als sie die Tür aufdrücken wollte, riß er sie zur Seite, trat die Tür mit dem Fuß auf und schob sie dann zwischen seinen Körper und die Wand des Flurs.

Die Tür krachte gegen die Wand. Ein anderes Geräusch war aber nicht zu hören.

»Ich werde mich umsehen«, erklärte Kyle leise. »Du bleibst hier.«

»Es ist aber meine Wohnung, und du bist immerhin verletzt.«

»Du bist so störrisch wie ein Maulesel. Wird man so geboren, oder hast du nur immer wieder geübt?«

Lianne hob das Kinn ein wenig an und öffnete den Mund, um ihm einiges mehr als Antwort zugeben, als wonach er gefragt hatte. Er beugte sich zu ihr hinunter und küßte sie schnell und eindringlich. Ihr Puls raste, und ihr Atem ging heftig.

»Bleib hier«, befahl Kyle. »Es dauert auch nicht lange.«

Sie wartete gerade lange genug, bis er nicht mehr zu sehen war, dann folgte sie ihm durch die Wohnungstür. Mit laut klopfendem Herzen sah sie sich in dem einzigen Raum um.

Er war leer.

Die Erleichterung traf sie so heftig, daß ihr schwindlig wurde. Gleichzeitig verspürte sie den Wunsch zu lachen, als sie sah, wie Kyle systematisch alles absuchte, was groß genug war, damit ein Mann sich dahinter verstecken konnte – er suchte sogar unter dem Klappbett, das sie offen gelassen hatte.

Kyle ging ins Bad und sah sich auch dort um. Dann stellte er sich auf den Toilettensitz und sah aus dem offenen Fenster auf die Straße hinunter. Es war niemand zu sehen, es sei denn, man zählte auch den hellbraunen Ford mit dem Mann im Anzug hinter dem Steuer, der gerade in ein Mobiltelefon sprach.

Mit einem kräftigen, obszönen Fluch stieg Kyle von der Toilette hinunter und ging zu Lianne zurück.

»Läßt du normalerweise dein Badezimmerfenster offen?« fragte er.

»Nur im Sommer. Warum?«

»Es ist offen.«

Sie lief an ihm vorbei ins Badezimmer, dann blieb sie wie angewurzelt stehen und starrte auf das Fenster. Es stand offen. Weit offen. Und es war in dieser Position so festgeklemmt, daß sie es nicht schließen konnte, ganz gleich, wie kräftig sie auch daran rüttelte.

»Laß mich das machen«, sagte Kyle. »Du packst inzwischen.«

»Aber...«

»Ich will jetzt nichts mehr hören«, unterbrach er sie grob. »Du packst. Und wenn du mir noch mehr von dem Unsinn erzählst, alles unbedingt allein machen zu wollen, dann werde ich dir eine Socke in den Mund stopfen und dich hier rausschleppen wie einen Sack schmutziger Wäsche.«

Lianne öffnete den Mund, schloß ihn aber wieder und begann zu packen.

19

Wenn Dick Farmer arbeitete und nicht gerade Generaldirektoren und Politiker beeindruckte, machte er sich gar nicht erst die Mühe mit einem Bürogebäude, einem Stab von Assistenten, einem antiken Schreibtisch in der Größe des Lake Michigan oder irgend einem anderen geschäftlichen Machtsymbol. Er schnappte sich einfach seinen Laptop, seinen persönlichen Assistenten, stieg in sein Privatflugzeug und befahl dem Piloten, ihn zu seiner eigenen Insel zu fliegen.

Heute war so ein Tag. Er war gerade auf seiner Insel angekommen, bereit, die neue, erregende Möglichkeit zu ergreifen, die das Leben ihm bot. Im Augenblick sah diese Möglichkeit zwar ein wenig problematisch aus und nicht ganz so vielversprechend, doch die Schwierigkeiten gaben ihm eher neue Energie, als daß sie ihn beunruhigten. Er hatte sein Vermögen schließlich genau damit gemacht, daß er Geschäfte annahm, die die anderen als zu riskant abgelehnt hatten.

Farmer wollte seinen unbezahlbaren Bestattungsanzug aus Jade zwar beim besten Willen nicht abgeben, doch er würde es letztendlich doch tun. Für den richtigen Preis. Und bis dieser Preis ausgehandelt worden war, würde der Anzug auf der Farmer-Insel bleiben und nicht in dem noch nicht eröffneten Museum, das sowieso schon zuviel öffentliches Interesse auf sich gezogen hatte.

Die Sonne war am östlichen Horizont noch nicht aufgegangen, als Farmer bereits einen entlegenen Flügel seines Instituts betrat. Durch seinen elektronischen Anstecker, den er am Aufschlag seines Anzuges trug und der jedes andere Signal übertraf, öffneten sich Türen, Lichter gingen an und Musik folgte ihm, wohin er auch ging. Er haßte die Stille beinahe genausosehr, wie er Hunde, Katzen und Vögel verabscheute.

Mary Margaret, seine persönliche Assistentin, ging sofort an ihren Arbeitsplatz in dem kleinen Zimmer, das nur durch eine Tür von dem seinen getrennt war. Sie wartete gar nicht erst auf Befehle oder Bitten, meist wußte sie schon, was ihr Boß wollte, noch ehe er es selbst bemerkt hatte. Sie stellte ihren Computer an und machte sich daran, die Nachrichten zu bearbeiten, die ihnen auf die Insel gefolgt oder vorausgeeilt waren.

Farmer trat in einen fast geschlossenen Kreis hinein, der aus einer Vielzahl von neuesten, elektronischen Wundern bestand, setzte sich in einen Drehstuhl, der wie die Couch eines Astronauten extra für ihn angefertigt worden war, nahm den Hörer eines ganz normalen Telefons in die Hand und drückte auf den Rufknopf für seine Assistentin. Er hätte sie allerdings auch erreichen können, wenn er nur ein wenig lauter gesprochen hätte.

»Hat dieser chinesische Jadeexperte angerufen, während wir in der Luft waren?« fragte Farmer.

»Nein, Sir«, sagte Mary Margaret und warf einen schnellen Blick auf den Bildschirm des Computers. »Mr. Han Seng hat angerufen, für Sun Ming, den die chinesische Regierung als ihren Jadeexperten benannt hat.«

»SunCo, hmm? Diese Kerle kommen rum. Hat er eine Nachricht hinterlassen?«

»Jawohl, Sir. Es gibt neue Einzelheiten bezüglich des Angebotes, über die allerdings noch gesprochen werden muß.«

In Gedanken verfluchte Farmer diese halsstarrigen Bürokraten aus Festlandchina, die ein gutes Geschäft selbst dann nicht erkannten, wenn es gleich vor ihrer Nase lag. »Was denn für Einzelheiten? Ich habe den Jadeanzug, sie wollen ihn, und sie haben dafür etwas, das ich haben will. Ich habe ihnen meinen Preis genannt. Sie können ihren Einsatz also entweder erhöhen oder sich aus dem Spiel verabschieden.«

»Jawohl, Sir. Ist das die Nachricht, die ich an Mr. Han Seng weiterleiten soll?«

»Mist, Mary Margaret, Sie kennen mich doch besser. Ist Seng noch immer hier auf der Insel?«

»Jawohl, Sir. Ich habe seine Reservierung für den Flug abgesagt, ehe wir Seattle verlassen haben.«

»Ach ja? Wann will er denn dann zurück nach China fliegen?«

»Das hat er nicht gesagt, Sir. Möchten Sie, daß ich ihn danach frage?«

»Noch nicht. Wo ist Seng denn jetzt?«

Es entstand eine kleine Pause, während der Mary Margaret den Computer danach befragte, wo sich der Gast mit dem Anstecker 9-3 gerade aufhielt.

»Er ist im östlichen Terrassenzimmer, Sir. Er hat gerade das Frühstück bestellt.«

»Schicken Sie noch ein paar Brötchen und Hüttenkäse und Kaffee für mich auf die Terrasse. Ich kann mich für sauren Kohl und grünen Tee noch vor der Morgendämmerung einfach nicht erwärmen.«

»Jawohl, Sir.«

Farmer legte den Hörer auf, zog seine Jeans hoch und machte sich auf den Weg zur östlichen Terrasse. Seine Turnschuhe machten ein leises, quietschendes Geräusch auf dem Marmorfußboden, doch das bemerkte er kaum. Sein Anstecker war darauf programmiert, daß Musik ertönte, wo immer er sich bewegte. Er ging am Hauptkonferenzraum vorbei, doch warf er keinen Blick hinein. Er hoffte einfach nur, daß Seng seine minderwertige Jade wieder eingepackt hatte. All diese Muschis aus Stein ausgebreitet auf seinem Konferenztisch zu sehen, hatte Farmer unruhig gemacht. Eine Frau zu bumsen war eine Sache, ihr aber unter den Rock zu sehen, während man das tat, eine ganz andere.

Blasses Dämmerlicht erhellte den Himmel östlich vom Terrassenzimmer. Han Seng saß an einem glatten Eßtisch aus Mahagoni. Er hatte Auszüge aus den verschiedensten internationalen Zeitungen vor sich ausgebreitet. Wie immer, so waren auch jetzt Han Ju und der Leibwächter in seiner Nähe. Die beiden Männer standen sofort auf, als Farmer den Raum betrat. Seng ließ sich mit dem Aufstehen etwas Zeit.

Farmer war das nicht entgangen. Es bedeutete, daß eine harte Verhandlung auf ihn wartete. Insgeheim verfluchte er die chinesische Angewohnheit, immer höflich ja zu sagen und doch Nein zu meinen. Er fragte sich, ob er wohl je all die asiatischen Abstufungen des Wortes *Ja* lernen würde, die dennoch alle nichts anderes bedeuteten als: *In diesem Leben bestimmt nicht mehr, du Arschloch.*

»Guten Morgen, Seng«, sprach ihn Farmer auf englisch an. Er war einer der wenigen Menschen auf der Welt, die wußten, daß Seng diese Sprache nicht nur sehr gut verstand, sondern sie auch selbst sprach. »Es tut mir leid, daß ich gestern abend nicht auf Ihrer Jadeparty erscheinen konnte. Ich wurde in Seattle aufgehalten. Ich hoffe, es ist alles zu Ihrer Zufriedenheit erledigt worden?«

Seng verbeugte sich leicht. Nichts in seinem Gesichtsausdruck deutete darauf hin, daß die Party ein Mißerfolg gewesen war und daß der Gastgeber in sein Bett gehen mußte, ohne daß die reizende Miss Blakely ihm seinen Schildkrötenkopf geleckt hätte.

»Mary Margaret hat mir gesagt, daß die chinesische Regierung Sie dazu bestimmt hat, mit mir die Verhandlungen über den Jadeanzug zu führen«, kam Farmer sofort zur Sache.

»Die Regierung von China hat mich mit ihrem Vertrauen beehrt, jawohl«, antwortete Seng. »Es ist eine sehr ernste Angelegenheit, dieser Diebstahl eines nicht unbedeutenden Teils der chinesischen Seele. Meine Regierung wünscht sicherzugehen, daß Sie verstehen, wie ernst die Situation ist, ehe noch mehr nicht wieder rückgängig zu machende Fehler begangen werden.«

Es gelang Farmer, einen Seufzer zu unterdrücken. Gerade noch rechtzeitig. Seine Erfahrung hatte ihn gelehrt, daß der Preis immer dann in die Höhe ging, wenn Seng förmlich wurde. Je mehr Worte, desto höher der Preis.

»Sie kennen mich doch, Seng. Wenn dies nicht wichtig wäre – verdammt wichtig –, dann hätte ich jemanden geschickt, der die Verhandlungen für mich führen würde, so wie SunCo es getan hat.«

»Meine Regierung weiß Ihre tiefe Betroffenheit zu schätzen«, antwortete Seng und ignorierte die Erwähnung von SunCo. Er bezweifelte, ob ein Amerikaner die feinen, tiefgreifenden Verwicklungen von Familie und Politik in China jemals verstehen könnte. In einigen Dingen *war* SunCo die chinesische Regierung. In anderen Dingen wiederum war es ganz einfach nur SunCo, eine mächtige und ertragreiche Firma. Und immer war da die Tatsache von *guanxi,* einem Netz von Verbindungen, das niemand aus dem Westen verstehen konnte. »Sie erweisen meiner Regierung durch Ihre persönliche Anwesenheit eine große Ehre.«

Farmer lächelte dünn. »Das tue ich ganz gewiß.« Er zog mit dem Fuß einen Stuhl aus Mahagoni heran, drehte den Stuhl herum und setzte sich rittlings darauf. »Was hat Ihre Regierung im Sinn?«

Auch Seng setzte sich wieder, nippte an seinem Tee und fragte sich, ob er die Menschen aus dem Westen wohl je würde verstehen können. Nicht nur waren ihre Frauen arrogant und ohne Manieren, sondern auch die Männer zeigten nur wenig Verständnis für Zeremonien und noch weniger für Höflichkeit. Sie waren immer in Eile. Dennoch mußte Seng zugeben, als er vorsichtig seine Tasse auf die dünne weiße Untertasse zurückstellte, daß all die Menschen aus dem Westen, die es so eilig hatten, auch ungemein nützlich waren. Denn Menschen in Eile waren oft unvorsichtig.

»Wir sind sehr erbaut von Ihrem Angebot, den Bestattungsanzug aus Jade an seinen rechtmäßigen und gesetzmäßigen Eigentümer zurückzugeben«, sagte Seng. »Die internationale Gemeinschaft der Bürger teilt unsere...«

Ohne seinen Gesichtsausdruck zu verändern, hörte Farmer auf, zuzuhören. Er hatte die Antwort auf sein Angebot bereits erhalten: Nein. Doch wenn er sich nicht das Gegenangebot unterbreiten ließe, wäre China beleidigt. Das würde das Problem dann zu einer Katastrophe ausweiten.

Fünf Minuten später hob Farmer den Zeigefinger. Nicht mehr. Doch das genügte auch schon.

Seng verstummte und wartete ab.

»Lassen Sie mich bitte zusammenfassen«, begann Farmer.

Das war zwar keine Bitte, doch Seng nickte dennoch zustimmend.

»Ihre Regierung glaubt, daß der Bestattungsanzug aus Jade die bedeutendste kulturelle Ikone seit Christus ist«, sagte Farmer. »Aber um diesen Anzug zu bekommen, sind sie nicht bereit, mir fünfzehn Jahre als alleiniger Lieferant von Computerausrüstung für Festlandchina zu gewähren. Noch nicht einmal zehn Jahre wollen Sie mir zugestehen.«

»Es geht ja auch darum, wer der rechtmäßige Eigentümer ist«, entgegnete Seng freimütig, »und nicht darum, für eine bestimmte Zeit irgendwelche Exklusivverträge auszuhandeln.«

Farmer hätte beinahe gelächelt. Es war die Sache durchaus wert, Seng auf die Nerven zu gehen, wenn er damit den ganzen Unsinn endlich hinter sich bringen konnte. »Das mag Chinas Ansicht sein, aber die meine ist es nicht. Ich habe keine Zweifel daran, wer diesen Jadeanzug besitzt. Ich.«

»Archäologische Schätze gehören dem Land, aus dem sie

stammen. Das amerikanische Gesetz ist in dem Punkt sehr genau. Ich bin sicher, daß Ihre Regierung...«

»Wer hat denn hier etwas von Archäologie gesagt?« unterbrach Farmer ihn. »Ich habe nichts ausgegraben. Ich habe eine private Sammlung gekauft. Der Anzug gehörte eben dazu.«

»Der Bestattungsanzug aus Jade ist aus China gestohlen worden. Er muß zurückgegeben werden. Sofort.«

»Dann gibt es keinen Handel.«

»Haben Sie darüber schon mit Ihrer Regierung gesprochen?«

»Ich zahle einen ganzen Haufen Steuern. Das ist alles, über das ich mit meiner Regierung zu sprechen beabsichtige.«

Sengs Überraschung zeigte sich nur in einem leichten Anheben seiner Augenlider. »Aber selbst Sie sind nicht völlig unabhängig von Ihrer Regierung.«

»Völlig? Nein. Ich habe immerhin gewisse Besitztümer in den USA.«

Seng nickte und lächelte.

»Aber«, fügte Farmer noch hinzu, »ich habe auch Freunde im Kongreß. Eine ganze Menge Freunde sogar. Eine politische Kampagne in Amerika ist entsetzlich teuer, wie Ihre Regierung wohl auch weiß. Möchten Sie die politischen Spenden in China gern einmal mit meinen vergleichen?«

Seng schwieg.

»Sehr klug«, bemerkte Farmer. »Also, lassen Sie es uns noch einmal versuchen. Ich habe etwas, das China haben möchte. China hat etwas, das ich haben möchte. Es sind noch drei Tage bis zur Eröffnung meines Museums. Sprechen Sie mit mir, Seng. Sagen Sie mir, warum ich Ihnen meinen sehr wertvollen Jadeanzug geben sollte, und mich als Gegenleistung dafür mit einem international anerkennenden Schulterklopfen zufrieden geben sollte.«

Seng begann zu reden.

Fünfzehn Minuten später stand Farmer auf und verließ den Raum.

Die Tür zu der Eigentumswohnung schloß sich hinter Archer. Kyles Code war auf dem Display von Plaudertasche erschienen, weshalb Archer auch nicht sonderlich überrascht war, als er seinen Bruder am Küchentisch entdeckte, wo dieser darauf wartete, daß der Kaffee fertig wurde. Doch nach dem, was Archer gerade von Onkel Sam erfahren hatte, war er immerhin überrascht, Kyle allein vorzufinden.

»Wo ist diese Blakely?« fragte Archer geradeheraus.

»Wo ich auch gern wäre. Im Bett.«

»Mit ihr?«

»Wenn ich bei ihr wäre, würde ich zumindest nicht schlafen.«

»Denkst du noch immer nur mit deinem Schwanz?«

»Wenn ich das tun würde, wäre ich jetzt nicht bei dir.«

»Du hast aber gute Laune, nicht wahr? Laß mich deinen Arm sehen.«

»Wie hast du herausgefunden, daß – oh, Teufel, ist schon gut. Ich wette, dein Informant fährt einen Ford Taurus. Wieviel weißt du denn schon?«

»Schläft die Blakely in deinem Bett?«

Offensichtlich hatte Archer im Augenblick nicht die Absicht, Fragen zu beantworten. Kyle hatte wiederum auch keine Lust dazu. Er blickte aus dem Küchenfenster der Wohnung hinaus. Die Dämmerung schwebte wie ein lächelndes Mädchen heran, das sich aber schüchtern gerade eben außer Reichweite hielt. Zwischen den Nebelfetzen leuchteten dann und wann die Lichter von Seattle hervor. Über dem Nebel ruhten die Olympics in all ihrer silbernen Herrlichkeit.

»Kyle?« fragte Archer ungeduldig.

»Halt den Mund und gieß den Kaffee ein.« Kyle rieb sich

über sein unrasiertes Gesicht und verzog bei dem Geräusch das Gesicht. »Jawohl, Lianne schläft in meinem Bett.«

Kyles Ton forderte seinen Bruder nicht dazu auf, Fragen zu stellen oder einen Small talk zu beginnen. Archer achtete jedoch nicht darauf und goß Kaffee ein. Er war es gewöhnt, daß seine Geschwister am Morgen schlecht gelaunt waren. Im Augenblick war aber auch seine Laune nicht besonders gut.

»Hältst du das für klug?« fragte Archer.

»Immer noch besser als die Alternative.«

»Nur weil sie dir deine heroischen Wunden mit eigener Hand verbunden hat...«

»Das haben die Sanitäter gemacht«, unterbrach Kyle ihn. »Gib mir endlich den verdammten Kaffee.«

Archer stellte einen Becher vor Kyle auf den Tisch. Er trank, verzog das Gesicht und stand dann auf, um im Kühlschrank nach Milch zu suchen. Archer sah mit stahlharten kalten Augen dabei zu, wie Kyle die Milch in den Kaffee goß. Sein Bruder zeigte nicht das entspannte, zufriedene Aussehen eines Mannes, der die Nacht damit verbracht hat, mit seiner neuesten Eroberung zu schlafen. Statt dessen sah er eher aus wie ein Mann, der sich Sorgen macht.

Oder der Angst hat.

»Laß hören«, sagte Archer schließlich.

Kyle stellte die Milch beiseite und rührte mit dem Finger den Kaffee um, dann nahm er einen großen Schluck, obwohl der Kaffee noch immer glühend heiß war. Danach hielt er Archer die Tasse hin, damit dieser sie wieder auffüllte.

Archer goß ihm Kaffee nach.

»Es ist eigentlich ganz einfach«, sagte Kyle. »Jemand will Lianne umbringen.«

»Die Cops aus der Stadt sagen aber, daß es ein Überfall war. Ein obdachloser illegaler Einwanderer mit einem Messer. Eine Frau allein mit einer Handtasche.«

»Das ist doch Unsinn.«

»Genau wie eine Menge anderer Dinge auch. Der Anwalt des Kerls hatte ihn nämlich eine Stunde, nachdem der Typ aufgewacht ist, schon wieder rausgeholt.«

»Anwalt?« fragte Kyle verächtlich. »Was weiß denn ein ›obdachloser, illegaler Einwanderer‹ schon von Anwälten?«

»Genug, um einen anzurufen«, antwortete Archer trocken.

»Wen?«

»Ziang Lee.«

»Ist er ein freiberuflicher Verfolger von Krankenwagen?«

»Nein, Ziang und seine Partner haben sich auf asiatisch-pazifisches Recht spezialisiert. Sie haben auch den Ruf, sich um die Geschäfte der Triaden im Nordwest-Pazifik zu kümmern.«

»Was sind denn das für Geschäfte?« fragte Kyle.

»Das übliche. Prostitution, Spiel, Drogen, Geldverleih durch Kredithaie, Schiebereien mit vom Aussterben bedrohten Arten.«

Bei den letzten Worten blickte Kyle ihn verständnislos an.

»Asiatische Medizin«, erklärte Archer ihm. »Die Chinesen bezahlen eine ganze Menge Geld für Tränke, die aus den Gallenblasen von Bären, Penissen von Tigern und all solchen Sachen eben hergestellt werden.«

»Für eine solche Diskussion ist es noch viel zu früh am Morgen.«

»Hör auf zu jammern. Ich war die ganze Nacht auf.«

»Warum?«

»Ich habe das Zwanzigfragenspiel mit Onkel Sam gespielt.«

»Wer hat gefragt, und wer hat geantwortet?«

»Wir haben uns abgewechselt«, sagte Archer.

»Und?«

»Möchtest du ein Omelett, ehe wir reden?«

»Ist es so schlimm?« fragte Kyle.

Archer antwortete nicht. Er fing einfach an zu kochen.

Nach ein paar Minuten machte Kyle Toast und kochte noch eine Kanne Kaffee. Die Brüder setzten sich gerade rechtzeitig an den Tisch, um die ersten Sonnenstrahlen zu sehen, die durch das östliche Fenster in die Eßecke fielen, die genauso lag, daß sie das Morgenlicht einfing.

»Wenn du mich weiter so verwöhnst, werde ich noch fett«, sagte Kyle und machte sich über den Teller mit Bratkartoffeln und einem spanischen Omelett her.

»Bleib einfach nur am Leben, dann will ich mich nicht beklagen.«

Kyle hielt mit der Gabel mitten in der Bewegung inne. »Der Klang deiner Worte gefällt mir nicht.«

»Wer hat denn etwas davon gesagt, daß es dir gefallen muß?«

Archer machte sich über sein Frühstück her wie ein Mann, der genau wußte, daß es sehr lange dauern würde, bis er wieder etwas Anständiges zu essen bekäme. Als er fertig war, goß er sich eine letzte Tasse Kaffee ein, dann begann er zu reden. Er sah Kyle an, als würde allein sein Wille schon genügen, um seinem Bruder zu verstehen zu geben, daß es ein Fehler von wahrscheinlich tödlichem Ausmaß war, wenn er sich mit Lianne Blakely einließ.

»Der sogenannte Straßenräuber ist Leutnant bei den Roten-Phoenix-Triaden«, begann Archer. »Er gehört zu einem informellen kulturellen Austauschprogramm. Wenn Onkel Sam einen Mann der Triaden einsperrt oder deportiert, dann schicken sie zwei neue, die seinen Platz einnehmen.«

Kyle tropfte Honig auf sein letztes Stück Toast und hörte Archer aufmerksam zu, dabei wußte er schon genau, daß ihm Archers weitere Ausführungen mit Sicherheit nicht gefallen würden.

»Diese ganz besondere Schlange, mit der du es zu tun hattest, ist ein Terminator«, erklärte Archer. »Willst du jemanden umbringen lassen? Wenn der nächste Flug von China oder Hongkong in Seattle landet, steigt der Unglücksmann aus und tötet sein Opfer. Noch ehe irgend jemand weiß, was überhaupt passiert ist, sitzt er dann schon wieder in der Maschine und verschwindet.«

»Diesmal aber nicht.«

»Du hattest Glück«, erklärte Archer mit ausdrucksloser Stimme. »Qiang Qin – dein Unglücksmann – ist nicht gerade eine Jungfrau. Er hat schon in allen Ländern des Pacific Rim für die Roten-Phoenix-Triaden Leichen hinterlassen. Allein sechs in Hongkong, und das war ein ruhiges Jahr.«

»Vielbeschäftigter Junge«, bemerkte Kyle so ganz nebenbei. Aber sogar mit Honig schmeckte sein Toast plötzlich wie Sägemehl. Der Gedanke, daß Lianne allein im Flur mit diesem Mann der Triaden gewesen war, machte Kyle ganz krank. »Woher hast du das alles eigentlich über ihn erfahren?«

»Was glaubst du wohl?«

»Entweder hast du unseren Verfolger in die Mangel genommen, oder Onkel Sam hat sich entschieden, ausnahmsweise einmal freundlich zu sein.«

»Er war freundlich.«

»Mist. Es wäre besser gewesen, wenn du den Kerl in die Mangel genommen hättest. Wenn Onkel Sam freundlich wird, werde ich nämlich immer nervös. Was will unsere liebe Regierung denn jetzt von uns?«

»Das gleiche wie vorher – sie will in das Innere der Familie Tang vordringen.«

»Und warum beklagst du dich dann darüber, daß ich Lianne mit nach Hause gebracht habe?«

»Weil«, antwortete ihm Lianne von der Tür her, »Archer sich wünscht, Qiang Qin hätte seine Arbeit erledigt und mich umgebracht.«

Archer und Kyle wirbelten zur Tür herum, beide mit dem gleichen Ausdruck von Überraschung und Zorn auf ihren Gesichtern. Lianne hätte beinahe gelacht, doch sie war viel zu verletzt und zu wütend, um lachen zu können. Sie war so schrecklich dankbar gewesen, als Kyle ihr geholfen hatte.

Jetzt kannte sie auch den Grund dafür. Und dieses Wissen ließ sich so schlecht schlucken wie ein großes, scharfkantiges Stück Eis.

Sie hatte es ihm auch noch so einfach gemacht.

Sie war so dumm gewesen.

Lianne hatte geglaubt, daß ein Mann wie Kyle Donovan sich tatsächlich für eine Frau interessieren könnte, die keine Familie, kein Geld, keine Verbindungen hatte, nichts, außer einem Talent für Jade und die Halsstarrigkeit, dieses Talent auch einzusetzen, ganz gleich, welche Steine das Leben ihr in den Weg legen mochte.

»Das ist nicht wahr«, widersprach Archer ruhig. »Ich wollte nicht, daß Sie sterben.«

»Noch nicht«, gab Lianne wütend zurück, doch ihre Stimme klang genauso ruhig wie seine. »Nicht, ehe ich nicht den Judas gespielt und meine Familie zur Schlachtbank geführt habe.«

»*Ihre Familie?*« fragte Archer und zog die Augenbrauen zusammen. »Komisch, als das alles in die Hose ging, war es die Familie Donovan, die zu Ihrer Rettung herbeigeeilt ist. Die Tangs aber waren Ihnen auf den Fersen und haben gebellt wie die Hunde, die näher kommen, um zu töten.«

Lianne hob ein wenig das Kinn an. Es gefiel ihr nicht, die Wahrheit zu hören, und ganz besonders nicht von einem Mann, der ihr gegenüber nicht gerade freundlich eingestellt war. Doch sie konnte es auch nicht abstreiten. Sie war eine Überlebenskünstlerin. Überlebenskünstler akzeptieren die Wahrheit, auch wenn sie wie ein Schwert auf sie niedersauste.

»Halt dich zurück«, warnte Kyle Archer. »Lianne ist uns gar nichts schuldig.«

»Natürlich ist sie das. Ohne unser Geld säße sie jetzt noch immer in Handschellen hinter Gittern.«

Kyle sprang auf. »Es war *mein* Geld und nicht das Geld der Familie.«

»Setz dich.«

Kyle beugte sich vor und stützte seine großen Hände auf den Tisch. »Halt dich zurück, Archer, oder Lianne und ich verschwinden von hier.«

»Einfach so? Du gehst mit einer Frau für eine Nacht ins Bett, und dann ziehst du gleich für sie gegen deine Familie in den Krieg?«

»Warum bist du nur so ein Arschloch?« fuhr Kyle ihn an.

»Weil ich die Schnauze davon voll habe, zuzusehen, wie wieder einmal ein Weibsbild meinen Bruder an seinem Schwanz herumführt.«

Mit unglaublicher Schnelligkeit griff Kyle nach Archer. Mit der gleichen Schnelligkeit schlug Archer die Hand seines Bruders beiseite und sprang auf.

»Aufhören«, befahl Lianne und schob sich zwischen die beiden. »Es gibt keinen Grund dafür, die Küche auseinanderzunehmen und für mich ein Schauspiel aufzuführen.«

Kyle starrte sie an.

Auch Archer starrte sie an, doch in seinem Blick lag eher Berechnung als Überraschung.

Es war Archers Blick, den Lianne sah, es war Archer, zu dem sie sprach, Archer, den sie zu überzeugen versuchte. Sie wollte Kyle dagegen gar nicht erst ansehen und sich an ihre dumme Hingabe erinnern, an ihre eifrigen Lippen und Hände und ihre hingebungsvolle Reaktion auf seine Erfahrung.

»Ich habe etwas, das Sie haben wollen«, sagte Lianne, und ihre Stimme wirkte genauso emotionslos wie die zusammengepreßte Linie ihres Mundes. »Sie haben dagegen etwas, das ich will. Ich bin sicher, wir können zu einer gemeinsamen Vereinbarung kommen.«

»Sie können es sich doch gar nicht leisten, uns einen Handel vorzuschlagen«, entgegnete Archer ungeduldig.

»Falsch. Wenn Sie mich nicht bräuchten, hätten Sie mich im Gefängnis gelassen.«

»Es ist noch nicht zu spät, um dorthin zurückzukehren. Oder glauben Sie, daß dann Ihr Vater angelaufen kommt und Ihre Differenzen mit seiner Familie schon richten wird? Mit *seiner* Familie, Lianne, nicht mit der Ihren. Ein unehelich geborenes Kind hat keine Familie.«

»Das reicht«, erklärte Kyle kalt und griff nach Lianne. »Wir verschwinden hier.«

»Nein.« Mit einer schnellen Bewegung löste sie sich aus Kyles Griff. Ihr Blick ruhte noch auf Archer. Sie lächelte ohne Wärme. »Mich zu ködern wird nicht klappen, Archer. Ich verliere nicht meine Fassung und lasse mich zu dummen Fehlern verleiten. Nicht mehr, seit ich in der dritten Klasse einen Jungen zu Boden geschlagen habe, weil er mich einen schlitzäugigen Bastard und meine Mutter die Hure eines Chinesen genannt hat.«

»Ich habe doch gar nicht vor, Sie zu ködern«, entgegnete Archer mit glatter Stimme. »Ich sage Ihnen nur die Wahrheit. Niemand aus Ihrer sogenannten Familie wird Ihnen aus diesem Durcheinander heraushelfen.«

»Das weiß ich besser als Sie.«

»Lianne«, begann Kyle. Aber ihm fiel nichts ein, was er noch hätte sagen können, und sie weigerte sich sowieso, ihn überhaupt anzusehen. Langsam legte er ihr die Hände auf die Schultern. Er begann, ihre Muskeln zu massieren, die vor Wut und Schmerz ganz angespannt waren, Gefühle, die sie nach außen nicht zeigte.

»Nicht«, sagte Lianne und hob die Schultern, um seine Hände abzustreifen. Dann trat sie ein paar Schritte von den beiden Männern weg. »Du hast so getan, als würde dir etwas an mir liegen. Aber jetzt weiß ich auch, warum. Es gibt also keinen Grund mehr, diese Farce noch weiterzuspielen.«

»Da wir gerade von einer Farce reden«, sagte Archer und schob sich vor Kyle, ehe dieser wieder die Hand nach Lianne ausstrecken konnte. »Sie sind Kyle schon zwei Wochen lang gefolgt, ehe er bei dieser Auktion schließlich auf Sie zugegangen ist. Also lassen wir besser all die Diskussionen darüber, wer wem was angetan hat, und versuchen lieber, einen gemeinsamen Standpunkt zu finden. Kaffee?«

Liannes Augen weiteten sich. Das war das letzte, was sie von Archer erwartet hatte. »Bitte«, antwortete sie automatisch.

Er lächelte. »Also, ich wußte doch, daß wir die Dinge wieder auf eine zivilisierte Basis bringen können. Setz dich, Bruder.«

»Ich würde dich lieber zusammenschlagen.«

Archer warf aus seinen stahlgrauen Augen einen schnellen Blick auf seinen Bruder, der ihm mit einem so strahlenden Lächeln seine Zähne zeigte, daß es schon wieder wie ein Fluch aussah.

»Aber du siehst doch, wie zivilisiert ich bin?« fragte Kyle zwischen zusammengebissenen Zähnen hindurch. »Ich lächle sogar.«

»Gut«, antwortete Archer sanft. »Auf diese Art hast du etwas, auf das du zurückgreifen kannst.«

»Da kannst du Gift drauf nehmen.« Kyle blicke zu Lianne hinüber. Sie beobachtete die beiden, als wären sie ein paar giftige Schlangen. »Möchtest du zum Kaffee etwas essen?«

»Nein«, antwortete sie.

»Sicher nicht? Archer macht ein schrecklich leckeres Omelett.«

»Es würde mich auch erstaunen, wenn er ein schrecklich freundliches Omelett machen würde.«

Archer lachte, was ihm noch einen überraschten Blick von Lianne einbrachte. Sein Lachen war genauso ehrlich, wie auch sein Zorn gewesen war. Und wie sein Zorn, so veränderte ihn auch sein Lachen.

Einen Augenblick lang wünschte sie sich, sie hätten Freunde sein können anstatt Feinde. Doch dann sah sie in die klaren, kalten Tiefen seiner Augen und wußte, daß sie sich genausogut auch wünschen konnte, daß Kyle sich von ihr als Frau angezogen fühlte und nicht bloß als Hintertürverbindung zur Familie Tang. Beide Wünsche waren ähnlich schmerzlich, ähnlich sinnlos.

»Sahne, Zucker?« fragte Archer.

»Schwarz«, antwortete Lianne leise. »Sehr, sehr schwarz.«

Mit gespielter Ruhe setzte sie sich, schob die Ärmel ihres roten, seidenen Bademantels hoch und wartete darauf, was für einen Handel der Teufel mit dem stahlharten Blick ihr wohl anbieten würde.

20

Kyle setzte sich neben Lianne in die Eßecke und drückte sie an die Wand. Sie bedachte ihn mit einem kalten Blick von der Seite, so wie sie einen Fremden im Bus ansehen würde, der zuviel Platz beanspruchte.

Sie wußte nicht, was sie sonst hätte tun sollen. Wie behandelte man einen Mann, der in der einen Nacht ein wilder Liebhaber war und in der nächsten ein tröstender Teddybär? Der Kontrast, wie auch so vieles andere an Kyle, raubte ihr das Urteilsvermögen. Deshalb ignorierte sie ihn einfach und widmete sich lieber dem Omelett, das Archer gemacht hatte.

»Das war gut«, meinte sie, als sie den letzten Bissen in den Mund geschoben hatte.

Archer setzte sich ihr gegenüber. »Es scheint Sie zu überraschen, daß ein Mann kochen kann.«

»Ganz und gar nicht. Es würde mich viel mehr überraschen, wenn Sie eine Frau finden würden, die für Sie kocht.«

Archer warf Kyle einen raschen Blick zu. »Ich hätte dich für deinen Kampfeinsatz bezahlen müssen.«

»Machen Sie sich keine Mühe. Ich war wie Wachs in seinen Händen«, wehrte Lianne ab, noch ehe Kyle antworten konnte.

»Eher wie Feuer« murmelte Kyle.

»Ich wollte damit nur auf meinen Verstand anspielen«, sagte sie und beobachtete Archer. »Ohne Ihren Bruder würde dies alles wesentlich schneller gehen.«

»Nenn mich ruhig Kyle, mein Schatz, und im übrigen werde ich mich von dir nicht abwimmeln lassen.«

Lianne antwortete nicht, doch Archer war das leichte Flackern ihrer Augenlider nicht entgangen und auch nicht die Art, wie sie ihren Körper unmerklich von Kyle wegbog oder wie sich ihre Fingerknöchel weiß hervorhoben, als sie ihren Kaffeebecher umklammerte. Für eine intelligente Frau – und Archer bezweifelte nicht, daß Lianne sehr intelligent war – begriff sie nur sehr langsam den Vorteil, den sie hatte, wenn sie Kyles Geliebte blieb. Sie machte den Eindruck, als wollte sie ihn nur noch mit der Kneifzange anfassen, als wäre sie also wirklich schrecklich wütend darüber, daß es noch einen anderen Grund gab, warum er sie hatte kennenlernen wollen.

Archer begann, seine Meinung von Lianne Blakely noch einmal zu überdenken. Und selbst jetzt noch hoffte er, daß es nicht nötig sein würde. Das Leben wäre um so vieles einfacher, wenn sie eine Betrügerin wäre, denn damit würde sie Onkel Sam eine nette, einfache Lösung seiner diplomatischen Verwicklungen wegen des Jadeanzugs ermöglichen. Wenn Lianne aber keine Betrügerin war, so würde jede Lösung, die sich ihnen bieten würde, nicht einfach sein.

»Warum hast du mich verfolgt?« fragte Kyle sie nach einer Weile. »Und bitte, ich will nichts davon hören, daß ich ein so toller Mann bin. Du bist nicht der Typ Frau, die auf Männer zugeht.«

»Was soll das denn für ein Typ sein?«

»Dreist, lässig, verrückt nach Partys, bereit, mit jedem Mann ins Bett zu gehen, der ihr gefällt«, sagte er und griff nach der Kaffeekanne.

Sie lächelte ihn schwach an. Nach ein paar Tagen schon kannte er sie besser als ihr Vater sie nach einem ganzen Leben. »Johnny hat mich gebeten, dich anzusprechen und dich mit zu den Tangs zu bringen.«

»Johnny? Sie meinen Ihren Vater?« fragte Archer.

»So könnte man ihn nennen«, stimmte sie sarkastisch zu.

»Und was wollte Johnny von mir?« fragte Kyle.

»Das weiß ich nicht.«

Archer machte sich nicht die Mühe, seine Ungeduld oder seine Zweifel zu verbergen. »Was wollte Johnny denn sonst immer, wenn er Sie ausschickte, um einen Mann kennenzulernen?«

»Das war das erstemal.«

»Ja. Natürlich.«

Lianne blickte Archer an. Ihr Gesichtsausdruck war ganz gelassen. Doch ihre Hände schmerzten, weil sie den Kaffeebecher so fest umklammerte.

»Glauben Sie doch, was Sie wollen«, erklärte sie mit ausdrucksloser Stimme. »Ich sage Ihnen die Wahrheit.«

»Hast du wirklich keine Ahnung, warum dein Vater mit mir sprechen wollte?« frage Kyle.

Sie runzelte die Stirn und versuchte, sich daran zu erinnern, was Johnny ihr gesagt hatte. »Als ich ihn gefragt habe, hat er behauptet, es sei wichtig, sehr wichtig. Und daß es eine Familienangelegenheit sei. Das ist alles.«

»Wußten Sie, daß das Tang-Konsortium schon mit dem Vorschlag zu einer Art geschäftlichem Zusammenschluß an Donovan International herangetreten war?« fragte Archer.

Lianne schüttelte den Kopf.

»Wann?« frage Kyle seinen Bruder.

»Im letzten Jahr. Wir haben abgelehnt.«

»Warum?« fragte Lianne. »War es kein gutes Geschäft?«

Archer zögerte, dann entschied er sich aber, daß die Wahrheit vielleicht nützlicher war als jede Lüge. »Aus dem gleichen Grund, warum wir auch die Zusammenarbeit mit SunCo abgelehnt haben. Triaden.«

»Was?« fragten Kyle und Lianne wie aus einem Mund.

»Beide Familien – Sun und Tang – haben sehr enge Beziehungen zu chinesischen Banden.«

Lianne runzelte die Stirn. »Viele Triaden sind keine Banden von der Art, wie man sie in Amerika kennt. Sie sind nicht kriminell. Und auf jeden Fall ist China auch kein Rechtsstaat in der Art, wie Amerika es ist. In China steht der Staat, ob er nun konfuzianisch, kommunistisch oder kapitalistisch ist, immer über dem Gesetz. In Amerika steht das Gesetz über dem Staat.«

»Selbst wenn man kulturelle Unterschiede zuläßt«, warf Archer ein, »so waren die Verbindungen der Triaden zu den Tangs – und ganz besonders zu den Suns – immer noch wesentlich enger, als es uns lieb war.«

»Ist Johnny die Verbindung des Tang-Konsortiums zu den Banden?« fragte Kyle.

»Nein. Sein Bruder Harry ist das. Harrys Geliebte Nummer eins ist die Schwester eines Oberherrn der Roten Phoenix.«

Lianne erinnerte sich an die gelassene, intelligente Frau, die als inoffizielle Gastgeberin für die Tang-Party nach der Auktion aufgetreten war. »Kein Wunder, daß er sich das Armband für sie leisten konnte.«

»Das hast du auch bemerkt?« fragt Kyle. »Der Rubin in der Mitte muß mindestens zwanzig Karat gehabt haben.« Er wandte sich wieder zu Archer. »Wieder die Roten Phoenix, wie? Diese Jungs kommen wirklich rum.«

»In den USA ganz sicher. Sie sind der Hauptgrund für Onkel Sams asiatische Kopfschmerzen.«

Lianne schob ihren Kaffeebecher beiseite und konzentrierte sich auf Archer. »Also glauben Sie, daß Johnny wollte, daß ich Kyle kennenlerne, um für die Familie Tang – und damit auch für die Roten Phoenix – einen Weg zu Donovan International zu bahnen?«

»Haben Sie etwa eine bessere Idee?« fragte Archer ruhig.

»Im Augenblick nicht. Aber warum sollte das so dringend sein? Am Abend der Auktion wirkte Johnny ja beinahe verängstigt. Er sagte mir, ich müßte Kyle unbedingt kennenlernen, noch ehe er und meine Mutter nach Tahiti abreisten.«

»Sie sollten Johnny danach fragen, wenn er zurückkommt«, schlug Archer vor.

»Wie kommen Sie denn darauf, daß er überhaupt mit mir spricht?«

»Er ist dein Vater«, sagte Kyle verwundert.

»Er ist der Geliebte meiner Mutter«, antwortete Lianne kühl. »Das ist ein Unterschied. Ein großer Unterschied. Auf jeden Fall ist Johnny ein Tang. Er war immer ein Tang und wird auch immer ein Tang sein.«

»Warum…«, begann Archer.

»Ich glaube, jetzt bin ich dran«, unterbrach Lianne ihn. »Die Regierung wollte, daß Kyle sich Zugang zur Familie Tang verschafft. Warum?«

Kyle wollte gerade antworten, doch dann schwieg er. Wenn Archer nicht genug von der Wahrheit erzählte, konnte er ihn immer noch ergänzen. Bis dahin aber schien Lianne bei Archer besser aufgehoben zu sein.

Das machte Kyle nicht gerade glücklich, doch er konnte nichts daran ändern, bis er wieder mit Lianne allein war. Zunächst einmal würde er sie ausziehen und sie in seine Arme nehmen. Und dann würde er es mit Argumenten versuchen. Wenn das nicht klappte, konnte er immer noch auf eine handfeste Annäherung ausweichen.

»Die US-Regierung glaubt, daß die Familie Tang als Vermittler beim Verkauf des Grabes des Jadekaisers aktiv war«, sagte Archer.

Lianne öffnete den Mund, wußte aber nicht, was sie erwidern sollte und schloß ihn schließlich wieder.

»Kein Kommentar?« fragte Archer.

»Ich bin... benommen«, sagte sie schlicht. »Wie sollten die Tangs eine solche Fundgrube denn in die Hände bekommen? Seit beinahe siebzig Jahren haben sie keine Macht mehr in Festlandchina.«

»Aber die Triaden haben die Macht«, erklärte Archer geradeheraus. »Die Roten Phoenix, zum Beispiel. Seit China sich entschieden hat, eine semisozialistische Version des Kapitalismus einzuführen, sind die Roten Phoenix mit Epressung, Sex und Drogen sehr, sehr reich geworden. SunCo hat mehrere Milliarden Dollar allein mit Geldwäsche gemacht. Das Tang-Konsortium hat wiederum nicht so gut abgeschnitten. Wen hat einfach nichts übrig für Glücksspiel, und er hat eine moralische Abneigung gegen Drogen. Er zieht einen ehrlichen Import-Export-Handel vor, Einflußnahme, das Schmuggeln von illegalen Einwanderern, Markenpiraterie und Erpressung.«

Lianne stieß den angehaltenen Atem aus. »Wenn das, was Sie sagen, wahr ist, dann wissen Sie mehr über das Tang-Konsortium als ich.«

»Wie siehst du denn das Tang-Konsortium?« fragte Kyle.

»Alles, was ich weiß, ist, daß die Tangs internationale Geschäfte machen, angefangen bei Immobilien über Handelsgüter bis hin zu Banken. Jade ist eher eine private Leidenschaft des Konsortiums und kein Handelsgut.«

»Wollen Sie damit sagen, Sie haben von den Tangs noch nichts über den Jadekaiser gehört?« wollte Archer wissen.

»Ja.«

Archer murmelte etwas Unverständliches vor sich hin und sah dann hinaus auf die erwachende Stadt. Es war eine magische Zeit, wenn der Himmel ganz frisch war, strahlend, und wenn die Lichter wie Juwelen vor dem schwarzen, seidigen Hintergrund der Stadt leuchteten.

»Ob Sie es mir nun glauben oder nicht, es ist die Wahrheit«, sprach Lianne weiter. »Ich habe zwar von Spekulationen über den Jadekaiser gehört, aber nicht von den Tangs.«

»Eigenartig, nicht wahr?« fragte Kyle. »Dieses Thema hätte Wen doch faszinieren müssen.«

»Als die Gerüchteküche vor ein paar Monaten zu kochen begann, habe ich mit Wen auch darüber gesprochen.«

»Und was hat er gesagt?«

»Daß er viel zu alt ist, um noch an Märchen zu glauben. Er sagte, ich hätte noch viel zu lernen, doch er hätte nicht mehr viel Zeit, mich zu unterrichten, deshalb sollten wir uns lieber mit Jade befassen, die wir berühren könnten, anstatt eine Falle für einen Phoenix zu stellen.«

»Und was war mit Johnny?« fragte Archer. »Was hat er von dem Jadekaiser gehalten?«

»Er hat von Jade noch weniger Ahnung als Sie. Seine Leidenschaft sind Finanzen. Zahlen und Geschäftsabschlüsse, Gebäude und Banken. Der einzige Tang, der sich noch für Jade interessiert, ist Daniel.«

»Dein Halbbruder?« fragte Kyle.

»Johnnys Sohn.« Liannes Stimme klang abgehackt. »Er ist Wens Lehrling geworden.«

»Er hat Sie hinausgedrängt?« fragte Archer.

»Er brauchte mich nicht zu drängen. Ich bin freiwillig gegangen.«

»Hat Daniel den Jadekaiser erwähnt?« fragte Kyle schnell.

»Ich habe nie mit Daniel gesprochen, bis auf den Tag nach der Auktion. Und damals hat er mich eine Diebin genannt und hat versucht, mich von Wen fernzuhalten.«

»Was hat er Ihnen denn vorgeworfen, was Sie gestohlen haben sollen?« fragte Archer.

»Nichts Genaues.« Lianne holte tief Luft, dann sagte sie, was sie ursprünglich gar nicht sagen wollte. »Ich denke... es ist möglich...« Ihre Stimme versagte.

Archer wartete.

Unter dem Tisch legte Kyle ihr die Hand auf das Bein, in einer Geste, die eher tröstend war als provokativ.

Lianne zuckte zwar dennoch zusammen, aber sie wich ihm nicht aus. Das konnte sie auch gar nicht. Es gab keinen Platz mehr, wohin sie noch hätte ausweichen können.

»Was ist denn, meine Süße?«

»Nenn mich nicht so.«

»Liebling, Schatz, Zucker, Baby, Liebes, *Butterblümchen*«, sagte Kyle. »Was hältst du für möglich?«

Lianne wollte schreien oder wütend auffahren bei dem wissenden Blick in Kyles Augen und der sanften, unerbittlichen Intimität seiner Hand. Die Farce von der angeblich auf Gegenseitigkeit beruhenden Anziehung war aufgedeckt worden, doch er tat immer noch so, als wäre das die Realität. In der letzten Nacht war sie allein auf der Couch eingeschlafen und war schließlich mitten in der Nacht in seinem Bett aufgewacht, in seinen Armen.

Die Fragen und das Mißtrauen konnte sie ertragen, aber nicht das Angebot der liebevollen Zuflucht, wenn es doch nichts anderes gab als das Bedürfnis, Wissen aus ihr herauszukitzeln, Wissen, das auch noch gegen die einzige Familie benutzt werden sollte, die sie kannte. Die Familie, von der Lianne betrogen worden war.

Betrug. Überall, wohin sie blickte, überall, wohin sie sich wandte. Betrug. Doch nirgendwo machte er sie so wütend, als wenn sie in Kyles wunderschöne lügnerische Augen sah.

Als Archer sah, wie Lianne unter dem Ansturm ihrer Gefühle erbebte, verschmälerten sich seine Augen. Entweder sie war eine wundervolle Schauspielerin, oder sie hätte wirklich am liebsten ihren Kaffeebecher genommen und ihn Kyle in den Hals gerammt.

»Die Klinge aus der Jungsteinzeit und das Kamel sind nicht die einzigen Dinge, die in Wens Sammlung ersetzt worden sind«, sagte Lianne.

»Das wissen wir«, entgegnete Archer. »Erzählen Sie uns lieber etwas, das wir noch nicht wissen.«

»Wen hatte den Jadeanzug besessen, den Farmer jetzt hat.«

Nach einem Augenblick pfiff Archer erschreckt und überrascht zugleich durch die Zähne. »Sind Sie sich da sicher?«

»Warum hast du mir das nicht gesagt?« fragte Kyle.

»Warum sollte ich«, gab Lianne zurück. »Du hast mir ja auch nicht gesagt, warum du mit mir geschlafen hast.«

»Ich habe mit dir geschlafen, weil du mich so heiß gemacht hast, daß ich nicht mehr wußte, wo vorn und hinten ist. Ich habe von dem Dock noch immer Splitter in meinem Hintern.

War ich nicht ein Gentleman, meine Süße? Du hast nur Splitter in deinen Knien.«

Archer zog eine Augenbraue hoch und lächelte in seinen Kaffee. Er hätte am liebsten laut aufgelacht, aber in Kyles Stimme lag zuviel Zorn. Sein Bruder quälte Lianne, wo er nur konnte. Und das war nur fair, denn sie behandelte ihn nicht besser.

»Ich habe *dich* so heiß gemacht?« fragte Lianne und hob die Stimme. »Du Hundesohn! Ich wußte nicht einmal, daß Menschen es auf so viele verschiedene Arten tun konnten, geschweige denn, daß ich so gefühlt...« Plötzlich erinnerte sie sich daran, daß noch jemand mit ihnen am Tisch saß und daß diese Person Kyles Bruder war. Sie errötete von den Brüsten bis zu den Haarspitzen. »Laß nur«, murmelte sie. »Das hat mit der Jade nichts zu tun.«

»Möchte noch jemand Kaffee?« fragte Archer verbindlich.

Niemand antwortete ihm. Er goß den Rest des Kaffees in seinen Becher, trank und machte sich daran, seine Meinung über Lianne Blakely zu festigen.

Es dauerte auch nicht lange. Archer hatte zwar seine Fehler, doch Dummheit gehörte nicht dazu.

»Sind Sie sich bei dem Jadeanzug auch ganz sicher?« fragte er.

»Ja. Ich habe ihn zweimal in Wens Tresor gesehen.«

»Warum haben Sie das nicht schon früher erwähnt?«

»Ich habe mein Wort gegeben, niemals mit einem anderen Menschen als Wen über diesen Bestattungsanzug zu sprechen. Aber jetzt...« Lianne starrte auf die gelben Überreste des Omelettes auf ihrem Teller. Ein kleines Stückchen grüner Paprika leuchtete wie Jade auf dem weißen Teller. »Jetzt fehlt ein Teil der Jade, und Wen glaubt, ich sei der Dieb. Jemand bestiehlt Wen und schiebt es auf mich.«

Archer nickte. »Warum haben Sie davon denn nichts der

Regierung erzählt? Mercer meinte, daß das FBI weiß, daß die Anklage gegen Sie höchstens auf Indizien beruhen kann. Sie haben Ihnen angeboten, Sie laufenzulassen, wenn Sie mit ihnen zusammenarbeiten, was den Jadekaiser betrifft.«

»Ich bin unschuldig. Das FBI kann mich mal.«

Archer lächelte eine wenig. »Ich bewundere Ihre Ansichten, allerdings nicht ihre Logik.«

»Ganz gleich, welche Gründe Kyle hatte«, sagte Lianne. »Er hat mir das Leben gerettet...«

»Du hast um dein Leben gekämpft«, unterbrach Kyle sie.

»... und er hat mich aus dem Gefängnis geholt«, beendete sie den Satz und ignorierte ihn. »Wenn ich den Donovans also helfen kann, dann werde ich das tun.«

Archers Lächeln wurde breiter. Dies war eine Logik, die er verstand, die Logik der persönlichen Loyalität. Lianne gefiel es vielleicht nicht, den Donovans etwas schuldig zu sein, doch sie akzeptierte es zumindest.

»Was wissen Sie denn über Wens Anzug, den Ihrer Meinung nach jetzt Farmer besitzt?« fragte Archer.

»Er ist nach den Bestattungsanzügen der Han-Dynastie gefertigt, aber da ich ihn niemals untersucht habe, kann ich sein Alter nicht garantieren. Er ist aus Nephrit, nicht aus Serpentin.«

»Das müssen Sie mir erklären«, sagte Archer. »Das verstehe ich nicht.«

»Serpentin ist weicher, leichter zu schnitzen und nicht so selten wie Jade«, erklärte Kyle, der verstand, was sein Bruder wissen wollte. »Vor dem neunzehnten Jahrhundert war eine Menge dessen, was die Chinesen Jade nennen, nicht einmal Nephrit, sondern einfach irgendein anderer, tugendhafter Stein.«

»Okay. Weiter, Lianne.«

»Nicht alle Bestattungsanzüge sind aus Nephrit. Die kaiserlichen Werkstätten hatten ein Monopol für Künstler und Materialien; nur der oberen Schicht des Kaiserhauses war das Beste erlaubt. Serpentin war bei Bestattungsanzügen der übliche Ersatz für Jade, weil es leichter zu schnitzen und öfter zu finden war.«

»Aber Wens Anzug war aus Nephrit«, sagte Archer.

»Ja. Die Jade war außergewöhnlich – ein durchscheinendes tiefes Grün mit wolkigen Zeichnungen über den wichtigsten Körperorganen. Ein Kunstwerk und gleichzeitig die Summe der chinesischen Philosophie über das Leben, den Tod und über die Zeit danach.«

»Bist du sicher, daß Farmer jetzt genau den Anzug hat, den Wen vorher besessen hat?« drängte Kyle sie.

Sie zögerte, doch dann akzeptierte sie, wovon sie sowieso schon wußte, daß es die Wahrheit war. »Jawohl.«

»Und du bist dir auch sicher, daß es echte Jade ist?« fragte Kyle.

»So sicher, wie ich sein kann, ohne eine chemische Analyse gemacht zu haben. Sie hat sich echt angefühlt. Sie hat echt ausgesehen. Sie hatte die richtige Politur. Es gab keine Abnutzung an den Ecken, wie man sie bei einem weicheren Stein gefunden hätte. Und Wens Benehmen beim Anblick des Anzugs war voller Verehrung. Er hatte eine moderne Vorliebe für Nephrit gegenüber allen anderen Arten von ›Jade‹.«

»Warum sollte Wen diesen Anzug an Farmer verkauft haben?« fragte Kyle.

»Geld«, betonte Archer. »Millionen.«

»Nicht gut genug«, wehrte Kyle ab. »Wen ist ein Sammler. Sich von diesem Anzug zu trennen wäre genauso, als würde er seine Seele verkaufen.«

Archer sah Lianne an.

»Er hat recht«, stimmte sie Kyle zu. »Natürlich, wenn die Familie Tang verzweifelt Geld brauchte...« Dann seufzte sie und schüttelte den Kopf. »Nein. Wen hätte lieber seine gesamte Jadesammlung als Sicherheit für einen Kredit hingelegt, ehe er auch nur ein einziges Stück davon verkauft hätte, und ganz sicher nicht den Jadeanzug.«

»Vielleicht hatte er ja wirklich einen Kredit aufgenommen«, schlug Archer vor. »Vielleicht konnte er ihn dann nicht zurückzahlen, und die Bank hat die Sicherheiten verkauft.«

Kyle stand auf und lief durch die Küche zum Herd. Lianne sah, wie er aus dem Sonnenschein in den Schatten trat und wieder zurück ins Sonnenlicht, und sie konnte sich nicht entscheiden, in welchem Augenblick er für sie schöner aussah – wenn seine Augen in der Dunkelheit goldgrün aufblitzten oder wenn sein Haar im Sonnenschein golden leuchtete. Aber ob er nun im Sonnenschien oder im Schatten stand, was sie anzog, waren seine Intelligenz, sein Humor, der Ausdruck von Kraft bei jedem seiner lässigen Schritte.

Zu schade, daß er nicht mehr von mir will als Informationen und Sex, dachte Lianne bitter. Und auch noch in dieser Reihenfolge. Dennoch, wenn sie fair war, mußte sie zugeben, daß er nichts von ihr nahm, ohne ihr auch etwas zurückzugeben. Und er hatte ihr immerhin das Leben gerettet.

»Lianne«, sagte Archer. »Was halten Sie von der Theorie mit dem Kredit?«

Sie blinzelte und zwang sich, ihren Blick von Kyle loszureißen. »Unwahrscheinlich.«

»Warum?«

»Es wäre einfach unmöglich, einen Kredit in dieser Höhe zu verschweigen. Zuerst einmal müßte die Sammlung geschätzt werden. Allein das würde ein Gerücht in der Welt der Jade auslösen. Wer auch immer diese Stücke schätzen würde, hätte Freunde, Geschäftspartner, Geliebte, Rivalen. Ganz gleich, wie sehr er auch zum Schweigen verpflichtet worden wäre, so würde es doch bekannt werden, weil die Jade der

Tangs unvergleichlich ist. Es wäre, als ob...« Sie zögerte und suchte nach einem Vergleich, den Archer verstehen konnte. »Als ob de Beers den Inhalt ihrer Londoner Diamantentresore schätzen ließe, im Gegenzug für einen Kredit.«

Archer grunzte. »Das würde Schockwellen auslösen.«

Kyle blickte von seinem Kaffee auf. »Könnte es sein, daß jemand aus der Familie Tang ein Interesse daran hat, Farmer zu Fall zu bringen?«

»Das verstehe ich nicht«, sagte Lianne.

Aber Archer verstand es. Er warf Kyle einen anerkennenden Blick zu. Der Junge dachte wirklich nicht *nur* mit seinem Schwanz.

»Farmer wird mit SunCo ins Bett klettern«, erklärte Kyle. »Was bedeutet das für die Tangs?«

»Nichts Gutes«, sagte Lianne und runzelte die Stirn. »Die Suns haben einen viel besseren Zugang zum chinesischen Festland als die Tangs. Drei der Suns haben ›rote Prinzessinnen‹ geheiratet. Sun Sen, die Enkelin des Sun-Patriarchen, ist verlobt mit Deng Qiang, einem Großneffen des verstorbenen Führers und einem der mächtigsten Männer im heutigen China.«

»Die neue Aristokratie«, bemerkte Kyle verächtlich. »Die ultraprivilegierten Kinder und Enkel von Maos Truppe heiraten die erfolgreichsten kriminellen Unternehmer des einundzwanzigsten Jahrhunderts.«

»Mit anderen Worten«, sprach Archer weiter, »haben die Tangs genügend Gründe, um den Erfolg der Suns zu unterminieren.«

»Ja, aber was hat das alles denn mit Farmer und dem Jadeanzug zu tun?« wollte Lianne wissen.

»Erinnerst du dich an das alte Sprichwort ›Packe die Brennessel immer fest‹?« fragte Kyle und kam zum Tisch zurück.

Lianne nickte.

»Nun«, erklärte er weiter. »Eine Faust um die Nessel zu schließen ist eine Art, das zu tun. Eine sehr direkte Art. Sehr westlich.« Er setzte sich wieder in die Eßecke neben sie. Sein Schenkel berührte ihre Hüfte. »Genauso wie ich.«

Lianne mußte trotz allem lächeln.

»Noch besser ist es aber«, sprach er weiter und lächelte sie an, »wenn man jemand anderen dazu bringen kann, die Nessel für einen zu packen. Dann verbrennst du dich nämlich überhaupt nicht.«

»Sehr indirekt. Sehr östlich«, schloß Lianne. »Und eigentlich sehr klug.«

»Ja, es ist großartig... es sei denn, du bist der Kerl, der gerade eine doppelte Ladung Nesseln in den Händen hält.«

Sie blickte auf ihre eigenen Hände, die noch immer den Kaffeebecher umklammerten, als wäre er ein Rettungsanker. Ganz langsam zwang sie sich, den Becher loszulassen. Dann starrte sie auf den Becher, als könne sie ihre Zukunft darin lesen.

Archer wollte gerade etwas sagen, doch nach einem raschen Blick von Kyle schwieg er.

»Sie wollen damit sagen, ich sei absichtlich von der Familie Tang reingelegt worden, damit Dick Farmer und SunCo ihr Gesicht verlieren?« fragte Lianne.

»Ich frage mich zumindest, ob das möglich ist«, sagte Archer.

»Aber warum?« fragte sie.

»Ich suche nach einem überzeugenden Motiv dafür, daß jemand anderer diese Jade gestohlen hat.«

Kyles Augen zogen sich zusammen. Er betrachtete seinen älteren Bruder, als hätte er ihn noch nie zuvor gesehem.

»Aber warum?« fragte Lianne noch einmal.

»Weil er endlich aufgewacht ist und seinen Kaffee gerochen hat«, sagte Kyle, »Er glaubt nicht, daß du es getan hast.«

Lianne starrte zuerste Kyle an und dann Archer.

»Richtig«, stimmte Archer ihm zu. »Aber es zu glauben heißt noch lange nicht, es auch beweisen zu können. Wir brauchen etwas, das das FBI überzeugt. Damit sowohl Sie als auch wir den Klauen der Regierung entkommen.«

»Aber warum sind Sie denn überhaupt in ihren Klauen?« fragte Lianne.

»Das ist eine lange Geschichte von russischen Zaren und Bernstein«, wehrte Kyle ab. »Die werde ich dir später einmal erzählen. Im Augenblick ist unser Problem, einen Verdächtigen zu finden, dessen Name nicht Lianne Blakely lautet.«

»Davon gibt es eine ganze Welt da draußen«, gab sie zurück.

»Wir wollen aber nur diejenigen, die ein Motiv, die Mittel und auch die Gelegenheit dazu hatten«, widersprach Kyle.

»Das ist immer ein guter Ausgangspunkt«, stimmte ihm Archer zu. »Im Augenblick weiß das FBI, daß Lianne die Mittel und die Möglichkeit hatte, die Tresore der Tangs zu plündern.«

»Aber ich hatte kein Motiv.«

»Falsch, meine Süße«, widersprach Kyle. »Rache.«

Ihre Augen weiteten sich. Dann versteinerte sich ihr Gesichtsausdruck, sie zeigte keine Gefühle mehr, nur der vorsichtige Blick aus ihren whiskeyfarbenen Augen ruhte noch auf ihm.

»Verstehe. Bastard rächt sich an den ehelichen Tangs, indem sie sie bestiehlt. Sieht so etwa das Szenario aus?«

»Ja. Aber da du es nicht gewesen bist, müssen wir uns alle anderen ansehen, die auch Zugang zu dem Tresor der Tangs haben.«

»Wen, Joe, Daniel und ich.«

»Ist das alles?« fragte Archer. »Keine Frauen oder Freundinnen, keine Hausangestellten, niemand, der die Zahlenschlösser repariert oder das Ungeziefer vertreibt oder irgendwelche Elektriker oder Sicherheitsbeamte?«

Lianne schüttelte den Kopf. »Niemand. Sie müssen das verstehen; nach amerikanischem Maßstab ist die Familie Tang panisch darum bemüht, ihren Reichtum und sich selbst zu beschützen. Nach chinesischem Maßstab sind die Tangs einfach nur umsichtig. Und sehr geheimnisvoll.«

»Was für ein Sicherheitssystem hat denn der Tresor?« fragte Kyle.

»Die Schlösser sind alt. Allerdings sehr solide, mußt du wissen. Aber es ist eben keine hochtechnisierte Anlage. Es sind Schlösser, wie man sie in den Banken des späten neunzehnten Jahrhunderts finden konnte.«

»Verdammt«, schimpfte Kyle. »Drehschlösser und Riegel, aber keine Elektrizität. Das klingt ganz nach deinem Spezialgebiet, Archer.«

»Schlösser, die nicht mehr funktionieren, wenn man sie nicht pflegt. Wer kümmert sich denn darum, daß sie geölt werden?«, fragte Archer.

»Wen hat das getan«, sagte Lianne. »Ich nehme an, er hat es Joe beigebracht, doch Joe ist nur sehr selten in Vancouver, deshalb hat Daniel sich um die Instandhaltung der Schlösser gekümmert.«

»Sind Sie sich sicher?«

»Wen hat Daniel Bescheid gesagt, als ich erwähnte, daß eines der Schlösser nicht mehr richtig funktionierte.«

»Und Daniel liebt dich nicht gerade, nicht wahr?« fragte Kyle ruhig.

Sie hob das Kinn und antwortete nicht.

Kyle strich ihr in einer zärtlichen Geste über ihre Wange. »Ich weiß, daß du deinen Halbbruder nicht beschuldigen möchtest, aber wer ist denn sonst noch da? Er muß derjenige sein, der Wen von der fehlenden Jade berichtet hat.«

Lianne kämpfte gegen das heiße Brennen in ihren Augen an. Zu denken, daß sie jemand hereingelegt hatte, gefiel ihr ja schon nicht. Aber auch noch zu denken, daß Daniel es gewesen war, Daniel, der die Augen ihres Vaters hatte und dessen Lächeln... Ihr Magen hob sich.

Diese Art von Betrug traf unterhalb der Gürtellinie.

»Und wie steht es mit Wen selbst?« fragte Archer. »Würde er so etwas tun?«

»Er ist blind«, sagte Kyle, ohne den Blick von Lianne abzuwenden. »Er ist zerbrechlich. Ich wette, er kann nicht einmal ohne Hilfe den Tresorraum betreten, geschweige denn, sich die Jade ansehen. Nicht wahr, meine Süße?«

Sie schüttelte den Kopf und versuchte, sich nicht gegen die Argumentation zu wenden, die so sorgfältig zu ihrer Entlastung aufgebaut worden war. Und nicht gegen den Käfig, in dem sie bereits saß.

Jemand hatte die Jade gestohlen und dafür gesorgt, daß man sie beschuldigte.

»Und wie steht es mit Joe?« fragte Archer.

»Er kennt nicht mal den Unterschied zwischen Nephrit und Speckstein«, wehrte Lianne leise ab. »Wer auch immer das getan hat, muß genau gewußt haben, welche Stücke es wert waren, sie zu stehlen, welche er liegenlassen konnte und vor allem wie er Ersatz dafür besorgen konnte. Selbst wenn Joe dieses Wissen besaß, warum sollte er so etwas tun? Es ist sein eigenes Erbe, sein eigener, persönlicher Reichtum, der Stolz und die Seele der Tangs. Das Tang-Konsortium gehörte der ganzen Familie. Seit das erste Stück Jade gekauft worden war, ist der Jadetresor über Generationen immer an den ersten Sohn des ersten Sohnes weitergegeben worden.«

»Dann bleibt also nur noch Daniel«, schloß Kyle leise.

»Der dritte – oder ist er der vierte? – Sohn von Johnny, der der dritte Sohn von Wen Zhi Tang ist. Danny ist weit davon entfernt, die Schlüssel zu dem Jadekönigreich jemals zu erben, nicht wahr?«

»Ja«, flüsterte Lianne unglücklich.

»Wie lange kennt er schon die Kombination der Schlösser zu dem Tresor?« wollte Archer wissen.

»Das weiß ich nicht.«

»Seit zehn Jahren? Fünf? Zwei?«

Als wäre ihr kalt, zog Lianne die Aufschläge des seidenen Bademantels enger um sich. »Ich... ein Jahr. Vielleicht noch nicht einmal ein Jahr. Seit dem Zeitpunkt, wo Wen die Zahlenkombination nicht mehr sehen oder fühlen konnte und Joe nicht mehr da war, um die Schlösser für ihn zu öffnen.«

»Mit anderen Worten«, schloß Archer, »hat Daniel viel Zeit gehabt, um die Jade zu stehlen.«

»Ja. Aber...«

»Aber was?« fragte Kyle.

»Warum haßt er mich so sehr, daß er mir das Ganze in die Schuhe zu schieben versucht? Ich habe nichts getan, um so etwas zu verdienen.«

»Sie gehen von den falschen Tatsachen aus«, wehrte Archer ab. »Haß hat wahrscheinlich überhaupt nichts damit zu tun. Es geht hier nicht darum, ob Sie etwas verdient haben. Pragmatimus könnte der Grund dafür sein, daß man Sie ausgewählt hat.«

Sie blickte Kyle an, als wolle sie ihn damit bitten, der gnadenlosen Logik seines Bruders zu widersprechen.

»Es ist wesentlich einfacher für Daniel, Johnnys uneheliche Tochter dieses Verbrechens zu beschuldigen als Wens Sohn Nummer eins«, erklärte Kyle ruhig. »Findest du nicht auch, meine Süße? Es gibt niemanden, der dich beschützen würde, kein Patriarch, der sich wütend erhebt, wenn jemand dich bedroht. Du hast dein ganzes Leben lang ganz am Ende des Astes der Tangs gelebt. Und jetzt sägt jemand diesen Ast ab.«

Lianne hob das Kinn ein wenig. Kyles Logik gefiel ihr nicht, doch auf eine entsetzliche Art machte sie durchaus Sinn. Nur eines stimmte dabei nicht.

»Daniel besitzt aber nicht die Zahlenkombination zu dem inneren Tresorraum«, sagte sie. »Das ist der Raum, in dem der Jadeanzug aufbewahrt wird.«

»Kannst du das beweisen?« fragte Kyle sofort.

»Nein.«

»Kann Daniel beweisen, daß er diese Kombination nicht hat?« fragte Archer.

»Wie beweist man so etwas?« gab Lianne bitter zurück, denn immerhin befand sie sich in der gleichen Lage – sie versuchte zu beweisen, daß sie die Jade *nicht* gestohlen hatte.

»Das kannst du nicht«, erklärte Kyle. Dann lächelte er so kalt wie Archer und wandte sich an seinen älteren Bruder. »Wir haben nicht viel, aber es könnte trotzdem genügen, um etwas zu bewegen. Ist es jetzt an der Zeit, Onkel Sam anzurufen?«

Archer senkte den Blick, bis seine Augen nur noch glänzende, stahlgraue Schlitze waren. Dann stand er auf und ging zum Telefon.

21

Auf einem Fernsehbildschirm, der nicht dicker war als eine Kreditkarte und nicht kleiner als ein Stuhl, unterhielten sich drei Köpfe in gewählter Ausdrucksweise über die brisante internationale Lage. Dick Farmer saß in seinem runden Arbeitsbereich und schenkte einen Teil seiner Aufmerksamkeit dem Sender PBS, nebenbei betrachtete er noch weitere Computermonitore.

»Welche Auswirkungen, glauben Sie, wird das auf kurze, mittelfristige und langfristige Sicht auf den internationalen Geldmarkt haben?« fragte die Gastgeberin, Helen Coffmann, eine mäßig aussehende Frau mit beeindruckenden Wangenknochen, die eine maskulin wirkende Tweedjacke trug.

»Auf kurze Sicht kann man das mit wirklicher Sicherheit nicht sagen«, mischte sich Ted Chung, der amerikanische Spezialist für Asien, ein. »Eine Menge wird davon abhängen, wie die Geldgeber aus Übersee reagieren und Chinas nichtamerikanische Handelspartner. Wenn die Handelsschranken wieder aufgerichtet werden, dann gibt es nur wenig Chancen für eine schmerzlose wirtschaftliche Lösung. Die Auswirkungen werden sehr teuer sein, ganz besonders für China.«

»Dann ist es also in Chinas Interesse, Wege zu finden, um der Situation die Sprengkraft zu nehmen?« folgerte Helen.

»Wirschaftlich gesehen, ja. Aber wir dürfen nicht vergessen, daß China durch Symbole regiert wird und auch schon immer regiert wurde. Es ist sehr schwierig für einen Menschen aus dem Westen, das zu begreifen, dennoch habe ich keine Zweifel daran, daß China lieber einen wirtschaftlichen Aufruhr ertragen würde, als sich dem amerikanischen Willen zu beugen, und erst recht nicht dem von Taiwan.«

»Lev, was denken Sie darüber?« fragte Helen und wandte sich dem anderen Mann zu.

»Es wird eine Katastrophe geben«, erklärte Lev Kline, der eingeladene Wirtschaftswissenschaftler, ohne Umschweife. »China und die Vereinigten Staaten befinden sich gerade in einer entscheidenden Phase in ihren Verhandlungen über den gemeinsamen Handel. Vor drei Tagen waren wir noch soweit, den Bestimmungen für Automobile im Gegenzug für Bekleidungsimporte zuzustimmen, neben vielen anderen Punkten natürlich, zusätzlich zu einer Vereinbarung, in der sichergestellt werden sollte, daß die chinesischen Banken den internationalen...«

Farmer konzentrierte all seine Aufmerksamkeit auf die Computerbildschirme. Die Nachrichtensprecher im öffentlichen Fernsehen wußten weniger von der Situation, in der der Handel sich befand, als er. Zum einen hatten sie nicht einmal Chinas ausgedehnten internationalen Waffenhandel erwähnt. Aber selbst wenn man das nicht bedachte, so war es doch die brutale, überwältigenden Wahrheit, daß Chinas Wirtschaft auf dem Export basierte, dem Export von allem möglichen, von Waffen bis zu Zahnringen. Wenn China nicht von seinem lächerlich hohen Pferd heruntersteig, würden Handelsschranken aufgebaut werden, und der Fluß der chinesischen Exporte auf die reichen Märkte Amerikas würde nur noch tröpfeln

Wenn das geschah, würden internationale Bankkredite an China Gefahr laufen, nicht mehr zurückgezahlt zu werden, denn es würde ganz einfach keine Exportgewinne mehr geben, mit denen die Kredite getilgt werden konnten. Der Westen würde Gewinne verlieren, wenn China seine Zahlungen nicht einhalten könnte. China würde aber noch eine ganze Menge mehr verlieren.

Internationale Kredite nicht zurückzuzahlen würde wiederum noch eine ganze Kette weitere Konsequenzen nach sich ziehen. Zunächst würde China mehr Geld drucken müssen, um seine Schulden zu bezahlen, Geld, das aber nicht mehr den ursprünglichen Wert besaß. Bald darauf folgte die Inflation. Und wenn nicht gutes Geld von irgendwoher kam – und das war nicht sehr wahrscheinlich, wenn China die internationalen Kredite nicht zurückzahlen würde –, so würde die Inflation so schnell außer Kontrolle geraten, bis das chinesische Geld nicht mehr das Streichholz wert war, um es anzuzünden.

Die Menschen würden auf den Straßen randalieren, denn

mit einem ganzen Wochenlohn würde man nicht einmal mehr eine Schale Reis kaufen können. Ernsthafte Repressionen würden an der Tagesordnung sein. Und wenn das nichts nützte, würde es einen Militärputsch geben, die Ordnung würde wiederhergestellt, und aus der ausgebrannten Schale des alten Staates enstände ein neuer Staat.

So etwas war schon vorher passiert. Und es würde auch immer wieder passieren. Das war nun einmal der Lauf der Welt.

Da Farmer auf dem Festland von China nichts besaß, was schützenswert war, machte er sich nichts aus dem Wert der chinesischen Währung oder den Kosten für eine Schale Reis. Wenn er in China jetzt schon Einfluß gehabt hätte, wie er es aber erst in einem Jahrzehnt zu haben hoffte, dann hätte er mit allen Mitteln und Lügen, die ihm zur Verfügung standen, gekämpft, um die wachsende Krise zu entschärfen. So wie die anderen Handelspartner Chinas es im Augenblick sehr wahrscheinlich taten, einschließlich der Vereinigten Staaten.

Farmer war jedoch keiner dieser Handelspartner. Alles, was er riskierte, war ein überteuerter Jadeanzug. Was auch immer in China passierte, es würde seine lukrativen südamerikanischen Märkte nicht beeinflussen und auch nicht seine russischen Geschäfte. Aber in acht Jahren – höchstens in sechzehn – würden auch diese Märkte gesättigt sein.

Er brauchte einen weiteren, kaum technisierten, bevölkerungsreichen Markt, um seine Elektronik zu verkaufen, ein Land, in dem zwar die industrielle Revolution, jedoch noch keine Computerrevolution stattgefunden hatte. Afrika, Indien und China waren der ideale Markt dafür. Afrika besaß nicht das Geld, um sich auf das einundzwanzigste Jahrhundert vorzubereiten. Selbst wenn Afrika die entsprechenden Kredite bekommen könnte, so war doch seine zukünftige Bevölkerungsdichte recht problematisch. Zu viele afrikanische

Staaten hatten das Problem Aids schon viel zu lange verleugnet oder ignoriert.

Indien besaß die Bevölkerungsdichte und das Geld, um Computer zu kaufen, doch Farmer war nicht stark genug gewesen, sich diesen Markt zu sichern, als er sich auftat. Farmer Enterprises mühte sich in Indien mit einem Marktanteil von 14,4 Prozent ab. Das war zwar ein größerer Anteil als der der anderen Konkurrenten, doch bei weitem nicht groß genug, um jene sich verändernden Koalitionen des internationalen Handels beeinflussen zu könen, die nämlich die Preise unterboten.

China lockte ihn wie ein süßer, unverdorbener Traum. China war Farmers Chance, den anderen Handelswölfen eine gute, konkurrenzfähige Stellung entgegenhalten zu können. Er hatte es mit den üblichen Bestechungen versucht, den üblichen Rückschlägen, und er hatte die üblichen Ergebnisse erreicht. Gut, aber noch nicht gut genug.

Zu seiner Überraschung wurde der Bestattungsanzug des Jadekaisers aber zu genau dem Zugang, den er immer gesucht hatte. China blieb nur noch, sich dem Unvermeidlichen zu beugen und mit ihm in Verhandlungen zu treten. Wenn die Regierung sich als halsstarrig erwies, mußte Farmer lediglich seine Prioritäten anders verteilen und sich darauf konzentrieren, wie er von Chinas kommendem wirtschaftlichen Ruin profitieren konnte. Der jetzt schon begann.

Der Tag, der für ihn sowieso schon vor der Morgendämmerung begonnen hatte, war gerade noch länger geworden.

»Kaffee, Mary Margaret. Schwarz und stark.«

»Cindi, Sie können die Krise von dem lokalen Standpunkt aus beurteilen«, sagte der Anchormann der Nachrichten.

Zögernd wandte sich Lianne von Susas Bildern ab und warf einen Blick auf den Fernsehbildschirm. Er war groß genug für die Reiseberichte, die Susa so sehr liebte, doch nicht groß genug, um den luftigen Raum zu beherrschen.

»Danke, Carl.« In ihrem geschmackvollen burgunderfarbenen Kostüm, der cremefarbenen Seidenbluse, mit dem elegant frisierten Haar und dem bunten Tuch, das leicht im Wind wehte, wandte sich Cindi der Kamera zu. Dank des verräterischen Wunders des digitalen Fernsehens sah es so aus, als würde sie auf der I-5 stehen, mit der Aussicht auf den riesigen Boeing-/McDonnell-Douglas-Komplex. »Die Stimmung hier in der Boeing Fabrik ist angespannt. Arbeiter, die sich ihres Arbeitsplatzes sicher glaubten, sind jetzt zornig, sie fürchten Entlassungen oder noch Schlimmeres. Wenn sich die Handelssituation nicht entspannt, werden diese Männer und Frauen ihren Arbeitsplatz verlieren, noch ehe die Sommerferien ihrer Kinder beginnen. Zurück zu dir, Carl.«

»Danke, Cindi. Als nächstes senden wir einen aktualisierten Bericht über das Nude Taco, das Café, das das durchsichtige Essen in unsere nordwestlichen Küchen gebracht hat.«

Lianne drückte auf den Knopf der Fernbedienung und stellte den Fernsehapparat damit aus. Ganz gleich, wie nervös sie in Erwartung ihrer eigenen Verhandlungen mit der US-Regierung auch war, so gab es doch immer noch Dinge, mit denen sie ihre Zeit auf jeden Fall nicht verschwenden wollte. Die nachmittäglichen »Nachrichten« gehörten dazu.

»Keine nackten Tacos?« frage Kyle von hinter ihr.

Sie warf einen Blick über ihre Schulter zurück. Kyle lehnte am Türrahmen und sah sie mit einem Blick an, der sie abschätzte und gleichzeitig begehrte.

»Ich habe nichts übrig für nackte Hot dogs«, wehrte sie ab.

»Da hast du aber Glück. Ich habe diese...«

Die Wohnungstür öffnete sich. Der neckende Ausdruck von Kyles Gesicht verschwand, als eine junge, erstaunlich schöne chinesische Frau vor Archer den Raum betrat.

Kyle hatte diese Frau schon zuvor einmal gesehen, und zwar bei der Party der Tangs nach der Auktion. Da hatte sie allerdings weniger Kleidung und mehr Haar getragen. Dabei konnte er noch nicht einmal behaupten, daß sie in dem grauen Jackenkleid und der roten Bluse schlecht aussähe. Bei weitem nicht.

Mit zusammengezogenen Augen maß Lianne die junge Frau und stellte verwundert fest, wie sie sich von einem Partymädchen zu einer aalglatten, selbstsicheren Geschäftsfrau verwandelt hatte.

»Benehmt euch, Jungen und Mädchen«, sagte Kyle. »Ich glaube, Onkel Sam ist gerade gekommen.«

Die Frau warf Kyle einen Blick aus ihren herrlichen, leuchtenden, schwarzen Augen zu. »Bingo. Dies alles wäre wesentlich einfacher gewesen, wenn Sie nur die Telefonnummer benutzt hätten, die ich in Ihre Tasche gesteckt hatte.«

»Mein Teller war aber voll«, erklärte er ironisch.

»April Joy, darf ich Ihnen Lianne Blakely und meinen Bruder Kyle vorstellen«, mischte sich Archer in das Gespräch ein.

»Wir kennen uns schon«, sagte April.

»April Joy?« Kyles Mundwinkel zogen sich nach oben. »Der Name paßt aber wesentlich besser zu Ihnen, wenn Sie Ihr Haar bis zu Ihrem Hintern herunterlassen und ansonsten nicht wesentlich mehr tragen.«

Lächelnd ging April auf Kyle zu und schwang die Hüften und wackelte auf eine Art mit ihren Brüsten, die garantiert das Herz eines jeden Mannes höher schlagen ließ. »Wie steht es denn jetzt mit Ihrem Teller, Sie gutaussehender Kerl?«

»Hört auf«, schalt Archer ungeduldig, noch ehe Kyle antworten konnte. »Das haben Sie doch schon einmal bei ihm versucht. Es hat nicht geklappt.«

»Sollte ich es besser bei Ihnen versuchen?« fragte April und wandte sich zu Archer um.

Er lächelte lässig. »Das kommt ganz darauf an, wieviel Zeit Sie zu verschwenden haben.«

»Vergessen Sie es. Ich habe Ihre Akte gelesen. Sie halten Ihren Schwanz in Ihrer Hose wie ein Priester.« April blickte Lianne an und begann dann in schnellem Kantonesisch zu sprechen. »Vertrauen Sie diesen Männern nicht, Schwester. Sie werden Sie benutzen und Sie dann vergessen.«

»Der Donovan-Sohn Nummer vier hat mir immerhin das Leben gerettet«, antwortete Lianne in der gleichen Sprache. »Es gehört also ihm, und er kann damit tun, was er will.«

»Sie sind Amerikanerin und keine Chinesin.«

»In dieser Beziehung nicht.«

»Mist«, erklärte April in herzhaftem Englisch. Sie wandte sich wieder an die Männer. »Geben Sie mir einen Grund, warum ich Sie nicht alle drei einsperren lassen sollte, denn Sie haben eine Untersuchung des Staates behindert.«

»Dies hier ist Amerika und nicht China«, sagte Kyle. »Sie brauchen Beweise, um Menschen einzusperren.«

»Falsch«, korrigierte ihn April. »Alles, was man braucht, ist ein nachgiebiger Bundesrichter.«

»Wenn Sie einen hätten, der so nachgiebig wäre, dann wären Sie jetzt nicht hier«, erklärte Archer ihr. »Gibt es sonst noch irgendwelche Schachzüge, die Sie versuchen wollen, ehe wir zum geschäftlichen Teil kommen?«

»Möchten Sie mir Kaffee anbieten, oder möchten Sie lieber das Arschloch spielen«, fragte sie Archer.

»Ich werde mich deswegen später noch einmal bei Ihnen melden.«

»Spielen Sie also das Arschloch. Das ist ja heute mein Glückstag, vom Anfang bis zum Ende.« April sah sich noch einmal Lianne an. »Waschen Sie sich den Sternenstaub und den Sex aus Ihren Augen und denken Sie nach. Die Regierung kann Ihnen wesentlich besser helfen als die Donovans. Wir sind schließlich diejenigen, die den Killer der Triaden in ein Flugzeug gesetzt und ihn zurück nach China geschickt haben.«

»Die Regierung hat mich aber eingesperrt«, erklärte Lianne. »Die Donovans haben mich befreit.«

»Sie wären jederzeit freigelassen worden, wenn Sie sich entschieden hätten, uns alles über Ihre chinesischen Verbindungen zu erzählen. Das war alles, was die Regierung von Ihnen verlangte.«

»Das war ja gerade das Problem. Ich hatte doch gar keine sogenannten chinesischen Verbindungen. Und die habe ich auch noch immer nicht.«

»Unsinn. Sie hätten diesen Bestattungsanzug aus Jade nicht aus China herausbekommen, ohne Beziehungen auf dem Festland zu haben. Eine ganze Menge Beziehungen sogar. Und die wollen wir jetzt haben. Dann können wir das verdammte Ding unter dem Gesetz der kulturellen Antiquitäten beschlagnahmen und es dahin schicken, wohin es gehört, und uns dann endlich dem wesentlich wichtigeren Geschäft widmen, nämlich China zu verwestlichen.«

»Viel Glück«, murmelte Kyle.

»Amen«, stimmte auch Archer zu. »Es ist wesentlich wahrscheinlicher, daß wir alle zu Chinesen werden.«

»Gibst du mir dein Wort darauf?« fragte Kyle.

»Ihr Komiker«, bemerkte April bissig. »Himmel. Hebt euch das für euren Bühnenauftritt auf. Wir haben hier ernsthafte Geschäfte zu erledigen.«

»Ich soll ein Komiker sein?« fragte Kyle Archer. »Oder warst nur du gemeint?«

»Sie muß dich gemeint haben«, entgegnete Archer. »Ich bin doch eher derjenige, der mit der Faust auf den Tisch schlägt.«

»Wenn ich wirklich diesen Anzug in die USA gebracht hätte«, sagte Lianne, noch ehe April explodieren konnte,

»dann hätten Sie sicher recht, dann hätte ich eine ganze Menge Hilfe gebraucht. Aber ich habe ihn nicht hierher gebracht. Und ich habe keine Verbindungen zum chinesischen Festland. Punkt.«

»Glauben Sie ihr«, bemerkte Archer. »Ich tue das auch.«

Aprils Zorn verrauchte, als sie ihn ansah. In Gedanken ging sie schon wieder die Möglichkeiten durch, welche Angriffstaktiken ihr jetzt noch zur Verfügung standen.

»Also gut«, sagte sie, als sie sich schließlich entschieden hatte. »Nehmen wir an, ich glaube Lianne, daß sie unschuldig ist. Was dann?«

»Dann geben Sie endlich Ruhe, verschwinden von hier und lassen uns das Durcheinander allein klären.«

»Und wie wollen Sie das machen?« fragte April schnell.

»Sage es ihr nicht«, antwortete Kyle genauso schnell. »Es gibt da eine undichte Stelle auf ihrer Seite.«

Sie wandte sich zu Kyle um, alle Anzeichen dafür, daß sie ihm bloß etwas vormachte, waren plötzlich verschwunden. Nichts war mehr geblieben als die kalte, glatte Agentin, die mehr als eine Möglichkeit kannte, um jemanden zu töten.

»Das sollten Sie mir näher erklären.«

»Nachdem ich die Kaution für Lianne gestellt habe, konnte ich es mir nicht mehr erklären, weshalb das FBI dann immer noch hinter Lianne her war«, sagte Kyle. »Der Bürokrat, der für die Sache zuständig war, hat alles getan, um ihre Freilassung zu verzögern, er ging beinahe soweit, die Formulare mit der Hand zu zeichnen.«

»Also ist der öffentliche Dienst eine Hure«, schloß April. »Na und?«

»Es hat jemand von Ihnen aus angerufen und berichtet, daß Lianne auf Kaution freigekommen ist. Und dann hat daraufhin jemand anderes einen Killer der Triaden zu ihrer Wohnung geschickt.«

»Das ergibt einen Sinn«, sagte April und wandte sich wieder an Archer. »Okay. Wie lautete also Ihr Vorschlag?«

»Auch deswegen werde ich mich noch einmal bei Ihnen melden.«

»Sie glauben also allen Ernstes, daß es bei uns undichte Stellen gibt?« fragte April verächtlich.

»Das wäre nicht das erstemal, nicht wahr?«

April stützte ihre kleinen, eleganten Fäuste in die Hüften. Das Resultat war, daß ihr Körper sich recht hübsch darbot, doch diesmal dachte sie nicht an ihre Wirkung.

»Okay, Jungen und Mädchen«, sagte sie. »Hört mir jetzt einmal genau zu. Einige wirklich große Elefanten sind hier im Spiel. Und im Augenblick seid ihr das Gras unter ihren Füßen, das schon bald zu Matsch zertreten sein wird. Wenn euch dieser Gedanke nicht gefällt, dann solltet ihr euch an Onkel Sam halten und hochklettern. Dort werdet ihr wesentlich sicherer sein.«

»Was ist mit Farmer?« wollte Kyle wissen. »Er hat den Anzug schließlich gekauft. Er kann Ihnen doch sicher einen Anhalt geben.«

»Er sagt, er hat den Anzug aus Taiwan.«

»Aber warum haltet ihr euch denn immer an Lianne?« fragte Kyle.

April antwortete nicht.

Aber Archer antwortete an ihrer Stelle. »Aus zwei Gründen, könnte ich mir vorstellen. Der erste Grund ist, daß unsere Verbindungsleute in Taiwan gesagt haben, daß der Anzug nicht von dort gekommen ist, aber daß Taiwan mehr als glücklich wäre, den chinesischen Tiger einmal am Schwanz ziehen zu können, indem sie behaupten, daß er eben doch von dort stammt. Somit könnten sie die USA zwingen, sich zwischen den beiden Seiten zu entscheiden. Onkel Sam würde dieses Spiel allerdings lieber nicht mitspielen.«

»Und was ist der zweite Grund?« fragte Lianne.

»Sie sind leichter zu fangen als Dick Farmer. Er hat Drähte zu so vielen Mitgliedern des Kongresses, daß er ganz Washington damit erhellen könnte.« Archer wandte sich wieder April zu. »Habe ich recht, Miss Joy?«

»Recht oder nicht recht, das ist nicht mein Problem. Es ist Ihr Problem.« Sie blickte Kyle aus klaren schwarzen Augen an. »Ihre letzte Chance, Sie gutaussehender Kerl. Ich verspreche Ihnen auch, daß ich sehr sanft mit Ihnen umgehe.«

Kyle bedachte April mit einem ehrlichen Lächeln und schüttelte dann jedoch den Kopf.

Noch einmal sprach sie in schnellem Kantonesisch zu Lianne. »Ganz gleich, wie stark und schön der Tiger auch sein mag, es ist immer sicherer, zu Fuß zu gehen als zu reiten.«

»Zweifellos«, stimmte Lianne ihr auf englisch zu. »Aber ich muß sagen, der Ritt ist unglaublich.«

»Ja«, antwortete April gedehnt und warf Kyle einen Blick zu. »Ich wette, das ist er.« Sie drehte sich zu Archer um. »Jemand wird für diesen Jadeanzug büßen müssen. Es wäre uns also ganz lieb, wenn wir zu diesem Zweck die ganze Pipeline von hier bis nach China erwischen, damit eine solche Sache sobald nicht noch einmal passiert. Aber wenn alles, was wir erwischen können, ein kleiner Fisch ist, dann werden wir zumindest den knusprig braten und so tun, als wäre er die ganze verdammte Festmahlzeit. Ich bin sicher, Sie verstehen das.«

Archer nickte. Er verstand. Das gleiche hätte er auch getan, früher einmal.

»Drei Tage, Komiker«, sagte April und blickte von einem Donovan-Bruder zum anderen. »Dann öffnet Farmer sein Museum, und wir beginnen damit, die süße Lianne zu rösten.«

Vielleicht war es das künstliche Licht von Anna Blakelys Eigentumswohnung. Vielleicht waren es auch die glitzernden Juwelen und die Designerkleidung, die sie trug. Zumindest auf den ersten Blick glaubte Kyle nämlich, daß Lianne nicht sonderlich viel Ähnlichkeit mit ihrer blonden, absichtlich teuer gekleideten Mutter hatte. Doch dann sah er noch einmal hin, aufmerksamer, und entschied, daß die biologische Ähnlichkeit doch vorhanden war, in ihrem Lächeln, in der Art, wie sie ihr Kinn hob, um es mit der ganzen Welt aufzunehmen, in ihrem sinnlich weiblichen Gang, der anmutigen Länge ihrer Finger, als sie die Hand nach ihrer Tochter ausstreckte. Sie nahmen einander in den Arm, als seien Monate vergangen und nicht erst drei Tage, seit sie sich zum letzten Mal gesehen hatten.

Nach wiederholten Versicherungen, daß es Lianne gutging, trat Anna ein wenig von ihrer Tochter zurück und blickte sie lange an.

»Du hättest sofort anrufen sollen, Baby«, sagte sie mit rauher Stimme. »Als Johnny mir Bescheid gesagt hat, bin ich vor Angst fast verrückt geworden.«

»Ich habe eine Nachricht in eurem Hotel hinterlassen. Und als du nicht zurückgerufen hast...« Liannes Stimme erstarb. Das Schweigen ihrer Mutter war schwerer zu ertragen gewesen als Wens Glaube, daß sie eine Diebin war.

»Die Tangs brauchen dringend einen neuen Reiseveranstalter«, sagte Anna und zog mißbilligend die Mundwinkel hinunter. »Es hat eine Verwechslung bei den Reservierungen gegeben. Wir mußten das Hotel wechseln. Wenn Johnny nicht daran gedacht hätte, in dem ersten Hotel noch einmal nach Nachrichten für uns zu fragen, wären wir jetzt noch immer in Tahiti, und du wärst noch immer allein.«

»Laß sie reinkommen«, sagte Johnny, der hinter Anna getreten war. »Es ist sicherer, wenn wir in der Wohnung miteinander reden.«

Lianne erstarrte und trat einen Schritt von ihrer Mutter zurück. Sie hatte nicht erwartet, daß Johnny Tang mitkommen würde. Sie hatte ihn nicht sehen wollen. Sie fürchtete, daß er, genau wie Wen, glaubte, daß sie eine Diebin war.

»In der Wohnung«, wiederholte Johnny und zog Anna in den Raum hinein.

Kyle warf ihm einen schnellen Blick zu, doch der ältere Mann war viel zu sehr damit beschäftigt, an den Frauen vorbei auf die Straße zu starren, um es zu bemerken. Kyle war sich sicher, daß Johnny sich Sorgen machte.

Es ist sicherer, wenn wir in der Wohnung miteinander reden.

Vielleicht hatte jemand aus der Familie Tang Johnny erzählt, daß seine uneheliche Tochter die falsche Art von Aufmerksamkeit von den falschen Leuten auf sich zog. Oder vielleicht hatte man das Johnny auch gar nicht mehr sagen müssen. Vielleicht hatte er es schon die ganze Zeit über gewußt.

Und vielleicht hatte er auch von dem Angriff der Triaden auf Lianne gewußt.

Kalte Wut stieg in Kyle auf. Er wollte gar nicht daran denken, daß Johnny vielleicht schon vorher gewußt hatte, daß Lianne verhaftet werden würde und daß er deshalb seine Geliebte genommen und nach Tahiti geflogen war, damit Lianne allein mit den Cops fertig werden mußte. Die Möglichkeit, daß Johnny auch schon vorher von dem Angreifer gewußt haben könnte, machte Kyle so wütend, daß er einen Mord hätte begehen können.

Kyle zeigte nach außen hin eine Zärtlichkeit, als er den Arm um Liannes Schultern legte und sie sanft in die Wohnung schob, die im krassen Gegensatz zu seinen Gedanken stand. Johnny und Anna befanden sich auf der anderen Seite des Raumes, in der Nähe der Anrichte, die die Küche vom Wohnzimmer trennte, und sprachen leise miteinander.

Auch als sich die Tür hinter ihm schloß und die automatischen Schlösser zuschnappten, nahm Kyle den Arm noch nicht von Liannes Schultern. Sie warf ihm einen Blick zu, in dem Überraschung lagen und Erleichterung und Sehnsucht, aber auch Vorsicht. Für einen kurzen Augenblick lehnte sie sich gegen ihn, dann richtete sie sich sofort wieder auf, als hätte sie sich an ihm gestochen. Als sie einen Schritt von ihm wegtreten wollte, schlossen sich seine Finger noch fester um ihre Schultern. Die freie Hand legte er unter ihr störrisches Kinn und küßte sie zärtlich auf den Mund.

»Dies hier brauchst du nicht allein durchzustehen« war alles, was er sagte.

»Gehört das auch zum Dienst des ausgestopften Elefanten?« fragte Lianne kühl, doch ihre Lippen zitterten.

»Ich habe dich kennengelernt, weil Archer mich darum gebeten hat«, sagte Kyle. »Ich habe mit dir geschlafen, weil ich das wollte. Ich will es übrigens noch immer, aber das alles hat vor allem mit nichts anderem etwas zu tun als nur mit uns beiden.«

Lianne war viel zu überrascht, um etwas sagen zu können. Das Verlangen in Kyles Augen war so wirklich, wie sein Kuß zärtlich gewesen war. Sie war gefangen zwischen den beiden Gefühlen, fürchtete sich davor, ihnen zu trauen, und sehnte sich doch so sehr danach, ihm glauben zu können. Sie sagte sich, daß sie ein Dummkopf wäre, wenn sie Kyle jetzt vertraute, wo sie doch genau wußte, daß er nur seiner Familie verbunden war, so wie auch Johnny nur der seinen verbunden war.

Doch dann lehnte sie sich an Kyle, und ihr Arm stahl sich um seine Taille. Ganz gleich, was zuvor geschehen war und was später noch geschehen würde, sie würde das nehmen, was er ihr im Augenblick bot. Sie brauchte es so verzweifelt.

Dies hier brauchst du nicht allein durchzustehen.

Als sie unter ihren Händen das unnachgiebige Leder und den Stahl von Kyles Pistolenhalter fühlte, faßte sie noch fester zu. Was auch immer morgen geschah oder am Tag danach, sie mußte diesen Tag überstehen, diesen Abend, die nächste Stunde. Das kam zuerst. Alles andere kam danach.

»Tee?« fragte Anna und blickte mit den traurigen, hoffnungsvollen Augen einer Mutter von Kyle zu Lianne.

»Gern«, antwortete Kyle. »Oolong, wenn Sie welchen haben.«

Anna lächelte zustimmend. »Das ist auch Liannes Lieblingstee. Natürlich habe ich welchen. Johnny?«

»Brandy«, sagte er. »Ich habe auf dem Flug zurück so viel chinesischen Tee getrunken, daß ich für mein ganzes Leben genug davon habe.«

»Tee ist aber gut für dich«, sagte Anna und blickte auf die dunklen Ringe unter seinen Augen und die Falten, die die Müdigkeit zu beiden Seiten seines Mundes eingegraben hatte. Zum erstenmal sah ihr Geliebter genauso alt aus, wie er den Jahren nach auch war.

»Brandy ist aber besser.« Johnny setzte sich auf eines der niedrigen Sofas, lehnte sich in die seidenen Kissen zurück, schloß die Augen und fragte: »Was zum Teufel ist hier bloß los, Lianne?«

»Wir hatten gehofft, daß Sie uns das sagen könnten«, antwortete Kyle, noch ehe Lianne den Mund überhaupt öffnen konnte.

Sie machte einen zweiten Versuch, doch Kyles Hand schloß sich schmerzhaft fest um ihre Schulter.

»Laß deinen Vater reden«, befahl Kyle ihr ruhig.

Es gab ein lautes Klirren in der Küche, als Anna die Karaffe mit dem Brandy fallen ließ.

Lianne zuckte zusammen, doch die zerbrochene Karaffe war nicht der Grund dafür. Sie war es nicht gewöhnt, daß jemand Johnny ihren Vater nannte. Wenigstens nicht laut und auch noch in Annas Anwesenheit, geschweige denn in Anwesenheit von Johnny.

»Entschuldigung«, sagte Kyle sarkastisch. »Habe ich eigentlich schon darauf hingewiesen, daß sich unter diesem feinen chinesischen Teppich eine Geschwulst von der Größe des Empire State Buildings befindet?«

Jetzt erst bemerkte Lianne, daß Kyle unter seinem entspannten Äußeren schrecklich wütend war. Und der Grund für seine Wut war Johnny Tang.

»Gib mir gleich einen doppelten Brandy«, bat Johnny. »Es sieht ganz so aus, als hätte Lianne endlich einen Mann mit nach Hause gebracht, der sich einen Teufel um das Tang-Konsortium schert.«

»Oh, ich schere mich schon darum«, sagte Kyle. »Ich brauche nämlich Informationen. Und die Tangs haben genau diese Informationen. Und auf die eine oder die andere Art werde ich sie auch schon bekommen.«

Obwohl Johnny die Augen noch immer geschlossen hatte, so fühlte er doch, daß Anna sich mit einem Glas Brandy über die Couch lehnte. Er nahm ihr das Glas ab und trank einen großen Schluck daraus. Dann öffnete er die Augen, murmelte etwas in Kantonesisch und lächelte zärtlich, als Anna wie ein junges Mädchen errötete.

»Informationen von den Tangs«, sagte Johnny nachdenklich. »Warum? Damit Donovan International ein Standbein auf den asiatischen Märkten bekommt?«

»Ich pfeife auf die Märkte. Ich möchte, daß Lianne endlich vom Spielfeld verschwindet. Das schaffe ich aber nur, wenn ich die Wahrheit darüber herausfinde, wie Dick Farmer an Wen Zhi Tangs Bestattungsanzug aus Jade gekommen ist.«

Johnny setzte sich aufrecht hin, sein gutaussehendes Gesicht zeigte ehrliches Erschrecken. »Jadeanzug? Wovon zum Teufel reden Sie überhaupt?«

Gute zehn Sekunden starrte Kyle ihn nur an. Dann murmelte er: »Mist, Marie. Uns wird in dieser ganzen Angelegenheit aber auch wirklich nichts geschenkt, nicht wahr?«

22

»Also hat jemand Jade aus dem Tresor der Tangs genommen, hat sie verkauft und hat an ihre Stelle minderwertiges Zeug gelegt?« fragte Johnny müde. Während er sprach, blickte er auf seine Uhr und konnte kaum glauben, daß erst weniger als eine Stunde vergangen war, seit Kyle das Unaussprechliche ausgesprochen hatte und Lianne Johnny Tangs Tochter genannt hatte.

»Das ist eine mögliche Erklärung«, sagte Lianne. Sie griff nach ihrer zweiten Tasse Tee. »Eine andere wäre, daß Wen aus irgendeinem Grund Bargeld brauchte und dafür die Jade verkaufte.«

»Er würde eher seinen zweiten und seinen dritten Sohn verkaufen«, wehrte Johnny ab. »Und das meine ich wörtlich.«

»Und wie steht es mit seinem ersten Sohn?« wollte Kyle wissen.

»So eine Frage kann nur ein Amerikaner stellen«, sagte Johnny.

»Wen würde eher sterben, als Joe zu verlieren«, erklärte Lianne mit ruhiger Stimme. »Der Chinese zieht seine Söhne immer den Töchtern vor. Der erste Sohn wird allen anderen Söhnen vorgezogen, der zweite Sohn wird mehr geschätzt als der dritte Sohn, und so weiter. Richtig, Johnny?«

Johnny zuckte lediglich mit den Schultern. Er hatte die

Konsequenzen von Geschlecht und Geburt schon akzeptiert und verdaut, ehe er Worte besaß, um sie beschreiben zu können. Für ihn waren die kulturellen Eigenarten, mit denen er aufgewachsen war, so selbstverständlich, auch wenn sie manchmal unpraktisch waren, wie die Tatsache, jedes Jahr ein Jahr älter zu werden.

»Hör auf, dauernd herumzulaufen, Anna«, sagte Johnny. »Setz dich zu mir. Der Duft deines Parfüms hilft mir zu vergessen, daß ich jetzt schon seit zweiunddreißig Stunden wach bin.«

Anna warf Lianne einen fragenden Blick zu und setzte sich dann neben Johnny. Als er ihre Hand zwischen die seinen nahm, konnte sie ihre Überraschung kaum verbergen. Trotz all seiner Gewandtheit in der amerikanischen Sprache und den amerikanischen Sitten besaß Johnny doch eine altmodische chinesische Zurückhaltung davor, Anna in der Öffentlichkeit zu berühren.

»Wenn Wen die Jade nicht verkauft hat«, erklärte Kyle mit ausdrucksloser Stimme, »dann wurde sie gestohlen.«

»Ein hartes Wort«, sagte Johnny.

»Versuchen Sie einmal, sich Ihre Frau in Handschellen vorzustellen, verängstigt bis aufs Blut. Sagen Sie mir, welche zärtlichen Gefühle sie dann noch der Welt gegenüber haben«, gab Kyle zurück. »Aber, hey, ich bin ganz für die interkulturellen Feinheiten, also wie wäre es, wenn ich statt Diebstahl das Wort *geborgt* benutze. Gefällt Ihnen das besser?«

»Es gibt keinen Grund dafür, unhöflich zu werden«, mischte sich Anna ein. »Wir reden hier von Johnnys Familie und nicht von irgendwelchen Fremden.«

»Korrigieren Sie mich, wenn ich mich irren sollte, Miss Blakely«, sagte Kyle und warf Anna einen kühlen Blick zu. »Aber ein Mitglied von Johnnys Familie sitzt gerade hier neben mir, und das macht es...«

»Das tut nichts zur Sache«, unterbrach Lianne ihn. »Das Thema hier lautet Jade und nicht Familie.«

»Zum Teufel damit«, gab Kyle zurück. »Das Thema ist der Disput in der Familie Tang darüber, wie es passieren konnte, daß ein Teil der Jade einfach verschwunden ist. Verschiedene Mitglieder der Familie deuten mit dem Finger auf dich, und das macht mich so unhöflich wie Satan persönlich. Nach allem, was ich gesehen habe, hast du dir die Finger krumm gearbeitet, um den Tangs zu gefallen, und als Belohnung dafür haben sie dir ein Bein gestellt, indem sie dir den Diebstahl eines anderen Familienmitgliedes in die Schuhe geschoben haben.«

»Jade«, betonte Lianne heftig. »Laß uns doch bei der verdammten Jade bleiben.«

»Himmel«, fuhr Kyle auf. »Nicht auch noch du. Wirst du es denn nicht irgendwann einmal leid, ständig über alles das zu stolpern, was unter den Teppich gekehrt wurde?«

Lianne schloß die Augen. Vor lauter Verlegenheit, Traurigkeit und Zorn konnte sie kaum noch sprechen. »Ja! Ich bin es verdammt leid! Aber was hat das denn damit zu tun, daß wir uns die amerikanische Regierung vom Hals halten müssen? Was...«

»Tochter.«

Dieses eine Wort aus Johnnys Mund ließ den Schwall zorniger Worte von Lianne ersterben. Sie öffnete die Augen und starrte den Vater an, der sie niemals zuvor als seine Tochter anerkannt hatte. Bis jetzt. Er beobachtete sie mit einem Blick, der seine eigenen aufgewühlten Gefühle widerspiegelte.

»Ich erwarte nicht von dir, daß du das verstehst«, sagte Johnny. »Ich schätze dich genausosehr, wie ich meine legitimen Töchter schätze.« Er lächelte traurig. »Noch mehr, fürchte ich. Du hast so viel von deiner Mutter. Sie ist die einzige Frau, die ich je geliebt habe, und ich werde sie nie heiraten, solange meine Frau lebt. Vielleicht nicht einmal, wenn sie stirbt. Es wäre sehr, sehr schwierig für Anna, meine Frau zu sein. Auch wenn Wen bis dahin schon gestorben sein würde. Sein Sohn Nummer eins hat einfach keine Geduld mit den westlichen Frauen. Und auch Harry nicht. Und ich möchte auch nicht sehen, wie es meine Söhne verbittert, weil sie in ihrer Familie eine Frau akzeptieren müssen, gegen die sie einen Groll hegen, seit sie alt genug sind zu wissen, warum ich soviel Zeit in Amerika verbracht habe.«

Tränen rannen über Annas Gesicht, sie zogen glänzende Spuren über ihr sorgfältig aufgetragenes Make-up. Sie hielt die Hand ihres Geliebten fest zwischen ihren Händen. Ihre Augen waren blicklos, sie sahen durch alles hindurch, sogar durch ihre Tochter, das Ergebnis ihrer ewigen Liebe zu Johnny Tang.

»Groll«, sagte Kyle. »Interessant. Wie die Rache, so ist auch der Groll ein uraltes menschliches Gefühl.«

Johnny stritt das nicht ab.

»Wie sehr hegen Liannes Halbgeschwister denn einen Groll gegen sie?« fragte Kyle. »Genügend, um sie für zehn Jahre ins Gefängnis bringen zu wollen? Ein Killer in einem dunklen Flur, zum Beispiel.«

»Machen Sie sich nicht lächerlich«, fuhr Johnny ihn wütend an.

»Haben Sie denn eine bessere Erklärung dafür, warum ein Mann der Triaden Lianne gestern angegriffen und versucht hat, sie umzubringen?«

»*Was?*« Johnny sprang auf. »Lianne, ist das wahr?«

»Baby, ist alles in Ordnung mit dir?« fragte Anna und stand genauso schnell auf wie Johnny.

»Es geht ihr gut«, sagte Kyle. »Sie beherrscht einige hübsche Karatetritte.« Er sah Lianne an. »Du hast den kleinen Zwischenfall deinen Eltern gegenüber wohl noch nicht erwähnt, wie?«

»Was hätte das denn für einen Sinn gemacht?« Lianne hatte die Augen zusammengezogen und sagte ihm somit, daß sie nicht gerade glücklich darüber war, daß er dieses Thema angeschnitten hatte. »Es ist vorbei. Der Mann ist nach China zurückgeschickt worden.«

»Ich sage dir, was der Sinn ist, meine Süße. Auf dich ist in der letzten Zeit eine ganze Ladung voll Kummer niedergegangen, und diese Ladung kommt von den Tangs. Ich möchte herausfinden, welcher der Tangs dafür verantwortlich ist. Und dann werde ich dem Ganzen nämlich ein Ende bereiten.«

»Meine Söhne lehnen Anna ab und, in gewisser Weise, auch Lianne«, sagte Johnny nach einem Augenblick. »Aber sie hassen keine von beiden so sehr, daß sie sie umbringen würden.«

»Sind Sie sich da auch bei Daniel so sicher?«

»Kyle«, zischte Lianne leise. »Nein!«

Doch er ignorierte sie. Seine eigenartigen goldgrünen Augen waren auf Johnny gerichtet; klar und ohne zu blinzeln, blickte er ihn an, wie eine Katze, die ihre Beute umschleicht.

»Daniel?« fragte Johnny. »Warum?«

»Er kennt sich aus mit Jade«, erklärte Kyle knapp.

Zorn zeigte sich auf Johnnys Gesicht, er machte seine Augen trüb. »Wollen Sie behaupten, daß mein Sohn seine eigene Familie bestiehlt?«

»Irgend jemand in der Familie Tang ist der Dieb, und es ist nicht Lianne. Und wenn es auch nicht Daniel ist, wer ist es dann? Wer sonst kennt sich mit Jade aus, besitzt die Zahlenkombination der Schlösser zu dem Tresor und hätte einen Grund, Lianne einen ganzen Haufen Unglück zu wünschen?«

»Daniel respektiert und liebt seinen Großvater, seine Onkel und seinen Vater viel zu sehr, um so etwas zu tun.«

»Und Lianne tut das etwa nicht?« fuhr Kyle ihn an.

»Aber...« Johnny ließ sich langsam wieder auf die Couch sinken. Der Jetlag ließ seinen Verstand so langsam arbeiten wie geschmolzenes Blei. Er gab ein Geräusch von sich, das mehr ein Stöhnen war als ein Seufzer. »Als ich Lianne bat, Sie kennenzulernen, da hätte ich nie geglaubt, daß es soweit führen würde.«

Anna, die sich wegen seiner plötzlichen Blässe Sorgen um ihn machte, setzte sich neben Johnny und nahm seine Hand. Sie war eiskalt.

»Und das führt uns zu einem weiteren interessanten Punkt«, sprach Kyle weiter. »Warum wollten Sie denn überhaupt, daß Lianne mich kennenlernt? Die Annäherungsversuche des Tang-Konsortiums an die Familie Donovan wurden vor zwei Monaten abgewiesen. Haben die Tangs geglaubt, daß man sich bei mir leichter einschmeicheln könnte als bei Archer? Oder haben Sie...«

»Hören Sie auf, ihn zu drangsalieren!« unterbrach Anna Kyle. »Sehen Sie denn nicht, daß er vollkommen erschöpft ist?«

Kyle bedachte sie mit einem eisigen Blick. »Was ich immer wieder sehe, ist das Bild Ihrer Tochter in Handschellen. Und wenn Ihr Geliebter uns nicht hilft, dann werden auch Sie dieses Bild noch kennenlernen.«

Anna zuckte zurück, als hätte Kyle sie geschlagen.

Johnny legte seine kühle Hand an ihre Wange.

»Es ist schon in Ordnung«, erklärte er müde. Dann wandte er sich an Kyle. »Ich wollte, daß Lianne Sie kennenlernt, weil die Donovans nichts von den Tangs wollen. Und dann war da dieser Zwischenfall mit dem russischen Bernstein. Ich kenne zwar nicht alle Einzelheiten des Falles, aber ich habe immerhin herausgefunden, daß Sie sich nicht gleich beim ersten Anzeichen von Schwierigkeiten umdrehen und davonlaufen.« Fast hätte er gelächelt. »Ich hatte recht, nicht wahr?«

»Kyle hat mir das Leben gerettet«, erklärte Lianne. »Der Killer hätte...«

»Unsinn«, unterbrach Kyle sie. »Nach meiner Erinnerung hast du *mir* das Leben gerettet.«

»Ich habe nichts...«

»Aber sicher hast du das«, ließ er sie gar nicht erst ausreden. »Du hast ihm den Arm mit dem Messer gebrochen. Jetzt gehört mein Leben dir. Du kannst dich da nicht wieder herauswinden, meine Süße. Das ist ein altes chinesisches Gesetz.«

Lianne warf ihm einen verblüfften Blick zu, dann beugte sie sich vor und roch mißtrauisch an seiner Teetasse. Sie roch jedoch nichts als Oolong.

Kyle strich mit den Fingerknöcheln über ihre Wange bis hinunter zu ihrem Hals, in einer zärtlichen Geste, die sowohl beiläufig als auch so intim war, daß ihr der Atem stockte. Sie blickte auf und fühlte sein Lächeln wie eine weitere zärtliche Berührung.

»Kein Brandy im Tee«, sagte sie leise. »Es ist nur dein Parfüm, das mir den Kopf verdreht.« Doch alle Zärtlichkeit wich aus Kyles Blick, als er wieder zu Johnny hinübersah. »Was hatten Sie denn für mich und Lianne geplant?«

»Ein gesunder junger Mann, der kämpfen kann, eine wunderschöne junge Frau, die vielleicht gerade einen solchen Mann an ihrer Seite braucht...« Johnny zuckte mit den Schultern. »Es gab da keinen bestimmten Plan.«

»Und wie sind Sie darauf gekommen, daß Lianne jemanden wie mich gebrauchen könnte?« fragte Kyle. Seine Stimme klang nervös, ungeduldig. Er sollte die Antwort nicht aus Johnny herausholen müssen wie ein Cop, der einen gewalttätigen Verdächtigen ins Kreuzverhör nahm. Es ging schließlich um Johnnys eigene Tochter, der sie gerade zu helfen versuchten.

Lange Zeit schwieg Johnny bloß. Er konzentrierte sich ganz auf Annas Hand, die blaß und wunderschön auf seinem Arm lag.

»Ich bin sehr unsicher, was Han Seng betrifft«, gab Johnny endlich zu. »Meine Familie... würde sich aber gern bei ihm einschmeicheln.«

Lianne wurde es eisig kalt. Sie starrte ihren Vater an und konnte kaum glauben, was sie da gerade hörte.

»Und Lianne war diejenige, die diesen Handel versüßen sollte?« Kyles Stimme verriet nichts von seinen Gefühlen. Doch sein ganzer Körper war angespannt.

»Ich habe Joe gesagt, daß Lianne Seng nicht mag, geschweige denn, daß sie seine Geliebte werden möchte«, erklärte Johnny.

»Und was ist mit Wen?« fragte Lianne und fürchtete sich beinahe vor seiner Antwort. »Hat er erwartet, daß ich Sengs Konkubine werde?«

»Er hat nicht verstanden, was es für einen Unterschied machen sollte, daß du vor einiger Zeit Chins Geliebte warst und jetzt eben die von Seng werden solltest.«

»Offensichtlich ist Wen tatsächlich blind«, sagte Kyle. »Chin und Seng sind zwar beide Schlangen, aber Chin ist wenigstens eine verdammt attraktive Schlange.«

Lianne ignorierte Kyle und richtete das Wort direkt an ihren Vater. »Ich glaubte, ich würde Chin lieben. Ich dachte, daß auch er mich liebt. Aber das tat er nicht. Er liebte nur die Familie Tang.«

»Natürlich«, stimmte ihr Johnny mit leiser Ungeduld zu. »Er ist in China geboren und aufgewachsen. Hast du denn wirklich geglaubt, Chin hätte sich mehr für dich als für deine Verbindung zur Familie Tang interessiert?«

»Ja.«

Johnny schüttelte den Kopf. Es gab Seiten an seiner amerikanischen Tochter, die er nie verstehen würde. Sie war intelligent – sehr intelligent – und sehr bewandert in der chinesischen Kunst und Sprache. Dennoch schien sie die grundlegende Dynamik der chinesischen Kultur nicht zu begreifen: die Familie. Die Wünsche eines einzelnen waren nichts gegenüber den Bedürfnisssen seiner Familie.

»Also hat es Sie beunruhigt, was Seng möglicherweise vorhaben könnte«, sagte Kyle. »Übrigens hatten Sie damit auch recht. Während Sie nach Tahiti geflogen sind, hat Harry Lianne nämlich befohlen, einige Jadestücke für einen Handel zum guten alten Seng zu bringen.«

»Es ist nicht das erstemal, daß ein solcher Handel arrangiert wurde«, erklärte Johnny ruhig. »Die Tangs wollten Lianne damit einfach die Gelegenheit geben, mit Seng intim zu werden. Die Verbindung hätte der Familie Tang sehr genützt.«

Kyles Augen blitzten zornig. »Eine Gelegenheit, intim zu werden«, wiederholte er heftig. »Nun, das ist auch ein Wort für Vergewaltigung, nehme ich an.«

Johnny seufzte. Er hatte sich einen amerikanischen Schutz für Lianne gewünscht, einen, der vor den Tangs nicht seinen Kotau machen würde. Und den hatte er jetzt auch bekommen, ob er es nun wollte oder nicht. »Eine Verbindung mit Seng hätte auch Lianne große Vorteile verschafft. Er ist ein sehr reicher, sehr einflußreicher Mann. Seine Vorlieben sind nur von kurzer Dauer, doch er ist bekannt dafür, daß er seinen Frauen gegenüber immer sehr großzügig ist. Da Lianne von Anna kein Geld annehmen wollte und die Tangs ihr kaum genug bezahlen, um zu überleben...« Er zuckte mit den Schultern.

Das einzige, das Lianne noch davon abhielt aufzuspringen, war der Druck von Kyles Hand auf ihrer Schulter, der sie festhielt.

»Also ist Seng großzügig«, sagte Lianne leise und bissig. »Ich will dir sagen, wie großzügig er ist, Johnny. Es wurde ein Treffen arrangiert, auf dem ich mir die Jadestücke ansehen sollte. Das Treffen war auf den Abend gelegt worden, auf die Farmer-Insel. Da es dorthin keine Fährverbindung gibt, war für mich die Regelung getroffen worden, daß ich am Anleger des Instituts abgeholt werden sollte. Es wurde also von mir erwartet, daß ich die Nacht auf der Insel verbringen sollte. Und natürlich sollte ich auf jeden Fall allein kommen.«

Johnny Augenlider zuckten. Das hatte er insgeheim befürchtet, doch wirklich geglaubt hatte er es nie. Wen war ein Pragmatiker, und er war immer schnell bei der Hand, wenn es darum ging, die Interessen der Familie Tang zu verteidigen, doch war er kein grausamer Mann. Er hätte niemals die Vergewaltigung seiner Enkelin angezettelt.

»Als ich dort ankam«, sprach Lianne weiter, »trug Sen einen Pyjama und war parfümiert wie eine Dirne. Statt der Party, von der man mir erzählt hatte, daß sie dort stattfinden sollte, war die ganze Insel leer, bis auf einen Assistenten und seinen bewaffneten Leibwächter. Sag mir, Johnny. Wenn Kyle nicht bei mir gewesen wäre, was wäre mir wohl für eine *Wahl* geblieben, als eine von Sengs Frauen zu werden?«

Johnny schloß die Augen. »Es tut mir leid. Davon habe ich nichts gewußt.« Er wandte sich an Anna, die ihn mit schmerzverzerrtem Mund beobachtete. »Anna, die Tangs haben nie daran gedacht, daß Lianne Sengs Angebot nicht annehmen könnte. In Asien laufen die Frauen Seng hinterher. Wie ich schon sagte, er ist sehr großzügig. Und es ist ja auch nicht so, als wäre sie noch eine Jungfrau gewesen, die noch nie einen Geliebten hatte.«

Anna nickte angespannt, doch ihre Augen waren voller Schmerz. »Ich bedaure diese Frauen, denen nichts anderes übrig bleibt, als sich selbst zu verkaufen. Lianne gehört aber nicht dazu. Sag das deiner Familie. Sofort.« Sie zitterte wie eine straff gespannte Saite. »Nie wieder, Johnny. Versprich mir das. Lianne ist nicht wie ich – heimatlos, ohne Wurzeln, gezwungen, zu überleben, indem...« Ihre Stimme brach. »*Sag es ihnen.*«

»Das werde ich tun.«

Lianne atmete tief durch und schob sich eine Strähne ihres dichten schwarzen Haares aus dem Gesicht. »Mach dir keine Sorgen, Mom. Die Familie Tang wird nicht noch einmal versuchen, mich mit einem großzügigen Vergewaltiger zu verkuppeln. Momentan sind sie viel zu sehr damit beschäftigt, mich zu hassen, weil ich Seng die Laune verdorben habe.«

»Indem du ihn abgewiesen hast?« fragte Johnny. »Er wird sich ganz einfach eine willige Frau kaufen, die dreimal so schön ist wie du.«

»Das könnte schwierig werden«, antwortete Kyle sarkastisch. »Falls Sie es noch nicht bemerkt haben, Lianne ist großartig.«

Lianne ignorierte Kyle. »Die einzige Ablehnung, über die Seng wirklich wütend war, war meine Weigerung, ausgezeichnete Tang-Jade gegen seine minderwertigen Stücke einzutauschen.«

»Du hast den Handel verweigert?« fragte Johnny ungläubig.

»Ja«, antwortete Kyle an ihrer Stelle. »Seng hat seine Wachhunde erst auf uns gehetzt, als wir schon durch die Tür verschwunden waren, und natürlich mit der Tang-Jade in den noch versiegelten Kartons.« Er drehte Liannes Gesicht zu sich. »Du bist *wirklich* großartig, weißt du das?«

»Ich habe keine Ahnung von so etwas«, gab sie zurück. Doch dann lächelte sie ihn an. »Aber trotzdem danke ich dir. Jede Frau möchte gern glauben, daß ein umwerfend gutaussehender Mann in ihr etwas Großartiges sieht.«

Kyle lachte und strich mit dem Daumen über ihren hohen, hervorstehenden Wangenknochen.

Mit gerunzelter Stirn saß Johnny dabei, ohne richtig zuzuhören, noch immer dachte er an den Handel, der nicht durchgeführt worden war. »Diese Kartons...«, begann er.

Lianne wandte sich ihrem Vater zu. »Was ist damit?«

»Was war da drin?«

»Drei ausgesuchte Stücke der Erotiksammlung der Tangs«, sagte sie. »Doch es waren auch noch andere Stücke dabei, ich weiß nur nicht, welche. Als ich die Kartons in Vancouver abgeholt habe, waren sie bereits versiegelt.«

Erleichterung spiegelte sich auf Johnnys Gesicht wider und ließ ihn gleich um Jahre jünger erscheinen. »Das erklärt alles. Daniel sagte, daß einige der Erotika fehlen, neben anderen Dingen. Offensichtlich ist das alles ein Mißverständnis. Sobald die Kartons den Tangs zurückgegeben werden, wird die Anklage gegen dich auch sicher wieder fallengelassen.«

»Du denkst nicht sehr klar«, widersprach ihm Lianne. »Wen hat die Kisten eingepackt und hat sie mir selbst gegeben. Er wußte von dem Handel. Warum sollte er dann Anklage gegen mich erheben und behaupten, daß gerade diese Stücke gestohlen worden seien?«

»Vielleicht, weil der Handel nicht wie geplant abgewickelt wurde«, schlug Kyle vor. »Wen war darüber vielleicht verärgert.«

»Er hat schließlich mit Sengs Wohlwollen gerechnet«, gab Johnny zögernd zu. »Die Familie Tang braucht Freunde auf dem chinesischen Festland.«

»Aber indem sie Lianne ins Gefängnis stecken, werden sie diese Freunde nicht bekommen«, behauptete Kyle mit rauher Stimme.

»Wenn Wen so verzweifelt möchte, daß Seng diese Jade bekommt«, sagte Lianne, »dann hätte er sie ihm selbst geben sollen. Und was noch wichtiger ist, Wen hätte nicht darauf bestehen dürfen, daß ich meinen Namen unter die drei Schätzurkunden setzen sollte. Aber was am allerwichtigsten ist, er hätte Daniel nicht sagen dürfen, daß ich die Jade gestohlen hätte.«

»Bist du dir denn ganz sicher, daß Wen das gewesen ist?« fragte Johnny.

»Irgend jemand muß es doch gewesen sein. Daniel hat mich angesehen wie einen Dieb. Es hat... sehr weh getan. Er hat deine Augen.«

Johnny lächelte traurig. »Die hast du auch.«

Liannes Atem stockte, dann atmete sie tief durch. Sie schenkte ihrem Vater ein angestrengtes Lächeln.

»Mach dir keine Sorgen«, versicherte er ihr. »Das alles war nur ein Mißverständnis. Ich werde mit Wen reden. Er wird die Anklage gegen dich zurückziehen.«

Kyle glaubte das jedoch nicht. Es stand soviel mehr auf dem Spiel als nur Sengs Wohlwollen und ein paar Kisten mit Erotika aus Stein. Aber das würde Johnny wohl auf die harte Art lernen müssen.

»Sind Sie ein Mann, der gern wettet?« fragte Kyle leise.

»Ich bin ein Chinese«, antwortete Johnny und lächelte schwach.

»Ich wette, daß Ihre Familie die Anklage gegen Lianne nicht fallenläßt.«

»Aber...«

Kyle sprach weiter. »Wenn ich mich geirrt habe, werde ich alles in meiner Macht Stehende tun, um Archer davon zu überzeugen, mit dem Tang-Konsortium eine Partnerschaft auf Probe einzugehen.«

Johnny setzte sich aufrecht hin. »So etwas können Sie veranlassen?«

»Ich gebe Ihnen mein Wort, daß ich es zumindest versuchen werde.«

»Gut. Dann werde ich eine Zusammenkunft arrangieren zwischen Joe und...«

»Noch nicht«, unterbrach Kyle ihn. »Sie haben noch nicht gehört, was ich dafür von Ihnen verlange.«

»Was wollen Sie von mir?«

»Zugang zu dem Jadetresor der Tangs.«

»Warum?« fragte Johnny.

»Ja oder nein«, war Kyles einzige Antwort.

Johnny blickte ihn einige Sekunden lang an, dann antwortete er: »Ja.«

»Es gibt nur ein Bett«, erklärte Lianne geradeheraus.

Kyle schloß die Tür hinter sich ab und sah sich in seiner Suite um. Die Haushälterin war bereits dort gewesen, deshalb lagen auch keine schmutzigen Socken mehr auf dem Boden, und keine Wasserflecken minderten den Glanz im Badezimmer. Das Bett, von dem Lianne sprach, war frisch bezogen. Es war groß genug, um drei Donovan-Brüdern gleichzeitig ausreichend Platz zu bieten, wenn es darauf ankam.

»Das ist schon in Ordnung«, wehrte Kyle ab. »Du brauchst ja nicht viel Platz.«

»Ich werde nicht mit dir schlafen.«

»In der letzten Nacht hast du ganz wunderbar mit mir geschlafen. Und vor ein paar Minuten erst hast du noch gegähnt, bis Johnny angerufen hat. Du wirst schon schlafen können.«

»So habe ich das nicht gemeint.«

»Was hast du dann gemeint?« Kyles Stimme klang gedämpft, weil er sich gerade seinen Pullover über den Kopf zog.

Lianne rieb mit den Händen über ihre Arme und dachte daran, wie warm sein Pullover wäre, er hatte sicher noch seine Körperwärme und dazu noch die natürliche Wärme der Wolle. Ihr war kalt. Obwohl sie Kyle den Rücken zudrehte, hätte sie sich doch am liebsten an ihn geschmiegt, seine Wärme und seine Stärke gefühlt, seine Arme um sich gezogen, um zu vergessen, daß es beinahe Mitternacht war und daß bald ein neuer Tag anbrechen würde, eine neue Tortur.

Wen hatte sich geweigert, die Anklage zurückzuziehen. Obwohl Lianne das erwartet hatte, so hatte es ihr doch das Gefühl gegeben, als habe sie jemand geohrfeigt.

»Ich werde keinen Sex mit dir haben«, erklärte Lianne.

»Gut.«

Sie wirbelte herum. Kyle lächelte sie an. Es war ein schiefes Lächeln. In seinen Augen las sie die Leidenschaft, und seine Hände, die nach ihr griffen, waren zärtlich. Er strich mit den Händen über ihr Haar, ihre Augenlider, ihre Wangenknochen, ihr Kinn, bis ihr der Atem stockte. Sein Daumen streichelte die kleine Ader an ihrem Hals, die heftig pulsierte.

»Ich sagte, ich werde nicht...«

»Und ich habe gesagt, gut«, unterbrach er sie. »Ich will keinen Sex mit dir, Lianne. Sex ist etwas, das zwischen zwei Menschen geschieht, die lediglich etwas Entspannung suchen.«

Ohne es zu wollen, blickte Lianne von Kyles Augen zu dem dunklen, bronzefarbenen Haar auf seiner Brust, zum Bund seiner Jeans und dann noch tiefer, wo sich seine offensichtliche Erregung gegen den abgetragenen, verwaschenen Stoff seiner Hose drängte.

»Wem willst du hier eigentlich etwas vormachen?« fragte sie. »Du bist steinhart und bereit loszulegen.«

Er legte ihr die Hand unter das Kinn und hob ihr Gesicht ein wenig an. »Ich habe einen großen Teil der letzten Nacht so verbracht, und es hat deinen Schlaf auch nicht gestört. Genausowenig wie jetzt.« Er blickte tief in Liannes cognacfarbene Augen und erkannte, daß sie ihm glaubte. »Möchtest du zuerst ins Bad?«

Lianne schüttelte langsam den Kopf. In der letzten Nacht war sie sehr erschüttert gewesen und wütend auf Kyle, weil er sie nur benutzt hatte, um näher an die Tangs heranzukommen.

»Okay«, sagte er. »Dann gehe ich zuerst.«

Sie schüttelte noch einmal den Kopf. In der letzten Nacht

war sie ein Dummkopf gewesen. Archer hatte recht. Sie und Kyle hatten einander zwar benutzt. Doch wenn alles vorüber war, hatte er ihr immerhin mehr gegeben, als er genommen hatte. Nie zuvor hatte sie einen Geliebten wie ihn gehabt, so zärtlich, aber auch fordernd, so leidenschaftlich, so kraftvoll. Sie bezweifelte, ob sie je wieder einen Mann finden würde, der in so vielen Punkten so perfekt zu ihr paßte.

Und wenn sie ihm nur als Geliebte nützte, dann würde sie sich auch damit zufriedengeben, und sie würde nicht ihr Schicksal verfluchen, weil Frauen so viel mehr Gefühle investierten, wo Männer einfach nur Verlangen spürten.

Lianne gab den Versuch auf, ihre Hände an ihren kalten Armen zu wärmen, und kuschelte sich an Kyles Oberkörper. Unter ihren Fingern spannten sich seine Muskeln sofort an. Sie wußte, sie sollte es nicht tun, doch sie sehnte sich so sehr danach, deshalb senkte sie den Kopf und küßte ihn auf seine kleine, harte Brustspitze.

Kyle stieß heftig den Atem aus. »Himmel. Ich hätte nie geglaubt, daß du mich so zum Narren halten könntest.«

Ihre Zungenspitze umfuhr die harte Knospe, heiß und feucht.

»Lianne...«

Ihre Antwort war nur ein rauhes, weibliches Aufstöhnen der Lust, als sie die kleine Spitze zwischen ihre Zähne nahm und sehr, sehr sanft hineinbiß.

Als Kyle sprach, klang seine Stimme angespannt, sein Verstand war nur noch eine brennende Mischung aus Hoffnung und reinem Verlangen. »Bist du dir sicher, daß du auch weißt, was du da tust?«

Ihre Hand schlüpfte unter den Gürtel seiner Jeans und dann durch die Öffnung seiner Unterhose, sie streichelte ihn, knetete ihn sanft.

»Du hast recht«, gestand er ihr rauh. »Das ist die dümmste

Frage, die ich je gestellt habe. Steck deine Zunge in meinen Mund, ehe ich noch etwas wirklich Dummes sage.«

Schon als Kyle sie hochhob, schlang Lianne ihre Beine um ihn, fuhr ihm mit den Fingern durch sein Haar und preßte ihre offenen Lippen auf seine. Sie zitterte vor Verlangen. Ein Teil von ihr war schockiert, daß er sie so leicht erregen konnte, so vollkommen. Der Rest von ihr sorgte sich nur darum, ob er ihr Verlangen auch teilte, ihre Sehnsucht, ihren Körper. Der Morgen und seine Sorgen waren noch eine ganze Nacht weit weg. Sie würde diese Nacht nehmen, diesen Mann, und auf den Rest würde sie pfeifen.

Sie wußte später nicht mehr, wie sie einander entkleidet hatten. Sie wußte nur, daß sie rittlings auf ihm saß und daß die Lust ein wundervolles, wildes Tier war, das sie in seinen Klauen hielt, bis sie zerbrach. Sie hätte am liebsten geschrien, doch sie hatte keinen Atem mehr. Er drängte sich in sie, führte sie höher und höher, bis es keine Luft mehr gab, kein Gefühl, sondern nur noch die brennenden Farben der Ekstase, die sie verwandelten.

Als Lianne es nicht länger ertragen konnte, sank sie auf Kyles Brust zusammen. Sie hatte keine Kraft mehr, ihr Atem ging heftig, und sie zitterte. Er lag auf der Seite in dem großen Bett, atmete schwer und gleichmäßig, wie ein Langstreckenläufer, der gerade das Ziel erreicht hatte. Er lächelte zur Decke, blies eine Locke ihres Haares von seinen Lippen und fuhr mit seinen langen, feinfühligen Fingern über ihre Wirbelsäule.

»Ich bin ja so froh, daß du keinen Sex wolltest«, sagte er scherzhaft. »Das hätte ich nicht überlebt.«

Lianne fühlte sich viel zu wunderbar, um sich zu schämen. »Beiß mich.«

Doch dann biß sie ihn. Nur ganz kurz, denn sie brauchte ihren Mund, um genügend Luft in ihre Lungen zu pumpen, um zu überleben. Mit einem zitternden Atemzug entspannte sie sich wieder.

»Komm, mein Schatz, Zeit zum Duschen.«

Sie machte ein Geräusch wie eine verärgerte Katze und rührte sich einfach nicht.

Kyle hielt sie noch immer in seinen Armen, er setzte sich auf, schwang seine Beine über die Bettkante und stand auf.

»Ich dusche erst morgen früh«, wehrte sie ab.

»Okay. Ein Mensch darf auch nicht zu sauber sein.«

Lianne hob den Kopf ein wenig an. Er ging offensichtlich zur Dusche. Es war eine hübsche Dusche, erinnerte sie sich, groß genug, um darin zu tanzen, mit eingebauten gefliesten Bänken darin. Aber dennoch...

»Ich möchte lieber schlafen«, erklärte sie.

»Dann hättest du mich nicht beißen dürfen.«

»Es war doch kein fester Biß.«

»Aber glaube ja nicht, daß ich das so schnell vergesse.«

Sie blickte in seine Augen, grün und golden, umgeben von einem schmalen schwarzen Rand, der glänzte, wie die Ekstase, deren Echo noch immer durch ihren Körper rann... sie waren so wunderschön, daß es ihr den Atem nahm, daß der Wunsch in ihr erwachte, sie möge gleich hier und gleich jetzt sterben.

»Laß mich im Bett liegenbleiben, dann werde ich mich auch entschuldigen«, bot sie ihm an und lächelte.

»Da freue ich mich schon darauf«, antwortete er und drehte gerade das heiße Wasser der Dusche voll auf.

»Du scheinst das ja wirklich ernst zu meinen, wie?« fragte Lianne.

»Todernst.«

»Warum?«

»Ganz einfach. Die Suiten sind zwar schallgedämmt, doch Archers Bett steht dennoch gleich auf der anderen Seite der

Wand, an der auch mein Bett steht. Ich dachte, wenn ich das Wasser ganz weit aufdrehe, hört er dich vielleicht nicht schreien.«

»Schreien? Wovon redest du überhaupt? Du hast doch nicht etwa eine sadistische Ader, oder doch?«

Lachend schnappte Kyle sich Lianne einfach und nahm sie mit in die Dusche. »Ich habe aber eine Vorliebe für dich, meine Süße. Hast du das denn noch nicht bemerkt?«

»Es wäre unmöglich, das nicht zu merken.«

Ihr Atem stockte, als er sich plötzlich in ihr bewegte, als er sie ganz ausfüllte, bis sie zu zittern begann. Er senkte die Augenlider und spannte sich in ihr an. Sie war noch immer heiß und feucht und so empfindsam, daß ihr sogar bei der geringsten Bewegung von ihm schon der Atem stockte. Schließlich hob er sie zögernd wieder hoch und trennte ihre beiden Körper.

Liannes Augen zogen sich überrascht zusammen bei dem wundervollen Gefühl, selbst als Kyle sich aus ihr zurückzog. Sie sank gegen die kalte Fliesenwand der Dusche und spreizte die Beine.

Kyle drehte dem Wasser den Rücken zu, schützte sie somit davor, beugte sich zu ihr hinunter und küßte sie zärtlich auf den Mund, dabei streichelte er sie mit seiner Zungenspitze. Als sich ihre Lippen den seinen anpaßten, ihnen folgten, ihn brauchten, als wären schon Wochen vergangen, seit sie einander geliebt hatten, und nicht nur wenige Sekunden, beendete er den Kuß wieder so zärtlich, wie er ihn begonnen hatte.

»Kannst du jetzt stehen?« fragte Kyle.

Sie nickte, dann stellte sie sich auf die Zehenspitzen, um ihn noch einmal zu küssen. Er entzog sich ihrem Griff mit einer Leichtigkeit die sie daran erinnerte, wie stark er eigentlich war. Sein Mund legte sich auf ihre Brüste, liebkoste sie, saugte sanft an ihren Brustspitzen, bis sie sich ihm hart entgegenstreckten. Als sich ihre Hüften zu bewegen begannen, ihn suchten, wich er ihr aus, trotz seiner harten Erregung und dem heftigen Rauschen des Blutes in seinen Adern.

Liannes Atem stockte, als Kyles Hände und seine Lippen über ihren Körper glitten. Er schob ihre Beine weit auseinander, streichelte und öffnete sie mit den Daumen, preßte seinen Mund auf sie, begegnete ihrer heißen Leidenschaft mit der seinen. Sie hatte noch nie zuvor in ihrem Leben so etwas gefühlt, sie hatte nicht gewußt, daß ihr Körper gleichzeitig ausgelaugt sein konnte und dennoch brannte. Ihre Knie zitterten. Sie hatte die Hände in sein Haar gekrallt. Sie kämpfte darum, die Balance nicht zu verlieren, Luft zu bekommen und zu begreifen, was mit ihr geschah.

Und sie fand nur die suchende, gnadenlose, verzehrende Hitze seines Mundes. Sie wollte ihm sagen, daß er aufhören sollte, daß sie nicht noch mehr ertragen konnte. Seine Finger drangen tief in sie ein, seine Lippen bewegten sich und schlossen sich um den empfindsamen Knoten, er saugte daran, bis sie schrie und in Tausende von glänzenden Scherben zerbrach.

Doch selbst dann gab er sie noch nicht frei. Er konnte es einfach nicht. Er war genauso gefangen in den heißen Spiralen der Sinnlichkeit wie sie. Als er sich endlich dazu zwang, mit seinen Liebkosungen aufzuhören, hatten ihre Knie nachgegeben, und sie war auf den Boden der Dusche gesunken. Er verlangte so sehr nach ihr, daß sich alles in ihm zusammenzog, doch ihre Pupillen waren so stark geweitet, daß man die Farbe ihrer Augen kaum noch erkennen konnte, ihr Atem ging rasselnd und alles, was noch zwischen ihr und der Gefahr stand, im Wasser der Dusche zu ertrinken, war sein breiter Rücken.

»Lianne?« brachte Kyle schließlich hervor und kämpfte gegen den Wunsch an, sie gleich hier zu nehmen, so, wie sie war, offen und benommen auf dem Fliesenboden der Dusche.

Ganz langsam kehrte sie in die Wirklichkeit zurück und sah ihn an.

»Meine Süße?« fragte er. »Ist alles in Ordnung mit dir?«

Sie nickte.

»Dann ist es wohl besser, wenn du aufstehst.«

Sie blickte in die heißen Dampfwolken. »Ist das heiße Wasser alle?«

»Nein. Aber meine Selbstbeherrschung neigt sich dem Ende zu. In spätestens zwei Sekunden werde ich dich so nehmen wie auf dem Dock. Nur diesmal wirst du unten sein.«

Sie leckte sich über die Lippen, zählte zwei Sekunden ab und lächelte ihn an. »Okay.«

23

Lianne starrte auf das Gebäude aus Beton und Stahl. Es war keines der vielen interessanten architektonischen Gebäude der Stadt, es war ein Regierungsgebäude, nach Budget errichtet, ein Wolkenkratzer im weniger großzügigen Stil. Selbst wenn sie das Gebäude niemals betreten hätte, so hätte sie doch an seinem Äußeren ablesen können, daß das Innere des Gebäudes voll war mit gleichartigen Büros, mit Industrieteppichen, Feigenbäumen aus Plastik in verstaubten Körben und Empfangsdamen in mittleren Jahren mit viel zuviel Farbe im Haar. Das einzig ungewöhnliche an dem Gebäude war der Eingangsbereich mit dem Metalldetektor. Ein gelangweilter Wachmann saß daneben.

»Mach nicht so ein unglückliches Gesicht«, ermahnte Kyle Lianne. »Diesmal werden sie dich nicht hierbehalten.«

»Woher willst du das wissen?«

»Wir kommen diesmal durch die Vordertür. Oder möchtest

du den Besuch lieber absagen und mit mir zurück in die Wohnung gehen?«

Bei Kyles Worten begriff Lianne, daß sie langsam immer weiter zurückblieb. Sie hob das Kinn, und ihre Schritte wurden wieder schneller. »Natürlich nicht.«

»Bist du sicher? Johnny und ich könnten die Identifizierung der...«

»Wenn du dich nicht beeilst«, unterbrach sie Kyle, »dann kommen wir noch zu spät.«

Er blickte auf die kleine, zierliche Frau, die neben ihm herging und lächelte. Jeder, der sie in ihrem schwarzen Hosenanzug, den flachen Schuhen und mit dem im Nacken zusammengebundenen Haar sah, würde nicht glauben, daß Lianne, als sie das letzte Mal unter der Dusche gewesen war, nur durch ein Wunder wieder lebend herausgekommen ist. Allein schon der Gedanke daran, wie sie ausgesehen hatte, als sie *okay* gesagt hatte, genügte, um ihn erneut zu erregen.

Lianne ging ohne Schwierigkeiten durch den Metalldetektor. Kyle auch, nachdem er die Autoschlüssel und das Kleingeld aus seiner Tasche geholt hatte. Die Pistole und das Schulterhalfter lagen im Safe, für den Augenblick wenigstens.

»Ich habe es dir doch gesagt«, murmelte Lianne, als sie zum Empfang gingen.

»Was denn?«

»Zuviel Farbe im Haar.«

Kyle sah sich die Frisur der Empfangsdame an und dachte an einen Motorradhelm. Doch alles, was er sagte, war: »Miss Blakely und Mr. Donovan, wir möchten gerne zu Miss Joy.«

»Fünfter Stock«, sagte die Empfangsdame. »Nehmen Sie den Aufzug auf der linken Seite.«

Ein Rollwagen, vollgestopft mit Akten, fuhr im ersten Stock ebenfalls in den Aufzug hinein, zwei weitere Wagen folgten im zweiten Stock. Die beiden Männer, die die Wagen schoben, unterhielten sich über die neuesten Sportnachrichten, bis sie zusammen im vierten Stock den Aufzug wieder verließen und Lianne und Kyle wieder allein waren.

»Ich dachte, Computer würden all das Papier überflüssig machen«, meinte Lianne.

»Du machst wohl Spaß. Die Computer haben nur bewirkt, daß es einfacher wurde, Berichte zu überarbeiten und diese überarbeiteten Berichte an mehr Menschen zu verschicken, die dann noch mehr Bearbeitungen hinzufügen konnten, mehr Kopien verschicken und...«

»Und Männer einzustellen, die die Wagen mit den Berichten von Etage zu Etage schieben«, beendete Lianne Kyles Gedankengang.

»Onkel Sams Antwort auf die Arbeitslosigkeit.«

April Joy begrüßte sie auf der fünften Etage. Sie trug einen Hosenanzug, der genauso schlicht geschnitten war wie der von Lianne. Eine Ausweiskarte an einer billigen Metallkette hing um ihren Hals.

»Hoffentlich nützt uns das jetzt mehr, Donovan«, erklärte sie knapp.

»Mit Sicherheit besser als das, was Sie bis jetzt haben«, entgegnete Kyle. »Deshalb sind wir ja hier.«

Es stimmte, nur daß es April ganz einfach nicht gefiel. Aber die Welt war schließlich voller Dinge, die sie nicht gerade zum Lächeln brachten. »Nummer fünfhundertundelf«, sagte sie. »Es steht alles bereit.«

April wandte sich um und ging den Flur hinunter, dabei achtete sie gar nicht darauf, ob die beiden ihr auch folgten. Als sie Zimmer 511 erreicht hatten, schob sie ihre Ausweiskarte durch ein Lesegerät. Ein grünes Licht leuchtete auf. Sie öffnete die Tür und hielt sie auf, bis auch Kyle und Lianne eingetreten waren.

Ohne ein Wort ging Lianne zu dem stählernen Konferenztisch, der mitten im Raum stand. Am Ende des Tisches standen zwei Kartons, eingepackt in weißes Packpapier, mit einer Schnur verschnürt, deren Knoten wie Makramee aussahen und mit lauter Flecken von rotem Wachs bedeckt waren. Lianne beugte sich über die Kartons und untersuchte sie ganz genau. Die Knoten waren so komplex und so fest wie an dem Tag, als sie geknüpft worden waren. Die Siegel waren intakt. Jedes der Siegel zeigte Wens Abdruck in der Mitte.

»Wenn wirklich jemand die Kisten aufgemacht hat«, sagte Lianne, »dann hat er wenigstens keine Spuren hinterlassen.«

April lächelte dünn. »Sie sollten sich die Röntgenaufnahmen ansehen.«

»Ich würde lieber die Jade sehen. Ich brauche eine Schere oder ein Messer.«

»In der mittleren Schublade.«

Metall knirschte auf Metall, als Lianne die Schublade öffnete. Bei dem Geräusch taten ihr die Zähne weh. »Anstatt die Akten herumzufahren, sollten Sie einige der eifrigen Jungen dazu anstellen, die Schubladen zu ölen.«

»Ich werde es bei der nächsten Besprechung ansprechen«, sagte April, doch ihre Stimme verriet, daß sie sich nichts daraus machte.

Die Schere, die Lianne fand, war klein aber scharf, und sie hatte einen Plastikgriff, der genauso rot war wie die Siegel. Lianne begann, die Schnüre durchzuschneiden, und arbeitete mit schnellen, geübten Handgriffen. Sehr schnell hatte jeder der Kartons eine Halskrause aus zerschnittenen Schnüren und kunstvollen Knoten. Nachdem sie die Schnüre, die Siegel und das Papier entfernt hatte und den ersten der Kartons öffnen wollte, legte Kyle ihr die Hand auf den Arm und hielt ihn fest.

»Haben Sie die Liste, die Lianne Ihnen gefaxt hat?« fragte Kyle April. »Nur um sicherzugehen, daß auch keine Fehler auftreten.«

»Ja. Und wenn es wirklich so sein sollte, wie Sie glauben, wird es in diesen Kartons einiges Interessante zu entdecken geben.«

»Mach weiter«, wandte sich Kyle an Lianne.

Lianne öffnete den ersten Karton, zog etwas hervor, das in Plastikfolie eingepackt war, und begann diese sorgfältig zu öffnen. Nach einem Augenblick hielt sie einen wunderschönen Penis aus kaiserlicher Jade in der Hand. Die Erleichterung, die sie fühlte, war so groß, daß ihr ganz schwindlig wurde. Sie grinste die Jade an wie eine stolze Mutter.

April zog die schmalen schwarzen Augenbrauen hoch. »Kunst, wie?«

»Ausgezeichnete Farbe«, sagte Kyle mit ausdruckslosem Gesicht.

»Aber nur, wenn der Kerl bereits tot ist«, gab April zurück. »Also gut. Ein grüner Hänger kann auf der Liste abgehakt werden.«

Lianne hoffte nur, daß ihre Erleichterung nicht zu offensichtlich war. Ihre Logik hatte ihr gesagt, daß Seng mit Verbesserungen seiner Sammlung von Jadeerotika bestochen werden sollte – ausgezeichnete Stücke, die gegen die mittelmäßigen, die sie auf der Farmer-Insel untersucht hatte, ausgetauscht werden sollten. Aber noch stärker als die Logik war ihre Angst gewesen, daß sie sich vielleicht doch geirrt hatte, daß es noch eine andere Erklärung für die ausgetauschten Stücke geben könnte, die sie im Tang-Tresor gesehen hatte.

Das nächste Stück, das Lianne auspackte, war aus einer durchscheinend weißen Jade geschaffen worden, in der schwache Flecken von Lavendelblau zu erkennen waren. Der Stein war so geschnitzt, daß die dunklere Jade Faltenwürfe in der Kleidung darstellte, die Rundung von Gliedmaßen oder den Schatten zwischen den Schenkeln einer Frau. Die fließende Linie des Körpers der Frau, die auf dem Schoß ihres

Geliebten lag, drückte eine gewisse weibliche Hingabe aus. Die Eindringlichkeit des Mannes, der sich über sie beugte, zeigte den männlichen Drang, sie zu besitzen.

Die Stellung der Figuren machte es unmöglich, genau zu erkennen, was sie taten, dennoch erweckte sie auch den Eindruck, daß es wiederum unmöglich war, *nicht* ganz genau zu wissen, was sie taten.

April pfiff durch die Zähne. »Die möchte ich gern auf meinem Nachttisch stehen haben.«

Voller Ehrfurcht hob Lianne die Skulptur hoch und drehte sie in ihren Händen, sie genoß das seidige Gewicht der Jade. »Von den Tausenden von Jadeskulpturen, die die Tangs besitzen, gehört diese zu den besten. Der Stein ist vollkommen intakt; es gibt keine Absplitterungen, keine Risse, keine Unterschiede in der Oberfläche. Dies ist in Handarbeit von einem wahren Meister in unvorstellbar langen Stunden geschaffen worden.

Das Thema ist des Steines und des Künstlers würdig. Sexuelle Vereinigung ist der philosophische Kern des Taoismus, der Augenblick der Vereinigung von Yin und Yang, wenn alle Kräfte ausgeglichen sind und die Gesamtsumme der Harmonie im Universum wächst. Für einen Taoisten ist das, was wir im Westen als reine körperliche Vereinigung von Mann und Frau sehen, grundlegend metaphysisch, ein Akt, der das Gleichgewicht der Schöpfung beeinflußt.«

Vorsichtig stellte Lianne die Jade auf die Oberfläche des Metalltisches zurück.

April blickte von der Jade auf und in Liannes Gesicht. Der Respekt und die Liebe, die Lianne für diese Skulptur und die Tradition, die sie repräsentierte, zeigte, waren in ihrem Gesicht und in der Art abzulesen, wie ihre Fingerspitzen über den Stein glitten und sich ihre Handfläche darum legte. Aber in ihren Gesten lag keine Gier, kein Hunger, besitzen zu wollen, keine Bitterkeit, daß ein so feines Stück einem Mann gehörte, der zu alt und blind war, um es genießen zu können.

Mit gerunzelter Stirn blickte April zu Kyle hinüber. Er betrachtete sie mit diesen eigenartigen, alles durchschauenden Augen. Sein Blick sagte ihr: *Siehst du? Ich habe es dir doch gesagt. Lianne Blakely ist keine Diebin.*

Eine kurze Zeit lang war das einzige Geräusch das Rascheln der Folien, als Lianne die Jade auspackte und ab und zu eine Bemerkung machte.

»Ausgezeichneter Stein.« »Allerhöchste Kunstfertigkeit.« »Sieh dir das hier ganz sorgfältig an, Kyle. Siehst du, wie die Adern der roten Farbe in dem Stein die Aussagekraft noch erhöhen, anstatt von dem Thema abzulenken? Eine schwierige Aufgabe bei einem so deutlichen Farbkontrast.« »Sehr fein poliert.« »Bemerkenswert flüssig.« »Ah, dieses hier habe ich noch gar nicht gesehen. Ausgezeichnet gearbeitet. Sieh dir diesen Ausdruck an, Unterwerfung und Ekstase gleichzeitig. Offensichtlich ist sie eine Meisterin auf seiner Jadeflöte.«

Kyle wußte, daß es kindisch von ihm war – immerhin war das Kunst –, aber er konnte nicht anders, als Erregung zu verspüren bei dem Gedanken, Lianne so zwischen seinen Schenkeln zu haben, sein Körper angespannt und den Kopf in blinder, wilder Ekstase zurückgeworfen.

»Ja«, sagte er. »Sie muß darauf eine ganz verteufelte Melodie spielen.«

April warf ihm einen Blick von der Seite zu. »Das macht Sie wohl an, großer Junge?«

Lianne blickte von der Skulptur auf. Das Lächeln, mit dem sie Kyle bedachte, ließ sein Herz schneller schlagen. »Ich würde mir Sorgen um dich machen, wenn du nicht darauf reagieren würdest. Der Zweck dieser Skulpturen ist es ja gerade, die Menschen daran zu erinnern, daß es viele Wege zur Metaphysik gibt und daß einer dieser Wege eben ein sehr körperlicher ist.«

»Ich glaube, ich kann mich vage daran erinnern«, antwortete Kyle. »Wie steht es mit dir?«

»Wenn du in der Nähe bist, brauche ich bestimmt keine Gedächtnisstütze.«

Er wandte sich an April. »Möchten Sie nicht einen Kaffee trinken oder sonst etwas?«

»Machen Sie einen Knoten rein, Romeo.« April warf einen Blick auf ihre Uhr. »Also gut, wir können also festhalten, daß Lianne geschickt wurde, um mit Han Seng einen Tauschhandel durchzuführen, sie sich aber entschied, daß ihr dieser Handel nicht gefiel und sie wieder abreiste, ohne die Kartons auszupacken.«

»Das würde auch erklären, warum sie erst verhaftet wurde, als sie nach Kanada *zurückfuhr*«, sagte Kyle nicht zum erstenmal.

»Es würde aber immer noch nicht die fehlende Jade erklären. Ich habe ein Fax von zwei Seiten auf meinem Tisch, und es wird immer länger. Dies hier ist nur ein Teil der Stücke, die auf der Liste stehen.«

»Zeigen Sie mir das Fax«, bat Lianne sofort.

April ignorierte sie. »Wie ich schon sagte, angenommen wir sind uns einig darüber, daß Liannes Verhaftung eine abgekartete Sache war und daß es nicht genügend Beweise gibt, um sie festzuhalten. Was läßt sich denn dann für uns aus der Sache herausholen?«

»Die Gelegenheit, China glücklich zu machen und Farmer wie einen Dummkopf dastehen zu lassen«, antwortete Kyle.

April wurde auf einmal sehr hellhörig. »Der Bestattungsanzug aus Jade?«

Kyle nickte. »Interessiert?«

»Jawohl.«

»Lianne muß sich frei bewegen können. Ziehen Sie die Anklage zurück.«

»Glauben Sie, daß Farmer den verdammten Anzug aus den Vereinigten Staaten herausgeschmuggelt hat?« fragte April schnell. »Wir wissen, daß er ihn mit auf seine Insel genommen hat, aber wir hätten nicht geglaubt, daß er es schafft, ihn auch über die Grenze zu bringen. Mist. Das hat mir gerade noch gefehlt, daß wir uns jetzt zu allem Überfluß auch noch mit der kanadischen Bürokratie herumschlagen müssen. Was für ein Affentanz.«

Kyle übersetzte »Affentanz« nicht für Lianne. Er war gerade viel zu sehr damit beschäftigt, zu Plan B überzugehen, in dem festgelegt war, was zu tun war, wenn der Jadeanzug nicht in Seattle war. Dieser Plan gefiel ihm zwar nicht sonderlich, aber seine persönlichen Vorlieben mußten jetzt eben einmal zurücktreten.

»*Mist*«, sagte April noch einmal, diesmal mit mehr Nachdruck. Sie sah zu Lianne hinüber, die weiter die Jade auspackte. Dann warf sie Kyle einen Blick zu. »Wenn Sie der Bruder von jemand anderem wären, dann würde ich Ihren knackigen Hintern jetzt durch die Tür treten.«

»Ich werde Archer sagen, daß Sie sich etwas aus ihm machen.«

April ignorierte ihn. Sie ging in Gedanken gerade alle sich noch bietenden Möglichkeiten durch, und zwar mit der unglaublichen Geschwindigkeit einer gut ausgebildeten, intelligenten Agentin. Es dauerte nicht lange, den Dingen auf den Grund zu gehen.

Keine der Möglichkeiten gefiel ihr besonders, und auch nur eine davon könnte überhaupt zu einer schnellen Lösung führen. Geschwindigkeit war wichtig. Je länger das Tauziehen zwischen Farmer und China andauerte, desto größer wurde die Gefahr, daß China Jahrzehnte des wirtschaftlichen Durcheinanders auslösen würde in dem Bemühen, den Nationalstolz aufrecht zu erhalten.

Chinas Führer würden unter einem wirtschaftlichen Niedergang nicht sonderlich leiden. Sie würden noch immer ihre westlichen Spielzeuge haben und ihre östliche Ästhetik. Dick Farmer würde es auch keinen großen Schaden zufügen. Es gab andere Weltmärkte, auf denen er seine Milliarden machen konnte. Die Menschen, die aber ungeheuer leiden würden, waren die Hunderte von Millionen von Chinesen, die im einundzwanzigsten Jahrhundert mit all seinen Nachteilen immer noch wesentlich besser aufgehoben wären als in der modernen Bronzezeit des ländlichen Chinas, wo das Leben so brutal hart war, daß es die Kinder in den Bäuchen der Mütter verkümmern ließ.

Mit einer Mischung aus Bitterkeit und Hinnahme sah April zu, wie die letzten Jadestücke ausgepackt wurden ... das Beste der künstlerischen Ziele einer Kultur, in Stein gearbeitet, der so hart war wie das Herz eines Despoten. Selbst noch als sie darüber nachdachte, wie viele Millionen Menschen in Armut gelebt hatten und gestorben waren, um eine so teure, arbeitsintensive Kunst zu finanzieren, so wußte der pragmatische Teil von ihr doch sehr genau, daß es im Grunde völlig unwichtig war. Es gehörte zur Vergangenheit. Die Gegenwart war ein Jadeartefakt, das China so wichtig war, daß ihre Führer dafür bereit waren, einen Handelskrieg anzuzetteln und darüber sogar ihre eigene Wirtschaft zu zerstören.

»Was haben Sie für einen Plan?« fragte April.

»Das wollen Sie bestimmt nicht wissen«, antwortete Kyle.

Sie starrte ihn mit ausdruckslosem Gesicht an, doch dachte sie dabei an Archer Donovan. Er besaß die sagenhafte Fähigkeit, die heißesten Kastanien aus dem Feuer zu holen, ohne sich dabei auch nur im geringsten zu verbrennen. »Komiker, hoffentlich sind Sie wirklich so gut, wie Sie zu sein glauben.«

»Ich habe Sie verstanden.«

»Was brauchen Sie von uns?« fragte April nach einer weiteren, angespannten Pause.

Während Lianne dem lauschte, was Kyle von Onkel Sam wollte, packte sie die letzte Jade aus. Sehr bald lag auch die träumende Braut in ihrer Hand, so elementar und ätherisch wie in ihren Erinnerungen.

»Drei Gegenatemgeräte?« fragte April. »Möchten Sie, daß die SEALS von der Marine mit Ihnen gehen? Sie würden sich an der Übung sicher gern beteiligen.«

»Wenn ich sie brauche, werden Sie die erste sein, die es erfährt.«

»Was ist ein Gegenatemgerät?« fragte Lianne Kyle.

»Ein Zusatzteil für eine Taucherausrüstung, das dafür sorgt, daß beim Tauchen keine Luftblasen aufsteigen.«

»Ist eines dieser Geräte für mich?«

»Nein.«

»Dann besorgen Sie vier«, wandte sich Lianne an April.

»Also gut, vier.«

Kyle wollte widersprechen, doch dann zuckte er mit den Schultern. Es konnte nicht schaden, noch ein zusätzliches Gerät zu haben, falls von den anderen dreien eines nicht in Ordnung sein sollte. Doch falls Lianne jetzt glaubte, daß sie mitkommen würde, so irrte sie sich gründlich.

»Sonst noch etwas?« fragte April.

»Bringen Sie Farmer dazu, einen Experten zuzulassen, der seinen Bestattungsanzug schätzt«, sagte Lianne.

»Das hat er bereits getan.«

»Verdammt. Ich wäre gern dabei gewesen.«

»Es ist ja noch nichts passiert. China schickt einen eigenen Experten.« April widmete Lianne ihre volle Aufmerksamkeit. »Glauben Sie denn wirklich, daß Farmers Anzug gefälscht ist?«

»Ich glaube wirklich, ich möchte ihn mir einmal aus der

Nähe ansehen«, sagte Lianne. »Aber wäre es nicht schön, wenn er gefälscht wäre?«

»Nur, wenn der Experte Chinas auch zu diesem Ergebnis kommen würde«, lenkte April ein. »Wenn wir seine Zustimmung hätten, würden wir uns nicht die Mühe machen müssen, uns mit Ihnen beiden abzugeben.«

»Wer ist denn der Experte von Onkel Sam?« wollte Kyle wissen.

»Ich«, antwortete April und blickte noch immer in Liannes Augen.

Irgendwie überraschte Kyle das aber nicht.

»Wir werden am Tag, bevor das Museum öffnet, auf Farmers Insel fahren, um den Bestattungsanzug zu schätzen«, fügte April hinzu.

»Das ist übermorgen?« fragte Kyle.

»Ja. Ich werde es so einrichten, daß Lianne für die Schätzung mit mir kommen kann«, sagte April und wandte sich dann Kyle zu. »Ich bin gut, aber sie ist besser. Vorausgesetzt, daß sie dann immer noch frei ist und nicht schon wieder im Gefängnis sitzt. Eine große Voraussetzung.« April wandte sich wieder an Lianne. »Kyle hat Sie bei der Auktion in die Nähe des Anzuges gebracht, ehe die Wachen Sie rausgeworfen haben. *War er echt?*«

»Wenn Sie uns bis zu der Schätzung in Ruhe lassen«, sagte Kyle, noch ehe Lianne antworten konnte, »dann wird uns der Anzug keine Probleme mehr bereiten.«

»Was haben Sie vor?« fragte April noch einmal.

»Das wollen Sie immer noch nicht wissen.«

April stützte die Fäuste in die Hüften. »Wenn Sie geschnappt werden, dann haben wir Sie nie gesehen.«

Kyle nickte. »Wann bekommen wir die Ausrüstung?«

»Sie wird Ihnen heute gegen sechs Uhr zu Ihrer Wohnung geliefert werden.«

»Um sechs Uhr am Nachmittag«, warf Kyle ein, ehe Lianne fragen konnte. »Und wie steht es mit Liannes Paß?«

»Ich werde ihn schon holen.«

»Und sorgen Sie auch dafür, daß sie von der schwarzen Liste der Einwanderungsbehörde gestrichen wird. Für alle Fälle.«

»Ich versuche es, aber...« April zuckte mit den Schultern und verließ dann den Raum. An der Tür wandte sie sich noch einmal um. »Das ist die Bürokratie, Donovan. Es wäre besser, wenn ihr Name gar nicht erst in einem der Computer an der Grenze erscheinen würde.«

Sobald sich die Tür hinter April geschlossen hatte, sagte Lianne: »Ich brauche keinen Paß, um...«

Die Worte gingen unter in einem unterdrückten Geräusch, als Kyle sie küßte und sie so dazu brachte, den Mund zu halten. Als er sich wieder von ihr löste, war alles, was er fragte: »Bist du hier fertig?«

Lianne blickte auf die Skulptur, die sie noch immer in der Hand hielt. So gerne sie auch den Rest des Gebäudes sehen wollte, in dem man sie in Handschellen in einen Raum eingesperrt hatte, so zögerte sie doch noch, sich von der träumenden Braut zu trennen.

Kyle nahm ihr die Skulptur schließlich aus der Hand. Als er sie auf den Tisch stellte, sah er sie sich zum erstenmal genauer an. Er pfiff leise durch die Zähne, als Anerkennung für die Kunstfertigkeit des Künstlers. Das ganze Stück war so entworfen worden, daß es von der bemerkenswerten Schattierung der Jade zwischen den Schenkeln der Frau profitierte, dem körperlichen Zugang zu einer metaphysischen Erfahrung.

»Ist das die Skulptur, die du die träumende Braut genannt hast?« fragte Kyle, ohne den Blick von der schimmernden Jade abzuwenden.

»Ja.«

»Jetzt verstehe ich, was du gemeint hast. Diese hier ist wesentlich besser als diejenige, die Han Seng besitzt.« Er strich mit dem Daumen über das Zentrum der Figur. »Außergewöhnlich. Aber...«

»Was?«

»Deines ist hübscher.«

24

Zwei Stunden nach der Besprechung mit April fühlte sich Lianne wie ein Löwenbändiger ohne Peitsche oder Stuhl. Überall, wohin sie sah, lagen riesige, kräftige, möglicherweise gefährliche Tiere auf dem Boden in der Donovan Wohnung. Die Masse an Muskeln und Körpern gab ihr das Gefühl, noch kleiner als nur zierlich zu sein. Sie fühlte sich winzig.

»Wie kann Susa das bloß ertragen?« murmelte Lianne. »All diese großen, überwältigenden, anmaßenden *Kerle*.«

Die angesprochenen Kerle ignorierten sie. Sie debattierten über die verschiedensten Annäherungsmöglichkeiten an die Farmer-Insel.

Faith blickte von einem Auktionskatalog für Juwelen auf und lächelte. »Du solltest einmal hier sein, wenn Dad, Justin und Lawe hier sind.«

»Beängstigend.«

»Aber nur, wenn sie nicht auf deiner Seite stehen.«

Faith' Mundwinkel zogen sich hinunter. Die Ablehnung, die ihr Verlobter von ihrer Familie erfuhr, nagte an ihr. Sogar Honor, auf die sie sich normalerweise verlassen konnte, mußte sich Mühe geben, noch freundlich auszusehen, wenn Tony auftauchte.

Als würde Honor ganz genau wissen, an was ihre Zwillingsschwester gerade dachte, fragte sie Faith nach Tony.

»Er ist noch immer in Tahiti«, sagte Faith. »Er macht PR – hoppla, Image Consulting – für eines der neuen Perlenhäuser. Als er heute morgen angerufen hat, hat er gemeint, daß es noch eine Woche dauern wird, ehe er wieder nach Hause kommt.«

»Ich wette, du wärst gern mit ihm gefahren«, sagte Honor.

Faith' Lächeln wirkte ein wenig erzwungen. Sie hatte mitfahren wollen, doch er hatte sie nicht dazu eingeladen. Tony war schrecklich wütend gewesen, weil sie sich geweigert hatte, mit Donovan International zu sprechen, um ihre Familie dazu zu bringen, ihre Aufträge der Werbeagentur ihres zukünftigen Schwiegervaters zu übertragen. »Es hätte aber wohl auch wenig Sinn gemacht, mitzufahren«, wehrte sie ab. »Er muß sechzehn Stunden am Tag arbeiten.«

Da blieben aber noch immer die Nächte übrig, doch niemand im Zimmer erwähnte das.

»Kyle«, sagte Lianne, »was ist, wenn…«

»Nein«, unterbrach er sie, ohne aufzusehen. »Du wirst nicht mitkommen.«

»Dann beschreib mir Farmers Jadeanzug wenigstens«, sagte sie.

»Grün.«

»Was willst du tun, wenn er den guten Anzug vielleicht durch einen schlechten ausgetauscht hat, um den Experten zu täuschen?« forderte sie ihn heraus. »Sobald das Museum dann öffnet, stehen wir wieder an genau dem Punkt, wo wir schon einmal angefangen haben. Oder wenn ich mich nun geirrt habe? Wenn der Anzug gar nicht der von Wen ist? Dann hätten wir es mit einer völlig anderen Situation zu tun, und ich müßte wieder ins Gefängnis zurück. Du hast Wens Anzug doch noch nie gesehen. Ich schon.«

Einer nach dem anderen hoben die drei Männer den Kopf. Lianne hatte ihre ungeteilte Aufmerksamkeit. Das war nicht gerade ein sehr beruhigendes Gefühl.

»Du brauchst mich«, sagte sie.

»Nein«, widersprach Kyle.

Archer und Jake sahen einander an.

»Warum soll sie denn nicht mitkommen?« fragte Honor Kyle mit weit aufgerissenen Augen. »Du und Jake, ihr habt die letzten beiden Stunden damit verbracht, mir zu erklären, wie *sicher* diese kleine Spritztour sein wird. ›Wie ein Spaziergang im Park‹, hast du doch gesagt, Jake. Richtig?«

Jake grunzte.

Archer rollte sich auf die Seite und sah Kyle an. »Sie hat nicht ganz unrecht.«

»Den Teufel hat sie«, sagte er, ohne den Blick von Lianne abzuwenden. »Kannst du tauchen?«

»Nein, aber...«

»Genau«, unterbrach Kyle sie. »Du wirst hierbleiben.«

»... der Jadeanzug liegt doch nicht auf dem Meeresboden«, sprach Lianne weiter.

»Wir könnten das aufblasbare Boot nehmen und an dieser Stelle damit an Land gehen«, sagte Archer und deutete auf der Karte auf die Ostseite der Farmer-Insel. »Mit dem Zodiac würde sie dann noch nicht einmal nasse Füße bekommen. Wenn wir an Land gehen, werden die Wachen es leid sein, die kleinen Lichter zu beobachten, die auf ihren Kontrollpulten aufleuchten.«

»Nein«, fuhr Kyle auf.

»Warum denn nicht?« fragte Archer ganz sanft.

»Um Himmels willen, sie ist ein...«

»*Mädchen*«, riefen Lianne, Faith und Honor gleichzeitig. Dann lächelten sie einander an und freuten sich darüber, daß sie wie aus einem Mund gesprochen hatten.

Kyle fühlte sich in die Enge getrieben. »Wenn es Honor wäre«, wandte er sich an Jake, »würdest du sie dann auch gehen lassen?«

Jake lächelte belustigt seine Frau an. »Würde ich dich gehen lassen, mein Honigkind?«

»Ich würde dich gar nicht erst darum bitten«, gab Honor zurück. »Ich würde ganz einfach mitkommen, wie beim letztenmal, als du auch schon wolltest, daß ich an Land bleibe.«

»Beantwortet das deine Frage?« fragte Jake Kyle.

»Mist.«

»Du warst dabei, als dieser Kerl auf sie losgegangen ist«, rief ihm Jake ins Gedächtnis. »Ist sie etwa in Panik geraten?«

»Nein. Aber er hätte sie trotzdem fast umgebracht!«

Archer setzte sich auf und betrachtete Lianne mit einem ruhigen Blick aus seinen silbergrünen Augen. »Den Zodiac an Land zu bringen würde unser Risiko vergrößern«, erklärte er ihr. »Falls es nötig sein sollte, könntest du dann in einem Taucheranzug ungefähr dreihundert Meter in dunklem Wasser schwimmen?«

»Ja.«

Er sah sie noch einen Moment an, nickte und richtete dann seine Aufmerksamkeit wieder auf die Landkarte. »In den Zodiac passen problemlos vier Leute.«

»Archer«, sagte Kyle angespannt. »Tu mir das nicht an.«

»Denk mit deinem Verstand, nicht mit deinem Schwanz«, riet ihm Archer mit ruhiger Stimme. »Wir brauchen jemanden, der schnell und sachverständig den Jadeanzug einschätzen kann, und zwar mit nicht mehr als einem geübten Blick, einer Taschenlampe und guten Nerven. Du hast die Nerven, ich halte die Taschenlampe, und trotzdem könnten wir beide allein uns nicht ganz sicher sein. Wir können es uns nicht leisten, einen Fehler zu machen. Onkel Sam ist nicht gerade in versöhnlicher Laune.«

»Und das führt uns zu einem weiteren Problem«, entgegnete Kyle. »Können wir Onkel Sam trauen, daß er sich dabei heraushält?«

»Wenn wir erst den Jadeanzug von der Insel geholt haben«, sagte Archer, »dann ist alles möglich. Onkel Sam will diesen Anzug haben. Die Frage ist eher, an wen wir uns wenden, wenn so ein eifriger Kerl von der Regierung uns diesen Anzug stiehlt?«

»Das habe ich mich auch schon gefragt.« Kyle schloß die Augen, dachte insgeheim an einige wirklich entsetzliche Flüche und fragte dann: »Wen haben wir auf der Gehaltsliste, der kleine Flugzeuge fliegen kann und der den Mund hält?«

»Walker«, antwortete Archer sofort.

»Wo ist er?«

»In Seattle. Er ist gerade aus Australien zurückgekommen. Dort hat er für Donovan International Geologen durch das Outback geflogen.«

»Okay, er kann also mit einem Flugzeug umgehen«, sagte Kyle. »Wie steht es mit dem Rest?«

»Sprecht ihr über Owen Walker?« fragte Jake.

Archer nickte.

»Da braucht ihr euch keine Sorgen zu machen«, beruhigte Jake sie und wandte sich wieder der Landkarte zu. »Walker war der Leibwächter von Onkel Sam. Wenn es wirklich hart auf hart geht, weiß er, was er zu tun hat.«

»Willst du denn gar nicht fragen, wofür ich das Flugzeug überhaupt brauche?« fragte Kyle Archer.

»Ich mache mir viel mehr Sorgen darüber, woher ich einen Taucheranzug bekomme, der klein genug ist, um Lianne zu passen. Verkauft dieser Tauchladen in der Fifth Street auch Taucherausrüstungen für Kinder?«

Lianne stieß ein wütendes Geräusch aus und schlug nach Archers Rücken, doch er hatte sich schon zur Seite gerollt.

Kyle packte sie und zog sie neben sich auf den Teppich. »Du wirst dich schon noch an ihn gewöhnen, meine Süße. Wir haben uns alle an ihn gewöhnt.« Eilig schrieb er etwas auf ein Stück Papier, ehe er Honor ansah. »Okay, Schwesterchen. Es war deine großartige Idee. Du hast jetzt drei Stunden Zeit, um mit Lianne einkaufen zu gehen. Hier ist die Liste.«

Faith, Honor und Lianne betraten die Wohnung, die Arme voller Pakete.

»Das hat ja auch lange genug gedauert«, grummelte Kyle. »Ich wollte schon eine Suchmannschaft nach euch ausschicken.«

»Hör mir bitte einmal zu, Butterblümchen«, sagte Honor übertrieben freundlich. »Versuche du doch einmal, einen ganzen Satz Fingernägel aus Acryl zu kaufen, einen Taucheranzug, eine Dolly-Parton-Perücke, Schuhe in Größe 36 mit fünfzehn Zentimeter hohen Absätzen und dazu noch sexy Kleidung in der Kinderabteilung von Nordstrom. Es würde mich interessieren, wie schnell *du* dann wieder zu Hause bist.«

»Wir waren doch gar nicht in der Kinderabteilung«, widersprach Lianne laut. »Wir waren in der Abteilung für zierliche Frauen. Wiederholt das bitte alle. *Zierlich.*«

Faith zwinkerte Lianne zu. »Honor ist ganz einfach nur neidisch. Neben dir und Susa fühlen wir beide uns wie Telefonmasten.«

Lianne sah die großen, unbeschreiblich weiblichen Zwillinge an und rollte mit den Augen. »Ja, richtig.«

Archer kam zur Tür herein. Er trug eine hellbraune Hose und eine schwarze Seidenjacke. Es sah lässig und sehr, sehr teuer aus. »Zwanzig Minuten.«

Gleichzeitig wandten sich alle drei Frauen um und liefen durch den Flur zu Faith' Suite.

»Kein Parfüm«, rief Kyle ihnen nach. »Wenn ich Lianne im Dunkeln an ihrem Geruch erkennen kann, dann kann das jemand anderes auch.«

»Im Dunkeln herumzuschnüffeln«, murmelte Faith. »Männer sind ja so primitiv.«

»Ja«, sagte Honor. »Ist das nicht praktisch?«

Neunzehn Minuten später kam Lianne wieder aus Faith' Suite heraus. Das Klicken ihrer hochhackigen Schuhe auf dem Marmorfußboden war das einzige Geräusch in der Wohnung.

Die drei Männer starrten sie an, mit einer Mischung aus Schock und sofortigem männlichen Verlangen.

Ein rotes enges Kleid umschloß Liannes Körper wie eine zweite Haut. Lange Arme und ein V-Ausschnitt lenkten alle Aufmerksamkeit auf die Form ihrer Brüste. Der Rock umschloß ihren Po und reichte kaum bis zu ihren Oberschenkeln. Rauchgraue Strümpfe ließen ihre Beine wie lange, sexy Wunder aussehen. Faith' kühnes Make-up hatte Liannes Augen in eine goldbraune Herausforderung verwandelt und ihren Lippen eine verbotene Sinnlichkeit gegeben. Sie warf das schulterlange, lockige bronzefarbene Haar zurück, legte eine Hand mit den dolchartigen Fingernägeln auf die Hüften und sagte: »Ich bin bereit, wenn du es auch bist.«

»Heiliger Strohsack«, murmelte Kyle. »Das ist das letztemal, daß du mit meinen Schwestern einkaufen warst.«

»Gefällt dir die Farbe nicht?« fragte Lianne unschuldig. »Sie paßt zu meinen Fingernägeln.«

»Auf deinen Fingernägeln ist mehr Farbe als auf dir! Wo ist der Rest der Kleidung?«

»Wovon redest du denn? Das ist alles.«

»Falsch. Du hast den Rock vergessen.«

»Hör auf zu meckern«, sagte Archer und lächelte, als er Lianne von Kopf bis Fuß betrachtete. »Sie ist heute abend schließlich meine Begleiterin und nicht deine.«

»Das ist es ja gerade, was mir Sorgen macht«, sagte Kyle verdrießlich und warf seinem Bruder einen bösen Blick zu.

»Ignoriere ihn einfach«, wandte sich Archer an Lianne und hielt ihr den Arm hin. »Du siehst zum Anbeißen aus. Sogar noch doppelt so lecker.«

»Das reicht«, erklärte Kyle wütend. »Lianne wird mit mir zusammen auf dem Rücksitz sitzen.«

»Worüber beklagst du dich eigentlich?« fragte Faith, die gemeinsam mit Honor auf ihn zuging. »Du hast uns gesagt, wir sollten sie so herrichten, daß ihre eigene Familie sie nicht wiedererkennt. Und das haben wir getan. Also halt dich zurück und beeil dich.«

»Gib's ihm«, unterstützte Honor sie. Insgeheim wünschte sie sich, daß Faith Tony gegenüber nur halb soviel Aufmüpfigkeit zeigen würde. Der Mann führte sie vor wie einen Pudel an einer rosa Leine.

»Ist Johnny hier?« fragte Lianne.

»Er wartet in der Eingangshalle«, erklärte Archer. »Laßt uns gehen.«

Als Archers Mercedes vor dem Anwesen der Tangs vorfuhr, erhellte ein Leuchten in der Farbe von Liannes Kleid den Himmel. Johnny stieg aus, sprach in das Mikrofon am Tor und setzte sich dann wieder neben den Fahrer. Gleichzeitig warf er der Sirene auf dem Rücksitz einen kurzen Blick zu und schüttelte lediglich den Kopf. Selbst mit sechzehn hatte Anna nicht so ausgesehen.

»Wen will mich im Wohnbereich der Familie empfangen«, sagte Johnny. »Ich habe ihm gesagt, daß ich schon mit den Donovan-Brüdern in Chinatown zum Essen war, daß ihr für ein paar Tage in Vancouver bleiben wolltet und daß ihr mich wegen des Jadehandels angesprochen hättet. Wen hat sogar eine Besichtigung der Tresorräume der Tangs vorgeschlagen, aber wie es scheint, ist Daniel heute abend nicht zu Hause. Wen kann die Haupttür des Tresors aber nicht mehr öffnen, und niemand sonst im Haus kennt die Zahlenkombination des Schlosses.«

»Das macht ja alles noch viel einfacher«, sagte Archer. »Es sei denn, er will uns zusammen mit Ihnen sehen.«

»Nein. Daniel hat mir wirklich die Wahrheit gesagt. Wen hat seit drei Tagen sein Bett nicht verlassen.«

»Wie krank ist er denn?« fragte Lianne angespannt.

»Er ist nicht krank. Nur alt. Erschöpft. Dies... es hat ihn alles sehr hart getroffen.«

Sie hob das Kinn. »Geh zu ihm. Ich werde inzwischen Kyle und Archer zum Tresorraum führen.«

Nirgendwo waren Diener zu entdecken; weder in der Küche noch in dem langen Flug, der zu einem Flügel des Anwesens führte, in dem der Tresor lag. Lianne hatte auch nichts anderes erwartet. Nach fünf Uhr am Nachmittag gingen die Angestellten nach Hause, zu ihren Wohnungen über den Geschäften und Restaurants in Chinatown oder zu einem der alten Apartmenthäuser, in denen drei Familien in Wohnungen lebten, die nur für eine gedacht waren.

Die Schritte der Männer und das Klicken von Liannes hochhackigen Schuhen waren die einzigen Geräusche in dem langen Flur. Kyle fiel es schwer, seinen Blick von dem sanften Schwung ihres Pos loszureißen. Die kurze Jacke, die sie trug, beflügelte nur noch seine Vorstellungskraft.

Trotz Liannes Kleidung, die ihn ablenkte, stieß Kyle ein anerkennendes Geräusch aus, als er den eleganten Wandschirm aus Jade entdeckte, der die Tür zum Tresor verdeckte. »Ich kenne Museen, die einen Diebstahl begehen würden, nur um ein solches Stück in die Hände zu bekommen.«

»Es wäre nicht das erstemal, daß Museen Diebesgut annehmen«, bemerkte Lianne sarkastisch. Sie beugte sich über das

Zahlenschloß an der alten Tür. »Jedesmal wenn ein alter Meister verkauft wird, behauptet ein Enkel aus dem Zweiten Weltkrieg, daß Hitler ihn seiner Familie gestohlen hätte.«

»Und die Wahrscheinlichkeit, daß er das tatsächlich getan hat, ist groß«, sagte Archer und sah, wie Lianne das Zahlenschloß einmal, zweimal drehte.

»Natürlich. Aber wann ist das Besitzrecht erloschen? Nach einer Generation? Nach zwei? Nach einem Jahrhundert? Niemals? Schon sehr bald werden wir uns in der Position von Hongkong befinden – verdammt«, murmelte sie und begann die Kombination noch einmal von vorn. »Wir werden in der gleichen Lage sein wie Hongkong, als es China zurückgegeben wurde. Geschäfte, Sammler, Eigentümer sämtlicher Arten von chinesischen Artefakten haben sie einfach zusammengepackt und nach Vancouver oder Seattle, San Francisco oder L. A. oder New York geschickt. Einfach überallhin, wo die Festlandchinesen und ihre neuen Führer sie nicht konfiszieren konnten.«

Mit gerunzelter Stirn drehte Lianne noch einmal an dem Zahlenschloß. »Unglaubliche kulturelle Schätze sind einfach verschwunden, wurden versteckt, weil sich die Spielregeln geändert haben.« Sie blickte auf. »So wie jetzt. Jemand hat die Regeln geändert. Oder in diesem Fall, die Zahlenkombination.«

»Entschuldigung«, sagte Archer und schob Lianne sanft beiseite.

»Mach ihm bitte Platz, Süße«, sagte Kyle. »Deshalb habe ich ihm erlaubt mitzukommen.«

Erstaunt sah Lianne zu, wie Archer in seine Jackentasche griff und etwas hervorholte, das aussah wie ein kleiner Kassettenrecorder mit Kopfhörern. Er steckte die Kopfhörer in seine Ohren und drückte das Gerät gegen die Tür des Tresors, in die Nähe der Schlösser. Mit geschlossenen Augen und angespanntem Gesicht beugte er sich über das Zahlenschloß, wie ein Geliebter, der nur für die nächste Bewegung lebte, das nächste leise Geräusch, die nächste Regung, die ihm verriet, wie seine Geliebte reagierte.

In der Stille klang sogar Liannes Atem laut. Archer streichelte das Zahlenschloß mit leichten Bewegungen seiner Fingerspitzen, er lauschte, lauschte, lauschte auf das winzige Geräusch, das zu hören war, wenn eine der Zuhaltungen an ihre Stelle fiel und es Zeit war, das Rad in die andere Richtung zu drehen, eine andere Zahl zu finden, eine andere Zuhaltung und dann die nächste, bis schließlich auch das letzte Geheimnis enthüllt war.

Zehn Minuten später öffnete sich leise die Tür zum Tresor.

»Und ich dachte, du hättest nur ein hübsches Gesicht«, bemerkte Lianne hinter Archers Rücken.

»Man lebt und lernt«, entgegnete Archer und wischte das Rad mit einem sauberen Taschentuch ab. »Nach dir, Lianne.«

Sie sah die Donovan-Brüder an, der eine ein heller, der andere ein dunkler Typ, doch in allen wichtigen Dingen stimmten sie perfekt überein. »Euch beide sollte man in einen Hochsicherheitskäfig stecken.«

»Unschuldig, bis das Gegenteil bewiesen ist«, meinte Kyle. »Richtig, Bruder?«

»Jawohl.«

Kyle schob Lianne durch die Tür, Archer folgte ihnen auf den Fersen. Sobald sie im Inneren des Tresors waren, zog Lianne die schwere Tür hinter ihnen zu und machte das Licht an. Kyle warf einen Blick auf die weiße Jadeschale auf dem kleinen Tisch aus Mahagony, stieß einen leisen Fluch aus und trat näher.

»Nichts berühren«, warnte Archer ihn.

»Halt den Mund«, sagte Kyle abweisend. Mit den Händen in der Hosentasche ging er um den Tisch herum und verschlang die Schale förmlich mit den Augen.

Lianne ging ruhig zu dem kleinen Raum vor, in dem Wen seinen größten Schatz verwahrte. Wie immer, so war auch jetzt die Tür verschlossen. Sie warf einen mißtrauischen Blick auf das Zahlenschloß und blickte dann zu Archer hinüber.

»Vielleicht brauche ich noch deine Hilfe.«

»Ich bleibe in deiner Nähe und wische solange Kyles Geiferspuren von den Sachen.«

Mit Fingern, die trotz der Wärme in dem Tresor eiskalt waren, begann Lianne, das Rad des Zahlenschlosses zu drehen. Sie arbeitete vorsichtig und stieß einen erleichterten Seufzer aus, als das Schloß sich endlich mit einem Klicken öffnete. Und wie immer, so klemmte auch jetzt die Tür. Sie zog einmal daran, dann noch einmal, fester.

»Laß mich das machen«, sagte Kyle und griff an ihr vorbei nach der Tür.

Die Tür öffnete sich mit einem Knarren, als wäre sie aus dem Schlaf erwacht. Als Lianne nach dem Lichtschalter griff, hielt sie unwissentlich den Atem an und zitterte vor der Möglichkeit, daß sie nur eine gähnende Leere sehen könnte.

Doch der Bestattungsanzug lag auf einem Tisch von der Größe eines Sarges: bewegungslose Schattierungen von Grün mit matt leuchtenden goldenen Fäden.

»Nun?« fragte Kyle.

»Das ist nicht Wens Anzug«, erklärte Lianne schlicht.

»Wie gut ist er?« fragte Archer.

»Er ist perfekt«, erklärte sie und atmete tief durch. »Ganz einfach *perfekt*.«

Kyle lächelte wie ein Wolf. »Ich hole die Koffer.«

Lianne beobachtete, wie Jake, Kyle und Archer die letzten der schweren Koffer an Bord von Kyles Boot verstauten, das brummte und grollte, während die schwere Maschine warmlief. Die acht Meter lange *Tomorrow* zerrte an den Tampen, mit denen sie am Dock vor Kyles Hütte vertaut war. Auf dem Dach der weißen Kabine des Bootes war ein Zodiac festgeschnallt. Es hing an beiden Seiten über und war schwärzer als die Nacht.

Der Mond war noch nicht aufgegangen. Nichts erhellte die dichten Wolken, bis auf die Städte Victoria und Vancouver, die sich als schwache Lichtkegel unter der tiefhängenden Wolkendecke hindurchstahlen. Die Meerenge war eine dunkle, schimmernde Fläche, sanft vom Wind bewegt.

Am Dock lagen keine anderen Boote, keine Häuser waren in der Nähe. Kyle hatte sich diese Hütte aus zwei Gründen ausgesucht: Einsamkeit und eine private Anlegestelle. An diesem Abend war es nicht das erstemal, daß ihm beides recht nützlich war.

Er trat von dem Boot hinunter auf das Dock neben Lianne. Er nutzte nur den Widerschein der bunten Lichter des Bootes, um seinen Weg zu finden. Niemand hatte die Kabinenlichter der *Tomorrow* angemacht. Niemand würde sie anmachen. Wenn jemand wirklich genauer sehen wollte, so gab es an Bord Nachtsichtbrillen.

Kyle legte einen Arm um Liannes Taille, drehte sie zu sich herum und legte einen Finger unter ihr Kinn. Ein Windstoß erfaßte sie beide und trug den Duft von Fichten und Meerluft mit sich.

»Du brauchst nicht mitzukommen«, sagte er leise.

»Ich komme mit. Du wirst mich nicht davon abbringen können!«

»Ich weiß«, flüsterte er. »Verdammt, das weiß ich.«

Er beugte sich zu ihr hinunter, küßte sie und spürte dabei ihre Anspannung, die sich unter seinen zärtlichen Lippen nur langsam zu lösen begann.

Schließlich aber entspannte auch Lianne sich. Ganz gleich, wie oft sie sich auch sagte, daß das, was sie mit Kyle verband, nur heißer Sex und kalte Geschäfte waren, so konnte sie doch nicht anders, als auf jede einzelne seiner Zärtlichkeiten zu reagieren. Adrenalin, die Nerven, die berühmten Hormone, was auch immer. Sie wußte nicht, woran es lag. Doch im Augenblick war ihr das auch gleichgültig. Sie sehnte sich nach ihm auf eine Art, über die sie lieber nicht näher nachdenken wollte.

Die Eindringlichkeit ihrer Gefühle ängstigte sie mehr als alles, was ihr bis jetzt widerfahren war.

»Du zitterst ja«, sagte Kyle. Sein Atem strich warm über ihre Schläfe, ihre Augenlider, ihre Lippen, ihr störrisches Kinn. »Möchtest du meine Jacke haben?«

Sie schüttelte den Kopf. Als sie erst einmal das kleine rote Kleid ausgezogen hatte und wieder in ihre eigenen Sachen geschlüpft war, wurde ihr auch sehr schnell wieder wärmer.

»Hast du Angst?« fragte er.

»Wegen morgen? Nein.«

»Das ist doch egal. Bald ist alles vorüber. Und dann... dann ist es sowieso egal. Ich werde zu meinen Geschäften zurückkehren und du zu den deinen.«

»Wovon redest du?«

»Geschäfte«, flüsterte sie. »Einfach nur Geschäfte, das ist alles.«

Archers Stimme ertönte vom Heck des Bootes her. »Wir haben die richtige Temperatur erreicht. Jake sagt, wenn wir nicht bald auslaufen, werden wir zwischen den Passagen in sehr unruhige Gewässer kommen.«

»Ich bin bereit«, sagte Lianne.

Kyle wollte sie gerade in das Heck des Bootes heben, doch da löste sie sich auch schon von ihm, wie warmes Wasser glitt sie durch seine Finger, und ihm wurde kalt. Sie ging in die Kabine des Bootes, ohne noch einmal zurückzublicken, ob er ihr überhaupt folgte.

Zorn und ein eisiges Gefühl der Unsicherheit krochen Kyle über den Rücken. Irgend etwas stimmte nicht. Und diesmal ging es nicht um die Jade oder den morgigen Überfall auf die Farmer-Insel, sondern um Lianne. Sie benahm sich, als könne sie es kaum erwarten, sich endlich von ihm zu verabschieden.

Das ist doch egal. Bald ist alles vorüber. Und dann... dann ist es sowieso egal.

Er wollte hinter ihr hergehen und herausfinden, was zum Teufel in ihrem schnellen, äußerst intelligenten, wahnsinnig weiblichen Verstand vor sich ging, doch er hielt sich zurück. Jake hatte recht. Sie mußten losfahren, denn sonst würden sie durch einige Passagen gegen den Wind und in ablaufendem Wasser fahren müssen. Der Geschwindigkeit machte das nichts aus; die SeaSport besaß genügend Kraft, um gegen die Tide fahren zu können. Doch wenn auch noch Wellen aufkommen sollten, würde es eine recht unangenehme Fahrt werden.

Kyle beugte sich vor und begann, die Leinen der *Tomorrow* zu lösen. Aus der offenen Kabinentür drangen Stimmen heraus.

»Wie lange dauert es, bis wir bei der Jade-Insel ankommen?« fragte Lianne Jake. Er stand im Gang und rief ein Programm auf Kyles elektronischem Plotter auf.

»Das kommt ganz auf das Wetter an«, antwortete Jake. »Und ob der Wind unter fünfzehn Knoten bleibt.« Er drückte noch einen anderen Knopf auf dem Plotter. »Aber wenn es nicht allzu schlimm wird, sollten wir früh genug ankommen, um noch ausreichend Schlaf zu bekommen.«

»Da sprichst du aber nur für dich selbst«, warf Archer ein. »Ich habe beim Losziehen um das Bett ja verloren. So sieht das nämlich aus.«

»Ja«, sagte auch Jake und blickte zu der Eßecke, die man zu

einer Art Bett umbauen konnte. »Selbst wenn ich zusammengerollt wie ein Kind schlafe, wird es recht eng werden.«

»Du kannst noch immer zusammen mit mir in der Felsspalte schlafen«, bot Archer ihm an. «Kyle meinte, es wäre einigermaßen bequem.«

»Als Kyle das letztemal auf der Jade-Insel kampiert hat«, gab Jake zurück, »war er auch verwundet und halb besinnungslos vor Wassermangel. Ich habe die kleine Spalte gesehen, wo er sich versteckt hatte. Wenn es regnet, steckst du bis zu den Ohren im Wasser.«

»Vielleicht werde ich mich der Herausforderung stellen und in meinem Taucheranzug schlafen«, überlegte Archer.

Das Geräusch des Motors änderte sich, als Kyle die Geschwindigkeit drosselte. Archer steckte den Kopf aus der Tür der Kabine. Kyle stand an der Achterstation, die Hand hatte er am Gashebel.

»Soll ich die Leinen nehmen?« fragte Archer.

»Die habe ich schon«, antwortete Kyle. »Setz dich an das vordere Ruder. Ich komme zu dir, sobald wir aus der Bucht heraus sind.«

Das Dock blieb zurück, als Kyle die *Tomorrow* rückwärts laufen ließ, wendete und den Bug schließlich in Richtung Thatcher Pass richtete.

»Übernimm«, rief er Archer zu.

»Ich habe das Steuer«, antwortete Archer.

Während Kyle nach vorne kam und die Tür schloß, beschleunigte Archer auf ungefähr vierzehn Knoten. Das Boot hätte mit Leichtigkeit doppelt so schnell fahren können, doch dazu bestand kein Grund. Zu viele Baumstämme, Äste und Seegrasklumpen schwammen in den Gewässern um die San-Juan-Inseln, und in der Dunkelheit raste man nicht einfach so da durch, wenn es nicht unbedingt nötig war. Da niemand auf sie schoß, waren vierzehn Knoten schnell genug.

Lianne drückte sich gegen den eingebauten Tisch in der Eßecke, um Kyle durch den schmalen Gang vorbeizulassen, der vom hinteren Teil der Kabine bis zur Koje reichte. Doch anstatt an ihr vorbeizugehen, blieb er stehen und hielt sie zwischen dem Tisch und seinem Körper gefangen. Seine Hände umfaßten die Kante des Tisches, und er nahm ihr somit jede Möglichkeit, ihm zu entkommen.

Sie konnte kaum atmen, als sie zu ihm aufsah. Regen schlug gegen die Fenster. Das Licht verwandelte die Tropfen in grüne und rote Edelsteine. Kyles Augen blitzten wie Scherben aus Eis mit farbigen Schatten zwischen den scharfen Kanten.

»Ich weiß nicht, was mit dir los ist«, erklärte er mit ausdrucksloser Stimme. »Aber es wird warten müssen, bis wir es endlich geschafft haben, Onkel Sam abzuwimmeln. Verstanden?«

»Kein Problem«, brachte sie zwischen steifen Lippen hervor.

Er sah sie an. »Das glaube ich dir aber nicht.«

»Meinst du etwa, ich könnte meinen Teil des Handels nicht einhalten?«

»Du kannst alles, was du dir einmal in deinen störrischen Kopf gesetzt hast«, erklärte Kyle leise. »Was mir Sorgen macht, ist eher die Frage, was in dem Teil deines Gehirns vorgeht, in dem eigentlich der Verstand sitzen sollte.«

»Kyle«, mischte sich Archer ein. »Hängt an dem hinteren Wirbel immer noch der Abfall von der Flut?«

»Ja. Soll ich das Steuer übernehmen?« fragte Kyle, ohne den Blick von Lianne abzuwenden.

»Gute Idee. Das hält dich wenigstens davon ab, unsere Jadeexpertin noch weiter einzuschüchtern.«

»Unsere? Ich sage es dir ja nicht gern, mein lieber Bruder, aber Lianne ist nicht unser. Sie ist mein.«

Archer warf einen Blick über seine Schulter. »Aber nur, solange sie das auch möchte. Im Augenblick sieht sie eher so aus, als wolle sie dir einen Tritt in die Eier versetzen.«

»Spar dir solche Bemerkungen«, mischte sich Jake ein, noch ehe Kyle antworten konnte. »Ich habe wirklich Besseres zu tun, als meine Fingerknöchel an euch beiden Starrköpfen aufzuschlagen. Teufel, Archer, du solltest doch wissen, daß man zu diesem Zeitpunkt keinen Streit mit einem Mitglied der Mannschaft vom Zaun bricht.«

»Ja«, antwortete Archer. »Aber Kyle weiß das offensichtlich nicht.«

»Was willst du damit sagen?« fuhr Kyle ihn an. »Ich war schließlich nicht derjenige, der davon angefangen hat, daß...«

»Du hast versucht, Lianne zu ködern«, unterbrach Archer ihn. »Ob es dir nun gefällt oder nicht, sie ist ein Mitglied unserer Mannschaft. *Unserer*, kleiner Bruder. Nicht deiner.«

Kyle zischte ein Schimpfwort, dann schob er sich an Lianne vorbei, um das Steuer zu übernehmen. Ehe er dort ankam, stand Archer auf und ging über den Gang zu dem Sitz des Piloten, wo er sich neben Jake setzte. Ihre breiten Schultern stießen zwar gegeneinander, doch sonst war der Sitz auf der Bank recht bequem.

Lianne atmete tief durch und ging dann zu einer der Bänke in der Eßecke hinüber. Kyle war zu schnell, zu genau, wenn es darum ging, ihre Gedanken zu erraten. Kaum hatte sie versucht, ein wenig Abstand zwischen sie beide zu bringen, schon streckte er die Hand nach ihr aus und zog sie zurück.

Es ist ein Geschäft. Nur ein Geschäft.

Nur daß es für Lianne weit mehr als nur ein Geschäft war, weit mehr als reine Lust. Sie lief gerade Gefahr, zuviel von sich selbst an einen Mann zu verschenken, der nichts weiter von ihr wollte als Sex. Sie schloß die Augen und fragte sich, ob sie schon von Geburt an so blauäugig gewesen war, was die Männer betraf, oder ob sie das erst in den letzten dreißig Jahren gelernt hatte.

Lianne verschränkte die Arme auf dem Tisch, legte den Kopf darauf und lauschte den Männerstimmen, die sich über das Wetter, das Wasser und die Schleppkähne, die ab und zu ihren Weg kreuzten, unterhielten. Langsam übertönte das unterschwellige Grollen des Motors ihre Stimmen. Sie schlief, doch ihre Träume waren ein unruhiger Wirbel von Jade und von Vorwürfen, von Furcht und dem schwarzen Kern eines sich nähernden Sturms.

»Ist es Zeit, an Land zu gehen?« fragte Lianne, und ihre Stimme war vom Schlaf noch ganz schwach.

»Nein«, antwortete Kyle. »Es ist Zeit, ins Bett zu gehen.«

Noch ehe sie etwas sagen konnte, hob er sie aus der Eßecke heraus, stellte sie auf ihre Füße und führte sie zum Bug. Hinter ihm begann Jake, den Tisch abzubauen, damit er das Bett machen konnte.

»Paß auf deinen Kopf auf«, sagte Kyle.

Trotz seiner Warnung stieß Lianne sich die Stirn, als sie in die Koje kletterte. Sie war so müde, daß alles gleichgültig war. Sie zog nur ihre Schuhe aus, ihre Jacke und die Jeans und kroch dann unter die Decke, die für die V-förmige Koje extra angefertigt worden war.

Kyle zog sich ganz aus und legte sich dann neben sie.

»Was hast du...«, begann sie.

»Rück rüber« war alles, was er sagte.

Lianne rückte so weit von ihm ab, daß die Decke sie schon nicht mehr bedeckte, doch auch das war ihr noch nicht weit genug. Obwohl das Bett an dem einen Ende sehr breit war, so ließ seine Form an dem anderen Ende doch wieder ausgesprochen wenig Platz. Der Teil der Matratze, auf dem sie lag, gab unter Kyles Gewicht nach, als er sich dicht neben sie legte. Kälte und feuchte Luft drangen unter die Decke.

Sie zitterte und wünschte, sie hätte ihre Jacke nicht ausgezogen. Die Bikiniunterwäsche und die Bluse, die sie trug, hielten sie nicht sehr warm. Doch sie machte keine Anstalten, näher an die nächste Wärmequelle zu rücken – an Kyle Donovan.

Kyle machte ein ungeduldiges Geräusch, rollte sich auf die Seite und zog Lianne einfach an seine Brust.

»Mir ist nicht kalt«, murmelte sie.

»Mir aber.«

Das war eine Lüge. Der Mann strahlte eine Hitze aus wie ein Backofen. Sie versuchte, sich dagegen zu wehren, daß seine Wärme langsam in ihren Körper drang, doch das war unmöglich. Langsam begann ihr Körper schließlich, sich in seinen Armen zu entspannen.

»So ist es gut, meine Süße«, murmelte er in ihrem Haar. »Schlaf jetzt. Morgen wird ein langer Tag werden.«

Sie seufzte, entspannte sich noch ein wenig mehr, doch dann erstarrte sie, als ihre Hüften seinen Körper berührten. Kyle war vollständig erregt.

»Mach dir keine Sorgen«, murmelte Kyle an ihrem Ohr, und seine Worte waren kaum zu hören. »So sehr ich es auch möchte, aber Jake hat ein Gehör wie ein Luchs. Also schmiege dich an mich, und wir beide versuchen das Beste aus diesem kalten Bett zu machen.«

Er machte sich nicht länger Gedanken, ob sie seine Erregung fühlte, er zog sie an sich, bis ihre Hüften an den seinen lagen, schlang dann einen Arm um sie und versuchte sich einzureden, daß er sich nicht gerade selbst quälte, sondern sie nur ein wenig warm halten wollte. Die Tatsache, daß schließlich eine seiner Hände zwischen ihren Brüsten lag, war ein reiner Zufall.

Daß sich dann aber ihre Brustspitzen hart aufrichteten, war eine überraschende Offenbarung für ihn.

Sanft strich er mit dem Daumen darüber, zuerst über die eine, dann auch über die andere Brustspitze, und zu seiner Freude hörte er, wie ihr Atem sich veränderte, wie er in ihrem Körper jenes Verlangen weckte, das sie nicht laut aussprechen wollte. Er wollte seine Hand gar nicht weiter ausbreiten, wollte sie gar nicht liebkosen, streicheln, wollte ihre Bluse nicht aufknöpfen, sie necken und erregen, doch er tat genau das, wieder und wieder, während sie bewegungslos liegenblieb und er nur das heftige Schlagen ihres Herzens spürte.

Ganz, ganz langsam glitt seine Hand über ihren Körper hinunter, wie die Sonne, die über einen Berggipfel steigt und dann hinunter bis in das tiefste Tal scheint und die selbst den tiefsten Schatten vertreibt. Jenen Schatten, den nur sein schmerzender Körper ausfüllen konnte und der sich ihm so sanft und großzügig öffnete, als er in die endlose Hitze eindrang, den Quell des weiblichen Geheimnisses, das langsam, rhythmisch und geräuschlos um ihn pulsierte, während er sich in sie ergoß und sie beide dann in einem schweigenden, langsamen Schweben wieder in die Wirklichkeit zurückkehrten, wie er es noch nie zuvor erlebt hatte.

So schliefen sie ein, schweigend, bewegungslos, vereint.

25

Den ganzen Morgen über wehte der Wind recht stark, wühlte das Wasser auf und brachte unvorhersehbare Regenschauer. Doch auch als der Wind endlich nachließ, regnete es noch stetig. Weder Wind noch Regen hielten Kyle jedoch davon ab, Lianne zu zeigen, wie sie mit dem Zodiac umgehen mußte, wie das Ortungssystem der Taucher funktionierte und wie sie mit der hochtechnologisierten Ausrüstung von der Regierung richtig atmete.

Während Kyle Lianne all dies zeigte, wechselten sich Archer und Jake ab und kletterten den schmalen Felsspalt hoch, der die Jade-Insel in zwei ungleiche Teile teilte. Vom höchsten Punkt der Felsspalte aus bot sich ihnen der Ausblick auf die Farmer-Insel, die etwa drei Meilen weit entfernt lag. Gegen den Wind gelehnt, die Linsen vor dem Regen geschützt, hielten Archer und Jake Wache und beobachteten alles durch ihre starken Ferngläser.

Auf der Insel fanden nur die üblichen Aktivitäten statt, es gab also keine Anzeichen dafür, daß Farmer eine Party plante oder daß auf der Insel eine nicht öffentlich angekündigte Konferenz abgehalten wurde. Selbst nachdem der Wind nur noch ein sanftes Lüftchen war, landeten weder Flugzeuge auf der Insel, noch legten Boote an. Es stand auch kein Flugzeug auf der privaten Landebahn. Offensichtlich war Dick Farmer noch immer in Seattle und spielte sein Spielchen mit China und Onkel Sam.

»Keine Veränderungen«, sagte Jake, rutschte die letzten Meter des Abhanges hinunter und reichte Archer das Fernglas. »Selbst wenn jemand bemerkt haben sollte, wie wir gestern nacht hier angekommen sind, so macht sich doch anscheinend niemand genügend Sorgen, um nachzusehen, was eigentlich los ist.«

Archer blickte zur Sonne und dann zu Kyle, der gerade ein letztes Mal die Atemgeräte testete. Im Gegensatz zu den üblichen Atemgeräten stießen diese keine Blasen aus, wenn der Taucher ausatmete. Es war ein nützliches Gerät; denn wenn man in feindlichen Gewässern tauchte oder in einer klaren, ruhigen Nacht, konnte die Spur der Blasen für den Taucher das Todesurteil bedeuten.

»Wie sieht denn das Wasser aus?« fragte Kyle Jake.

»Bewegt, aber das sollte kein Problem sein.«

Kyle warf einen Blick in Richtung Himmel. Mit ein wenig Glück würde es einen hübschen, stetigen leichten Regen geben, der den Zodiac verbarg, während sie mit Farmers Wachen Verstecken spielten.

»Die Ausrüstung ist fertig«, sagte Kyle, stand auf und reckte sich.

»Wie steht es mit der Elektronik?« fragte Archer.

»Du solltest ein wenig Vertrauen haben«, riet Kyle seinem Bruder. »Du erinnerst dich doch sicher an die Plaudertasche. Ganz zu schweigen von Honors Wecker.«

»Bitte, sprich *nicht* davon«, murmelte Jake. »Als ich den zum erstenmal gehört habe, habe ich wirklich geglaubt, jemand wollte sie ermorden. Ich bin vollkommen nackt vom Dock zu deiner Hütte gelaufen und habe mit meiner Pistole gewedelt.«

Kyle lachte leise. »Ich wünschte, ich hätte Honors Gesicht sehen können.«

»Es war dunkel.«

Kyle warf noch einen Blick zum Himmel. Der Westen leuchtete in allen Farben. Im Osten sah man ein ruhiges blaues Zwielicht, das in den Nachthimmel überging. »Laßt uns anfangen.«

Das war einfacher gesagt als getan, ganz besonders für Lianne, die wenig Übung darin hatte, einen engen, störrischen Neoprenanzug anzuziehen. Selbst mit nur wenig Kleidung darunter – einem Bikini – glaubte sie nicht, daß sie es jemals schaffen würde, sich in den Anzug zu zwängen. Aber mit einer großzügigen Portion Talkumpulver und einer Menge Anstrengung schaffte sie es schließlich doch, ihn überzuziehen.

Als sie sich umwandte, um den schmalen, felsigen Weg zum

Strand hinterzugehen, wo der Zodiac am Ufer lag, wartete Kyle schon auf sie und betrachtete sie mit einem Lachen und kaum verborgener Begierde in seinem Blick.

»Meine Süße, das wäre ein teuflisch guter Auftritt in einem Nachtclub.«

Sie ignorierte ihn. »Wo ist mein Atemgerät?«

»Im Zodiac. Aber du brauchst es nicht zu benutzen. Der Regen gibt uns genügend Deckung, um das Boot bis an den Strand bringen zu können, du kannst also ans Ufer gehen.«

»Das hättest du wohl gerne«, murmelte sie.

Doch auch sie hoffte es. Den Zodiac zu fahren war ein Kinderspiel. Doch nach dem Tauchen wieder hineinzuklettern, war etwas ganz anderes. Das Karatetraining hatte ihr zwar eine gute Körperkoordination vermittelt, doch es hatte wenig für ihre Oberkörpermuskulatur getan. Und die brauchte sie nun einmal, um sich aus dem Wasser zu ziehen und in den Zodiac klettern zu können, während sie auch noch eine Taucherausrüstung trug.

Jake und Archer warteten beim Zodiac. Der Regen verdunkelte den Himmel, durchnäßte den Boden und ließ die Oberfläche des Wassers unruhig werden. In dem Dämmerlicht des späten Abends sahen die Männer in ihren schwarzen Taucheranzügen mit der Taucherausrüstung riesig aus. Einen einfachen schwarzen Taucheranzug für Lianne zu finden war unmöglich gewesen, also hatte Kyle die hellen roten Streifen auf ihrem Neoprenanzug mit schwarzer Schuhcreme geschwärzt.

Lianne ging zum Bug, hockte sich auf das Dollbord und umfaßte mit den Fingern in den Neoprenhandschuhen die Schlaufen, die verhindern sollten, daß sie gleich bei der ersten Welle aus dem Boot fiel. Das hoffte sie zumindest.

Die Männer wateten in den dunklen, grauen Ozean und zogen den Zodiac hinter sich her. Archer und Jake rollten mit der Leichtigkeit von Männern an Bord, die so etwas schon Hunderte von Malen getan hatten. Kyle folgte ihnen eilig. Er saß auf dem flachen roten Benzintank aus Metall und stellte den Motor an, versicherte sich, daß alles bereit war, und fuhr dann in Richtung Farmer-Insel los.

Als sie dort ankamen, war es dunkel, und Liannes Hände schmerzten vom Griff um die Schlaufen. Trotz des ständigen Regens, der über seine Nachtsichtbrille lief, brauchte Kyle nicht einmal einen Kompaß, um den Weg zu finden. Die zerklüfteten Umrisse der Farmer-Insel wiesen den Weg mindestens ebensogut wie ein Leuchtfeuer.

Kyle warf einen raschen Blick auf seine Taucheruhr. Viertel vor sieben. Sie lagen gut in der Zeit. Walker würde erst gegen zehn Uhr in Seattle losfliegen.

Kyle drosselte den Außenbordmotor und schlich näher an die Insel heran. Sie befanden sich auf der gegenüberliegenden Seite vom Yachthafen und dem Haus. Hier gab es keine Gebäude, keine beleuchteten Wege, keine Stimmen. Die Landspitze vor ihnen sah aus wie eine Mauer, und bei Ebbe war auch genau das ihre Funktion. Dann konnte nur ein Boot mit einem sehr geringen Tiefgang einen der schmalen, felsigen Strände erreichen, die zu beiden Seiten der Landspitze lagen.

Die Stelle, die die Männer sich für ihre Landung ausgesucht hatten, lag in völliger Dunkelheit, es sei denn, man trug eine Nachtsichtbrille. Gleich hinter dem felsigen Strand erhob sich steil die schwarze Masse der bewaldeten Landzunge gegen den nur wenig helleren Himmel.

»Du bist dran«, sagte Kyle zu Archer mit so leiser Stimme, daß nur sein Bruder ihn hören konnte.

»Sechzig Minuten«, flüsterte Archer.

»Überprüfe auch den Lokalisator.«

Archer stellte den winzigen Sender ein, der Kyle genau verraten würde, wo er Archer in einer Stunde abholen sollte.

Der kleine Empfänger in Kyles Hand erwachte zum Leben und deutete auf Archer.

»Er ist heiß«, sagte Kyle. »Los.«

Archer stellte den Sender ab, glitt ins Wasser und begann, mit kraftvollen, unsichtbaren Stößen seiner Taucherflossen an Land zu schwimmen.

Kyle wendete den Zodiac und fuhr zur nächsten Anlegestelle. Es regnete jetzt heftiger. Doch niemand in dem offenen Boot nahm Notiz davon. Taucheranzüge waren zwar schwer an- und auszuziehen, doch sie waren ein erstklassiger Schutz gegen den Regen.

Ein Licht blinkte auf dem Kontrollpult. Als das nicht genügte, um die Aufmerksamkeit der Wache zu erregen, begann auch noch ein Piepser in schnell anschwellendem Ton zu pfeifen.

»Was ist denn jetzt schon wieder?« murmelte der Wachmann und legte seine Illustrierte beiseite. »Wenn dieser Idiot von Gärtner wieder draußen in den Büschen herumschleicht, um das Zimmermädchen zu bumsen, dann werde ich ihm seinen Schwanz persönlich ausreißen und in den Hals stopfen.«

Doch das Warnlicht blinkte nicht im Sektor, in dem die Quartiere der Bediensteten lagen. Es blinkte bei der unbefestigten Straße am anderen Ende der Insel, in der Nähe des Flugfeldes. Es konnte ein Reh sein. Davon gab es einige auf der Farmer-Insel. Es konnte aber auch jemand mit bloß zwei Beinen sein.

Der Wachmann drückte auf den Knopf der Gegensprechanlage, die ihn mit den Personalunterkünften verband. Wenn nicht gerade eine Konferenz oder eine Party anstand, gab es für die ganze Insel nur zwei Wachmänner. Normalerweise genügte das auch, denn es war so ruhig dort, daß die einzige

Gefahr darin bestand, bei der Arbeit einzuschlafen. Die Wachen waren in Schichten von jeweils zwölf Stunden eingeteilt, von sechs Uhr am Morgen bis sechs Uhr am Abend. Wenn Murray Wache hielt, hatte Steve frei – es sei denn, es trat ein unerwarteter Zwischenfall auf.

Und genau das war gerade der Fall.

»Steve!« fuhr Murray ihn an. »Heb deinen Hintern hoch und komm hierher. Wir haben eine Meldung von der Ostseite, Sektor sechs.«

»Teufel, Murray. Bist du dir sicher, daß es nicht Lopez ist, der wieder einmal dieses faule Luder bumst?«

»Ja, außer, er hat dafür einen Spaziergang bis zum anderen Ende des Flugfeldes unternommen.«

»Ich wette fünf zu eins, daß es ein Reh ist.«

»Und ich wette fünf zu eins, daß du gefeuert wirst, wenn du deinen Hintern nicht hochhebst und rausgehst, um nachzusehen.«

Mit einem verächtlichen Fluch zog Steve eine Regenjacke an und ging zum Jeep. Fünf Minuten später brauste er zur anderen Seite der Insel davon. Die Scheinwerfer des Wagens und auch der Suchscheinwerfer zeigten nichts als leere Straßen und Regen. Er griff verärgert nach dem Mikrofon.

»Murray, hier ist Steve«, sagte er. »Nichts auf der Straße. Nicht einmal Spuren von Rehen.«

»Sieh am Strand nach.«

»Es regnet junge Hunde.«

»Dafür wirst du aber schließlich mit fünfzehn Mäusen pro Stunde bezahlt.«

Steve stieg aus dem Jeep, schlug die Tür hinter sich zu und ging bis zum Ende der Straße, kurz vor dem winzigen Strand, der etwa neun Meter tiefer lag. Er nahm eine starke Taschenlampe und leuchtete mit langsamen Bewegungen Stück für Stück die Gegend ab. Felsen glänzten naß im Regen. Eine verkrüppelte Kiefer klammerte sich an den Abhang, gerade außerhalb der Reichweite des Salzwassers. Kein Boot lag am Ufer oder ankerte in der Reichweite seiner Taschenlampe.

Der Regen rann kalt in den Kragen seiner Jacke. Seine Schuhe waren naß, genau wie sein Gesicht. Langsam wurden auch die Lederhandschuhe feucht. Er kletterte zurück in den Jeep, schlug die Tür zu und griff noch einmal nach dem Mikrofon. »Murray, hier ist Steve. Nichts zu sehen außer Regen und Felsen.«

»Das dachte ich mir. Dann komm zurück.«

Als die Lichter des Jeeps im Regen verschwanden, tauchte Archer unsichtbar aus den schwarzen Tiefen des Wassers auf. Er warf einen Blick auf seine Taucheruhr. Jake sollte in ein paar Minuten auf der anderen Seite der Landspitze an Land gehen.

»Ich habe dich auf meinem Display«, sagte Kyle leise zu Jake. »Los.«

»Fünfzig Minuten.«

Jake rollte über das Dollbord in das Wasser vor der südwestlichen Seite der Insel, ungefähr dreihundert Meter von der Stelle entfernt, an der Archer an Land gegangen war. Kaum verschwand Jake in der regnerischen Dunkelheit, wendete Kyle den Zodiac schon wieder und fuhr hinaus in die Meerenge, um den Spaß aus sicherer Entfernung zu beobachten.

Als die Sprechanlage wieder zum Leben erwachte, tropfte das Wasser noch immer von Steves Jacke, die an der Duschvorrichtung in seinem kleinen Zimmer hing.

»Es leuchtet schon wieder eine Lampe, Steve.«

»Wo?«

»Im gleichen Sektor.«

»An der gleichen Stelle?«

»Nein. An der anderen Seite der Landzunge. Südwesten. Es könnte aber auch sein, daß die Sensoren kaputt sind. So etwas passiert schon mal, wenn es regnet.«

Und das bedeutete, daß auf die Ausrüstung im nordwestlichen Pazifik kein Verlaß war.

»Wahrscheinlich genau das gleiche wie beim letztenmal«, vermutete Steve. »Nichts.«

»Fünfzehn Mäuse die Stunde, vergiß das nicht.«

»Mist. Ich rufe dich an, wenn ich dort bin.«

Nervös beobachtete Lianne, wie Kyle sich darauf vorbereitete, in das dunkle Wasser zu gleiten. Sie umklammerte den Empfänger mit der eigenartig geformten Antenne und der kleinen, erleuchteten Skala.

»Überprüfe es«, sagte sie.

Kyle stellte den Sender an.

»Okay. Ich habe dich auf dem Display.«

Er stellte den Sender wieder aus.

»Zwanzig Minuten«, sagte sie.

Kyle legte eine Hand in Liannes Nacken und gab ihr einen schnellen Kuß auf den Mund. Das war die einzige Stelle an ihnen beiden, die nicht von schwarzem Neopren bedeckt war. Dann rollte er sich aus dem Zodiac in das kalte Wasser.

Lianne steuerte den Zodiac noch etwas weiter hinaus in den Sund. Allein auf dem unruhigen, geheimnisvollen Wasser, bereitete sie sich auf die längsten zwanzig Minuten ihres Lebens vor. Die Nachtsichtbrille half ihr, die Insel zu erkennen. Einmal glaubte sie sogar, gesehen zu haben, wie sich etwas über das abgestorbene Gras bewegte, das sich hell von den dunklen Felsen und dem Wald abhob.

Von der rechten Seite her kam plötzlich ein Geräusch, als wäre ein Taucher aufgetaucht und hätte die Luft ausgeblasen.

Sie wandte sich so schnell zu der Stelle um, daß sie in dem schwankenden Zodiac beinahe die Balance verloren hätte.

Sie konnte jedoch nichts erkennen, nur die glatte Oberfläche des Wassers, die durch die Nachtsichtbrille eigenartig zu leuchten schien. Und sie hörte auch nichts mehr, nur das leise Klatschen der Wellen gegen das Boot. Gerade, als sie schon glaubte, sich dieses Geräusch nur eingebildet zu haben, ertönte es wieder, nur diesmal viel näher. Ihr Herz schlug wie wild, als sie sich vorstellte, daß ein Taucher den Zodiac umschwamm.

Geräuschlos hob sich ein schwarzer Umriß aus dem Wasser, höher und immer höher, bis sie eine dreieckige Flosse erkennen konnte, die größer war als sie selbst. Wieder ertönte das Geräusch ausgestoßener Luft laut in der Nacht. Ein feuchter Sprühnebel ging nieder, sie erkannte weiße Flecken auf einem schwarzen Untergrund, und dann verschwand der Killerwal mit der gleichen geheimnisvollen Kraft, mit der er erschienen war, wieder im Meer.

Ehrfurcht erfaßte Lianne, ihr Körper prickelte, als hätten winzige Nadeln sie getroffen. Sie hielt den Atem an, doch der Wal war verschwunden.

Das Licht der Scheinwerfer glitt über die Insel, bis hinüber zu der flachen, felsigen Bucht, an der Kyle an Land gegangen war. Lianne beugte sich vor und wartete darauf, daß die Scheinwerfer anhielten. Doch das Auto fuhr weiter, zum anderen Ende der Insel, wo Jake und Archer abwechselnd die Sensoren auslösten.

Sie atmete mit einem erleichterten Seufzer auf. Archer hatte richtig vermutet. Dick Farmer hatte nicht angenommen, daß die öde kleine Bucht einladend genug war, um dort Sensoren anbringen zu müssen, die vor unbefugtem Eindringen warnen sollten. Farmer machte sich nur Sorgen darüber, daß Bootsfahrer, Vogelbeobachter oder Leute, die ein Picknick veranstalten wollten, die Insel betraten. Eine bewaffnete Invasion fürchtete er offenbar nicht.

Zwanzig Minuten nachdem Lianne Kyle abgesetzt hatte, leuchtete der Lokalisator auf. Sie wandte den Zodiac und fuhr dann mit gemäßigter Geschwindigkeit zu dem fast unsichtbaren Stück Treibgut, das sich als Kyle Donovan entpuppte.

Sie kam ihm so nahe, daß sie ihn beinahe überfahren hätte, mußte also wieder zurücksetzen, den Motor ausstellen und dann das Boot treiben lassen. Der Zodiac taumelte im Wasser und schwankte dann heftig, als Kyle sich an Bord schwang. Salzwasser lief in Strömen hinunter.

»Ich übernehme«, sagte er und griff nach dem Steuer. »Geh in den Bug.«

In einer Stunde registrierten die Sensoren elf verschiedene Vorfälle, allein drei davon, während Steve noch immer auf der Landzunge parkte. Doch wenn er mit seinem Suchscheinwerfer oder der Taschenlampe die Gegend absuchte, war einfach nichts zu sehen. Als er es schließlich leid war, dauernd hin und her zu fahren, war er bis auf die Unterwäsche durchnäßt, er fror, und er war äußerst schlecht gelaunt.

Als er zum Haus zurückkam, machte er sich gar nicht erst die Mühe, zunächst in seine Unterkunft zu gehen. Er ging sofort in den Sicherheitsraum, in dem Murray warm und trocken saß und Farmers verrückte Elektronik beobachtete, auf der immer wieder die Lämpchen aufleuchteten.

»In dem System muß ein Fehler stecken«, sagte Steve verächtlich. »Wahrscheinlich Wasser. Ich bin naß bis auf die Knochen, und ich habe da draußen absolut nichts anderes gesehen als Regen.«

»Hol dir eine Tasse Kaffee. Ich werde gleich morgen früh den Leuten von der Wartung Bescheid sagen.« Ein Licht flammte auf dem Kontrollpult vor ihm auf. »Das gibt es doch nicht, so ein Mist.«

»Was ist?« fragte Steve.

»In Sektor drei ist gerade wieder ein Licht angegangen.«

»Und du bist der Meinung, ich sollte wieder einmal nachsehen, genau wie ich es schon im Sektor vier, fünf und sechs getan habe.«

»Fünfzehn Mäuse in der...«

»Für dich sagt sich das so leicht«, unterbrach Steve ihn verärgert. »Du sitzt hier ja auch warm und trocken auf deinem Hintern, während ich draußen im Regen rumrennen muß. Wenn ich diesmal wieder nichts entdecke, gehe ich zurück ins Bett, und du kannst dann hier allein sitzen bleiben und dich über die blinkenden Lichter aufregen.«

Als Steve im Sektor drei ankam, war nichts weiter zu sehen als Felsen, Bäume und ein verlassener, unbefestigter Weg. Keine Boote. Keine Menschen. Nicht einmal ein verdammtes Reh.

»Murray, Steve hier. Außer mir ist hier draußen überhaupt nichts zu sehen. Warum, zum Teufel, hat Farmer sich nicht ein paar Hunde angeschafft. Die drehen nicht gleich durch, wenn es mal ein bißchen regnet.«

»Farmer haßt Hunde. Er will keine auf seiner Insel haben.«

Steve machte sich nicht die Mühe zu antworten. Er war schon auf dem Weg zurück zum Haus, und er war wütend genug, um irgend etwas zusammenzutreten. Murrays fauler Hintern stand gleich am Anfang seiner Liste.

Um zehn Uhr saßen beide Wachmänner vor dem Kontrollpult und wetteten, in welchem Sektor die Lämpchen als nächstes aufleuchten würden. Keiner der beiden machte sich mehr die Mühe, jedesmal persönlich draußen nachzusehen. Nach drei Stunden im Regen waren beide Wachen soweit, daß sie am liebsten den Stecker von Farmers Sicherheitssystem aus der Steckdose gezogen hätten. Fünfzehn Mäuse in der Stunde waren eben bei weitem nicht genug.

Archer kam aus dem Wasser und kletterte mit einer Leichtigkeit in den Zodiac, daß Lianne ihn darum beneidete. Sie klammerte sich an die Schlaufen, während das Boot schwankte und bockte. Selbst mit Jake, Kyle und Lianne als Gegengewicht konnte ein Mann von über zweihundert Pfund ein so kleines Boot durchaus aus dem Gleichgewicht bringen.

»Alles in Ordnung?« fragte Kyle.

»Keine Probleme. Entweder haben sie das System abgestellt, oder sie ignorieren es einfach.«

»So hatte ich das auch geplant«, sagte Jake.

»Ist dir kalt?« fragte Kyle Archer. Er hatte erst kürzlich am eigenen Leib erfahren, wie eisig das Wasser in diesen Gewässern doch sein konnte.

»Nicht kalt genug, um jetzt erst einmal eine Pause einzulegen«, entgegnete Archer.

»Gut. Dann wollen wir diesen Bastard mal ans Ufer bringen und uns an die Arbeit machen.«

26

Von oben dröhnte das mahlende Geräusch eines Propellerflugzeuges heran, das über der kleinen, privaten Landebahn der Farmer-Insel kreiste. Das Geräusch verstummte, kehrte zurück, stotterte und wurde dann gleichmäßiger, bis es wieder auszusetzen begann.

Kyle warf einen Blick auf seine Uhr. »Zehn Uhr. Sehr pünktlich.« Er wandte sich an Archer. »Paß auf Lianne auf.«

»Bei jedem Schritt«, antwortete Archer. »Los. Und wenn du in Schwierigkeiten gerätst...«

»Bring Lianne hier raus«, unterbrach Kyle ihn. »Ich kann schon auf mich selbst aufpassen.«

»Den Teufel kannst du«, murmelte Jake.

»Ich stimme zu«, meldete sich Lianne.

»Der Plan ist«, erklärte Archer, noch ehe Kyle etwas erwidern konnte, »daß wir entweder alle zusammen von hier verschwinden oder keiner. Du verschwendest also nur deine Zeit.«

Kyle wandte sich um und ging auf das Haus zu, dabei glitt er vom Schatten eines Baumes zum nächsten und näherte sich dem abgelegenen Gebäude, das als Dick Farmers persönliches Wohnhaus galt. Glas leuchtete matt im Mondlicht, das sich durch die Wolkenfetzen stahl. Die Lichter, die von Bewegungsmeldern gesteuert wurden, gingen überall an und aus, wenn der Wind die Büsche und Bäume in Bewegung setzte.

Insgeheim verfluchte Kyle diese idiotischen Lampen. Ihr unvorhersehbares Aufleuchten machte die Nachtsichtbrille, die er trug, vollkommen nutzlos. Das Licht von nur einer Lampe störte schon den empfindlichen Mechanismus der Brille. Außerdem erschreckte er sich jedesmal, wenn unerwartet eine der Lampen aufleuchtete.

Die einzige gute Nachricht war die, daß die Wachen offensichtlich daran gewöhnt waren, daß bei stürmischem Wetter die Lampen aufleuchteten. Und Wind, Wolken und Regen waren auf den San-Juan-Inseln nichts Ungewöhnliches. Auf jeden Fall würden die Wachen viel zu sehr damit beschäftigt sein, zur Landebahn zu eilen, um dort das unerwünschte Flugzeug abzuwehren. Sie würden sich also nicht darum kümmern, wenn ein paar Bewegungsmelder mehr oder weniger in der Nacht an und aus gingen.

So war es jedenfalls geplant.

Kyle brauchte sich nicht umzusehen, um zu wissen, daß Archer und Jake ihm folgten. Und wo Archer war, da würde auch Lianne sein. Es war zwar nicht so sicher, als hätte er sie in Seattle gelassen, doch Kyle hatte für seine störrische Geliebte zumindest die größtmögliche Sicherheit geschaffen.

Wenn Archer sagte, daß er sich um etwas kümmern würde, dann kümmerte er sich auch darum.

Selbst bei den Lampen, die bei dem Wind wirklich überall aufleuchteten, machte sich Kyle keine Sorgen, entdeckt zu werden. Er trug eine dunkle Hose, eine dunkle, wasserdichte Jacke und einen schwarzen Südwester. Wenn man ihn erwischte, hätte er natürlich schon Schwierigkeiten, den schweren Rucksack und den Neoprenanzug zu erklären, den er unter seiner Kleidung trug, doch er hatte nicht vor, sich erwischen zu lassen. Und sollte er doch geschnappt werden, so würde das wenigstens nicht lange dauern. Archer und Jake waren wesentlich besser ausgebildet als Farmers gemietete Cops.

Die Verlockung, alle paar Schritte über seine Schulter zu blicken und nach Lianne zu sehen, war wie eine juckende Stelle, die Kyle nicht kratzen konnte. Doch Lianne war genauso anonym schwarz gekleidet wie er. Sie würde nicht mehr als ein Schatten hinter ihm sein.

Die Eingangstür zu Farmers Haus war aus Fichtenholz und mit Haida-Totemzeichen verziert. Es gab kein Schloß, das Kyle entdecken konnte, keinen Türgriff. Sehr bald schon würde er herausfinden, ob er sich wirklich so gut mit elektronischen Geräten auskannte, wie er glaubte.

Oder ob Farmer in den letzten neun Monaten die Frequenz seines persönlichen elektronischen »Schlüssels« geändert hatte.

Kyle griff in die Tasche seiner Jacke, um nachzusehen, ob dieser Schlüssel an Ort und Stelle war. Der schlanke kleine

Sender wurde von einer Polaroidbatterie gespeist, genau wie professionelle Briefbomben. Doch dieser hier würde nicht explodieren, sondern leise und diskret sollte er Dick Farmer die Türen des Hauses öffnen... oder eben all jenen, die diesen Sender ebenfalls trugen.

Als Kyle durch die Haustür ging, die sich einladend vor ihm öffnete, und er feststellte, daß der Sender auch das Licht anmachte, Musik ertönen ließ und sich sogar die Tapeten änderten, ließ das einen Adrenalinstoß durch seinen Körper schießen, der so heftig war, daß seine Hände zu prickeln begannen. Er sah sich um, entdeckte ein manuelles Kontrollpult und löschte das Licht wieder. Die Musik spielte weiter, Dvořáks Symphonie aus der Neuen Welt. Die Tapeten zeigten den Broadway bei Nacht, der Verkehr floß durch die Straßen, Lichter leuchteten auf, Menschenmengen waren in Bewegung, alles war ganz realistisch, bis auf das Hupen der Autos – aber dafür ertönte ja die Musik.

Lianne eilte durch die Tür. Archer und Jake folgten gleich hinter ihr. Die schweren Rucksäcke, die die Männer trugen, machten eigenartige Geräusche.

»Stell die Musik leiser«, murmelte Jake.

»Sobald ich den Schalter dafür finde«, sagte Kyle.

»Kümmere dich nicht um die Musik«, raunte Archer. »Die Wachen können sie nicht hören. Sie sind unterwegs zum Flugfeld. Such den Bestattungsanzug.«

Mit Kyle an der Spitze gingen sie durch eine Tür nach der anderen, mit ihnen gingen die Musik und die Tapeten, die sich geheimnisvoll veränderten. In keinem der Räume, deren Türen sich wie magisch vor Kyle öffneten, entdeckten sie einen Bestattungsanzug aus kostbarer Jade aus der Han-Dynastie.

»Was für ein Ego braucht nur so viele Glocken und Pfeifen?« fragte Jake, als sich die achte Tür vor ihnen öffnete und *Also sprach Zarathustra* aus den Lautsprechern ertönte.

»Jemand mit dem Komplex eines Gottes aus Blech«, antwortete Kyle und löschte automatisch das Licht. »Aber du solltest dich nicht beklagen. Es macht uns das Leben schließlich erheblich einfacher. Ein Schlüssel paßt für alle Türen.«

Er wollte sich gerade abwenden, doch dann hielt er inne. Der Raum sah aus wie ein Hörsaal in einem College, ein Halbkreis von gepolsterten Stühlen erhob sich vor einem Podium. Waldgrüne Gardinen hingen von der Decke bis zum Boden und verhüllten eine kleine Bühne.

Nachdenklich zog Kyle eine kleine, stiftgroße Taschenlampe aus seiner Tasche.

»Was tust du da?« fragte Lianne.

»Die Vorhänge. Ich frage mich, was wohl dahinter verborgen ist.«

»Du glaubst, er würde etwas so Wertvolles wie den Bestattungsanzug in einem *offenen Klassenzimmer* aufbewahren?« fragte Lianne.

»Warum nicht?« Kyles Blick folgte dem dünnen Strahl des Lichtes hinunter durch den Hauptgang. »Soweit Farmer weiß, ist dieses ganze Gebäude hier doch noch wesentlich sicherer als Wens Tresor.«

Die Vorhänge gehörten aber offensichtlich nicht zu den Dingen, die sich für Kyle automatisch öffneten. Er mußte erst das Schaltpult suchen, wo er gleich eine Reihe Schalter vorfand. Der erste Knopf schaltete das Licht auf dem Podium ein, der zweite war für das Mikrofon. Der dritte Schalter ließ den Vorhang auseinandergleiten.

Lianne stockte der Atem, als der dünne Strahl von Kyles Taschenlampe auf der Mitte des Podiums glänzende grüne Schattierungen erhellte. Sie lief den Gang hinunter und die Stufen zum Podium hinauf, dabei hüpfte ihr Rucksack bei jedem Schritt auf ihrem Rücken. Sie bemerkte sein Gewicht jedoch kaum. Ihre ganze Aufmerksamkeit gehörte dem Bestattungsanzug aus Jade, der wie eine leuchtende Rüstung auf dem stählernen Tisch lag.

Kyle folgte Lianne auf den Fersen. Als sie die Hände ehrfürchtig nach dem Anzug ausstreckte, sprang er mit einem großen Satz auf das Podium, dabei achtete auch er gar nicht auf das Gewicht seines Rucksackes.

»Ist das der echte?« fragte Archer, der seinem Bruder folgte.

»Ja«, antwortete Kyle und wartete erst gar nicht auf Liannes Antwort. Ihr Blick sagte alles.

»Dann wollen wir uns an die Arbeit machen«, sagte Archer und nahm den schweren Rucksack von seinem Rücken. »Walker wird in einer Stunde losfliegen.«

Kyle griff nach Liannes Rucksack. »Halt still, meine Süße. Wir fangen am Kopf an.«

Als Murray und Steve an der Landebahn ankamen, hatte Walker die Motorhaube der Piper Aztec geöffnet, eine batteriebetriebene Lampe angeschlossen und einige ölige Maschinenteile auf eine Plane unter den Flügel gelegt. Der Wind trieb den Regen über den Asphalt und hob die Enden der Plane hoch. Walker, der sich tief über den Motor gebeugt hatte, bot den Wachmännern den Anblick seiner langen Beine und eines schlanken Hinterteils in Jeans.

»Hey«, brüllte Murray aus dem offenen Fenster des Jeeps. »Dies ist eine private Landebahn. Sie sind hier unberechtigt eingedrungen!«

Walker ließ sich Zeit, um sich aufzurichten und sich zu den Wachen umzudrehen. Unter seinem kurzen dunklen Bart erschien ein einladendes Lächeln – wenn man seine Augen nicht sehen konnte. Sie waren blau und ebenso kalt wie klar. Er sah die Männer an und hatte sie mit einem einzigen schnellen Blick abgeschätzt. Sie waren beide jünger als dreißig, sie wurden bereits langsam träge, weil sie in ihrem Job nur auf ihrem

Hintern saßen und mit nicht mehr Schwierigkeiten rechneten, als sie bewältigen konnten.

»Tut mir leid, Jungs«, sagte Walker und betonte noch seinen ausgeprägten texanischen Akzent. »Der Motor hat Schwierigkeiten gemacht. Ganz ohne Vorwarnung hat er zu stottern begonnen. Ich war wirklich froh, diese kleine alte Landebahn auf meiner Karte zu entdecken.«

»Das hier ist Privatbesitz«, betonte Murray noch einmal.

»Ich habe es gehört. Ich bezahle gern eine Landegebühr oder was auch immer, aber ich kann nirgendwo hin, ehe ich nicht den Fehler gefunden habe. Die Benzinleitung, würde ich vermuten.«

»Wie lange soll das denn dauern?« wollte Murray wissen.

»Ich arbeite daran.«

Murray schwieg, und Walker beugte sich wieder über den Motor und arbeitete weiter.

»Natürlich würde es wesentlich schneller gehen«, sagte Walker nach einer Minute, »wenn ihr Jungs mir vielleicht helfen würdet.«

Wind und Regen wehten um das kleine Flugzeug, preßten Walkers dünne Regenjacke gegen seinen Körper und durchnäßten seine Jeans.

»Wir sind keine Mechaniker«, sagte Murray.

»Verdammt«, murmelte Steve. »Ich habe keine Lust, schon wieder in diesem Scheißwetter rumzulaufen.«

Doch die Wachen wollten auch nicht einfach wegfahren und den Eindringling sich selbst überlassen. Außerdem wußten sie, was im Haus auf sie wartete. Nichts. Murray rollte das Fenster hoch, stellte die Lichter und den Motor aus und machte es sich bequem. Er würde schon dafür sorgen, daß der Fremde nicht plötzlich ein Stück von Dick Farmers privater Landebahn mitnahm.

Walker beachtete die beiden gar nicht mehr. Er pfiff leise

vor sich hin, holte Teile des Motors heraus, putzte sie sauber und legte sie auf die Plane, dann wandte er sich wieder dem Motor zu. Er achtete darauf, daß er immer mit dem Rücken zu den Männern stand, ab und zu warf er einen Blick auf seine Uhr. Seine Hände waren kalt, und sein Gesicht war so naß, daß die Regentropfen von seiner Nase perlten, doch er hielt nicht inne in seiner Arbeit, holte Teile aus dem Motor, putzte sie ab, legte sie beiseite und senkte den Kopf wieder in den noch warmen Motorraum.

Ab und zu rollte einer der beiden Wachmänner das Fenster herunter und rief ihm eine Frage zu. Jedesmal versicherte Walker den beiden, daß er sich dem Problem näherte.

Und das tat er auch. Der Zeiger seiner Uhr näherte sich der elf. Als er meinte, daß die Zeit gekommen war, begann er, die Teile wieder einzubauen, wesentlich schneller übrigens, als er sie herausgeholt hatte. Er löste die Arbeitslampe, faltete die Plane zusammen, zog die Bremsklötze von den Rädern weg und verstaute alles wieder an seinem Platz. Und davon hatte er genug in dem kleinen Flugzeug. Wo sich sonst vier Sitze für Passagiere befanden, war jetzt nichts als freier Raum. Heute abend war die kleine Aztec nur ein Zweisitzer.

Die Wachen beobachteten Walker, als er in das Flugzeug kletterte. Sie langweilten sich, doch Langeweile gehört eben zu ihrem Job.

»Ihr könntet nicht vielleicht die Landebahnbefeuerung anmachen?« rief Walker ihnen zu.

»Nur für Mr. Farmer«, rief Steve zurück. »Sie sind doch im Dunkeln gelandet. Dann können Sie ja auf die gleiche Art auch wieder starten.«

»Vielen Dank euch beiden«, sagte Walker und lächelte. Das war genau die Antwort, die er von den beiden faulen Wachmännern erwartet hatte. »Ich bin euch für eure Hilfe wirklich dankbar.«

»Verpiß dich.«

Walker startete die Aztec und lauschte sorgfältig auf den Klang des Motors. Er war daran gewöhnt, das Flugzeug allein zu warten, jedoch nicht mitten in der Nacht auf einer fremden Landebahn und im Regen. Das starke kleine Flugzeug brummte eifrig, bestrebt, abzuheben und das zu tun, was es am besten konnte.

Mit einem letzten Blick auf den Jeep begann Walker, die Landebahn entlangzurollen. Er rollte über die ganze Länge, dann wendete er und blieb stehen, bevor er sich zum Starten bereitmachte. Er hielt die Aztec im Leerlauf, erhöhte die Umdrehungszahl der beiden Motoren, bis sie laut in der Nacht dröhnten.

Eine Gestalt schlüpfte aus dem breiten Graben, der neben der Landebahn herlief. Walker öffnete die Tür des Flugzeuges gerade noch rechtzeitig genug, um den schweren Rucksack aufzufangen, der durch die Dunkelheit geflogen kam. Obwohl er darauf vorbereitet gewesen war, stöhnte er, als er den Rucksack auffing.

»Ganz schön schwer«, murmelte Walker.

»Das kannst du laut sagen«, entgegnete Kyle. »Ich habe ihn die letzten fünfzehn Minuten geschleppt und bin auch noch damit gerannt.«

»Ja, dieser Archer ist ein ganz gemeiner Hundesohn, nicht wahr?« fragte Walker fröhlich.

»Das habe ich gehört«, sagte Archer. »Fang.«

Walker fing auch den zweiten Rucksack und verstaute ihn neben dem ersten.

»Der nächste«, sagte Jake und nahm den Rucksack vom Rücken.

»Bist du das, Mallory?«

»Jawohl.«

»Ich habe gehört, daß du geheiratet hast. Mein Beileid.«

Jake lachte leise auf. »Du hast dich nicht verändert, nicht wahr?«

»Solange etwas nicht kaputt ist, sollte man es auch nicht reparieren. Bewegt euren Hintern, Jungs. Diese Wachmänner könnten sonst noch neugierig werden.«

»Halt still, Süße«, sagte Kyle.

»Süße«, wiederholte Walker gedehnt. »Mein Zuckerbubi, du bist wirklich ein toller Kerl. Wir sind einander noch nicht einmal vorgestellt worden, und du machst dich schon so an mich ran.«

»Halt die Schnauze, Walker. Ich rede mit Lianne.«

Sie lachte und zog ihren Rucksack vom Rücken, dann keuchte sie auf, als Kyle ihn in das Flugzeug warf. »Sei vorsichtig!«

Vom anderen Ende der Landebahn zerschnitt das Licht der Scheinwerfer den Regen und die Dunkelheit und erfaßte die Aztec. Jake und Archer sprangen in den Graben, Kyle war nur einen halben Schritt hinter ihnen und zog Lianne mit sich. Sie lagen flach auf dem Boden, doch Kyle war sofort wieder auf den Beinen und blickte auf die Landebahn. Archer war neben ihm.

»Kinder, wir haben ein Problem«, sagte Walker. »Ich kann nicht losfliegen, solange der Jeep auf der Landebahn ist, und ich habe keine Zeit, die Rucksäcke wieder auszuladen. Wollt ihr die beiden Wachmänner gesund und munter, oder sollen sie verstummen?«

»Gesund«, sagte Archer. »Wenn möglich.«

Lianne riß ihre Jacke auf und begann, ihre dunkle, weite Hose auszuziehen.

»Verschwindet hier, ehe sie euch sehen«, sagte Walker. »Ich werde mir schon etwas ausdenken.«

»Das gefällt mir aber nicht«, sagte Archer.

»Komm endlich«, forderte Kyle Lianne auf.

»Hilf mir, den Taucheranzug auszuziehen«, sagte Lianne statt dessen und öffnete ihn.

»Wie bitte?« fragte Kyle.

»Hilf mir!«

Er wußte zwar nicht, was sie vorhatte, aber er kannte den schnellsten Weg aus dem Neoprenanzug. Kyle holte sein Tauchmesser heraus und schnitt den Anzug einfach auf. Es dauerte nur ein paar Sekunden, und Lianne trug nichts anderes mehr auf ihrer Haut als Regenwasser und das Unterteil ihres Bikinis. Sie griff nach ihrer Jacke.

»Nimm alles andere mit und verschwinde«, drängte sie. Als Kyle zögerte, gab sie ihm einen Stoß. »Los, tue es einfach! Beeile dich! Sie sind fast hier!«

»Aber...«

»Ich komme schon zurecht«, unterbrach sie ihn. »Verschwinde hier. Bitte, Kyle. Geh endlich!«

Er hätte noch weiter mit ihr gestritten, doch Archer und Jake packten die Reste des Taucheranzuges und verschwanden in der Dunkelheit. Sie wußten, daß sie keine Zeit mehr hatten, zu widersprechen oder irgend etwas an dem zu ändern, was Lianne vorhatte.

Mit einem heftigen Fluch griff Kyle nach der Hose, die sie ausgezogen hatte, und folgte den anderen beiden Männern in die Dunkelheit, außerhalb der Reichweite der Scheinwerfer.

Lianne riß sich zusammen, zog die dünne Jacke über, ohne sie zu schließen, und kletterte aus dem Graben. Das Licht der Scheinwerfer erfaßte sie, erhellte ihre langen Beine und verwandelte die Jacke, die im Wind wehte, in einen atemberaubenden Striptease, der ihre Brüste und Hüften abwechselnd enthüllte und wieder bedeckte. Sie ignorierte die beiden Wachmänner, die aus dem Jeep stiegen, und streckte Walker beide Hände hin.

»Okay«, rief sie ihm so laut zu, daß auch die Wachen sie

hören konnten. »Ich bin fertig. Sieh zu, daß wir schnell eine Meile hoch kommen.«

Walker zog sie in das Flugzeug, mit einer Kraft, die sie erstaunte.

»Eine Meile hoch, wie?« sagte er. »Das nehmen sie dir vielleicht sogar ab. Noch etwas, das ich wissen sollte?«

»Ich mußte pinkeln.«

»Das habe ich mir gedacht. Über den Rucksäcken liegt eine Plane. Geh und leg dich darauf. Und mach die Jacke nicht zu. Es gibt nichts Besseres als ein paar nackte Titten, um den Verstand eines Mannes zu verwirren. Ein nackter Arsch ist noch besser.«

»Einige Dinge sollte man aber trotzdem der Vorstellungskraft überlassen«, erwiderte Lianne, als sie an ihm vorbeikletterte.

Walker lächelte. »Aber nicht in diesem Fall. Es halbiert den männlichen IQ in kürzester Zeit.«

»Hey!« schrie Murray und schlug mit der flachen Hand auf den Flügel der Aztec. »Was zum Teufel ist hier los? Ich habe da draußen Leute gesehen!«

»Du hast nur gesehen, wie ich meinem kleinen Zuckerpüppchen geholfen habe, Pipi zu machen«, entgegnete Walker gedehnt. »Du weißt doch, wie das bei den Frauen ist. Sie können nicht wie wir Männer einfach in eine Bierflasche pinkeln.«

»Wie?« stutzte Murray.

»Zuckerpüppchen, zeig dein süßes kleines Gesichtchen.«

»Baby«, schmollte Lianne, so gut sie konnte. »Mir ist kalt. Jetzt flieg schon los, damit wir endlich bumsen können.«

Walker grinste Murray an wie ein stolzer Vater. »Das ist meine Süße. Sie würde sich nicht beklagen, um nichts auf der Welt.«

Murray lehnte sich vor und leuchtete mit der Taschenlampe an Walker vorbei in das Flugzeug hinein. Er sah ein fast nacktes Mädchen, das sich auf einem hastig gemachten Bett ausstreckte. Immer wenn er eine Frage stellen wollte, atmete sie tief ein, wobei sich ihre Brüste hoben, und er war sicher, daß er unter der Jacke sogar ihre nackte Muschi sehen konnte.

Als der Wachmann den Strahl der Taschenlampe bewegte, um besser sehen zu können, bewegte sich auch Walker und versperrte ihm die Sicht.

»Hast du etwas dagegen, den Jeep aus dem Weg zu fahren, Kumpel?« fragte Walker lässig. »Ich möchte die Lady nämlich nicht warten lassen. Sonst ist sie nicht mehr in Stimmung.«

Zögernd stieß sich Murray von dem Flugzeug ab und winkte Steve, den Jeep aus dem Weg zu fahren. Zwei Minuten später rollte die Aztec über die Landebahn und verschwand in der regenfeuchten Nacht. Der Jeep folgte ihr.

Kyle beobachtete aus dem dichten Schatten am Rand des felsigen Abhanges das Flugzeug so eindringlich, als wünsche er sich, auch fliegen zu können.

»Entspanne dich«, sagte Archer. »Walker wird schon gut auf sie aufpassen. Er gibt sich wirklich Mühe.«

»Das befürchte ich ja gerade.«

Nach einem letzten Blick suchte sich Kyle einen Weg den Abhang hinunter in die Bucht. Archer und Jake hatten den Zodiac bereits aus seinem Versteck geholt und zogen ihn ins Wasser. Kyle lief hinter ihnen her.

Sobald sie alle an Bord waren, stellte Jake den Motor an. Archer befestigte noch eine Lampe an einem Stab, und dann fuhren sie los, auf die Jade-Insel zu. Nun war es ihnen gleichgültig, ob sie jemand bemerkte.

Das erste, was sie sahen, als sie die Passage zwischen den beiden Inseln durchquert hatten und um die Jade-Insel herumfuhren, war die weiße Bordwand der *Tomorrow*. Das zweite, was sie entdeckten, war der mattschwarze Boston Whaler, der gleich daneben ankerte, ein Schiff, wie es die

SEALS der Marine benutzten, wenn sie zum Spielen rausfuhren.

»Ich nehme an, die Jungs konnten nicht warten, bis wir ihnen ihre Atemgeräte zurückbringen«, lachte Kyle.

»Das glaube ich auch.« Archer lächelte.

Die Kabinenbeleuchtung der *Tomorrow* ging an. April Joy öffnete die Tür und trat in das Heck des Bootes. Zwei sehr große schwarze Silhouetten traten neben sie.

»Wie gut, daß man dir einfach nicht trauen kann«, erklärte Jake Kyle. »Ich würde jetzt nämlich nicht gern auf ein paar Rucksäcken voller Jade sitzen.«

»Du würdest auch nicht lange darauf sitzen«, erwiderte Archer sarkastisch. »Ich habe so ein Gefühl, als wären diese Jungs hier, um ein wenig Gewichtheben zu veranstalten.«

»Hallo, *Tomorrow*«, rief Kyle.

»Seht zu, daß ich immer eure Hände sehen kann, während ihr anlegt«, rief April zurück.

Jake steuerte den Zodiac neben die *Tomorrow*. Kyle und Archer blieben sitzen und legten brav ihre Hände auf die Knie.

»Also, ich weiß, daß ihr Jungs euch für unglaublich clever haltet«, erklärte April ruhig. »Aber meine SEALS sind besser. Sie werden euch das gern beweisen, wenn ich ihnen...« Sie hielt abrupt inne, als sie bemerkte, daß nur drei Leute in dem Zodiac saßen. »Wo ist Lianne Blakely?«

»Das weiß ich nicht«, antwortete Kyle. Und das war die Wahrheit.

»Steigt aus dem Zodiac aus«, befahl April. »Einer nach dem anderen. Sie zuerst, Archer. Dann Ihr Bruder. Dann Jake.«

Sobald der Zodiac leer war, kletterten zwei der SEALS mit einer Leichtigkeit hinein, die nur Männern eigen war, die ihr Leben auf den verschiedensten Arten von kleinen Booten verbringen. Sie begannen, sämtliche Sachen in dem

Boot zu durchsuchen. Dazu brauchten sie weniger als eine Minute.

»Vier Atemgeräte, ein zerschnittener Tauchanzug, Benzintank, leere Tasche. Das ist alles, Sir.«

»Dreht das Boot herum«, befahl April.

Es kostete sie einige Mühe, doch schließlich gelang es den SEALS, den Zodiac umzudrehen. Die Unterseite war so sauber wie das Meer.

Die Fäuste in die Hüften gestützt, stand April vor Archer. »Wo ist er?«

»Wo ist was?« fragte er.

»Machen Sie keine Mätzchen, sonst werde ich Ihren Hintern als Fußabtreter benutzen. Wo ist der verdammte Jadeanzug?«

Kyle kam herbei und stellte sich neben Archer. Auch Jake gesellte sich zu ihnen. Die SEALS umringten die drei, doch behielten sie ihre Hände bei sich.

»Der letzte Jadeanzug, den ich gesehen habe, war in Dick Farmers Haus«, erklärte Kyle gelassen. »Sie werden ihn morgen zu sehen bekommen. Um zehn Uhr, glaube ich?«

April wandte sich um und blickte Kyle an, mit Augen, die wie schwarzes Eis blitzten. »Wenn Sie das vermasselt haben, Komiker, dann haben Sie ein langes, unglückliches Leben vor sich.«

27

»Mir wäre es lieber, wenn ich diese Insel niemals wiedersehen würde«, murmelte Lianne, als die *Tomorrow* sich langsam dem Dock von Farmers Insel näherte. »Oder auch die Wachen. Was ist, wenn sie mich wiedererkennen? Wir waren schließlich erst gestern abend hier.« Sie zitterte, und bei der Erinnerung daran wurde ihr ganz kalt.

Kyle lächelte grimmig. »Mach dir keine Sorgen. Nach allem, was Walker mir erzählt hat, haben diese Schufte dein Gesicht ja gar nicht beachtet.« Walker hatte ihm auch noch andere Dinge erzählt, zum Beispiel, wie sehr er Liannes Mut und ihren schnellen Verstand bewunderte... und auch ihre körperlichen Vorzüge. Kyle hatte es gar nicht gefallen, das zu hören. Es gefiel ihm einfach nicht, daß Lianne sich in eine solche Gefahr gebracht hatte.

»Es sieht so aus, als wäre Miss Joy schon da«, sagte Lianne, die gerade die zierliche Frau am Ende des Docks entdeckt hatte. Ein Mann in einem zerknitterten dunklen Anzug und einer riesigen, schwarz umrandeten Brille stand neben April. Eine Zigarette glomm zwischen dem Mittelfinger und dem Ringfinger seiner rechten Hand.

»Das muß der chinesische Jade-Experte sein«, vermutete Kyle.

»Ist Farmer schon hier?«

»Wenn das sein Flugzeug war, das da vor ein paar Minuten gelandet ist, dann sollte er auf jeden Fall vor uns im Klassenzimmer sein. Aber wir wissen natürlich nicht, wo das liegt, klar?«

»Natürlich nicht.«

Lianne strich ihre Jacke glatt und rückte den Riemen ihrer kleinen roten Schultertasche gerade. Sie paßte zu ihren Schuhen und hatte die gleiche Farbe wie der Aufschlag ihrer schwarzen seidenen Jacke. Eine schlanke schwarze Hose komplettierte ihre Kleidung. Wenn man sie so ansah, würde niemand vermuten, daß sie nur wenige Stunden geschlafen hatte.

»Also gut, wollen wir es hinter uns bringen«, sagte sie. »Ich werde nicht mehr richtig atmen können, bis wir das alles endlich überstanden haben und der Anzug wieder in Vancouver ist.«

Kyle folgte Lianne über das Dock. Er war etwas lässiger gekleidet als sie – Jeans, ein olivgrüner Rollkragenpullover, eine dunkle Sportjacke und Bootsschuhe. Er sah auch erschöpfter aus als sie. Kyle hatte sich nämlich geweigert, daß Faith ihre Kosmetikkünste auch an ihm ausprobierte.

Farmers persönliche Assistentin eilte aus dem Haus, winkte den Wachmann zurück auf seinen Posten und stellte die Leute einander vor. Mit der Geschwindigkeit einer guten Sekretärin führte Mary Margaret sie durch den auffrischenden Wind in Farmers Haus, begleitete sie in den »Theatersaal« und übergab sie dort ihrem Boß, nachdem sie ihm die einzelnen Leute vorgestellt hatte.

Jede Pause der Unterhaltung nutzten Sun Ming und April zu einem schnellen Austausch auf chinesisch.

»Haben sie schon etwas Interessantes gesagt?« fragte Kyle Lianne leise.

»Nein. Sie sind noch immer in dem Stadium, in dem sie einander übertriebene Wünsche für ihrer beider Glück machen. Sie werden erst dann über Geschäfte sprechen, wenn sie den Anzug gesehen haben.«

»Danke, daß Sie sich die Zeit genommen haben, auf meine Insel zu kommen«, begann Farmer schließlich und strengte seine Stimme an, damit er auch überall im Raum gehört werden konnte. »Bitte, treten Sie doch vor.« Lächelnd deutete er auf das Podium.

Die waldgrünen Vorhänge hinter Farmer waren noch fest geschlossen, genauso, wie Kyle sie zurückgelassen hatte. Er betrachtete Farmer eindringlich. Der Multimilliardär sah aus wie immer. Zufrieden, beinahe königlich in seiner Selbstsicherheit. Falls Farmer vermutete, daß etwas nicht stimmte, so verbarg er es hervorragend.

Ein eisiger Schauer lief über Kyles Rücken. Er fragte sich, was er wohl sehen würde, wenn sich die Vorhänge hoben, falls es Farmer noch irgendwie gelungen sein sollte, seinen Plan zu ändern.

»Ich weiß, daß Sie alle genausowenig Zeit haben wie ich«, sprach Farmer weiter, »deshalb werde ich Sie auch nicht mit den Einzelheiten meines Experten langweilen. Wenn Sie wünschen, gibt Ihnen Mary Margaret am Ende aber gerne eine Kopie des Gutachtens.« Er griff in die Verschalung des Podiums und drückte auf einen Schalter. »Bitte, schauen Sie, so lange Sie mögen. Ich erwarte in vier Minuten eine internationale Konferenzschaltung. Sollten Sie irgendwelche Fragen haben, so werde ich diese so gut ich kann beantworten, sobald ich zurückkomme.«

Noch während Farmer sprach, öffneten sich die Vorhänge. Er warf einen kurzen Blick auf den Anzug, runzelte die Stirn und ging dann zu einem Schaltpult an der Seite des Podiums. Dort stellte er das Licht anders ein.

»Eigenartig«, murmelte er. »Die Farbe sieht doch immer anders aus. Gelblich.«

Kyle warf einen Blick auf den Bestattungsanzug. »Einige Arten von Jade haben nun einmal einen gelblichen Schimmer.«

Zum Beispiel die meisten Arten von Serpentine, doch das war etwas, was Kyle nicht erwähnte. Er spielte hier nur Liannes Assistenten, nicht den Gutachter.

April und Sun Ming betraten das Podium. Lianne war gleich neben ihnen. Ungeduldig. Kyle lauschte den Kaskaden von Chinesisch.

»Englisch, bitte«, wandte er sich an Lianne. »Ich kann dir nicht helfen, wenn du Chinesisch sprichst.«

»Entschuldige«, sagte Lianne, ohne den Blick von dem Anzug zu nehmen. »Der Anzug ist aus Serpentin, nicht aus Jade. Aber das ist es nicht, was ihn ... verdächtig macht.«

Die Akustik in dem Raum war sehr gut. Obwohl Farmer schon die Hälfte des Ganges entlanggegangen war, blieb er bei Liannes Worten stehen und wirbelte zu dem Podium herum.

»Was mir wirklich Sorgen macht ist, daß die Fäden nicht aus purem Gold gesponnen sind«, sagte sie. Sie schnippte mit den Fingern in Richtung der matten Fäden, die die Hunderte von kleinen Steinplatten zusammenhielten. Zeit und Wetter konnten Gold nicht schaden, aber für kleine Fäden aus Bronze bedeutete das die Hölle.

»Bist du dir sicher?« fragte Kyle.

»So sicher, wie ich ohne metallurgische Tests sein kann«, sagte Lianne. »Gold verändert nicht seine Farbe, es wird nicht stumpf, es korrodiert nicht. Es ist unsterblich, wie die toten Prinzen und Kaiser es ja auch sein wollten. Aber einige dieser Fäden sind durch die Korrosion ganz dunkel geworden. Sieh nur hier, wo einer der Fäden gebrochen ist.«

Kyle ging auf das Podium zu.

Farmer folgte ihm.

»Sir«, sagte Mary Margaret, »Ihr Anruf.«

»Verschieben Sie ihn.«

»Aber... jawohl, Sir.«

»Natürlich«, sprach Lianne weiter und ignorierte Farmer, der zu dem Podium geeilt kam, »müßte ich das näher untersuchen, aber es scheint, daß hier Fäden aus Kupfer oder aus einem anderen Metall mit Gold gemischt wurden. Vielleicht ist es einfach eine minderwertige Legierung, wie zum Beispiel zehnkarätiges Gold oder auch nur achtkarätiges. Das wirft die Frage der Echtheit des Anzuges als Ganzes auf. Gold war in China zwar selten, aber nicht so selten, daß die kaiserliche Familie an ihren Grabbeigaben sparen mußte.«

»Ich stimme zu«, sagte April. Sie drehte ein Stück des metallenen Fadens zwischen ihren Fingern und ließ ihn dann auf die Steine fallen. »Wenn es eine moderne Fälschung ist, dann hat derjenige, der ihn hergestellt hat, sich Sorgen über die Menge an reinem Gold gemacht, die nötig war, um die Platten zusammenzuhalten, ganz zu schweigen von der Verzierung selbst. Die Kosten für das Gold wären beträchtlich gewesen, besonders in China, wo Gold nicht vorkommt.«

Lianne zog ein kleines, hochwertiges Vergrößerungsglas aus ihrer Tasche und beugte sich über den Anzug. Sie sah sich einige der Platten genauer an, besondere Aufmerksamkeit schenkte sie den Löchern, die in die Platten gebohrt worden waren, damit der Metallfaden die einzelnen Platten von Serpentine zusammenhalten konnte.

»Mit der Maschine gebohrte Löcher«, sagte sie. »Nicht mit der Hand gebohrt. Jedes Loch hat die gleiche Größe und den gleichen Abstand zum benachbarten Loch. Der Anzug ist auch mit der Maschine poliert. Die Markierungen sind sehr deutlich.«

Zum erstenmal sah Lianne April an. »Ich wette, dieser Anzug ist nicht einmal alt genug, um wählen zu dürfen. Was denken Sie?«

»Ich stimme Ihnen zu.« April wandte sich wieder an Sun und sprach sehr schnell mit ihm. Der chinesische Gutachter antwortete genauso schnell.

Farmer sagte zwar kein Wort, doch gemessen an seinen hochroten Wangen, schien er im Augenblick nicht sonderlich glücklich zu sein.

»Was sagen die beiden?« fragte Kyle Lianne.

»Sun Ming zögert noch, den Gedanken an ein echtes Artefakt aus der Han-Dynastie aufzugeben«, sagte sie leise. »Aber das wird er, ganz gleich, wie gerne seine Regierung auch Onkel Sam eins auswischen möchte. Die optischen Beweise sind zwingend; der Anzug ist eine Fälschung. Die Labortests werden dann den letzten Beweis liefern.« Sie blickte von dem Anzug auf und schien Farmer zum erstenmal zu bemerken. »Es fällt mir nicht ganz leicht, Ihnen dies zu sagen, Mr. Farmer. Nichts ist schwerer, als einem Sammler sagen zu müssen, daß ein scheinbar ganz besonders wertvolles Stück... äh, doch nicht ganz so viel wert ist.«

Farmer starrte Lianne an, als hätte sie gerade gefurzt. Dann wandte er sich ab und beobachtete die Unterhaltung zwischen April und Sun. Und auch wenn er kein einziges Wort Chinesisch verstand, so wußte er doch, daß die Expertin schließlich vor Sun kapitulieren würde.

Mit einem gezischten Fluch wandte sich Farmer um und verließ das Theater. Er machte sich nicht einmal mehr die Mühe, sich von seinen Gästen zu verabschieden.

Wen saß im Tresorraum der Tangs, und seine arthritischen Hände ruhten auf dem geschnitzten Jadedrachen, der seinen Spazierstock krönte. In seinem Schoß lag die herrliche Klinge aus der Jungsteinzeit, die Kyle auf der Auktion gekauft hatte und die er seinem rechtmäßigen Eigentümer, Wen Zhi Tang, gerade zurückgegeben hatte.

Selbst Wens sorgfältig geschneiderter grauer Anzug konnte die zunehmende Zerbrechlichkeit seines Körpers nicht verbergen. Neben ihm, in Reichweite seiner knorrigen Hände, leuchtete der Jadeanzug in allen Schattierungen seines unsterblichen Grüns. Reines Gold glänzte zwischen den Platten wie Sonnenlicht. Wen konnte die Farben nicht sehen, und auch seine Finger konnten die Nuancen der von Hand polierten Jade nicht mehr fühlen. Doch die Anwesenheit des kaiserlichen Bestattungsanzuges tröstete ihn, sie erinnerte ihn daran, daß das Gute in den Menschen das Schlechte noch immer überragte.

Lianne beobachtete Wen mit einem betroffenen Blick aus ihren dunklen Augen. Kyle und Archer blickten ihn dagegen mit unbeweglichen Gesichtern an. Die letzten Tage waren für die Familie Tang sehr ereignisreich gewesen. Die schmerzlichen Enthüllungen, die mit der Odyssee des Bestattungsanzuges zusammenhingen, zeigten sich in der Anspannung und der Erschöpfung von Joe Tangs Gesicht.

»Erster Sohn, sind alle hier?« fragte Wen auf chinesisch. Seine Stimme war ein leises Rascheln, wie Wind, der durch trockenes Gras weht.

»Johnny steht links von dir«, sagte Joe.

Während Lianne leise für die Donovans übersetzte, warf Kyle einen Blick auf das dünne weiße Haar und das besorgte Gesicht des ersten Sohnes. Der maßgeschneiderte Anzug, den Joe trug, hatte die gleiche Farbe wie der seines Vaters. Die Gestalt des Sohnes war auch beinahe genauso schlank, beinahe genauso gebeugt.

»Daniel steht rechts von dir«, sprach Joe weiter. »Ich stehe vor dir, Lianne hinter mir. Auch Donald Donovans erster und vierter Sohn stehen hinter mir.«

»Harry?« fragte Wen.

»Harry ist in Shanghai«, erklärte Joe nach einem kurzen Zögern. »Er hat auf meine Nachrichten nicht reagiert.«

Auch wenn Wen kein Wort sagte, so schien sein Gesicht doch plötzlich noch mehr zu altern. Ein flüsternder Seufzer entrang sich seiner Brust. Er fuhr mit einer Hand über den Jadeanzug, als wolle er seine Größe überprüfen.

»Sprich zu deinem jüngeren Bruder«, befahl Wen.

Zögernd wandte sich Joe an Johnny. »Ich habe Schande und Unehre über meine Familie und meine Vorfahren gebracht«, begann er mit angestrengter Stimme.

Johnnys Augen weiteten sich. Was auch immer er erwartet hatte, hiermit hatte er jedenfalls nicht gerechnet. »Es fällt mir schwer, das zu glauben.«

»Ich...« Joes Stimme versagte. Er räusperte sich. »Ich habe zu viel gespielt.«

Johnny sah verblüfft drein. »Du hast schon immer zu viel gespielt. Und Wen hat dich auch immer dafür gescholten. Die Sonne ist aber trotzdem noch auf dem üblichen Weg auf- und untergegangen.«

»Unser Vater hat sich geweigert, mir mehr Geld zu geben«, erklärte Joe langsam. »Ich wußte, ich konnte alles zurückgewinnen, all den Reichtum, den ich verloren hatte, und sogar noch mehr. Nur noch ein Rennen. Nur noch ein Pferd, dessen Jockey ebenfalls Geld brauchte. Die Roten-Phoenix-Triaden hatten schon alles arrangiert. Ich brauchte nur noch den Wetteinsatz.«

Kyle und Archer sahen einander an. Auch wenn Lianne für die Donovans übersetzte, so sah sie doch nur ihren Großvater an. Sein Gesicht war ausdruckslos, doch seine Augen wirkten so uralt und ebenso trostlos wie das Wort Betrug.

»Han Seng hat mir schließlich einen Weg aus meiner aussichtslosen Lage gezeigt«, sprach Joe leise weiter. »Ich sollte feine Tang-Jade gegen weniger wertvolle Stücke aus Sengs Sammlung austauschen. Damit würde ich nicht nur meine Schulden zurückzahlen können, sondern ich würde auch noch genügend Geld übrigbehalten, um bei weiteren Rennen mitwetten zu können, von denen die Roten Phoenix schon vorher wußten, wer gewann. Wenn ich dann irgendwann wieder genügend Geld gehabt hätte, hätte ich die Tang-Jade wieder zurückgekauft. Und niemand hätte je davon erfahren...«

Johnny sah seinen Vater an. Wen blickte weder nach rechts noch nach links oder vor sich hin. Seine Augen waren blind, seine Hände verkrüppelt, sein Körper zerbrechlich durch das Alter und den Betrug.

»Aber so ist es nicht gekommen«, sprach Joe weiter, und seine Stimme war kaum mehr als ein Flüstern. »Das Geld, das ich gewonnen habe, habe ich für neue Wetten eingesetzt, und ich habe wieder verloren. Mehr Tang-Jade hat den Tresor verlassen und wurde durch Sengs weniger wertvolle Stücke ersetzt.«

»Und wann haben Sie sich entschieden, Lianne für das alles verantwortlich zu machen?« fragte Kyle.

Lianne übersetzte, ihr Gesicht genauso ausdruckslos wie das von Wen und ihr Blick genauso trostlos.

Johnny zuckte zusammen. Joe nicht. Er hatte seinem Vater und seinen Vorfahren Schande bereitet. Nun hatte er keinen Stolz mehr übrig, nur noch das Bedürfnis, sich, so gut er konnte, reinzuwaschen.

»Das ging nicht von mir aus«, erklärte er schlicht. »Es war Harrys Idee. Irgendwie hat er meinen Handel mit Han Seng entdeckt.«

»Irgendwie?« wiederholte Archer kalt. »Ich sage Ihnen, wie er es entdeckt hat. Harry, Han Seng und die Roten-Phoenix-Triaden stecken alle unter einer Decke. Deshalb habe ich meinem Vater auch von einer Partnerschaft zwischen Donovan International und dem Tang-Konsortium oder SunCo abgeraten.«

Nachdem Lianne übersetzt hatte, drehte Wen den Kopf zu Archer um. Der alte Mann kniff die Augen zusammen, als könne er wirklich etwas sehen. Schnelle, abgehackte Worte kamen aus seinem Mund. Lianne übersetzte erst, als Archer sie dazu drängte.

»Wen gefällt die engstirnige amerikanische Sichtweise nicht, mit der Sie die Triaden beurteilen«, faßte sie zusammen.

»Wirklich?« meinte Archer spöttisch. »Dann frag ihn doch einmal, warum er dann so viele Anfragen der Roten Phoenix nach einer engeren Partnerschaft abgelehnt hat. Oder um ganz genau zu sein, ihren Plan, Drogengelder durch die überseeischen Finanzinstitutionen der Tangs reinzuwaschen?«

Liannes Augen weiteten sich. »Ist das wahr?«

»Frage ihn«, forderte Kyle sie auf.

Nachdem sie das getan hatte, drehte Wen den Kopf so, als würde er beide Donovans sehen können. Er sprach sehr schnell. »Einige Geschäfte mit den Triaden sind unvermeidlich. Einige wiederum lassen sich umgehen. Solange ich die Familie Tang führe, werde ich es vermeiden, in Drogengeschäfte hineingezogen zu werden.«

»Guter Gedanke«, sagte Kyle. Dann maß er Joe mit einem kalten Blick. »Also hat Harry Sie erwischt, mit der Hand in der Keksdose. Und was ist dann passiert?«

Joe wartete kaum auf das Ende von Liannes Übersetzung, ehe er antwortete. »Harry hat begonnen, die Kontrolle über den Handel zu übernehmen. Er hat dafür gesorgt, daß Lianne der Mittelsmann wurde, doch daß keine Jade aus dem Tresor genommen wurde, von der nicht ein Duplikat existierte.«

Joe warf Lianne einen Blick zu, der gleichzeitig angespannt, bekümmert und entschuldigend war. »Ich habe nur getan, was er wollte. Und dann tat ich... noch mehr. Die Tips, die Han Seng mir gab, waren nicht immer gut. Schon bald war ich ihm mehr Geld schuldig als je zuvor. Ich habe meine Wetten verdoppelt und dann noch einmal verdoppelt. Ich habe verzweifelt versucht, den Fluß der Jade aus dem Tresor der Tangs aufzuhalten. Doch je mehr ich einsetzte, desto mehr verstrickte ich mich in Schulden.«

Kyle sah, wie Tränen in Joes dunkle Augen traten und dann langsam über seine zerfurchten Wangen liefen. In gewisser Weise tat Kyle der Mann leid; ein Spieler, leichte Beute für Harry und Han Seng. Doch Kyles Mitleid wurde durch eine einfache Tatsache wieder zunichte gemacht: Joe hatte es so eingerichtet, daß seine Nichte die Verantwortung für seine Diebstähle übernehmen mußte. Sie war an seiner Stelle ins Gefängnis gegangen.

Keine Tränen, keine Entschuldigungen, keine Ausreden konnten das ändern.

»Und wer hat die ganze Sache mit dem Jadekaiser geplant?« fragte Kyle kühl.

Joe seufzte. »Han Seng.«

»Das dachte ich mir«, murmelte Kyle.

»Anders wäre das Erscheinen von solch bemerkenswerter Jade auf dem Markt nicht zu erklären gewesen«, sagte Joe traurig. »Seng hat sehr viele der Stücke verkauft. Nur die Erotika hat er behalten.«

»Und ich wette, er hat mehr an dem Handel verdient als Sie«, meinte Kyle.

»Ich konnte es mir nicht erlauben, den Preis zu bestimmen. Aber ja, ich habe meine Verluste nie ausgleichen können.«

»Und dann hat der gute alte Harry Ihnen ausgeholfen. Warum? Was ist denn für ihn dabei herausgesprungen?«

»Er hat mich beschützt.«

»Unsinn. Er hat sein eigenes Reich aufgebaut.« Kyle warf Archer einen Blick zu.

»Sprich weiter«, forderte Archer ihn auf. »Wenn jemand das Recht hat, es zu erfahren, dann ist es Wen.«

»Harry wußte, daß er niemals Wens Sohn Nummer eins sein würde, aber er war ehrgeizig«, erklärte Kyle. »Er sah, daß die Roten-Phoenix-Triaden Geld machten mit Containerladungen voller Drogen, mit Spiel, Erpressung und noch mehr Drogen. Er wollte etwas davon abhaben. Han Seng hat ihm den Gefallen gern getan. Aber zuerst mußte Harry Seng und den Triaden einen Dienst erweisen.«

»Der Jadeanzug«, sagte Lianne.

»Jawohl«, stimmte ihr Kyle zu. »SunCo hat durch Seng versucht, Dick Farmer mit einem Bestattungsanzug aus Jade zu umwerben, der, man könnte sagen, von zweifelhafter Herkunft war. Er genügte den Anforderungen von Farmers Kurator nicht. SunCo hat versucht, durch Bestechung einer der besseren Anzüge aus einem der staatlichen Museen zu bekommen, aber China ist noch nicht wie Rußland. In China ist die Regierung immer noch so zivilisiert, daß sie die staatlichen Museen davor schützt, daß ihre Kunstschätze nicht von Dieben geraubt und auf dem internationalen Markt verkauft werden. Doch die Roten Phoenix brauchten immer noch einen Bestattungsanzug. Und Harry Tang hatte einen.«

»Also hat er den Jadeanzug der Tangs gegen den minderwertigen von SunCo ausgetauscht«, sagte Lianne. »Er hat angenommen, daß Wen den Unterschied nicht mehr feststellen könnte. Aber was war mit mir? Was war mit der Inventur, die ich am Ende des Jahres machen würde?«

»Du warst eben das Problem, meine Süße«, sagte Kyle und strich mit dem Handrücken über ihre Wange. »Deshalb hat er es auch so eingerichtet, daß die Roten-Phoenix-Triaden dich töten sollten, nachdem du zuerst wegen Diebstahls eingesperrt worden warst.«

Plötzlich sah Johnny beinahe genauso alt aus wie Joe. »Wie bitte? Woher wollen Sie das wissen?«

»Eigentlich wissen wir das sogar ziemlich genau«, widersprach Archer. »Als es so aussah, als würde Lianne die Kaution doch irgendwie aufbringen können, hat Harrys Anwalt mit Vancouver telefoniert. Ein paar Stunden später warteten zwei Männer der Triaden in ihrer Wohnung auf Lianne. Es gab keinerlei Anzeichen dafür, daß sie sich gewaltsam Einlaß verschafft hätten. Das Gebäude, in dem Lianne wohnt, gehört schließlich dem Tang-Konsortium. Und wenn Kyle nicht in der Nähe gewesen wäre, wäre Lianne jetzt tot, und die ganzen Diebstähle wären ihr zur Last gelegt worden. Oder sie wären, in diesem Fall, auf ihrem Grabstein eingraviert worden.«

Johnny wandte sich an Wen, der die Stirn auf seine gefalteten Hände gestützt hatte. »Vater, glaubst du das?«

»Habe ich denn eine andere Wahl?« fragte Wen und hob den Kopf. »Es sieht Harry ähnlich, alles auf einen kühnen, dummen Plan zu setzen. Sohn Nummer zwei ist schlau, aber er ist nicht so schlau, wie er denkt.«

»Das sollte er aber besser sein«, meinte Kyle. »Denn Farmer war sehr wütend, als er den falschen Anzug auf seinem Altar gesehen hat. Zweifellos hat er die Fälschung als den Anzug erkannt, den Seng ihm bereits zu verkaufen versucht hatte. Dann ist er gleich zu Seng gelaufen und hat zu schreien begonnen. Seng weiß, daß es nur einen einzigen Ort gibt, von dem dieser ganz besondere falsche Jadeanzug gekommen sein kann – aus dem Tresor der Tangs. Seng hatte den Jungs der Roten Phoenix sicher noch eine Menge zu erklären. Und ich glaube auch, daß er jetzt verzweifelt nach Harry sucht, damit er ihm dabei behilflich ist.«

»Den Triaden wird es ganz und gar nicht gefallen, einen so großen Fisch wie Farmer zu verlieren«, fügte Archer noch hinzu. »All die saftigen Gelegenheiten für Schiebungen, Korruption und Geldwäscherei in der Neuen Welt. Also, wenn Sie von Harry hören, dann raten Sie ihm, sich ein gutes, tiefes Loch zu suchen, sich darin zu verstecken und am besten nie wieder herauszukommen.«

»Es wäre besser, wenn ich nicht mehr von ihm hören würde«, erklärte Johnny mit rauher Stimme. »Ich schäme mich dafür, daß er mein Bruder ist.«

»Falls Sie sich dann aber doch noch einmal an ihn erinnern, vergessen Sie nicht, daß Daniel wahrscheinlich der nächste war auf Harrys Liste der auszulöschenden Verwandten«, riet ihm Archer. »Der gute alte Harry hatte nicht vor, irgendwann einmal die Verantwortung für die fehlende Jade zu übernehmen.«

Johnnys Gesicht wurde ganz grau, als er seinen jüngsten Sohn ansah.

Zum erstenmal sprach jetzt Daniel Tang. »Vor ein paar Monaten hat Harry mir gesagt, ich solle den Inhalt des Tresors überprüfen und dazu die Inventarliste des letzten Jahres benutzen. Er hat mir nicht gesagt, warum ich das tun sollte.«

»Damit Sie Lianne des Diebstahls bezichtigen konnten«, erklärte ihm Kyle. »Was Sie ja auch getan haben.«

»Ich hatte gute Gründe dafür.«

»Einen Dreck hatten Sie«, wehrte Kyle ab. Lianne hörte auf zu übersetzen, doch Kyle sprach weiter. »Sie waren so eifersüchtig auf Liannes Beziehung zu Wen, daß Sie es gar nicht erwarten konnten, sie anzuklagen. Die Tatsache, daß sie die Tochter der lebenslangen Geliebten Ihres Vaters ist, hat Ihre Rache nur noch süßer gemacht.«

Daniels Augenlider zuckten. »Ich habe mich bei Wen und meiner Familie entschuldigt, das genügt.«

»Ganz und gar nicht. Sie haben eine Halbschwester...«

»Kyle«, unterbrach Lianne ihn. »Das ist genug.«

»...die sich geweigert hat, mit dem Finger auf Sie zu zeigen, obwohl es ihr vielleicht geholfen hätte, und zwar in einer Zeit, in der sie sehr dringend Hilfe brauchte. Sie hatten die Mittel, das Motiv und die Gelegenheit, die Jade zu stehlen, aber Lianne hat nie ein einziges Wort gegen Sie gesagt.«

Zorn verdunkelte das Gesicht von Daniel. »Ich würde niemals meinen eigenen Großvater bestehlen!«

»Und dennoch hast du angenommen, daß *Lianne* von ihrem eigenen Großvater stehlen würde«, warf ihm Johnny mit angespannter Stimme vor. »Du hast angenommen, daß meine Tochter – deine Halbschwester – eine Diebin sei. Warum? Was hat sie dir angetan, daß du sie so sehr haßt?«

Daniel hatte keine andere Antwort als die, die Kyle schon genannt hatte. Eifersucht.

Wens Stimme erhob sich, und er verlangte eine Übersetzung. Johnny sprach sehr schnell in Chinesisch. Wen lauschte, dann klopfte er mit seinem Spazierstock auf den Boden und verlangte Ruhe.

»Daniel hat seine Halbschwester falsch beurteilt«, sagte Wen.

Joe und Johnny erstarrten. Nie zuvor hatten sie gehört, daß ihr Vater eine Blutsverwandtschaft mit Lianne Blakely erwähnt hatte.

»Aber der Fehler ist meiner«, sprach Wen weiter. »Das Beispiel habe ich gesetzt. Ich war zufrieden damit, Liannes angeborene Gabe für Jade zu nutzen und ihr natürliches Bedürfnis, ein Teil der Familie Tang zu sein.«

Liannes Stimme versagte. Johnny übernahm nahtlos die Übersetzung.

»Meine beiden ersten Söhne sind meinem Beispiel gefolgt«, sagte Wen. »Sie haben Lianne benutzt. Aber im Gegensatz zu mir fühlten sie keine Zuneigung für sie. Und sie machten sich auch keine Sorgen darüber, was mit ihr geschehen würde, nachdem sie sie für ihren eigenen dummen Ehrgeiz geopfert hätten. Sie war immerhin nur eine Frau, und dazu noch eine Frau ohne Familie.«

»Sie hat eine Familie«, erklärte Kyle heftig. »Die meine. Es gibt keinen Donovan, der nicht für Lianne in den Krieg ziehen würde. Das sollten Sie allen aus der Familie Tang sagen, Wen. Lianne ist nicht länger allein. Suchen Sie sich Ihr nächstes Opfer irgendwo anders.«

Lianne wandte sich zu Kyle um, doch dieser merkte das gar nicht. Er konzentrierte sich auf Wen. Etwas, das einem Lächeln sehr ähnlich war, spielte um die dünnen, blassen Lippen des alten Mannes.

»Ich wünschte, ich könnte den Verteidiger meiner Enkelin sehen«, sagte Wen. »Es würde mir eine Ahnung davon geben, wie meine Urenkel aussehen werden. Heiratet sehr bald. Ich habe nicht mehr viel Zeit.«

»Von einer Heirat ist überhaupt nicht gesprochen worden«, mischte sich Lianne in die Übersetzung ihres Vaters ein.

»Das wäre aber eine Möglichkeit, die Klinge aus der Jungsteinzeit in der Familie zu behalten«, hob Kyle hervor. »Es wäre ein hübsches Hochzeitsgeschenk.«

Lianne starrte ihn an, als hätte er den Verstand verloren.

»Hast du es denn immer noch nicht begriffen, meine Süße?« fragte Kyle und lächelte sie zärtlich an. »Männer wissen es sofort, wenn sie die richtige Partnerin gefunden haben. Es sind die Frauen, die Zeit brauchen, um noch überzeugt zu werden. Wieviel Zeit, glaubst du, wirst du noch brauchen, ehe du eins und eins zusammenzählst und auf zwei kommst?«

Wens trockenes Lachen folgte auf Johnnys Übersetzung. Als Lianne zu sprechen begann, stieß Wen seinen Spazierstock auf den Boden und verlangte Ruhe.

»Diese herrliche Klinge wird das geringste meiner Geschenke für dich sein, wenn du Kyle Donovan heiratest«, wandte sich Wen an Lianne. »Es ist nur angemessen, wenn die Enkelin des Jadekaisers in Reichtum zu ihrer neuen Familie geht.«

Lianne war viel zu benommen, um noch etwas sagen zu können.

Wen lächelte, als könne er ihr Gesicht sehen. »Es ist die Wahrheit, Mädchen. Sieh dich um und begreife, daß du das Privileg hattest, dein Wissen über die Jade zwischen den größten Jadeschätzen zu sammeln und zu vertiefen, die je zusammengetragen worden sind. Vor Jahrhunderten haben unsere Vorfahren den geheimen Weg in das Grab des Jadekaisers gefunden.« Wen hob eine zerbrechliche, zitternde Hand, in einer Geste, die den ganzen Tresorraum mit einschloß. »Es wurde unser Eigentum. Alles.«

Wieder klopfte er mit dem Stock auf den Fußboden. »Laßt mich jetzt allein. Ich bin müde.«

Kyle legte einen Arm um Liannes Schultern und führte sie aus dem Tresor heraus. »Ich schulde dir noch ein Essen im

Rain Lotus. Es ist ein ruhiger Ort. Dort können wir uns unterhalten.«

»Worüber?«

»Wie ich meine Sammlung von Erotika vervollständigen kann«, erklärte er offen.

Lianne warf ihm einen vorsichtigen Blick von der Seite zu. »Ich wußte gar nicht, daß du eine solche Sammlung hast.«

»Ich arbeite noch daran.« Kyle lächelte sie an. »Und du wirst mir dabei helfen.«

»Wirklich?«

»Sicher. Denk doch nur an all die Unterrichtsstunden, die du mir noch schuldig bist, als Gegenleistung für meine Dienste als ausgestopfter Elefant.«

»Hmmm.«

»Und wenn ich dich bis dahin noch nicht davon überzeugt habe, daß eins und eins zwei ergibt, dann verlange ich auch noch die dritte Chance, die du mir einmal geboten hast. Aber die würde ich mir lieber in Reserve halten.« Kyle beugte sich vor und drückte ihr einen Kuß auf den Mund. »Ein ganzes Leben ist eine lange Zeit, meine Süße. Besonders wenn zwei Menschen so störrisch sind wie wir beide.«

Sie blickte in Kyles klare wunderschöne Augen und erkannte, wie ernst er seine Worte meinte. Ihr Herz machte einen kleinen Sprung, als sie zu ihm auflächelte.

»Ich weiß nicht, ob ich ein Teil deiner, äh, Sammlung von Erotika sein möchte«, sagte sie.

»Wie wäre es denn, wenn ich ein Teil der deinen würde.«

»Ich habe gar keine.«

»Dann leg dir eine zu.«

Lächelnd legte Lianne einen Arm um Kyle und lehnte sich an seinen so vertrauten, kraftvollen Körper. »Okay.«

BLANVALET

GRENZENLOSE LEIDENSCHAFT
BEI BLANVALET

Lassen Sie sich von aufregend sinnlichen Romanen bezaubern.

A. Quick. Verhext
35085

E. Coffman. Herzen im Duell
35090

L. Parker. Der Rebell und die Rose
35104

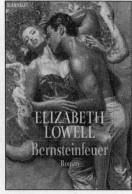

E. Lowell. Bernsteinfeuer
35129